sedução

TRACY WOLFF

sedução

TRADUÇÃO
IVAR PANAZZOLO JUNIOR

astral cultural

Este livro foi revisado segundo o Novo Acordo Ortográfico da
Língua Portuguesa.

Produção editorial Esther Ferreira, Jaqueline Lopes, Renan Oliveira e Tâmizi Ribeiro
Preparação Letícia Nakamura
Revisão João Rodrigues e Luisa Souza
Capa Bree Archer
Fotos de capa koya79/GettyImages, Renphoto/Gettyimages e EnvantoElements
Foto da autora Mayra K Calderón

Dados Internacionais de Catalogação na Publicação (CIP)
Angélica Ilacqua CRB-8/7057

W837s

Wolff, Tracy
Sedução / Tracy Wolff; tradução de Ivar Panazzolo Junior. — Bauru, SP : Astral Cultural, 2022.
768 p.

ISBN 978-65-5566-250-4
Título original: Court

1. Literatura infantojuvenil 2. Ficção fantástica I. Título II. Panazzolo Junior, Ivar III. Série

22-4885 CDD 813.6

Índices para catálogo sistemático:
1. Ficção infantojuvenil

BAURU
Avenida Duque de Caxias, 11-70
8º andar
Vila Altinópolis
CEP 17012-151
Telefone: (14) 3879-3877

SÃO PAULO
Rua Major Quedinho, 111 - Cj. 1910,
19º andar
Centro Histórico
CEP 01050-904
Telefone: (11) 3048-2900

E-mail: contato@astralcultural.com.br

Para Stephanie.
Obrigada por dizer “sim”.

Capítulo 0

FINJA QUE ESTÁ TUDO BEM
ATÉ QUE ISSO O DESTRUA

— Hudson —

Estamos completamente fodidos.

E, se a expressão de terror no rosto de Grace indica alguma coisa, é que ela também sabe disso. Sinto vontade de dizer a ela que tudo vai ficar bem. Mas a verdade é que também estou morrendo de medo. E não pelas mesmas razões que ela, embora ainda não esteja pronto para admitir isso.

Neste momento, ela está sentada no meu sofá, diante da lareira, com o cabelo molhado após o banho e os cachos brilhando sob a luz do fogo. Está vestindo uma das minhas camisetas e uma das minhas calças de moletom, com as barras enroladas para cima.

Nunca me pareceu tão bonita quanto agora.

Ou tão indefesa.

O medo ameaça me dominar quando penso naquilo, mesmo dizendo a mim mesmo que ela não é, nem de longe, tão indefesa quanto parece. Mesmo quando digo a mim mesmo que ela é capaz de enfrentar qualquer adversidade que o nosso mundo desgraçado jogue para cima dela.

Qualquer adversidade, exceto Cyrus.

Se há uma coisa que aprendi sobre o meu pai é que ele nunca vai parar. Não até conseguir o que quer. E fodam-se as consequências.

Pensar nisso faz meu sangue gelar.

Nunca tive medo de nada em toda esta vida miserável. Nem de viver e, definitivamente, nem de morrer. Mas foi só Grace entrar na minha vida para eu começar a viver em terror constante.

O terror de que posso perdê-la. E, se isso acontecer, a luz vai morrer com ela. Sei o que é viver nas sombras. Passei a minha maldita vida inteira no escuro.

E não quero voltar para lá.

— Posso… — Limpo a garganta e começo outra vez. — Posso lhe trazer alguma coisa para beber?

Pergunto, mas Grace não responde. Não sei nem mesmo se está me ouvindo enquanto continua a encarar fixamente o celular, sem querer perder detalhe algum do que está acontecendo com Flint. O especialista chegou há dez minutos para examiná-lo. A espera para saber se ele vai conseguir salvar sua perna é interminável. Sei que ela queria estar na enfermaria com ele. Todos nós queremos. Mas, quando ele pediu que lhe déssemos privacidade, não conseguimos recusar.

— Ah, claro. Tudo bem. Volto daqui a uns minutos — digo a ela, porque Grace não é a única pessoa que estava precisando desesperadamente de um banho quente.

Mesmo assim, ela não responde. E não consigo deixar de cogitar sobre o que ela está pensando. O que está sentindo. Ela não falou mais do que um punhado de palavras desde que voltamos à escola e percebemos que Cyrus nos enganou, sequestrando todos os alunos enquanto lutávamos na ilha. Eu só queria saber o que posso fazer para ajudá-la. Para conseguir alcançá-la antes que tudo vá para o inferno de novo.

Porque é isso que vai acontecer. As novas alianças de Cyrus são a prova disso. Assim como o sequestro ousado dos filhos dos paranormais mais poderosos do mundo. Não há mais para onde ir a partir daí. Não há mais nada que ele possa fazer além de destruir tudo.

Sem querer deixar Grace sentada sozinha em meio ao silêncio, vou até a minha coleção de discos e passo pelos álbuns até que meus dedos pousam em Nina Simone. Tiro o vinil da capa de plástico e o coloco na vitrola, aperto um botão e espero enquanto a agulha se move e baixa com os estalidos da estática antes que a voz marcada pelos anos de consumo de uísque e cigarros preencha o silêncio. Ajusto o volume para que a música fique somente como um fundo e, com uma última olhada para a silhueta inerte de Grace, eu me viro e me dirijo ao banheiro.

Tomo o banho mais rápido de toda a história, considerando a quantidade de sangue, entranhas e morte das quais preciso me livrar. E me visto quase com a mesma velocidade.

Não sei por que estou me apressando tanto. Não sei o que receio encontrar quando…

Meu coração acelerado começa a bater mais devagar quando me deparo com Grace bem onde a deixei. E enfim admito a verdade para mim mesmo: a razão pela qual eu não queria perdê-la de vista vem do medo de que ela perceba que cometeu um erro ao me escolher.

Seria um medo irracional, considerando que ela disse que me ama? Que escolheu a mim, mesmo com tudo que está acontecendo, mesmo ciente de que meus poderes são um fardo? Com toda a certeza.

Isso faz o meu medo desaparecer? Nem de longe.

Esse é o poder que ela exerce sobre mim. O poder que ela sempre vai exercer.

— Alguma notícia sobre Flint? — pergunto ao pegar uma garrafa de água da geladeira e levar até ela.

— Ainda não disseram nada no grupo de bate-papo.

Tento entregar a água para ela, mas, quando percebo que ela não pega a garrafa que lhe estendo, vou até o outro lado do sofá e me sento ao seu lado, colocando a água na mesa, diante de nós.

Grace desvia a atenção da lareira, me atinge com o olhar ferido e sussurra:

— Amo você. — E o meu coração bate com força outra vez.

Ela parece estar muito, muito séria. Até mesmo um pouco desesperada. Faço a brincadeira de sempre para tirá-la de perto dos próprios pensamentos; uso a nossa frase de filme favorita:

— Eu sei.

Quando um sorriso vagaroso toca as pontas das sombras dos olhos dela, sei que fiz a escolha certa. Estendo a mão e a puxo para o meu colo, me deliciando com a sensação de ter seu corpo junto do meu. Olho para baixo e deslizo o dedo por cima do anel de promessa que dei a Grace, lembrando-me do voto que fiz naquele dia, a convicção trêmula na minha voz quando pronunciei aquelas palavras carregadas. E sinto o meu peito apertar.

— Sabe de uma coisa? — indaga ela, atraindo meu olhar de volta para o seu. — Você disse que, se eu adivinhasse a promessa que me fez, me contaria o que é. Acho que descobri.

Levanto uma sobrancelha.

— Acha mesmo?

Ela confirma com um meneio de cabeça.

— Você prometeu que me traria café na cama pelo resto da minha vida.

Dou uma risada, soltando o ar pelo nariz.

— Duvido. Você é muito ranzinza pela manhã.

O primeiro sorriso de verdade que vislumbro nela depois do que parece ser uma eternidade ilumina seu rosto.

— Ei, eu só pareço ranzinza. — Ela ri da própria piada e não consigo evitar fazer o mesmo. É legal pra caralho vê-la sorrindo outra vez.

— Eu sei... — ela continua, fingindo ponderar as alternativas. — Você prometeu me deixar ganhar todas as discussões?

Solto uma gargalhada alta ao ouvir essa sugestão ridícula. Ela adora bater boca comigo. A última coisa que ela poderia querer seria que eu simplesmente baixasse a cabeça e a deixasse fazer tudo o que quer.

— Improvável.

Ela para por um instante, piscando o olho para mim.

— Algum dia vai me contar o que prometeu?

Ela não está pronta para ouvir o que prometi antes mesmo que soubesse que ela retribuiria o meu amor. Por isso, em vez disso, brinco:

— Onde estaria a graça se eu contasse?

Ela me acerta um soco sem força alguma no ombro.

— Algum dia vou obrigar você a me contar isso. — Ela passa a mão macia sobre a barba por fazer que cobre o meu queixo. Seus olhos ficam sérios outra vez. — Tenho a eternidade inteira para tentar adivinhar, consorte.

E, apenas com isso, entro em combustão.

— Amo você — eu sussurro, e me aproximo para tocar os lábios dela com os meus. Uma vez... duas. Mas Grace não cede. Ela ergue as mãos e segura a minha cabeça entre as palmas, batendo os cílios sobre a face logo antes de exigir tudo de mim. Meu fôlego. Meu coração. Minha própria alma.

Quando nós dois estamos sem fôlego, eu me afasto um pouco e continuo a fitá-la nos olhos. Eu poderia me perder nas profundezas daqueles olhos castanhos e carinhosos por uma eternidade.

— Amo você — insisto.

— Eu sei — ela brinca, repetindo as minhas palavras de antes.

— Essa sua boca malcriada ainda vai acabar me matando — murmuro e começo a beijá-la outra vez, sentindo os pensamentos de pegá-la no colo e levá-la até a minha cama dançarem na cabeça.

Mas ela se enrijece e percebo que meu comentário descuidado sobre morrer a fez se lembrar — fez com que ambos nos lembrássemos — de tudo o que perdemos e que ainda podemos perder.

Meu coração quase para de bater quando vejo seus olhos se enchendo de lágrimas.

— Desculpe — murmuro.

Ela balança a cabeça com rapidez, como se eu não devesse sofrer pelo deslize. Mas isso não vai acontecer. Em seguida ela morde o lábio, com o queixo trêmulo enquanto tenta conter toda a dor que sente por dentro. E, pela bilionésima vez, sinto vontade de acertar um chute em mim mesmo por sempre falar primeiro e pensar depois quando Grace está perto de mim.

— Vai ficar tudo bem, gata — asseguro a ela, sentindo que meu interior se transforma em líquido: ossos, artérias, músculos, tudo simplesmente se dissolve no espaço entre uma respiração e outra. E tudo o que resta é aquilo que eu seria sem Grace. Uma casca vazia que sangra.

— O que posso fazer? — pergunto. — O que você precisa que...

Ela me interrompe, colocando os dedos pequenos e frios sobre a minha boca.

— Luca morreu a troco de nada. A perna de Flint, o coração de Jaxon, tudo... tudo o que aconteceu foi por nada, Hudson — ela sussurra.

Puxo-a de volta para os meus braços e a seguro junto de mim enquanto a angústia daquilo a que sobrevivemos a abala. E os tremores de Grace agora também são os meus, porque sei que não tenho mais desculpas para dar.

Neste momento, enquanto abraço a garota que amo — a garota por quem eu faria qualquer coisa para salvar —, sei que meu tempo acabou. A verdade dura e fria que passei a última hora me esforçando ao máximo para ignorar me atinge com toda a força, arrancando meu fôlego.

A culpa é toda minha.

De tudo o que aconteceu. Cada agonia, cada morte, cada momento de dor que Grace e os outros sentiram naquela ilha... A culpa é toda minha.

Porque fui egoísta. Porque não queria abrir mão dela ainda. Porque fui fraco.

Passei a vida inteira fugindo do destino que meu pai sempre quis para mim, mas agora percebo que não tenho escolha. Ele está se aproximando, ainda que eu não queira. E não há porra nenhuma que eu possa fazer a fim de evitar. Não uma segunda vez. Não com a felicidade de Grace em risco.

E, quando por fim me render ao meu destino, receio que isso possa destruir a todos.

Capítulo 1

ÀS VEZES, DUAS COISAS CERTAS SE TORNAM UMA ENORME COISA ERRADA

Sinto vontade de estar em qualquer outro lugar que não seja este.

Em qualquer outro lugar que não seja ficar aqui, no meio desta sala gelada, que praticamente fede a dor, tristeza e uma dose forte de antisséptico. Abro um rápido sorriso para Hudson antes de me virar e encarar o restante da turma.

— O que vamos fazer primeiro? — indaga Macy com a voz suave, mas a questão ecoa pela clínica destruída, reverberando pelas paredes vazias e macas quebradas como o som de um disparo.

É a pergunta de um milhão de dólares. Ou de um bilhão de dólares, melhor dizendo. E, agora, diante de Macy e dos nossos amigos, não faço ideia de como respondê-la.

Para ser honesta, estou em choque desde que chegamos a Katmere e encontramos o lugar todo revirado, com manchas de sangue nas paredes, quartos destruídos e todos os alunos e professores desaparecidos. E, agora, também descobrimos que não foi possível salvar a perna de Flint? Estou devastada. E o fato de que ele está se esforçando demais para ser forte só deixa tudo um milhão de vezes pior.

Agora, uma hora depois, posso estar limpa depois de ter tomado banho, mas continuo abalada por tanta devastação.

E o pior: conforme passo os olhos pelos rostos dos meus amigos — Jaxon, Flint, Rafael, Liam, Byron, Mekhi, Éden, Macy, *Hudson* —, fica evidente que eles estão tão abalados quanto eu. Ninguém parece saber ao certo o que vai acontecer.

Por outro lado, o que se pode fazer em um momento como este, quando o mundo do jeito que o conhecemos está acabando e somos pegos bem no meio do desastre, observando-o desmoronar tijolo por tijolo? Em uma época na qual todas as paredes que escoramos deixam uma brecha para que todo o restante desabe ao redor?

Não é a primeira vez que sofremos perdas nestes últimos meses, mas é a primeira vez, desde que meus pais morreram, que não parece haver esperança alguma para todos nós.

Mesmo quando estava sozinha no campo do Ludares, sabia que as coisas ficariam bem. Se não para mim, pelo menos para as pessoas de quem gosto. Ou na batalha que eu e Hudson travamos contra os gigantes. Eu sempre soube que ele ia sobreviver. E quando estávamos na ilha da Fera Imortal, lutando contra o rei dos vampiros e suas tropas, eu ainda sentia que tínhamos uma chance. Ainda sentia que, de algum modo, poderíamos encontrar um jeito de derrotar Cyrus e suas alianças malditas.

No fim de tudo, quando ele fugiu, achei que tínhamos conseguido.

Achei que tínhamos pelo menos vencido aquela batalha, senão a guerra.

Pensei que os sacrifícios — os muitos, os inúmeros sacrifícios — que fizemos tinham valido a pena.

Até que voltamos para cá, até Katmere, e percebemos que não estávamos lutando em uma guerra de verdade. Não era nem mesmo uma batalha. Não; o que foi uma situação de vida e morte para nós, o que nos deixou de joelhos e nos fez afundar em um abismo de desolação, não chegou nem a ser uma batalha. Em vez disso, foi somente uma brincadeira em um playground, criada com o objetivo de manter as crianças ocupadas enquanto os adultos cuidavam de vencer a verdadeira guerra.

Eu me sinto uma idiota... e um fracasso. Porque, mesmo sabendo que não se pode confiar em Cyrus, mesmo sabendo que ele tem um monte de cartas e truques sujos na manga, ainda assim nos deixamos enganar. E pior: alguns de nós até morreram por causa disso.

Luca morreu por causa disso. E agora Flint perdeu a perna.

A julgar pelos olhares nos rostos de cada pessoa presente na enfermaria, não sou a única que tem essa sensação. Uma mistura amarga de agonia e raiva paira entre nós, com todo o seu peso. Tanto peso que quase não há espaço para mais nada. Não há espaço nem para pensar em mais nada.

Marise, a enfermeira da escola e única sobrevivente restante em Katmere, está deitada em uma das macas, com hematomas e lacerações ainda visíveis nos braços e no rosto — um testamento à valentia que deve ter demonstrado em combate e que o seu metabolismo vampírico ainda não curou. Macy traz uma garrafa de sangue de um refrigerador situado ali perto e Marise a agradece com um aceno de cabeça antes de beber. Ajudar o especialista que estava cuidando de Flint obviamente drenou a força que ainda lhe restava.

Olho para Flint, que está sentado em um leito de hospital no canto do quarto, com o que resta de sua perna erguida, para a dor estampada em um rosto normalmente iluminado por um sorriso enorme e engraçado. E sinto o meu estômago se revirar. Ele parece tão pequeno, com os ombros encolhidos pela dor e tristeza, que tenho de me esforçar para não deixar a bile subir através da garganta. A força de vontade é a única coisa que me mantém em pé no momento. Bem, ela e também Hudson, quando ele passa o braço ao redor da minha cintura, como se soubesse que posso cair se não tiver o seu apoio. Aquele abraço, a sua tentativa óbvia de me confortar, deveria fazer com que eu me sentisse melhor. E talvez fizesse, se ele não estivesse tremendo tanto quanto eu.

O silêncio se estende como uma corda tensa entre o nosso grupo, até que Jaxon pigarreia e diz, com a voz tão transtornada quanto o sentimento que afeta todos nós:

— Precisamos conversar sobre Luca. Não temos muito tempo.

— Luca? — pergunta Marise, com a desolação evidente em suas palavras doloridas. — Ele não sobreviveu?

— Não. — A resposta de Flint é tão vazia quanto o seu olhar. — Não conseguiu.

— Trouxemos o corpo dele de volta a Katmere — complementa Mekhi.

— Ótimo. Ele não devia ser deixado naquela ilha maldita. — Marise tenta dizer mais alguma coisa, mas sua voz fica embargada no meio da frase. Ela limpa a garganta e tenta outra vez: — Mas vocês têm razão. Não temos muito tempo.

— Tempo para quê? — pergunto, e meus olhos se concentram em Byron enquanto ele tira o celular do bolso.

— Os pais de Luca precisam ser avisados — Byron responde enquanto passa o dedo pela tela. — Ele precisa ser enterrado em vinte e quatro horas.

— Vinte e quatro horas? — repito. — Parece rápido demais.

— É realmente rápido demais — responde Mekhi. — Mas, se ele não for selado dentro de uma cripta antes disso, vai se desintegrar.

A dureza daquela resposta — a dureza deste mundo — faz com que a minha respiração fique presa na garganta.

Claro, todos nós nos transformamos em pó no fim das contas. Mas é horrível que isso aconteça tão rápido. Talvez antes que os pais de Luca consigam chegar aqui para vê-lo. E definitivamente antes que qualquer um de nós consiga assimilar o fato de que ele morreu de verdade.

Antes que possamos nos despedir.

— Byron tem razão — pontua Macy, com a voz baixa. — Os pais de Luca merecem a chance de se despedirem.

— É claro que merecem — concorda Hudson com uma voz que transforma aquele silêncio abrupto num ferimento pulsante. — Mas não podemos correr o risco de dar isso a eles.

Ninguém parece saber como responder a isso. Assim, ficamos apenas encarando Hudson, confusos. Não consigo deixar de imaginar que possa ter ouvido errado. E, a julgar pelo rosto dos outros, eles compartilham a sensação.

— Temos que contar a eles — comenta Jaxon. E fica bem claro que ele não está disposto a discutir a questão.

— Como assim? — Macy pergunta ao mesmo tempo. Mas ela não parece irritada. Apenas preocupada.

— Eles precisam de tempo para levar o corpo para a cripta da família — intervém Byron, mas já parou de rolar a tela do celular. Ou porque já encontrou o número dos pais de Luca ou porque não consegue acreditar no que está ouvindo. — Se não ligarmos para eles agora, não vai sobrar nada para enterrarem.

Hudson afasta o braço ao redor da minha cintura e se afasta. E não consigo evitar um calafrio ao perder aquele calor.

— Sei disso — ele responde, cruzando os braços. — Mas eles são vampiros da Corte Vampírica. Como vamos saber se podemos confiar neles?

— O filho deles morreu. — A voz de Flint crepita com a indignação enquanto ele se levanta com dificuldade. Não acredito que ele já esteja em pé e em condições de se mover, mas os metamorfos se curam com rapidez, mesmo nas piores circunstâncias. Jaxon se aproxima em busca de ajudá-lo, mas Flint ergue a mão num gesto silencioso de *Não chegue perto de mim*, embora o seu olhar esteja fixo em Hudson.

— Você não pode estar achando que eles vão ficar do lado de Cyrus.

— Essa ideia é tão surpreendente assim? — O rosto de Hudson não demonstra qualquer expressão quando ele mira Jaxon. — Você mal conseguiu sobreviver ao nosso último encontro com o nosso pai.

— Não é a mesma coisa — rosna Jaxon.

— Por quê? Só porque é Cyrus? Você realmente acredita que ele é o único que pensa assim? — Hudson ergue uma sobrancelha. — Se fosse, não haveria tantas pessoas lutando naquela maldita ilha.

O silêncio toma conta do lugar até que Éden se pronuncia:

— É duro dizer isso, mas acho que Hudson tem razão. — Ela faz um gesto negativo com a cabeça. — Não sabemos se podemos confiar nos pais de Luca. Não sabemos se podemos confiar em qualquer pessoa.

— O filho deles está morto — repete Flint para enfatizar, estreitando os olhos enquanto encara Éden. — Eles precisam saber disso enquanto ainda há tempo para enterrá-lo. Se vocês todos são covardes demais para fazer isso, eu vou fazer. — Ele fuzila Hudson com um olhar chamejante. — Já parou para pensar que nós nem precisaríamos fazer isso se você tivesse feito o seu trabalho?

Solto um suspiro exasperado quando aquelas palavras ricocheteiam pelo meu corpo como um golpe. É óbvio que ele está se referindo ao poder de Hudson de desintegrar os nossos inimigos com um simples pensamento. E sinto vontade de dizer um monte de coisas para Flint por se atrever a sugerir tal coisa, ou mesmo esperar que isso acontecesse. Mas sei que ele está sofrendo e esta não é a melhor hora para agir assim.

O olhar de Hudson aponta rapidamente para o meu. E tento reconfortá-lo com uma expressão que indica que ele não tem culpa. Mas, rápido como um relâmpago, ele volta a encarar Flint e joga os braços para cima, sem acreditar.

— Eu estava lá, lutando. Assim como você.

— Mas as coisas não são iguais, não é mesmo? — Flint ergue uma sobrancelha. — Você age como se tivesse dado tudo o que tinha naquela luta, mas todos sabemos que isso não é verdade. Por que não pergunta uma coisa a si mesmo? Se Grace estivesse a ponto de morrer, nós estaríamos aqui tendo esta conversa? Luca ainda estaria vivo?

O queixo de Hudson se retesa.

— Você não faz a menor ideia de que porra está falando.

— Ah, claro. Pode repetir isso para si mesmo o quanto quiser.

Com isso, Flint usa a beirada da cama para ir até um par de muletas encostado no canto da enfermaria. Ele as encaixa sob os braços e sai da sala sem outra palavra.

Hudson não diz nada. Todos continuam em silêncio.

Sinto um aperto no peito quando penso nas escolhas que ele tem de fazer, nas expectativas que repousam sobre seus ombros. Expectativas que são pesadas demais para qualquer pessoa aguentar. Mesmo assim, ele as aguenta. Sempre.

Mas isso não significa que ele tem de passar por isso sozinho.

Eu o puxo de volta para os meus braços e encosto a cabeça em seu peito. Fecho os olhos e escuto as batidas ritmadas do seu coração até que os ombros de Hudson começam a relaxar, até que seus lábios roçam meus cabelos num beijo suave. É só nesse momento que suspiro. Ele vai ficar bem. Nós vamos ficar bem.

Mas, quando abro os olhos, meu olhar se concentra nos meus amigos e sinto a respiração ficar estrangulada.

Arrependimento. Raiva. Acusação. Vejo tudo isso bem ali, direcionado para Hudson e para mim.

É neste momento que reconheço a verdadeira vitória de Cyrus, hoje.

Estamos divididos.

Isso é simplesmente outra maneira de dizer que estamos completamente fodidos. De novo.

Capítulo 2

MÃOS AO ALTO

Com todas as emoções sombrias pairando em seus rostos, a Ordem se movimenta de modo que todos estejam atrás de Jaxon enquanto ele encara Hudson. Meu estômago dá uma pirueta desagradável. Isso está começando a se parecer com um duelo no Velho Oeste. E não estou com a menor vontade de ser pega no fogo cruzado. Nem de ficar olhando enquanto outra pessoa é pega também.

E é por isso que me coloco no espaço que há entre Jaxon e o meu consorte. Hudson emite um som grave e contrariado do fundo da garganta, mas não tenta me impedir. Penso em defender as escolhas que Hudson teve de fazer no campo de batalha, mas, no fim das contas, calculo que a primeira coisa que precisamos fazer é pensar em Luca. Os minutos estão passando e não vai demorar até ele virar poeira.

Prometo a mim mesma que nós voltaremos a ter essa conversa sobre o que todo mundo espera que Hudson faça em uma luta, mas não hoje. Já temos problemas o suficiente.

— Escute, Jaxon. Eu entendo. — Ergo uma mão pacificadora para o garoto que já foi tudo para mim. — Isso é uma droga. Uma droga mesmo. Mas você tem que reconhecer que é arriscado chamar os pais de Luca para virem até aqui.

— Arriscado? — Ele me encara com um olhar de descrença enquanto estende os braços de um jeito muito parecido com o gesto feito por Hudson há pouco. Pelo jeito, há características em comum nos membros da mesma família. — O que mais você acha que eles podem fazer com este lugar? Se não percebeu ainda, está tudo destruído.

— Além disso, se eles quisessem nos atacar, não precisariam esperar por um convite formal — opina Byron. — Não estamos exatamente fortificados agora.

— Sim, mas eles não sabem que estamos aqui — rebate Éden, vindo para perto de Hudson. — No máximo, sabem que aparecemos aqui, vimos esta destruição e partimos para algum lugar desconhecido. E tenho que admitir que isso parece ser o que nós devíamos estar fazendo.

— Posso entrar em contato com os pais de Luca. — Marise ergue o corpo até estar sentada na maca de hospital. Embora ainda esteja pálida, seus ferimentos enfim começam a sarar. — Enquanto vocês vão para algum lugar seguro, longe do campus.

— Não vamos deixar você sozinha aqui, Marise — Macy fala com a voz firme enquanto vai até onde Marise está, perto da Ordem. — Se formos embora, você vem com a gente.

— Ainda não tenho força para fazer isso — responde a vampira curandeira.

— Ou seja, não vamos a lugar nenhum até que você tenha — completa Macy. — Além disso, deixaram você para morrer. Então, é óbvio que sabem que você está do nosso lado. É muito provável que venham caçá-la quando souberem que está viva, assim como vão fazer com a gente.

— Eles não vão me machucar — afirma Marise. Mas nem ela parece totalmente convencida disso.

— Não vamos deixar você aqui — reitero, e vou até a geladeira a fim de lhe pegar outra garrafa de sangue. Ela a pega, bebendo um gole considerável antes de colocá-la na mesa ao lado da maca.

— Os pais de Luca têm o direito de saber — repete Jaxon, mas a agressão latente se esvai um pouco mais da sua postura a cada palavra. — Traidores ou não, eles merecem a chance de enterrar o filho. Qualquer problema que vier com a chegada deles até aqui, qualquer problema que isso cause... nós vamos encarar. Porque negar esse direito a eles... — Jaxon fecha os olhos e balança a cabeça em uma negativa. — Negar esse direito a eles...

— ... Nos torna iguais a Cyrus — termina Hudson, falando de uma maneira tão resignada quanto Jaxon parece estar.

— Certas coisas valem os riscos — conclui Mekhi. — Tipo fazer o que é certo.

Éden morde o lábio e parece querer discutir, mas, no fim, simplesmente passa a mão pelos cabelos, frustrada, e concorda com um aceno de cabeça.

Jaxon espera para ver se mais alguém quer dar opinião, observando cada um de nós. Por sorte, o recuo de Hudson parece ter convencido a todos. Quando ninguém diz nada, Jaxon olha para Marise.

— Vou ligar para eles. — Em seguida, pega o celular e acelera até a porta da enfermaria, e dali para o corredor.

— E agora? — Macy pergunta com uma voz que parece tão trêmula quanto me sinto.

— Agora, esperamos — responde Hudson, com os olhos fixos na porta pela qual Jaxon acabou de passar. — E tomara que essa decisão não seja um erro gigantesco.

Capítulo 3

UMA COMPETÊNCIA MÉDICA INCRÍVEL

Vinte minutos depois, Flint voltou à sua maca e está com um humor horrível enquanto Marise se prepara para cuidar da sua ferida, conforme as instruções do especialista.

— Não saia daqui — ela fala. — Preciso pegar mais curativos.

— Logo agora que eu estava cogitando escalar o Denali — responde ele, tentando ironizar. Ela simplesmente balança a cabeça enquanto vai, com passos hesitantes, até um armário que está do outro lado da enfermaria; um sinal nítido de que ainda não se sente tão bem quanto gostaria que acreditássemos.

Jaxon e a Ordem saíram para lidar com Luca e ela insistiu que eu fosse buscar Flint a fim de examinar sua perna. Imaginei que Hudson fosse sair também, quando Flint o encarou com um olhar assassino assim que voltou para a enfermaria. Mas é preciso dar crédito a Hudson, pois ele continua aqui. No momento, está encostado em uma parede, fingindo se entreter com o celular. Mas está bem aqui, assim como eu, à procura de apoiar Flint tanto quanto ele permitir.

Enquanto observo Flint e sua tentativa de demonstrar coragem ante tudo o que perdeu, sinto um pânico bem familiar retorcer meu estômago. Devagar, puxo o ar para dentro dos pulmões. Expiro. Em seguida, volto a inspirar.

Marise destranca o armário de vidro e afasta vários frascos de comprimidos até encontrar o que estava procurando.

— É hora de mais uma dose de analgésico — ela avisa, voltando e lhe entregando dois comprimidos azuis.

Depois que Marise limpa o ferimento e começa o processo tedioso de reaplicar os curativos, Macy e Éden fazem perguntas sobre o ataque.

— Desculpem, meninas — replica Marise depois de não oferecer nenhuma nova informação a outra rodada de perguntas. — Eu queria ter mais respostas para vocês.

Macy e Éden trocam um olhar antes que a minha prima responda:

— Não, não. Está tudo bem. Você estava lutando para salvar sua vida. Nós entendemos. Não é a melhor hora para fazer perguntas. Só achávamos que você poderia saber de alguma coisa que pudesse nos ajudar a planejar as próximas ações.

— Bem, acho que vocês devem ficar em Katmere, onde estão seguros — responde Marise enquanto recolhe os curativos usados. — Não faz sentido serem apanhados e darem a Cyrus uma oportunidade para roubar seus poderes também.

— Espere aí. Cyrus sequestrou os alunos para conseguir uma vantagem contra seus pais e forçá-los a obedecer suas ordens — diz Éden, erguendo as sobrancelhas. — Não foi?

Eu me inclino para a frente. Será que entendemos as coisas do jeito errado?

Marise dá de ombros e volta a observar a perna de Flint.

— Não sei nada sobre isso. Mas ouvi um dos lobos falar sobre precisarem de magia jovem para usar como fonte de poder.

Solto um gemido rouco e balanço a cabeça, sem olhar para ninguém em particular. *Não, não, não. Isso não pode estar certo.*

— Ele sequestrou os alunos para usar a magia deles? — A voz de Macy vacila na última palavra, com os olhos arregalados pelo terror. — Mas a nossa magia está ligada às nossas almas. Se Cyrus tentar extraí-la, eles vão morrer!

Olho para Hudson para avaliar se ele está ouvindo isso também, e não fico surpresa ao perceber que ele encara atentamente a vampira mais velha, com os olhos apertados enquanto raciocina.

— Desculpem — pede Marise enquanto se vira para jogar os curativos de Flint em um recipiente para lixo hospitalar. — Isso é tudo que sei.

Macy faz outra pergunta, mas não consigo ouvir nada além do estrondo em minhas orelhas. Quando chegamos à escola e percebemos que Cyrus havia sequestrado todos os alunos, ficamos horrorizados. Mesmo assim, em algum lugar da minha mente, acho que todos imaginávamos que ele não os mataria. Afinal, seria difícil usá-los para conseguir vantagem contra os pais deles se os alunos estivessem mortos, certo?

Mas agora, percebendo que talvez ele só os quisesse por causa de sua magia, que não vai precisar mantê-los vivos depois de tirar o que quer deles, não consigo acreditar que parei o que estava fazendo para tomar banho. Ou… meu Deus. Que fiquei beijando Hudson enquanto os outros alunos podem estar morrendo.

Contemplo meu consorte e me arrependo no mesmo instante, porque sei que meus pensamentos estão escritos bem na minha cara. O remorso. A vergonha. O horror.

Seu queixo se retesa antes que ele perceba o que está acontecendo, mas em seguida ele deixa a expressão totalmente neutra quando percebe quanto fiquei abalada. O arrependimento cresce no meu estômago, fazendo com que ele se retorça e borbulhe. Porque não importa quanto essas ideias me deixem devastada. Isso não é nada comparado ao que Hudson sem dúvida está sentindo. Não depois de todas as acusações que Flint lhe fez, mais cedo.

Ah, ele tentou fingir que não era nada tão grave, tentou fingir que as palavras de Flint não o atingiram. Talvez isso não tivesse me incomodado tanto se ele só estivesse fazendo pose para os outros. Mas ele está fazendo isso comigo também. E isso, mais do que qualquer outra coisa, mostra com exatidão o quanto ele está devastado.

Hudson e eu não fingimos nada um com o outro. Nunca fizemos isso. Nem na primeira vez em que suspendi a nossa paralisia, quando ele estava preso na minha cabeça e era impossível escondermos o que quer que fosse um do outro. Nem agora que ele está fora de mim. Não é assim que agimos quando estamos juntos. Sempre dizemos a verdade um para o outro, mesmo quando é difícil. Assim, se ele está tão abalado a ponto de se esconder de mim, é sinal de que a situação está ruim. Muito, muito ruim.

O medo transforma meu sangue em gelo, e atravesso o quarto na direção de Hudson. Ele precisa saber que não tem culpa pelo que aconteceu. Precisa entender que nada disso pode ser considerado sua responsabilidade. Mas, antes que eu consiga fazê-lo, Marise se põe a ditar uma litania de instruções para Flint sobre a sua perna.

E, ao fazer isso, todos nos agrupamos ao redor da cama, querendo saber o que — se é que existe alguma coisa — podemos fazer para ajudar. Até mesmo Hudson guarda o celular, embora não dê um passo para chegar perto da cama ou de Flint.

Após determinado tempo, não restam mais perguntas a fazer. Há somente o conhecimento de que, mesmo querendo que nada disso estivesse acontecendo, não há nada que podemos fazer por Flint além de lhe fornecer apoio moral.

Porque a verdade é a seguinte: não importa quanto poder você tenha. Às vezes, aquilo que foi quebrado tem de continuar quebrado, mesmo que ninguém queira isso.

— É uma pena isso ter acontecido com você — diz Macy enquanto lhe faz um afago no braço. — Mas vamos fazer tudo o que pudermos para ajudar você. Podemos ir até a Corte das Bruxas. As curandeiras podem lhe fazer uma prótese e...

— Está falando das mesmas bruxas que acabaram de tentar nos matar? — ele responde causticamente.

— Desculpe — sussurra Macy, com lágrimas brotando nos olhos. — Não tive a intenção de...

Flint resmunga alguma coisa baixinho, balançando a cabeça.

— Não ligue para o que eu digo. Meu humor está péssimo.

— Bem, se alguém tem o direito de ficar assim… — Macy pisca os olhos para conter as lágrimas — … esse alguém definitivamente é você.

Eu me sinto meio *voyeur* por simplesmente ficar aqui observando Flint sofrer. Assim, viro de costas quando Marise lhe informa:

— O lado bom é que você está se curando bem mais rápido do que normalmente acontece com os metamorfos. Sua ferida já está quase toda fechada, e imagino que a pele vai estar completamente curada nas próximas vinte e quatro horas. Nesse meio-tempo, vai precisar de um antibiótico e curativos extras.

Éden se aproxima e bate de leve no ombro de Flint com o seu.

— Você vai ficar bem — ela afirma, convicta. — Vamos garantir isso.

— Pode ter certeza de que vamos — concorda Macy.

— Não consigo acreditar que isso está acontecendo — sussurro sem me dirigir a ninguém em particular. Em seguida, Hudson chega ao meu lado, com as mãos nos meus ombros para que eu fique de frente para ele.

— Flint vai ficar bem — assegura ele. — Tudo vai ficar bem.

Ergo uma sobrancelha enquanto o encaro.

— Seria ótimo pensar que você realmente acredita nisso.

Antes que ele consiga pensar em mais alguma coisa para dizer, Jaxon volta para a sala, parando do outro lado da cama de Flint.

— Os pais de Luca estão partindo agora. — Seu rosto está taciturno, e os olhos são dois poços infinitos de angústia. — Vão chegar aqui pela manhã.

Capítulo 4

PERTO DEMAIS PARA TERMINAR

— Seu pai está drenando a magia dos alunos e pode matá-los — digo de repente. Provavelmente não é a melhor maneira de dar a notícia para Jaxon, mas... bem, isso com certeza afasta bem rapidamente a angústia dos olhos dele. O que está ardendo ali, agora, é uma fúria incandescente que me causa um calafrio.

— Vou matá-lo com as minhas próprias mãos — anuncia Jaxon, mordendo cada palavra. E parece que vai fazer isso neste exato momento.

— Vamos brincar de "veremos quem é o primeiro a matar o nosso querido papai" pela manhã — sugere Hudson, arrastando a voz. — Acho que nós todos precisamos dormir um pouco. Caso contrário, os únicos que vão morrer seremos nós.

Todo mundo resmunga, mas sei que ele tem razão. Tenho a impressão de que estou prestes a desabar pela exaustão. Marise tenta algumas vezes fazer com que o nosso grupo prometa não agir de maneira precipitada, mas o máximo que Jaxon concorda é com não partir antes do amanhecer. Ele espera até que Flint volte a se apoiar nas muletas e, em seguida, volta junto à Ordem para os seus respectivos quartos.

Enquanto saímos do quarto atrás deles, Hudson passa o braço com firmeza ao redor da minha cintura e nos faz acelerar até as escadas que levam ao seu quarto em um piscar de olhos. Tenho de admitir que, às vezes, esse poder de acelerar é bem útil. Especialmente porque, considerando a velocidade com que nos movemos, é bem difícil assimilar todo o estrago que a Academia Katmere sofreu com o ataque. Sei que cedo ou tarde vou ter de encarar, mas, nesse momento, não sei se tenho condições de ver quanto os lacaios de Cyrus conseguiram destruir deste lugar que passei a chamar de lar.

Com gentileza, Hudson me deixa em pé ao lado da cama, com o olhar apontando para vários lugares do quarto — exceto para mim.

— Você precisa dormir um pouco. Vou ficar no sofá para não incomodá-la.

— Você, me incomodar? Como se isso fosse possível. — Ele pode estar bem diante de mim, mas não dá para deixar de perceber o elefante enorme que existe entre nós. — Hudson, precisamos conversar sobre o que aconteceu na enfermaria.

— E o que temos para conversar? — ele responde, sério. — O que está feito, está feito.

Coloco uma mão carinhosa em seu braço.

— Eu lament...

— Grace, pare. — Ele fala com a voz firme, mas não irritada. E não parece tão destruído como eu me sinto.

— Por que está agindo assim? — pergunto, detestando o quanto a minha voz soa carente. E detestando ainda mais o quanto me sinto carente e incerta. — O que houve?

Ele me encara com um olhar que significa *Está falando sério?*. E eu entendo. Tudo está errado. Mas isso não é nenhuma novidade. O problema não somos nós. Mas tudo que está ao nosso redor. Só que...

Só que, quando ele age desse jeito, sempre tenho uma impressão horrível de que nós podemos ser o problema.

Não gosto disso. Não depois de tudo o que passamos para chegar até aqui. E definitivamente não gosto de quando ele se afasta para lamber as feridas em vez de dividir suas preocupações comigo.

— Hudson, por favor — eu o chamo, tentando tocá-lo. — Não faça isso.

— Não faça o quê? — ele questiona.

Agora é a minha vez de encará-lo. E acho que funciona, porque o queixo dele se retesa. E, de repente, Hudson parece ficar muito, muito interessado na parede que está logo atrás da minha cabeça.

— Converse comigo — sussurro, me aproximando cada vez mais, até que nossos corpos estejam quase se tocando e nós estejamos respirando o mesmo ar.

Ele fica onde está por um segundo. Em seguida, dá um passo para trás. E isso corta como uma faca.

— Não tenho nada a dizer.

— Pelo jeito, há mesmo uma primeira vez para tudo — tento brincar, esperando arrancar alguma reação dele. Esperando conseguir trazer de volta aquele Hudson seguro demais de si mesmo, arrogante demais para o próprio bem.

Ele olha para mim, finalmente. E quando retribuo o olhar, sinto-me afundar na infinidade daquele olhar oceânico — a infinidade que é ele.

Mas, quanto mais o observo, mais percebo que ele também está se afogando. E não importa o quanto eu tente, ele não vai deixar que eu lhe jogue uma boia para lhe salvar.

— Me deixe ajudar — eu sussurro.

Ele solta uma risadinha entristecida.

— Não preciso da sua ajuda, Grace.

— Então, do que você precisa? — Eu me agarro a ele e me encosto. — Me diga do quê, e vou encontrar uma maneira de dar isso para você.

Ele não responde, não coloca os braços ao redor do meu corpo, nem mesmo se move. Com isso, o medo se transforma numa fera que rosna dentro de mim, desesperadamente atacando as minhas entranhas com as garras em busca de se libertar.

Porque esse não é o meu Hudson. É um estranho, e não sei como trazê-lo de volta. Não sei nem mesmo como vou encontrá-lo debaixo de tanto gelo. Só sei que tenho de tentar.

E é por isso que, quando ele começa a recuar outra vez, eu o agarro com firmeza. Seguro a sua camisa nas minhas mãos, aperto o meu corpo contra o seu e mantenho meu olhar fixo nos olhos dele.

E me recuso a soltar.

Porque Hudson Vega é meu. E não vou perdê-lo para os demônios que ele tem dentro de si. Nem agora nem nunca.

Não sei quanto tempo passamos desse jeito, mas é tempo o bastante para que a minha garganta se feche. Tempo o bastante para as minhas mãos ficarem úmidas. Tempo mais do que o bastante para que um soluço se forme no meu peito.

Mesmo assim, não desvio o olhar. Mesmo assim, não o solto.

E é aí que tudo acontece.

Com o maxilar tensionado, a garganta agitada, ele desliza os dedos pela minha nuca e fecha as mãos entre os meus cabelos. Em seguida, puxa a minha cabeça para trás, com os olhos ainda fixos nos meus, e diz "Grace" numa voz tão ferida e amargurada que faz o meu corpo inteiro se tensionar pela antecipação e pelo desespero.

— Me desculpe — ele pede. — Não posso... Eu não...

— Está tudo bem — respondo, levando a mão até a sua bochecha e puxando seu rosto para junto do meu.

Por um momento, tenho a impressão de que ele vai se afastar, que não quer mais me beijar. Mas ouço um som grave sair do fundo da sua garganta. E, com toda essa facilidade, todos os medos e falhas se afastam em meio ao toque forte, frenético e alucinado daqueles lábios nos meus.

Em um momento estou tentando abri-lo; no momento seguinte, estou me afogando em sândalo, âmbar e num corpo duro e rijo de homem.

E nunca senti nada tão bom. Porque este é Hudson, o meu Hudson. Meu consorte. Mesmo quando as coisas dão errado, *isto* dá muito certo.

Como se quisesse provar, ele mordisca o meu lábio, deslizando as presas sobre a pele sensível nos cantos da minha boca. E não consigo evitar me perder no calor daquele coração sombrio e desesperado.

— Está tudo bem — murmuro quando seus dedos seguram minhas costas e seu corpo trêmulo se apoia no meu. — Está tudo bem, Hudson.

Ele não parece me ouvir — ou talvez simplesmente não acredite em mim — conforme intensifica o beijo e parte o mundo e também a mim.

Relâmpagos estalam, trovões explodem e juro que ele é a única coisa que consigo ouvir. A única coisa que consigo ver, sentir e cheirar é Hudson, mesmo antes que ele deslize a língua sobre a minha.

Seu gosto é como o mel — doce, morno e perigoso. É viciante. Ele é viciante. E gemo, dando a ele tudo que posso. Dando tudo o que ele quer e implorando que tome ainda mais. Muito mais.

Nós dois estamos arfando quando ele por fim se afasta. Tento mantê-lo comigo por mais algum tempo. Tento impedir que a conexão entre nós desapareça. Porque, enquanto ele estiver envolvido em mim — em nós —, não estará preso dentro da própria cabeça, destruindo a si mesmo por algo que não pode nem deveria mudar.

Após certo tempo, ele se afasta. Mas não estou pronta para permiti-lhe. Mantenho os braços ao redor da cintura dele, pressionando meu corpo contra o seu. *Só mais um pouquinho*, imploro em silêncio. *Dê-me só mais alguns minutos. Você, eu e a desconexão que sinto quando nos tocamos.*

Ele deve sentir o meu desespero — e a fragilidade que me esforço tanto para esconder —, porque não se move.

Espero que ele diga algo engraçado, irônico ou simplesmente ridículo, do jeito que só Hudson sabe fazer. Mas ele não profere uma palavra sequer. Em vez disso, só me abraça e deixa que eu o abrace. E, por ora, é o bastante.

Passamos por muitas coisas nas últimas vinte e quatro horas. Lutamos contra gigantes, fugimos da prisão, aquela batalha horrível, perdemos Luca e quase perdemos Jaxon e Flint, encontramos Katmere destruída. Há uma parte de mim que acha incrível o fato de ainda estarmos em pé. O resto de mim está simplesmente grato por isso acontecer.

— Me desculpe — Hudson sussurra outra vez, com o hálito quente no meu rosto. — Me desculpe mesmo.

Um tremor intenso sacode aquele corpo alto e magro.

— Por quê? — pergunto, afastando-me um pouco para enxergar o rosto dele.

— Eu devia ter salvado Luca — ele continua quando nossos olhares colidem e sua voz vacila. — Devia ter salvado todos eles.

Percebo que a culpa o devora por inteiro, mas não vou permitir que isso aconteça. Não consigo.

— Você não fez nada de errado, Hudson — asseguro a ele, com firmeza.

— Flint tinha razão. Eu devia ter impedido o que aconteceu.

— Quando você diz "impedido o que aconteceu", está falando sobre desintegrar centenas de pessoas em um instante? — pergunto, erguendo as sobrancelhas.

Ele tenta virar o rosto, envergonhado, mas eu o seguro com firmeza. Carrego esse tipo de culpa e dor desde que os meus pais morreram. E não é a coisa mais divertida do mundo. Não vou simplesmente ficar aqui e deixar que Hudson faça o mesmo. Não se eu puder evitar.

— O que você acha que devia ter feito? — pergunto. — Fazer com que Cyrus e todos os outros que estavam contra nós... desaparecessem em pleno ar? — Balanço a cabeça enquanto procuro as palavras certas.

— Se eu tivesse feito isso, Luca ainda estaria vivo. A perna de Flint ainda estaria no lugar. E Jaxon e Nuri...

— Você seria capaz de fazer isso? — questiono, porque senti a indecisão de Hudson no início da batalha. Senti que ele lutava para tomar o controle sobre si e sobre a situação enquanto o caos fervilhava à nossa volta.

— No começo, no meio daquela confusão, você teria sido capaz de fazer isso?

— É claro que eu teria... — Ele interrompe a frase no meio, passando a mão pelos cabelos. — Não sei. Tudo estava acontecendo muito perto e o caos era enorme. E quando Jaxon se jogou no meio de tudo...

— Você se jogou junto a ele. Porque não podia correr o risco de errar ou machucar Jaxon ou os outros. E preferia morrer do que deixar que alguma coisa acontecesse com Jaxon.

— Bem, você viu como ele estava — diz Hudson com a voz arrastada. — É óbvio que aquele garoto precisa de proteção. Foi só eu virar de costas e alguém arrancou o coração dele do peito.

— Eu não diria que as coisas aconteceram exatamente desse jeito — rebato, bufando pelo nariz. — Mas sei que você faria qualquer coisa para proteger a ele e a mim. E também sei que faria qualquer coisa para proteger os outros. Você não desintegrou todo mundo no começo porque não tinha certeza se atingiria um de nós. E, quando teve certeza, quando entendeu tudo o que estava acontecendo, você ameaçou fazer isso. E tenho certeza de que realmente o faria.

Ele fica olhando por cima do meu ombro para a parede, outra vez.

— Você não está entendendo. Ninguém entende. Não é tão simples. — Ele suspira. — Odeio esta coisa dentro de mim.

— Sei disso. — Ergo as mãos que estão ao redor da cintura de Hudson e toco seu rosto, esperando de modo paciente até ele fitar meus olhos outra vez. — Mas também sei que, se Cyrus e os outros não tivessem ido embora quando você deu aquele aviso, você teria feito com que cada um deles deixasse de existir. E teria feito isso por nós. Não tenho dúvidas de que teria feito aquilo se fosse para nos manter a salvo.

O olhar de Hudson se fixa no meu quando ele admite:

— Para manter você a salvo, eu faria qualquer coisa.

Mas não estou acreditando nisso. Hudson me ama, sei disso. Mas não acho que ele tem noção de quanto seria capaz de sacrificar por todos os outros, não apenas por mim.

— Para manter todo mundo a salvo.

Ele dá de ombros, mas sinto-o relaxar um pouco mais dessa vez. Assim, coloco os braços ao redor dele e o abraço com ainda mais força, me esforçando para mostrar que tenho fé nele — mesmo quando Hudson não tem fé em si mesmo.

— De qualquer maneira… — Hudson tosse e depois continua: — Antes de enfrentar Cyrus outra vez, preciso conversar com Macy sobre como repelir um feitiço de sentidos.

— Um feitiço de sentidos?

— Deve ter sido isso que Cyrus usou — prossegue ele. — Cyrus mandou que as bruxas fizessem alguma coisa com todo o seu grupo. Tenho quase certeza. Foi por isso que, quando tentei persuadir as tropas dele a recuar, os soldados nem perceberam. Foi como se…

— Eles nem tivessem ouvido o que você disse? — termino a frase por ele.

— Isso mesmo. — Ele balança a cabeça, enojado. Mas não sei se esse sentimento é direcionado a si mesmo ou ao pai. — Eu devia ter imaginado que ele faria algo assim.

— Ah, porque você é onisciente? — pergunto, sarcástica. Entendo por que ele está se culpando. Hudson é assim mesmo; ele carrega o peso do mundo inteiro nas costas, independentemente de ter o direito de fazer isso ou não. Mas já chega. — Ou porque você é um deus?

Aqueles olhos azuis turbulentos se estreitam um pouco, irritados.

— Porque conheço o meu pai. Sei como ele pensa. E sei que nada vai impedi-lo de conseguir o que quer.

— Você tem razão — concordo com ele. — Nada vai impedir que Cyrus consiga o que quer. E isso significa que tudo que aconteceu naquela ilha foi por causa dele, não de você.

Hudson parece querer discutir a questão comigo, mas volta a ficar quieto quando o encaro com um olhar desafiador.

Dessa vez ele sabe que estou certa, independentemente de querer admitir isso ou não.

Ficamos desse jeito pelo que parece uma eternidade — olhares fixos um no outro, corpos juntos, tudo que vimos e fizemos se solidificando como cimento fresco entre nós. Eu só queria ter certeza de que isso serve para nos ligar um ao outro, em vez de formar uma muralha.

Porque essa guerra está longe de terminar. Temos um longo caminho pela frente se quisermos salvar os alunos antes de Cyrus os matar. E não há garantia nenhuma de que isso vai acabar da maneira que esperamos.

Não há garantia de que nada volte a ficar bem.

É por isso que respiro fundo e revelo o temor que toma conta da minha mente desde que voltamos a Katmere:

— Acho que a Coroa não é o que pensávamos.

Capítulo 5

SONHE E GRITE COMIGO

Hudson observa a minha palma e quase consigo ver um milhão de pensamentos e cenários diferentes passarem pela sua cabeça enquanto ele tenta entender como deve reagir. No fim das contas, ele só comenta:

— Só porque você ainda não descobriu o poder dela, não quer dizer que não exista.

— Talvez não — concordo, embora ainda tenha dúvidas. — Mas tenho certeza de que eu sentiria alguma coisa se tivesse um novo poder.

— Assim como você já sabia que era uma gárgula no dia que chegou a Katmere? — ele pergunta com a sobrancelha erguida.

Aquela pergunta faz o meu estômago doer, então a empurro (junto de todas as possíveis respostas) para o lugar mais profundo que consigo. Está longe de ser a melhor solução, mas até que a Fera Imortal decida acordar e responder a algumas das minhas perguntas, estou num beco sem saída. Não adianta nada passar as próximas horas em pânico, se eu puder evitar. Especialmente quando preciso muito, muito dormir.

— Vamos ter tempo para nos preocupar com a Coroa depois — diz Hudson. Ele afrouxa os braços ao redor da minha cintura e me vira na direção daquela cama enorme, que parece um paraíso para os meus olhos cansados. Hudson dá um beijo no topo da minha cabeça.

— Por que não se deita?

Estou exausta demais para fazer mais do que seguir a sugestão e subir na cama, puxando o lençol e o edredom por cima de mim enquanto ele vai até o banheiro. Quase imediatamente sinto meus olhos se fecharem, apesar da minha determinação em esperar Hudson. Leva apenas um minuto até eu estar pairando em meio a uma névoa, com imagens da batalha à qual sobrevivemos passando em lampejos pela minha cabeça no que parece ser uma montagem infindável de meias-memórias e meios-sonhos.

Eu me movo quando imagens de Luca morrendo se misturam a lembranças de estar encarcerada na prisão. O sangue da perna de Flint cobrindo as minhas mãos, os redemoinhos prateados dos olhos de Remy dizendo que ele logo vai me ver outra vez. Viro para o outro lado, tentando descobrir onde estou. Meu coração está acelerado. Será que ainda estou na prisão? Será que sonhei que nos libertamos, que salvamos a Fera Imortal — *não, uma gárgula*, minha mente grogue faz questão de me lembrar.

Preocupado, Grace. Preocupado demais.

A voz da gárgula mais velha entra na minha mente, enfiando-se por entre as imagens que ainda surgem em lampejos no meu cérebro. Tento resistir, mas cada segundo me puxa ainda mais para o fundo, como se eu estivesse presa em areia movediça.

Não há tempo, não há tempo. A voz dele está mais frenética do que nunca, em uma tentativa de atravessar a névoa. E, então, de uma maneira mais clara do que ele jamais falou comigo, como se estivesse se concentrando em cada palavra: *Acorde, Grace! Nosso tempo está quase acabando!*

Capítulo 6

ESTALOS, ESTOUROS E BISCOITOS

O tom de comando naquela voz faz com que eu me levante da cama com um movimento brusco.

Meu coração bate com força; ouço o sangue correr nas minhas orelhas. E praticamente tenho a sensação de que estou acordando no meio de um ataque de pânico dos piores. Só que meu cérebro está totalmente lúcido. E a alternativa que percorre meu corpo tem tudo a ver com urgência, mas nada a ver com medo.

Olho rapidamente para Hudson, mas, pelo menos dessa vez, ele está dormindo de verdade. Sua respiração está regular. Seus hematomas discretos na bochecha são uma lembrança marcante de tudo o que ele passou nos últimos dias. A maior parte das marcas das suas lutas na prisão já desapareceu, mas vai ser preciso mais do que apenas sangue para apagar a exaustão ao redor dos olhos. Estendo a mão e deslizo um dedo delicado e trêmulo pela face dele. Seus olhos se agitam por um momento e receio que talvez o tenha acordado. Mas ele se vira para o outro lado com um suspiro e volta a adormecer.

É uma pena que não vou conseguir fazer a mesma coisa.

Uma rápida consulta no meu celular revela que dormi por pouco mais de sete horas. E isso significa que ainda faltam algumas horas até o amanhecer. Quando me levanto da cama, o sol está começando a surgir por cima do pico do Denali. Ainda estamos no meio da noite, mas, no Alasca, na primavera, o sol nasce por volta das quatro da manhã.

Tons de vermelho e roxo tingem o céu e as montanhas visíveis pelas janelas estreitas do quarto de Hudson. É bonito, sem dúvida. Mas a sombra do que parece uma tempestade se aproximando também me causa uma sensação horrível de mau agouro. Como se o céu sangrasse sobre as montanhas e encharcasse o mundo inteiro em arrependimento e medo.

Por outro lado, talvez eu esteja simplesmente projetando os meus próprios sentimentos. Deus sabe muito bem que o meu mundo parece estar encharcado de sangue no momento.

Penso em voltar para a cama e tentar dormir um pouco mais. Mas estou sem cabeça para isso. E como não estou com a menor vontade de vestir as minhas roupas sujas outra vez, preciso ir até o meu quarto a fim de pegar uma muda extra antes de sairmos daqui.

Meu estômago estremece enquanto subo as escadas e passo pelos corredores estraçalhados de Katmere, lembrando-me da primeira vez em que cheguei à escola, caminhando por estes corredores porque a minha vida inteira havia mudado em um piscar de olhos e eu não conseguia dormir.

Parece que estou à beira de outro precipício. E que ele se desfaz um pouco mais com cada passo que dou. Muita coisa mudou desde aquela primeira noite; minha gárgula, Hudson, Jaxon, até mesmo a própria Academia Katmere. E mesmo assim, ainda tenho a sensação de que determinadas coisas não mudaram nem um pouco.

Tipo a possibilidade, não tão baixa no momento, de que uma dupla de lobos homicidas apareça e queira me jogar de novo na neve.

Dizendo a mim mesma que estou agindo de um jeito ridículo (pois Cyrus dificilmente vai mandar os lobos atrás de nós, considerando que já pegou os alunos), ainda assim vou subindo dois degraus de cada vez em busca de chegar ao meu quarto. Se houver uma invasão inimiga, quero poder estar usando calças quando tiver de encará-los.

Macy dorme profundamente quando chego ao nosso quarto. Por isso, procuro entrar com todo o cuidado.

Uso a lanterna do celular para enxergar, novamente amaldiçoando o fato de que, sendo gárgula ou não, não tenho olhos capazes de enxergar no escuro, como os vampiros e os lobos.

Deixo a lanterna apontada para baixo, iluminando apenas o bastante para não tropeçar e cair em cima de Macy, enquanto vou até o meu guarda-roupa.

Pego a minha mochila preta de Katmere e a preencho com algumas coisas de que vou precisar para ficar no quarto de Hudson. Calça e camiseta extras, roupas íntimas, a nécessaire com produtos de higiene, um punhado de elásticos para o cabelo e (surpresa!) uma caixa de biscoitos de cereja. Se há uma coisa que aprendi nesses últimos sete meses, convivendo com vampiros em momentos imprevisíveis, é que, se eu quiser ter certeza de que não vou sentir fome, é sempre bom levar uns petiscos comigo.

Depois de enfiar tudo aquilo na mochila, visto também um moletom com capuz antes de me sentar no chão, calçando as meias e o meu par de botas favorito.

Volto a me levantar e dou uma última olhada ao redor do quarto para me assegurar de que não estou esquecendo nada importante. Em seguida, lembro-me de duas coisas que não gostaria de deixar para trás de jeito nenhum. Vou até a caixa de joias na minha cômoda, abro a tampa e pego o diamante que Hudson me deu, assim como o colar que ganhei de Jaxon. Guardo aqueles dois tesouros no bolso da frente da mochila, junto do bálsamo labial cor-de-rosa que Macy me deu. Passo a mochila por sobre o ombro e vou até a porta na ponta dos pés.

Quando estou de saída, Macy se espreguiça um pouco e murmura algo enquanto dorme. Fico imóvel, esperando para ver se ela precisa de mim. Mas, depois de outro som baixo e dolorido, ela volta a dormir com aqueles roncos que me acostumei a ouvir nesses últimos meses.

O som me faz sentir saudade da época em que cheguei a Katmere, antes de toda essa loucura começar, e quando a minha maior preocupação era se a minha prima roncava muito alto. E descobri que ela roncava bem alto. Essa sensação faz com que eu fique olhando para Macy e para a minha cama, pensando que talvez eu poderia aproveitar mais algumas horas de descanso... Afinal de contas, essa pode ser a nossa última chance de aproveitar uma boa noite de sono.

Nem me importo em tirar as botas. Simplesmente me deito em cima das cobertas, afundo a cabeça no travesseiro e deixo que o ritmo do ronco de Macy me embale até dormir.

Não há tempo!

Uma voz na minha cabeça me assusta e acordo outra vez. Dou uma olhada no meu celular. Dormi mais duas horas. Macy ainda ronca baixo, mas já sei que vai ser impossível eu voltar a dormir.

Talvez, se tiver sorte, eu possa voltar de mansinho ao quarto de Hudson sem acordá-lo também.

Ainda nem cheguei ao alto da escadaria quando ouço a voz da Fera Imortal no meu cérebro outra vez. *Não há tempo. Não há tempo. Não há tempo.*

Não há tempo para quê?, pergunto, em algum canto afastado da mente. *Está tudo bem com...*

Paro de falar quando dou a volta no último lance de degraus e encontro a gárgula em forma humana, sentada diante da mesa de xadrez quebrada ao pé da escadaria, segurando uma das poucas peças que sobreviveram ao ataque.

Uma onda de náusea e déjà-vu passa por mim quando percebo que a peça que ele está segurando não é ninguém menos do que a própria rainha dos vampiros.

Capítulo 7

COMO É QUE É?

Atesto o óbvio.

— Você voltou a ser humano.

Ele concorda com um aceno de cabeça enquanto desço com lentidão os últimos degraus que nos separam. Tento entender o que está acontecendo aqui, mas estou perdida. Não faço ideia do que devo dizer à Fera Imortal. Não faço ideia de como devo tratá-lo. Ele é uma gárgula, a única outra gárgula viva que existe. E isso significa que provavelmente temos algumas características em comum.

Mas a verdade é que nunca me senti tão distante de alguém — o que, por si só, já é muito estranho, considerando que consigo ouvi-lo dentro da minha cabeça.

— Você está bem? — indago, sentando-me na cadeira do outro lado da mesa de xadrez.

— Preocupado. Muito preocupado — responde ele em voz alta, e fico um pouco assustada ao ouvir aquela voz. Bem, ele falou comigo na ilha, mas estou tão acostumada a ouvi-lo dentro da minha cabeça que levo uns minutos para me ajustar.

Concordo com um aceno de cabeça.

— Sim, eu sei. Ouvi você dizer isso enquanto eu dormia. E aí acordei.

— Desculpe. — Ele parece encabulado. — Tenho que ir rápido.

— Não precisa se desculpar — comento, balançando a cabeça. — Mas por que precisamos ir rápido? O que está acontecendo?

— Não tem mais tempo.

Não sei se ele está falando sobre nós, sobre si mesmo ou sobre outra pessoa. Espero, de coração, que esteja dizendo que Cyrus não tem mais tempo, mas duvido que eu tenha tanta sorte assim.

— Quem não tem mais tempo?

Ele não responde. Apenas se inclina para a frente em sua cadeira a fim de enfatizar a urgência da mensagem.

— Não tem mais tempo.

Isso não me diz absolutamente nada que eu já não soubesse antes. A gárgula insiste em repetir a mesma frase — *não tem mais tempo* —, e isso está começando a me dar nos nervos. Em especial quando penso em todas as circunstâncias diferentes que estão acontecendo e que podem significar que estamos ficando sem tempo. Será que não temos mais tempo para salvar os alunos? Será que Cyrus está voltando para nos pegar? Será que a Coroa vai se autodestruir na minha mão?

— O que não tem mais tempo? — insisto, com a frustração bem evidente na voz. — O que vai acontecer?

Mas ele não responde. É claro que não vai responder. Sempre conseguiu me deixar toda alvoroçada somente com avisos vagos, sem nunca me dar qualquer detalhe para explicar a situação. Desde a primeira vez que entrei nos túneis, passando por aquela árvore esquisita perto da escola e até a cela onde Hudson, Flint e eu ficamos trancafiados na prisão, com Remy e Calder, ele me deu muitos conselhos. Mas nunca me diz exatamente para que servem os conselhos ou o que devo fazer, em vez de me aconselhar a não tomar certas decisões.

De certa maneira isso ajuda, acho. Mas, definitivamente, há outras vezes em que não ajuda nada.

Tipo agora, quando ele estende a peça de xadrez da rainha dos vampiros para mim.

— Quer jogar xadrez? — pergunto, sem dar muita atenção à peça que, como percebo agora, é bem parecida com Delilah. Obrigada, mas nem morta. Já fiz isso uma vez e não estou interessada em um repeteco. Principalmente considerando que jogar com as peças de vampiros remanescentes envolve pegar o rei dos vampiros também. E não vou chegar perto de Cyrus de jeito nenhum. Mesmo que seja simplesmente uma representação dele em mármore. — Se quiser, jogo com os dragões.

A Fera faz um gesto negativo com a cabeça.

— Você não quer jogar xadrez?

— Não tem mais tempo. — Ele golpeia o ar com a peça da rainha vampira.

— A rainha dos vampiros não tem mais tempo? Isso não faz com que eu me sinta tão mal, sabia?

Dessa vez a gárgula suspira, como se estivesse muito decepcionado por eu não entender o que ele quer de mim. E eu me sinto mal também. Mas essa maneira desconjuntada de se comunicar não facilita as coisas. Mesmo assim, quem sou eu para comentar alguma coisa? Se eu passasse mil anos acorrentada em uma caverna e criaturas paranormais de todo o planeta viessem tentar me matar regularmente, é provável que a minha noção de linguagem (e da realidade) ficasse bem tênue também.

Mas saber disso só deixa as coisas ainda mais difíceis quando tento entender seus conselhos. Afinal, se mil anos em isolamento o deixaram louco, como vou poder confiar no que ele está tentando me comunicar?

Agora é a minha vez de suspirar. Essa situação toda vai se tornando um pesadelo cada vez maior.

— Grace. — Ele profere o meu nome com tanta urgência (e tanta autoridade) que volto a prestar atenção nele em um instante.

— Sim?

— Cuidado. Tome cuidado.

Como se eu precisasse ouvir isso.

— Eu sei. Estou tomando cuidado. Pode acreditar em mim. Estamos tomando cuidado pra caralho com a Corte Vampírica. Cyrus...

— Não! — Ele me encara com os olhos estreitados. Em seguida, bate a rainha dos vampiros com tanta força na mesa que tenho a impressão que a peça vai se desfazer em cacos. Mas isso não acontece. A peça continua inteira e sem sinal algum de dano.

Como se isso não fosse um presságio ainda pior. A única coisa que me falta é que Delilah seja tão indestrutível quanto Cyrus parece ser.

— A rainha? — pergunto, estendendo a mão em busca de pegar a peça. — Você está me alertando sobre Delilah?

Aguardo até que ele solte a peça, posto que conseguiu explicar o que queria. Mas ele continua segurando o mármore frio, mesmo quando envolvo a peça com a mão. É assim que nossos dedos se tocam e é assim que uma eletricidade estranha passa pelo meu corpo, fazendo com que agarre por instinto o cordão de platina da minha gárgula em uma fração de segundo. Mas, antes que eu consiga segurá-lo, uma descarga de energia me acerta com tanta força que chega a tirar o fôlego.

No começo, tenho a impressão de ser apenas um choque. Uma mera descarga de eletricidade quando duas pessoas se tocam. Mas não levei choque algum desde que me transformei em gárgula pela primeira vez, por acidente.

Faço menção de afastar a mão com uma risada nervosa e tento fazer piada, mas é tarde demais. Ele está se transformando em pedra outra vez, e uma rápida espiada no meu corpo mostra que a mesma coisa está acontecendo comigo. E as nossas mãos de pedra continuam segurando a rainha dos vampiros com firmeza.

Capítulo 8

UMA BAGUNÇA DANADA

Conheço essa sensação.

É como me transformar em pedra... só que não. Quando me transformo em gárgula, há uma sensação estranha de formigamento que se inicia nos meus pés. É tão rápida que quase não sinto o formigamento subindo pelas minhas pernas e braços. Ela toma conta do corpo inteiro, pontadas minúsculas de eletricidade por toda a parte que aguçam os sentidos em vez de entorpecê-los, exacerbando as sensações do meu coração batendo, dos pulmões respirando e do sangue circulando da cabeça aos pés. Aguçando a minha mente de modo que eu consiga ver tudo, sentir tudo, conforme o tempo desacelera e as minhas reações se aceleram.

O que está acontecendo agora não tem nada a ver com isso.

Essa transformação é tão rápida quanto, mas percebo cada célula conforme a eletricidade percorre meu corpo, passando por todas as terminações nervosas como se agulhas enormes fossem enfiadas na minha carne, em vez de pontadas sutis. Meus pés, pernas, mãos, peito, ombros... a dor é quase insuportável. Quando chega à minha cabeça, abro a boca para gritar de agonia. Mas é tarde demais. Meu corpo já é pedra sólida, sufocando o grito no meu peito sob todo o seu peso.

Meus sentidos ficam tão sobrecarregados — eu fico tão sobrecarregada — que preciso de um segundo para recuperar o fôlego, e de vários outros segundos para me dar conta do que está acontecendo. Em especial considerando que não faço a menor ideia do que houve nem se ainda estou aqui. Perscrutando ao redor, tentando responder pelo menos a uma dessas perguntas, percebo que mal consigo enxergar o que está a um metro do meu rosto.

Todo o restante está envolto em névoa.

No começo sou acometida pela impressão de que estou sozinha, e o pânico me domina enquanto um milhão de possibilidades diferentes passam pela minha cabeça. Como se talvez tudo isso fosse alguma armadilha terrível que Cyrus armou para mim com a ajuda deste homem. Como se talvez ele quisesse que libertássemos a Fera Imortal desde o início, apenas para me trazer até aqui.

Mas, quando me viro e noto a gárgula mais velha em sua forma humana a alguns metros de distância, recupero a razão. A Fera odeia Cyrus. Pelo menos, tanto quanto Hudson odeia. O rei dos vampiros o deixou preso em uma caverna por mil anos. Ele nunca se tornaria seu aliado. Principalmente agora que está livre. Não acredito nisso.

E não vou acreditar.

É esse pensamento, mais do que qualquer outro, que me faz dar vários passos na direção da gárgula agachada no chão.

Quando me aproximo, percebo que ele parece tão chocado quanto eu mesma me sinto. Talvez mais. Seus olhos estão arregalados e a boca entreaberta quando estende a mão para tocar o piso reluzente de pedra sob os nossos pés.

— Isto é real? — ele sussurra quando anda de um lado para outro, tocando o chão à sua volta.

— Eu ia te perguntar a mesma coisa — confesso a ele, observando enquanto um sorriso toma conta daquele rosto preocupado. Com certeza, é a primeira vez que vejo isso acontecer desde que o conheci.

É um sorriso incrível que o transforma por inteiro. Faz com que ele rejuvenesça, fique mais bonito, mais forte e mais orgulhoso.

Uma imagem que ganha força quando ele por fim se levanta. Não é mais a Fera Imortal abatida, confusa, desconcertada com quem interagimos desde a primeira vez que fomos até aquela ilha. Não. Este homem é alguém inteiramente diferente.

Altivo.

Poderoso.

Tem mais de um metro e noventa, é mais alto do que Hudson e Jaxon e também tem ombros ainda mais largos. Seus braços musculosos estão cobertos por uma camisa preta justa. E, sobre ela, há uma túnica preta e cinza que lhe desce até o meio das coxas. Nas pernas, uma calça justa preta e botas pretas nos pés. E, quando desliza a mão pelo veludo fino das roupas, percebo o que atraiu a minha atenção.

Esta é a gárgula em seus dias de glória, antes que Cyrus o atraísse para aquela caverna e o transformasse na Fera Imortal.

Como se recebesse um soco no peito, sei quem ele é. Quem ele tem de ser. Esse homem bonito e nobre com trajes de mil anos de idade não é ninguém menos do que o rei das gárgulas.

O verdadeiro governante da Corte das Gárgulas, da qual me apropriei durante aquele jogo do Ludares.

O verdadeiro dono da Coroa que, no momento, está inscrita na palma da minha mão.

De repente, não faço a menor ideia do que devo lhe dizer. Ou se deveria fazer uma reverência.

Por sorte, ele não parece sofrer do mesmo problema. Quando termina de inspecionar a si mesmo — e de alisar a túnica em um detalhe ínfimo —, ele observa ao redor mais uma vez.

— Muito bem, Grace — elogia ele. — Muito bem.

Aquelas palavras têm um sotaque forte, mas não consigo identificar sua origem. É um sotaque inglês que soa familiar. Não é britânico como o de Hudson nem australiano como o de alguns dos meus atores favoritos, e definitivamente não é americano. Mesmo assim, é familiar.

— Acho que não posso receber os créditos por nada disso — pontuo para ele, com sinceridade. — Considerando que não faço ideia de onde estamos ou como chegamos aqui.

De algum modo, o sorriso dele fica ainda maior.

— Não sabe mesmo onde estamos?

Analiso ao redor, à procura de enxergar além da névoa, mas quase tudo o que fica a mais de meio metro de distância está envolto em mistério.

— Não faço a menor ideia.

— É uma pena que as coisas tenham chegado a esse ponto. — Ele balança a cabeça com um pouco de tristeza. Em seguida, gesticula com o braço e a névoa se desfaz; e enfim consigo enxergar o que ela escondia. — Seja bem-vinda, minha cara Grace, à Corte das Gárgulas.

Capítulo 9

O GOOGLE TRADUTOR FALA A LÍNGUA DAS GÁRGULAS?

Puta que pariu.

Sério mesmo, puta que pariu.

Ele só pode estar zoando com a minha cara. Não podemos estar na Corte das Gárgulas.

Só que, quando olho ao redor e me deparo com o pátio opulento, preciso dar o braço a torcer e acreditar que está dizendo a verdade. O piso é feito de mármore, assim como os pilares de ambos os lados de uma cerca de treliça alta incrustada com ouro e joias. E o pátio fica bem em frente ao que parece um castelo medieval enorme e muito ornamentado.

Faz sentido, considerando que o rei das gárgulas passou mais de mil anos aprisionado. De acordo com Flint, a Corte Dracônica mudou e se adaptou durante os anos, e atualmente está sediada em um dos arranha-céus mais caros de Nova York. Com seu rei preso e o restante das gárgulas mortas, a Corte das Gárgulas não teve as mesmas oportunidades de evoluir.

Devemos estar em algum sonho da mente dele, vivenciando a majestade dessa Corte de acordo com o que ele se lembra. Pensar no que a Corte das Gárgulas poderia ser, em como ela deveria ser hoje em dia se não fossem pelas ações de Cyrus, me causa uma dor no coração.

— É bonito — elogio, erguendo os olhos para admirar um castelo que provavelmente tem o dobro do tamanho de Katmere. É tão majestoso que meus dedos até coçam com a vontade de pintá-lo em uma tela.

Estamos no pátio, diante da estrutura principal, mas, quando olho ao redor para observar o restante, percebo que há muitas outras coisas atrás de mim, assim como na frente. O castelo é cercado por um fosso gigantesco e tem uma grande ponte levadiça de madeira. Uma muralha de pedra enorme circunda todo o terreno, com uns bons vinte metros de altura. Imagino que isso seja porque a maioria das criaturas paranormais é capaz de saltar bem alto.

O castelo em si é incrivelmente imponente, construído em pedra com ameias no alto da estrutura principal, além de quatro torres grandes e redondas em cada canto.

Há mais janelas de todas as formas e tamanhos que eu esperava, com base no meu conhecimento muito limitado sobre castelos medievais. Mas os vitrais têm um design bem mais rudimentar do que imaginei que tivessem. Por outro lado, nem sei muito bem quando foi que vitrais ganharam popularidade. Talvez esses aí sejam os mais sofisticados que existiam, mil anos atrás.

O resto do castelo parece ser bem elegante.

— Esta é a sua Corte? — pergunto, ainda girando devagar para conseguir absorver tudo. — Você é o rei das gárgulas e construiu tudo isso?

— Sou, e a construí, sim. Meu nome é Alistair, por falar nisso — responde ele naquela voz suave e culta, tão diferente de qualquer outra coisa que eu o tenha ouvido dizer antes. — Mas você está enganada com relação a quem esta Corte pertence. — Ele sorri ao erguer a minha mão, mostrando a tatuagem da Coroa. — Esta é a sua Corte, querida Grace. Não minha. Não mais.

Meus joelhos fraquejam quando penso a respeito. Quando imaginei construir a Corte das Gárgulas com o dinheiro que ganhei na Abastança, imaginei algo um pouco menor, que não intimidasse tanto. Uma Corte mais... litorânea, talvez. Um lugar onde uma garota nascida e criada em São Diego se sentisse confortável.

Percorro os olhos pela estrutura até chegar ao topo do castelo. Não há nada confortável nesse lugar. Tudo o que vejo aqui grita opulência e pura intimidação.

— Mas você é o rei — argumento, em um esforço para ignorar a maneira como a Coroa arde na minha palma. — Isto tudo pertence a você.

— Eu era o rei. — O sorriso dele parece arrependido, não exatamente triste. — Você governa a Corte das Gárgulas agora. E isso significa que este castelo, esta Corte, são seus para fazer o que desejar.

Só de pensar no assunto, meu estômago dolorido se retorce ainda mais. Esse papo de governar está ficando real demais, mesmo que nós dois sejamos as únicas gárgulas que restam. Se conseguirmos derrotar Cyrus... De repente, fico aterrorizada com a ideia de que realmente vou ter de assumir meu lugar no Círculo.

— Foi por isso que me trouxe até aqui? — indago enquanto tento compreender a magnitude dos eventos. — Para me mostrar o que eu governo?

Alistair ri.

— Desculpe-me se a decepciono, Grace. Mas eu não trouxe você até aqui. Foi você quem me trouxe até aqui. E estou muito feliz por você tê-lo feito. É... — Ele para por um momento à procura de olhar ao redor enquanto desliza a mão pelo veludo fino da túnica mais uma vez. — É bom poder estar aqui de novo, mesmo que apenas por alguns momentos roubados.

— Não estou entendendo. O que você quis dizer com "eu trouxe você até aqui"? Eu nem sabia que esse lugar existia.

— E, mesmo assim, você nos trouxe até aqui. É impressionante, minha querida. Extremamente impressionante. Principalmente considerando que você ainda é muito jovem. — Ele balança a cabeça, com uma expressão de admiração. — Você é muito mais poderosa do que imaginei. E olhe que imaginei muitas coisas.

Devo parecer tão confusa quanto me sinto, porque Alistair agita a mão diante de nós.

— Vamos caminhar, sim? E vou tentar responder a todas as suas perguntas.

— Tenho um monte delas para fazer — aviso durante a caminhada por esse pátio gigantesco e muito antigo, como se estivéssemos simplesmente tomando um chá da tarde em vez de esperar pela chegada da manhã, quando Cyrus e seu exército vão destruir todas as coisas e pessoas com quem nos importamos.

— Para começar... como você consegue conversar com tanta facilidade aqui? Em geral, quando conversa comigo, fica óbvio que você precisa fazer um esforço enorme.

Ele ergue uma sobrancelha imperiosa quando faço essa pergunta, e logo ergo as mãos para me desculpar.

— Não quis ofender.

— Não me ofendi — ele responde.

Mas seu rosto continua sisudo, com os olhos estreitados.

As diferenças que percebo são realmente muito bizarras. Entendo que ele tenha passado mil anos trancafiado e que isso tenha tido resultados terríveis. E não digo que ele não era muito assustador como a Fera Imortal. Com toda certeza, era. Mas há alguma coisa no rei das gárgulas, alguma coisa neste Alistair, que é um milhão de vezes mais assustadora.

Caminhamos em silêncio por vários metros e os saltos das botas de Alistair estalam no mármore polido a cada passo. Começo a achar que ele não vai responder à minha pergunta, apesar de sua promessa. Até que ele continua:

— Liderar o nosso povo não é fácil. É uma função que traz consigo muitas responsabilidades. Para com o mundo e para com o nosso povo. Uma delas é estar sempre aberto a eles. Sempre. — Ele suspira e respira fundo antes de continuar: — As gárgulas foram criadas para serem os pacificadores perfeitos, para trazer o equilíbrio de volta ao mundo dos humanos e dos seres paranormais. Um dos dons que temos para nos ajudar, como tenho certeza de que você já deve ter descoberto a essa altura, é que as gárgulas são capazes de conversar telepaticamente entre si. É assim que coordenamos ataques e patrulhamos áreas.

A explicação de Alistair faz todo o sentido, de acordo com a história que a Estriga nos contou. Mesmo assim, não consigo impedir que meu coração acelere quando enfim começo a aprender mais sobre o que significa ser uma gárgula… com uma gárgula.

Ele prossegue:

— Todos conseguem se comunicar telepaticamente por distâncias curtas. É assim que uma unidade pode agir de maneira coordenada. Há oficiais que conseguem se comunicar por distâncias muito maiores, é claro. E há também a linhagem real… — Ele se vira para me fitar nos olhos enquanto explica. — A linhagem real consegue falar com todos, qualquer que seja a distância. Eles são o nosso povo e sempre podemos ouvi-los quando precisam de nós. Ao mesmo tempo, é uma dádiva e também um fardo.

Certo. Em teoria, parece ótimo. Um rei tão conectado aos seus súditos a ponto de poderem conversar com ele a qualquer momento e obter sua atenção em um instante. Por outro lado, na prática, fico imaginando se não seria mais trabalhoso ouvir milhares e milhares de vozes a cada minuto do dia, se o rei assim decidir.

— E não é possível silenciar as vozes? — pergunto.

Ele confirma com um aceno de cabeça.

— Podemos filtrar conforme a necessidade. Mas, depois de passar um milênio preso na forma de gárgula, bem… fui perdendo essa força e o controle no mundo real. Aos poucos, perdi a capacidade de silenciar as vozes, assim como de responder a elas. Milhares de vozes falando simultaneamente na minha cabeça, o tempo todo, implorando que eu as ajudasse, salvasse, libertasse. Chorando de dor e se perguntando por que eu não ia até lá, por que não respondia às suas súplicas. — A voz dele fica arrastada. — Tantas vozes…

Parece horrível. Mais do que horrível, com certeza.

É então que penso em outra questão. Algo tão inacreditável, tão tentador, que o meu coração começa a bater com mais força no peito.

Porque não haveria milhares de pessoas impedindo o monarca de pensar com nitidez se somos as únicas duas gárgulas remanescentes…

Estou a ponto de lhe dirigir essa pergunta, mas ele ergue uma sobrancelha e revela algo que faz o meu coração cair dentro do peito, ao mesmo tempo que faz o meu cérebro girar fora de controle.

— Tenho certeza de que você sabe como é, minha neta. Você deve estar inundada com as vozes do Exército das Gárgulas, não é mesmo?

Capítulo 10

ROLAM AS PEDRAS

Há tanta coisa envolvida naquela frase que nem sei por onde começar.

Neta? Exército das Gárgulas? Eu deveria estar ouvindo as vozes também? De criaturas que todos acreditam estarem mortas? Só de pensar no assunto, tenho a impressão de que vou vomitar.

Afinal, o que exatamente devo responder com relação a isso? Como vou conseguir acalmar meu estômago quando ele está em queda livre desde que Alistair pronunciou a palavra "neta"?

Acho que é exatamente por aí que preciso começar. Ter um Exército das Gárgulas que converse comigo a todo momento — até mesmo o fato de ter um Exército das Gárgulas — é uma notícia bem relevante para se descobrir de uma hora para outra. Mas, para mim, pessoalmente, nada é tão grande quanto o elefante de sete toneladas que o rei das gárgulas (que o meu... avô?) acabou de trazer para a sala.

— Neta? — pergunto, quase me engasgando com aquela palavra por várias razões diferentes. Para começar, nunca tive avós. Meus pais disseram que os meus avós morreram anos antes de eu nascer.

Em segundo lugar, como é que o rei das gárgulas — *o rei das gárgulas!* — pode ser o meu avô? Ele passou mil anos sozinho, acorrentado em uma caverna. E os meus pais tinham pouco mais de quarenta anos quando morreram. Essa linha do tempo não está fazendo sentido.

Por outro lado, nada faz sentido agora, incluindo a insistência de Alistair quando alega que fui eu quem nos trouxe à Corte das Gárgulas.

— Você não é minha neta imediata, claro. Mas definitivamente faz parte da minha linhagem. Há várias figuras ilustres nessa linhagem, se os eventos tiverem ocorrido como imagino. Mas o seu poder é inconfundível.

Certo... ser a ta-ta-ta-ta-ta-ta-ta-tataraneta (ou seja lá quantos "tatá" existam nessa palavra) dele faz mais sentido. Mas como ele sabe que somos parentes?

parentes? Não tenho o mesmo nariz aquilino ou olhos cinzentos que ele tem. Quanto mais penso na postura imperiosa do rei das gárgulas e em quanto ele é altivo, em contraste com a minha sensação habitual de me sentir completamente perdida, mais a minha pele coça por baixo do moletom amarrotado, à medida que a adrenalina corre pelas minhas veias.

Estamos caminhando pela beirada do pátio agora, onde há um anel de canteiros e roseiras a cada poucos metros. Elas parecem adormecidas, mas, quando passamos pela primeira roseira, ela parece ganhar vida, bem no instante que o meu ta-ta-ta-ta-ta-tataravô se aproxima. É algo incrível de se observar. E pondero se isso é uma extensão dos poderes de terra que estou começando a compreender.

E isso me lembra...

— O que você quis dizer? — indago ao passo que outra roseira volta à vida. Essa aqui é de um tom coral vivo e alegre que me provoca um sorriso, apesar da seriedade de toda a situação. — Quando afirmou que o meu poder era inconfundível?

— Sou o consorte da sua avó há quase dois milênios. Eu reconheceria o poder dela em qualquer lugar. E você, minha querida, definitivamente tem o mesmo poder dentro de si. — Ele pisca o olho. — Além disso, você é uma guerreira. Você tem a minha garra.

Não sei muito bem o que pensar disso, considerando que são as minhas batalhas que me escolhem, e não o contrário. Não fujo delas, mas também não saio por aí procurando tretas. O fato é que simplesmente parece haver muitas pessoas neste novo mundo que querem me ver morta. E como não quero morrer... lutar é a única opção que me resta.

Mas tenho a impressão de que não é a melhor hora para debater instintos de luta. Não quando o meu avô acabou de soltar outra bomba no meu colo.

— Também tenho uma avó?

— É claro que você tem uma avó! E ela é uma mulher incrível. Definitivamente é a mais corajosa e a mais teimosa que já conheci. — Ele me examina da cabeça aos pés. — Pelo menos, até agora.

Ele parece querer dizer mais, em vez disso, entretanto, para por um instante e seus olhos ficam vazios, como se procurassem alguma coisa, bem profundamente, em si mesmo. Conforme o silêncio se prolonga entre nós, não consigo deixar de pensar em suas palavras quando me entregou a Coroa e na mulher de quem falou com tanta urgência. Será que estava falando da minha avó? E, se estava, como ela pode estar viva se Alistair e eu somos as duas últimas gárgulas que existem?

Quero perguntar isso, mas ele escolhe esse momento para suspirar de alívio quando seus olhos recuperam o foco.

— Ela ainda está viva. Eu sabia que estaria, mas como você não sabia nada a respeito dela, eu receava que... — Alistair faz um gesto negativo com a cabeça, como se quisesse afastar pensamentos sobre os quais não quer conversar. — Mas ela está bem, e continua viva e ativa. Você deveria ir conversar com ela. E talvez possa até me levar junto. Ela já está brava comigo há um milênio, mas sei que também sentiu a minha falta. E estou com muita, muita saudade dela.

— Ela está viva? — pergunto, com uma empolgação que toma conta de mim apesar do meu estômago, que insiste em se retorcer. — Há outra gárgula perdida por aí? Achei que fôssemos as únicas.

Agora é a vez de Alistair me encarar com uma expressão incrédula.

— Em primeiro lugar, sua avó lhe daria uma bela mordida por isso. Ou a transformaria em algo muito, muito gosmento se imaginasse que você a confundiria com uma gárgula. Ela me ama, mas definitivamente tem um certo complexo de superioridade em relação a essa coisa de ser feito de pedra. — Ele ri e revira os olhos. Por um momento, parece ter um ar tão juvenil, tão diferente daquela pobre e torturada Fera que lutamos para libertar que não consigo deixar de rir junto a ele. Mas ele logo volta a ficar sério. — Sua avó é a minha consorte, o amor da minha vida.

Sinto o meu coração se partir com o que ele não diz: que está separado da sua consorte há mil anos. Penso em Hudson, em como me sinto segura e feliz quando estou nos braços dele. Em seguida, penso no que sentiria se estivesse longe dele. Não por um dia ou dois, mas pelo que parece uma eternidade.

Dói mais do que eu imaginei que doeria. Faz com que eu sofra por Alistair e sua consorte, quem quer que seja.

E isso acontece antes de ele piscar os olhos para tentar espantar as lágrimas, esperando que eu não perceba.

— Você acha que pode trazê-la até aqui para nós? Só por alguns momentos? Sinto muito a falta dela.

— Eu... — A minha voz vacila e eu limpo a garganta, enquanto tento encontrar algo para dizer. Eu adoraria trazê-la até aqui, se soubesse onde fica "aqui". Ou onde ela está. Ou como consegui trazer nós dois a esse lugar que nunca vi antes, que nunca imaginei ainda existir.

— Eu gostaria muito de fazer isso — enfim decido dizer, porque é verdade. — Você sabe onde a sua consorte está?

— Não sei. Imaginei que ela teria lhe encontrado... — Ele para de falar antes de completar a frase, soltando um suspiro pesado. — Bem, é uma pena. Eu esperava poder vê-la mais cedo em vez de mais tarde. Ela aquietou as vozes na minha cabeça quando ninguém mais conseguia fazer isso. Eu esperava que ela pudesse fazer isso de novo para ajudar vocês a planejar uma estratégia para a batalha que está por vir.

Aquelas palavras são outro soco no meu estômago, que já está bem frágil.

— Ela é a única maneira de fazer com que você silencie as vozes? — pergunto.

— Por ora, sim — ele responde com a voz grave.

— Mesmo que as gárgulas estejam mortas? Ainda assim elas falam com você?

— Mortas? — A expressão no olhar dele é uma mistura de confusão e afronta.

— Digo... elas se foram, não é? — Mudo rapidamente as palavras, pois a última coisa que quero fazer é ofendê-lo. — Mesmo que não estejam mais por aqui?

Dessa vez, ele simplesmente parece ficar perplexo.

— As gárgulas não foram a lugar algum, querida. Elas estão à nossa volta e nunca param de falar.

Agora quem está confusa sou eu.

— Estão à nossa volta? Como assim?

Talvez todos esses anos de isolamento tenham causado mais danos à psique dele do que eu pensava.

— Elas estão à nossa volta — repete ele, agitando um braço como se fosse o mestre de cerimônias de uma exposição paranormal.

Ao fazê-lo, ele toca nas enormes portas de madeira do castelo, para onde vínhamos andando e as abre, revelando uma área gramada ainda maior. Espalhadas por aquele gramado há dúzias e mais dúzias de gárgulas, e cada uma delas empunha uma espada enorme e um escudo ainda maior.

Capítulo 11

LEVE COMO PENA, DURO COMO PEDRA

Dessa vez sou eu que fico boquiaberta pela estupefação, mas duvido que alguém possa me culpar por isso. Durante meses pensei que era a única gárgula que restava. E, agora, bem diante de mim, há tantas delas que conseguem encher todo um pátio quase do mesmo tamanho de um campo de futebol americano.

— Elas... Elas são reais? — pergunto, quase sem conseguir fazer com que as palavras passem pelo nó que sinto apertar a garganta. É de explodir a cabeça (de uma maneira completamente positiva) perceber que não estou sozinha no mundo. Que há mais pessoas por aí que são iguais a mim.

Amo Hudson, Jaxon, Macy e Flint. E também o restante dos meus amigos. Amo de verdade e sei que sempre terei um lugar com eles. Que sempre vou estar acolhida. Mas isso não significa que não desejei poder ser como eles às vezes, seguros de quem e do que são em um mundo que me vira de cabeça para baixo o tempo todo. Sim, eles têm seus próprios problemas e preocupações, mas pelo menos não têm dificuldades com a própria identidade central. Hudson é um vampiro, sem tirar nem por. Flint tem toda a pinta de ser um dragão. E Macy definitivamente é uma bruxa.

O mais importante de tudo é que eles sabem o que isso representa. O que são capazes de fazer, o que são capazes de aguentar... e a que perigos são capazes de sobreviver.

Já no meu caso... até alguns meses atrás eu diria que sabia exatamente quem eu era. E, de maneira geral, até sei. Meu nome é Grace. Gosto de arte e filmes antigos, história, Harry Styles, Dr Pepper e de passar horas dançando. Antes de os meus pais morrerem, eu planejava estudar conservação marinha na Universidade de Santa Cruz, na Califórnia. E agora moro no Alasca. Pelo menos por mais certo tempo. Não sei nem o que vai acontecer nos próximos dez minutos. Muito menos nos próximos quatro anos. E sou uma gárgula.

O que é legal, por muitas e muitas razões. Adoro ser gárgula. Mas, analisando esse pátio cheio de paranormais que são iguais a mim em um nível fundamental, percebo que há um pedaço de mim que sempre se sentiu sozinha no meio de tudo que passei. Uma parte de mim que quer alguém com quem comparar impressões, alguém com quem conversar sobre todas as coisas malucas que se passam dentro de mim, alguém que entende o que é ser uma gárgula.

E, agora, bem diante de mim, há um monte de pessoas que entendem mesmo. Que conhecem a nossa história e os nossos poderes. Ainda não os conheço. Talvez nunca os conheça, mas perceber que eles existem faz com que me sinta um pouco menos sozinha.

— Eles são reais, minha querida menina. — Alistair sorri para mim com um toque de indulgência. — E este grupo é só uma gota em um balde, considerando quantas gárgulas existem por aí. Um exército inteiro que está só esperando uma chance de recuperar sua honra. De recuperar seu lugar no mundo sob a direção da sua rainha. Da sua general.

Meu estômago dá uma série de piruetas complicadas quando ele profere aquelas palavras. Estou me acostumando a ser uma gárgula. E talvez até me acostumando a ser a líder da Corte das Gárgulas, com uma cadeira no Círculo. Mas isso era quando eu pensava que não havia outras gárgulas. Agora... descobrir que há muitas gárgulas no mundo e que devo ser sua rainha (e, mais chocante ainda, que devo ser a general desse exército) é mais do que a minha cabeça consegue processar.

Pelo menos nenhum deles nos avistou ainda. Preciso de tempo para raciocinar.

— Quer conversar com alguns? — indaga Alistair.

— Posso me encontrar com eles? — A minha frequência cardíaca começa a aumentar bastante. — Tipo... Posso conversar com eles?

— É claro. Você é a rainha das gárgulas, ora.

— Mas, se eu sou a rainha... você vai ser o quê? — pergunto enquanto deixo que Alistair me leve pelas portas entalhadas.

As minhas palavras o fazem parar por um momento. A princípio, tenho a impressão de que ele não vai responder. Mas, em seguida, ele me espia pelo canto do olho e sugere:

— Um conselheiro de confiança, eu espero.

As portas enormes se fecham atrás de nós com um ruído que traz consigo um mau pressentimento. E não consigo deixar de pensar que Alistair talvez não seja o único que sente a falta da respectiva consorte. Seria ótimo ter Hudson aqui comigo, vigiando as minhas costas quando entro em uma situação que nunca imaginei estar e para a qual nem me preparei.

Alistair dá vários outros passos rumo ao interior do pátio e o sigo, com os olhos pulando de um grupo de gárgulas para o próximo.

Embora todas estejam armadas e exibindo suas formas de pedra animada, ninguém brande a espada. Em vez disso, estão todas espalhadas pelo gramado em duplas e, às vezes, em trios ou quartetos. Todo mundo aqui é alto e musculoso (e são muito maiores do que eu). Mas nenhum deles é tão grande quanto Alistair. Claro, mesmo na sua velha forma de gárgula, aquela que tinha antes de se tornar a Fera Imortal, ele é mais alto do que a maioria das pessoas.

Há somente outra pessoa nesse lugar em forma humana: um homem alto e corpulento posicionado na frente do grupo. Ele se veste assim como Alistair, com calças justas e uma túnica, embora suas roupas tenham tons de verde-esmeralda e dourado em vez do preto e do cinza dos trajes de Alistair. Além disso, ele é o único do grupo que não porta uma arma.

Mesmo assim, quando ele grita: "Atenção!", todas as gárgulas naquele pátio entram em ação. Agacham-se em posições defensivas, empunhando os escudos diante de si, ou preparando-se para uma ofensiva, com as espadas enormes preparadas para atacar.

Fico esperando pelo som de aço batendo contra aço, mas vários segundos longos se passam até que o homem grita:

— *Ionsaí*!

Não faço ideia do que essa palavra significa. Todavia, fica óbvio que é o comando aguardado pelas outras gárgulas. O grito ainda ecoa ao nosso redor quando as espadas começam a rasgar o ar.

Fico observando, admirada, conforme as gárgulas praticam manobras de combate. Espadas se chocam contra outras espadas ou escudos enquanto os combatentes pulam, giram e até mesmo dão piruetas em pleno ar. Essas gárgulas são enormes e pesadas. E mesmo assim se movem como se fossem feitas de penas, em vez de pedra.

Uma garota alta e forte grita algo em uma língua que não compreendo ao golpear seu oponente com toda a força. Ele a bloqueia com a borda do escudo, mas ela já está girando quando as duas armas se tocam, fazendo uma combinação de saltos e giros que termina quando traz a sua espada em um arco gracioso. A parte chata da lâmina acerta seu oponente bem entre as escápulas.

O golpe o joga longe, virando cambalhotas até ficar estatelado no chão, com o escudo levantado numa posição defensiva enquanto ela recomeça a golpear com a espada.

No último instante, a garota sorri e guarda a espada de volta na bainha que traz na cintura antes de estender a mão para ajudá-lo a se levantar.

Ele revira os olhos e diz alguma coisa naquela língua que não entendo. Ela joga a cabeça para trás e começa a rir. Segundos depois, ambos voltam às suas formas humanas.

Ela é negra, com várias fileiras de tranças lindas. E ele tem cabelos escuros e curtos, com a pele num tom que fica entre o marrom e o dourado.

— Ainda acha que luto como uma menininha? — a garota provoca.

— Acho, sim — ele responde com o que parece ser um sotaque indiano. — Mas só queria saber lutar desse jeito também.

Ele move a espada em uma trajetória complicada, interrompendo o movimento no meio do golpe.

— Pode me mostrar como fez aquele movimento com o pulso?

— É claro.

Quando ela se aproxima para lhe mostrar, volto minha atenção para outro grupo. Este é todo composto de gárgulas do sexo masculino, e não estou exagerando quando digo que são enormes — tipo, do tamanho de dois jogadores de futebol americano cada um, com espadas e escudos que combinam com seu tamanho.

Nesse momento, estão lutando em dois contra um, com o maior dos três se defendendo dos demais. E mesmo assim ele está arrebentando ambos.

Alistair e eu ficamos afastados, observando enquanto o treino continua. O homem de verde, em sua forma humana desde que o vimos, vai passando de grupo em grupo, oferecendo conselhos e instruções: "Cuidado com as costas", "gire o pulso quando usar esse golpe", "não baixe o ombro", "erga o pé e gire apoiando-se na ponta". Os comentários prosseguem, já que nada parece escapar de seus olhos de águia.

Todas as gárgulas com quem ele fala prestam bastante atenção, e percebo que tentam implementar as sugestões assim que o homem se afasta. É fascinante.

— Quem é aquele ali? — finalmente pergunto a Alistair quando o homem com roupas verde-esmeralda inicia a sua terceira volta pelo gramado.

— É Chastain. Ele é o meu comandante-geral desde sempre.

Alistair faz uma pausa, com um olhar contemplativo enquanto observa seu velho amigo.

— E agora, acho que ele é o seu comandante. Quer conhecê-lo?

Uau. Isso está se tornando realidade bem rápido. Respiro fundo e solto o ar longamente, dando a única resposta que consigo:

— Sim, é claro. Eu adoraria.

Afinal de contas, uma rainha precisa saber em quem pode confiar. Não é mesmo?

Capítulo 12

MUITA PEDRA E UM POUCO DE CASCALHO

— Chastain! — chama Alistair, fazendo um sinal com a mão para que o outro homem se aproxime.

O comandante provê mais algumas instruções rápidas para um grupo, dessa vez em uma língua que não entendo. Em seguida, olha para Alistair... e seus olhos se arregalam com o choque.

— Que língua é essa que eles estão falando? — questiono enquanto esperamos que Chastain venha até onde estamos.

Alistair ergue as sobrancelhas.

— Inglês?

Dou uma risada.

— Sei que estão falando inglês. Mas também estão falando uma outra língua. Qual é?

— Ah, essa outra língua é o gaélico, criança. Você não a reconhece?

— Gaélico?

Contemplo ao redor, maravilhada. Quando repito a palavra, percebo que o sotaque familiar de Alistair parece se encaixar nas minhas ideias. Agora entendo por que o seu jeito de falar se parece tanto com o de Niall Horan. Ele é irlandês.

— Estamos na Irlanda?

— Sim — responde Alistair, seus olhos fixos em Chastain conforme os passos longos de Chastain encurtam o espaço entre ambos. — No condado de Cork, para ser mais exato.

— Cork? — Repasso o meu conhecimento bem rudimentar sobre a geografia irlandesa. — Fica perto do mar, não é?

— Você não está ouvindo? — pergunta Alistair. — Estamos bem perto dele.

No começo, não sei ao certo a que ele se refere, já que não consigo ouvir nada. Mas antes que eu possa verbalizá-lo, uma dupla de novas gárgulas entra no pátio. No instante que eles abrem aquelas portas pesadas de madeira, percebo exatamente do que ele está falando. Agora consigo ouvir. É o som de água batendo em pedra, sem parar.

Estamos perto do oceano! Ou, se não for o oceano, então pelo menos à beira de algum mar. É o mais próximo que chego de uma praia em meses, necessito de toda a minha energia para não sair correndo do castelo e correr para a água. Já faz tanto tempo, e agora que está bem aqui, perto o bastante para eu ir até lá, para tocá-la, é a única coisa na qual consigo pensar.

Só que é bem nesse momento que Chastain nos alcança. Fico observando ao passo que os dois homens se cumprimentam com um daqueles abraços bem masculinos com tapas nas costas antes que Chastain se pronuncie:

— Meu rei, eu pensei... todos nós pensamos... que o pior podia ter lhe acontecido. Faz muito tempo, mas nunca perdemos a esperança.

Meus olhos se arregalam quando percebo que nem todo mundo sabia ao certo o que aconteceu com Alistair, que ele foi caçado durante mil anos e acorrentado em uma ilha deserta, sem conseguir voltar para o seu povo. Não consigo nem imaginar o que ele deve sentir ao ver Alistair agora, saber que ele está vivo e retornou, imaginando por que o rei passou tanto tempo longe.

O sorriso faz diminuir o brilho nos olhos de Alistair.

— Lamento muito ter ficado longe durante todo esse tempo. Especialmente depois do que a minha consorte fez com vocês. Mas quero que você saiba que não havia outra maneira. Sei disso, agora. Havia uma razão para tudo que aconteceu. E agora temos muito a fazer para nos preparar para o que está por vir, meu amigo.

— Estamos prontos, meu rei. Não perdemos um único dia de treinamento desde...

Um olhar intenso e cheio de significados passa entre os dois homens.

— Ah, sim. Precisamos agradecer a esta moça pelo meu resgate e retorno. — Alistair olha para mim. — Chastain, esta é a minha ta-ta-ta-ta-ta... — E começa a rir. — Sabe de uma coisa? Vou esquecer quantos "ta-ta" existem entre nós e dizer simplesmente que ela é minha neta. Esta é a minha neta, Grace, que agora é a rainha da Corte das Gárgulas. Grace, este é Chastain, meu amigo mais antigo e mais querido.

Durante séculos, ele foi o meu "vice" no maior exército que já caminhou pela Terra. Sinta-se à vontade para recorrer a ele sempre que tiver alguma pergunta sobre o seu exército.

Os olhos de Chastain se arregalam enquanto Alistair fala, embora eu não saiba se ele está surpreso com o fato de eu ser a neta de Alistair ou porque está tão chocado ao descobrir que há uma nova governante na Corte das Gárgulas quanto fiquei quando descobri que há gárgulas para governar.

De qualquer maneira, ele encobre a surpresa baixando a cabeça e curvando o corpo em uma mesura respeitosa.

Em um movimento que parece ser coordenado, todo o pátio de gárgulas para de treinar e se volta para mim e para Alistair… e eles ficam de joelhos, fazendo a mesma mesura.

Será que eu acho isso esquisito?

Capítulo 13

O TEMPO NÃO É A ÚNICA COISA DISTORCIDA

— É uma honra conhecê-la, minha rainha.

— É uma honra conhecê-lo também? — A frase acaba soando como uma pergunta, mas isso tem mais a ver com a sensação estranha de ser chamada de rainha do que à honra que sinto em conhecê-lo.

Ele estende a mão para mim, mesmo enquanto continua curvado. Mistificada, decido segurar sua mão, mas Alistair me faz parar com um balançar de cabeça.

Fito-o como se quisesse perguntar *o que faço agora?* Mas ele sorri e levanta a própria mão para que eu a veja.

Pela primeira vez percebo que ele usa um anel de ouro ornamentado, incrustado com uma esmeralda quadrada do tamanho de um dado grande. É uma joia bonita, um verde transparente e escuro que parece indicar que a pedra é muito, muito cara. E fico observando, horrorizada, quando ele tira o anel do dedo e o estende para mim.

— O que... — A minha voz vacila pela segunda vez nessa última hora ao fazer uma pergunta cuja resposta me causa um medo enorme. — O que está fazendo com esse anel?

Ele me encara com um olhar de reprovação que me confirma que estou certa em sentir medo, logo antes de segurar minha mão direita e colocar aquele anel no meu dedo.

Fico esperando que o anel seja grande demais, já que as mãos de Alistair são muito maiores do que as minhas. Assim, fecho a mão para impedir que o anel caia do meu dedo. Mas, de algum modo, ele se encaixa com perfeição. É pesado pra caralho e grande o bastante para arrancar um olho, mas definitivamente serve.

E isso faz com que o meu estômago, já bem abalado, comece a se debater de um lado para o outro com tanta violência quanto as ondas que batem nos penhascos abaixo de nós. Talvez eu ainda não tenha passado pela minha cerimônia de coroação, mas algo me diz que isso é mais do que simplesmente um ato simbólico. E não há como voltar atrás agora.

Isso não pode estar acontecendo. Não estou pronta para que isso aconteça. Isso não pode estar acontecendo. Essas frases se reviram pelo meu cérebro sem parar enquanto Chastain pega na minha mão recém-anelada e beija o anel. O meu anel.

Tenho a impressão de que nada na minha vida me aterrorizou tanto quanto esse momento. Nem situações como estar sozinha no campo do Ludares, trancafiada naquela prisão horrível ou mesmo batalhar na ilha da Fera Imortal. Porque esse papo de ser rainha... é um pouco demais.

Já era demais quando eu achava que estava sozinha. Agora que descubro que vou liderar todas essas gárgulas, responsável por mantê-las seguras quando mal consigo manter a mim mesma em segurança é algo quase impossível de imaginar.

Ainda assim, o anel está no meu dedo. O que significa que não tenho somente que imaginar isso, mas também agir de acordo.

Enfim — *enfim* —, Chastain solta a minha mão e se ergue outra vez.

Ele parece esperar que eu diga alguma coisa, mas não faço a menor ideia de qual é o costume. Resolvo dizer um "obrigada", o que faz Alistair rir e Chastain me encarar com uma expressão ligeiramente confusa.

Espio ao redor, procurando algo para dizer. Mas, antes que alguma coisa surja na minha mente, Chastain olha para Alistair e diz:

— E, então, meu velho? Vamos mostrar a ela como se faz?

No começo, tenho a impressão de que Alistair vai recusar o pedido, qualquer que seja. Mas o sorriso dele fica maior do que eu jamais vi e ele diz:

— Mas é claro, meu amigo mais velho.

No espaço de um instante, espadas e escudos aparecem em suas mãos. Mal tenho tempo de processar o momento, e menos ainda de me esquivar antes que Chastain ataque com o primeiro golpe poderoso.

Alistair ergue o escudo a fim de bloquear o ataque. Em seguida, salta e dá uma pirueta — uma pirueta de verdade — no ar, mudando instantaneamente para a sua forma de gárgula e pousando logo atrás de Chastain. Dessa vez, é a espada dele que corta o ar.

Chastain se esquiva no último instante e se transforma com a mesma rapidez, erguendo o pé esquerdo num pontapé giratório. E é assim que começa, com os dois fazendo aço se chocar contra aço, várias e várias vezes. Ambos estão determinados a vencer e são excelentes espadachins, ou seja, nenhum deles é capaz de levar a melhor sobre o outro. E "excelentes" é definitivamente a melhor palavra para descrever o que acontece, porque os dois rolam, se esquivam, saltam, voam e fazem todo tipo de manobra para tentar pegar o outro de surpresa.

Não demora muito até que um grupo numeroso de outras gárgulas se reúna à nossa volta, com as espadas na altura dos quadris enquanto vibram com Chastain e Alistair. Estou cercada por gárgulas que têm o dobro do meu tamanho. E todas elas riem, assobiam e apostam em quem vai ganhar.

Percebo que estou ao lado da garota guerreira que vi ganhar um combate mais cedo, e que ela está sorrindo de uma orelha à outra quando diz:

— Eles são fantásticos, não são?

Levo alguns momentos para perceber que ela está falando comigo.

— São, sim, com certeza. — Meus olhos se arregalam quando Alistair desfere um golpe com a espada que faz Chastain sair voando pelos ares, para fora do círculo de gárgulas que ambos criaram. Ele se move com tanta agilidade que tenho certeza de que vai acabar acertando duas ou três gárgulas, e me preparo para o impacto.

Mas elas conseguem sair do caminho no último instante e ele cai a vários metros de distância, na base da cerca de ouro. Por um segundo, parece confuso. Em seguida, outra emoção passa pelo seu rosto — irritação ou constrangimento, não consigo perceber direito. Mas ele logo salta e entra em ação de novo, subindo para o céu rápido e com a força de uma bala disparada, antes de pousar com todo o peso em cima de Alistair.

Fico esperando que Alistair se esquive com um giro, mas ele se prepara para receber o impacto, logo antes de usar o próprio movimento de Chastain contra ele, fazendo-o voar na direção oposta. Dessa vez Chastain acerta a cerca com força suficiente para amassá-la e perde o fôlego, o que faz com que todas as gárgulas no grupo comecem a entoar o nome de Alistair.

Ao que parece, essa última manobra faz dele o vencedor.

Chastain parece contrariado, como se quisesse se levantar e nocautear Alistair, fazendo com que ele só acorde dali a uma semana. Entretanto, os gritos das gárgulas ficam cada vez mais altos e Alistair faz uma mesura. As outras gárgulas correm até onde ele está, e uma delas segura seu braço e o ergue como fazem com os campeões de lutas em todo lugar.

Chastain, nesse meio-tempo, se levanta devagar e bate a poeira do corpo, esperando que a empolgação ao redor de Alistair esmoreça um pouco antes de se aproximar para parabenizá-lo.

Ele está com um sorriso enorme no rosto, mas há algo em seus olhos que me deixa nervosa quando ele se vira para mim com a sobrancelha arqueada e pergunta:

— E, então? Quer experimentar?

— Experimentar o quê? — questiono, confusa.

Outra gárgula se aproxima de nós rapidamente com uma espada e um escudo nas mãos.

— Aqui — oferece ele, estendendo os equipamentos para mim. — Acho que estes aqui combinam com o seu tamanho.

Sinto uma repulsa enorme ao pensar em empunhar a espada e o escudo. Porque, se eu o fizer, vai significar que estou pensando em usá-los para machucar (e talvez até mesmo matar) alguém. Ou ser morta.

— Mas eu não... — Deixo a frase morrer no ar enquanto tento encontrar uma maneira de explicar a minha hesitação para um general que, obviamente, já viu muitas batalhas.

Chastain está muito interessado em uma explicação, porque pergunta:

— "Mas" o quê?

— Mas eu não... — Pela segunda vez eu deixo a frase no ar, porque ainda não sei direito o que quero dizer. Não sei direito o que posso dizer, exceto: — Não sou esse tipo de rainha.

— E que tipo é esse, exatamente? — pergunta Chastain. Seu tom de voz é tranquilo, mas ele não parece impressionado. Na verdade, por um segundo, eu poderia jurar que ele me encara com uma expressão de puro asco.

Mesmo assim, essa expressão desaparece tão rapidamente quanto surgiu — assim como a espada e o escudo estendidos para mim quando o rapaz os recolhe e se afasta.

Como se a pergunta fosse retórica, Chastain vira as costas para mim e se junta à multidão de gárgulas ao redor de Alistair. Espero de modo paciente que aquele entusiasmo se dissipe, sem saber direito o que devo dizer ou fazer além de observar a situação de longe.

Chastain continua enfrentando as felicitações caóticas por alguns minutos antes de ordenar que as outras gárgulas retomem o treino. Fico observando enquanto homens e mulheres recebem suas instruções, preparam suas espadas e escudos e mergulham em mais uma sessão de batalhas simuladas.

A garota alta com tranças voltou à ação, derrubando seu oponente e deixando-o sentado no chão em menos de trinta segundos.

— Se continuar fazendo isso, não vou conseguir andar hoje à noite nem substituir você na guarda — o rapaz avisa enquanto se levanta.

— Ei, não tenho culpa se você me mostra o que vai fazer uns três segundos antes de se mover — replica ela, dando de ombros.

— Eu não faço isso! — retruca ele, indignado.

— Ah, não faz? — Ela ergue a espada de novo e se coloca em prontidão. — Então por que o derrubo toda hora?

Ele responde mais alguma coisa, mas não chego a perceber porque, de repente, Alistair levanta a voz, quase gritando com Chastain:

— Não foi isso que decidimos!

Chastain tenta dizer alguma outra coisa, mas Alistair o deixa falando sozinho no meio da explicação.

O rei das gárgulas parece contrariado e bem irritado enquanto vem até onde estou.

— Vamos, Grace. Precisamos ir embora.

— Está tudo bem? — indago enquanto o sigo para a saída do pátio.

— Vai ficar, quando eu... — Ele para de falar com um suspiro. — Está, sim.

— Tem certeza? — pergunto enquanto passamos pelo portão do castelo e vamos até as terras mais adiante. Pela primeira vez, consigo vislumbrar o mar lá embaixo. É um mar revolto e agitado. E quando ele se choca com a parte mais baixa dos penhascos, sinto uma saudade profunda: lembranças da Califórnia, das praias, dos meus pais, que não me permitia sentir há muito, muito tempo.

É um sentimento tão intenso que faz as minhas mãos tremerem e o meu estômago doer. Esforço-me ao máximo para respirar em meio à dor, e pisco os olhos para espantar as lágrimas que surgem de lugar nenhum. Durante os últimos meses aprendi que o luto é uma coisa estranha e desagradável. Nunca se sabe quando vai sofrer um baque ou a força que ele vai ter. Mas sabe-se que isso vai acontecer.

— Já consegue ouvir? — pergunta Alistair.

A princípio fico confusa, pensando que ele está falando sobre os meus pais.

— Ouvir quem?

— As gárgulas. Eu esperava que vir até aqui, até a Corte, ajudaria a encontrá-las.

— Ah. — Engulo a tristeza e faço o melhor possível para tentar escutar no fundo da minha mente, mas não ouço nada além dos meus próprios pensamentos. — Desculpe, mas não ouço nada.

Ele parece tão decepcionado que não consigo evitar o sentimento de culpa. E isso faz com que mais uma emoção com a qual não sei como lidar comece a se revirar dentro de mim.

Contudo, antes que consiga pensar em uma maneira de pedir desculpas pelo que ele evidentemente considera um fracasso da minha parte, Alistair prossegue:

— Não importa, minha querida. Tenho certeza de que vai conseguir descobrir o que está acontecendo quando encontrar a sua avó. — Ele pega na minha mão e olha bem nos meus olhos. — Há muito a fazer para nos prepararmos e bem pouco tempo. Você precisa permitir que a sua avó a ajude. Cyrus vai fazer de tudo para matá-la, Grace. Você é a chave para tudo. Prometa-me que vai encontrá-la.

Ele solta a minha mão antes que eu consiga explicar que não faço a menor ideia de quem é a minha avó. E em seguida sou acometida pela sensação de que estamos caindo longamente, sem parar, mesmo que os meus pés não saiam do chão.

Momentos depois, estou de volta a Katmere, com a peça de xadrez na minha mão e Alistair sentado diante de mim. Mas o rei das gárgulas desapareceu, e em seu lugar só resta a Fera Imortal, confusa e desconcertada.

— Não há tempo — anuncia ele, levantando-se. — Preciso encontrar a consorte.

Em seguida, corre até a entrada, abre a porta da escola e levanta voo.

Fico só observando, boquiaberta. Bem... não era *isso* que eu esperava. Não que ele saísse voando, nem nada do que aconteceu antes. Talvez ainda esteja dormindo. Ou talvez isso tudo seja algum tipo de alucinação bizarra que esteja me acometendo. Deve fazer mais sentido do que a ideia de que, de algum modo, transportei a Fera Imortal — ou melhor, Alistair, o antigo rei das gárgulas — e a mim mesma até a Corte das Gárgulas logo no começo da manhã.

Pelo menos até eu olhar para baixo e perceber que ainda estou com aquele anel verde e dourado no dedo.

Encaro a cadeira vazia na minha frente e as peças de xadrez abandonadas. Sinto o meu estômago se retorcer. Há outros como eu. Outras gárgulas. Mas... e agora?

Agora me sinto exatamente como me sentia quando me disseram que eu era a última gárgula. Completamente sozinha.

Capítulo 14

TEMOS QUE ESTANCAR ESSA SANGRIA

Posso estar sozinha, mas ainda há muito o que fazer. Assim, recolho a minha bolsa do chão e volto para o quarto de Hudson. Se ele acordou enquanto eu estava fora e não conseguiu me encontrar, provavelmente já está surtando. E, com certeza, já deixou todo mundo em pânico também.

Mas não o culpo por isso. Se ele ou qualquer um dos outros desaparecesse agora, no meio de tudo o que estamos passando, eu seria a primeira a revirar cada pedra desse lugar para encontrar quem sumiu. Estamos vivendo dias perigosos e me sinto mal por me perder daquele jeito na Corte das Gárgulas.

Determinada a acalmar Hudson se ele estiver revirando Katmere para me encontrar, pego o meu celular para mandar uma mensagem e avisar que estou bem… mas percebo que eu e Alistair só desaparecemos por uns cinco minutos. O que não faz muito sentido quando penso em todas as coisas que vimos na Corte das Gárgulas. Por exemplo, só a luta de Alistair com Chastain demorou mais do que cinco minutos. Mesmo assim, de acordo com a tela do celular, faz oito minutos desde que saí do quarto que compartilho com Macy.

Que esquisito.

De novo, olho para o meu dedo. E, de novo, o enorme anel de esmeralda pisca para mim sob a luz dos archotes pretos das paredes, esculpidos em formato de dragão.

Esquisito DEMAIS.

Ainda quero mandar uma mensagem para Hudson mesmo assim — afinal, o seguro morreu de velho. Mas o meu telefone começa a vibrar com uma série de mensagens de texto. Embora eu espere que seja Hudson perguntando se está tudo bem, fico um pouco surpresa ao perceber que as mensagens são de Jaxon no nosso grupo do WhatsApp, informando a todos que os pais de Luca chegaram horas antes do previsto. E me sinto sem fôlego.

Mais uma vez, levo um choque ao perceber que isso está de fato acontecendo — que esse novo pesadelo é um do qual não sou capaz de acordar, não importa quanto queira.

Posso não saber com exatidão o que os pais de Luca estão passando, mas sei mais ou menos qual é a situação. E isso me deixa enjoada. Faz com que eu sofra ao perceber que, depois de tudo o que aconteceu nos últimos sete meses, a sensação é de estar novamente onde comecei. Onde tudo isso começou.

Mesmo assim, a questão não é sobre mim. É uma questão deles e de Luca. E ficar aqui, à beira de um ataque de pânico, não vai ajudar ninguém. Preciso colocar a cabeça no lugar e ir até lá. Por Luca, por Jaxon e por Flint.

Com isso em mente, vou até a entrada principal de Katmere e chego bem quando um homem e uma mulher passam pela porta, com as expressões cuidadosamente neutras, mas os olhos cheios de dor e descrença.

Jaxon já está no saguão, junto a Mekhi, Byron, Rafael e Liam. Mas isso não me surpreende. A Ordem sempre teve uma espécie de talento sobrenatural para saber onde seus membros estão a todo momento e quando precisam da presença dos demais.

Mesmo assim, uma questão que me surpreende é que Jaxon parece muito sereno quando avança para receber os pais de Luca. Considerando que ele quase morreu há menos de doze horas, até que parece estar bem firme. Em especial levando em conta a capacidade de se curar com agilidade que a maioria dos paranormais tem.

As olheiras em seu rosto, que pareciam piorar a cada vez que eu o via, durante várias semanas, de súbito desapareceram. Sua pele não tem mais o tom cinzento e doentio que exibia quando ele estava perdendo a própria alma. Agora, aparenta uma cor aquecida que lhe traz até mesmo uma aparência mais vibrante. Até mesmo seu corpo, que estava passando de magro a raquítico, começou a voltar nessas últimas vinte e quatro horas a ser o que era antes.

Quando ele estende a mão para o pai de Luca e depois para a mãe, uma breve explosão de relevo atravessa a tristeza e o enjoo dentro de mim. Porque, pela primeira vez no que parece ser um tempo muito longo, parece que Jaxon pode até mesmo estar bem. E isso é muito importante para mim.

— Lamento muito — Jaxon diz a eles. — Falhei e não consegui protegê-lo...

— Nós todos falhamos — interrompe Mekhi, com a tristeza reluzindo em seus olhos castanhos. — Ele era o nosso irmão e não conseguimos salvá-lo. Do fundo da minha alma, peço que me desculpem.

Cada um dos membros da Ordem dá um passo à frente e expressa o mesmo sentimento. Os pais de Luca respondem a cada pedido de desculpas com um aceno de cabeça. E embora sua mãe esteja com o rosto marcado pelas lágrimas, ela não demonstra qualquer outra emoção. O pai de Luca também não. Não sei se isso é algo típico dos vampiros ou se é algo característico dessas pessoas, mas o controle ferrenho que têm sobre as próprias emoções fazem com que tudo isso seja um pouco melhor... e um pouco pior.

Eles não dizem mais nada para aceitar os pedidos de desculpas da Ordem, mas também não gritam com eles. Em vez disso, ficam simplesmente encarando os cinco vampiros com olhares tristes, mas avaliadores. Não sei o que estão procurando, e definitivamente não sei se encontraram.

A única coisa que sei é que o silêncio deles está me deixando muito nervosa. E isso faz com que todas as preocupações de Hudson a respeito deles voltem a inundar minha mente.

Hudson chega logo depois que Liam termina de pedir perdão, e o sinto antes de vê-lo. O ar na sala muda. Viro-me na direção dele um segundo antes que ele passe o braço ao redor da minha cintura.

— Está tudo bem? — ele murmura, catalogando com os olhos a troca de roupas, assim como a mochila em meu ombro.

— Tanto quanto posso — respondo, encostando-me no corpo dele enquanto volto a observar os pais de Luca.

— Onde ele está? — O pai de Luca por fim pergunta. E percebo que é a primeira vez que ele fala desde que chegou. É um homem alto e magro, assim como o filho era. É fácil perceber de quem Luca herdou a aparência, mesmo que seu pai pareça exausto, com os olhos fundos no rosto e a pele repuxada sobre os malares.

— Nós o colocamos em uma das salas de estudo — responde Jaxon, virando-se para ir na direção do corredor.

— Uma sala de estudos? — repete a mãe dele, com um horror silencioso na voz.

E entendo o que aconteceu. Tomado literalmente, não parece ser o lugar mais respeitoso para deixar o corpo de alguém.

Mas basta olhar em volta. Katmere está um desastre. As escolhas de Jaxon estavam bem limitadas. Além disso, isso aqui é uma escola, não um prédio do governo. Não havia muita escolha sobre o que fazer com um corpo, mesmo antes do ataque a Katmere. Especialmente considerando que todos os funcionários, com exceção de Marise, foram sequestrados. Ou pior.

Jaxon sabe de tudo isso, mas não defende a sua escolha mesmo quando seus ombros murcham ao ouvir tais palavras.

Na minha mente, isso é só mais uma prova de que ele é mesmo uma pessoa singular.

Após determinado tempo, os pais de Luca seguem Jaxon. E isso deixa o restante de nós livre para fazer o mesmo. Primeiro a Ordem. Depois, Hudson e eu. Caminhamos em um silêncio solene, até que Éden e Macy se juntam a nós no meio do corredor.

Éden sussurra por trás de nós:

— Onde está Flint?

— Não sei. Será que está dormindo? — pergunta Macy.

— Acho que o problema dele não é bem dormir demais — responde Hudson, bastante sério. — É mais provável que ele não esteja conseguindo chegar aqui. Vou até o quarto dele para ver se...

Ele para de falar de repente quando Flint, na sua forma de dragão, vem voando pelo corredor, segurando as muletas com as garras dianteiras e as asas recolhidas bem rentes ao corpo para não atingir as paredes à nossa volta. É uma imagem tão inesperada que todos ficamos congelados.

Com exceção da mãe de Luca, que solta um grito assustado quando Flint passa voando por nossa cabeça, fazendo uma curva fechada e pousando logo atrás de nós.

Capítulo 15

ATÉ TU, MARISE?

Flint reluz por um momento antes que a sua forma de dragão desapareça em uma chuva de faíscas multicoloridas. Segundos depois, está diante de nós em forma humana.

Mas não parece muito firme, já que vacila um pouco enquanto se equilibra sobre o pé que lhe restou ao tentar se agachar a fim de pegar as muletas. Ele solta uma sequência de xingamentos por entre os dentes e me dirijo até ele, determinada a impedir que Flint caia no meio do que já deve ser um momento terrível para ele.

Mas Jaxon chega antes de mim, recolhendo as muletas de Flint com uma das mãos enquanto usa a outra para ampará-lo.

Flint baixa a cabeça ao pegar as muletas, mas não antes de ficar óbvio que seu rosto está ardendo de vergonha. Sinto vontade de ir até onde ele está, de dizer que está tudo bem, mas tudo nele parece gritar conosco, mandando que o deixemos em paz. É por isso que faço o que ele quer, assim como os outros.

Após certo tempo, ele consegue se entender com as muletas, indo até os pais de Luca. Nós saímos do caminho bem rápido, dispostos a fazer qualquer coisa que facilite a vida dele. Mas, quando olha nos olhos da mãe de Luca, tenho a impressão de que ele não percebe mais a nossa presença.

Ela parece sentir o mesmo, considerando a intensidade com que o encara de volta. Mas seu foco não está nos olhos de Flint. E sim na sua perna estraçalhada.

A expressão no rosto de Flint é terrível, de partir o coração, enquanto se esforça para avançar pelo corredor e parar diante da vampira. Quando chega ali, ele baixa a cabeça da mesma forma que Jaxon fez.

— Me desculpe — anuncia ele. — Lamento muito por não termos conseguido salvá-lo.

No começo, tenho a impressão de que ela não vai dizer nada a Flint. Mas, após algum tempo, ela toca a cabeça de Flint, que continua abaixada, e sussurra:

— Nós também lamentamos.

Um mundo de significados (e acusações) paira naquelas palavras. E percebo que isso atinge Flint, Jaxon e os outros; uma avalanche de dor e sofrimento da qual eles nem tentam se esquivar. E isso não é nem um pouco justo com eles. Travaram uma luta horrível contra Cyrus, arriscando tudo para impedir que ele conseguisse a Coroa.

Sim, Luca morreu. E... sim, é algo horrível, trágico e sem sentido. Mas nada disso faz com que a culpa seja de Flint. Não torna nenhum de nós responsável pelo que aconteceu quando estávamos lá com ele, fazendo o melhor que podíamos para manter todos a salvo. Afinal de contas... onde, exatamente, estavam os pais de Luca durante a batalha que matou o filho?

Uma olhada para Hudson basta para eu saber que ele está pensando o mesmo que eu. Que provavelmente estava pensando nisso desde o começo. De qualquer maneira, ele entrou totalmente no modo defensivo — com as mãos soltas ao lado do tronco, o peso do corpo apoiado na ponta dos pés e os olhos focados com toda a intensidade nos pais de Luca, esperando que deem um passo em falso.

Espero de verdade que isso não aconteça.

Jaxon pigarreia e os pais de Luca, de modo relutante, desviam a atenção de Flint para se concentrarem nele outra vez. Mas ele não se manifesta. Simplesmente se vira e continua seguindo pelo corredor, rumo à única sala de estudos existente no térreo.

Quando enfim chegamos, ele para durante um momento, como se estivesse se preparando para o que está ali dentro... ou para qualquer coisa que venha a acontecer a seguir. Ele abre a porta e se afasta para que os pais de Luca entrem primeiro.

A mãe de Luca solta um gemido mudo quando olha pelo vão da porta. Por um segundo, tenho a impressão de que vai desmaiar. Mas o pai de Luca a segura, passando o braço ao redor do corpo da esposa para ampará-la. Os dois passam pela porta e entram na sala que abriga o corpo de Luca enquanto o restante de nós os segue em silêncio.

Eu me preparo, esperando que seja parecido com aquela ocasião em que tive de identificar o corpo dos meus pais.

Mas não há nada de frio ou estéril naquela sala de estudos. Em algum momento enquanto eu estava com Hudson — ou com Alistair —, a Ordem a transformou em um lugar apropriado para o luto.

Luca está deitado em uma mesa no centro da sala, com um lençol sobre o corpo que deixa somente seu rosto exposto. Ao redor dele há centenas de velas pretas acesas; devem ter revirado a torre das bruxas para conseguir tantas. Além das velas, há vários recipientes cheios de flores silvestres do Alasca.

Dessa vez é o pai de Luca que solta um gemido silencioso enquanto estrangula um soluço. A mãe de Luca simplesmente cai de joelhos ao lado do corpo do filho.

— Vamos lhe dar alguns minutos — avisa Jaxon em meio ao silêncio agoniado enquanto o restante de nós assente como se fôssemos fantoches. Em seguida, volta para a porta.

— Obrigada — agradece a mãe de Luca em meio a um soluço.

— Sim — emenda o pai. — Obrigado por cuidarem do nosso filho.

— Luca era nosso irmão — comenta Byron, com a voz embargada. — Não há nada que não teríamos feito por ele.

— Estamos vendo. — O pai de Luca limpa a garganta. — Ele sempre jurou que...

Ele para de falar quando Marise entra na sala, vestindo trajes formais. Apesar de ainda um pouco pálida, ela parece muito melhor do que quando a vi antes.

— Vivian, Miles... Lamento muito nos encontrarmos nessas circunstâncias. Nós amávamos Luca aqui em Katmere, e sua morte é um peso enorme para todos.

Os pais de Luca não se afastam do filho. Por isso, Marise olha para o restante de nós, com o rosto atraente cheio de compaixão enquanto sussurra:

— Preparei tônicos de cura para vocês. Estão no salão principal, junto a várias garrafas de sangue. Bebam-nos agora. Vou preparar mais depois. Não sabemos o que está por vir e vocês precisam recuperar as forças.

Sem sombra de dúvida precisamos de toda a ajuda que pudermos conseguir. Assim, faço um gesto afirmativo com a cabeça enquanto Flint murmura:

— Sim, Marise. — E damos meia-volta para sair da sala.

Mas, naquele instante, o pai de Luca se vira para trás. Sua voz ecoa pela sala quando ele ordena:

— Não!

Marise estende a mão para ele.

— O que houve, Mi...

Ela não consegue terminar a frase, porque Vivian escolhe exatamente esse momento para se levantar com um salto... e rasgar a garganta de Marise com os dentes.

Macy grita quando a mãe de Luca deixa Marise cair no chão, gorgolejando e tentando respirar com metade da garganta arrancada, e se afasta para que Miles consiga enfiar uma adaga bem no coração da enfermeira da escola.

— Vocês precisam sair daqui! — avisa Miles enquanto Vivian segura a mão sem vida de Luca. — Marise avisou Cyrus que vocês haviam retornado e ele está vindo pegar vocês. Nós devíamos ser a distração.

Levamos um segundo para absorver a informação. Sei que estou ocupada demais olhando para o corpo sem vida de Marise, ocupada demais para entender exatamente o que aconteceu, para conseguir internalizar o aviso.

Afinal... Marise me ajudou muitas vezes desde que cheguei a Katmere. Ela salvou a minha vida quando uma janela quebrada quase me matou. Ajudou-me a começar a aceitar a ideia de que eu sou uma gárgula, cuidou de mim depois da luta contra Lia.

Como ela pode estar do lado de Cyrus? Não faz sentido.

Ao que parece, não sou a única que tem dúvidas, porque Éden pergunta:

— Acham que vamos simplesmente acreditar nisso? Vocês a mataram!

— Não faz diferença se vocês acreditam em nós ou não — retruca Vivian. — Mas é óbvio que vocês cuidaram do meu filho da melhor maneira que conseguiram. Sinto que é certo fazermos tudo que for possível por aqueles que Luca chamava de amigos, como ele ainda faria se pudesse.

— E isso inclui matar Marise? — questiona Macy, com lágrimas brilhando no rosto.

— Sim, e avisá-los de que devem sair daqui antes que seja tarde demais — responde Miles.

— Marise não era sua amiga — rosna Vivian. — Já pararam para pensar por que ela foi a única criatura viva que restou aqui? Marise sempre foi leal a Cyrus. — Ela olha para Luca. — Assim como nós, até agora.

— Vocês têm que sair daqui — repete Miles, com urgência na voz. — Cyrus quer Grace e não vai deixar que nada o impeça de pegá-la.

Com isso, ele se inclina para frente e coloca um braço ao redor de Vivian e outro ao redor do filho. Segundos depois, os três desaparecem, acelerando para sair da sala e indo até o portal por onde chegaram, fora da escola, e deixando o restante de nós diante do corpo de Marise.

Quando o sangue se acumula ao redor do corpo inerte, não consigo evitar o calafrio que percorre minha coluna ao me dar conta de como esse mundo é violento e implacável. E que posso ser sua próxima vítima.

Capítulo 16

TODO LOBO TEM SEU DIA DE CAÇA

— O que vamos fazer agora? — questiona Mekhi em meio ao silêncio ensurdecedor que resta depois que a família de Luca parte.

Hudson já está diante da janela, observando o horizonte do início da manhã.

— Não vejo nada, mas isso não significa que eles não estão lá fora.

— Ah, eles estão lá fora, sim, com certeza — comenta uma voz com um leve sotaque sob o vão da porta, atrás de nós. — E não vai demorar muito até chegarem aqui.

Giro para trás tão rápido que quase tropeço em Jaxon; ele se colocou na minha frente enquanto Hudson acelera para chegar até a porta.

— Quem é você? — pergunta Hudson a uma pessoa de uns quinze ou dezesseis anos, com olhos castanhos e pele negra. Seus cabelos são pretos e longos o bastante para que lhe toquem os ombros. Com uns quatro ou cinco centímetros de altura a mais do que eu, fico estranhamente feliz em perceber que não se trata de outro paranormal gigante com quem preciso conversar esticando o pescoço. Ele também é extremamente magro, algo que a sua camiseta grande com estampa científica deixa bem óbvio. Se hoje não fosse um dia tão terrível, eu iria rir da frase que está nela.

Quando multiplico a minha matéria preferida pela velocidade da luz... Ela vira a minha energia preferida.

E tenho quase certeza de que faz parte dos lobos.

Percebê-lo é o que me faz atravessar a sala correndo para me juntar a Hudson, assim como fazem todos os demais presentes na sala.

A pessoa nem se abala; passa os olhos rapidamente por nós, como se tentasse decidir quem é a maior ameaça. Deve concluir que é Hudson, porque o encara quando responde:

— Meu nome é Dawud. Sou da Toca do Sol do Deserto, na Síria.

Então, eu estava certa. Faz parte dos lobos.

— O que está fazendo aqui? — indago, com o aviso dos pais de Luca ainda apitando na minha mente.

— Estou aqui porque não achei que os vampiros da Corte teriam coragem de trair Cyrus — responde Dawud. — E vim trazer o mesmo aviso que eles lhes deram. Há lobos do mundo inteiro a caminho de Katmere para capturar vocês, incluindo os maiores soldados da minha toca. Corri para vir avisá-los, mas eles logo devem chegar aqui em peso.

— Você correu para nos avisar? — pergunta Éden, cética.

— Sou veloz. E tenho motivação. — Dawud pega algo que está em uma mesa e examina o objeto. Em seguida, enfia-o no bolso. — E vocês deveriam cair fora daqui, a menos que queiram morrer. Ou queiram ser capturados. Realmente vão estar aqui em breve. Imagino que seja daqui a uns quinze minutos. Dez, se tiverem sorte.

Ele dá a impressão de que sermos capturados seria a pior das duas opções. Francamente, não o culpo. A ideia de estarmos à mercê de Cyrus — a ideia de Hudson e Jaxon estarem à mercê de Cyrus — faz meu coração pular no peito.

— Por que devemos confiar nesse cara se o alfa dele é aliado de Cyrus? — pondera Flint. — Talvez ele esteja aqui para nos distrair.

— Eu, não — esclarece Dawud. — Mas aquele vampiro já admitiu que eles é que deviam ser a distração. Estou aqui pela razão mais óbvia de todas. Preciso de vocês.

É difícil acreditar nisso.

— Precisa de nós para quê? — pergunto enquanto considero segurar o meu cordão de platina. Cada nervo meu está em alerta vermelho. E, se eu precisar lutar, quero estar na forma de gárgula.

— O nome do meu irmão mais novo é Amir. Ele é aluno do primeiro ano em Katmere e foi levado com os outros. Tenho que salvá-lo.

— Eu conheço Amir! — exclama Macy. — Ele torce para o San Diego Padres e um dia ficamos conversando sobre o uniforme antigo de Tony Gwynn que ele tem.

Os ombros de Macy murcham.

— Meu pai tem um igualzinho.

— É esse Amir mesmo. — A garganta de Dawud se agita convulsivamente. — Nossos pais foram mortos há dois anos, e desde então cuido dele. Eu o mandei para a escola porque achava que seria o lugar mais seguro, mas... vocês são a única chance que tenho de salvá-lo. E isso não vai acontecer se eu deixar que Cyrus mate ou capture vocês.

Aquela voz reverbera com a verdade e não consigo mais desconfiar. Uma espiada ao redor mostra que meus amigos também acreditam. Que Deus nos ajude.

— Temos dez minutos? — pergunta Jaxon. E praticamente consigo ver as engrenagens girando em sua cabeça.

— No máximo.

— O que vamos fazer, então? — indaga Éden.

— O que acha que vamos fazer? — rosna Byron. — Vamos cair fora daqui.

Hudson passa o braço ao redor de mim.

— Venha comigo. Vamos acelerar até o seu quarto e pegar o que você precisa.

— Já estou com a mochila preparada para levar ao seu quarto. Peguei tudo de que precisava.

— Bem, então preparem uma mochila vocês também — diz Hudson enquanto voltamos ao saguão. — Grace e eu vamos ficar de guarda até que estejam prontos para ir. Mas andem logo, está bem? Algo me diz que Cyrus não vai ficar esperando muito tempo.

— Cinco min… — Flint começa a dizer, mas corta a palavra no meio quando um rosnado ecoa pela escadaria acima de nós.

Meu sangue se transforma em gelo ante aquele som. Eu olho para cima e vejo uma alcateia com uns cinquenta lobos, mais ou menos — com os dentes arreganhados e garras em riste — saltar por cima dos corrimãos exatamente no mesmo instante. E pior, a maioria deles parece vir diretamente na minha direção.

Hudson e Jaxon saltam para a minha frente no mesmo momento. Outros grunhidos soam na porta atrás de nós. Estamos cercados. Não há maneira de lutar contra tantos, vindos de todas as direções.

Em um minuto, estão a dez metros de distância. No minuto seguinte, quase consigo sentir o hálito deles. O choque me deixou paralisada antes que eu consiga buscar meu cordão de platina.

Eu me recupero depressa, mas, antes que consiga me transformar, eles desaparecem. Sedentos pelo meu sangue em um minuto e nada além de poeira no minuto seguinte.

Meu estômago se retorce. E dessa vez sei que não é somente por conta do meu estado de nervos. Sei exatamente o que aconteceu. E exatamente qual foi o custo para ele.

Capítulo 17

NEM TODOS OS CÃES MERECEM O CÉU

Hudson cambaleia para trás e quase cai sentado no chão, mas consegue apoiar o corpo com a mão na parede, com o tronco curvado para a frente.

— Cara... que diabo acabou de acontecer? — pergunta Liam, girando ao redor de si mesmo como se esperasse que os lobos caíssem sobre nós a qualquer momento.

— Não sei — responde Éden, olhando para Dawud. — Você...?

— Não fiz nada — responde o lobo, erguendo as mãos. — Não achei que eles chegariam aqui tão rápido.

Hudson se curva ainda mais, como se até mesmo ficar encostado na parede seja um esforço muito grande para ele. Em seguida, apoia as mãos nos joelhos enquanto respira fundo algumas vezes. Em seguida, falando com um tom mais abalado do que jamais ouvi antes, ele admite:

— Fui eu que fiz isso.

Sinto o meu coração estremecer enquanto corro para junto de Hudson.

Ao que parece, Rafael ainda não se deu conta do que realmente aconteceu, porque exibe uma expressão confusa no rosto quando pergunta:

— Você fez o quê?

Mesmo assim, deve levar apenas alguns segundos para que a verdade sobre a pessoa com quem ele está falando, assim como as coisas que Hudson é capaz de fazer, se revele, porque de repente os seus olhos se arregalam.

— Espere um minuto aí. Você está dizendo que... — Rafael não chega a concluir a frase, procurando pela expressão certa para descrever o poder de Hudson.

— Deu um sumiço — Mekhi completa com a expressão que faltava. — Você deu um sumiço nos lobos?

Dessa vez, quando ele fala, usa também as mãos para fazer a mímica de que algo está explodindo.

— Você ficou mesmo surpreso? — pergunta Hudson, ofegante. — Eu demoli um estádio inteiro, lembra?

— Sim, mas isso não é tão difícil — intervém Liam. — Até mesmo Jaxon poderia ter feito isso.

— Valeu pelo voto de confiança — comenta Jaxon com uma expressão totalmente séria ao mesmo tempo que Hudson ironiza:

— Assim você me deixa tímido.

Mas Liam está chocado demais para pedir desculpas ao meu ex-consorte... ou mesmo ao meu consorte atual. Em vez disso, continua a girar ao redor de si mesmo, observando a sala enquanto diz:

— Ele deu um sumiço nos lobos, Jaxon. Ele simplesmente... — Dessa vez é ele que faz o gesto de que algo está explodindo. — Deu um sumiço neles.

Ao perceber que Hudson não endireita o corpo, eu me ajoelho diante dele e ergo sua cabeça para mirar seus olhos. E o que vislumbro ali quase despedaça o meu coração. Não é a dor talhada no queixo retesado nem a angústia nas profundezas daqueles olhos oceânicos que me deixam arrasada. E sim o fato de que, no instante seguinte, ele pisca os olhos e a agonia desaparece. Como se nunca tivesse existido. Em seu lugar há uma muralha fria e escura que sei que não existe somente porque Hudson está tentando esconder sua dor para que eu não a veja. Ele a está escondendo de si mesmo.

— Eles queriam pegar Grace — Hudson murmura, como se isso explicasse tudo.

Desde que o conheço, ele nunca tentou usar seu poder contra ninguém. Destruir um prédio? Ah, sem problema. Explodir uma floresta? Com toda a certeza. Eviscerar uma ilha? Sem problemas, se for de fato necessário.

Mas hoje ele assassinou aqueles lobos em um piscar de olhos. E não foi somente um; foram dezenas e dezenas, talvez mais. E ele não hesitou... para me salvar.

Perceber isso arranca o fôlego do meu peito. Eu me sinto péssima. Péssima por tantas pessoas terem morrido nessa guerra horrível de Cyrus. E pior ainda porque foi Hudson quem teve de fazê-lo. E ele o fez para me proteger.

Fracassei completamente em protegê-lo. O que deveria ser a minha função mais importante, já que sou sua consorte.

Matar todos aqueles lobos o destruiu. E, com isso, me destruiu também.

Como se ninguém percebesse que Hudson e eu estamos tentando juntar os pedaços das nossas almas para colocá-los em seu devido lugar, o restante do grupo continua com o debate à nossa volta.

— Eles definitivamente estavam querendo pegá-la — Flint concorda, apertando os olhos. — Mas a pergunta é... por que ela, especificamente?

— O pai de Luca disse que Cyrus a quer morta — lembra Éden.

— É claro que meu pai quer Grace morta — rosna Jaxon. — Desde quando ele aceita a existência de alguém com poderes que ele não é capaz de controlar? Ainda mais agora que ela conseguiu a Coroa? Ele vai vir com tudo para cima de Grace.

— Não é nenhuma novidade — anuncio a eles, esperando acalmar a todos para que eu consiga me concentrar em Hudson. — Ele nunca foi com a minha cara.

— Não ir com a sua cara é uma coisa. O que Cyrus quer é acabar com você e tomar cada gota de poder que restar no seu cadáver — rebate Jaxon. — A primeira coisa é normal. A segunda é sociopatia. E significa que você está com um alvo gigante pintado na cabeça.

— Isso me faz pensar em por que, exatamente, nós ainda estamos aqui — comenta Mekhi, erguendo as sobrancelhas com ironia. — Considerando que a segunda tropa de lacaios de Cyrus já deve estar a caminho.

— Ah, tenho certeza de que ele já mandou uma segunda tropa para cá. — Dawud olha para as escadas onde os lobos estavam há menos de um minuto.

— Eles eram da sua toca? — pergunto, sem alterar a voz.

— Não — elu sussurra.

Saber disso não faz com que eu me sinta melhor. E também não faz com que Hudson se sinta melhor, a julgar pela expressão em seu rosto.

— Que se danem as malas — conclui Flint enquanto observa o horizonte em busca de sinais de outros paranormais. — Precisamos dar o fora daqui.

— Podemos comprar qualquer coisa que precisarmos quando estivermos em um lugar seguro — concorda Éden enquanto vai até uma das janelas com vista para o sul do castelo e passa a vigiar a área em busca de sinais iminentes de ataque.

— Existe algum lugar seguro aonde possamos ir? — pergunta Byron com a voz baixa. — Se Cyrus foi capaz de fazer Marise se voltar contra nós, em quem podemos confiar?

É uma questão terrível sobre a qual não há como pensar. Em especial agora que não temos lugar nenhum que possamos chamar de lar. Todos decidem usar nossos últimos minutos para debater o próximo destino quando sairmos daqui. Decido deixar que resolvam a questão entre eles enquanto dou atenção a Hudson. Levo a mão até o seu rosto.

— Estou bem — Hudson tenta me convencer, endireitando o corpo outra vez e virando-se para olhar pela janela. Mas a mão que ele passa pelos cabelos está tremendo.

— Não está, não. Mas vai ficar — sussurro ao olharmos para o céu cinzento do Alasca. Está tão silencioso e vazio quanto os corredores de Katmere na manhã de hoje, mas isso não significa muita coisa. Principalmente se considerarmos que qualquer bruxa que já tenha estado em Katmere pode abrir um portal bem no meio deste salão — ou em qualquer outro lugar. Tudo isso sem mencionar que uma alcateia inteira de lobos conseguiu entrar aqui, e só os vimos quando já estavam prontos para cair sobre nós.

Como isso aconteceu é uma pergunta para mais tarde, entretanto. Agora estou focada no meu consorte.

— Estou bem — repete Hudson, mas dessa vez ele está tentando convencer a si mesmo mais do que a mim.

— Sua cara está horrível — comento, sem meias-palavras. — E sei que o que você acabou de fazer não foi fácil.

O rosto dele se fecha.

— É aí que você se engana. Foi extremamente fácil para mim. — Ele solta uma risada áspera. — Não é esse o problema?

— Sei exatamente qual é o problema, Hudson.

Quando ele desvia o olhar, com a mandíbula agitada, sei que acertei um ponto sensível.

O que mais me preocupa é que ele parece adoentado. Sei que acabou de gastar muita energia. E tenho certeza de que isso é parte do problema, mas não é o principal. Já o vi usar seu poder antes. Já o vi usar um poder muito maior na ilha da Fera Imortal, e ele nem chegou a suar.

É por isso que sei que ele enfiou as mãos nos bolsos para que eu não veja o tremor nelas. E isso não é normal. Assim como a maneira com que ele força os joelhos para não cair. Tem alguma coisa muito errada com Hudson. E eu apostaria o meu café da manhã que tem mais a ver com o fato de ele ter acabado de matar um monte de pessoas do que com o fato de ter usado poder demais.

— Ei… — Passo o braço ao redor da sua cintura para escorá-lo. — Posso ajudar?

Fico esperando que ele se afaste, que solte alguma daquelas piadas ridiculamente secas que sempre faz nessas horas. Em vez disso, ele se apoia em mim. E percebo que suas mãos não são as únicas coisas que estão tremendo. Seu corpo inteiro treme, como se estivesse em choque.

Talvez esteja mesmo. Ele passou muito tempo resistindo ao impulso de usar seu poder. E, quando as coisas aconteceram dessa maneira, tão rápido e quase fora de controle, ele deve ter ficado muito assustado.

Eu o abraço, me aconchegando nele, e sussurro:

— Amo você, não importa o que aconteça.

Um tremor percorre o corpo dele quando digo aquelas palavras e seus olhos se fecham por vários segundos. Quando ele os abre, estão preenchidos com a mesma determinação que costumo encontrar ali.

E isso é praticamente tudo que posso esperar que aconteça a essa altura. Mesmo assim, tenho de fazer alguma coisa. Qualquer coisa para ajudá-lo a superar isto. Assim, inclino o rosto para o contemplar e digo:

— Acho que enfim descobri a promessa que você fez com o meu anel.

Em um primeiro momento, ele não responde. Nem parece reconhecer o que eu disse. Mas, em seguida, e bem devagar, seu olhar se encontra ao meu e uma das sobrancelhas se ergue.

— É mesmo?

Fico tão aliviada ao perceber que ele vai entrar na brincadeira que aperto a sua cintura antes de responder:

— Você prometeu lavar toda a louça por mim, para sempre.

Ele não consegue impedir que uma risada escape quando pergunta:

— E por que eu iria prometer que vou lavar a louça, quando *nem uso* louça?

Em seguida, seu olhar aponta para meu pescoço e sinto um rubor tomar conta das minhas bochechas. Cara... Eu caí feito uma pata nessa aí. No entanto, à medida que o calor derrete o gelo em seu olhar, eu suspiro. Aí está ele. Meu Hudson está voltando para mim. Com uma onda de alívio que toma conta de mim e enfraquece meus joelhos, eu me apoio na força dele.

Seus lábios roçam no alto da minha testa antes de sussurrarem na minha orelha:

— Obrigado. — E parece demais com um "amo você".

Antes que eu consiga responder, o celular de alguém toca e o clima se quebra quando nós dois nos viramos para ver o que está acontecendo.

— Minha tia acabou de mandar uma mensagem e disse que podemos nos esconder na Corte das Bruxas com ela — anuncia Macy do outro lado da sala de convívio, onde ela e Éden se posicionaram em busca de vigiar as janelas que dão para os fundos da escola. — Só preciso de uns cinco minutos para abrir um portal.

— Não temos cinco minutos — pontua Hudson, taciturno. — Eles estão vindo.

Capítulo 18

ÀS VEZES, TODO MUNDO PRECISA DE UM EMPURRÃOZINHO

— Onde eles estão? — Jaxon já está diante da janela antes que eu consiga me virar para olhar. — Merda.

— Não estou vendo ninguém... — interrompo a frase quando meus olhos de humana/gárgula enfim percebem o que os olhos de vampiro de Jaxon perceberam há segundos.

Centenas e centenas de lobos correndo pela encosta da montanha e da clareira para chegar até Katmere. Para chegar até nós.

— Vamos embora! — ordena Hudson, e nem precisa falar duas vezes. — Para o fundo da escola!

Agarro-me em Hudson e ele acelera pelos corredores estreitos, com Jaxon e os outros em nossos calcanhares. Sem espaço para mudar para suas formas de dragão enquanto disparamos pela escola, Flint e Éden têm dificuldade para nos acompanhar. Assim, Jaxon segura em Flint e aumenta a velocidade. Byron faz o mesmo com Éden. E, embora os dois dragões comecem a xingar, ofendidos por estarem sendo carregados por vampiros, nenhum deles tenta se desvencilhar. Agora, cada segundo conta. E nós sabemos disso.

Para a nossa surpresa, Dawud não tem a menor dificuldade para acompanhar os vampiros. Aparentemente, elu é tão rápido quanto disse que era.

Chegamos até as portas gigantes que dão para os fundos menos de um minuto depois — o que é ótimo, considerando que eu levaria vários minutos para chegar até aqui normalmente.

Mekhi está a postos na porta, pronto para retalhar qualquer invasor.

— Tudo limpo lá fora — ele avisa, dando uma rápida olhada.

— Todos vocês, vão para o chalé de artes do outro lado do campus — ordena Jaxon. — Macy pode construir um portal lá. Vou ficar aqui para detê-los.

A Ordem começa a protestar, mas Hudson interrompe:

— Eu fico com ele.

— Não! — exclamo, sentindo o pânico correr pelo meu corpo quando penso que alguma coisa pode acontecer com Hudson ou Jaxon. — Ou vamos todos, ou ficamos todos.

— Grace, você precisa confiar em mim — pede Hudson, segurando minhas mãos. — Jaxon e eu podemos enfrentar esses cuzões. Vamos estar logo atrás de você assim que o portal se abrir.

— A Ordem vai ficar também — oferece Mekhi, mas Jaxon faz um sinal negativo com a cabeça.

— Vocês precisam proteger Grace. Se Marise disse a verdade e Cyrus estiver roubando magia para usar como combustível para outra coisa... e se Grace é a única que pode detê-lo... então temos que mantê-la a salvo.

— Consigo cuidar de mim mesma...

— A Ordem vai protegê-la com suas vidas — interrompe Jaxon, tocando o peito com o punho fechado, e a Ordem responde com o mesmo gesto, como se aquilo decidisse tudo.

Sinto uma irritação serpentear por mim e estou prestes a protestar contra esse argumento irritante de *sua opinião não conta aqui* quando ouvimos um estrondo enorme que vem da direção da cantina. O barulho é seguido pelos rosnados dos lobos, tão próximos que sinto um calafrio correr pela minha coluna.

— Jaxon está certo, Grace. O próprio Cyrus foi até aquela ilha para tentar impedir que você pegasse a Coroa. Não sabemos como ela funciona ainda, mas concordo com Jaxon. Se ele ficou amedrontado quando você a conseguiu, deve haver uma boa razão para isso. — Hudson se apressa em argumentar. — Você precisa cair fora daqui o quanto antes. Vamos estar logo atrás de você. Sempre. Prometo.

— Mas não posso... — começo a falar, mas Hudson me interrompe:

— Grace. — Dessa vez as palavras dele estão mais incisivas. — Lutei contra toda a população daquela prisão. Sou capaz de sobreviver a uns lobos sarnentos. Mas, se você não partir agora, não vou ter escolha a não ser desintegrá-los, em vez de simplesmente arrebentar a cara daqueles desgraçados.

Tenho a sensação de que o meu peito vai se partir no meio. Eu faria qualquer coisa para que Hudson não precisasse usar seu dom, mas a ideia de deixar que ele e Jaxon fiquem aqui para lutar sozinhos contra um exército de lobos me deixa muito aflita. Especialmente por não estarmos em superioridade numérica. Sempre conseguimos agir melhor juntos. Por que Hudson não consegue enxergar isso?

Bem... Talvez ele consiga. Hudson nunca me impediria de entrar em uma luta por medo de que eu não conseguisse me defender. E isso significa que ele realmente pensa que é capaz de cuidar da situação e precisa que eu me afaste para não usar seu dom para matar outra vez no instante em que um lobo se aproximar de mim.

Percebê-lo faz com que eu me preocupe ainda mais. Ele deve estar pior do que eu pensava, se está com tanto medo de perder o controle.

É por isso que concordo com um aceno de cabeça, mesmo que isso seja a última atitude que desejo tomar.

Vejo o alívio passar pelo seu rosto quando ele abre um meio-sorriso que não alcança os olhos.

— Juro que consigo dar conta deles, Grace.

E ele pode mesmo. Sei disso. No entanto, isso não significa que o deixar aqui para lutar contra um exército de lobos que estão ávidos para rasgá-lo da cabeça aos pés seja mais fácil. Sinto um aperto no peito e olho nos olhos dele.

Dedico um momento para memorizar aqueles malares proeminentes que emolduram seus olhos azuis e profundos, o contorno forte do seu queixo, os lindos cabelos castanhos que continuam alinhados perfeitamente naquele topete.

Em seguida, sussurro:

— Acho bom mesmo. — E dou um beijo rápido e forte nele. Prometo a mim mesma que essa não vai ser a última vez que vejo meu consorte quando me viro para o restante do grupo e grito: — Vamos!

Eles entram em ação no mesmo instante e seguro o meu cordão de platina quando Flint arrebenta as portas com um chute. Levanto voo e as minhas asas gigantes devoram a distância até o chalé em questão de segundos.

Macy se põe a trabalhar de imediato para abrir um portal enquanto Flint insiste que acha melhor voltar para fritar o exército de Cyrus até que fiquem crocantes.

Mekhi faz um sinal negativo com a cabeça.

— Isso é com Jaxon e Hudson. Eles vão atrasar os lobos.

— Você não sabe se isso vai acontecer — retruco, irritada, porque todo mundo acha que Jaxon e Hudson são invencíveis. Mas não são. Já vi os dois em dificuldades. E já vi os dois sangrando. Eles podem se machucar. Podem até morrer, assim como qualquer um de nós. Meu estômago se retorce. E, de repente, receio ter cometido um erro enorme.

— Não devíamos tê-los deixado para trás — observa Flint, e parece estar muito assustado.

Rafael foi o último a chegar até nós e seu olhar cruza com o meu.

— Hudson disse que eles são capazes de enfrentar os lobos — ele garante. — Não se preocupe.

— Quantos lobos estão vindo? — indaga Flint.

Rafael se limita a balançar a cabeça.

— Eles vão ficar bem — repete ele.

Talvez fosse mais fácil acreditar nisso se ele não parecesse tão desconcertado — e se uma nova série de rosnados não emanasse da escola. Rosnados seguidos de um punhado de baques ruidosos, som de objetos se quebrando e, por fim, ganidos animais bem esganiçados.

— O que podemos fazer? — Éden pergunta a Macy, que gira fogo entre as mãos quando o portal começa a emergir.

— Esteja pronta para pular assim que eu terminar de abri-lo — orienta Macy. Suas mãos são borrões de movimento enquanto manipula a magia complicada do portal.

— Estou com ela — afirma Dawud pela primeira vez desde que chegou ao chalé. — Não arrisquei tudo para vir avisar vocês e deixar que morressem aqui.

Mekhi concorda, embora pareça tão desesperado quanto eu me sinto ao dizer:

— Assim que Macy conseguir abrir esse portal, temos que passar por ele.

— Eles vão estar bem atrás de nós — emenda Byron, com os olhos firmes nos meus. — Eu garanto, Grace. Eu não sairia de lá se achasse que não fossem capazes de enfrentar os lobos sozinhos.

Eu o encaro, irritada.

— Sairia, sim, se Jaxon mandasse você nos tirar daqui.

Ele desvia o olhar, com o queixo agitado. Retruquei com mais acidez do que pretendia.

Mas, antes que eu consiga começar a processar o que houve, o chão treme e o chalé inteiro vibra. Não me lembro nem mais de como fazer para engolir em seco quando entendo o que está acontecendo.

Jaxon está usando a própria Katmere para combatê-los, o que significa que deve haver muito mais lobos do que imaginamos.

Eu olho para Macy.

— Estamos quase sem tempo!

Macy confirma com um aceno de cabeça, movendo as mãos em uma série de movimentos complicados que faz o portão mudar de forma e cor diante dela. Com um último floreio, minha prima exclama:

— Consegui!

— Andem! — grita Byron. — Não temos mais tempo.

Tenho a sensação de que estou sendo partida em duas. Eles não podem estar achando que eu vou deixar Hudson e Jaxon aqui. Não posso fazer isso. Não vou simplesmente me afastar do meu consorte e esperar que ele sobreviva. Como algum deles pode pensar que eu seria capaz disso?

Não há tempo para dizer isso a Byron porque Katmere estremece bem diante de nós. A estrutura inteira literalmente balança quando rachaduras enormes se abrem nas paredes, fazendo com que as pedras do alto despenquem no chão com um estrondo trovejante.

— Puta que pariu — sussurra Flint, com os olhos arregalados com o mesmo terror que me aflige. — Eles vão mesmo... Vão realmente botar tudo abaixo.

Só a ideia de que isso aconteça é como uma facada na minha barriga. Por outro lado, a ideia de perder Hudson ou Jaxon é praticamente um lança-foguetes.

— Vão em frente — eu digo aos outros. — Eu vou esperar por...

Eu interrompo a frase com um gemido seco quando Éden me empurra para o portal.

Capítulo 19

O SABOR DO ARCO-ÍRIS

Perco o equilíbrio girando os braços até me sentir como um daqueles mensageiros dos ventos em dia de tempestade, num esforço desesperado para conseguir me equilibrar.

Mas já é tarde demais. O empurrão de Éden foi deliberado e muito bem calculado. Despenco para trás, dentro do portal. E isso é pior do que o meu método habitual de mergulhar de cabeça, porque tenho muito menos controle do meu corpo quando vou de marcha à ré.

Vou girando e caindo pelo que parece uma eternidade pelos arcos-íris psicodélicos de Macy, mas provavelmente são apenas uns segundos. Cada bruxa constrói portais com aparência e sensação específicas — o que explica as variações nos portais do campo do Ludares. E os portais da minha prima sempre são feitos de arcos-íris gigantes e faiscantes. O que não chega exatamente a ser uma surpresa, e não me importo muito com isso. Mas ficar dando piruetas para trás dentro de um deles contra a minha vontade me dá a impressão de estar em uma *bad trip* bem ruim.

Quando o portal por fim me vomita em um piso de mármore branco, duro e frio, sou virada para trás e caio de cara no chão.

Lembrete: nunca mais reclamar por cair de bunda de novo, porque bater com a cara no chão e sair rolando em seguida não é, nem um pouco, divertido.

Preciso de alguns segundos para recuperar o fôlego. Em seguida, viro o corpo para cima com um resmungo. E percebo que estou olhando para um teto branco entalhado, cheio de flores silvestres e arabescos ornamentados.

Tenho poucos segundos para me perguntar onde diabos estou antes que Éden pouse bem ao meu lado. E ela cai em pé, é claro. Preciso me conter para não rosnar.

Outro lembrete: nunca confiar em um dragão com problemas de atitude e um senso de equilíbrio excelente.

— Por que diabos me empurrou? — questiono, ignorando a mão que ela estende para ajudar a me levantar. — Você não tinha o direito de...

— Ah, eu tinha, sim — retruca ela. — Você não ia passar pelo portal, mas precisava.

— Hudson e Jaxon...

— Hudson e Jaxon são os dois vampiros mais poderosos que existem. São perfeitamente capazes de lidar com o que estava acontecendo. Desde que não se distraiam porque têm que se preocupar com você. — Ela se afasta quando Mekhi chega pelo portal. — Tirar você de lá serviu para facilitar o que eles precisavam fazer.

— Ela tem razão — concorda Mekhi, também oferecendo a mão para me ajudar a levantar. Dessa vez aceito, ignorando a virada de olhos de Éden quando ele me puxa para ficar em pé enquanto os outros chegam pelo portal, um depois do outro.

— Eles vão conseguir, Grace — prossegue ele. — Só temos que...

Mekhi para de falar quando o som de paredes desabando ecoa pela sala. Viramos para trás bem a tempo de ver Macy passar voando pela abertura do portal. Ela pousa de joelhos, porém se levanta em seguida, estendendo os braços para o lado e para cima.

Seus olhos estão ensandecidos e seu rosto, sujo de terra, mas a concentração de Macy nunca vacila do portal que está ficando cada vez maior.

Geralmente ela é a última a atravessar e os portais se fecham assim que ela passa. Mas dessa vez é diferente. Agora, ela está usando todo o seu poder para mantê-lo aberto deste lado, algo que eu nem sabia ser possível.

A julgar pelas expressões no rosto dos demais, eles também não consideravam possível fazer isso. Entretanto, se houve uma coisa que aprendi nesses últimos meses foi que a minha prima alegre e faceira dispõe de uma magia enorme dentro de si. Acredito mesmo que ela é capaz de fazer qualquer coisa que queira, incluindo isso aqui.

Por favor, Deus... permita que ela consiga.

— Puta merda — sussurra Dawud.

E eu entendo. De verdade.

Nunca olhei por um portal aberto depois de sair por ele. Quando faço isso, percebo que, além das cores rodopiantes do arco-íris, ainda consigo enxergar o gramado que se estende entre o chalé e Katmere. Só que, nesse curto período que precisamos para atravessar a passagem, tudo mudou.

As paredes e a torre do lado oeste desapareceram por completo, transformadas em uma pilha de destroços e poeira. Libero um gemido mudo, cobrindo a boca com a mão à procura de impedir de sair o grito que está na ponta da língua. Porque o restante da escola não demora muito para levar o mesmo destino, se o gemido ensurdecedor das pedras, madeira e tudo que eu costumava achar que era o meu lar serve de indicação.

Sinto-me feliz e aterrorizada ao mesmo tempo com aqueles tremores, e o jeito que as paredes são literalmente cortadas em pedaços. Feliz porque isso significa que Jaxon e Hudson continuam vivos. Aterrorizada porque... E se eles não conseguirem sair de lá a tempo? E se ficaram presos sob os escombros de Katmere junto de todos os outros?

— Não vou conseguir aguentar por muito mais tempo — ela confessa e termina com um grito curto, com o rosto marcado pela dor enquanto se esforça para manter o portal aberto.

Por favor, por favor... por favor. A palavra é um mantra na minha mente enquanto me mantenho ao lado de Macy, com uma mão em seu ombro. Uma súplica ao universo para salvar Hudson e Jaxon contra o que parece uma situação sem qualquer saída. Não tenho a mesma magia que a minha prima tem, mas consigo canalizar o poder. Já fiz isso antes. Com Macy e Remy.

Estendendo o braço para a frente, fecho os olhos. Respiro fundo. E me abro para o poder ao meu redor. A terra, as árvores, as pedras. Há poder ali, mas não há o bastante.

— Preciso de mais poder! — grito.

Sinto uma mão em meu ombro quando Flint diz:

— Use o meu.

E eu entendo imediatamente, abrindo um sorriso agradecido quando busco o cordão de Flint e canalizo sua magia para o portal.

A Ordem e Éden se aproximam em seguida. São muitas mãos nos meus braços e ombros. Muitos cordões para manipular, todos com cores diferentes. Muitos medos, esperanças e talentos diferentes pelos quais navegar e pouco tempo hábil para fazer tudo.

No fim das contas, desisto de tentar distinguir os poderes e as pessoas umas das outras. Em vez disso, eu me abro para pegar todos os cordões que consigo com a mão esquerda.

Um poder gigantesco, inimaginável, incontrolável atravessa o meu corpo com tanta rapidez e com tanta força que quase me derruba no chão. Firmo os joelhos, distribuo o peso do corpo e consigo continuar em pé, mesmo com a sensação de que descargas enormes de eletricidade passam por mim.

Não há tempo para absorver tudo isso nem para aprender a refiná-la. Katmere está caindo bem diante dos meus olhos e os únicos garotos que já amei estão bem ali no meio. Assim, sem pensar duas vezes, reúno todo o poder em minhas mãos e o jogo no portal. Macy talvez não consiga mantê-lo aberto sozinha, mas juntas — e com todo o poder dos meus amigos — talvez a gente consiga dar o tempo de que Hudson e Jaxon precisam. Talvez.

Capítulo 20

VAMOS QUEBRAR TUDO

Macy chega a gemer quando percebe que todo o poder canalizado por mim alcança sua magia, mas consegue aguentar firme — nós duas conseguimos —, enquanto despejamos tudo que temos no portal. Para mantê-lo aberto só por mais uns momentos.

E funciona. Porque, mesmo sentindo que começamos a tremer, o portal vai ficando maior. Cada vez maior.

Fica tão grande que podemos ver tudo. A escola inteira. Os campos do outro lado. Os chalés. Até mesmo as nuvens de tempestade que cobrem o céu.

Mas não é isso que chama a minha atenção, que faz com que seja doloroso puxar cada golfada de ar para os pulmões. A única coisa da qual não consigo tirar os olhos é a última parte de Katmere que está em pé, o último lugar — onde sei que Hudson e Jaxon ainda estão lutando.

— Andem logo... andem logo! — murmura Mekhi, com os olhos tão fixos no portal aberto quanto nós.

Até que os avistamos. Os dois irmãos Vega aceleram até chegarem diante das portas que levavam ao pátio nos fundos da escola. Os restos das paredes do castelo ainda os cercam.

— Parem de ficar brincando e entrem na merda do portal — rosna Flint quando Jaxon ergue a mão e faz um movimento rápido para baixo, derrubando um enorme pedaço da parede. Hudson gira e olha para outra parte da parede e o meio dela se transforma em poeira no mesmo momento, fazendo com que os tijolos da parte de cima caiam ao seu redor.

Por entre os escombros e a poeira, surgem centenas de lobos, cercando os dois. Nem me pergunto por que Hudson não desintegrou os lobos que restam. Sei por quê. Notei o efeito que o ato de matar causou nele. E Hudson só faria isso outra vez se fosse seu último recurso. Ou se estivesse fraco demais.

O medo retorce as minhas entranhas, mas o sufoco. Estou determinada a não deixar que me domine. Determinada a não permitir que interfira com o poder sendo canalizado, o poder ainda crescente em minhas veias, causando tremor em meus músculos.

Jaxon ergue a mão e outra parede se racha em duas, desabando sobre os lobos mais próximos.

Mas isso significa que pedras caem sobre Hudson e Jaxon também. E ficar observando a cena é assustador.

Sim, eles são vampiros.

Sim, são poderosos.

Sim, é preciso muito para matá-los.

No entanto, todos os que estão naquele castelo são paranormais, e vai ser preciso muito para deter qualquer um deles. Talvez muito mais do que Hudson e Jaxon consigam fazer com segurança.

É esse pensamento que faz minhas mãos tremerem e os meu joelhos baterem um no outro.

Até mesmo a Ordem fica observando o portal com olhos estreitados e punhos cerrados.

Éden grita:

— Entrem no portal, porra!

Mas eles não podem ouvi-la. Assim como não podem ouvir os gritos silenciosos nas profundezas do meu ser. Não que isso tenha importância. Conheço muito bem os dois para saber que não me dariam ouvidos, mesmo se pudessem. Eles vão morrer para nos proteger. E se isso significa que devem demolir Katmere sobre as próprias cabeças, não duvido que farão isso.

Esse medo é o que me impele a buscar poder dentro de mim, profundamente, como se fosse o ar que respiro, e deixar que ele me consuma, que alimente as minhas células, o coração e os pulmões, reunindo cada grama de poder que consigo encontrar. E usá-lo para ajudar Macy a manter o portal aberto conforme ele se estreita e enfraquece.

Mas um rangido alto enche o ar. E tudo se desfaz.

A última coisa que vejo são milhares de quilos de escombros caindo sobre a cabeça de Hudson e Jaxon.

Capítulo 21

NUNCA MORDA O VAMPIRO QUE ALIMENTA VOCÊ

— Sumiu! — grita Macy, encarando o portal.

— O que sumiu? — grita Liam. Mas a expressão no seu olhar demonstra que, assim como todos nós, ele já sabe.

É Katmere.

Katmere se foi. E com ela... Jaxon e Hudson também? Pensar a respeito faz meus joelhos fraquejarem e quase me espatifo no chão. Provavelmente isso aconteceria mesmo, se não houvesse tantas pessoas me segurando.

— Macy! — grito quando os céus enfim se abrem com toda a fúria, encharcando os escombros com uma chuva torrencial e fazendo o chão tremer com trovões e relâmpagos assustadores. Como se o universo estivesse tão irritado quanto eu pelo fato de que a minha escola, o último símbolo da minha infância, desapareceu em definitivo.

De repente, a magia canalizada faz o portal estremecer quando perco um pouco do controle.

Antes que Macy consiga responder, o portal se ilumina com um brilho azul, forte e elétrico, por um segundo ou dois. Até explodir quando Jaxon e Hudson passam por ele.

Sinto um alívio enorme tomar conta de mim, mas ele não dura muito tempo. No instante que o portal se fecha, toda a energia canalizada para mantê-lo aberto ricocheteia e me acerta com tanta força que me faz sair voando, passando por cima da cabeça de Mekhi e dos meus outros amigos.

Preparo-me para o impacto. Tudo acontece tão rápido que não consigo nem encontrar meu cordão de platina, muito menos segurá-lo; mas, quando estou prestes a bater no chão, Hudson me agarra em pleno ar e me puxa para os seus braços.

Ele está imundo, coberto de pedra, poeira e só Deus sabe o que mais. E seu coração bate tão rápido e com tanta força sob a minha bochecha que tenho a impressão de que estou recebendo um soco após o outro. Mas não me importo. Nesse momento, não há nenhum outro lugar onde eu queira estar.

— Puta que pariu! — exclama Rafael. — Achei que vocês dois não iam conseguir desta vez.

— Você não é o único — responde Jaxon. Ele está no centro da sala, com as mãos apoiadas nos joelhos enquanto puxa o ar em golfadas longas e profundas.

— Está tudo bem — anuncia Hudson, fazendo pouco caso dessa experiência de chegar tão perto da morte. Como eu já esperava que fizesse. Juro, ele poderia estar sangrando e prestes a morrer, mas continuaria a agir como se nada estivesse acontecendo. — Estávamos só deixando o tempo passar, esperando que vocês se acomodassem. Sabem que o meu irmão mais novo adora fazer uma entrada triunfal.

Jaxon nem se incomoda em olhar para nós, ainda na tentativa de recuperar o fôlego. Mesmo assim ele consegue encontrar um momento para mostrar o dedo médio para Hudson e bufar.

— Falou o cara que acha que o mundo inteiro é um palco.

— Juro, esse cara é capaz de dizer qualquer coisa só para me forçar a lhe dar um bis — insiste Hudson enquanto me deixa em pé novamente e acaricia os meus cachos revoltos, tirando-os da frente do meu rosto.

— Por que fui me preocupar? — pergunto, exasperada.

Ele estampa um sorriso malicioso, mas seus olhos estão cheios de carinho quando me encaram.

— Não faço ideia.

— É... eu também não.

Ainda assim aperto o rosto em seu peito, dedicando uns segundos para sentir seu aroma. Para afastar o terror e me dar uma chance de saber que ele está bem. Que os dois estão bem. Conseguiram escapar de lá, contra todas as probabilidades. E é isso que importa.

Mas, após certo tempo, a realidade se intromete no meu alívio quando Macy pergunta:

— E Katmere?

É doloroso ouvir a esperança em sua voz, em particular quando Hudson se retesa junto de mim.

— Desculpe — ele pede, com a voz marcada pela dor. — Tivemos que demolir o lugar.

— Havia muitos deles — explica Jaxon. — E estavam por toda parte. Não havia alternativa.

Macy faz que sim com a cabeça, mas parece que acabou de levar um murro na barriga. E não a culpo. Seu pai foi sequestrado e talvez morto. E, agora, o único lar que ela conheceu na vida foi destruído. Sei como é a sensação e não a desejo para ninguém. Em especial não para minha prima, uma pessoa doce, gentil e maravilhosa.

— Tudo vai ficar bem — diz Éden, passando a mão nas costas de Macy para reconfortá-la.

— Vamos encontrar uma maneira de consertar o que houve — concordo, afastando-me de Hudson em busca de ir até Macy e abraçá-la. — Não sei como, mas vamos dar um jeito.

—Depois que libertarmos o meu irmão — interrompe Dawud, com a voz dura e fria como aço.

— Você não é a única pessoa que tinha família lá, sabia? — devolve Macy. — Cyrus pegou o meu pai. Acredite no que digo, ninguém quer ir até a Corte Vampírica para libertá-los mais do que nós.

— Mas não podemos simplesmente ir até lá e chutar a porta — opina Byron. — Ou ele vai matar cada um dos vampiros que estiverem ali... começando pelas pessoas com quem mais nos importamos.

A simples ideia de perder o tio Finn, Gwen e todas as outras pessoas faz com que eu sinta a minha coluna gelar.

— Para ser honesta, não entendo por que os pais dos alunos de Katmere não estão invadindo a Corte Vampírica — comento, balançando a cabeça. — Por que não tem ninguém exigindo que Cyrus liberte seus filhos?

— Os dragões não podem — afirma Flint, sério. — Conversei com meu pai depois que saí da enfermaria e ele contou que a situação está péssima na Corte. Perdemos muitos dragões na batalha da ilha, e aqueles que restaram estão questionando a liderança da minha mãe, porque ela... — Ele deixa a frase no ar, com a garganta embargada.

— Porque ela entregou seu dragão para me salvar — termina Jaxon, com a voz neutra.

Flint não responde. Inclusive, ele nem olha para Jaxon conforme a tensão firme, escorregadia e perigosa faz o ar entre os dois ferver.

— Os lobos não vão se levantar contra ele — diz Dawud. — Cyrus deu sua palavra de que não machucaria nenhum dos seus filhos.

— Então, por que acham que Cyrus os sequestrou? — pergunta Mekhi, com a voz cheia de ceticismo. — Afinal, manter pessoas presas contra a sua vontade é uma característica bem evidente de alguém mal-intencionado.

— Não discordo — responde Dawud, dando de ombros. — Mas eles insistem em continuar acreditando em Cyrus. Não conseguem enxergar a verdade. Ou talvez não se permitam. De qualquer maneira, é impossível convencê-los de que Cyrus seja diferente daquilo que alega ser.

— E o que ele é, exatamente? — pergunta Jaxon com a voz tão distante que poderia estar falando sobre qualquer estranho, em vez de sobre o próprio pai.

— Além de um monstro? — infere Hudson, irônico.

— Ele é o rei que vai salvá-los da obscuridade, é claro. Aquele que vai trazê-los para a luz para que não tenham mais que esconder quem são. — Dawud faz um gesto negativo com a cabeça. — Qualquer pessoa que tenha cérebro sabe que isso é besteira. Mas eles engolem isso como se fosse sorvete com uma cereja em cima. Não há como convencê-los do contrário.

— E morrer é o quê? Um efeito colateral infeliz? — O sarcasmo quase goteja da voz de Hudson, mas há mais alguma coisa em seu olhar: uma mistura de arrependimento e determinação que me motiva a buscar o cordão azul que existe em mim.

Deixo a mão correr pelo nosso elo entre consortes, jogando todo o amor e conforto que consigo com o meu toque. Sei que ele não quer que ninguém saiba o quanto está atormentado pelo que aconteceu com os lobos no saguão de Katmere. E essa é a única maneira de oferecer apoio que consigo conceber.

Se é que vai funcionar.

Momentos depois, tenho a satisfação de observar os olhos do meu consorte se arregalando.

Seu olhar encontra o meu, do outro lado da sala. E o carinho súbito que vislumbro ali me faz sorrir. Assim como o alívio que toma conta dele, incinerando a dor e o arrependimento. Pelo menos por enquanto.

— Especialmente nesse caso — responde Liam, de modo discreto. — Não há nada como morrer por algo em que você acredita.

O horror daquela resposta ecoa pela sala, junto à percepção de que ele está certo. E Dawud também está. Quantas vezes estivemos dispostos a morrer para deter Cyrus nesses últimos meses? Quantas vezes quase sacrificamos tudo porque sabíamos que detê-lo era a coisa certa, a única coisa a fazer?

Mas... e se estivéssemos do outro lado? E se acreditássemos nele com a mesma intensidade com a qual o detestamos, assim como tudo o que ele representa? E se pensássemos mesmo que ele estava fazendo a coisa certa e que qualquer um que se oposse tentasse atingir a nós e nossos filhos, assim como o mundo que trabalhamos tanto para construir?

Pensar na hipótese me faz estremecer. Em parte porque é horrível pensar que tantos lobos e vampiros acreditam nos planos horríveis de Cyrus, mas também porque estou começando a entender de verdade quem estamos enfrentando. E é desesperador.

— O que vamos fazer? — sussurro, com o horror do que percebi bem evidente na minha voz.

— O primeiro passo? — pergunta Rafael, apoiado em uma das paredes, com o joelho flexionado e o rosto impassível. — Eu diria que precisamos descobrir exatamente onde estamos e se esse lugar é seguro ou não.

— Ah, isso é fácil — assegura-lhe Macy. — Estamos na Corte das Bruxas. E é claro que estamos seguros...

Ela para de falar quando a porta se abre com um estrondo, e o que parece ser a Guarda das Bruxas, considerando seus uniformes, entra na sala brandindo as varinhas e prontos para disparar.

Capítulo 22

ELES LADRAM E MORDEM

— Vocês têm que ir embora — anuncia a bruxa comandante da guarda. Ela é alta e ameaçadora. E, a julgar pelo distintivo no manto roxo do uniforme, também é uma das comandantes do exército. — Agora.

— Ir embora? — questiona Macy, contrariada. — Mas acabamos de chegar, Valentina!

— E agora já podem ir para outro lugar. — Os olhos de Valentina são gelados quando agita a varinha, indicando Hudson, Jaxon e a mim. — A Guarda das Bruxas não tem espaço para pessoas da laia de vocês aqui.

— Da nossa laia? — Minha prima está começando a falar como um papagaio irritado. A fúria torna sua voz mais esganiçada ao repetir as palavras de Valentina. — Sou uma bruxa e estes aqui são meus amigos. Estamos buscando refúgio.

Enquanto fala, ela se coloca entre a varinha de Valentina e Jaxon, Hudson e eu. Não gosto de ver Macy usar a si mesma como escudo para nós, e fica óbvio que os rapazes também não gostam. Mas, quando saímos de trás dela, Macy nos encara com um olhar de advertência que nos paralisa.

Quem imaginaria que Macy seria capaz de tamanha intimidação, uma vez que está determinada a fazê-lo? Um pedaço de mim ficou muito impressionado — ou vai ficar, quando essas bruxas baixarem suas malditas varinhas.

— Não há refúgio aqui. Nem para você nem para os seus amigos — rosna Valentina.

— Ah, é claro. Bem, essa decisão não cabe à Guarda das Bruxas. Somente o rei e a rainha podem negar refúgio — retruca Macy.

— É isso que estou tentando lhe informar. — Valentina repuxa os lábios em um sorriso torto. — Eles já negaram.

Jaxon se enrijece ante a revelação, mas uma espiada em Hudson me mostra que ele não está nem um pouco surpreso. E verdade seja dita: eu também não. Se o que Dawud nos disse for verdade, é quase impossível saber quem está do lado de Cyrus e quem não está. Se a Corte das Bruxas está com ele, então temos sorte se as únicas coisas que vão fazer são nos negar refúgio e nos expulsar daqui.

Podia ser bem pior.

Mas, ao que parece, Macy não está muito confiante no que acabou de ouvir, porque avança até quase encostar seu nariz no de Valentina.

— Não acredito em você.

Valentina ergue uma sobrancelha, mas não recua nem sequer um milímetro quando responde:

— Não ligo se acredita em mim ou não, mocinha. Só quero que você e os seus amigos saiam da Corte das Bruxas. Agora.

— E se não sairmos? — desafia Macy. É uma pergunta que quase me faz gemer, porque agora, sem sombra de dúvida, não é a melhor hora para dar ultimatos ou tentar descobrir um blefe.

Não quando essa guarda parece tão irritada. E, definitivamente, não quando os outros soldados da guarda se agitam cada vez mais. Afinal, estamos fazendo a mesma coisa aqui. A ansiedade e a exaustão se combinam para deixar todos mais voláteis.

Além disso, não é o nosso grupo que está brandindo armas mortíferas. A menos que contemos seis pares de presas e dois dragões cuspidores de fogo e gelo... Fatores que provavelmente foram levados em conta.

— Quer mesmo saber? — indaga Valentina.

— Nem quero — responde Macy, abrindo a pochete para pegar sua varinha. — Mas acho que vou precisar saber, porque, de um jeito ou de outro, estou indo falar com o rei e com a rainha.

Aí está ele, o ultimato que eu temia.

Hudson e Jaxon também o reconhecem, considerando que estão inquietos ao meu lado, com as mãos se fechando e os olhos se estreitando enquanto se concentram em seus alvos. É o que me faz buscar e segurar o cordão de platina dentro de mim.

Não sei por que Macy insiste tanto em uma audiência com o rei e a rainha, mas estou disposta a apoiar seu plano. Mesmo que isso signifique lutar contra toda a Guarda das Bruxas.

Puxo o cordão de platina e mudo para a forma de gárgula em um instante. Ao mesmo tempo, Jaxon causa um tremor que faz a sala inteira tremer.

Dessa vez são os olhos de Valentina que se estreitam ante a ameaça. Atrás dela, as varinhas cortam o ar. E nós nos preparamos para um ataque. Todavia, bem quando as varinhas começam a baixar, uma mulher com um manto roxo elegante aparece sob o vão da porta.

— Chega! — exclama ela, e a guarda recua de imediato. — Não vou admitir violência contra uma bruxa, alguém que é como nós.

Seus peculiares olhos violeta passam pelos guardas e se fixam em Macy quando ela continua:

— Especialmente quando é uma criança que busca refúgio.

— As ordens que recebi foram bem claras...

— Sim, mas estou mudando as suas ordens. Levem-nos para o salão principal. Se a minha irmã escolheu negar refúgio a esta criança, ela lhe deve uma explicação. E também a toda a Corte. Por isso, vamos ouvir o que ela tem a dizer.

A irmã da rainha se vira para trás, desaparecendo pela porta com a mesma velocidade com que apareceu.

Por um segundo, ninguém se move. Entretanto, as varinhas são recolhidas e Valentina se afasta de Macy, muito contrariada. E a minha prima lhe abre um sorriso surpreendentemente radiante em resposta. É óbvio que o sorriso era o que faltava para Valentina surtar, porque dessa vez é ela que se aproxima do rosto de Macy.

— Se algum de vocês se atrever a olhar para o rei e a rainha do jeito errado, vou arrancar seus órgãos e usá-los no feitiço mais repugnante que conseguir encontrar.

Considerando todas as ameaças que já ouvi, até que essa é uma das melhores. Em particular porque ninguém aqui deseja ter seus órgãos arrancados, mas também porque ela disse aquilo com muita sinceridade. E, como não estou com a menor vontade de atiçar o espírito torturador de Valentina, decido voltar à minha forma humana. Considerando que todo mundo na Corte das Bruxas está prestes a surtar, creio que o melhor a fazer é não parecer muito ameaçadora.

Sinto vontade de dizer a mesma coisa para Hudson, mas a quem estou enganando? Mesmo que esteja simplesmente aqui, vestido com um jeans velho e uma camisa social preta, ele irradia força, autoconfiança e poder. Tudo que Cyrus teme... e tudo que ele ambiciona ter.

— Sigam-me — ordena Valentina. — E não pensem em dar um único passo para qualquer outro lugar além do salão principal.

Em seguida, ela gira sobre os calcanhares e sai da sala com passos duros e rápidos. Ao perceber que não começamos a segui-la no mesmo segundo, a Guarda das Bruxas começa a nos cercar, levando-nos inexoravelmente para a porta.

— Me desculpem — sussurra Macy ao entrarmos em um corredor longo e amplo. — Eu não sabia para onde mais podíamos ir. Achei que ficaríamos seguros aqui.

— Só porque Valentina acordou com o pé esquerdo dentro do caldeirão errado, isso não significa que não estamos seguros — pontuo para ela quando passo o braço ao redor do seu ombro para um abraço rápido. — Qual é a pior coisa que podem fazer com a gente?

— Não escutou o que ela disse? — questiona Dawud, com os olhos bem abertos em uma evidente expressão de "dã!". — Arrancar nossos corações para usá-los em um feitiço de amor.

— É só da boca para fora — replica Macy.

— Com certeza — concorda Mekhi, bufando. — Mas parece que ela tem vários dentes da boca para dentro. Essa mulher é bem capaz de nos dar de comer para o seu familiar favorito. E, depois, colocar fogo nesse familiar só para mostrar que está falando sério.

— E o que ela iria dizer, exatamente? — pergunta Rafael.

— Que vocês não são tão especiais quanto pensam que são — esbraveja Valentina por cima do ombro. — E o meu familiar favorito é um polvo. Por isso, boa sorte para vocês.

Ela não profere mais uma palavra conforme seguimos pelo corredor. E também não dizemos. Mas não há muito a dizer.

Não há muito a dizer além de:

Um polvo?, Éden forma as palavras com a boca.

Macy dá de ombros, com discrição.

— Melhor do que um emu.

— Você conhece alguém que tenha um emu como familiar? — pergunta Jaxon, sem acreditar.

— Conheço alguém que tem um vampiro como familiar — retruca Macy.

— E sabemos que os emus são mais inteligentes, também — brinca Flint.

É bem óbvia a sua tentativa de implicar com Jaxon. Não funciona, é claro. Mas os outros membros da Ordem tentam rebater o comentário, enquanto Hudson se limita a rir.

Pela primeira vez desde que voltamos a Katmere depois da viagem à ilha, acho que podemos respirar. Como se talvez o mundo não esteja desabando sobre nós neste exato momento. Talvez. O que vai acontecer daqui a alguns segundos é uma história completamente diferente. Entretanto, por ora, vou aproveitar essa pausa curta e a oportunidade de rir com os meus amigos antes que tudo vá para o inferno mais uma vez.

Talvez por não me sentir completamente aterrorizada nesse momento, aproveito a oportunidade para observar ao redor pela primeira vez. E o que essa análise me revela é que a Corte das Bruxas não é nem um pouco parecida com a Corte Dracônica ou a Corte das Gárgulas — as únicas outras Cortes que visitei.

Enquanto a Corte Dracônica é pura sofisticação ao estilo de Manhattan e a Corte das Gárgulas parece ter ficado parada na era medieval, a Corte das Bruxas exprime uma elegância régia com ênfase em uma arte elaborada, e em uma arquitetura ainda mais elaborada. O corredor é delimitado por paredes entalhadas que retratam os elementos, assim como o sol, a lua e as estrelas. Em meio aos entalhes há molduras gigantes feitas de ouro de verdade. E dentro delas, pinturas que mostram bruxas vestidas de azul-celeste, formando círculos mágicos e paisagens com cenas arborizadas. E há velas por todos os lados. Vermelhas, roxas, pretas, brancas, douradas, elas preenchem os archotes entalhados nas paredes a cada poucos metros.

Percebo que metade está acesa e a outra metade está apagada, ao mesmo tempo que vejo duas bruxas — uma de cada lado — andando pelo corredor, vários metros à nossa frente. Cada uma delas empunha um acendedor longo e cerimonial, usado para acender velas.

— Elas não usam magia? — sussurro para Macy, que faz um sinal negativo e enfático com a cabeça.

— Nos ensinam desde crianças que a magia não deve ser usada para fins mundanos. Ela tem um custo para nós, para o mundo natural e até mesmo para o universo. Por isso, usá-la para algo tão corriqueiro quanto acender velas não cerimoniais simplesmente não acontece. Em especial porque precisam ser acesas todos os dias, neste horário. A rainha insiste nisso, apesar de termos lâmpadas que funcionam perfeitamente.

Ela se põe a dizer outra coisa, mas para de súbito quando nos aproximamos de uma porta dupla. Assim como muitas outras partes desse castelo, as portas são feitas de ouro verdadeiro e entalhado com guirlandas de flores. Todavia, cada uma dessas flores é incrustada com pedras preciosas e semipreciosas — rubis, esmeraldas, safiras, lápis-lazúli, quartzos, turquesas e várias outras que reconheço, mas não sei o nome.

Não é preciso ser um gênio para entender que estamos prestes a entrar no salão onde o rei e a rainha recebem convidados. Mesmo que essas portas ridiculamente caras não gritem a informação para o mundo saber, o fato de que Macy está em posição de sentido pela primeira vez desde que a conheci já seria informação suficiente. Todos os membros da Guarda das Bruxas se postam do mesmo jeito. Especialmente Valentina.

— Trate-os com o devido respeito — ela avisa ao alisar a capa. — Ou vou fazer com que vocês desejem nunca ter nascido.

Em seguida, antes que possamos absorver o aviso, ela dá um passo à frente e as enormes portas de ouro se abrem.

— Bem-vindos ao Grande Salão da Corte das Bruxas — anuncia ela por entre os dentes.

Capítulo 23

MUITAS COISAS PARA MOSTRAR, NADA PARA DIZER

Vários segundos se passam até que as portas estejam abertas em sua totalidade. E não consigo evitar a vontade de dar uma boa olhada no Grande Salão enquanto esperamos. E, olhe... "Grande Salão" é um nome perfeito para este lugar. "Sala do Trono" também se encaixa bem, assim como "Ostentação de Riqueza".

É um pouco estranho, porque, pelo que conheço sobre Macy e o tio Finn, eu jamais imaginaria que a Corte das Bruxas fosse assim. A Corte Vampírica? Com certeza. Com toda a certeza. Mas as bruxas que conheci em Katmere são mais discretas. Menos interessadas em exibir seu poder e dinheiro.

Mesmo assim, é uma Corte. Pelo que sei sobre reis e rainhas de antigamente, exibir poder e dinheiro é praticamente o único motivo para se ter uma Corte.

Mesmo assim, quando entramos no Grande Salão, percebo que só pensei que o corredor fosse elaborado. O lugar até que é bem sem graça quando comparado a essa sala com os afrescos enormes no teto, os candelabros gigantescos e pinturas da altura do pé-direito exibidas em todas as paredes, pelo menos aquelas que não têm janelas descomunais de gigantescas, emolduradas por cortinas de seda.

O piso em si é feito de mármore com veios de ouro para combinar com todo o ouro espalhado pela sala. Até mesmo a mobília é extravagante e grandiosa. Principalmente os tronos, feitos de ouro puro e incrustado com joias do tamanho do meu punho, estofados de cetim roxo nos assentos e nos encostos. Presumo que sejam uma concessão ao fato de que não é muito divertido ficar sentado em ouro maciço.

Ao mesmo tempo, qualquer pessoa que queira um trono de ouro maciço provavelmente não se importa se for desconfortável se sentar nele, desde que pareça poderoso e imponente.

Fico um pouco surpresa quando percebo que nem o rei nem a rainha estão sentados nos tronos. Não cheguei a conhecê-los quando estiveram em Katmere, mas parecem exatamente o tipo de pessoa que comanda um salão inteiro repleto de súditos.

Mas esse espaço está cheio de pessoas que riem, conversam e comem o que está em um buffet elegante disposto em uma mesa abrangendo toda a parede oposta. E ninguém age de um modo particularmente servil ou adulador.

Pelo menos, não até que a porta se feche atrás de nós e o barulho oco das trancas em seu devido lugar ecoa pela sala. Parece que todas as pessoas naquele salão se viram de uma só vez para nos encarar, antes de os guardas nos cercarem e nos forçarem a acompanhá-los até a parte da frente da sala enquanto marcham em uma formação bastante complicada.

Um homem com uma casaca militar elegante e calças escuras se aproxima e anuncia para o salão:

— O rei Linden Choi e a rainha Imogen Choi.

É somente quando todos estamos diante dos tronos que o rei e a rainha aparecem, saindo do meio da multidão com seus mantos de veludo roxo-escuro esvoaçando. O rei tem cabelos bem curtos cortados à máquina, com um gibão um pouco mais justo do que da última vez que o vi em Katmere e o colete escuro esticado por baixo da capa violeta. A rainha é mais alta do que seu consorte, com cabelos loiros ligeiramente avermelhados que se derramam em ondas sobre o vestido lilás cravejado de diamantes. O traje reluz a cada movimento.

Cada um deles também exibe uma coroa na cabeça, e quando se acomodam em seus tronos — o rei à esquerda e a rainha à direita —, toda a guarda se curva em reverência, quase a ponto de encostarem os lábios no chão.

Contudo, o que me surpreende ainda mais é que os meus amigos fazem a mesma coisa. Macy, Éden, Dawud, Jaxon, Hudson e os membros da Ordem, todos se curvam diante do rei e da rainha das bruxas.

Segundos depois, o restante da sala faz o mesmo. E a única pessoa que continua com as costas retas aqui… sou eu.

Faço menção de me curvar também, mas Jaxon e Hudson estendem as mãos no mesmo instante, cada um deles segurando um dos meus cotovelos para indicar que devo continuar ereta. E é aí que me dou conta do que está acontecendo.

É claro que eles estão se curvando. Cada um deles é um príncipe reconhecido, mas ainda estão em um patamar abaixo do rei e da rainha. Não me admira que Hudson e Jaxon insistam tanto que eu não me curve. Cerro o punho e aperto o anel no meu dedo, lembrando a mim mesma de que sou uma rainha também.

A tatuagem da Coroa na minha mão coça um pouco quando me lembro desse fato, e sou acometida por certo desconforto.

Ainda assim, continuo em pé, com as costas eretas. É melhor encarar o rei e a rainha das bruxas como alguém no mesmo patamar, suponho, do que conversar com eles como uma subalterna que implora por algo que nem sei o que é. Ajuda? Informações? Refúgio, como Macy mencionou há pouco?

Eles observam a minha falta de súplica diante dos dois, com os olhos ligeiramente fechados e os lábios retorcidos em caretas irritadas. Não sei se estão bravos por eu não me curvar ou se estão bravos porque todo o nosso grupo teve a audácia de vir até aqui. De qualquer maneira, acho que isso não importa muito. Não quando o resultado é ver o rei e a rainha das bruxas com cara de quem passou essa última hora chupando um monte de limões bem azedos.

— Podem se levantar. — A voz da rainha, leve e melodiosa, tilinta pelo Grande Salão. E enfim a reverência termina.

Ela espera até que todos na sala sigam sua instrução antes de concentrar a atenção em Macy, que se agita com desconforto sob aquele olhar penetrante enquanto encara sua rainha.

— Por que veio aqui? — pergunta a rainha, embora a frase soe mais como uma acusação do que uma pergunta.

— Eu não sabia para onde mais podia ir — responde Macy, e sua voz não vacila. Mesmo assim, minha prima está visivelmente trêmula. Tudo que eu quero é ir até ela e oferecer o meu apoio. Mas algo me diz que seria má ideia fazer isso agora. Por isso, continuo em meu lugar e tento não encarar a rainha com um olhar assassino. — Katmere está...

— Sabemos exatamente o que aconteceu com Katmere — vocifera a rainha. — Assim como sabemos que você e o seu grupo são responsáveis pelo que houve.

Macy engole em seco.

— Não tínhamos outra escolha além de destruir a escola. Os aliados de Cyrus...

— Não estou falando daquele chilique ridículo que os príncipes vampiros tiveram há pouco — interrompe a rainha. — Estou falando sobre o sequestro dos nossos filhos. Isso nunca teria acontecido se...

— Se... o quê? — Flint pergunta com um grunhido. — Se deixássemos que Cyrus nos matasse?

— Acho que bastaria simplesmente rolar para o outro lado e deixar que ele nos dominasse. Do mesmo jeito que a Corte das Bruxas está se deixando ser dominada agorinha — opina Hudson.

Os olhos do rei se estreitam bastante ante a acusação de Hudson.

— Acha mesmo que nos insultar é a melhor maneira de conquistar nossa ajuda?

— Não — responde Hudson, dando de ombros com ar negligente. — Mas vocês já decidiram que não vão nos ajudar. Tudo isso aqui é puro fingimento.

— Não há nada que possamos fazer por vocês aqui. — As palavras da rainha cortam o ar já tenso. — Valentina vai acompanhá-los até a saída.

— Quer dizer que não há nada que vocês queiram fazer por nós — responde Macy. — Só não entendo o porquê, já que estamos implorando por refúgio.

— Vocês não estão implorando por nada — esbraveja o rei. — Estão exigindo, e não têm o direito de fazê-lo.

— Desculpem-me. — Macy baixa a cabeça numa súplica bem óbvia. — Essa nunca foi a nossa intenção...

— Essa é precisamente a sua intenção — retruca o rei. — Mas a sua arrogância, assim como a arrogância dos seus amigos, não é o motivo pelo qual negamos seu pedido.

— Já fizemos tudo que podíamos por vocês — alega a rainha. — Devíamos ter notificado Cyrus no instante em que você acionou os nossos alarmes, abrindo um portal para cá com amigos que não são bruxas.

— Cyrus? — indago, tão incrédula com aquela justificativa que as palavras saem voando pela minha boca antes que eu me dê conta do que ia dizer. — Vocês estão trabalhando com Cyrus agora?

— Não estamos trabalhando com ele! — A voz do rei ecoa pelo Grande Salão quando seus olhos se fixam nos de Hudson. — Mas você sabe melhor do que ninguém o que ele fez.

— Você vai ter que ser um pouco mais específico — rebate o meu consorte, com a voz arrastada e batendo uma partícula de poeira imaginária do ombro. — Ultimamente, meu pai vem se comportando muito mal.

— É uma maneira de descrever as coisas — resmunga Flint.

— Acham que são os únicos aqui que estão preocupados com os acontecimentos em Katmere? — O rei morde cada sílaba como se tivessem um gosto ruim. — Acham que são os únicos aflitos a respeito das pessoas que ele sequestrou? Ele tem em seu poder mais de cem filhos de bruxas da nossa Corte e também dos nossos clãs mais poderosos. Precisamos mantê-los a salvo até que o retorno seja negociado.

— E acha que a melhor maneira de mantê-los a salvo é nos botar para fora daqui? — pergunta Macy, com os olhos arregalados e a voz miúda.

— Não podemos abrigar nem fornecer ajuda alguma a vocês. Desde que não façamos nada disso, o rei dos vampiros me garantiu que nossas crianças estarão a salvo. — A rainha engole em seco. — E que a minha filha estará a salvo.

É então que me lembro. A filha do rei e da rainha estudava no primeiro ano do ensino médio no ano passado. Acho que seu nome é Emma. Macy a indicou certa vez quando passávamos pelos corredores, mas nunca cheguei a conversar com ela.

Parte de mim entende por que estão sendo tão inflexíveis agora. Claro, há um outro pedaço bem maior que acha que eles são uns imbecis. Já deveriam saber, a essa altura, que é um erro enorme confiar em qualquer palavra de Cyrus.

Se quiser machucar Emma, ele vai machucá-la. E não há absolutamente nada capaz de fazê-lo mudar de ideia.

Ao que parece, não sou a única que pensa assim, porque Hudson solta uma risada incrédula — e bem afrontosa.

— Você não pode estar acreditando nisso — diz ele, e todos os olhares vão em sua direção. — Seus filhos não estão seguros agora. Conheço o meu pai. Ele nunca cumpriu um único acordo em sua vida. Acho que ele nem sabe como se faz isso.

Macy ergue o queixo e afirma:

— Ele está machucando as crianças. Todas elas.

A rainha se inclina para a frente.

— Como sabe disso?

— Marise nos contou ter ouvido dos lobos que eles precisavam das crianças por causa da sua magia jovem, e não para servirem como reféns.

Macy não menciona que Marise acabou nos traindo, o que me faz pensar se Macy duvida da informação.

Com isso, o rei e a rainha se entreolham por um longo momento. E quase chego a pensar que eles podem ceder, percebendo que não podem confiar em Cyrus e que precisam da nossa ajuda. Mas o rei volta a nos encarar e esboça um gesto negativo com a cabeça.

— Embora seja verdade que a magia jovem seja mais fácil de roubar e consumir, Cyrus nos garantiu que nada de ruim vai acontecer às nossas crianças. E não vemos nenhuma razão para duvidar dele.

— Vocês não veem nenhuma razão? — Hudson revira os olhos. — Não se dão conta do que aconteceu? Ele sequestrou as suas crianças. O que nessa ação passa uma ideia de honestidade?

— E quem é essa Marise? — pergunta a rainha, ignorando o comentário de Hudson, com uma sobrancelha arrogante tão erguida que quase lhe chega à raiz dos cabelos. — Como saber se podemos confiar nela?

— Ela era a nossa... — Macy começa a explicar, mas mal consegue pronunciar as primeiras palavras antes que o rei bata com o punho fechado no apoio para o braço do seu trono.

— Chega! Não vamos mais escutar suas mentiras. Vocês vão sair deste lugar agora mesmo ou vão sofrer as consequências. — O olhar dele se fixa em Hudson e Jaxon. — E não pensem que não somos capazes de impedir que um dos seus chiliques ponham a nossa Corte abaixo.

Hudson bufa.

— Ah, isso eu quero ver.

— Se nos colocarem para fora daqui, a única coisa que vocês vão fazer é abandonar o único grupo de pessoas que pode ajudar a salvar sua filha.

Dessa vez, a risada da rainha é que é afrontosa.

— Acham mesmo que têm alguma chance contra Cyrus e a coalizão que ele construiu? Onze de vocês contra um exército de milhares?

— Se o próprio Cyrus não nos considerasse uma ameaça, por que se esforçaria tanto para nos caçar e impedir que qualquer paranormal nos ajude?

O argumento de Hudson é excelente. Por que Cyrus está se esforçando tanto para acabar com estes onze? Para acabar comigo?

Espio a Coroa na palma da minha mão e acho que posso ter a resposta.

Capítulo 24

QUANDO UM NÃO QUER,
DOIS NÃO NEGOCIAM

— Eu tenho a Coroa — anuncio, e a sala fica em silêncio quando elevo a mão a fim de mostrar a tatuagem para o rei e a rainha. Os dois se encolhem, encarando-me com expressões de horror e medo. Em seguida, afastam-se o máximo possível da minha mão sem sair de seus tronos. Para ser sincera, a reação seria cômica se eu pudesse enxergar toques de humor em qualquer coisa no momento.

O rei parece se recompor, entretanto, e endireita o corpo, tocando a mão da rainha.

— Não se preocupe, querida. A Coroa não vale nada sem o Exército das Gárgulas.

Agora é a minha vez de recuar como se tivesse levado um tapa. Naquele dia que estivemos na Corte das Gárgulas, meu avô não chegou a me contar o que era a Coroa exatamente nem como usá-la. E, com certeza, não disse que ela era inútil sem o Exército.

Valeu, vovô.

Mesmo assim, não consigo deixar de me perguntar o que a Coroa é capaz de fazer para que o rei e a rainha das bruxas tenham tanto medo dela. Todos já imaginávamos que ela deve ser um artefato poderoso, considerando que o próprio rei dos vampiros veio lutar contra a gente naquela ilha para impedir que a conseguíssemos. Eu havia começado a pensar que o problema talvez fosse eu mesma, que não era forte nem digna o bastante para controlá-la. E que foi por isso que não senti nenhuma mudança desde que o rei das gárgulas transferiu a tatuagem para mim.

Eu suspiro. Preciso parar de me subestimar. E isso começa agora.

Com um piscar de olhos, viro a mão para o outro lado. O anel ornamentado que o meu avô me deu está encarando o rei e a rainha agora, com a esmeralda gigante bem exposta de modo que todos a vejam.

— Acho que o fato de eu ter um exército é uma coisa boa, não é?

Prendo a respiração, à espera de uma reação. E ela surge bem rapidamente, pois todos os presentes no Grande Salão soltam um gemido de surpresa. Incluindo Macy.

Não tive a oportunidade de contar a Hudson ou a qualquer pessoa sobre a minha viagem à Corte das Gárgulas, e menos ainda sobre o anel, o Exército das Gárgulas ou o fato de que sou descendente da Fera Imortal. Mas as explicações vão ter de esperar. Esta parece ser a nossa única chance de convencer o rei e a rainha das bruxas para que nos ajudem. Está nítido que eles têm medo do que a Coroa pode fazer — com o Exército. E essa é a confirmação de que preciso para saber que estou agindo da maneira correta.

Hudson se agita ao meu lado. Eu o encaro rapidamente e formo a palavra *depois* com os lábios, antes de voltar a encarar a realeza diante de mim. Vamos precisar da ajuda da Corte das Bruxas, estejam eles dispostos a dá-la ou não. E isso significa convencê-los de que tenho o poder para controlá-la — seja lá o que isso signifique e seja lá o que a Coroa possa fazer.

— Não pode ser — sussurra a rainha. — O Exército das Gárgulas desapareceu há mais de mil anos.

— Quem lhe deu esse anel, mocinha? — pergunta o rei, agora que seus súditos se amontoam à nossa volta para observar o que causou tamanho pânico generalizado.

— Você o roubou — ele declara.

Isso me deixa bem irritada.

— Eu com certeza não roubei este anel. Nada disso. Meu avô o deu para mim. — Faço uma pausa, percebendo pela primeira vez o silêncio estupefato no salão enquanto todos esperam as minhas próximas palavras. E decido entrar no jogo para conquistar a plateia quando aperto os olhos e declaro: — Sabem, né? O rei das gárgulas.

Um pandemônio se forma enquanto todos trocam sussurros aflitos entre si. *O rei das gárgulas está vivo? O Exército está vivo? Ela está no comando de tudo?* E o meu favorito: *Essa menina vai comandar um exército contra Cyrus?*

O rei das bruxas observa a multidão, escutando enquanto as pessoas questionam seu futuro, o meu futuro, e em seguida me avalia.

— Acha que é capaz de comandar um exército contra Cyrus? E trazer as nossas crianças de volta?

Não. Absolutamente não. Mas, se necessário, com certeza vou tentar.

Respiro fundo e digo:

— É claro que sim. — Dou uma rápida olhada para Hudson, que faz um sinal positivo com a cabeça, me encorajando a continuar. — Mas vou precisar da sua ajuda.

A rainha faz um sinal negativo com a cabeça.

— As regras não mudaram. Não importa o anel que você tenha. Não podemos ajudar vocês enquanto nossos filhos forem reféns do rei dos vampiros.

Com isso, meus ombros murcham. A mão com o anel cai e fica frouxa ao lado do corpo.

Hudson, porém, não se dá por vencido tão facilmente.

— Então, está dizendo que, se conseguirmos resgatar suas crianças das garras de Cyrus, a Corte das Bruxas concorda em nos ajudar a derrotar o rei dos vampiros?

— Não foi isso que eu... — O rei começa a dizer, mas sua esposa o interrompe.

— Sim. — E ela o afirma de um jeito que não deixa brecha para discussão. — Se as nossas crianças estiverem seguras, a Corte das Bruxas se alia à sua causa.

Respondo rápido, antes que ela mude de ideia:

— De acordo.

E as centenas de velas nas paredes do Grande Salão queimam em um tom brilhante de azul por vários segundos, deixando azulados todos os tons na sala antes que as chamas voltem a arder no amarelo-alaranjado de sempre.

— Um acordo foi feito — declara a rainha. — Agora, saiam.

De repente, os guardas nos cercam por todos os lados e nos conduzem à porta do Grande Salão. Acompanham-nos até uma antessala ampla ao lado das portas principais. Acho que poderia haver despedidas piores. Pelo menos, ainda estamos em pé e temos até um pouco de esperança de que a Corte das Bruxas nos ajude em uma guerra contra Cyrus.

O pensamento dura até Valentina acenar; e com isso Macy e meus amigos desaparecem com um aceno.

Capítulo 25

NÃO HÁ GPS PARA OS NÃO TÃO PERVERSOS

— O que você fez? — pergunto enquanto ideias horríveis enchem o meu cérebro. — Onde eles estão? O que você fez com os meus amigos?

— Esqueci que gárgulas são imunes à magia. — Ela solta um longo suspiro e faz um sinal para um dos guardas. — Faça alguma coisa com ela, por favor.

— Com prazer. — Os olhos do guarda brilham com o desprezo quando ele vem me agarrar.

Penso em me esquivar dele, penso em buscar o cordão de platina dentro de mim para poder lutar contra ele. Mas, no fim das contas, não faço nada. Não quero estar aqui sem meus amigos mais do que eles querem que eu esteja aqui. Além disso, se eu tiver sorte, ele vai me levar para onde eles estão. E aí podemos pensar no que fazer. E para onde ir.

Precisamos descobrir uma maneira de resgatar as crianças, mas será necessário um plano muito bom antes de tentar atacar Cyrus em sua própria Corte. Caso contrário, vamos acabar sendo presos com os outros... ou pior.

É por isso que não resisto quando o guarda me pega pelo braço ou quando começa a me levar porta afora. Valentina ri da minha falta de fibra, mas a ignoro. A última coisa que desejo é que ela decida me jogar em alguma masmorra só porque lhe deu na telha.

No fim das contas, ela permite que o guarda me conduza de volta pelo longo corredor com as paredes entalhadas e as pinturas, e dali rumo a um lance de escadas. Não paramos de andar até chegarmos a uma porta lateral da Corte das Bruxas, que se abre quando Valentina faz um floreio com a varinha.

— Boa sorte lá fora — ela me diz. E, pela primeira vez, não fala de um jeito maldoso ou irônico. Na verdade, penso até mesmo que ela está sendo sincera. Mesmo quando me faz passar pelas portas de ouro maciço, pelo pátio cercado por velas negras e pelo portão de ferro que culmina em uma rua pavimentada de pedra.

Só que, como percebo ao analisar em volta, não estou de fato em uma rua. A noite se aproxima, então é mais difícil enxergar do que durante o dia. Mas ainda está claro o bastante para eu ter uma ideia ínfima de onde estou.

É óbvio que se trata de uma área urbana, porque o lugar onde estou se parece muito com algum tipo de praça e as placas das ruas não estão escritas em inglês. Além disso, ainda era manhã quando saímos de Katmere. Por isso, tenho certeza de que estou em outro país, que talvez fique do outro lado do mundo.

Retiro o celular da mochila e faço um rápido vídeo da área, girando 360 graus. Em seguida, mando o vídeo para os meus amigos no nosso grupo de bate-papo com uma mensagem:

Eu: *Onde estou?*

E outra:

Eu: *Onde vocês estão?*

Fico ali parada, querendo estar no mesmo lugar onde fiz o vídeo caso venham me procurar. Enquanto espero, dou uma olhada ao redor, à procura de entender melhor em que cidade (ou pelo menos em que país) estou. Começo tirando uma foto da placa mais próxima e depois ampliando a imagem até conseguir ler as palavras.

La Piazza Castello.

A-há. Então, a Corte das Bruxas fica na Itália. Não é bem o que eu esperava, o que sinceramente faz com que eu me sinta meio boba. Afinal, como pude dormir no mesmo quarto de Macy durante todos esses meses sem nunca perguntar onde ficava a Corte das Bruxas? E por que ela nunca tocou no assunto?

Mando outra mensagem para os meus amigos para que saibam onde eu estou. Em seguida, começo a analisar o lugar. "Piazza" significa "praça" em italiano, se eu não estiver errada. E, analisando o lugar, consigo entender como ele recebeu tal nome. A área inteira é um retângulo, com ruas sem saída formando uma espécie de borda ao redor de um gramado amplo e retangular.

As ruas são ladeadas por construções brancas e bonitas com um toque italiano distinto, e o número de placas de trânsito indica que deve ser uma área bem movimentada. Contudo, a essa hora da noite, está completamente vazia. Tão vazia que, pelo que vejo, devo ser a única pessoa em toda a *piazza* — o que, sendo bem sincera, é assustador pra caralho.

Bem quando penso comigo mesma que não quero ficar sozinha nessa rua, Hudson acelera e aparece bem diante de mim, me puxando para os seus braços.

— Oi — diz ele, passando as mãos pelos meus braços. — Está tudo bem?

Ofereço um meio-sorriso.

— Lamento pelo que houve. Valentina esqueceu que a magia não funciona em gárgulas. — Observo a praça vazia por cima do ombro dele. — Cadê todo mundo?

— Nós nos separamos. Cheguei aqui antes.

Ele dá de ombros como se isso fosse óbvio. E suponho que seja, porque ele sempre consegue me encontrar.

— Você jogou uma bela bomba lá dentro. — Ele sorri agora, afrouxando o abraço. — Adorei cada minuto daquilo. Principalmente quando a rainha das bruxas quase caiu do trono, tentando se afastar da Coroa.

Balanço a cabeça e dou uma risadinha.

— É, foi esquisito. Por outro lado, não me ajudou a descobrir o que a Coroa de fato faz.

— É verdade. Mas sabemos que ela causa terror em criaturas poderosas. E provavelmente é por isso que Cyrus está te caçando. Ele quer a Coroa.

Estremeço e Hudson me puxa de novo para os seus braços.

Passar os braços pela cintura dele, encostar a cabeça em seu peito e deixar as batidas daquele coração sincronizarem com as minhas são tão naturais quanto respirar.

Não sei quanto tempo ficamos parados assim, mas fico grata por Hudson não fazer perguntas, mesmo sabendo que ele deve ter dezenas. Ou milhões. A maior de todas, provavelmente, é como estivemos juntos durante quase todos os instantes que passamos acordados (ou dormindo) e ainda assim consegui descobrir não apenas que o rei das gárgulas é meu avô, em certo grau, e que o Exército das Gárgulas está vivo, mas também como consegui ganhar o anel que significa que agora sou a sua comandante.

Mas ele não pergunta nada; simplesmente me abraça, escutando a minha respiração e garantindo, com o calor do próprio corpo, que não importa o que aconteça... não estou sozinha.

Após determinado tempo, afasto-me um pouco a fim de fitá-lo. Hudson se limita a erguer uma sobrancelha e falar:

— Quer dizer, então, que a Fera Imortal é o rei das gárgulas, não é?

Claro que ele iria acabar descobrindo. Confirmo com um aceno de cabeça.

— E você é uma descendente direta dele, em algum ponto da árvore genealógica. — Essa última frase é uma afirmação, não uma pergunta.

Mais uma vez, confirmo com um aceno de cabeça.

— E ele lhe deu o anel para liderar o seu povo.

Dessa vez, quando confirmo, não consigo deixar de prender a respiração, aguardando a sua reação.

Hudson sorri para mim, arrumando mechas do meu cabelo atrás da orelha antes de comentar:

— Bem, isso foi uma jogada inteligente. Ele não tem condições nem de levar alguém até o banheiro, muito menos à guerra.

E não consigo evitar. Solto uma gargalhada.

— O que é tão engraçado? — Jaxon pergunta quando a Ordem e o restante dos meus amigos surgem ao nosso redor.

Devem finalmente ter chegado enquanto eu estava concentrada na resposta do meu consorte, agora que soube que fui incumbida de liderar um exército mítico. Mas só porque contei isso a Hudson, não significa que eu queira discutir a questão com o restante do grupo por enquanto.

Em vez disso, tento afastar as perguntas fazendo uma provocação a Hudson.

— Ah, acabei de descobrir a promessa que Hudson me fez quando me deu aquele anel. Ele vai pintar as unhas dos meus pés todas as noites pelo resto das nossas vidas.

Todos começam a rir quando Hudson imagina a cena e revira os olhos com um sorriso.

— Só por que você quer.

— Todos nós queremos, meu amigo. — Mekhi lhe dá um tapinha no ombro. — Eu daria uma boa grana para ver isso acontecer. E postaria o vídeo também. Em todas as redes.

— Ei, não tenho nenhum problema com a minha masculinidade. Fico feliz em pintar as unhas do pé de qualquer pessoa, até mesmo as minhas. — Ele olha para Flint. — Bem... exceto as suas garras. — E vira-se para Jaxon. — E as unhas dos seus pés. — E encara toda a Ordem. — Certo, acho que não faria isso com nenhum de vocês... exceto Byron, talvez. Ele parece cuidar muito bem das cutículas.

Com isso, todo mundo começa a rir. Amo tanto esse garoto que sinto o meu coração prestes a explodir. Sei o que ele está fazendo, e isso significa tudo para mim. Ele sabe que todos têm perguntas, mas está me dando a chance de lhes contar o que está havendo, assim como o que aconteceu com o rei das gárgulas, no meu próprio tempo. Que não é agora.

Porque, nesse exato momento, uma bruxa muito familiar está vindo bem na nossa direção.

Capítulo 26

UM JOGO DE CHORAR
E ESCONDER

— Viola. — A voz de Macy vacila quando nos viramos, todos ao mesmo tempo, para que nos deparemos com a bruxa trajada em um belo manto roxo, aquela que foi a responsável por conseguir a nossa "audiência" com a rainha. — O que está fazendo aqui?

— Senti toda essa comoção e decidi vir investigar. Imagine a minha surpresa e consternação quando percebi que a minha irmã havia colocado uma criança no meio da La Piazza Castello sem nenhuma fonte de luz ou informação. Ela faz um gesto, e a praça inteira é iluminada por uma luz forte e sobrenatural.

— Alguns de nós gostam mais do escuro — resmunga Liam, evidentemente farto de ter de lidar com bruxas.

Macy o encara, um pouco nervosa.

— Bem, não sou muito fã de sombras. Obrigada, Viola.

— Não foi nada — responde Viola. — Mas existem bruxas muito boas em dissipar sombras, meu bem. E, por acaso, você é uma delas.

— Como assim? — indago ao mesmo tempo que Macy pergunta:

— Sou?

Viola inclina um pouco a cabeça ao observar Macy. Sua expressão é contemplativa, como se tentasse decidir o que ou quanto deve dizer. Mas isso não faz sentido, considerando que foi ela que veio até aqui. Será que já não devia saber o que quer dizer?

Os outros devem estar tão ansiosos quanto eu para ouvir o que ela tem a dizer, porque ninguém se manifesta. Até que, enfim, Viola fala:

— Só conheço uma bruxa que é capaz de fazer uma criatura das sombras sair correndo de medo. E acho que vocês podem precisar da ajuda dela antes que a sua jornada termine.

— Por quê? — questiona Byron. — E como podemos encontrá-la?

— Ela não está perdida. Vocês não vão ter que ir à procura dela. Essa bruxa está na Corte Vampírica. E, em relação ao nome dela… — Viola olha para Macy. — Achei que você já teria descoberto a essa altura.

— Como assim? — indaga Macy, confusa. — Não conheço ninguém que use magia de sombras.

— É claro que conhece, meu bem. Sua mãe é ótima nisso.

Aquelas palavras pairam no ar como fogos de artifício prestes a explodir: poderosas, incendiárias e irrevogáveis.

— Minha mãe? — sussurra Macy, empalidecendo. — Minha mãe está desaparecida. E já faz anos e anos que isso aconteceu. Ninguém sabe onde ela está.

— Isso não é exatamente verdade. — Viola suspira. — Eu não queria ser a pessoa a lhe dar essa notícia, mas… ela está no lugar onde sempre esteve nesses últimos oito anos. Na Corte Vampírica, servindo a Cyrus.

Não sei se é possível, mas Macy empalidece ainda mais.

— Isso não é verdade. — A voz dela soa forçada e seu olhar é frenético. — Minha mãe não faria isso. Ela não seria capaz de fazer isso. Não com Cyrus. Minha mãe pode ter nos abandonado, pode ter desaparecido da face da Terra… mas ela e o meu pai sempre desprezaram Cyrus. Minha mãe nunca trabalharia para ele.

Viola dá de ombros de um jeito discreto, como se quisesse dizer *vamos ver quem tem razão.*

— Lembre-se, criança. No mundo de Cyrus, as coisas raramente são do jeito que ele diz que são. E nunca são o que parecem.

— Você está defendendo Cyrus? — A voz de Macy se retorce de indignação.

— Eu nunca defenderia aquele animal! — retruca Viola. Dessa vez, ela demonstra uma raiva verdadeira no semblante. — E não se engane. Se ele tocar em um fio de cabelo das nossas crianças, vai sofrer tanto que os próprios portões do inferno vão parecer um playground infantil.

— Então, quem…

— Estou defendendo a sua mãe. O mundo é um lugar perigoso e às vezes as alianças mais espúrias precisam ser feitas se alguém espera ser capaz de sobreviver. E, outras vezes, você precisa fazer esse tipo de coisa independentemente das escolhas que tiver.

— Sempre existe uma escolha — intervém Dawud, enfiando as mãos nos bolsos do jeans.

— Talvez. — Viola empina o nariz elegante e analisa ê lobisomem de cima a baixo. — Mas, às vezes, não há boas escolhas a fazer. Somente as escolhas que vão impedir a morte, sua ou das pessoas com quem você se importa. Qualquer pessoa que pense de outra maneira é uma criança.

Macy fica em silêncio ao ouvir aquilo. Não porque não tenha nada a dizer; é mais como se ela simplesmente não soubesse o que dizer. Ou o que sentir. Vai levar mais do que cinco minutos para ela conseguir absorver a notícia de que sua mãe está viva e mora na Corte Vampírica, em especial com todas as outras coisas sobre as quais estamos falando.

Um pensamento me ocorre. Ficou bem nítido, na Corte das Bruxas, que o rei e a rainha sabiam exatamente o que a Coroa é capaz de fazer.

— Viola, posso fazer uma pergunta?

A bruxa me fuzila com aqueles olhos cor de violeta, erguendo uma das sobrancelhas.

— Pode perguntar, com certeza. Só não posso garantir que vou saber a resposta.

— Sem problemas — replico, fazendo um gesto afirmativo com a cabeça e colocando as mãos trêmulas ao redor da cintura. Não sei por que estou com tanto medo de perguntar, mas por fim ergo o queixo. — Você sabe o que a Coroa faz? Por que o rei e a rainha, além de Cyrus, têm tanto medo dela?

Os olhos de Viola se arregalam, como se ela tivesse pensado que eu faria qualquer pergunta, exceto essa.

— Ninguém lhe falou quando você a recebeu?

Faço um gesto negativo com a cabeça.

— Bem, isso é... incomum. — Ela fica em silêncio e parece ponderar se deve ou não me contar o que sabe. Mas, em seguida, deve decidir que preciso saber, porque se inclina para a frente como se prestes a contar um segredo. — As gárgulas foram a lei e a ordem do mundo durante mil anos. O Exército das Gárgulas cercava aqueles que cometiam crimes egrégios contra outras pessoas e o rei das gárgulas colocava a Coroa no peito do acusado para decidir a punição.

Agora é a minha vez de ficar surpresa por alguém ter dito exatamente o oposto do que eu esperava.

— Bem, não parece ser um poder tão útil em uma guerra. — Não consigo evitar que a amargura e a decepção transpareçam nas minhas palavras. — Achei que a Coroa dava poderes infinitos a quem a usa. Não é por isso que Cyrus a quer?

Mas viola faz um som de *tsc, tsc.*

— Você não está entendendo, criança. A pessoa que tem a Coroa pode tirar os poderes de um paranormal. Alguns deles ou todos, se assim decidir. Por um dia... uma semana... ou para sempre. De acordo com o crime pelo qual o perpetrador foi considerado culpado pelo Exército das Gárgulas. Basta um toque da sua mão. Você não acha que a capacidade de tirar todos os poderes de um inimigo equivale a ter "poder infinito"?

— Puta que pariu — diz Flint, seguido por um assobio longo e estridente. E recua dois passos, afastando-se de mim. Assim como todos os outros. Com exceção de Hudson.

Meu estômago se revira mediante a ideia de tirar os poderes de alguém. Respondo num sussurro entrecortado:

— Sei como é não ter mais a minha gárgula, depois que passei aquele tempo na prisão. E não desejaria isso para ninguém. Eu não... — A minha voz fica embargada e preciso começar de novo. — Eu não quero essa Coroa. Como faço para me livrar dela?

Mas Viola simplesmente fica me encarando. E uma expressão parecida com admiração intensifica ainda mais o seu olhar. Seus olhos apontam para os meus pés e depois se reerguem quando ela diz:

— Imagino que muitas pessoas a subestimam, não é mesmo, Grace? Isso é ótimo. Elas não vão estar preparadas quando você atacar.

Bem... acho que isso foi um elogio, não?

— Não preciso da Coroa para isso. Sabe como posso me livrar dela?

— A única maneira de passar a Coroa adiante é abdicar do trono em favor de outra gárgula da linhagem real — conta ela. E sinto cada palavra como se fosse uma martelada na minha alma já tão maltratada. Gosto de pensar que entendo o que acontece com Hudson, as escolhas que ele tem de fazer sobre o destino das outras pessoas e sua agonia quando toma as decisões erradas. Mas acho que não havia entendido de verdade até esse momento. Até eu literalmente ter, na palma da minha mão, o poder para arrancar o direito básico que alguém tem de *ser* o que estava destinado a ser. Para continuar a viver da maneira que quiser. Será que posso com tanta facilidade colocar um fardo como esse sobre os ombros de alguém?

Mas ainda nem usei esse poder e já quero me livrar dele. Quero arrancar esta tatuagem da minha mão agora mesmo. Estou lutando contra o impulso de arranhar a minha palma quando Hudson pega a minha mão, puxando-me para junto de si.

— Vai ficar tudo bem — ele sussurra em meio aos meus cabelos. E tento acreditar nele.

Viola prossegue:

— Está dizendo que, se tivesse a chance de arrancar os poderes de Cyrus pelos crimes que ele cometeu, você se recusaria a fazer isso?

Faço um gesto negativo com a cabeça. Afinal de contas... não. Eu não faria isso. Ou, pelo menos, acho que não faria.

— Eu teria que acreditar, sem a menor sombra de dúvida, que ele jamais iria parar de prejudicar e matar outras pessoas. Mesmo assim, acho que seria algo muito difícil de fazer.

— É por isso que você está com a Coroa, Grace. Uma decisão como essa nunca deveria ser fácil. Mas, às vezes, não há outra maneira. — Pensando no que Cyrus é capaz de fazer, é difícil não acreditar nela, não perceber que não tenho escolha além de aceitar isso por enquanto em vez de abrir mão do que pode ser a nossa única chance de detê-lo antes que ele machuque mais pessoas. Estou prestes a concordar com Viola quando seu sorriso se inverte quando ela admite: — Claro, essa pergunta é irrelevante. Afinal, como o rei disse, a Coroa não funciona sem o Exército das Gárgulas. Cyrus deve achar que encontrou uma maneira de burlar essa regra, se for verdade o que você disse sobre ele querer a Coroa.

— O que vamos fazer agora, então? — pergunta Byron.

Ele está perguntando para o nosso grupo, e mais especificamente para Jaxon. Mas é Viola quem responde:

— Agora? — Ela ergue uma sobrancelha. — Agora vocês devem ir para o lugar mais distante da Corte das Bruxas que puderem.

— Acho que esse é exatamente o nosso plano — concorda Macy. — Mas não sabemos para onde podemos ir se não pudermos ficar...

— Por quê? — A voz de Hudson arde. — Qual parte falta para entendermos?

Viola o observa, esquadrinhando o seu rosto como se à procura de alguma coisa, embora eu não saiba o que pode ser. Mas ela deve encontrar o que deseja, porque responde:

— Se conheço bem a minha irmã, vocês ainda devem ter uns dez minutos para sair daqui antes que esse lugar se transforme num inferno.

— Acha que ela vai nos entregar? — Agora é a voz de Jaxon que tem o toque de urgência. Seus olhos correm pela *piazza* enquanto espera a resposta.

— Acho que Imogen tem a impressão de que não tem escolha. — A voz dela é deliberadamente tranquila enquanto repete as palavras (ou, pelo menos, o sentimento) sobre as quais ela e Dawud discordaram. — Inclusive, acho que muitos de nós estão sentindo a mesma coisa agora. Até mesmo você.

— Isso não significa que não devemos tentar encontrar uma alternativa melhor — opina Flint. — Fazer o que nos mandam só porque temos medo do que pode acontecer não é a resposta. Ou, pelo menos, não é uma boa resposta.

Dessa vez, quando Viola ergue a sobrancelha, há respeito em seu olhar. Junto de alguma outra coisa. Meu instinto me comunica que é essa outra coisa que a motiva a se abaixar e colocar a mão na perna ferida de Flint.

— O que você está... — Ele para de falar com um grito assustado quando outra explosão de luz surge da mão da bruxa.

— Silêncio — ordena ela por entre os dentes. Mas é um pedido impossível de cumprir quando, segundos depois, uma prótese lisa e lustrosa surge onde a parte de baixo da perna de Flint costumava estar.

— Meu Deus — sussurra Éden. — Como você fez isso?

Viola ergue as duas sobrancelhas enquanto observa Éden de cima a baixo... assim como faz com o restante de nós.

— Com magia, é claro.

Ela volta a olhar para Flint, que parece, ao mesmo tempo, chocado e emocionado enquanto olha fixamente para a nova prótese.

— Eu não... eu... olhe, obrig...

— Ela vai se mover para a frente e para trás conforme você anda. — Viola o interrompe deliberadamente antes que Flint possa agradecê-la. — Claro que não vai ser tão boa quanto a sua perna era, mas deve funcionar bem o bastante para que você não precise usar essas coisas.

Ela olha para as muletas com uma expressão de desdém.

— Por que você veio falar com a gente? — pergunto, porque duvido que essa mulher tenha vindo até aqui só para saber qual era a origem do "tumulto".

Ela me encara com um olhar analítico antes de responder:

— Faça o que quiser, Grace, mas não deixe que Cyrus a capture. A morte seria melhor do que aquilo que ele planejou para você.

Solto um gemido surpreso.

— E o que seria isso, exatamente? — Hudson pergunta.

— Ele vai... — ela começa a responder, mas sua atenção é desviada em razão de um barulho ao longe. Seus olhos se arregalam antes de gritar: — Corram! Agora! — Bem no instante em que as luzes da *piazza* ao nosso redor se apagam e somos mergulhados na escuridão total.

Capítulo 27

NESTA LONGA ESTRADA PARA ONDE?

Por um segundo, fico completamente desorientada. Mas Hudson me puxa para junto de si e aceleramos para longe da praça. Não sei por que Viola nos mandou correr — se foi porque a Guarda das Bruxas se aproxima ou porque os soldados de Cyrus apareceram para nos capturar. Talvez por causa de ambas as razões.

Provavelmente ambas as razões.

De qualquer maneira, estou louca pra sair dessa *piazza* escura e macabra e levar todos os meus amigos comigo. Olho para trás para me assegurar de que estão conosco e vejo que sim. A Ordem está reunida, Macy está agarrada em Byron com todas as forças enquanto eles aceleram pelas ruas. Dawud vem logo depois dele, e um pouco mais atrás estão Éden e Flint, cuja nova prótese funciona quase tão bem quanto sua velha perna. Há uma ligeira hesitação a cada poucos passos, mas isso não o faz diminuir a velocidade.

Fica bem óbvio que ele e Éden querem mudar para suas formas de dragão, mas também é óbvio que estão esperando até estarmos em um lugar onde dois dragões voando pela cidade não conquistem um milhão de visualizações no YouTube. É uma pena não saber onde fica esse lugar menos povoado.

Assim, continuamos a correr, abrindo o máximo de distância possível entre nós e a Corte das Bruxas. Depois de certo tempo, as ruas populosas da cidade, inundada de prédios, fontes e carros estacionados, dão lugar a áreas mais verdes e menos casas. Mas é só quando parece que deixamos a cidade para trás e estamos rumando diretamente para os Alpes — que observam a cidade como sentinelas com neve nos cumes — que finalmente paramos para respirar.

— Graças a Deus! — exclama Éden, caindo de cara na grama no instante em que paramos. Ela está encharcada de suor, com as roupas grudadas no corpo enquanto puxa o ar em golfadas longas e trêmulas.

Flint, cuja prótese aguentou tamanha correria muito bem, a segue, assim como Dawud — embora os dois se deitem de costas em vez de se jogarem de cara no chão. Os três parecem ter feito um esforço enorme e estão completamente exaustos.

À diferença dos vampiros, que não parecem muito diferentes de como estavam antes. A Ordem ofega um pouco, mas apenas isso. Jaxon e Hudson, por sua vez, parecem ter saído para dar um passeio à meia-noite. Não sei por que ainda me surpreendo com isso. Estou bem e Macy também, mas isso só aconteceu porque Hudson e Byron nos carregaram durante todo o caminho. Caso contrário, tenho certeza de que teríamos ficado vários quilômetros para trás.

— E, então... — diz Flint quando finalmente consegue recuperar o fôlego. — O que vamos fazer agora?

— Deitar aqui e esperar a morte chegar — responde Éden com um resmungo. As palavras saem abafadas, já que ela continua deitada de bruços com a cara no chão.

Dawud ergue o tronco, revirando os olhos.

— Por mais sedutor que a primeira sugestão possa parecer, voto por atacarmos a Corte Vampírica.

— Não é seguro! — responde Rafael.

— Isso nunca vai ser seguro — retruca Dawud. — E, quanto mais a gente esperar, mais tempo ele vai ter para se fortificar dentro daquela maldita fortaleza.

— Ele já está fortificado — acrescenta Hudson. — Cyrus sempre foi hipervigilante com relação à segurança. E não há nada nessa situação que possa mudar isso. Correr até lá como cordeiros rumo ao abate não vai salvar o seu irmão. Nem qualquer outra pessoa.

— Correr ao redor do globo implorando ajuda de pessoas que não estão dispostas a ajudar, também não — rebate Éden.

— Nisso você tem razão — concorda Jaxon. — Mas isso não significa que devemos simplesmente atacar Cyrus e que se danem as consequências.

— Entrar na Corte Vampírica é uma ação que pode gerar consequências muito sérias se chegarmos lá sem um plano — asseguro a Dawud. — Precisamos de alguns dias para descobrir qual é a melhor maneira de nos infiltrarmos no lugar sem sermos pegos. Quando isso acontecer, vou ser a primeira pessoa que vai lhe ajudar a demolir aquele lugar maldito, tijolo por tijolo.

— Meu irmão talvez não tenha "alguns dias" — elu argumenta.

— Concordo. Nossa família e nossos amigos estão lá, e ninguém sabe quanto tempo ainda vão sobreviver. — A voz de Macy está rouca, dolorida.

Mekhi faz um sinal negativo com a cabeça.

— Estou com Grace. Precisamos de um plano à prova de erros, ou vamos apenas acabar presos junto aos outros. E não vai haver ninguém para nos resgatar.

— O que vamos fazer, então? — indaga Byron, largando o corpo no chão ao lado de Flint. — Assim... aonde nós vamos para começar a criar esse plano? Katmere já era. A Corte das Bruxas nos expulsou de lá.

Flint vira de lado e apoia a cabeça na mão.

— Os dragões estão desorganizados.

— Nossas famílias provavelmente estão sendo vigiadas. — Liam se acomoda no chão entre Byron e Dawud.

— Com certeza estão sendo vigiadas — concorda Hudson. — E mesmo se não estivessem...

— Estão, sim — interrompe Macy.

— Estão, sim — confirma Jaxon. — Mas, mesmo se não estivessem, queremos mesmo correr o risco de envolvê-las? Cyrus não é exatamente famoso por poupar as pessoas que o impedem de conseguir o que quer.

— É assim que definem um psicopata hoje em dia? — Há um toque de humor na voz de Hudson, mas não no seu olhar. — Alguém que não se controla?

— Tal pai, tal filho — acusa Flint e Hudson se enrijece, agitando o queixo enquanto mira o horizonte.

— Está falando sério? — enfrento Flint, lutando contra o impulso de socar aquela boca grande e cheia de dentes. Entendo que ele ainda pode estar chateado com Hudson, e que isso talvez não mude nunca. E irritado por Hudson estar disposto a usar seus poderes para me salvar, mas, para Flint, não os usou para salvar Luca. Mas agora não é o momento de ficar trocando alfinetadas. Especialmente não quando a vítima é o meu consorte, que nos deu a chance de escapar de Katmere... e que está atormentado desde então.

— Está tudo bem... — começa Hudson.

— Não está, não! — rebato. — Temos somente a nós mesmos. Este grupo é feito pelas únicas pessoas do mundo com quem de fato podemos contar. E a última coisa de que precisamos é brigar entre nós.

— Ela tem razão. Você sabe ser melhor do que isso — pontua Jaxon, fitando os olhos de Flint por tanto tempo que fico até um pouco inquieta.

Flint solta um suspiro longo e torturado, cedendo:

— Está bem, vou tentar não ser cuzão. Mas não prometo nada.

— Ou seja, ele definitivamente vai continuar sendo cuzão — conclui Liam com um sorriso.

— Olha só quem está falando — rebate Rafael, esbarrando o ombro em Liam, que responde com uma ligeira inclinação de cabeça, como se dissesse *touché*. Isso faz todo mundo rir.

E dissipa a tensão o bastante para que eu quase consiga esquecer a minha raiva. Mas saber que Flint ainda não perdoou Hudson impede que eu consiga fazer isso por completo.

— E a Carniceira? — sugere Éden depois que os rapazes se aquietam outra vez. — Ela tem uma caverna de gelo inteira só para ela. Tenho certeza de que seria um bom lugar para respiramos aliviados e pensar nos próximos passos.

— Não. — A resposta vem do fundo do meu ser, quando o meu corpo inteiro se encolhe ao pensar na possibilidade de me deparar com aquela criatura outra vez. — Não podemos contar com ela.

— Por que não? — pergunta Jaxon. — Não é uma ideia tão ruim assim.

— É uma ideia horrível. Aquela mulher… — Paro de falar, lembrando-me de que nunca disse a Jaxon o que ela fez com ele. Conosco. E, agora, na frente de todo mundo, definitivamente não é hora de desembuchar.

Por fim, decido dizer:

— Não confio nela. Ela nunca nos disse tudo o que precisávamos saber. Não creio que a gente precise sair em nenhuma expedição maluca em busca de meias-verdades.

— Você tem toda a razão — concorda Macy. Ela parece mais triste e mais perdida do que jamais a vi antes, mesmo depois que Xavier morreu. E não a culpo. Descobrir que sua mãe a deixou para se unir à Corte Vampírica e trabalhar com Cyrus… Não há palavras para isso. Em especial agora que seu pai está preso contra a própria vontade nessa mesma Corte Vampírica.

Eu a abraço. No começo, ela resiste. Mas eu persisto. Se há alguém no mundo que precisa ser reconfortado agora, essa pessoa é a minha prima. Até que ela retribui o abraço.

Os outros conversam em voz baixa, dando ideias de para onde podemos ir. Éden fica nos observando, evidentemente abalada pelo fato de Macy também estar abalada. Mas faço um sinal com o polegar para cima por trás das costas de Macy para dizer que tenho tudo sob controle. Ela confirma com um aceno de cabeça e volta a conversar com o grupo, sugerindo outro possível refúgio para nós.

Mas ninguém consegue concordar que alguma das ideias expostas possa funcionar. Até que um pensamento começa a se formar no fundo da minha cabeça. É absurdo, completamente bizarro e fantástico. E talvez seja por isso que ele possa funcionar.

Após determinado tempo, Macy se afasta.

— Desculpe — ela sussurra enquanto procura alguma coisa na mochila, algo que possa usar para enxugar o rosto.

Pego um pacote de lenços de papel do bolso frontal da minha mochila e lhe passo alguns deles.

— Não se desculpe. Você passou por muita coisa nessas últimas vinte e quatro horas.

— Todos nós passamos — ela corrige.

— Sim, mas isso não é uma competição. E, se fosse, tenho certeza de que você venceria. Pelo menos o restante de nós sabe onde nossos pais estão.

— É verdade — concorda Hudson, sentando-se atrás de nós. — Não que isso seja muito bom no meu caso.

A risada de Macy ainda está marcada pelas lágrimas, mas pelo menos é uma risada.

— Saber onde Cyrus está não é motivo de alegria.

— Seria pior não saber onde ele está — rebate Hudson.

— É verdade — opina Flint, chegando mais perto e passando o braço ao redor de Macy e apertando-a junto de si.

Não demora muito até todos estarem estendidos no gramado à nossa volta. Parecem tão exaustos quanto eu mesma me sinto. Mesmo assim, esses últimos dias foram caóticos. Qualquer uma das coisas que aconteceram parece inimaginável. Junte todas elas e a sensação é de que o mundo está acabando.

Ou talvez isso já tenha acontecido e nós só não sabemos ainda.

É muita coisa para pensar quando estamos bem no meio de uma região rural da Itália sem ter para onde ir. Abrindo a mochila, pego a caixa de biscoitos e passo os doces para todos os membros do grupo que não são vampiros, seguidos por duas garrafas de água que guardei ali pouco antes de terminar de arrumar minhas coisas.

Todos tomam alguns goles. E, de algum modo, somados aos biscoitos de cereja, isso faz com que a situação não pareça tão inimaginável assim. Como se talvez a gente tenha alguma chance.

Uma chance é tudo que sempre tivemos, e sempre demos um jeito de fazer com que as coisas dessem certo. Dessa vez, talvez as coisas não sejam diferentes.

É essa esperança que me leva a verbalizar o pensamento que está ganhando força na minha cabeça desde que saímos da Corte das Bruxas.

— Tive uma ideia.

Capítulo 28

SORTE IRLANDESA,
SEJA LEGAL COM A GENTE

Leva um segundo para dizer aquilo e espero com paciência até que todos parem de falar e olhem para mim.

— Que ideia? — pergunta Jaxon depois que todos se aquietaram.

Respiro fundo e tento encontrar a melhor maneira de explicar o que aconteceu com Alistair e a Corte das Gárgulas. No fim, decido começar mostrando-lhes a mesma coisa que me convenceu: o anel de esmeralda que ainda estou usando no dedo da mão direita.

— Recebi este anel na Corte das Gárgulas — revelo a eles, ligando a lanterna do meu celular para que consigam ver o luzir da pedra em meio à escuridão, enquanto faço um resumo de tudo que aconteceu. Termino assim: — Achei que tudo aquilo pudesse ter sido uma alucinação, mas ainda estou com este anel que Alistair me deu e que Chastain beijou... então, deve ter acontecido, certo?

— É claro que aconteceu. — Hudson pega a minha mão e beija o anel e o dorso dela. Isso faz com que eu me sinta derretendo um pouco; tanto a sua aceitação tranquila de algo que parece impossível só porque eu disse que é verdade e também a aceitação tranquila de algo que até mesmo eu sinto dificuldade em aceitar. Eu como rainha das gárgulas.

Afinal... uma coisa é ser rainha quando não tenho súditos. Outra coisa, completamente diferente, é governar milhares de gárgulas por todo o planeta. Um pedaço enorme de mim quer sair correndo e se afastar dessa responsabilidade o mais rápido possível.

É muito estranho, para mim, o jeito que Cyrus está disposto a fazer qualquer coisa para conseguir mais poder, quando tudo o que desejo é abrir mão do poder que tenho. Estou com dezoito anos e, até sete meses atrás, nem sabia que esse mundo existia. Como é que alguém pode achar que sou capaz de governar?

A Coroa na minha palma coça um pouco, lembrando-me de que abrir mão do poder ou qualquer outra coisa não é algo que esteja entre as minhas opções. Não quando Cyrus está obcecado em destruir toda e qualquer pessoa que não se curvar para ele.

— Onde fica a Corte das Gárgulas? — indaga Rafael.

— Na Irlanda — Dawud e eu dizemos ao mesmo tempo.

Olho para elu com as sobrancelhas erguidas. Mas Dawud simplesmente dá de ombros.

— Pelo menos é isso que as histórias passadas de geração em geração na minha alcateia sempre disseram, embora nunca tenham mencionado o lugar exato na Irlanda.

— Sua alcateia tem histórias sobre gárgulas? — pergunto.

— Todo mundo tem histórias sobre gárgulas — intervém Éden. — Só não sabíamos que elas eram verdadeiras até você aparecer.

— Então, você acha que devemos ir para a Irlanda? — pergunta Byron, me observando com atenção.

— Acho que é a nossa melhor opção nesse momento. A Corte das Gárgulas fica em Cork, em um enorme castelo no alto de um penhasco com vista para o mar. O lugar é isolado e bem protegido. Vai nos dar um lugar para descansar e pensar nos próximos passos. — Paro por um instante e solto a respiração num longo sopro, antes de revelar a parte que detesto desse plano. — E vai nos dar uma chance de reunir o Exército das Gárgulas. Ou, pelo menos, a parte dele que está na Corte. Não havia tantas, mas acrescentar mais algumas pessoas capazes de fazer o que eu sou capaz de fazer... não pode ser algo ruim, não é?

— Nunca vai ser algo ruim — concorda Macy, sorrindo. — Você acha que eles conseguem crescer e ficar do tamanho que você ficou no fim da batalha do Ludares ou do tamanho da Fera Imortal na ilha?

— Seria ótimo — comenta Liam. — Vocês poderiam simplesmente pisotear a Corte Vampírica até não sobrar nada.

— Junto àquele cuzão do meu pai — adiciona Jaxon, com a voz cheia de asco.

— Por mim, seria ótimo — emenda Dawud. — Desde que a gente consiga tirar o meu irmão dali, topo arrebentar todo aquele maldito lugar.

— Não sei se outras gárgulas são capazes de fazer isso — digo. — Mas... se eu posso, acho que talvez elas também possam, não é?

Olho para Hudson para que ele confirme, mas ele só está me observando com uma expressão contemplativa.

— O que houve? — pergunto com suavidade enquanto nossos amigos continuam a conversar sobre como seria legal se as gárgulas conseguissem esmagar a Corte Vampírica assim como gigantes dançando em uma rave.

— Nada — ele responde. — Só acho que, quando você cresceu no Ludares, não foi por causa de um poder de gárgula.

Sinto ondas de choque passarem pelo meu corpo.

— Como assim? Alistair, a Fera Imortal, também era gigantesco.

— Ele estava gigantesco porque vinha usando pedra para curar o próprio corpo há séculos. O seu poder é completamente diferente. Não esqueça que vivi dentro da sua mente por... bem, por muito tempo. — Ele pisca o olho para mim. — Conheço o jeito que você funciona de um modo bem íntimo.

Normalmente, um comentário como esse me faria corar e me deixaria toda desconcertada. Mas, para ser sincera, dessa vez ele não consegue fazer isso. Minha mente rodopia com aquilo que Alistair falou sobre a minha avó... e seu gosto por morder coisas.

E se uma parte de mim for um monstro? Algo horrível, assustador e gigantesco? Uma sensação de inquietação corre pela minha coluna, mas digo a mim mesma que isso não tem importância. Se isso preocupasse Hudson, ele teria dito alguma coisa há muito tempo. Meu consorte é bem proativo, mesmo quando não quero que ele seja.

— E, então, o que você acha que é? — Finalmente encontro a coragem para perguntar.

Ao mesmo tempo, Éden diz:

— Não sei o restante de vocês, mas estou pronta para sair desse lugar.

— Também estou — concorda Dawud, passando os dedos pela grama. Será que deixou cair alguma coisa?

Seja o que for, Dawud a encontra bem rápido, porque logo enfia o objeto no bolso e olha para Macy.

— Você vai fazer aquela magia de novo? — pergunta elu, girando o braço em uma espiral.

— Não posso — suspira Macy. — Nunca estive em Cork.

Uma expressão de surpresa se forma no rosto de Dawud.

— Bruxas não conseguem abrir portais para lugares onde nunca estiveram?

Macy parece tão surpresa quanto.

— Hummm, não. Temos magia, mas não somos divindades. O que lhe ensinaram naquela sua alcateia, hein?

— Seja o que for, aparentemente não foi o bastante — responde Dawud, perscrutando ao redor. — E, então, como vamos chegar lá?

— Não lhe ensinaram muita coisa, não é? — comenta Éden enquanto abre o Google Maps no celular e estende o aparelho para que possamos vê-lo. — Parece que o melhor caminho é uma linha reta para noroeste daqui. Vamos chegar ao Atlântico em algum momento, mas podemos voar baixo.

— Voar baixo? — pergunta Dawud, com os olhos se arregalando.

— Só tem uma maneira de chegar até lá se partirmos daqui — diz Flint com um sorriso que quase lhe alcança os olhos. — Vamos voar, neném.

O ar ao redor de Flint estremece e, segundos depois, ele está na sua forma de dragão — completa, com uma prótese em forma de pata com garras.

— Puta que pariu, deu certo! — exclama Byron, curvando-se para olhar o pé mágico de Flint mais de perto.

Graças a Deus. Não sei o que Viola fez ou por que nos ajudou, mas serei eternamente grata a ela.

Enquanto os outros se maravilham com a nova prótese de Flint, eu olho para Hudson.

— O que você ia dizer mesmo? Sobre os meus poderes?

Ele faz menção de responder, mas simplesmente balança a cabeça em um gesto negativo no último instante.

— Não é nada tão grande assim — replica ele, e em seguida seu sorriso fica meio torto. — Sem querer fazer trocadilhos.

— Para mim, parece que seria uma coisa muito grande — rebato, fazendo um sinal de aspas com os dedos quando digo “muito grande”. Parte de mim quer pressioná-lo para que me responda. Mas, honestamente, já tenho muita coisa com que me preocupar agora, em particular quando penso no que vou dizer às gárgulas da Corte das Gárgulas. Qualquer preocupação com algum outro poder nebuloso que eu possa ter, considerando que Hudson esteja certo... vai ter de esperar. Pelo menos essa noite vou ressuscitar aquela pasta de “Merdas para as quais não tenho tempo hoje” e enfiar essa pergunta nela.

— Ah, tipo... Você quer mesmo que a gente voe? — Os olhos de Dawud se arregalam e elu se afasta de Flint, recuando vários passos. — Tipo... nas suas costas?

— Não é tão ruim — incentiva Macy quando Byron a ajuda a subir nas costas de Flint. Ela estende a mão para Dawud. — Venha comigo. Byron e eu vamos ajudar você.

Dawud ainda está encarando tudo com um olhar cético.

— Eu diria que é a sua única opção no momento. Por isso, ande logo e não pense muito no que vai acontecer — sugere Liam. — A menos que você seja capaz de correr sobre a água.

Dawud o encara com uma expressão irritada, mas no fim aceita a ajuda de Byron. Macy pega Dawud pela mão, fazendo com que consiga subir nas costas de Flint. E ê lobisomem se acomoda com um olhar de gratidão. Pelo menos até que Flint se agita. Em seguida, Dawud solta um grito tão alto que chega a ecoar por aquela região rural.

E só para quando cobre a boca com a mão enquanto o restante de nós ri da sua sensação de horror.

Até mesmo a risada de dragão de Flint soa como um rosnado. E, então, já que Flint é sempre Flint, ele começa a fazer uma dancinha para assustar Dawud ainda mais. Flint deve estar esperando que elu grite outra vez. Mas, pelo jeito, a mandíbula de Dawud deve estar fechada com toda a força, já que, dessa vez, elu não emite som algum. Mesmo assim, Dawud fecha os olhos e respira fundo várias vezes. Lembro-me de ter agido do mesmo jeito quando Flint me convidou a voar com ele pela primeira vez.

— Você vai voar? — pergunta Hudson, segurando na minha mão enquanto se aproxima de Éden, que está terminando de se transformar.

— Pode ter certeza — digo a ele com um sorriso. — Mas não se preocupe. Se você cair, eu te pego.

Fico esperando que ele ria, mas, em vez disso, seus olhos estão completamente sérios quando ele responde:

— Eu digo o mesmo.

Hudson vira de costas antes que eu possa perguntar o que ele quer dizer, e pede permissão a Éden para subir em suas costas. O dragão dela concorda com um aceno de cabeça e Hudson sobe nela com um salto, seguido com agilidade por Rafael e Liam, que parecem tão assustados quanto Dawud. Entre os membros da Ordem, Byron é o único que parece confortável sobre as costas de um dragão.

Isso faz com que eu me sinta um pouco mal por eles e por aquelas regras implícitas idiotas que havia em Katmere, impedindo que os paranormais se misturassem. Hudson, Jaxon, Macy, Flint, Éden, Mekhi, Xavier, Gwen, Luca... eles sempre foram a melhor parte em todo esse mundo para mim. Melhor até mesmo do que descobrir que sou uma gárgula. Não consigo imaginar como a minha vida seria se tivéssemos seguido aquelas normas ridículas e ficado restritos somente aos nossos próprios grupos.

E como pensar no assunto me entristece, mando um beijinho para Hudson. Em seguida, olho para Jaxon, que planeja usar seu poder de telecinese, e digo:

— O último que chegar na Irlanda vai ter que dançar igual a uma galinha.

— Ah, então é assim? — ele pergunta.

— É assim, sim — respondo, me transformando.

No instante em que minhas asas surgem, disparo rumo ao céu e decolo, deixando Jaxon, Éden e Flint para trás, surpresos.

E me esforço bastante para não me preocupar durante todo o voo com a recepção que teremos quando o nosso grupo de paranormais chegar à Corte das Gárgulas.

Capítulo 29

PASSEANDO COM DRAGÕES VOADORES

Apesar da maneira que o voo começou, a viagem acaba sendo bem diferente do que o habitual. Nada de piruetas, nada de loops, nada de disparadas para Éden, Flint, Jaxon ou para mim. Há somente uma contemplação serena enquanto voamos sobre a Europa, passando pelo Canal da Mancha e pelo Mar Celta.

Quando nos aproximamos de uma ilha distante, consigo sentir a Corte com tanta nitidez quanto as batidas do meu coração. É como se houvesse um cordão entre nós que está sendo enrolado com gentileza, bem devagar, me puxando para perto a cada volta que o cordão dá.

— Estamos quase chegando — grito para os outros antes de descer.

Estou passando ao longo do litoral do Mar Celta agora, com o sol nascente pintando as águas com um belo tom de laranja que me lembra das corridas pelas praias de San Diego no início da manhã. Pela primeira vez, pondero se meus pais decidiram fugir para a Califórnia para ficar perto do mar também. No Pacífico, não no Atlântico. Mas, ainda assim, bem perto de um oceano. Ainda perto da água, que é uma parte tão integral dos meus poderes.

Uma rápida olhada para os meus amigos me mostra que a exaustão começa a afetar todos eles. Flint fica um pouco para trás, com as asas abertas enquanto tenta planar com as correntes de vento. Éden ainda bate as asas, mas cada movimento de adejar parece levar um tempo cada vez maior entre um e outro. Até mesmo Hudson está um pouco encurvado, como se a força de vontade fosse a única coisa que ainda o mantém acordado.

Mais adiante, consigo avistar ao longe os penhascos escarpados de Cork. Apesar da minha própria exaustão, sinto uma empolgação pulsar no sangue — uma espécie de impulso primitivo que me faz acelerar cada vez mais, até que enfim consigo avistar algo no horizonte.

A cerca elegante de ferro que cerca a Corte das Gárgulas e o castelo de pedra que fica logo depois da cerca.

O nervosismo se mistura à empolgação enquanto me pergunto como vão receber os meus amigos e a mim. Será que Chastain vai seguir as minhas instruções? Ou vai preferir continuar leal a Alistair, mesmo depois que o rei das gárgulas passou obviamente o bastão para mim? As outras gárgulas vão me aceitar ou vão fingir que não existo? E o que vou fazer se elas decidirem não me escutar? Como vou consertar tudo o que aconteceu? E o mais importante: será que as circunstâncias podem ser consertadas?

As perguntas ficam se enroscando umas nas outras na minha cabeça, ficando cada vez mais difíceis e desafiadoras conforme me aproximo da Corte das Gárgulas. Até que, de repente, estou bem no alto dela... ou no que deveria ser a Corte das Gárgulas.

Pouso devagar, conjecturando se estou no lugar errado. Pensando que o cordão que me trouxe até aqui pode estar com algum defeito. Imaginando se, de algum modo, as horas que passei aqui com Alistair estavam somente na minha imaginação.

Porque o lugar onde estou agora não é nem um pouco parecido com o lugar que visitei ontem. O portão elegante de ferro é o mesmo, mas apenas isso.

O pátio por onde caminhei? Sumiu.

O castelo onde fiquei observando o treinamento das gárgulas? Nada além de pilhas de pedra e trepadeiras.

As outras gárgulas? Sumiram. Como se nunca tivessem existido.

Esta Corte das Gárgulas é a minha Corte das Gárgulas? É um sonho que acabou de se tornar o meu pesadelo.

Capítulo 30

QUANDO A CASA PRECISA DE UMA BOA REFORMA

Assim que Éden toca o chão, Hudson já está ao meu lado.

Ele não se pronuncia a princípio, e eu também não. Em vez disso, simplesmente ficamos ali, parados, mirando a destruição.

Não existe mais pátio algum.

Nem saguão nem grande salão.

Nada de torres largas e redondas que vão do chão até o céu.

Não resta nada além de um monte de escombros e uma quantidade ainda maior de sonhos arrasados. O que parece se encaixar bem à maneira com que sinto minhas próprias ideias e esperanças se despedaçando no chão entulhado aos meus pés.

— Vou lhe dizer uma coisa... não curti muito a estética que escolheram. — As palavras são irônicas, mas o tom de voz de Hudson é suave, assim como o seu olhar quando esbarra gentilmente o ombro no meu.

— Não está meio apocalíptico demais pra você? — pergunto, encostando-me nele.

Ele revira os olhos.

— Está mais para... paredes são coisa do século passado.

— Eu curto uma boa parede — eu digo a ele. E de algum modo consigo sorrir, quando há pouco mais de dois minutos eu achava que jamais voltaria a sorrir de novo.

— Bem quando eu estava pensando que quatro paredes eram a melhor opção. — Ele me puxa de novo para junto do peito, me envolvendo com força ao redor do meu corpo, e apoia o queixo no alto da minha cabeça.

— Você sempre foi meio exagerada.

A sensação de estar com ele é muito boa, mesmo diante de tamanha destruição. Por isso, encosto-me nele e respiro por um momento. Simplesmente respiro.

— Está tudo bem? — ele pergunta depois de alguns segundos.

— Não quando você pergunta desse jeito — devolvo.

— Que jeito?

— Como se achasse que eu fosse me quebrar a qualquer segundo. Ou como se já estivesse quebrada.

Eu me afasto um pouco.

— As coisas que vi na Corte das Gárgulas não foram uma alucinação. Estava aqui. Bem aqui.

— Não tenho nenhuma sombra de dúvida de que estava — garante Hudson de um jeito que me convence de que ele acredita em mim.

Mesmo assim, volto a olhar para os escombros, imaginando se pode ter sido obra de Cyrus. Será que ele conseguiu chegar até aqui antes de mim e destruiu o lugar só para garantir que não conseguiríamos encontrar nenhum refúgio seguro? Mas, se for assim, o que aconteceu com as gárgulas que vi ontem, treinando neste lugar? Será que estão enterradas sob os destroços, presas e esperando que eu as encontre?

Esse pensamento faz com que eu entre em ação, passando pela cerca dilapidada e enferrujada e entrando na área que, algum dia, foi um pátio glorioso com vista para o mar. Mas leva meros segundos para a lógica ficar aparente — assim como a minha capacidade de observação não tão afiada.

Esse lugar não desabou recentemente. Está assim há décadas. Talvez séculos.

Áreas inteiras de escombros estão cobertas com trepadeiras e plantas. A cerca de ferro está completamente enferrujada. E, espalhados pelas ruínas, vejo os ossos de animais que vieram investigar e acabaram ficando presos nos destroços.

Não, Cyrus não é o culpado por isso. Ou, pelo menos, ele não teve culpa do que aconteceu aqui no último século, pelo menos. Antes disso, não dá para ter certeza.

— Não estou entendendo — sussurro enquanto nossos amigos se reúnem. — Não foi um sonho. De jeito nenhum.

Esfrego a esmeralda do meu anel com o polegar. Ela continua tão sólida e real quanto sempre foi.

— Não inventei esse lugar. Vi tudo com muita clareza.

Vou até a parte esquerda do pátio, chegando diante de uma pilha de pedras grandes cobertas por trepadeiras.

— Isto aqui era uma torre. E havia outras três. Tinha vitrais nas janelas e ameias. E ficava bem aqui. *Bem aqui.*

— Ninguém está duvidando de você, Grace — avisa Macy.

— Eu estou duvidando de mim — retruco. — Por que não duvidaria?

— Sem querer ofender, mas também estou duvidando de você — concorda Dawud, dando de ombros. — Assim… isso me parece mais como se… — elu faz um gesto como se eu estivesse fumando alguma coisa.

Parece que essa é a pior coisa que alguém poderia me dizer quando já estou duvidando de mim mesma. E sinto que os meus amigos já estão prontos para lhe dar uma bronca por dizer algo tão insensível. Mas, ao mesmo tempo, também é a melhor coisa que alguém poderia ter dito, porque me faz rir. Mesmo no meio de toda essa situação.

— Não sei o que está acontecendo comigo — asseguro a Dawud e ao restante dos meus amigos. — Parecia tão real quando Alistair me trouxe aqui…

— Provavelmente foi real — responde Jaxon. Seu sorriso é suave quando ele me diz: — "Há mais coisas entre o céu e o inferno, Horácio, do que sonha a nossa vã filosofia."

— O certo não seria dizer "entre o céu e a terra"? — respondo, e agora retribuo o sorriso. Como poderia ser diferente? Essas foram praticamente as primeiras palavras que ele me disse; um aviso e uma promessa, embora eu não soubesse muito bem na época.

— Depois desses últimos dias? — ele pergunta, com as sobrancelhas erguidas. — Definitivamente, entre o céu e o inferno. Tenho certeza de que nem Shakespeare nem Hamlet viveram semanas como essas últimas.

— Até que você tem razão. — Faço uma careta para ele, sentindo um alívio louco dentro de mim, apesar da situação caótica em que estamos.

Um monte de coisas verdadeiramente horríveis aconteceram, mas o fato é que Jaxon está tão bem neste momento que isso me deixa mais feliz do que sou capaz de expressar. Se alguém olhasse para ele, não saberia que ele morreu há menos de quarenta e oito horas.

Ele parece ótimo. Além disso, pela primeira vez em muito tempo, a sensação de estar perto dele é agradável.

Aquela tensão desagradável entre nós praticamente desapareceu, e outra coisa surgiu em seu lugar. Algo que parece ser uma mistura de respeito, apreço e amor.

Algo que é mais parecido com uma amizade e nem tanto com um romance.

Uma sensação forte de que somos parte da mesma família.

Ele tem razão quando afirma que muitas coisas terríveis aconteceram. Mas o fato de que eu e Jaxon estamos aqui, onde deveríamos ter estado durante todo esse tempo, faz com que todo o restante não pareça tão ruim.

Além disso, tem o fato de que Hudson e eu finalmente acertamos nossos ponteiros também — pelo menos, acho que acertamos — e não consigo deixar de sentir um certo otimismo cauteloso, de achar que tudo vai ficar bem. Mesmo se o resto das nossas vidas — e do nosso mundo — estão em pedaços.

— O que vamos fazer agora, então? — pergunta Éden. Sentada em cima de uma pilha grande de pedras e com cara de acabada, ela parece conseguir por pouco manter os olhos abertos.

— Acho que precisamos encontrar um hotel — digo. — Algum lugar discreto onde Cyrus e a sua corja não vão pensar em nos procurar. Precisamos dormir um pouco. Depois, talvez, a gente tenha uma chance de vencer a luta. Ou pelo menos de convencer a nós mesmos de que temos.

— Já estou cuidando disso — informa Hudson, deslizando os dedos pela tela do celular. — Encontrei uma casa não muito longe daqui, com um aplicativo. Aluguei vários chalés para o mês inteiro caso precisássemos de uma base de operações por mais tempo. E como não havia ninguém no imóvel ontem à noite, o dono concordou em nos deixar fazer o check-in agora por uma pequena taxa.

— Um aplicativo? Tipo o Airbnb? — pergunto, espantada.

— Mais ou menos por aí — ele responde com um sorriso.

— Achei que tivéssemos que fazer a reserva com antecedência e ter, sei lá, uns vinte e cinco anos para alugar um lugar desses.

— Tenho duzentos anos e sou rico pra caralho, Grace. — Ele fala com um tom bem-humorado enquanto tira um par de óculos escuros do bolso do casaco e os coloca no rosto, bem quando os raios do sol nascente tocam os contornos do pátio. — Ocasionalmente, isso ajuda bastante.

Talvez seja a coisa mais típica de Hudson Vega que ele já disse, além de comparar Jaxon com o dirigível da Goodyear. E não consigo suprimir uma gargalhada.

— Você sabe que é um palhaço, não é?

O sorriso torto que ele abre em resposta diz tudo.

— Mandei o endereço da casa para todos vocês, menos para Dawud... porque não tenho seu número. A gente se encontra lá. Tenho que ir.

— Espere aí. Como assim? — Seguro no braço dele quando ele começa a se afastar, e aquele sorriso torto fica ainda mais aparente.

E é aí que me lembro, logo antes de perceber que ele olha para a curva do meu pescoço. Ele bebeu o meu sangue na prisão há quarenta e oito horas. Não sei por quanto tempo um vampiro fica hipersensível ao sol depois de beber sangue humano, mas, com certeza, dois dias não são o bastante.

— Saia daqui! — digo a ele, soltando sua mão e lhe dando um empurrão na direção da cerca.

— É isso que estou tentando fazer — ele responde com um olhar que me faz sentir um monte de coisas que estou cansada demais para sentir.

— Vou aproveitar e botar o pé na estrada também — avisa Jaxon, acelerando para longe. Para ser sincera, isso me surpreende um pouco.

Principalmente quando me viro para comentar algo com Flint e percebo que ele está olhando para todos os lugares, menos para mim. E a Ordem já está acelerando atrás de Jaxon. Abro a boca para dizer algo, só para ver o que Flint vai responder. Mas, antes que consiga, Éden ergue o celular para mim.

— Já tracei a rota. Estão prontos para ir?

— Já estou com tudo pronto faz tempo — responde Dawud, sorrindo enquanto o ar ao seu redor passa a cintilar.

Segundos depois, nós decolamos. Embora tenha perdido a minha oportunidade de perguntar a Flint o que está acontecendo, não me esqueci da expressão em seu rosto quando Jaxon acelerou e foi embora. Era uma expressão intensa, irritada, aterrorizada.

Posso estar errada, mas alguma coisa me diz que os próximos dias vão ser bem mais interessantes do que eu havia imaginado.

Capítulo 31

MEU PEQUENO FAROL

Descobrimos que Hudson não alugou uma casa. Ele alugou um complexo residencial inteiro. E tem até um farol de verdade, que funciona.

— Um farol!

Hudson abre um sorriso.

— Sim.

— Você alugou um farol para nós!

— E as duas casas um pouco mais abaixo — adiciona ele, apontando o dedo enquanto encosta os ombros (e um pé que calça um Dior Explorer) na parede.

Hudson fica lindo assim. Mas não vou lhe dizer isso. Em parte, porque o ego dele já é enorme. Mas também porque…

— Você alugou um farol para nós.

— Aluguei, sim. — Ele ergue uma sobrancelha, muito sexy. — Você vai ficar repetindo isso?

— É provável que sim. E vou encarar você com coraçõezinhos nos olhos também.

— Tudo bem. — Vários segundos se passam antes que ele pergunte: — Algum motivo em particular?

— Porque você alugou um farol para nós! — Abro os braços e começo a rodopiar, deixando-me esquecer, pelo menos por uns momentos, a razão pela qual precisávamos alugar um lugar para ficar. — É a coisa mais legal do mundo!

— Que bom que você gostou.

— É um farol. De frente para o mar. Só para você e para mim. Como não amar uma coisa dessas?

Hudson não responde, mas, quando olho para ele durante meus giros, percebo que ele nem precisa. Seu rosto já expressa tudo. E isso só me faz girar mais rápido.

Quase caio no chão quando paro, porque consegui ficar tonta de tanto girar. E, claro, Hudson aproveita a oportunidade, estendendo o braço e segurando a minha mão antes de me puxar para perto de si.

— Você planeja se aproveitar de mim só porque estou tonta? — provoco, dando um tapinha de leve no peito dele.

— Estava só planejando evitar que você caísse, já que está zonza. Mas já que insiste...

Ele me puxa para os seus braços com bastante agilidade e acelera, subindo a escadaria em espiral até chegarmos ao quarto, onde me joga numa cama que parece bem confortável.

É emocionante e divertido ao mesmo tempo, e eu rio ao cair sobre o colchão. Estendo-lhe os braços, esperando que ele venha se deitar comigo. Em vez disso, Hudson deixa a minha mochila no pé da cama. Em seguida, senta-se ao meu lado e acaricia os meus cachos, todos bagunçados, afastando-os dos meus olhos.

— Você é tão linda — ele murmura, com os dedos tocando minha bochecha.

— Você é lindo — respondo, virando o rosto para poder beijar a palma daquela mão.

— Bem... sim — ele concorda, inclinando a cabeça com um ar bem sério. — É verdade. Mas uma coisa não exclui a outra.

— Ai, meu Deus! — Pego um travesseiro e bato em Hudson com ele. — Você é impossível, sabia?

— Acho que você já deve ter mencionado isso umas trezentas vezes — responde ele, logo antes de arrancar o travesseiro das minhas mãos. Eu me preparo para levar uma travesseirada, mas ele joga o travesseiro no chão antes de finalmente se deitar na cama ao meu lado.

— Está com fome? — ele pergunta.

— Estou, mas não o bastante para me levantar dessa cama e pedir comida. — Pego a mochila que está ao lado da cama. — Acho que deve ter mais uns dois ou três biscoitos aqui.

Ele revira os olhos.

— Você não pode comer só biscoitos, Grace.

— Talvez, não, mas estou a fim de tentar. — Abro a embalagem prateada e arranco um pedaço do doce com recheio de cereja antes de enfiá-lo na boca.

Hudson faz um gesto negativo com a cabeça, mas seus olhos estão bem indulgentes enquanto ele me observa.

— E você? — pergunto depois de dar mais algumas mordidas. — Está com fome?

Pronuncio as palavras de um jeito bem inócuo, mas no instante em que deixam a minha boca parecem ganhar vida própria. Os olhos de Hudson brilham, meu estômago se revira e, de repente, o quarto inteiro parece aceso com uma tensão que faz o meu coração bater bem rápido.

— O que você acha? — ele pergunta depois que vários segundos carregados se passam.

— Acho que deve estar faminto — replico, logo antes de levantar o queixo em um convite. — Eu mesma estou.

— Coma outro biscoito, então. — Mas seus olhos ardem ao deslizarem por mim, fixando-se nos meus lábios... e no meu pescoço.

Inclino um pouco mais a cabeça e deslizo os dedos pela pele sensível na base do meu pescoço.

— Não é desse tipo de fome que estou falando.

Hudson faz um som bem profundo no peito — em parte por prazer, em parte por dor — e solta a respiração num sopro trêmulo que faz minhas mãos tremerem e meu estômago se apertar ao pensar no que está por vir, antes mesmo que ele encoste a boca no meu pescoço.

— Grace. — Meu nome é pouco mais do que um sussurro, pouco menos do que uma oração, quando ele dá beijos gentis na minha clavícula e no contorno do pescoço. Seus lábios são macios e mornos, e a sensação deles é tão boa, a sensação de ter *Hudson* comigo é tão boa que coloco a mão na colcha só para ter certeza de que não estou flutuando para longe daqui.

Só que Hudson me pega do jeito que sempre faz, deslizando as mãos para segurar nos meus quadris e me puxar para junto de si com ainda mais firmeza.

Meus dedos agarram convulsivamente aqueles cabelos castanhos e sedosos enquanto ele volta a subir pelo meu pescoço, me beijando. O prazer desliza por mim e é impossível conter um gemido que cresce por dentro.

O som do gemido rouco de Hudson — um pouco sombrio, um pouco desesperado e totalmente perigoso — aumenta bastante a intensidade do momento. Seguro com força naqueles cabelos; meu corpo se arqueia contra o dele e eu sussurro o nome dele.

Estou desesperada para que ele pare de brincar.

Para que faça aquilo que meu corpo está pedindo aos gritos.

Para que faça o que cada célula, cada molécula que tenho está implorando.

Hudson sabe. É claro que sabe. Aquele sorrisinho irônico é prova de que está indo devagar de propósito. Me torturando de propósito. Talvez esse ânimo reprimido me irritasse, pela maneira que ele atiça a carência que se contorce dentro de mim até ela crescer e se transformar em algo maligno, selvagem e faminto. Até ela se transformar em algo que mal consigo reconhecer.

E talvez eu reconhecesse, se estivesse com qualquer outra pessoa. Mas estamos falando de Hudson... Do meu consorte. E o jeito que ele treme junto de mim é a prova de que está tão imerso, tão perdido em quão novo e precioso é tudo isso... Assim como eu. E ele não quer apressar nenhum momento. E isso é mais do que suficiente agora.

Pelo menos até ele dar um beijo longo na pele delicada que há atrás da minha orelha.

Com isso, meu corpo inteiro fica em alerta vermelho. Meus freios se derretem, assim como o meu orgulho.

— Por favor... — imploro, erguendo o pescoço até quase doer, querendo lhe dar todo o acesso. — Hudson, por favor.

— Por favor... o quê? — ele grunhe em uma voz tão arrastada que quase não a reconheço.

Sinto vontade de responder, quero responder... mas a minha voz sumiu, afogada em meio à cacofonia desvairada de sensações que correm por mim.

E, quando ele finalmente traz a boca para o seu lugar favorito, o ponto da pulsação na lateral do meu pescoço, é como se a minha alma inteira o chamasse.

Ele me beija uma vez, duas... E meu sangue se transforma em gasolina. As pontas das suas presas, deslizando pela minha pele, me incendeiam. Me deixam pegando fogo, até que ele finalmente ataca. Finalmente.

Suas mãos apertam os meus quadris conforme as presas afundam. Por um breve momento, sinto a dor aguda de tudo aquilo, a perfuração violenta da pele, dos tecidos, das veias e do sangue. Mas a dor some tão rapidamente quanto surgiu, não deixando nada além de prazer e calor em seu rastro. Um calor que roça a minha pele, nada pelo meu sangue e crepita pelas minhas terminações nervosas. Um calor que me encobre, que me esmaga, que me faz queimar e queimar.

Estou tremendo agora. Sentindo a eletricidade ziguezaguear pelo meu corpo, me acendendo como a aurora boreal que dança pelo céu noturno do Alasca. E, quando Hudson mergulha ainda mais profundamente, com as presas afundando em mim — através de mim —, não consigo deixar de pensar que o folclore errou em todas as suas hipóteses.

As histórias dizem que mordidas de vampiro são algo a ser temido, mas não há nada de assustador na mordida de Hudson. A menos que eu pense no que ele me faz sentir.

No que ele me faz querer.

O jeito que Hudson me faz desejá-lo até que não exista nada nem ninguém além de nós.

Até não haver mais Cyrus.

Nem a guerra.

Nem a morte.

Até não haver nada além de Hudson e a corrente que passa entre nós.

Ele solta um gemido rouco na garganta, forçando os dedos nos meus quadris conforme meu corpo se molda e estremece junto do dele. Então, imploro para que ele tome mais de mim. Cada vez mais. Até não haver mais ninguém, nem ele nem eu. Há somente nós dois, um se afogando no outro. Incandescentes de prazer.

Estremeço com cada segundo que passa e me entrego ainda mais a Hudson, deixando que ele me tome por inteiro — até o momento que ele se afasta com um grunhido.

Solto um gemido choroso, tentando mantê-lo nas profundezas de mim. Mas ele não deixa.

Ele ergue a cabeça, soltando um xingamento enquanto abre centímetros de distância entre nós.

Não é muito. Não é quase nada, mas sinto aquilo no meu estômago enquanto tento me manter junto dele. Quando tento puxá-lo de volta para o meu pescoço, para as minhas veias.

Mas Hudson resiste, me encarando com aqueles olhos azuis e brilhantes com uma preocupação que despeja água gelada sobre as chamas que ardem dentro de mim.

— Estou bem — asseguro a ele, já prevendo a pergunta que ele vai fazer. — Você não tomou muito.

— Eu tomei demais — ele retruca com o sotaque britânico que sempre me atiça quase tanto quanto me irrita. — Você está tremendo.

Reviro os olhos enquanto me encosto nele, aproveitando a oportunidade de dar beijos na coluna forte e esbelta daquele pescoço.

— Tenho certeza de que os meus tremores não têm nada a ver com perda de sangue.

— Ah, não? — Ele ergue uma sobrancelha. — E têm a ver com o quê, então?

— Me beije e eu lhe mostro — sussurro junto da sua pele.

— Me mostre, e *depois* eu a beijo — retruca ele.

— Era o que eu estava esperando que você dissesse. — Arranho aquela mandíbula cinzelada com os dentes e agora é a vez de Hudson se derreter.

— Amo você — ele sussurra em meio aos meus cabelos, e as palavras chegam como um choque. Um choque bom, mas, mesmo assim, um choque.

Algum dia, quem sabe, elas serão familiares. Confortáveis. Um cobertor aconchegante no qual eu possa envolver minha alma e o meu coração. Mas, hoje, são fogos de artifício. Uma explosão no fundo do meu ser que me abala por inteiro.

— Amo você também, só que mais — sussurro de volta, beijando o pescoço de Hudson. Acaricio a clavícula dele com o meu nariz enquanto meus dedos dançam pelos botões daquela camisa. Ele precisa de um bom banho, e eu também. Mas, por enquanto, o calor acre que emana dele me causa uma sensação muito boa.

Estar tão perto dele só deixa a urgência ainda mais intensa.

Começo a arrancar a camisa de Hudson e também a minha. Meus dedos se enroscam no tecido em meio ao desespero para senti-lo junto de mim. Preciso segurá-lo, tocá-lo, saber que, não importa o que aconteça a seguir, isso sempre vai existir aqui.

Hudson sempre vai existir aqui.

Mas, antes que eu consiga encontrar uma maneira de lhe dizer isso, Hudson se afasta de mim. Com o peito arfante, os olhos brilhando e uma pequena gota do meu sangue brilhando no seu lábio. Seus cabelos, normalmente perfeitamente alinhados, agora estão desgrenhados. E ele fica muito sexy assim. Tudo que eu quero é poder passar as mãos naquelas ondas sedosas outra vez, puxá-lo por cima de mim e deixar que o calor nos leve para longe de toda essa confusão.

Mas ele segura minhas mãos e fica óbvio que quer dizer alguma coisa, pela maneira que fecha os olhos e respira fundo, puxando o ar numa golfada entrecortada.

— O que houve? — pergunto.

Ele faz um gesto negativo com a cabeça.

— Eu amo você... somente isso.

— Também amo você.

— E preciso pedir perdão por...

— Por me amar? — completo, sentindo um calafrio súbito espantando todo o calor que há dentro de mim.

— Não! — Os olhos dele, bonitos e azuis como o céu, se abrem. — Eu nunca pediria perdão por isso. Vou amar você pelo resto da minha vida.

— Pelo resto da eternidade, então? — digo, rindo. — Gostei da ideia.

— Era sobre isso que eu queria conversar com você, na verdade.

— A eternidade? — eu o provoco, fazendo o melhor que posso para ignorar os sinais de alerta que soam em minha cabeça. Porque Hudson jamais faria qualquer coisa que pudesse me magoar.

Ele engole em seco, agitando o queixo.

— Preciso que você faça uma coisa por mim.

— Faço qualquer coisa. — A resposta vem de um lugar bem profundo dentro de mim.

Dessa vez, quando fecha os olhos, Hudson baixa o queixo de maneira que seus cabelos caem para frente. Eu os afasto para poder olhar nos seus olhos quando ele os abre, concentrando-se na maneira que as mechas frescas e macias envolvem os meus dedos em vez de se preocupar com o que ele quer me dizer. Afinal de contas, não preciso ser nenhum gênio para entender que, seja o que for, não vou gostar nem um pouco.

Ele levanta minha mão. E dessa vez é ele quem beija a minha palma. É ele quem segura com força por um segundo ou dois. Em seguida, abre os olhos. E vejo uma determinação que não estava ali poucos momentos atrás. Meu estômago estremece um pouco, e não de um jeito muito agradável, antes que ele coloque a minha outra mão, aquela que tem a tatuagem da Coroa, sobre o seu peito.

— Quero que você use isso em mim.

— Como assim? — pergunto, meio confusa.

— Quero que você use a Coroa para tirar os meus poderes.

Capítulo 32

E NUNCA MAIS PODER

Começo a rir descontroladamente. Não consigo evitar. A ideia é tão absurda que não consigo fazer mais nada.

— Ah, claro — replico, finalmente, deitando-me ao lado dele na cama. — Achei que você fosse dizer alguma coisa séria.

— Eu *estou* falando sério. — Ele se vira de lado, apoiando-se sobre o cotovelo. — Eu estava falando sério. Preciso que você...

— É claro que você não estava falando sério — eu nego, tentando ignorar a sensação ruim crescente no meu estômago só de pensar em tais palavras. — Não é possível que você realmente queira que eu tire o seu poder. E eu não faria isso de jeito nenhum, mesmo que você me pedisse.

— Você acabou de dizer que faria qualquer coisa por mim — ele responde, com a voz baixa.

— E faria mesmo — reafirmo. — Faço qualquer coisa por você, desde que seja minimamente razoável. Morreria por você, Hudson. Mas... isso? — Faço um gesto negativo com a cabeça. —Não é certo. Você não pode me pedir para...

Ele ergue uma sobrancelha.

— Garantir que eu nunca mais machuque outras pessoas por imprudência?

— Você nunca machucou ninguém por imprudência. — Respiro fundo e solto o ar devagar, sentindo o horror que se agita na minha barriga. — Além disso, a questão não é impedir que você machuque outras pessoas. Isso é pedir que eu machuque *você*. Tenho certeza de que consegue enxergar que é isso que está pedindo.

— Estou pedindo para você me ajudar, Grace. Você é a única pessoa no mundo capaz de fazer isso. — O tormento em sua voz faz com que as lágrimas passem a arder no fundo dos meus olhos.

Mas não posso fazer o que ele quer. Não consigo. Mesmo que eu consiga descobrir uma maneira de encontrar o Exército das Gárgulas desaparecido e fazer a Coroa funcionar antes de enfrentarmos Cyrus — e não há nenhuma garantia de que eu consiga fazer isso —, não posso simplesmente usá-la no meu consorte. Não posso tirar uma coisa que faz dele a pessoa que é, mesmo que ele pense que é isso que quer.

Respiro fundo outra vez, tentando afastar o pânico que arde no meu peito.

— Hudson, não acho que você quer de fato que isso aconteça.

— Mesmo que eu lhe diga que isso é exatamente o que eu quero? — ele pergunta com a autoconfiança que é parte de si, tanto quanto seus olhos azuis e cabelos escuros.

Que faz parte dele tanto quanto os seus poderes.

— Esses últimos dias foram terríveis. Ninguém aqui está com a cabeça no lugar. Há poucos dias estávamos em uma prisão. Depois veio a batalha. E depois, Katmere. Como pode achar que tomar uma decisão como essa quando ainda nem tivemos a chance de assimilar tudo que aconteceu?

— É exatamente por eu já *ter* assimilado o que aconteceu que estou lhe pedindo para fazer isso.

Ele passa a mão pelos cabelos de novo, frustrado.

— Tem ideia de qual é a sensação de saber que Luca morreu porque não usei os meus poderes antes que ele fosse morto? Ou que o meu irmão mais novo precisou de um coração de dragão para sobreviver porque eu estava com medo de usar meus dons? — A voz dele começa a vacilar. — Ou que eu esteja com muito medo do que vai acontecer se realmente usar o meu poder? — Ele se levanta da cama com um movimento brusco e começa a andar pelo quarto, tomando o cuidado de não chegar perto do facho de luz do sol que entra pela janela. — Você não tem noção do fardo que esse poder representa. E é ainda pior porque, se pensarmos na sua segurança, não tenho certeza de que vou conseguir pensar antes de agir.

— Eles estavam lá para nos matar, Hudson! — Agora é a minha vez de ficar frustrada e de puxar os próprios cabelos. — Não é a mesma coisa que aniquilar um monte de lobos inocentes. Se tivessem tido uma chance de rasgar as nossas gargantas, pode ter certeza de que teriam feito isso.

— E se houvesse outro lobo como Dawud naquela alcateia? Alguém que não é capaz de correr tão rápido ou que não tenha a mesma coragem delu? E se Dawud tivesse morrido por minha causa?

— Você não sabe se havia alguém como Dawud.

— E você não sabe se não havia! — ele retruca por entre os dentes. — Além disso, agora nunca vamos saber. É isso que estou querendo dizer.

— Então, a sua resposta é abrir mão dos seus poderes para sempre? Mesmo se tiver feito a coisa certa? Mesmo se aqueles lobos pudessem ter matado cada um de nós? — Faço um gesto negativo com a cabeça. — Isso não faz sentido. Estamos no meio de uma batalha para salvar o mundo inteiro, uma batalha determinante sobre como os paranormais e os humanos vão viver nos próximos séculos. Isso *se* conseguirmos viver. Você é a arma mais poderosa que temos. E agora você quer que eu tire os seus poderes só porque pode cometer um erro?

— Não existe "pode" nessa situação. Eu cometi um erro sério. Na verdade, cometi vários. — Ele solta o ar longamente pelo nariz e balança um pouco a cabeça. — E não estava pedindo para você tirar meus poderes nesse instante. Quero que faça isso depois que lutarmos contra Cyrus. Mas não estou pedindo isso porque quero que você salve o mundo. O que estou pedindo é que você salve a mim.

É impossível não perceber a dor na voz de Hudson. E isso despedaça o meu coração. E isso me mostra também, com mais nitidez do que quaisquer palavras, que estou agindo da maneira errada. Mas será que alguém pode me culpar? De todas as coisas que imaginei que Hudson pudesse me pedir, isso não chegou nem perto de entrar na lista.

Por outro lado... talvez devesse ter entrado. Eu sempre soube que Hudson tem uma relação muito tensa com os próprios poderes. Em primeiro lugar, por causa da maneira que Cyrus o usou quando ele era criança, e depois por causa do que fez assim que chegou à Academia Katmere. Se acrescentarmos tudo o que aconteceu recentemente, é de fato tão estranho que ele aja assim? É tão estranho ele achar que essa é sua única opção?

Mas não é. Não pode ser. O poder de Hudson é em si mesmo uma parte dele, tão intrínseco quanto o escudo de ironia e sarcasmo que ele empunha para afastar as pessoas e a gentileza poderosa que ele se esforça tanto para impedir que as outras pessoas vejam.

Estou frustrada, assustada e também bastante irritada. Como ele é capaz de me pedir para machucá-lo desse jeito? A única coisa que sinto vontade é de enfiar a cabeça debaixo do cobertor e fingir que essa conversa nunca aconteceu. Mas, embora tenhamos chegado a um impasse, não posso simplesmente deixar as coisas desse jeito. Não quando Hudson está sofrendo.

Não sei o que fazer para resolver a situação, mas ficar sentada aqui e bater boca com ele só vai servir para piorar as coisas. Assim, eu me levanto da cama com um suspiro e vou até onde ele está. Hudson está com o ombro apoiado na parede, naquela posição que acho extremamente sexy, com os braços cruzados diante do peito.

Ele geralmente só faz essa pose quando tenta agir como se não se importasse com o que está acontecendo. E o fato de que ele tem a impressão de que precisa usá-la agora, comigo, faz com que eu me sinta a pior consorte do mundo.

— Ei… — eu digo, quando estamos frente a frente outra vez. — Podemos conversar mais sobre isso?

Ele ergue uma sobrancelha.

— Fica difícil conversar quando alguém já está com a opinião formada.

— É verdade. Mas eu poderia dizer o mesmo sobre você. — É a coisa errada a dizer e me dou conta disso no instante em que as palavras saem da minha boca. Merda. — Não tive a intenção de…

— Você sabe como é ser alguém como eu, Grace? Você sabe como é passar a infância isolado do mundo para poder se tornar a arma mais poderosa que existe? Como é ter que se esforçar exaustivamente para ter certeza de que não vai machucar ninguém ou tirar seu livre-arbítrio?

A tristeza cresce dentro de mim. Detesto saber que ele está sofrendo. E detesto ainda mais o fato de que ele pensa que a única maneira de acabar com essa agonia é fazer com que eu o viole, o machuque da maneira mais terrível.

— Ah, Hudson. Não consigo nem imaginar como isso deve ser.

— Não consegue mesmo. E é exatamente disso que estou falando. E você não sabe nem metade de como os meus poderes funcionam nem o quanto eles me custam.

Ele joga os braços para cima, frustrado, e se vira para ir embora. Mas, no último instante, ele volta a olhar para mim e diz, com a voz bem baixa:

— Toda vez que os uso, a luz dentro de mim se apaga um pouco, Grace. Receio que, cedo ou tarde, talvez não consiga voltar para você. Talvez não consiga voltar nem mesmo para mim.

— Então, não os use! — imploro. Se ele não usar os seus poderes, tudo vai ficar bem. Ele não vai precisar sofrer e eu não vou precisar ser a pessoa que arranca uma parte de Hudson, que o torna a pessoa que é.

Mas Hudson simplesmente faz um gesto negativo com a cabeça e se vira para a janela, olhando o mar.

— Você me perdoa pela morte de Luca. Mas, algum dia, alguém vai morrer e você não vai conseguir me perdoar por não salvar essa pessoa. E eu vou perder das duas maneiras, Grace.

— Eu nunca o culparia por não matar alguém para nos salvar — eu digo, segurando na camisa dele e virando-o para que olhe nos meus olhos, para ver a convicção no meu rosto.

— E se Macy for a próxima a morrer e eu estiver bem ali? Tudo que eu precisava fazer era desintegrar dois lobos para salvá-la. E aí?

Sinto vontade de dizer que ele está errado. Que eu entenderia. Mas, por um segundo, abro a boca para dizer que tenho certeza de que ele mataria dois lobos para salvar Macy. E é aí que percebo que ele tem razão. Todos nós imaginamos que Hudson decide, por conta própria, usar seus poderes para nos salvar. Mas será que é assim mesmo? Sei que vou amá-lo para sempre. Que sempre vou estar ao seu lado e apoiar suas escolhas. Mas, sendo bem sincera, há um pedaço de mim que ficaria arrasado se ele não fizesse de tudo para salvar a última pessoa da família que eu ainda tenho, a garota que faria qualquer coisa para salvar a todos nós.

E ele consegue ver isso nos meus olhos também, porque sussurra com dificuldade:

— Grace, estou lhe implorando. Por favor. Não me deixe desse jeito. Não sei quanto tempo vou conseguir continuar agindo assim, sem me perder para sempre. Sem perder você.

E, assim, o meu coração se despedaça. Porque eu faria qualquer coisa por Hudson. Absolutamente qualquer coisa. Menos isso. Por maior que seja a dor que os seus dons lhe causam, tenho certeza de que, no fundo, ele não considerou alguns detalhes. Embora usar esses poderes possa, algum dia, quebrá-lo de um jeito que ele não consiga se recuperar, não há garantia de que isso venha a acontecer. E, se tiver sua consorte ao lado, tenho certeza de que consigo trazê-lo de volta, de ajudá-lo a encontrar a si mesmo outra vez. Mas, se tirarmos os seus poderes e alguém tentasse causar mal a mim — e conseguisse, porque ele não teria mais seus dons —, bem, isso é uma dor que a alma de Hudson jamais conseguiria suportar, não importa quem restasse para recolher os pedaços. Tenho toda a certeza disso, porque eu me sentiria exatamente do mesmo jeito se estivéssemos em posições invertidas e alguma coisa acontecesse a ele.

Ser consorte significa que cada um vai defender e proteger o outro. Sempre. E eu usaria a Coroa por toda a eternidade, se isso significar que posso salvar a vida do meu consorte.

De qualquer maneira, agora não é o melhor momento para convencer Hudson de que estou certa. Estamos exaustos até os ossos. Mas percebo que ele está esperando que eu concorde em acabar com a dor que ele sente, assim como tenho certeza, pela primeira vez desde que nos conhecemos, que vou decepcioná-lo.

E não faço a menor ideia do que vai acontecer conosco daqui em diante.

Capítulo 33

ÀS VEZES, O CAFÉ DESPERTA OS SEUS DEMÔNIOS

Ele deve perceber a recusa no meu rosto, porque seus ombros se encolhem por um segundo. Talvez dois.

Em seguida, ele se endireita. E exibe aquela expressão impassível no rosto, a mesma que ele mostra para o mundo inteiro. Até mesmo seus olhos, que sempre me encararam com suavidade nesses últimos dias, parecem vazios.

— Hudson…

— Está tudo bem — diz ele. E o sorriso que abre quando coloca uma mecha do meu cabelo atrás da minha orelha é uma das coisas mais tristes que já vi. — Por que não tentamos dormir um pouco?

Estou com vontade de brigar com ele, de ficar acordada até conseguirmos resolver esse problema. Mas a verdade é que estou tão cansada que a minha cabeça parece estar enevoada. E tentar lidar com essa questão parece ser o fim do mundo. Talvez dormir seja exatamente o que nós dois precisamos antes de voltarmos a nos debruçar sobre esse problema. Deus sabe que encarar as coisas com a cabeça fresca não vai atrapalhar nem um pouco.

— Tudo bem. — Levanto-me para ir ao banheiro e tomar um banho, mas receio acabar dormindo embaixo do chuveiro. No fim das contas, tiro toda a roupa, fico somente de calcinha e sutiã e me deito na cama. Hudson se junta a mim segundos depois, e já estou dormindo mesmo antes que ele consiga puxar o cobertor por cima de nós.

Durmo feito uma pedra (e sei que isso é um trocadilho horrível) por quatro horas inteiras. E só acordo porque Hudson está sentado na ponta da cama, com um copo de café que pediu pelo delivery.

Meu lado mais covarde quer se concentrar no café; qualquer coisa é melhor do que encarar o olhar derrotado em seu rosto quando formos para a cama. Mas Hudson merece mais do que isso. Nosso relacionamento merece mais do que isso.

Assim, ergo o olhar devagar, com cuidado, até encontrar o dele. E estremeço de alívio quando percebo que os olhos que me encaram de volta são suaves e indulgentes, como sempre foram. Mesmo assim, não consigo deixar de perguntar:

— Está tudo bem?

Porque não tenho certeza de que eu mesma esteja bem.

— Estou ótimo. É incrível o que algumas horas de sono podem fazer por um cara como eu.

Agora estou bem preocupada, porque o sotaque britânico de Hudson só fica tão evidente quando ele está muito irritado e a ponto de explodir. E isso significa o quê, exatamente? Ele está fingindo que está bem, embora não esteja? Ou aceitou a minha decisão e está tentando viver com o que eu disse?

Qualquer uma dessas opções é um soco no meu estômago. A última coisa que desejo é magoá-lo. E há também o fato de que não sei o que devo fazer ou dizer para que ele se sinta melhor.

No fim das contas, é ele que faz eu me sentir melhor, segurando o copo de café fora do meu alcance.

— Você tem quinze segundos para acordar e pegar isso aqui — ele provoca. — Caso contrário, vai direto para o ralo.

— Você não se atreveria! — exclamo, aproveitando a deixa que ele me oferece. Ou melhor, que oferece a nós.

— Ah, você acha mesmo? Ele faz menção de se levantar, mas eu o seguro e puxo de volta para cama. Em seguida tento pegar o copo.

— Me dê, me dê, me dê isso! — eu digo a ele.

Ele me passa o copo com um sorriso.

— Tentei procurar em quatro lugares, mas, ao que parece, a Irlanda não é muito fã de Dr Pepper. Nem de biscoitos. — Ele me entrega um saco de papel branco. — Tem uma salada de frutas aí dentro, além de iogurte, um muffin e um sanduíche da padaria no fim da rua.

— Que padaria é essa? — pergunto, olhando pela janela para os penhascos e o mar bravo que se estendem até onde a vista alcança. As únicas estruturas à vista são as duas casas que fazem parte do complexo com o farol, onde os outros estão hospedados. — E que rua é essa?

Ele dá de ombros.

— Bem, talvez seja só modo de dizer. Mas dei uma boa gorjeta, então deu tudo certo no fim.

— Ah, é claro. — Reviro os olhos enquanto coloco o meu café de delivery, surpreendentemente delicioso, na mesinha de cabeceira e pego o saco branco. Meu estômago está tão empolgado com a possibilidade de consumir comida de verdade que chega praticamente a dançar. E é então que percebo que já faz um bom tempo desde que comi alguma coisa que não fossem biscoitos. Talvez Hudson tenha razão. Uma garota não pode viver só de biscoito, não importa quanto queira.

— E como estão Macy e os outros? — pergunto enquanto espeto uma uva com o garfo.

— Pedi comida para eles também — responde Hudson enquanto toma um longo gole da garrafa d'água que está na cômoda.

— Você é o melhor — eu o elogio com um sorriso, enfim conseguindo começar a relaxar de verdade. *As coisas estão bem entre nós*, garanto a mim mesma. *Hudson está bem. Talvez tudo o que precisássemos fosse mesmo dormir um pouco.*

Ele inclina a cabeça daquele jeito que diz: *É óbvio.*

— Eu me esforço. — Não falamos sobre nada especial enquanto eu como (a Irlanda, nossos amigos, Cyrus), mas, no instante em que termino de engolir o sanduíche, Hudson pega a minha mão e diz: — Precisamos conversar.

E... Merda. Lá se vai o meu otimismo. E a minha capacidade de respirar. Porque, com algumas horas de sono ou não, não mudei de ideia sobre o que ele me pediu para fazer.

— Desculpe, Hudson. Me desculpe mesmo, mas...

— Não se preocupe — intervém ele, erguendo a mão para me interromper. — Não é sobre isso que precisamos conversar.

— Sobre o que é, então? — pergunto, desconfiada. — Porque nenhuma boa conversa começa com essas palavras.

— Talvez, não — ele responde com um olhar encabulado. — Mas digamos que há vários graus para as conversas ruins, e essa não é tão ruim assim.

— Tudo bem. — Tomo um último gole de café para me preparar enquanto o pânico roça as asas dentro da parede do meu estômago, deixando-o vazio e inquieto. E fazendo com que eu me arrependa de tudo que acabei de comer. — Então, o quanto essa conversa é ruim?

— Não é tanto, se você pensar a longo prazo.

— Fantástico. Afinal, quem é que não adora uma série com muitos e muitos episódios? — Solto um suspiro de contentamento, mesmo enquanto me preparo para o que ele vai dizer em seguida. — Tudo bem, então. O que está acontecendo?

Ele começa a falar, mas para com uma risada nervosa.

— Que tal se a gente simplesmente relaxar por um segundo?

Ergo uma sobrancelha.

— Acho que não dá mais tempo de fazer isso.

— Isso mesmo. — Ele suspira. — Você tem razão.

Em seguida, fica quase uma eternidade sem dizer mais nada.

Estou superinquieta agora, sentindo a ansiedade rastejar por dentro de mim, transformando tudo em uma massa pegajosa.

Tento dizer a mim mesma que, seja lá o que Hudson queira dizer, não deve ser algo tão ruim. Mas Hudson não é conhecido por fazer tempestade em copo d'água. A noite passada foi um ótimo exemplo disso. Assim, seja o que for, é importante. E, atualmente, "importante" quase sempre se traduz como "ruim".

— Eu estava pensando na Corte das Gárgulas — ele explica, bem quando estou prestes a surtar.

Não é o rumo que eu esperava que a conversa tomasse. E pisco os olhos algumas vezes para o meu consorte.

— O que você pensou? — E, antes que ele possa dizer alguma coisa, eu continuo: — Sei que todo mundo acha que estou tendo alucinações, mas eu juro que...

— Ninguém acha que você teve alucinações — diz ele, me acalmando. — É por isso que passei essas últimas horas pensando no que você viu. E tentando encontrar uma resposta.

— E encontrou? — pergunto, embora já saiba a resposta. Hudson não estaria tentando conversar de um jeito tão delicado comigo se não tivesse pensado em alguma coisa. E se o que ele pensou não pudesse me afetar.

— Talvez. — Ele aperta os olhos, contemplando. — Lembra aquela noite na lavanderia da escola? Quando você dançou comigo?

— Ah, quando você me disse para ficar quieta e dançar? — pergunto com um sorriso suave, porque é claro que lembro.

— Acho que foi por causa da música. — Ele me encara com um sorriso matreiro.

— E quem estava controlando a música?

Ele dá de ombros.

— Não tenho culpa por ter bom gosto e uma presença impecável.

— Além de um ego que nem é tão grande assim — retruco, revirando os olhos.

— A humildade é para os fracos. — O sorriso dele se desfaz. — Bem, mas voltando ao assunto... foi naquela noite que você viu todos os cordões pela primeira vez, não foi?

— Foi, sim — concordo. Não sei aonde ele quer chegar com isso, mas sei que deve ser importante. Percebo isso nos olhos dele, na sua voz.

— Foi a primeira vez que vi o seu elo com Jaxon bem de perto — conta ele, fazendo uma careta. — Foi bem divertido.

— Aposto que foi mesmo. — Seguro com força a mão dele. — O que está querendo me dizer com isso, Hudson? Porque preciso lhe dizer uma coisa.

Parece que você está soltando uma migalha após a outra com essa conversa, e está me assustando bastante.

— Desculpe. Eu estava só tentando embasar o pensamento. — Ele se aproxima e me beija com carinho. — E não há motivo para se assustar. Garanto.

— Tudo bem. — Não acredito nele, mas imagino que essa não seja a melhor hora para tocar no assunto. Em especial se eu quiser que ele enfim chegue ao ponto principal da conversa.

— Também havia um cordão verde. Você se lembra?

— Se eu me lembro? Eu o vejo toda vez que vou tocar qualquer um dos meus cordões. E faço isso o tempo todo, já que o cordão de platina é o que eu uso para me transformar em gárgula.

— Isso mesmo. — Ele limpa a garganta. — Então... você sabe a que coisa esse cordão verde te liga?

E, desse jeito simples, as borboletas no meu estômago se transformam em mariposas gigantes que devoram gente.

— Acho que a melhor pergunta seria... você sabe qual é essa ligação?

Seu olhar fica fixo no meu quando responde:

— Talvez.

Capítulo 34

O CORDÃO (VERDE) E SUA TEORIA

— "Talvez" não é exatamente uma resposta — rebato, observando Hudson cuidadosamente em busca de uma pista que revele seu pensamento.

— É, sim, quando não tenho certeza de que estou certo. — Ele fica em silêncio por alguns momentos. — Eu planejava conversar com você sobre isso quando voltamos para Katmere, mas... sinceramente, não tivemos tempo. E eu nem sabia se estava certo. Mas as suas lembranças de ter ido à Corte das Gárgulas... como eu disse, não tenho certeza se estou certo.

— Ah, sim, mas você não sabe ao certo se está errado. Por isso, desembuche logo antes que eu tenha um treco. O meu cordão verde me liga a quê?

— Você se lembra de já ter tocado nele? — pergunta Hudson. — Talvez de já ter roçado os dedos nele?

Estou prestes a responder que acho que não, mas, quando procuro os cordões dentro de mim, noto que o verde está bem perto do de platina. E, considerando as situações em que estou quando faço isso... tudo é possível.

— Não sei. Tipo... pode ser que eu tenha feito isso. E por quê?

— Será que você consegue pensar bem nisso? — ele indaga. — Você o tocou naquela vez em que brigamos na biblioteca e você se transformou em pedra?

— Acho que não... — começo a dizer, mas a expressão no rosto de Hudson me indica que é uma questão importante, e muito. Por isso, fecho os olhos e tento visualizar tudo na minha cabeça. — Fiquei muito brava com você naquele dia. Você estava agindo como um idiota, e simplesmente peguei o cordão de platina e... — Paro de falar quando visualizo a minha mão se fechar ao redor do cordão da gárgula e, ao fazer isso, os nós dos meus dedos tocam bem de leve o cordão verde. — Foi por isso que você surtou? — pergunto. — Porque sabia que eu estava tocando aquele cordão?

— Surtei porque você estava se transformando em pedra. Pedra de verdade, como aconteceu naqueles quatro meses em que ficamos presos juntos.

— Está dizendo que foi a mesma coisa? — pergunto, incrédula.

— Estou dizendo que tive a impressão de ter sido a mesma coisa, nas duas vezes.

— Mas isso não faz sentido. — Esboço um gesto negativo com a cabeça enquanto tento entender o que ele está sugerindo. — Eu nem sabia que os cordões existiam na primeira vez que me transformei em pedra. Por isso, como poderia ter tocado o cordão verde naquela noite?

— Por instinto? — ele sugere. — Por acidente? Se aconteceu, realmente importa como foi?

— Nem sei qual é a importância de como pode ter acontecido — comento.

— Você quer saber como chegou até a Corte das Gárgulas, não é? Tenho um palpite forte de que o cordão verde é a resposta.

— Mas não toquei no cordão verde antes de irmos para a Corte das Gárgulas.

— Tem certeza? — pergunta Hudson.

— É claro que eu tenho certeza. Ele encostou na minha mão e... — Paro de falar quando percebo que Hudson pode estar certo. Eu estava tentando pegar meu cordão de prata quando aquilo aconteceu, e não estava tomando muito cuidado. É plausível que meus dedos tenham roçado no cordão verde.

— Não estou entendendo — insisto após um segundo. — Nunca estive na Corte das Gárgulas. Nem imaginava que ainda pudesse existir. Como posso ter sido a pessoa que nos levou até lá, simplesmente roçando os dedos no meu cordão verde?

— Não sei, mas tenho quase certeza de que foi isso que aconteceu.

— Todos os meus cordões me conectam a alguém. Você, os meus amigos, a minha gárgula. Então, por que esse cordão teria o poder de... — Deixo a frase morrer no ar, à procura da melhor maneira de descrever o que o cordão verde faz e percebendo que não sei.

— Fazer o tempo parar? — Hudson termina a frase por mim.

O meu estômago, assim como todo o restante que há dentro de mim, despenca no chão.

— É isso que ele faz? — sussurro. — Faz o tempo parar?

— É o que você faz. Foi o que você fez conosco durante aqueles quatro meses. E foi isso que você fez... ou, melhor dizendo, você fez o oposto disso quando voltamos e... bem, o tempo ficou diferente.

— O que o poder de fazer o tempo parar e voltar ao normal... — pergunto, mas Hudson rapidamente me interrompe.

— Grace, quem mais nós conhecemos que é capaz de fazer o tempo parar e depois voltar ao normal?

— Quem mais... — Deixo a frase morrer no ar quando o horror toma conta de mim. — Não quero mais falar disso.

— Acho que temos que falar sobre isso — replica Hudson, com uma expressão sombria no rosto. — Porque ela é a única outra pessoa que conheço no mundo que é capaz de fazer o que você faz.

— E isso significa o quê, exatamente? — pergunto, mesmo que a sensação odiosa no meu estômago me avise que já sei a resposta.

— Não sei ao certo. Mas acho que temos que descobrir. — Ele aperta o queixo antes de concluir. — A Carniceira pode ser a única pessoa capaz de nos ajudar a encontrar o Exército das Gárgulas, Grace.

Capítulo 35

APERTE OS CINTOS, MEU BEM

— Eu sabia que você ia dizer isso — confesso, enfastiada, e me viro para o outro lado a fim de enfiar a cara no travesseiro mais próximo. Não quero ver aquela mulher de novo. Simplesmente não quero.

Droga. Droga. Droga. É difícil resistir ao impulso de gritar até ficar rouca no travesseiro. A única coisa que me impede é o fato de que consigo sentir os olhos de Hudson em mim, e sei que ele já está preocupado. A última coisa de que preciso é surtar completamente na frente dele.

Mas é complicado. Aquela mulher é repugnante. *Repugnante.* Sei que ela me ajudou (e isso teve um preço) toda vez que fui até lá pedir alguma coisa, mas ajudar a resolver os problemas exclui o fato de que ela causou tudo desde o início? Isso exclui o fato de que foi ela que deu início a tudo que está acontecendo quando manipulou a criação de um elo entre consortes entre mim e Jaxon?

A morte dos meus pais, de Xavier e de Luca, a perna de Flint, a alma de Jaxon... Todas essas coisas aconteceram porque a Carniceira decidiu se intrometer na minha vida.

É esse pensamento que me faz virar de volta, procurar a mão de Hudson e trazê-la até o meu peito, onde posso aninhá-la ao passo que contemplo seus olhos.

Ele me encara com um sorriso indulgente, porém os cantos daquele sorriso de um milhão de dólares parecem ligeiramente forçados. As maçãs do rosto também parecem um pouco mais proeminentes do que o normal, e aqueles olhos lindos parecem meio tempestuosos também, como se houvesse um ciclone girando dentro da sua cabeça, quase escondido.

— Está tudo bem? — pergunto, mesmo ciente de que não.

O sorriso fica um pouco maior.

— É claro.

— Você não parece bem. — Levo a outra mão até o rosto dele para fazer um carinho.

Ele me encara, fingindo estar ofendido.

— Uau. Pelo jeito, isso não é mais novidade, hein?

Reviro os olhos.

— Você sabe do que estou falando.

— Será que sei? — Com cuidado, ele tira as sobras do meu café da manhã da cama. E em seguida pula sobre mim, rolando comigo até estarmos na beirada oposta da cama. Ele está em cima de mim, com aquela cara ridícula a poucos centímetros da minha.

— Continua achando que não pareço bem? — ele pergunta, seus dedos dançando pelas minhas costelas enquanto me faz cócegas.

Estou ocupada demais gargalhando para conseguir responder.

— Isso é um não? — ele pergunta enquanto acelera e aumenta a intensidade das cócegas.

— Pare! — digo, rindo com tanta força que estou quase chorando. — Pare, por favor!

Os dedos de Hudson vão mais devagar.

— Isso quer dizer que você já se cansou de me insultar?

— Não sei — rebato, segurando nas mãos dele. — Isso quer dizer que você já se cansou de ficar bravinho?

— Bravinho? — As sobrancelhas dele se erguem num movimento brusco, percebendo a maneira com que falei. — Alguém andou aprendendo a imitar muito bem um sotaque britânico. Embora, tecnicamente, eu não estivesse fazendo cena. Só para você saber.

Ah, pelo jeito exagerei um pouco. Droga. Eu vinha procurando algumas gírias e palavras com sotaque britânico para impressioná-lo.

— Ah, claro. A pessoa tem um consorte britânico e acha que talvez consiga entendê-lo melhor da próxima vez em que ele ficar bravinho e forçar o sotaque.

Os olhos dele ganham um brilho malandro.

— Acho que você me entendeu muito bem.

— Entendi, sim — concordo. — E é por isso que estou preocupada com você, Hudson.

— Não há nada com que você precise se preocupar — ele responde. Por um segundo, acho que ele vai começar a me fazer cócegas de novo. Mas, no fim, ele simplesmente sorri para mim com um olhar tranquilo.

Sei que deveria insistir, fazê-lo falar sobre o que o incomoda. Mas quando ele me olha desse jeito e temos alguns momentos simplesmente para ficar juntos, sem toda a desgraça que precisamos enfrentar nos pressionando, não quero pressionar. Não quero fazer nada além de abraçar Hudson e trazê-lo para junto do meu coração — e o restante do meu corpo — por todo o tempo que puder.

É o que faço, envolvendo os meus braços e pernas ao redor do corpo dele e me aconchegando o máximo que consigo.

— Amo você — sussurro diante da pele fria do pescoço dele. Sinto que o coração dele bate rápido demais, seu peito subindo e descendo com agilidade enquanto ele luta contra demônios que não quer compartilhar.

— Amo você também — ele sussurra também, e me abraça de volta.

Após certo tempo, entretanto, a realidade se intromete, disfarçada de uma sequência de mensagens de texto que chega nos nossos celulares ao mesmo tempo. Os outros estão acordados e prontos para fazer planos.

Hudson se vira para o lado a fim de pegar seu celular e cubro o rosto com um travesseiro. Talvez, se eu fingir que sou um avestruz, consiga me livrar de fazer parte dessa discussão. E talvez não tenha que fazer o que sei que deve ser feito.

— Sabe que, quanto mais tempo passar escondida aí embaixo, mais decisões serão tomadas sem você, não é? — ele pergunta, e percebo que está se divertindo com a situação.

— Você fala como se isso fosse uma coisa ruim — rebato, sentindo a fronha encher a minha boca enquanto eu falo.

Hudson ri, tirando o travesseiro de cima do meu rosto.

— Ei, devolva isso. — Tento pegar o travesseiro, mas ele o segura longe de mim. — Você não quer agir de um jeito razoável com relação a isso, não é?

O sorriso torto com o qual ele me encara fica ainda maior.

— Porque eu sou a pessoa que nunca é razoável aqui.

— Está bem, está bem. — Volto a deitar de costas na cama e fico olhando para o teto de lajotas brancas. — Podemos ir conversar com a Carniceira.

— E promete que vai conversar com ela com a mente aberta?

— Está me zoando, né? — pergunto, incrédula. — É você que briga sem parar com ela. Então, por que eu é que tenho que ouvir esse sermão sobre manter a mente aberta?

— Eu posso brigar com ela. A Carniceira me odeia. Mas você tem um lugar especial no coração daquela mulher. E isso significa que, se quisermos conseguir alguma coisa com ela, você precisa ser legal com aquela bruxa velha.

— O que significa o fato de que uma velha homicida com planos megalomaníacos tem um lugar especial no coração para mim?

É o que fico me perguntando.

Hudson sorri e finalmente larga o travesseiro ao meu lado, na cama.

— O fato de você ser tão incrível que até mesmo uma psicopata é obrigada a amá-la?

— Ah, você só está dizendo isso da boca para fora. — Então, só para ele não pensar que vai conseguir sair dessa sem consequências, pego o travesseiro e o jogo nele.

Hudson o agarra com uma piscada de olho (e nem me surpreendo com isso). Em seguida, pergunta:

— E deu certo?

— O que acha? — Levanto-me da cama e pego a mochila enquanto vou para o banheiro. Talvez eu me sinta melhor sobre tudo isso depois que me vestir.

Com isso em mente, escovo os dentes, ligo o chuveiro e me esforço bastante para ignorar o fato de que Hudson colocou *One Step Closer*, do Linkin Park, para tocar baixinho no quarto ao lado. Sei que ele acha que não consigo ouvi-la com o chuveiro ligado, mas essa é uma daquelas músicas impossíveis de ignorar. Especialmente considerando o que ele me pediu antes de dormir.

Será que é só uma escolha aleatória em uma playlist? Ou Hudson escolheu inconscientemente essa música porque ela reflete seus sentimentos? Será que ele já está perto de se perder?

É um pensamento horrível em meio a uma situação horrível. E passo meia hora fritando o cérebro com tudo que está acontecendo enquanto tomo banho e me visto. Já passa das dez da manhã agora, o que significa que, no Alasca, seria o meio da noite. Talvez não seja a melhor hora para ir até a caverna da Carniceira. Mas, como ainda faltam umas três horas para o nascer do sol, é provável que seja o horário perfeito para ir até lá com Hudson, considerando que ele não pode se expor à luz do sol agora. E isso significa que quase não vou ter tempo para me preparar. Tenho simplesmente de fazer.

Mesmo assim, antes de irmos até lá e implorar por respostas — algo que me irrita demais só de pensar —, imagino que deveria pelo menos me certificar de que Hudson tem razão. Assim, depois de vestir o meu moletom com capuz, eu me apoio na bancada da pia do banheiro e fecho os olhos. Respiro fundo e me permito dar uma olhada — uma boa olhada — em todos os cordões que existem dentro de mim. E, por mais estranho que pareça, não significa olhar nos olhos do meu reflexo no espelho.

É mais fácil descrever que vejo os meus cordões como se estivesse olhando para alguma coisa, mas não estou usando os meus olhos para enxergar. Penso neles e consigo vislumbrá-los na minha mente, assim como consigo ver o ursinho de pelúcia que tinha na infância, Rascal, ou o sorriso da minha mãe quando decido fazer isso. E assim, quando olho para os cordões dentro de mim, todos eles estão ali, como sempre.

O cordão azul-brilhante do elo entre consortes que tenho com Hudson. O cordão inteiramente preto que me conecta com Jaxon. Meu cordão de platina da gárgula. O cordão rosa-choque de Macy. Um cordão turquesa da minha mãe e o castanho-avermelhado do meu pai. E estremeço um pouco quando percebo que esses dois cordões ficaram superfinos e precários ultimamente. Faz sentido, creio. Considerando que já faz meses que eles morreram. Mas ver que eles desaparecem pouco a pouco ainda dói mais do que eu gostaria de admitir.

Passo por todos os cordões, um por um, deixando o verde por último porque não quero ter de lidar com ele. E, sendo bem honesta, porque estou um pouco assustada também. Especialmente porque ele está brilhando mais do que qualquer outro cordão, com exceção do meu elo entre consortes com Hudson. Não sei o que isso significa. Também não sei se quero saber. A última coisa que desejo ou preciso descobrir é que aquela velha vingativa que vive em uma caverna também é minha consorte.

Isso seria paranormal demais, até mesmo para mim.

Mesmo assim, estou aprendendo que me esconder dos problemas não faz com que eles desapareçam. Assim, respiro fundo e, sem me deixar pensar mais no assunto, seguro o cordão verde intencionalmente pela primeira vez na minha vida.

E não estou nem um pouco preparada para o que acontece a seguir. Achei que talvez eu fosse me transformar em pedra. Diabos, talvez eu até me transformasse em uma gárgula de seis metros de altura.

Todas essas coisas seriam melhores do que essa *anarquia.*

Capítulo 36

É ISSO QUE ME FAZ EXPLODIR

Sinto a eletricidade correr pelo meu corpo com tanta velocidade que fico sem fôlego. E em seguida sinto algo diferente, que se encolhe e se enrosca dentro de mim, tal qual uma serpente à espera de dar o bote. Um poder cada vez maior, girando e se retorcendo, preenchendo cada célula do meu corpo até não haver nenhum outro lugar para ir. A tatuagem no meu braço que pode armazenar magia se enche instantaneamente. Mesmo assim, ainda há muito mais poder correndo pelas minhas veias, gritando para que eu o liberte. Que o deixe fazer aquilo para o qual foi criado: destruir tudo em seu caminho.

Nunca senti tanto medo em toda a minha vida. Dessa coisa dentro de mim, desse desejo ardente de atear fogo no mundo e ficar olhando enquanto tudo queima.

Solto o cordão imediatamente, mas o poder que enrijece os meus músculos ainda berra para que eu o liberte. E sei que só tenho alguns poucos segundos antes de não poder mais controlá-lo. Meu olhar corre pelo banheiro em busca de uma saída, mas, assim que percebo que a única rota é pela porta, ouço Hudson dizer a alguém no quarto ao lado:

— Pode entrar. Grace está terminando de tomar banho, mas...

Agindo puramente por instinto, mergulho na banheira e me encolho totalmente... bem quando o meu corpo explode. Ou quando acontece aquilo que imagino ser o meu corpo explodindo. Há um estrondo trovejante, ensurdecedor, quando toda a eletricidade acumulada em mim é libertada em um instante. A onda de choque abala as paredes. O espelho se estilhaça. E o teto desmorona ao meu redor. O reboco estoura, criando uma nuvem de poeira tão densa que é impossível enxergar alguma coisa.

Hudson abre a porta com um movimento brusco enquanto respiro com dificuldade, sentindo as orelhas zunirem e a visão ficar embaçada, além do pânico que toma conta do meu corpo. O que foi que eu fiz? E como?

Não segurei o cordão por mais do que dois ou três segundos e ele quase me engoliu por inteiro, me transformando em alguém que quase não reconheço — um monstro que queria devorar o mundo.

Ergo os joelhos até a altura do queixo enquanto balanço o corpo para a frente e para trás na banheira, sentindo as lágrimas rolarem pelo meu rosto. Por um minuto, receio que as minhas lágrimas vão assustar Hudson, mas devo ter ligado o chuveiro acidentalmente quando pulei na banheira, porque sinto a água cair em um dos lados do meu rosto, levando as lágrimas para longe.

— Está tudo bem, Grace. Estou aqui com você — sussurra Hudson entre os meus cabelos. Mas não consigo entender como ele faz isso, já que estou na banheira e ele está sob o vão da porta.

O chão está se mexendo para cima e para baixo. E eu pisco os olhos.

— Eu… eu destruí a Terra? — Minha voz soa baixa e trêmula. Mas Hudson deve ter me ouvido, porque solta uma risadinha, embora pareça mais uma risada nervosa do que a reação normal caso eu tivesse dito algo engraçado.

— Não, gata, você não destruiu a Terra. Mas tenho certeza de que não vou conseguir receber de volta o adiantamento que deixei como garantia para o dono do farol. Na verdade, acho que preciso comprar um farol para morar.

Sinto algo macio sob as minhas pernas antes de me dar conta de que Hudson deve ter me carregado do banheiro para a cama. Suas mãos passam por cima das minhas roupas molhadas, à procura de ferimentos. Mas estou chocada demais para fazer mais do que simplesmente ficar em silêncio. É quase impossível conseguir encher os pulmões de ar, e estou me sentindo um pouco zonza pela falta de ar. Minhas mãos tremem quando abraço os joelhos, me encolhendo em uma bola.

— Ela está bem? — Macy pergunta sob o vão da porta, e em seguida solta um gemido mudo. — O que houve?

— Consegue me dizer quanto é dois mais dois, Grace? — questiona Hudson.

Por que está me fazendo perguntas de matemática quando mal consigo respirar? Meu Deus, devo ter batido a cabeça. E ele acha que posso ter sofrido uma concussão. Meus dentes batem com tanta força que os sinto prestes a se quebrarem a qualquer momento, mas consigo responder:

— Qu-quatro.

— Isso mesmo, gata. E quanto é quatro mais quatro?

Inspiro o ar mais uma ou duas vezes e gaguejo:

— O-oito.

— E oito mais oito?

Respiro um pouco mais fundo dessa vez e abro os olhos para lhe mostrar que estou bem. Ele deve estar aflito se está tão preocupado com algum ferimento na cabeça. Depois de inspirar e soltar o ar devagar, consigo responder:

— Dezes-seis.

Hudson solta um suspiro longo, sentando-se na cama junto de mim e me puxando para o seu colo. Encolho-me junto daquele calor, com meus dentes batendo menos quando ele me envolve com os braços.

— Respire fundo de novo, Grace. Assim mesmo. Você vai ficar bem. — As mãos dele acariciam os meus braços, espantando os resquícios gelados que permaneceram depois de eu ter tocado aquele maldito cordão verde.

Encaro a minha prima, que agita a varinha na direção do banheiro antes de se aproximar da cama, apoiando o peso do corpo em um pé e depois no outro, sem saber o que fazer para ajudar. Estico o braço a fim de pegar a mão dela.

— E-eu estou b-bem.

Jaxon e Mekhi aparecem sob o vão da porta um instante depois, com os olhos fixos no banheiro onde eu estava há pouco, boquiabertos. E eu me viro para olhar para o mesmo ponto. E fico paralisada.

Toda a parede que separava o quarto do banheiro desapareceu. Assim como a parede do outro lado da banheira, deixando o quarto com uma bela vista do mar que há do outro lado. A pia está no chão, rachada em dois pedaços de porcelana junto de canos quebrados. E me lembro vagamente de que Macy devia estar agitando a varinha para impedir que a água que cobre o piso continuasse a jorrar. A banheira sobreviveu à explosão, mas foi uma das únicas coisas intactas. Parte do teto está caída sobre as beiradas da banheira, onde as minhas pernas estavam. Estremeço ao perceber que, se estivesse centímetros mais para cima, tudo aquilo iria cair bem na minha cabeça.

— Mas que caralho aconteceu aqui? — pergunta Jaxon, virando a cabeça para olhar para Hudson e para mim. — Você está bem, Grace?

— Estou b-bem — repito, um pouco mais firme. Mas é a única coisa que consigo dizer.

Hudson ergue uma sobrancelha e diz:

— Tenho quase certeza de que Grace decidiu pegar seu cordão verde. E tirou uns cem anos da minha vida.

Capítulo 37

UM SUSTO E MAIS UM TANTO

— O cordão verde é… — Paro de falar, à procura de uma palavra para descrevê-lo no meu vocabulário. E percebo que não existe uma palavra que se encaixe perfeitamente. Depois de determinado tempo, contento-me em usar a melhor resposta que consigo. — Perigoso.

Hudson sorri para mim.

— Bem, parece ótimo.

— É claro. — Faço um gesto negativo com a cabeça. Meu consorte deve estar maluco se acha que aquilo foi divertido. Ainda estou fraca quando volto a olhar para a minha prima, mas só preciso olhar para ela para deixar todos os meus problemas de lado. Porque a minha doce prima parece ter recebido uma missão e está disposta a cumpri-la. E não é qualquer uma; nessa missão, ela não planeja capturar nenhum prisioneiro.

Sua expressão está bastante feroz, com o cabelo armado e tingido em tons de vermelho, laranja e amarelo, fazendo com que sua cabeça pareça estar em chamas.

Um delineador grosso contorna as suas pálpebras, e suas roupas são pretas da cabeça aos pés, como carvão.

— Seu cabelo está lindo — elogio. E é verdade.

A única coisa que ela diz é:

— Achei que estava na hora de uma mudança.

— Bem, eu adorei — asseguro a ela, estendendo a mão para tocar as mechas de cores vivas. — Você está incrível.

— Por fora, pelo menos — ela confessa com um ar infeliz, retorcendo os lábios. E sinto um aperto no peito.

— Mais ou menos por aí — concordo à medida que faço um gesto para que ela se sente na lateral da cama. — O que houve?

Ela revira os olhos.

— Eu queria reclamar da minha mãe, mas isso pode esperar. — Ela aponta para a parede que desapareceu e em seguida agita a varinha para mim, secando as minhas roupas instantaneamente antes de guardar a varinha outra vez na pochete.

— Quer dizer que você acordou e decidiu dar uma redecorada no lugar?

Penso em fazer alguma piada, mas Macy me encara com uma expressão que avisa que é melhor eu não fazer isso. Suspiro profundamente, porque não quero nem pensar no que isso significa. E comento:

— Hudson acha que o meu cordão verde me liga à Carniceira, de alguma forma.

— À Carniceira? — Os olhos de Macy se arregalam e sua voz fica estridente quando ela pergunta: — Tipo... a mesma Carniceira que *mora em uma caverna e é a paranormal mais perigosa do planeta*?

— Existe outra? — pergunta Hudson, irônico.

— Meu Deus, espero que não. — Ela finge que está escandalizada. — E então, como está se sentindo?

Meus olhos apontam para as costas de Jaxon enquanto ele e Mekhi erguem o teto caído e tentam dar um jeito na destruição que resta no banheiro. Ele age como se não escutasse cada palavra da nossa conversa, mas hesita quando Macy faz a pergunta. E sei que ele está esperando para ouvir a minha resposta. O que acho mais curioso é que ele não parece ficar nem um pouco surpreso em saber que, de algum modo, estou ligada à Carniceira. Preciso me lembrar de perguntar isso a ele mais tarde. Em seguida, volto a olhar para Macy.

— Como acha que estou me sentindo? Estou com vontade de vomitar. Ela é horrível. E juro por Deus que, se descobrir que ela também é minha consorte, vou arrancar minhas asas, a minha Coroa e tudo mais que consiga imaginar.

Hudson ri.

— Não é assim que os elos entre consortes funcionam. Não é possível ter vários consortes sem que o outro consorte esteja interessado...

— Sim, já ouvi essa história antes — eu o interrompo, bufando. — E veja só o que aconteceu comigo.

— Você virou a minha consorte, sua boba. — Ele tenta falar como se estivesse irritado, mas está rindo demais para isso.

— O que vai querer fazer, então? — Macy pergunta depois de um segundo.

— O que eu *quero* fazer? — respondo. — Ou o que acho que a gente *deveria* fazer?

Ela ri.

— Algum dia desses, vocês dois vão ser iguais.

— Ah, claro. Bem, esse dia definitivamente não é hoje.

— Foi o que pensei. — Ela para por um momento, enrolando uma mecha vermelho-fogo ao redor do dedo enquanto olha para qualquer outro lugar no quarto, menos para mim. — Acha que ela sabe alguma coisa sobre a minha mãe?

— Sinceramente? Acho que ela sabe alguma coisa sobre tudo. Acho que você deve perguntar a ela quando formos até lá.

— Então, nós vamos? — intervém Hudson.

— Novamente, é a diferença entre "querer" e "dever". É claro que vamos. Se quero fazer isso? Nem um pouco. Mas eu e Macy temos perguntas. E nós duas merecemos respostas.

— Sei que você está certa. Mas a verdade é que nem sei ao certo o que quero perguntar. — Macy joga as mãos para cima enquanto olha para Hudson e para mim.

— Que tal... "Por que a minha mãe me abandonou para ir viver com o rei dos vampiros?" — sugere Hudson. — Ou então... "Por que ela passou quase uma década sem falar comigo?". E a minha pergunta favorita: "Por que uma bruxa decidiu trabalhar com o mais desgraçado e cruel dos vampiros?".

— Ótimas perguntas, todas elas — concorda Macy com um sussurro trêmulo. — Sabe qual é o único problema? Não sei se tenho condições de descobrir as respostas.

— Ah, Mace. — Aperto a mão dela.

Ela aperta a minha mão por um segundo antes de se afastar.

— E não é só isso. Por que o meu pai não me contou? Ele me deixou pensar que ela simplesmente foi embora. E que não fazia ideia de onde ela estava.

— Talvez ele não saiba — sugiro, mas ela me interrompe antes que eu consiga acrescentar mais:

— Não acredito nisso. Sabe quantas vezes ele conversa com Cyrus em um ano? Ou quantas vezes ele foi até a Corte Vampírica nos últimos oito anos? — Ela faz um gesto negativo com a cabeça. — Seria impossível ele não saber. E isso significa que ele não me contou de propósito. E, pior, ele mentiu para mim quando perguntei.

Ela tem razão. Sei que tem, assim como tenho uma boa ideia do que ela está sentindo. Porque toda vez que descubro que meus pais mentiram para mim sobre alguma coisa, eu me sinto do mesmo jeito. Traída. Magoada. Irritada. Ingênua.

Tipo... Como é que eu não sabia? Como nunca percebi todas as pequenas inconsistências? Ninguém consegue manter tantas mentiras escondidas — mentiras relacionadas com tudo o que eles eram e tudo em que acreditavam — sem cometer erros. Como foi que não consegui perceber o que estava acontecendo?

O fato de que Macy provavelmente está conjecturando a mesma coisa e sentindo a mesma dor me deixa furiosa com o tio Finn. Por que ele escondeu a verdade dela? E será que algum dia iria contar o que sabe? Ou a deixaria passar a vida inteira achando que sua mãe simplesmente desapareceu da face da Terra?

— Temos mesmo que ir visitar a Carniceira — determino, sentindo as palavras pegajosas na minha garganta. Porque, se eu pudesse fazer as coisas do jeito que quero, jamais teria de ver aquela desgraçada outra vez. — Se quisermos resgatar as crianças e ver seus pais outra vez, vamos precisar de mais respostas. E Hudson acha que ela pode nos dizer onde o Exército das Gárgulas está escondido.

— Bem, seria ótimo ter um exército com a gente — Macy concorda com um suspiro. — Quando?

Tenho vontade de adiar o compromisso, porém, quando meu olhar cruza com o olhar azul-elétrico de Hudson, percebo que é uma opção inexistente. Mesmo quando ele ergue a sobrancelha e conclui:

— Não há tempo melhor do que o presente.

Capítulo 38

DIVIDA E SEJA CONQUISTADO

— Eu sabia que você ia dizer isso. — Macy suspira outra vez. — Consigo abrir um portal que nos leve até o Alasca, mas não até a caverna da Carniceira, porque nunca estive lá. Por isso, não se esqueça de levar um casaco.

Ela está dizendo isso para mim, e não para Hudson, é óbvio. Meu moletom com capuz é a peça mais quente que eu trouxe, e já estou vestida com ele. Eu me levanto e abro a mochila para ver se há alguma outra peça que posso usar para fazer camadas de roupa. E percebo que só tenho mais uma muda de roupas limpa. Ou seja: vou ter que lavar roupa assim que voltarmos para o farol. Todos vamos ter de fazer isso, considerando que nenhum dos meus amigos conseguiu pegar roupas limpas antes de virmos para cá.

Jaxon e Mekhi foram reunir a turma; assim, tenho mais alguns minutos para melhorar o meu guarda-roupa para a viagem que temos pela frente.

— Fica chato se eu disser que é uma droga me preocupar em ter roupas íntimas limpas e impedir o apocalipse ao mesmo tempo? — resmungo enquanto tiro o meu blusão para colocar outra camiseta por baixo dele.

— Tem toda a razão — concorda Macy.

— Vou sair para fazer compras quando anoitecer — avisa Hudson, desligando o celular depois de uma chamada bem interessante com o proprietário deste lugar.

Pelo que consegui ouvir, agora ele pode se orgulhar de ser o dono de um farol histórico na Irlanda. E preciso admitir que isso me deixa um pouco encabulada, porque explodi um banheiro. Quando tudo isso terminar, quero muito poder voltar aqui e mostrar ao meu consorte o quanto eu amo faróis.

— O ex-proprietário vai mandar um empreiteiro para colocar uma lona por cima da nossa nova... janela. — Hudson pisca para mim e continua: — Vou ver se consigo buscar algumas coisas para todo mundo quando eu for fazer compras, mais tarde.

— Você não precisa fazer isso... — começo a dizer, mas Macy me encara com um olhar que diz *cale essa boca agora* antes de piscar os olhos e abrir um sorriso supermeigo para ele.

— Você é ótimo, Hudson.

— É o que Grace vive me dizendo — ele concorda, dando um sorriso malandro para mim.

Reviro os olhos.

— Até parece. — Mas, quando ele me estende a mão, eu a seguro. Porque ele é Hudson e é meu, mesmo com seus pedidos ridículos e ego mais ridículo ainda.

— Em geral, prefiro fazer portais ao ar livre porque há mais espaço, mas como há vizinhos por perto, acho que consigo abrir um lá embaixo — explica Macy.

— Considerando o que você fez para nos levar até a Corte das Bruxas, tenho certeza de que é capaz de abrir um portal em qualquer lugar — Hudson diz a ela. — Certo?

Faço um sinal negativo com a cabeça, ainda espantada pela maneira que Macy conseguiu manter o portal aberto, mesmo depois de passar por ele.

— Aquilo foi daora. Eu nem sabia que era possível.

— É porque poucas bruxas são capazes de fazer isso — comenta Hudson antes de olhar para a minha prima. — A Corte das Bruxas deveria estar beijando o chão que você pisa em vez de colocá-la no olho da rua.

— É verdade. E a Corte Vampírica devia fazer o mesmo com você — responde ela. — Cyrus é... Nem consigo pensar em uma palavra que seja forte o suficiente.

— Um psicopata — sugere Hudson, sem se alterar.

— De acordo — diz ela, e nós nos preparamos para descer as escadas.

Jaxon deve ter dito a todos para virem rápido até ali, porque a turma toda está reunida na sala estreita do piso térreo. Mekhi está com o corpo largado no sofá de couro marrom, com as pernas apoiadas na mesinha de centro. Byron está sentado ao lado dele enquanto o restante da Ordem está reunido nas banquetas em volta do balcão da cozinha. Dawud está na única poltrona da sala, enquanto Flint e Éden estão encostados na parede oposta. E Jaxon está em pé bem no meio da sala, como se fosse o dono do lugar.

Não há um metro quadrado sem um corpo naquele cômodo, e fico me perguntando se Macy planeja abrir um portal dentro do armário.

— Vamos até a toca da Carniceira — anuncio. — Quem não quiser vir, não é obrigatório. Eu mesma não queria ir.

— Está falando sério? — pergunta Dawud, arregalando os olhos. — Vocês vão simplesmente aparecer lá, sem mais nem menos?

Elu fala como se aquilo fosse a coisa mais bizarra que já ouviu na vida. Pensando bem... talvez seja. A mulher é praticamente uma criatura bestial, afinal de contas.

— Estou dentro! — Mekhi bate com as botas no chão, levantando-se. — Sempre quis conhecê-la.

— Eu também — concorda Liam.

— Não — intervém Jaxon. — Preciso que a Ordem vá para a Corte Vampírica, com exceção de Mekhi.

A sala fica em silêncio enquanto todos nós o encaramos, boquiabertos.

— É a única solução — continua ele. — Precisamos de informações. Onde Cyrus prendeu as crianças, se estão em perigo nesse exato momento ou se temos tempo para criar estratégias... qualquer coisa que seja útil.

Hudson pigarreia.

— Quer dizer que você vai enviar seus amigos para morrer? Eu não sabia que você era capaz de fazer uma coisa dessas, Jaxon.

Jaxon o encara com um olhar irritado.

— Os pais de Luca eram leais a Cyrus. Não há motivo para imaginar que a Ordem não seria bem-vinda. E, se alguém desconfiar de alguma coisa, digam que estão cansados de estar no lado que sempre perde a batalha. — Ele faz um gesto na minha direção.

— Valeu, hein? — resmungo.

Liam faz um sinal negativo com a cabeça.

— Duvido que alguém acredite nisso. Acho que é melhor ficarmos juntos. Vocês podem precisar da nossa ajuda para enfrentar a Carniceira.

— Façam com que eles acreditem — insiste Jaxon. — Não vamos conseguir chegar muito longe se não tivermos alguém lá dentro. Vai ser mais seguro se vocês todos estiverem lá. Além disso, fui criado pela Carniceira. Vai ficar tudo bem com a gente. Preciso que vocês espionem a Corte para nós.

Liam parece pronto para se opor, mas Dawud ergue a mão.

— Eu vou até lá. Ninguém sabe que estou aqui. E Cyrus confia na minha família.

Ergo uma sobrancelha. Essa última frase me deixa cheia de perguntas, mas vou guardá-las para quando não houver tanta pressão de tempo.

— Éden e Flint vêm com a gente.

Flint esfrega as mãos.

— Ora, ora, isso vai ser bem divertido.

— Tem alguma coisa que precisamos preparar? — pergunta Éden, parecendo um pouco abalada.

— É só não se esquecer de ficar com as mãos sempre nos bolsos — resmungo enquanto pego meus sapatos ao lado da porta. — Ela morde.

Jaxon me encara com um olhar de reprovação.

— Só quando está com fome.

— Ou quando é provocada — comenta Hudson.

— É, acho que você sabe bem disso — Jaxon diz a ele.

Hudson dá de ombros.

— Não tenho culpa se ela não gosta do meu senso de humor.

— Já que tantas outras pessoas gostam, não é? — acusa Flint.

Sei que ele perdeu o namorado e uma perna nessa luta. Para não mencionar seu irmão. Sei que sua mãe sacrificou o próprio coração de dragão para salvar Jaxon, o que pode muito bem ter custado a sua herança também. Sei que ele tem o direito de ficar furioso. Mas isso não significa que ele tem o direito de descontar tudo em Hudson, que está lutando ao seu lado, sempre que quiser.

Mesmo assim, não jogo isso na cara de Flint. Não vou fazer isso na frente de todo mundo. Mas, com certeza, mais tarde vou encontrar um momento para conversar com ele a respeito.

Macy olha para Jaxon.

— Onde fica a caverna da Carniceira? Não preciso de coordenadas exatas, mas uma noção geral seria boa para eu saber qual parte do Alasca onde já estive fica mais perto do lugar.

— Tente ir para Copper Center, se souber onde fica — responde Jaxon. — Eu assumo o caminho a partir de lá.

— Então estamos com sorte, porque já estive em Copper Center algumas vezes — responde Macy com um sorriso. — Isso vai facilitar muito as coisas. Mas, primeiro, vou abrir um portal para os outros irem à Corte Vampírica.

Ela ergue os braços e o portal começa a girar para se abrir. Atrás de nós, a Ordem e Dawud recebem as últimas instruções de Jaxon. Mekhi dá alguns conselhos sobre onde as crianças podem estar sendo mantidas. Flint observa tudo de boca calada. Do outro lado da sala, Hudson e Éden riem de alguma coisa que eu gostaria de poder ouvir. Talvez isso me acalmasse.

No momento, não consigo pensar em outra coisa além do medo que rodopia no meu estômago, que comunica que não vou gostar do que a Carniceira tem a me dizer sobre o meu cordão verde e o desastre que acabei de causar no meu banheiro.

Capítulo 39

SAUDADE DE SUGAR VOCÊ DE NOVO

Depois de uma rápida passagem pelo portal de arco-íris de Macy, Jaxon, Flint, Mekhi, Éden, Macy, Hudson e eu estamos no meio de Copper Center, no Alasca — à uma hora da madrugada. Ou, pelo menos, imagino que a gente esteja no meio da cidade, pois estamos cercados por prédios. Pelo que sei, isso não acontece com muita frequência neste estado.

— Mandou bem, Macy — elogia Jaxon, dando-lhe um tapinha estimulador no ombro. Essa atitude é tão incomum para ele que Macy se vira para encará-lo, boquiaberta... assim como eu. Estou até começando a imaginar se alguém trocou de corpo com Jaxon no portal, mas ele simplesmente conclui: — Vamos indo.

O fato de que ele acelera direto para o norte sem nem pensar em perguntar a nossa opinião me informa o que preciso saber. Esse é o mesmo Jaxon de sempre, mesmo que pareça mais receptivo e sociável do que jamais o vi.

Hudson revira os olhos para mim e dou risada. Pelo menos até que ele me pega nos braços e acelera atrás de Jaxon, passando por um campo aberto.

— Eu ia voar — eu digo, mesmo que esteja me acomodando melhor nos braços dele.

— Eu sei. Mas, se você voasse, eu não ia conseguir fazer isso — responde ele, inclinando-se para a frente e deslizando os lábios pela minha bochecha. — Ou isso — diz ele, logo antes de me dar um beijo rápido.

— Você tem argumentos bem fortes — concordo. Estou sem fôlego e ele também. Mas tenho certeza de que isso não tem nada a ver com a rapidez com que Hudson está correndo. Para testar a teoria, eu o beijo mais uma vez. Em seguida, não consigo deixar de rir quando ele tropeça em uma pedra pelo que parece ser a primeira vez na vida.

— Mas que inferno! — ele resmunga enquanto volta a se equilibrar, ainda comigo nos braços. — Você é perigosa, mulher.

— Que bom que você enfim percebeu — brinco à medida que avançamos a toda velocidade. Está escuro, obviamente. Mas a lua está clara o bastante para eu conseguir enxergar as flores e a água corrente dos riachos pelos quais passamos.

Nunca passei por aqui quando o lugar todo não estava coberto por neve. E agora fico surpresa com o fato de o meu moletom ser proteção suficiente para evitar que o meu traseiro congele.

Depois de uns trinta minutos, Hudson para de acelerar e para abruptamente ao lado de Jaxon.

— Chegamos? — Mekhi se aproxima e pergunta, com os olhos arregalados e bastante empolgado.

— Chegamos — responde Jaxon enquanto caminha com cuidado pelo chão pedregoso que leva até a entrada da caverna, ainda parcialmente camuflada.

Decidimos se tratar de um bom momento para fazer uma pausa antes de entrarmos na toca da vampira. Não é possível saber se vamos precisar de toda a nossa força para batalhar contra ela ou não.

— Ei, podemos conversar um minuto? — pergunto a Jaxon, fazendo um sinal para que ele venha até onde estou, ao lado da entrada da caverna. Macy e os dragões estão conversando, bebendo água ou comendo algum petisco depois da viagem até aqui e se preparando para confrontar uma mulher que tem o hábito de pendurar pessoas de cabeça para baixo, em cima de um balde, logo na entrada da sua casa.

— Claro. O que é? — Jaxon me segue até estarmos atrás de uma árvore e sorri para mim. E há alguma coisa nesse momento, nele, que é bem mais receptivo do que estou acostumada. E que parece fazer com que ele se abra.

Ele ainda mantém aquela postura autoritária de sempre, e acho que isso nunca vai mudar. No entanto, parece menos isolado, mais feliz. Acho que essa é a palavra que estou procurando. E isso me faz hesitar sobre se devemos ter essa discussão ou não.

Decidi há alguns dias que ele tem o direito de saber a verdade sobre a Carniceira, sobre o que ela fez com o nosso elo entre consortes. Mas a última coisa que quero é machucá-lo mais do que ele já se machucou.

Todavia, quando ele ergue as sobrancelhas, não consigo pensar em nenhuma outra coisa para dizer. Além disso, não tenho o direito de esconder essa informação dele. Achei que tivesse, justificando que não havia motivo em revelar a verdade se isso só iria lhe causar dor. Mas detesto quando as pessoas escondem coisas de mim. Não posso simplesmente chegar e fazer a mesma coisa com ele.

É por isso que indico uma área um pouco mais distante do restante do grupo e da superaudição dos meus amigos. E me dirijo até lá. Jaxon me segue, mas, quando olho na direção do grupo, percebo que Hudson está nos observando. Ele não parece estar com ciúme. E, para ser honesta, não parece nem mesmo curioso. Parece resignado. E percebo, um pouco tarde demais, que provavelmente eu devia ter lhe dito que planejava contar tudo a Jaxon. Nem sei por que não fiz isso. Talvez eu tenha achado que ele tentaria me dissuadir da ideia.

— Grace? — Jaxon pergunta quando percebe que continuo a olhar para trás. — Você está bem?

— Ah, é claro. — Volto a concentrar a minha atenção nele. Fui eu que comecei tudo isso, afinal de contas. — Eu queria conversar com você por uns minutos. Sobre a... — O nervosismo toma conta de mim e a minha voz vacila. Eu limpo a garganta e tento outra vez: — Sobre a Carniceira. Tem uma coisa que você precisa saber.

Sua expressão mostra que ele entende e Jaxon pega a minha mão, apertando-a com força.

— Você não precisa dizer nada.

— Preciso, sim. Você tem o direito de saber que...

— Ela já me contou — interrompe ele. — Da última vez que estive aqui. Está tudo bem, Grace.

Entre todas as coisas que eu esperava que Jaxon Vega me dissesse nesta situação, "está tudo bem, Grace" não chegava nem perto de ser o milésimo item da lista. Por um segundo, tenho a impressão de que a minha cabeça vai explodir conforme a ansiedade que estava se formando no meu estômago sobe a toda velocidade, enfiando-se no fundo da minha garganta.

Tenho um pouco de dificuldade para formar as palavras de novo, mas consigo depois de algum tempo:

— Espere um minuto aí. Ela lhe contou o que fez? Com o elo entre consortes?

— Contou, sim — ele responde. — Sei que não foi legal, mas...

— Você sabe que não foi legal? — indago com a voz tão estridente que uma das águias sobrevoando o local provavelmente confunde o barulho com um piado de acasalamento. — É só isso que você tem a dizer sobre o que ela fez com a gente? Que *não foi legal*?

O sorriso dele vacila. Por um breve momento, aquele mesmo olhar triste que parte o meu coração volta para seu rosto.

— Não sei o que mais posso dizer, Grace. Detesto que você tenha se machucado, detesto tudo que você teve que passar por causa de uma decisão equivocada...

— Equivocada?

Fico me perguntando se essa seria a melhor hora de observar ao redor para ver se encontro câmeras. Porque tenho certeza de que estou em algum tipo de pegadinha. Não há outra explicação possível para Jaxon estar encarando tudo isso com tanta tranquilidade.

— Como consegue ser tão compreensivo? Como pode perdoá-la por quase destruir a nossa vida desse jeito? Você quase perdeu a sua alma, Jaxon. Você quase... — Não consigo nem falar sobre o que quase aconteceu há alguns dias.

— Ela me deu você — responde ele, simplesmente. — Independentemente de qualquer outra coisa que tenha acontecido ou de qualquer coisa que venha a acontecer no futuro, ela me deu a dádiva de ser amado por você. De amar você. Sabe o que isso significa para alguém como eu? Passei a minha vida inteira sem sentir nada. De repente, você entrou na minha vida e agora eu consigo sentir... tudo.

Lágrimas começam a brotar naqueles olhos de obsidiana. Ele pisca rapidamente para afastá-las, mas não importa. Porque eu as vi. E o meu coração já se despedaçou por completo outra vez.

— Ah, Jaxon...

— Está tudo bem, Grace. De verdade.

Ele estende a mão e puxa delicadamente um dos meus cachos, soltando-o para que volte ao devido lugar em seguida, como costumava fazer.

— Poder amar você significa que vou conseguir amar outra pessoa algum dia. Talvez até mesmo a pessoa que eu estava destinado a ter como consorte. Antes de você, eu nunca conseguiria imaginar uma coisa dessas. E agora... — Ele dá de ombros. — Agora, as coisas não parecem mais tão ruins.

Sinto uma pontada no coração ante aquelas palavras. Não porque ainda o amo daquela maneira; Hudson é tudo para mim. Mas porque ainda tenho amor por ele. Jaxon é parte da minha família e tudo que desejo é vê-lo feliz. Não somente algum dia, mas agora.

— Você é o melhor. Sabe disso, não é? — pergunto.

Ele dá de ombros.

— Talvez.

Reviro os olhos e esbarro no ombro dele com o meu, mas Jaxon simplesmente ri e pergunta:

— O que você faz para um bumerangue não voltar para a sua mão?

— Você o assusta dizendo "buuuu, merangue"? — arrisco sem muita esperança.

— Você... o quê? — Ele balança a cabeça, fingindo estar completamente indignado. — Essa foi horrível. Estou falando sério. Foi horrível mesmo.

— É mesmo? Então qual é a resposta, gênio?

— Você simplesmente o deixa cair no chão.

Agora é a minha vez de rir.

— Essa piada é tão ruim que chega a ser boa.

Ele parece totalmente orgulhoso de si mesmo.

— Exatamente.

Nós começamos a andar de volta para a caverna e os meus olhos encontram Hudson imediatamente. Ele não está mais olhando para nós. Não está olhando para ninguém. Em vez disso, está encostado em uma árvore mais ao lado, rolando a tela do celular como se seguisse a sequência de mensagens mais fascinante de todos os tempos.

Parece normal. Tão normal que tenho certeza de que os outros nem percebem. Contudo, eu o conheço bem demais para perceber como o dedo dele tamborila na parte de trás da capa do celular, como sempre acontece quando ele se sente desconfortável. Noto o queixo retesado e os ombros tensos, como se estivesse se preparando para receber um golpe. E para ter certeza de que vai conseguir absorvê-lo.

A dor de vê-lo desse jeito é bem pior do que uma pontada no coração. É um soco bem na barriga, uma dor que se espalha por todo o meu corpo.

Talvez seja por isso que me viro para Jaxon e pergunto:

— Ei, pode me fazer um favor?

— É claro. Qualquer coisa. — As sobrancelhas dele se erguem num movimento brusco, percebendo a maneira que falei.

— Seja um pouco mais gentil com Hudson. Ele...

— Não é tão fácil assim, Grace.

— Sei que não é. Mas pense na conversa que tivemos agora há pouco. Você perdoou a Carniceira com muita facilidade, e ela quase o destruiu. Quase matou a sua alma.

— Sim, mas ele deixou Luca...

— Acha que foi fácil para ele? — questiono, sentindo a irritação atingir a minha voz.

Ele cruza os braços diante do peito.

— Não pareceu tão difícil assim.

— Matar pessoas? — pergunto, incrédula. — Você acha que isso não o afeta? Acha que ele não sofre toda vez que usa seu poder daquele jeito? Talvez ele não demonstre isso, mas está sofrendo. Sofrendo por não ter agido antes de Luca morrer. Sofrendo ainda mais por ter agido e matado todos aqueles lobos indiscriminadamente. — Balanço a cabeça, percebendo pela primeira vez que estou decepcionada com Jaxon. Decepcionada com Flint, Mekhi e Macy também. Hudson está sofrendo a ponto de me implorar para tirar seus poderes, e eles não conseguem enxergar além das próprias emoções. — É um poder terrível para uma pessoa ter, Jaxon. A decisão sobre quem vive e quem morre com um estalar de dedos... até menos do que isso. Com um pensamento. Basta um pensamento. Em um único momento, o irmão de alguém não vai voltar para casa. Ou o filho de alguém. Ou a mãe de alguém. E você sabe tão bem quanto eu que a maioria das pessoas que segue Cyrus não são más como ele. Tudo que elas querem é poder sair das sombras. — A minha voz fica entalada na garganta quando sinto as lágrimas me sufocando. — E Hudson matou todos em um piscar de olhos para nos salvar em Katmere. Se você não consegue perceber o quanto isso custou a ele, o quanto isso continua a custar... então você é o pior irmão do mundo. E ele merece algo melhor.

O músculo no queixo de Jaxon vibra, mas ele não se pronuncia. Não descruza os braços. Mas pelo menos está escutando, e faço bom proveito dessa vantagem.

— A Carniceira tinha um plano detalhado que tirou o nosso livre-arbítrio na escolha de um consorte. Um plano que quase custou a sua alma. E você a perdoou como se isso não fosse nada. Mas o seu irmão não quer usar seu poder para matar pessoas e não quer ser igual ao seu pai. Mesmo com tudo isso, ele é o cuzão da história?

Jaxon não responde, mas faz um sinal afirmativo com a cabeça antes de voltarmos a andar na direção dos outros. Quando chegamos, ele olha para Hudson e pergunta:

— Quer uma ajuda para desarmar o resto dessas proteções?

Não é muito, mas pelo menos é um começo. E aceito que seja assim.

Capítulo 40

PUXA, QUE PRESAS GRANDES VOCÊ TEM!

Não há nada nesse lugar que me pareça familiar, mas está tudo muito escuro. As camadas obrigatórias de neve já derreteram há muito tempo, de modo que não fico surpresa. Mesmo assim, enfrentei uma dificuldade enorme para encontrar a caverna quando vim aqui durante o dia.

Jaxon não tem o mesmo problema, pois caminha resoluto até uma abertura minúscula em meio aos rochedos, desfazendo as proteções conforme avança. Hudson vai até o lado oposto, removendo as proteções que encontra ali também. Os dois conseguem agir em alta velocidade. Depois de poucos minutos, já estamos caminhando pelo túnel congelado e estreito que nos leva até as profundezas da caverna.

Como está escuro, pego o meu celular para iluminar o caminho e evitar escorregar no gelo. Macy faz a mesma coisa e trocamos olhares exasperados enquanto vamos descendo por aquele túnel escorregadio.

Uma rápida espiada em Flint me mostra que sua nova prótese de perna funciona bem, mesmo em um piso tão escorregadio. Mas não sou a única a prestar atenção nisso. Jaxon, que ficou para trás e está vindo na retaguarda, caminha logo atrás de Flint e está preparado para segurá-lo ao primeiro sinal de problemas.

Flint, por outro lado, não está prestando atenção em nenhum de nós. E também não está prestando atenção no gelo. Está perdido nos próprios pensamentos, agitando o queixo e com o olhar distante.

— Esse lugar é sinistro — comenta Éden. Quando a minha lanterna a ilumina por um instante, percebo que ela está olhando ao redor com os olhos arregalados.

— Você nem faz ideia — garanto a ela.

— Como assim? — pergunta Éden, mas fica em silêncio assim que o túnel faz uma curva brusca. E aquilo que eu queria dizer fica excepcionalmente óbvio.

Bem à nossa frente, à esquerda, fica a parte que eu menos gosto da caverna da Carniceira — com exceção da própria Carniceira.

Á área de drenagem.

E está sendo usada em toda a sua plenitude, pois aparentemente há um grupo inteiro de montanhistas pendurados nas correntes presas ao teto. Suas gargantas estão cortadas e o sangue escorre para se acumular nos baldes. Uma imagem que, infelizmente, eu me acostumei a ver nas últimas visitas que fiz.

Dessa vez, entretanto, a diferença é que a Carniceira está bem ali, enxugando o sangue dos lábios com um guardanapo fino de linho. Sangue que, tenho certeza, ainda está morno.

Ela acabou de matar essas pessoas. Todas as seis. E, a julgar pela ausência de ferimentos defensivos, aquele grupo inteiro não teve a menor chance.

E até entendo. Ou, pelo menos, digo a mim mesma que entendo. O que estou vendo é parte desse mundo. Humanos são a fonte de alimento para os vampiros. Embora alguns, como os meus amigos, bebam uma mistura de sangue animal e sangue de humanos que eles não matam (não é mesmo, Hudson?), outros preferem agir da maneira tradicional. Como a Carniceira. E Cyrus. E quem sabe quantos outros.

Mesmo assim, é terrível pensar nisso. E ainda mais terrível ver o que está acontecendo. É por isso que me esforço para não olhar muito de perto. Nem para os corpos pendurados nem para os respingos de sangue no queixo da Carniceira.

Macy perde o equilíbrio quando enxerga o grupo de montanhistas pela primeira vez. Ela solta um gritinho quando cai, e não sei se é a queda ou as pessoas mortas que a deixam tão assustada. Provavelmente as duas coisas.

Éden se aproxima rapidamente e ampara Macy.

— Por acaso ela... — Macy começa a perguntar, mas fecha a boca quando a Carniceira se vira para encará-la com olhos verdes que giram como redemoinhos.

— Ah, meu querido Jaxon, você trouxe um grupo inteiro para fazer turismo aqui — diz a Carniceira com uma voz irônica que corta como um bisturi. — E nem pensou em me avisar antes. A que devo essa honra?

Jaxon baixa a cabeça. E não é a primeira vez que fico abismada pela deferência com que ele trata essa mulher. E, com todo o respeito, gentileza e medo que ela inspira nele.

Depois de tudo que aconteceu e tudo que descobri a respeito dela, quase não consigo suportar isso.

Talvez seja por esse motivo que dou um passo à frente e digo:

— Vir até aqui foi ideia minha.

E Hudson, claro, escolhe esse exato momento para emendar:

— As pessoas imaginam que a solidão é muito melhor do que realmente é. Mas não precisamos lhe dizer isso, já que você tem uma boa noção disso.

— O fato de que ele está encostado em uma caverna de gelo, jogando Sudoku no celular enquanto fala como se o jogo fosse um milhão de vezes mais fascinante do que estar na presença de uma das vampiras mais poderosas do mundo aumenta ainda mais o *foda-se* implícito em suas palavras.

E todas as pessoas que estão aqui sabem disso.

Jaxon solta um som estrangulado do fundo da garganta. E eu tenho quase certeza de que Macy solta um gemido discreto.

Flint e Éden ficam em silêncio, mas nem precisam dizer nada.

A expressão em seus rostos diz tudo, como se estivessem apenas esperando que a Carniceira os trucide.

No meu caso, estou quase esperando que ela o paralise novamente, como fez da última vez. Mas aquela vampira velha não o ataca. Mesmo assim, ela o encara com um olhar tão frio e afiado quanto as estalactites de gelo do teto desse túnel.

— Mesmo assim, veja só onde você está. E só posso pensar que isso indica que a minha ajuda não é algo tão desprezível assim, mesmo que eu seja.

— Se você diz... — ele responde, dando de ombros. — Até mesmo um relógio quebrado está certo duas vezes por dia.

Agora Macy não é a única que solta um gemidinho assustado. Flint deixou sua raiva de lado por tempo o bastante para encarar Hudson como se ele tivesse perdido a cabeça... e também para procurar uma rota de fuga deste lugar. E não o culpo. Se Hudson continuar a antagonizar a Carniceira, vamos precisar de uma saída rápida. Ou duas.

É por isso que me coloco entre eles. Amo Hudson, mas se a Carniceira perder a paciência e transformá-lo em uma barata por causa dessas atitudes, vou ter de reconsiderar o nosso elo entre consortes.

— Sou eu que preciso de conselhos — anuncio, colocando a mão com gentileza no braço de Hudson para impedir que ele diga alguma outra coisa. Ele e a Carniceira nunca foram um com a cara do outro, e isso aconteceu já na primeira vez que conversaram. Especialmente porque, na época, ela estava tentando me convencer de que Hudson era um assassino frio e sem qualquer remorso. O fato de que ela criou um falso elo entre consortes entre mim e Jaxon a torna a pessoa menos favorita de Hudson em todo o planeta. E isso não é pouca coisa, considerando que Cyrus existe.

Mas não o culpo. Eu sinto exatamente a mesma coisa em relação a ela. Mas também não quero ter de voltar aqui. Por isso, prefiro simplesmente fingir que não escutei nada e simplesmente pegar as informações de que precisamos. Se, de algum modo, estou presa a ela da mesma forma que ela me prendeu a Jaxon, quero saber. E, depois, quero descobrir como fazer para que isso desapareça.

No começo, a Carniceira nem se dá ao trabalho de olhar para mim. Em vez disso, ela encara Hudson com a precisão de um laser: olhos estreitados, dentes à mostra, punhos fechados. Hudson, por sua vez, mal olha para ela. Eu o conheço há meses e nunca o vi tão interessado no celular. Ou em jogar Sudoku.

Continuo a falar, na esperança de que ela pare de olhar para o meu consorte como se quisesse vê-lo pendurado sobre um daqueles baldes:

— Eu consigo ver as conexões com todas as pessoas que têm um laço emocional comigo, incluindo a minha gárgula. Vejo cordões coloridos, na falta de um termo melhor para descrever. E um desses cordões... acho que um dos meus cordões me liga a você. E ele é poderoso.

A Carniceira demora até olhar para mim. Mas, quando enfim o faz, sua expressão é consideravelmente mais suave.

— Venha. — Ela estende a mão para mim. — Ultimamente, venho percebendo que o frio me incomoda. Vamos até a minha sala, onde é mais quente.

Em seguida, sem parar para ver se algum de nós a segue, a Carniceira se vira e caminha, encarquilhada, pela passarela gelada. Como se tivesse envelhecido cem anos desde a última vez que a vimos.

Capítulo 41

SERÁ QUE VOCÊ NÃO ESTÁ FALANDO DE DARTH MADAR?

— Jaxon, querido, pode me trazer um cobertor, por favor? — ela pergunta, com a voz vacilando um pouco enquanto afunda no sofá de veludo branco.

Percebo que a sala de estar mudou novamente quando Jaxon tira um cobertor que está em um baú perto dos seus pés. As paredes têm cor lilás agora, a mesma das poltronas colocadas diante de nós. O sofá e as poltronas têm almofadas com desenhos de violetas e folhagens, e a lareira do outro lado do corredor nos banha com uma luz rosada.

— Ela tem uma lareira aqui? — Macy sussurra para mim quando Jaxon coloca o cobertor sobre o colo da Carniceira. — Em uma caverna de gelo?

— Como ela faz para o gelo não derreter? — pergunta Éden.

— É uma ilusão — respondo. — Assim como o restante dessa sala.

E a fraqueza dela?, é o que me pergunto enquanto ela se acomoda. Será que isso é uma ilusão também? E, se for, o que a vampira mais poderosa do mundo planeja fazer, fingindo que está fraca?

— Alguém aceita uma xícara de chá? — oferece a Carniceira, fazendo um gesto com a mão. Uma chaleira e xícaras aparecem de repente na mesinha de centro.

— Aquilo ali é chá de verdade? — indaga Macy, discretamente me puxando de lado. — Ou isso também é uma ilusão?

Eu dou de ombros e faço que não com a cabeça. Apesar do fato de haver um cordão verde bizarro que nos conecta, estou muito longe de ser uma especialista na Carniceira.

Como ninguém responde, a minha prima diz em meio ao silêncio:

— Obrigada. Quero um pouco de chá, sim. — O olhar com o qual ela me encara diz que só há uma maneira de descobrir.

Um toque selvagem de alegria ilumina os olhos da Carniceira quando ela encara Macy.

— Mas é claro, querida.

Macy se inclina, pegando a chaleira e servindo o líquido quente da cor do âmbar em uma xícara. Ela pega uma pinça delicada e coloca dois torrões de açúcar na xícara também. Mas isso leva a outra pergunta...

— Onde ela consegue esses torrões de açúcar, se prefere que a sua comida venha... direto da fonte? — pergunta Éden, discretamente.

É verdade... Essa pergunta é relevante.

A mão de Macy treme quando ela traz a xícara à boca, soprando de leve para fazer o chá esfriar antes de tomar um gole. Bem, ela disse que queria uma xícara. E não pode recuar agora, simplesmente porque, de repente, não sabemos de onde vêm o açúcar ou o chá. A expressão de surpresa e contentamento no seu rosto, entretanto, mostra que a bebida está boa. Então, essa pergunta vai ter que ficar para outro dia. Porque, quando a Carniceira me fuzila com o seu olhar direto e intimidante, eu me dou conta de que o nosso tempo acabou.

E percebo isso antes que ela comece a falar.

— Grace, meu bem. Por que não vem se sentar comigo aqui no sofá? Podemos conversar sobre essas suas perguntas.

Não quero me sentar no sofá. Na verdade, não quero nem chegar perto dela. Mas o olhar da Carniceira me diz que ela não vai aceitar um "não" como resposta. E como nós... bem, como eu preciso da sua ajuda, é a mesma história de sempre, num dia diferente. Jogue de acordo com as regras dela ou caia fora.

É por isso que vou até onde ela está, sob o olhar atento de Hudson e dos meus amigos. Mesmo assim, não me sento no sofá. Em vez disso, escolho uma das poltronas bonitas forradas de lilás. Ser educada é uma coisa, mas deixar que ela me diga o que devo fazer é outra.

Já estou farta de fazer o que as outras pessoas me mandam quando essa mulher, que já causou tanto sofrimento nas pessoas de que eu gosto, está envolvida. A mulher cujas maquinações resultaram em coisas horríveis.

A Carniceira ergue as sobrancelhas quando percebe que não me sentei onde ela mandou. E, quando vê que isso não me faz mudar de ideia, fica me encarando por vários segundos, aumentando a inquietação entre os meus amigos. Eu a encaro de volta, sem deixar que ela me intimide por mais um segundo que seja. Ela é capaz de me matar? Com toda a certeza. Se eu acredito que ela vai fazer bem aqui, bem agora, bem diante do seu precioso Jaxon? Duvido. Não depois que ela se esforçou tanto para montar essa farsa para ele.

— Por que não vem se sentar no sofá, Grace? — ela finalmente insiste com uma voz feita de aço. — Ultimamente, minha audição não anda tão boa quanto antigamente.

— Estou confortável aqui, obrigada — eu digo a ela, deliberadamente aumentando o volume da minha voz para que a pobre velhota consiga me ouvir. Quase não consigo resistir ao desejo de revirar os olhos.

Os olhos dela se estreitam e fico à espera da sua próxima jogada. Que é exatamente estalar os dedos e paralisar todas as outras pessoas presentes na sala.

Uma vez paralisados, o rosto dela muda, passando da vulnerabilidade suave que vinha projetando desde que chegamos aqui para a mulher dura e violenta que conheço e definitivamente não amo nem um pouco. A mulher que é capaz de aniquilar um grupo de caça inteiro sem nem piscar os olhos.

— Qual é o jogo que você está jogando agora, Grace? — ela indaga com uma voz que demonstra que não vai tolerar nenhuma desobediência.

Mas já estou farta de ficar me curvando para ela. Se essa velha quiser cortar a minha garganta, então acho que ela vai ter de tentar fazer isso. Porque não vou baixar a cabeça. Não dessa vez. Nem nunca mais.

— Tenho certeza de que essa é uma pergunta que eu devia lhe fazer — retruco.

— Não fui eu que saí de casa para procurar você — ela responde, e não está errada. O que me irrita um pouco além do limite que considero aceitável.

Agora sou eu quem a encara com os olhos estreitados.

— Não, mas é você que vive me obrigando a vir até aqui.

Em seguida, respirando fundo para afastar a preocupação, passo a mão de leve no cordão verde que há dentro de mim, assim como nos cordões dos meus amigos e do meu consorte. Foi assim que anulei a paralisia de Hudson quanto viemos aqui da última vez, e talvez funcione...

Basta uma olhada para trás para mostrar que funcionou. Meus amigos não estão mais paralisados e parece que nenhum deles se deu conta do que aconteceu. Exceto no caso de Hudson, talvez, que está nos observando com olhos atentos e desconfiados.

A Carniceira está com a mão erguida, como se estivesse pronta para paralisar meus amigos outra vez. E eu me inclino para a frente e digo por entre os dentes:

— Pare com isso. Pare de tentar brincar de Deus com meus amigos e comigo.

Ela para por um instante quando ouve as minhas palavras e seus lábios se retorcem em um sorriso irônico, como se a situação a divertisse.

— Está me pedindo algo impossível, Grace.

— É mesmo? Por quê? — Afinal de contas, o quanto uma pessoa tem de ser egoísta para dar uma resposta dessas?

— Seria um pouco difícil eu não brincar de Deus — replica ela, finalmente. — Considerando quem sou.

— A vampira mais velha que existe? — Faço questão de usar um tom de voz que indica que isso não tem a menor importância.

— A Deusa do Caos — ela responde, com os olhos verdes girando daquele jeito esquisito que sempre me causa enjoo. — E aquele cordão verde no qual você vive esbarrando? Ele realmente nos conecta. Porque você é minha neta.

Capítulo 42

ACHO QUE NÃO EXISTE UM CROMOSSOMO PARA ISSO

As palavras pairam no ar como uma granada cujo pino acabou de ser puxado. E, como uma granada, há somente segundos de tranquilidade antes que a bomba exploda e transforme tudo em um inferno.

O choque ricocheteia por toda a sala.

Macy solta um gemido mudo.

Mekhi começa a balançar para a frente e para trás.

Éden murmura:

— Puta que pariu!

Até mesmo a expressão carrancuda de Flint se dissolve em uma pergunta espantada:

— Ela disse o quê?

Hudson e Jaxon são os únicos que não reagem àquelas palavras. Quando o meu sangue gela, eu me viro para trás e olho para eles para saber se acreditam nela. Para saber se eu devo acreditar nela.

Hudson não se moveu do lugar onde estava, encostado na parede. Mas vejo uma tensão que não estava ali antes.

Uma espécie de observação atenta que me diz que, apesar das aparências, ele está prestando muita atenção nessa conversa. E que talvez ela não esteja dizendo nada que ele já não esperasse ouvir. É o que faz com que eu conjecture quais são as outras peças do quebra-cabeça que ele vem juntando naquele cérebro inteligente demais para o seu próprio bem, e por que motivo ele não quis me contar nada.

Quando nossos olhares se cruzam, meu consorte abre um sorrisinho. Há um pouco de encorajamento e apoio naquele sorriso, e uma crença em mim que me dá mais firmeza. Que me faz acreditar que sou capaz de fazer qualquer coisa, mesmo que isso signifique ter de enfrentar a Carniceira em seu próprio território.

Jaxon, por outro lado, parece estar tão chocado quanto eu — e também bastante irritado — quando vem até o meu lado pisando duro.

— Do que você está falando? — ele pergunta. — Você é uma vampira...

— Eu escolhi ser uma vampira — responde ela. — Assim como a minha irmã escolheu ser humana. E Grace é uma gárgula. Isso não significa que não haja mais coisas ali dentro.

— Você podia ter escolhido ser outra coisa? — Não consigo impedir que a pergunta escape dos meus lábios. É um pensamento muito contraditório em relação ao que sinto. Ser uma gárgula é algo que faz parte de mim em nível celular. Será que eu escolheria ser uma criatura diferente, se pudesse?

A Carniceira ergue uma sobrancelha altiva.

— É claro. Eu criei criaturas paranormais a partir da fonte do meu poder, de modo que todas sejam parte de mim e eu, delas. Todas as minhas criaturas são lindas e perfeitas. Bem, exceto... — Ela olha para Flint. — Exceto os dragões. Ainda não acredito que lhes dei tanto poder e força e vocês preferem deixar que alguma joia ou peça de ouro os ponha de joelhos. No fim das contas, são somente criaturas muito fracas.

Flint grunhe, avançando com um salto e pousando diante de Jaxon.

— Sua pu... — Mas Flint é interrompido quando ela o arremessa com toda a força contra a parede mais próxima. Jaxon corre para junto de Flint, mas ele não aceita a ajuda, ficando em pé por conta própria. Sem querer deixar o insulto contra seu povo passar impune, ele avança de novo sobre a Carniceira, que parece se divertir bastante com a situação. Mas Mekhi e Éden já estão ali, bloqueando o seu caminho. — O que deu na sua cabeça? — grita Flint, com a raiva irradiando por todos os poros. — Quem essa desgraçada pensa que é?

— Alguém que pode dizer e fazer tudo que quiser — ela responde calmamente.

Uma deusa, como ela parece deixar implícito.

— Ah, é claro. Deusa ou não, você continua sendo uma cuzona — ele rosna.

Dessa vez, ela nem se incomoda de arremessá-lo na parede. Em vez disso, ela estala os dedos e Flint fica pendurado de cabeça para baixo, a poucos centímetros do teto.

— Alguém tem que lhe ensinar umas boas maneiras.

A única reação de Flint é lhe mostrar o dedo médio enquanto está de cabeça para baixo. E isso só a irrita ainda mais. Ela ergue a mão para castigá-lo — ou seja lá o que os deuses fazem —, mas Jaxon se coloca diante de Flint.

— Não faça isso — ele avisa. Por um segundo, tenho a impressão de que a Carniceira vai castigar Jaxon também. Mas, no fim das contas, ela simplesmente balança a cabeça e baixa a mão com um suspiro.

Flint também cai, tão rápido que não tem tempo de se transformar nem de se endireitar. Dou um grito e começo a correr na direção dele, mas Jaxon já está ali para agarrá-lo, com as botas firmes sobre o gelo.

Flint cai sobre ele com um "ploft" e, por um segundo, parece que o tempo para. Mas, logo em seguida, Flint já está rosnando, enquanto coloca as mãos no peito de Jaxon e o empurra.

— Saia de cima de mim.

Jaxon o solta no instante em que coloca os pés de Flint com segurança no chão, mas continua com a mão no cotovelo do dragão... Pelo menos, até que Flint se desvencilhe.

O silêncio reina pela caverna enquanto todos nos damos conta de que a Carniceira é ainda mais poderosa do que pensávamos. E que, apesar de fingir toda aquela fragilidade quando chegamos aqui, ela é mais do que capaz de arrebentar a cara de todo mundo aqui.

É um osso duro de roer, considerando o que ela acabou de nos dizer.

Mas agora que o choque da sua frase inicial começou a perder o efeito — mesmo que só um pouco —, sinto vontade de brigar com ela, de dizer que é impossível sermos aparentadas.

É quando ela se vira para mim e vislumbro algo novo naqueles olhos verdes que giram como redemoinhos. Algo que se parece muito com vulnerabilidade. Ou pelo menos é o que parece, especialmente quando penso que ela disse que sou sua neta. A minha cabeça lateja. Meu estômago se revira e se retorce. Meus joelhos fraquejam.

A Deusa do Caos. Ela é a *Deusa do Caos*? Eu nem sabia que isso existia. Nem sabia que isso podia existir.

Bem, a Estriga nos contou uma história sobre como a Deusa do Caos criou criaturas paranormais, mas achei que fosse somente uma história. Sei que esse mundo está cheio com uma miríade de criaturas e experiências que nunca imaginei que pudessem ser reais até chegar na Academia Katmere. Mas... deuses de verdade? Do caos e de várias outras coisas? Isso é bem diferente de descobrir que o meu namorado é um vampiro.

E ela acha que é minha avó?

Como os dentes de uma fechadura que se encaixam nos devidos lugares, aquele comentário que Alistair fez, dizendo que sua consorte poderia me morder se eu a insultasse, faz muito mais sentido agora. O rei das gárgulas é o consorte da Carniceira. E isso nem é a coisa mais esquisita que descobri hoje, infelizmente.

O meu estômago se transforma em pedra quando um pensamento horrível me ocorre. Prometi à Fera Imortal que daria a Coroa à sua consorte.

Capítulo 43

MAMÃE NÃO TÃO QUERIDA

— Você pode me chamar de vovó — ela continua. — Embora o seu poder seja o de uma filha, não o de uma neta.

— Não estou entendendo — eu digo, e mordo a língua em seguida. Há um pedaço de mim (um pedaço enorme, diga-se de passagem) que espera que ela esteja falando em sentido figurado.

Parece que a Carniceira vai dizer mais alguma coisa, mas ela olha para os outros e diz:

— Sentem-se.

Com isso, outras poltronas surgem pela sala. Embora haja agora um assento bem ao seu lado, Hudson vem até onde estou e se senta na outra poltrona lilás enquanto Éden e Mekhi se acomodam. Flint e Jaxon não se sentam.

A Carniceira abre um sorriso discreto quando volta a me encarar, com uma sobrancelha erguida. Ela ignora o meu comentário e pergunta:

— O que realmente te trouxe até aqui, Grace?

— Eu lhe disse. O cordão verde.

Ela junta as mãos diante do queixo e me encara por cima delas.

— Mas já faz meses que você sabe da existência desse cordão. O que houve de tão súbito para fazer com que você viesse até mim para saber sobre ele?

— Hudson percebeu que, quando eu o tocava, podia fazer algumas das mesmas coisas que você faz. Além disso, Alistair me disse para vir...

— Você o viu? — O olhar da Carniceira se estreita quando ela se aproxima e segura a minha mão com tanta força que chega a doer. — Ele está bem? Onde ele está?

Recuo um pouco, mas ela treme por baixo daquela fachada psicopata. E sinto o meu coração amolecer um pouquinho.

— Sim, eu o vi. Mas ele já foi embora — digo, pensando naquele último encontro no corredor. — Ele disse que tinha que encontrar a consorte. Agora, em relação a como ele está… — Deixo a frase morrer no ar, sem saber como descrevê-lo. "Está tudo bem com ele" não seria a coisa mais próxima da verdade.

— Ele está confuso — intervém Hudson, me salvando daquela indecisão. — Passou mil anos acorrentado em uma caverna e era atacado regulamente por pessoas que queriam matá-lo. Acho que isso deixaria qualquer pessoa meio surtada.

— São as vozes — explico a ela. — Ele ouve as vozes das gárgulas conversando em sua mente, todas ao mesmo tempo, implorando para que volte e as salve. Ele não consegue silenciá-las e não consegue pensar com todo esse barulho. São muitas.

— Muitas? — Flint fala pela primeira vez. — Quantas gárgulas existem?

— Milhares. — Eu e a Carniceira respondemos ao mesmo tempo.

— Milhares e milhares — ela prossegue, mas eu fico em silêncio. — E Alistair passou mais de um milênio preso com elas. Ele podia filtrá-las quando estava no comando. Mas como estava preso naquela caverna…

Ela dá uma olhada na sua própria caverna.

— Percebo que ele teve mais dificuldade de bloqueá-las conforme foram ficando mais desesperadas. Há uma quantidade enorme delas.

Outra onda de simpatia por ela brota em mim. Tento sufocar aquele sentimento, o que não deveria ser tão difícil quando me lembro de todas as coisas horríveis que ela fez. Mas, em seguida, penso no fato de que a Fera Imortal é o consorte da Carniceira. E fico me perguntando se passar mil anos presa sem Hudson acabaria com a minha humanidade também.

É o que me faz considerar o que eu faria para libertar Hudson se ele passasse mil anos preso. Não gosto de pensar que eu chegaria a colocar a vida ou a felicidade de alguém em risco para salvar a dele, mas não dá para afirmar isso com certeza. Não há muita coisa que eu deixaria de fazer a fim de mantê-lo saudável e pleno. E isso inclui brigar com ele por pedir que eu remova seus poderes, quando acredito que é algo do qual ele venha a se arrepender no futuro.

— Não estou entendendo — diz Macy. — Eu achava que Grace fosse a única gárgula que nasceu em mil anos. Quando ela se transformou em pedra em Katmere, isso causou o maior tumulto. Especialistas do mundo inteiro foram até lá para vê-la porque…

— Porque acreditavam que ela era uma impossibilidade — a Carniceira termina a frase dela. — E seria mesmo, se não viesse de uma longa linhagem de gárgulas. Sua mãe era uma gárgula, assim como a mãe da sua mãe e outras antes delas.

Sinto a minha garganta se fechar quando a traição arranca o oxigênio do recinto.

Eu sabia que a minha mãe precisava ser uma gárgula quando Alistair disse que eu era sua descendente, mas ouvir isso da boca da Carniceira e perceber que a minha mãe nunca me contou algo tão essencial sobre mim mesma é de partir o coração. Hudson parece sentir a minha inquietação, porque pega na minha mão e a traz para o seu colo, entrelaçando os dedos fortes com os meus e apertando-os.

— A minha mãe sabia que eu era uma gárgula? — Forço a pergunta a passar pela minha garganta estrangulada, num sussurro entrecortado. — E nunca me disse nada?

Os olhos da Carniceira se arregalam ao notar a minha reação.

— Ela não sabia o que era, assim como você não sabia.

Pisco os olhos para espantar as lágrimas, tentando organizar as informações que consegui com a Carniceira até o momento. Estou bastante frustrada com esse método de dizer somente o que ela acha que precisamos saber.

— Por que você simplesmente não nos diz tudo de uma vez? — Eu faço um gesto negativo com a cabeça. — Sabe, nós podíamos ter matado o seu consorte quando você nos mandou buscar a pedra do coração sem nos dizer quem ele realmente era!

A Carniceira abre um sorriso irônico.

— Não podiam, não. Ele não é chamado de Fera Imortal à toa.

Quando as minhas sobrancelhas erguidas deixam claro que ainda não estou entendendo, ela dá de ombros.

— Ele é o consorte de uma deusa, Grace.

Eu olho rapidamente para Hudson e engulo em seco. Em seguida, pergunto:

— Isso significa que Hudson é imortal? Realmente imortal, como eu, já que é o meu consorte?

Mas ela faz um gesto negativo com a cabeça.

— Eu já era uma deusa quando nasci. Sempre serei uma deusa, mesmo que o meu poder tenha sido reduzido ao de um semideus depois que a minha irmã me envenenou. — Ela se recosta nas almofadas do sofá. — Você é a descendente de uma deusa e uma gárgula. Portanto, nunca conseguirá ser mais do que uma semideusa. A menos que Transcendesse. Mas essa é uma conversa para outro dia.

Meus ombros murcham. Por um momento até cheguei a me permitir imaginar um mundo onde eu não precisasse temer que alguma coisa, ou alguém, pudesse tirar o meu consorte de mim. Que eu nunca perderia a pessoa que mais amo no mundo, assim como perdi os meus pais.

Aperto os dentes.

— Mesmo assim, não acha que tudo ficaria mais fácil se você colocasse todas as cartas na mesa? Se nos contasse tudo de uma vez?

— Isso mesmo. E assim talvez não precisássemos ver nossos amigos morrerem — esbraveja Flint, e fico aflita. Por causa da dor que ele sente, mas também por medo de como a Carniceira vai reagir. Não faz muito tempo que ela o pendurou no teto de cabeça para baixo, como um pedaço de carne em um açougue.

Mas ela nem lhe dá atenção. Seu olhar continua fixo no meu.

— Vou fazer algo que normalmente não ofereço a ninguém, Grace — anuncia a Carniceira após certo tempo. — Vou lhe dar uma escolha. Posso lhe informar como você pode encontrar o Exército das Gárgulas, a verdadeira razão pela qual você veio até aqui hoje.

Macy solta um gemido surpreso, mas a Carniceira nem se abala.

— Mas, para fazer isso, vou ter que lhe contar tudo sobre de onde você veio e quem você realmente é. E não garanto que você vai gostar do que ouvir. Ou então posso lhe dizer como fugir de Cyrus para sempre. E como esconder seus amigos também. As duas opções servem para deter Cyrus, por enquanto. Mas fugir não vai salvar aquelas crianças. Nem impedir que ele continue com sua busca pelo poder absoluto, mas você pode desfrutar de uma vida plena. Longe da morte e da destruição. E tão longe da dor quanto é possível para uma pessoa. A escolha é sua, Grace.

Aí está. A minha fraqueza, exposta para todo mundo ver. Quero muito aceitar a saída que ela me oferece. E percebo que ela sabe disso também. Não quero saber nada sobre o meu cordão verde nem como nós somos aparentadas. Nem o motivo pelo qual meus pais mentiram para mim de maneiras que nem consigo imaginar ou como posso ser um peão em um jogo de xadrez gigantesco disputado pelos deuses, que pode morrer ou viver dependendo dos desejos deles, expondo a minha quase total falta de controle sobre a minha própria vida. Tudo que eu quero é voltar para o farol de Hudson, ficar com o garoto que amo e esquecer que há um mundo enorme e assustador lá fora.

Meu coração bate com tanta força contra as costelas que é um milagre elas não se quebrarem, e enxugo as palmas da mão na calça. Tenho certeza de que a minha outra mão está tão suada quanto, mas Hudson não parece querer soltá-la. Nem deixar que eu me sinta sozinha.

Eu olho para o meu consorte e mordo o lábio. Sei o que preciso fazer. Mas a Carniceira me deu uma escolha. É o dilema de escolher entre a pílula vermelha e a pílula azul, para citar um dos meus filmes favoritos. E quero tanto escolher a pílula azul que as minhas mãos chegam a tremer com o esforço que faço para não fugir. Sinto meus pulmões apertarem.

Em seguida, meu olhar cruza com o de Hudson e a minha respiração se acalma. Em um mero instante, aqueles olhos oceânicos percebem tudo que estou lutando tanto para tentar esconder. Ele sabe. Sabe que estou lutando contra um ataque de pânico. Que isso sempre acontece. Sabe que eu quero aceitar a oferta da Carniceira e me esconder de Cyrus. Que eu faria qualquer coisa para evitar a sensação de não conseguir respirar, de não conseguir controlar meu próprio corpo. E ele sabe que, se fizermos isso, provavelmente significa que vamos ter que viver em alguma caverna perdida no meio do Alasca, com proteções nas paredes para impedir que Cyrus entre no lugar, exatamente como aquelas que impedem o acesso ao covil da Carniceira. Ou pior: vamos viver eternamente em fuga e Hudson vai ter que usar seus poderes, perdendo partes de sua alma a cada semana só para nos manter a salvo. Mas ele não se importa com isso. Ele sempre vai estar comigo.

Seus olhos se enrugam um pouquinho nos cantos, dizendo em silêncio que, se eu quiser fazer isso, se precisar fazer isso, ele vai me apoiar mil por cento. Não é uma questão de desistir de mim mesma, como no caso da luta contra os gigantes, quando precisei que o meu consorte me desse um chute no traseiro para conseguir buscar forças e acreditar em mim mesma tanto quanto ele acredita. Não. Este Hudson apoia qualquer decisão que eu precisar tomar pelo bem da minha saúde mental. Assim, respiro fundo, encho os pulmões com o oxigênio que nem percebi negar a mim mesma e meus ombros relaxam.

Como se houvesse qualquer dúvida, ele forma as palavras *amo você* com os lábios. E eu me derreto toda. Simplesmente me derreto toda.

Respondo do mesmo jeito, formando as palavras *eu sei* com os lábios. E ele aperta a minha mão enquanto um canto da sua boca se ergue num meio-sorriso.

Meu olhar aponta para Jaxon, em pé ao lado de uma poltrona grande e vermelha, com o queixo tensionado e as sobrancelhas erguidas, como se perguntasse "por que você não está exigindo que ela lhe conte tudo?". E Flint, um pouco mais adiante, com os punhos nos quadris e o peso apoiado na ponta dos pés, parece pronto para avançar sobre a Carniceira com as próprias mãos. Os cabelos de Macy parecem chamas vivas, e seus olhos me imploram para descobrir o que aconteceu com sua mãe a qualquer custo. Até mesmo Mekhi e Éden já presumiram que vou querer saber o que deve ser feito a fim de derrotar Cyrus e salvar as crianças. Os dois estão com o corpo inclinado para a frente, os braços sobre os joelhos, os olhos fixos na Carniceira, prontos para escutar qualquer história que ela esteja disposta a nos contar.

Até agora, as únicas duas pessoas que sabem que eu quero fugir são Hudson e a Carniceira. Meu olhar se concentra naqueles olhos verdes e rodopiantes. E ela me encara com uma sobrancelha erguida. Ela me deu uma escolha, mas é óbvio que ela já sabe qual das opções vou escolher. E já está farta de me ver aqui, fazendo com que ela perca seu tempo.

Mas ela tem razão.

Não importa quanto eu queira fugir agora, não vou fazer isso. Posso sofrer um ataque de pânico enquanto ela fala. Posso até mesmo precisar chorar bastante depois, mas isso não significa que não vou fazer tudo que posso para salvar o meu povo, para salvar esse mundo de Cyrus e impedir que outras pessoas sofram.

— E, então, criança? O que você decidiu? — pergunta a Carniceira.

Respiro fundo outra vez e ergo o queixo, mantendo os olhos fixos nos dela.

— Quero saber exatamente o que devo fazer para chutar o traseiro de Cyrus de volta para o lugar de onde ele nunca deveria ter saído. Me conte tudo.

É bem estranho o fato de a Carniceira e o meu consorte responderem exatamente ao mesmo tempo:

— Essa é a minha garota.

Capítulo 44

ERA UMA VEZ...

— Assim como em todas as histórias, é melhor começar pelo começo. — Ela olha para cada membro do nosso grupo. — No início, dois deuses geraram gêmeas, duas filhas. Uma era a Deusa do Caos e a outra, a Deusa da Ordem...

— Espere — interrompo. — Já ouvimos essa história. Quais eram os nomes delas?

A minha mente volta à história que a Estriga nos contou antes que Hudson e eu fôssemos para a prisão, mas não me lembro dos nomes daquelas entidades.

A Carniceira ergue uma sobrancelha.

— Vocês ouviram a história de Cássia e Adria? Talvez como uma história de ninar?

Faço um gesto negativo com a cabeça.

— Não. Uma bruxa chamada Estriga nos contou essa história recentemente. Soubemos que ela construiu a prisão para onde eu e Hudson fomos mandados. E fomos até lá para saber como era possível sair daquele lugar.

Agora as sobrancelhas da Carniceira apontam para baixo.

— Vocês foram pedir ajuda à minha irmã? E ela ajudou vocês?

— A Estriga é a Deusa da Ordem? — exclama Macy, com a voz estridente. — Mas... mas ela deu a entender que a Deusa da Ordem é uma entidade intratável e fútil.

— Adria é muito inteligente, minha querida — diz a Carniceira para Macy. — Se ela lhe contou essa história, provavelmente tinha algum plano. E eu sinceramente duvido que seja para me beneficiar. Ou a vocês. Ela detesta todas as criaturas paranormais. Foi por isso que construiu aquela prisão. Para manter todas elas enjauladas.

Bem, isso até que faz muito sentido. Eu olho para Hudson e ele dá de ombros. Não consigo acreditar que nunca juntamos essas peças. É então que um pensamento me ocorre.

— Mas a Estriga é uma bruxa. Como ela pode detestar os paranormais quando ela mesma é paranormal também?

A Carniceira solta uma risada sem nenhum humor.

— Adria não é uma bruxa. Ela é uma deusa, assim como eu. Tenho certeza de que ela se diverte muito quando paranormais chegam até sua porta para pedir ajuda, acreditando que ela também é paranormal.

— Mas ela nos ajudou — insisto. — Sem as flores que ela nos deu, eu e Hudson ainda estaríamos na prisão.

— E ela fez isso de graça? — pergunta a Carniceira.

— Bem... não exatamente, é claro. Nada nesse mundo vem de graça. Especialmente as coisas que têm valor — replico, parafraseando as palavras da Estriga. — Fui obrigada a lhe dever um favor em troca, a ser realizado no momento que ela escolher.

A Carniceira se inclina para a frente, me fuzilando com aqueles olhos verdes.

— Preste muita atenção no que vou lhe dizer, Grace. Você não pode fazer esse favor para ela. Não importa o que seja. Adria sempre desejou uma única coisa desde que éramos crianças: ver a morte de todas as criaturas paranormais. E estava disposta até mesmo a dormir com o diabo para conseguir seu objetivo. E foi isso que ela fez.

Sinto a minha pulsação parar por um instante com aquelas palavras, mas penso nas condições que impus para o favor que ela possa me pedir.

— Insisti em algumas salvaguardas antes de concordar. Ela não pode me pedir para fazer nada que cause mal a qualquer pessoa, direta ou indiretamente. Tenho certeza de que isso é o bastante para ter certeza de que o meu favor não possa ser usado contra ninguém.

A Carniceira balança a cabeça. E o sentimento de pena faz com que os cantos da sua boca se inclinem para baixo.

— Sempre há uma maneira de burlar essas coisas com a magia, meu bem. Sempre. — Ela alisa o cobertor que Jaxon colocou sobre o seu colo. — Mas talvez seja melhor eu terminar de contar a minha história.

Concordo com um aceno de cabeça, ansiosa para saber como a Carniceira vai contar a história dessas duas deusas. A voz de Hudson expressa o mesmo pensamento, mas com muito menos diplomacia:

— Estamos loucos para saber. Uma briga entre duas irmãs birrentas para decidir o destino de todas as criaturas paranormais me parece algo sobre o qual nós deveríamos saber mais.

A Carniceira suspira.

— Você é um desgraçado bem atrevido, não é? — Ela olha para mim. — Tem certeza de que é esse consorte que você quer? Posso acabar com ele para você, se quiser. E deixá-la livre para encontrar outro.

Hudson se enrijece ao meu lado, mas não há fogo naquelas palavras. Inclusive, se eu não estiver enganada, há uma boa dose de aprovação na minha escolha brilhando em seus olhos.

— Obrigada, mas vou continuar com ele por enquanto — respondo, piscando o olho para Hudson.

E isso faz com que ele revire os olhos e resmungue:

— Definitivamente são parentes.

A Carniceira prossegue.

— Tenho certeza de que a minha irmã lhes contou que a Deusa da Ordem ficou tão irritada com a minha criação que envenenou a Taça da Vida, e que isso diminuiu meus poderes e me deixou presa na Terra como semideusa. E, claro, que isso a deixou presa também, já que o que acontece com uma deve acontecer com a outra.

Todos nós indicamos que sim com acenos de cabeça.

— Ainda mais furiosa por estar presa aqui, em um mundo de paranormais, e por ter que observar os humanos morrerem diante dos seus próprios olhos, ela deu início ao seu plano de exterminar todos os paranormais da face da Terra. Construiu prisões para quem fosse da sua espécie. Prisões com maldições inescapáveis, de onde ninguém é libertado. Treinou caçadores e os equipou com tudo de que precisavam para matar cada uma das espécies.

Ela olha para Flint.

— E os caçadores tiveram sucesso. Tanto sucesso que ajudaram os humanos a caçarem dragões até quase extingui-los, se me lembro direito. E foi por isso que ajudei a criar o Cemitério dos Dragões, para que vocês conseguissem pelo menos honrar seus mortos.

Os olhos de Flint se arregalam.

— Foi você que criou o nosso Cemitério sagrado? Achei que as bruxas tivessem feito isso por meio de um pacto. Foi o que nos ensinaram na escola, pelo menos.

A Carniceira faz um sinal negativo com a cabeça.

— Fiz muitas coisas para proteger a sua espécie. E é por isso que me irrita tanto o fato vocês idolatrarem tanto uma pilha de ouro. — O olhar dela se fixa em Jaxon e suas feições se suavizam. — Mas imagino que vou superar isso em breve, agora que tenho um dragão na família.

Um dragão na família? Ela deve estar falando do coração de dragão de Jaxon, embora eu não diria necessariamente que ele é um dragão agora.

Ela volta a olhar para mim e continua:

— Foi uma época sombria. Eu vivi entre vocês, observando enquanto minha irmã e seus capangas os caçavam e os forçavam a se esconder nas sombras. E assim nós começamos a guerrear contra os humanos. Se eles não quisessem deixar que vocês aproveitassem a luz, nós os arrastaríamos para as sombras. Ensinei os vampiros a ficarem mais fortes. E a desenvolver poderes — revela, encarando os olhos de Hudson. — Assumi o controle dos nossos exércitos... e não tive piedade.

Com um gesto, ficamos subitamente cercados por centenas e centenas de criaturas e humanos atacando uns aos outros em um campo gigantesco. Brados de guerra ferozes, metal batendo contra metal e os gritos dos guerreiros que morrem, e mesmo o choro dos feridos esmagados sob os corpos pesados dos mortos que tombam sobre eles se misturam em uma sinfonia aterrorizante de guerra que faz o meu sangue gelar. E no centro do combate está uma Carniceira muito mais jovem, vestida de preto da cabeça aos pés, com duas facas com três lâminas em cada mão enquanto corta os inimigos como se fossem manteiga.

Dezenas de humanos a atacam com espadas em punho e ela acelera, agacha, salta e dá piruetas no ar — e a cada vez que se esquiva, suas facas elegantes atravessam o ar com uma precisão mortífera, retalhando músculos e tendões. Um a um, eles caem. Pilhas e pilhas de corpos jazem aos seus pés. E o seu rosto e as roupas estão encharcados de sangue.

— *A Carniceira* — eu sussurro.

— Sim, recebi esse apelido horrível por causa da minha fome insaciável pelo sangue dos humanos. — Ela agita a mão e aquela cena horrorosa desaparece. — Mas nem todos conseguiam aguentar a matança e o derramamento de sangue. Nossas facções começaram a se desintegrar e a se aliar com os humanos. Acabamos perdendo a Primeira Grande Guerra há dois mil anos. Tentamos voltar para nossos lares e nos reorganizar, encontrar uma maneira de viver em meio àqueles de nós que haviam restado. Mas a minha irmã percebeu que seria possível realizar seu sonho naquele momento, e se recusou a deixar que seus caçadores nos dessem paz. Com nossa espécie quase extinta, eu sabia que tinha que fazer alguma coisa. Por isso, eu me aprisionei neste lugar e me sacrifiquei. E isso significa que aprisionei a minha irmã também. Era a única maneira de impedir que ela continuasse com seus planos. Ou, pelo menos, de atrasá-los.

A Carniceira faz uma pausa e o vazio dos seus olhos é substituído por outra coisa. Algo que parece até mesmo ser orgulho.

— Foi quando eu soube que teria que dar alguma dádiva para que vocês conseguissem sobreviver. Uma dádiva tão preciosa que nem mesmo eu tive noção do que havia feito, a princípio.

Mais uma vez, ela faz uma pausa enquanto conta a história.

— Com o máximo de poder divino que eu conseguia manipular, criei a magia dos elos entre consortes. Pensei que, se pelo menos vocês tivessem consortes, teriam mais chances de sobreviver ou de perceber um caçador no seu encalço, se não estivessem sozinhos.

Solto um gemido surpreso.

— É por isso que você sabia como poderia criar o elo entre consortes falso que eu tinha com Jaxon?

Todos que estão ali, com exceção de Hudson e Jaxon, soltam uma exclamação de surpresa quando digo aquilo. E sinto o meu estômago afundar. Contei um segredo provado sobre Jaxon sem pensar, algo que eu não sabia se ele queria que continuasse sendo um segredo ou não. E me sinto péssima por isso.

Eu me viro na poltrona para olhar para ele e digo *desculpe* silenciosamente, formando a palavra com os lábios. Ele responde com um meio-sorriso. Sei que ele me perdoa, mas eu queria poder dizer mais alguma coisa ou, pelo menos, me desculpar com um abraço. E eu faria exatamente isso se Flint não estivesse olhando para Jaxon como se nunca o tivesse visto antes.

Jaxon o encara de volta. Agora, tudo que eu quero é olhar para a frente de novo em vez de ver de perto o que está acontecendo entre os dois.

— É claro, minha querida — confirma a Carniceira. — Mas cada coisa a seu tempo. — Ela fita a lareira, com os olhos girando como se atraídos pela chama. — A magia sabe como encontrar seu lugar no universo, procurando um propósito. E, quando é libertada, ela ganha vida própria.

Um silêncio incômodo toma conta da sala. O crepitar e os sibilos da lareira são os únicos sons ali, pois ninguém quer interromper a Carniceira outra vez. É como se pudéssemos sentir que aquilo que ela está prestes a nos contar vai mudar tudo.

— E o meu plano funcionou. Os paranormais estavam novamente aprendendo a prosperar, começando a voltar para a luz. E foi isso que aumentou a fúria da minha irmã contra a sua espécie. E o desejo de vingança dela não tem limites.

O olhar da Carniceira se fixa no meu, e sinto um calafrio correr pela minha coluna.

— Por isso, nosso pai criou as gárgulas. E esse foi o início do fim.

Capítulo 45

VOCÊ PODE ESCOLHER SEUS AMIGOS, MAS NÃO PODE ESCOLHER O SEU VENENO

Pisco os olhos.

— Achei que as gárgulas foram criadas para trazer o equilíbrio. Imaginei que fôssemos criaturas do bem.

— Vocês eram. Ou, pelo menos, era isso que o seu rei esperava conforme ele visitou uma facção após a outra, assinando tratados de paz e formando alianças. A última facção que ele buscou, aquela que imaginava ser a mais difícil de convencer, foi a Corte Vampírica, é claro.

Hudson fala em tom de zombaria:

— Sim, estou até vendo o meu bom e velho pai concordando em ficar em casa fazendo tricô, quando poderia sair para matar alguém.

A Carniceira fixa seu olhar no rosto de Hudson.

— Sim, imagino que isso seja verdade. Mas não foi ele que o rei das gárgulas procurou. O seu pai não era o governante naquela época. Eu era.

Minhas sobrancelhas se arrepiam quase até encostarem na raiz dos cabelos.

— Você era a rainha dos vampiros?

— Fui — diz ela. — Até que o rei das gárgulas e eu apertamos as mãos na primeira vez em que nos encontramos.

A compreensão brota no meu peito.

— E se tornaram consortes.

A postura da Carniceira se transforma por completo. A vampira implacável com corpos pendurados no teto da caverna se foi. Em vez disso, um sorriso faz com que os cantos da sua boca se ergam.

— Imagine a minha surpresa ao descobrir que tinha um consorte. Que a minha própria magia me encontrava novamente. Ou que eu me sentiria como uma adolescente com um crush, saltitante e apaixonada.

A Carniceira suspira.

— Parece que foi ontem que eu e Alistair dançamos pelos salões de mármore da Corte das Gárgulas. Havia muitos risos naquele lugar, naquela época. Muita alegria, poder e graça.

Ela fica em silêncio logo depois da palavra "graça" e sorri para mim. Em seguida, com um gesto, a caverna à nossa volta se transforma em um salão de banquetes gigante, cheio de mulheres com vestidos de cores vivas e homens com túnicas elegantes.

O salão é impecável, feito quase inteiramente de pedra branca: piso de mármore, colunas de alabastro com entalhes em forma de rostos de gárgulas e paredes de pedra branca cobertas por tapeçarias com imagens da natureza, tecidas em tons de creme, branco e dourado. A minha favorita mostra uma cachoeira branca decorada com flores douradas conforme cascateia por uma montanha escarpada.

No meio do salão, estendendo-se de um lado a outro, há uma mesa de banquetes carregada com pratos que parecem deliciosos. Frangos assados. Peixes grelhados. Bandejas de pão e queijos. Pratos enormes e cheios de frutas: pêssegos, uvas, maçãs, romãs, figos e algumas outras que nunca vi antes.

As pessoas se amontoam ao redor da mesa, comendo, bebendo e rindo. Do outro lado do salão há uma pequena área onde os músicos tocam e as pessoas dançam. A Carniceira está bem no meio daquele espaço, trajada com um vestido vermelho-carmim bem elaborado com uma cauda que se arrasta pelo chão atrás de si tal qual um rio de veludo. Os brincos, o colar e a tiara que ela usa estão cravejados de rubis enquanto ela ri com Alistair, que a faz girar por aquele pequeno espaço para dançar. Ele veste uma túnica branca bordada com fios de ouro. E tem na cabeça uma coroa que se parece exatamente com aquela que está tatuada na minha mão.

— A Corte é linda — sussurra Macy enquanto observamos a festa acontecer bem diante de nossos olhos fascinados.

— Essa foi a nossa cerimônia de consorciamento — diz a Carniceira, e percebo algo em sua voz (e também nos seus olhos) que faz com que eu fique olhando para ela em vez de para a cena que acontece diante de mim. — Foi um dia incrível. Todos vieram celebrar conosco, e a festa durou três dias. Foi a primeira vez que vi tantas gárgulas juntas. A primeira vez que alguém de fora da Corte das Gárgulas viu tantas assim, eu creio.

— Incluindo o seu pai. — Ela se vira para Jaxon e Hudson. — Ele começou a planejar a destruição das gárgulas naquela noite mesmo. Nós simplesmente ainda não sabíamos.

Ela fecha o punho e a cena desaparece. Quando tudo escurece, uma tempestade violenta preenche a sala. Relâmpagos estalam, trovões ribombam e a chuva nos castiga até estarmos todos encharcados. Mas ela passa tão rapidamente quanto chegou. E logo o fogo arde na lareira outra vez, secando-nos com a mesma velocidade. E a Carniceira está no meio da sala, trajada com o mesmo vestido vermelho com o qual celebrou seu consorciamento à medida que flocos de neve caem tranquilamente do teto.

— Acredito que foi durante a cerimônia que Cyrus sentiu inveja pela primeira vez. Ele era o meu primeiro comandante. E estava convicto com a ideia de que os paranormais, algum dia, governariam o mundo dos humanos. Era um fanático, óbvio. E eu o valorizava quando também estava com minha atenção concentrada na guerra. Mas, a partir do instante em que me tornei a consorte do rei das gárgulas, meus planos mudaram completamente. Eu queria o que Alistair queria. Paz. E Cyrus se sentiu traído.

Ele convenceu o Círculo de que eu não era mais leal à Corte Vampírica, que meus interesses agora estavam alinhados com a Corte das Gárgulas. E não estava completamente errado. Assim, abdiquei do trono, declarei que Cyrus seria o meu sucessor e fui viver na Corte das Gárgulas. A essa altura eu estava grávida do nosso primeiro filho, e queria passar cada momento de cada dia com o meu querido consorte.

Isso é algo que consigo entender. Aperto a mão de Hudson. Assim como ela, também não quero ficar longe do meu consorte.

Ela prossegue:

— Mas Cyrus não iria descansar até descobrir uma maneira de quebrar o tratado e continuar a matar humanos. E isso significava que ele teria que destruir o Exército das Gárgulas primeiro.

O vento ganha força com as palavras dela, fazendo a neve cair com mais intensidade ao nosso redor. *É só mais uma ilusão*, digo a mim mesma. A brisa que ela conjura agita os meus cabelos e castiga o meu rosto com força suficiente para machucar. Olho para Hudson com uma expressão que pergunta *mas que porra é essa?*. Quando faço isso, percebo que o vento está tão forte que conseguiu até desgrenhar o penteado dele.

É a primeira vez que o vejo assim, sem que seja quando ele sai do chuveiro antes de dormir. Mas o nosso relacionamento é tão recente que até mesmo ocasiões como essa são raras. É algo que o faz parecer mais jovem, mais vulnerável. Pela primeira vez, fico me perguntando se o penteado *pompadour* de que ele tanto gosta é uma escolha deliberada. Se é uma espécie de armadura, assim como o sorriso enorme de Flint era. Assim como a personalidade de Jaxon, que esconde as suas vulnerabilidades.

É algo estranho de se pensar agora, mas ainda assim fico abalada. Sei que Hudson tem vulnerabilidades. Todo mundo tem. Mas, mesmo quando está em seus momentos mais suaves comigo, ele parece ser muito poderoso. Ter o controle de tudo. Ser forte.

Afastando os meus cachos dos olhos (e da boca), levanto a voz por cima do sibilar feroz daquela ventania para perguntar:

— O que Cyrus fez para destruir o Exército das Gárgulas?

Talvez seja a pergunta errada a fazer. Não sei ao certo quais seriam as perguntas certas, mas essa parece ser a melhor para descobrir o máximo de informações no menor intervalo de tempo.

— Ele as envenenou.

— Envenenou? — Essa é a última coisa que eu esperava ouvir, e me parece meio difícil de acreditar. — Mas havia milhares delas. Como ele conseguiu envenenar todas?

— Usando magia, é claro — responde ela quando o vento volta a perder força. — Naquela época, Cyrus tinha a habilidade de controlar energia. Era capaz de mover correntes em qualquer direção. Correntes de energia e até mesmo de magia. Minha irmã, que também queria que as gárgulas desaparecessem para poder terminar de exterminar os paranormais, me traiu uma última vez. Ela disse a Cyrus que as gárgulas eram capazes de se comunicar por telepatia; ou seja, há um fio mágico que conecta todas elas. E ela lhe deu o veneno que usou contra mim na Taça da Vida. Um veneno capaz de matar um deus. As gárgulas não tiveram a menor chance.

Ela fica em silêncio, com os olhos embaçados pelas lágrimas contidas, e o meu estômago se retorce. O que ela está prestes a dizer vai ser horrível. Muito mais do que horrível, se é algo capaz de fazer a Carniceira chorar.

— Adria ligou o poder de Cyrus ao veneno, permitindo que ele bebesse da taça sem sofrer danos. Em seguida, Cyrus mordeu uma gárgula que era jovem demais para se defender adequadamente. E Cyrus usou a sua habilidade vampírica para espalhar o veneno por aquele fio mágico...

— E envenenou o Exército inteiro de uma vez — termino a frase por ela enquanto o horror toma conta de mim.

— Cada uma das gárgulas. Até mesmo as crianças — ela repete, com os olhos cheios de uma mistura de poder e desespero incomensuráveis.

— É por isso que não há mais nenhuma gárgula? — pergunta Macy quando se levanta e vem para perto de mim, ao lado da Carniceira, pegando a minha mão. — Porque Cyrus matou todas elas?

— Ele não as matou — rebate a Carniceira. — Ah, ele tentou. Mas houve uma coisa que ele não considerou.

Quando vejo a postura firme do queixo da Carniceira, o olhar penetrante que captura o meu, sei exatamente o que foi que Cyrus não percebeu.

— Ele subestimou você.

Ela responde com um sorriso que é pura fúria.

— Ele esqueceu que não sou apenas uma vampira. Eu sou a Deusa do Caos.

Capítulo 46

A LISTA DE CONVIDADOS PARA O JANTAR DE AÇÃO DE GRAÇAS É SÓ O CAOS

— Mas achei que ele tinha destruído todas — Éden pronuncia-se pela primeira vez. — É por isso que a existência de Grace foi tão inesperada. Porque ela é a única gárgula que nasceu em mil anos.

— Isso não significa que aquelas que existiam antes dela estejam mortas — replica a Carniceira.

— Nós vimos a Corte — comenta Jaxon. — Não há ninguém lá. O lugar está totalmente destruído.

— "Desaparecidas" e "mortas" não são a mesma coisa. — A Carniceira olha nos olhos de Hudson. — Você devia saber disso melhor do que ninguém.

— O dom de Cyrus não é a mordida eterna? — pergunta Hudson, erguendo uma sobrancelha.

A Carniceira revira os olhos.

— Mordida eterna. Seu pai sempre foi dramático. Não, o dom dele não é esse. Essa mordida é o veneno que ainda existe no corpo dele.

Tem alguma coisa nessa história que está me incomodando.

— Como Cyrus conseguiu envenenar as gárgulas, ou mesmo manipular o veneno, considerando que a magia não funciona nelas?

— Canalizar a energia é algo que as gárgulas fazem naturalmente. Vocês são conduítes vivos. Cyrus apenas usou esse dom contra vocês. E, como eu disse, a função do veneno é matar um deus. Por isso, também pode ser usado para matar uma simples gárgula. — Ela encara algum lugar atrás de mim agora, perdida em pensamentos.

Flint quebra o silêncio irritado em que se encontrava:

— Mas a mordida de Cyrus não matou Grace. Ela continua viva.

O olhar da Carniceira se fixa no meu de novo.

— Você foi mordida pelo rei dos vampiros? Quando? — Há uma urgência na voz dela que nunca ouvi antes.

— Faz uns dois meses. — Minha mão vai por instinto até a pequena cicatriz no pescoço, a mesma sobre a qual me esforço bastante para não pensar. — Depois que me tornei a rainha das gárgulas.

Os olhos dela começam a brilhar com o mesmo verde-esmeralda do cordão que nos une.

— Então, ele deve saber quem você é agora. Deve ter sentido o gosto da sua magia.

Sendo bem sincera, sinto um arrepio só de imaginar que Cyrus "sentiu o meu gosto". Sério mesmo. Que nojo.

— É por isso que... — Eu ia perguntar se foi por isso que ele queria mandar Hudson para a prisão, esperando que eu o acompanhasse, para me tirar do tabuleiro. Mas paro de falar quando ela acelera e chega até mim em um piscar de olhos, estende os braços e me faz ficar em pé. Não é a primeira vez que ela me toca desde que a conheci. Mas é a primeira vez que consigo literalmente sentir o poder dela dentro de mim.

Está logo abaixo da superfície — efervescendo, contorcendo-se, à procura de uma saída. Sinto que ele busca o meu próprio poder, sinto que serpenteia ao meu redor enquanto tenta encontrar uma abertura para...

Crio uma barreira mental entre nós tão rápido e com tanta força que a Carniceira se afasta, quase perdendo o equilíbrio.

— Eu esperava que a sua divindade ainda não tivesse aflorado a ponto de que Cyrus pudesse senti-la — ela sussurra após um momento. — Mas, infelizmente, foi isso mesmo que aconteceu. O tempo urge agora. Ele não vai deixar nada impedi-lo de colocar as mãos em você, Grace. Nada. Você é, ao mesmo tempo, a chave para a destruição de Cyrus. E para o desejo ardente que ele tem de conseguir cada vez mais poder. — E, como se ela já não estivesse me assustado o bastante, a Carniceira se aproxima e completa: — O Exército das Gárgulas é a única coisa que pode salvar você agora. Se é que você ainda pode ser salva.

Capítulo 47

PARA SEMEAR DO MEU JEITO

— Onde está o Exército das Gárgulas? — questiono com a voz trêmula, escolhendo ignorar por completo a ameaça latente ligada a Cyrus. Tipo, tenho certeza de que ele está louco para colocar as mãos em mim por algum motivo de que não vou gostar. Katmere se transformou em poeira por causa disso. Assim, concentro-me na outra parte do aviso da Carniceira: a parte que declara que o Exército pode ser salvo. Quase chego a ter medo da resposta dela. Quero acreditar que elas estão vivas, que há outras criaturas como eu pelo mundo, que Cyrus não erradicou uma espécie inteira. Mas parece improvável que a Carniceira tenha conseguido mantê-las escondidas por mil anos.

— Eu as congelei no tempo, com certeza — responde ela. E admito que não estava esperando por essa resposta.

Viro-me para Hudson, sentindo a minha respiração acelerar enquanto outro pensamento me ocorre. E o mesmo pensamento deve ocorrer a Hudson, porque os olhos dele se arregalam quando observa:

— Alistair a levou para a Corte das Gárgulas congelada no tempo.

Um sorriso se forma no meu rosto.

— Elas estão vivas, Hudson. Estão vivas de verdade.

De repente, tudo parece possível. O Exército das Gárgulas está vivo. Meus amigos e eu só precisamos encontrar uma maneira de libertá-lo. E, se conseguirmos salvá-los, podemos recuperar os alunos de Katmere também. Podemos derrotar Cyrus de uma vez por todas. Talvez Hudson e eu não tenhamos de nos esconder eternamente em uma caverna em algum ponto do Alasca, onde Judas perdeu as botas, pelo resto das nossas vidas.

— E você consegue descongelar as gárgulas agora? — pergunto, ansiosa para mostrar para todo mundo aquela corte incrível e o afinco com que as gárgulas treinam para a batalha.

Mas a Carniceira faz um sinal negativo com a cabeça.

— Não até que possamos curá-las. Dei uma Pedra Divina ao tenente de Alistar que impede que o veneno continue a fazer efeito, desde que elas continuem congeladas no tempo. Se tirar a Pedra Divina, o veneno ainda vai matá-las na Corte congelada, só que não tão depressa. Mas, se forem descongeladas completamente, terão somente umas poucas horas para viver, a menos que se transformem em pedra e fiquem assim para sempre.

A tristeza toma conta de mim, fazendo meu estômago se embrulhar. Estendo os braços para me apoiar em Hudson, mas ele já está dez passos à minha frente, passando os braços pela minha cintura e me puxando para junto do seu peito.

— Está tudo bem — diz ele ao meu ouvido. — Vamos encontrar um jeito de salvá-las.

Fecho os olhos e deixo que o calor e a força de Hudson penetrem no meu corpo trêmulo. Preciso me concentrar, preciso pensar. Sempre há uma maneira de burlar a magia. Foi isso que a Carniceira disse agora há pouco. Só precisamos descobrir qual é.

A carniceira acrescenta:

— Pode haver um jeito de salvá-las sem um antídoto. Mas não sei se vai funcionar, pois a magia de Grace ainda está crescendo.

Hudson revira os olhos.

— Porque é assim que todas as boas ideias começam, destacando todos os seus pontos ruins.

Mas todos ignoram o sarcasmo.

Eu mesma faço isso. Ele está desconcertado. Furioso. A ideia de que Hudson vai se colocar em risco faz com que me sinta exatamente do mesmo jeito. No entanto, não posso simplesmente deixar o Exército das Gárgulas preso no tempo para sempre.

Hudson emite um grunhido grave que vem do fundo do peito.

— Tenho uma sugestão. Será que não podemos simplesmente matar aquele desgraçado? Não é a habilidade dele que faz com que o veneno se espalhe pelo corpo das gárgulas?

— Gostei desse plano para matar Cyrus — admite Jaxon. — Se tivermos uma chance de tirar aquele cuzão da jogada, acho que devemos tentar.

— Não, a menos que vocês libertem o Exército das Gárgulas — sibila a Carniceira. — Congelei o Exército para salvá-las, o que também prendeu o poder de Cyrus de canalizar a energia com elas. Mas ainda existe um elo com ele... o que significa que ele é tão imortal quanto o exército congelado. Já parou para se perguntar por que ninguém conseguiu matá-lo até hoje? Por que eu mesma não o matei, em vez de me esconder nesta maldita caverna de gelo?

Perscruto ao redor, observando o lugar frio e inóspito, e concordo. Ninguém iria querer viver aqui por livre e espontânea vontade, em especial sem o seu consorte.

— Qual é a sua ideia tão ruim? — indago, enquanto me preparo para a reação de Hudson. Normalmente ele é o primeiro a me dizer que posso fazer tudo o que quiser. Mas, quando seu pai está envolvido, seu instinto de proteção sobre nós cresce bastante. Não posso culpá-lo. Cyrus é um monstro, sem dúvida. Porém, isso é apenas mais uma razão pela qual tenho de salvar o Exército das Gárgulas. Por mais que eu pense que meus amigos são corajosos e poderosos, sozinhos não somos páreo para o rei dos vampiros.

A essa altura, o restante da Ordem e Dawud já devem estar na Corte Vampírica. E se descobrirem que Cyrus está de fato drenando a magia dos alunos? E se já tiver matado alguns deles? Se quisermos ter chance de impedir os planos de Cyrus, vamos precisar de um exército. Além disso, temos de libertá-los porque eles são o meu povo.

Contemplo o anel que Alistair me deu. Ele me nomeou sua sucessora pelo único motivo de eu ser sua neta. A vergonha faz minhas bochechas arderem quando percebo que não conquistei o direito de ser a rainha das gárgulas. Nem sei se sou capaz de fazer isso. Mas pelo menos posso começar tentando libertá-las.

— Uma ideia ruim é melhor do que deixar o meu povo congelado no tempo por mais um dia — afirmo.

— Grace. — Hudson me vira a fim de olhar para ele. E, pela primeira vez, talvez em toda a minha vida, encontro o medo naqueles olhos azuis. Não por ele, mas por mim. E eu entendo. Todavia não temos escolha.

— Vai ficar tudo bem — asseguro a ele. Em seguida, olho para a Carniceira de novo. Certo. — O que eu preciso fazer?

A Carniceira estala os dedos e toda a sua mobília, a lareira, tudo que há naquela sala desaparece. De algum modo, sem aquelas decorações típicas de um lar, eu me lembro do quanto a Carniceira viveu isolada e solitária durante mil anos. Aquela caverna é um lugar gelado. Estéril. Sem alma. E a minha simpatia por aquela vampira antiga cresce mais um milímetro. Não é o bastante para fazer com que eu queira lhe mandar um cartão de natal, é claro. Mas é um pouco maior do que antes.

— Venha comigo. — Ela vai até o centro da sala e não consigo me esquivar do calafrio que percorre minha coluna. — Você disse que viu um cordão que a faz lembrar de mim, não é?

Confirmo com um aceno de cabeça.

— Um cordão verde e brilhante.

— O seu cordão de semideusa. — E quando a Carniceira verbaliza isso, é ao mesmo tempo uma resposta e uma ameaça.

— Quando a minha filha nasceu, Cyrus veio atacá-la. Eu sabia que tinha de protegê-la. Por isso, construí esta prisão no gelo a fim de o deter.

Ela indica as paredes cobertas de gelo à nossa volta.

— Mas ele já tinha aprisionado o seu avô e envenenado as outras gárgulas. E eu sabia que não podia me permitir acreditar que eu não poderia ser derrotada. Por isso, tomei providências para protegê-las do rei.

Ela faz um gesto para que todos recuem e se encostem nas paredes em busca de nos dar espaço para fazer... Bem, o que quer que ela tenha planejado para nós. Hudson hesita, segurando minha mão com firmeza.

— Juntos — ele diz quando o encaro com uma expressão de dúvida. — Você pode ter que fazer isso, mas não quer dizer que tenha que fazer sozinha. Vou ficar bem aqui, junto de você, o tempo inteiro. E, se as coisas ficarem ruins, você aguenta firme e fica comigo também. Certo?

O meu coração derrete, porque não importa o que aconteça ou quantos problemas ou reis vampiros raivosos tentem se interpor entre nós, Hudson é o meu consorte. E isso é tudo.

— Certo — digo a ele, apertando sua mão mais uma vez antes de olhar para a deusa que nos colocou nessa situação. — O que aconteceu com a sua filha?

— Eu a escondi. De Cyrus. Do mundo. E até de mim mesma — ela responde. Seus olhos se tornam mais tristes conforme ela faz uma série de movimentos complicados com as mãos. Às vezes, ela traça linhas duras no ar; outras vezes, faz curvas e volteios em arcos e curvas amplas. Quando termina uma série de gestos que até chegam a ser bonitos, um símbolo luminoso aparece diante dela e todos ficam espantados. A Carniceira se vira ligeiramente e faz gestos que são parecidos, mas não exatamente os mesmos.

Outro símbolo aparece. A luz que emana dos símbolos dança nas paredes da caverna de gelo como chamas brancas bruxuleantes. E esse símbolo, que são dois Vs virados de lado, tem algo que me parece familiar, mas não consigo determinar exatamente o que é.

Ela se vira e começa a criar mais um símbolo conforme prossegue com sua história.

— Tirei a divindade da minha filha, assim como a sua gárgula. Os seus cordões, como você diz. E os guardei em uma pequena semente congelada. Liguei a semente à minha magia e escondi seus poderes bem profundamente, em um lugar onde nem mesmo ela poderia encontrar. Esses poderes seriam passados de mãe para filha durante gerações, se necessário. Magia sempre atrai magia do mesmo tipo. Assim, eu sabia que algum dia ela retornaria para mim. Ela poderia ser minha filha, minha neta ou minha tataraneta. Mas, algum dia, a minha magia voltaria para mim, da mesma maneira que a magia do elo entre consortes me encontrou.

— *Dayum.* — Hudson alonga a palavra enquanto fala. — Isso significa que as suas filhas nunca souberam quem realmente eram ou do que eram capazes? Durante a vida inteira?

Sei que passei a maior parte da minha vida sem saber que era uma gárgula, mas agora não consigo me imaginar sem essa parte de mim. Talvez, se eu nunca tivesse descoberto, não sentiria falta. Mas não consigo deixar de me sentir triste pela minha mãe, minha avó e pelas outras mulheres na minha linhagem materna. Tantas gerações de mulheres que nunca souberam quanto poder realmente tinham escondido dentro de si mesmas.

— Não até que a minha magia me encontrasse — ela concorda. — Era a única maneira de ter certeza de que Cyrus jamais encontraria a minha filha antes que ela estivesse pronta. Quando a sua mãe e o clã de bruxas vieram até mim para pedir ajuda à procura de criar uma gárgula, eu a reconheci de imediato. Concordei em ajudar, mas não lhes dei uma gárgula de presente, como eles imaginavam. Sua mãe já estava grávida de você da maneira tradicional. E ser uma gárgula já era algo que estava em sua linhagem. Mas eu libertei a magia. E, pela primeira vez em mil anos, Grace, ela estava livre para crescer. Em você.

Os olhos dela se estreitam em mim por um segundo.

— E, pelo jeito, ainda precisa crescer bastante.

Ela balança a cabeça e agita de novo as mãos no ar.

— Sempre soube que a minha filha seria a chave para libertar a todos. O Exército. Alistair. Todos. Somente outra gárgula conseguiria ouvir Alistair e libertá-lo. Somente outra gárgula que também fosse uma semideusa poderia viajar para a Corte congelada. Eu posso congelar a Corte, mas uma gárgula também pode viajar até lá. E somente uma semideusa que também esteja ligada ao cordão mágico das gárgulas poderia usar sua magia para salvar a todas.

Enquanto ela fala, não consigo deixar de perceber que há mais de uma dúzia de símbolos flutuando no ar agora, quase formando um círculo completo ao redor de nós três agora, com nossos amigos ainda encostados nas paredes de gelo do lado externo ao círculo.

— E como esse meu cordão de semideusa pode salvar o Exército? — questiono. Há um pedaço de mim que realmente espera ser necessário tocar no cordão. Na última vez que tentei segurar o cordão verde, bem... Hudson acabou se tornando o dono de um farol ligeiramente destruído.

— Bem, se tivéssemos um antídoto, seria mais fácil. — A Carniceira faz um último volteio com as mãos pelo ar, e o último símbolo se acende e ganha vida para completar o círculo. Em seguida, fica de frente para mim, com os olhos iluminados por um prazer diabólico, e conclui: — Mas podemos usar a sua força de semideusa para expurgar o veneno.

Ela encosta as pontas dos indicadores e polegares e em seguida as afasta. E um cordão fino e faiscante aparece entre as suas mãos, esticado.

— Imagine que você tem um cordão que a conecta ao Exército. — Ela cria um nó no meio do cordão. — E na outra ponta desse cordão está Cyrus, usando sua habilidade de controlar correntes mágicas para enviar um veneno do interior do seu corpo pelo cordão.

Ante tais palavras, a extremidade do cordão em sua mão direita começa a brilhar com uma luz vermelha que se espalha pelo cordão, passando pelo nó e seguindo até a ponta oposta.

— Se você usasse a sua habilidade natural de gárgula para canalizar a magia, poderia usar sua força de semideusa para empurrar o veneno na outra direção.

O brilho avermelhado começa a recuar pelo cordão, passando pelo nó e voltando até a mão de onde surgiu.

— Se tiver força suficiente, pode conseguir arrancar o veneno de todas as gárgulas. E fazer com que ele volte direto para a garganta de Cyrus.

Capítulo 48

OS CORDÕES QUE TUDO CONECTAM

A Carniceira prossegue:

— Quando a habilidade de Cyrus não estiver mais ligada ao Exército congelado, ele vai perder sua imortalidade. E enfim vou poder sair desta caverna e ensinar àquele homem o que acontece quando você irrita uma deusa durante mil anos.

Hudson continua inconformado:

— Mas quando ela toca o cordão que a liga a todas as gárgulas, o veneno não vai simplesmente voltar para Grace pelo cordão, ainda sob a influência da habilidade de Cyrus?

A Carniceira faz um sinal negativo com a cabeça.

— Isso já aconteceu.

O quê? Toco a minha barriga e os braços, testando para ver se isso faz com que eu me sinta adoecida. Mesmo ciente de que não faz o menor sentido. Mas é o que acontece quando alguém me diz que fui infectada com um veneno mágico. Estou apalpando alguma coisa para ter certeza de que estou bem.

Hudson deve estar pensando a mesma coisa, porque desliza as mãos para cima e para baixo nos meus braços, puxando-me para junto de si.

— Mas estou me sentindo bem — garanto a ela.

— Claro que está — ela afirma, como se aquilo fosse a coisa mais idiota que ela ouviu durante todo o ano. — Fui envenenada antes de você nascer, e você é minha descendente. Sendo assim, você herdou um pouco da minha imunidade. Foi por isso que a mordida de Cyrus não a matou também.

Bem, isso até que faz sentido depois que ela explica. Decido aceitar aquilo como verdade.

— Agora, se o seu consorte puder tirar as mãos de cima de você por cinco minutos, venha até aqui e vamos começar. — Ela aponta para um espaço no meio do círculo.

— De jeito nenhum — responde Hudson, pegando minha mão e se dirigindo até o centro comigo. — Onde ela for, eu vou.

Fico esperando que a Carniceira faça algum comentário ácido, mas ela nos surpreende.

— Sim, eu me lembro daqueles primeiros dias. — E seu olhar se concentra em algum ponto atrás de mim por uns momentos antes de sacudir a cabeça.

Olho para os nossos amigos fora do círculo mágico, mas parece haver alguma coisa errada com eles. Jaxon está ao lado de Mekhi e Flint, mas sua mão está levantada, como se quisesse apontar alguma coisa. Éden está ao lado de Macy e elas estão com os rostos próximos, como se conversassem em voz baixa, mas nenhuma delas está falando.

Estou a ponto de perguntar à Carniceira o que está acontecendo quando ela declara:

— Tudo e todos que estão fora deste círculo estão congelados no tempo. Mas não vou conseguir manter isso por muito tempo. Por isso, é melhor nos apressarmos.

As sobrancelhas de Hudson se erguem e ele observa, surpreso:

— Todo mundo que está fora do círculo ficou congelado? Tipo... O mundo inteiro?

— Seria mais correto dizer que o tempo está congelado, em vez de alguém. Não podemos correr o risco de que Grace descongele o Exército por acidente. Assim, dei espaço a ela para trabalhar aqui, no espaço entre momentos. — Ela ergue uma sobrancelha enquanto me encara. — Mas estes momentos diminuem a cada segundo desperdiçado. Agora, venha aqui.

Vou depressa até o meio do círculo e ela me fornece instruções básicas sobre o que devo fazer a seguir. Mas, no fim das contas, resume-se a "tente sentir aquilo que parece ser a coisa certa a fazer".

Sinto vontade de rir, porque tenho a impressão de que a coisa certa a fazer é pegar meus amigos e ir para longe deste lugar o mais rápido que pudermos. Mas, como não é uma das opções que temos (por que nunca temos outras opções?), cerro os dentes e entro em ação. Fecho os olhos e repasso as instruções de cabeça.

Preciso encontrar a conexão com todas as gárgulas dentro de mim com uma das mãos e tocar o meu cordão verde com a outra. Em seguida, segurar com força e empurrar. Ela alega que deve ser fácil descobrir a direção certa para empurrar o veneno, pois deve ser mais forte em apenas uma direção — a mesma direção onde ele se originou, ou seja: Cyrus.

Conheço a sensação de conversar com Alistair dentro da minha cabeça, mas não faço ideia de como posso tentar formar essa conexão com alguma outra gárgula — especialmente porque foi Alistair que a formou comigo.

Mesmo assim, respiro fundo, fecho os olhos e me abro para qualquer coisa que haja lá fora enquanto tento desesperadamente visualizar como devem ser as feições de milhares de outras gárgulas.

Milhares de pontos de luz.

Essa é a resposta que surge, cortando a escuridão e o medo existentes nas profundezas do meu estômago. Diante do breu dos meus olhos fechados, milhares de pequenos pontos luminosos começam a aparecer. Como estrelas sobre o oceano no meio da noite, os pontos de luz se estendem até onde consigo enxergá-los — e até onde a minha consciência consegue alcançar.

A magnitude incomensurável é estonteante, e há um pedaço de mim que não quer nem tentar. Há estrelas demais, uma quantidade enorme de almas que tenho de tentar alcançar. Não vou conseguir alcançar todas.

Por outro lado, é com isso que Cyrus está contando. É o que ele sempre espera que aconteça em situações insustentáveis do tipo. Que eu fique com medo e desista antes mesmo de tentar. Mas nunca fiz isso antes e não vou fazer agora, mesmo com uma tarefa digna de Sísifo à minha frente.

Assim, sem saber o que mais devo fazer, estendo os braços e tento pegar um punhado das estrelas do céu.

Não funciona. Que grande surpresa.

Mesmo assim, tento de novo. Mas, a cada vez que tento pegá-las, elas se afastam ainda mais, como se não tivessem vontade de serem tocadas por mim. Ou pior... como se não quisessem ser salvas.

Pensar no assunto me assusta bastante. Afinal de contas, estou agindo puramente pela fé aqui, acreditando no que a Carniceira me diz, embora ela não tenha sido muito sincera (ou honesta) nas coisas que falou antes. Será que está mentindo de novo? Tentando me obrigar a fazer alguma coisa que eu não deveria fazer, só porque isso se encaixa em seus planos?

A ideia quebra a minha concentração e as estrelas começam a esmaecer. No começo, permito que isso aconteça... O que me faz pensar que sou capaz de executar isso, de qualquer maneira?

Mas, em seguida, a voz dentro de mim — não, não exatamente *a voz. Alistair diz: Força, Grace. Força, força, força.*

Não sei o que requer tanta força, considerando que as estrelas insistem em escorregar como poeira por entre meus dedos. Mas ele é tão persistente — *Força, Grace, força* — que simplesmente não consigo desistir. E sem dúvida não posso virar as costas para isso. Não se eu quiser encará-lo de novo, ou a mim mesma.

Assim, faço a única coisa que posso. Apoio-me em Hudson com ainda mais força e me inclino para a frente, dentro da minha mente, recolhendo um punhado enorme de estrelas para junto de mim com as duas mãos.

Dessa vez, dá certo... ou quase. As estrelas não se afastam de mim como havia acontecido, mas, à medida que escorregam por entre os meus dedos e se espalham pela escuridão, vão ficando maiores e mais longas. Elas se alongam até não se parecerem mais com estrelas. Em vez disso, aparecem como milhares e milhares de cordões de uma malha feita de luz, esticados diante de mim. E, respirando fundo, estendo os braços e envolvo toda aquela cortina de luz.

Mas, de repente, aqueles cordões começam a vibrar nas minhas mãos. No começo, de maneira mais suave. Em seguida, com mais força, até que choques elétricos crepitam conforme sobem pelos meus braços e sou acometida pela sensação de que vão ser arrancados dos meus ombros.

Parece uma prova ainda maior de que elas não querem que eu as toque, não querem que as ajude. Assim, começo a soltar os cordões. Mas, no segundo que afrouxo a pegada, a voz de Alistair surge alta e clara na minha cabeça. *Grace, você precisa segurar com força.*

A voz dele soa como a do rei das gárgulas agora, não como a da Fera Imortal. E meu instinto faz com que eu preste atenção nele. Abraço os fios com mais força junto do peito, segurando cada um deles apesar dos choques elétricos que sacodem meu corpo.

A dor é intensa, quase insuportável. E sei que não vou conseguir segurá-los para sempre — ou mesmo por mais tempo. Por isso, respiro fundo, tento inspirar em meio à agonia e usar a minha outra mão para pegar o cordão verde que me conecta à Carniceira. O cordão verde que, ainda há pouco, parecia me conectar ao universo em si.

Hudson dá um grito quando solto a sua mão, mas não tenho energia para reconfortá-lo agora. Não quando eu realmente preciso usar toda a minha energia para conter os cordões de luz, cada grama da minha força de vontade para não os soltar e dar um fim à agonia.

Os nós dos meus dedos roçam o cordão verde e estremeço por dentro. A dor não diminui e o tempo não parece parar, como tipicamente acontece quando toco no cordão. Consigo ouvir Hudson chamando o meu nome, sinto que tenta me alcançar por meio do redemoinho de sensações que me atravessam, mas parece que ele está do outro lado de um campo vasto e vazio na minha mente — e não consigo me concentrar nele.

Tento afastar a necessidade de responder, tento me afastar dele — pelo menos por enquanto — e me concentro no cordão verde bem na ponta dos meus dedos. Parte de mim tem medo de segurá-lo e se preocupa que eu possa descongelar o Exército acidentalmente, assim como a Carniceira sugeriu que poderia ocorrer. E se o círculo dela não impedir que isso aconteça?

Todavia, quando observo com mais atenção os cordões reluzentes das gárgulas, percebo que não preciso me preocupar com a possibilidade de descongelar o Exército envenenado. Reconheço a magia da Carniceira no mesmo instante. Ela envolve cada um dos cordões, e é imensa. Acho que eu nunca conseguiria suplantar essa quantidade de poder. Jamais.

É isso que me impele a fazer mais do que simplesmente tocar o meu cordão verde dessa vez, mais do que simplesmente envolvê-lo com a mão. Se eu for fazê-lo, preciso mergulhar de cabeça. Preciso ir com tudo. Por isso, envolvo a mão ao redor do meu cordão de semideusa, segurando-o com toda a força que tenho — enquanto o inferno surge na Terra.

Relâmpagos cruzam o céu e o som de algo se quebrando sobre mim preenche a sala. O vento que senti mais cedo retorna como um furacão, me acertando com tanta força que quase caio no chão. Hudson me salva — sinto as mãos dele ao redor da minha cintura mesmo em meio à tempestade, o vento, o cordão verde e os prateados — me segurando no lugar enquanto o mundo ruge ao meu redor.

Há outro lampejo de relâmpagos, outra rachadura ensurdecedora. E, por um segundo, o rosto de Remy surge diante dos meus olhos.

Ele sorri para mim como se quisesse dizer *em que diabo de confusão você se meteu agora?* E parece tão real que não consigo deixar de pensar que ele está bem aqui, na minha frente.

— Remy! — eu o chamo, tentando tocá-lo. Mas ele desaparece com uma piscada de olho no mesmo instante que os cordões finos e prateados são arrancados da minha mão.

Tento pegá-los de volta, mas o vento já os soprou para tão longe que desaparecem em meio à escuridão.

— Grace! — grita Hudson, fora do mundo interior no qual me encontro, e eu me viro para ele instintivamente.

— Hudson? — indago num sussurro surpreso enquanto o vento continua a me fustigar.

— Grace! Ah, aí está você. — Ele me agarra e me puxa para junto do peito. — Achei que tivéssemos perdido... — Ele para de falar quando outro barulho de rachadura ressoa acima de nós. — Solte! — ele grita para que eu o ouça em meio ao barulho.

— Soltar? — repito. — Soltar o quê?

— O cordão verde. — A voz de Hudson se mescla à de Alistair até que ambos estejam ecoando dentro de mim.

— Solte o cordão verde — repetem os dois.

É o que eu faço, mais do que um pouco surpresa por ainda não o ter feito. E é aí que tudo se transforma realmente em um inferno.

Capítulo 49

AUDACIOSAMENTE INDO AONDE NENHUMA ESTALACTITE JAMAIS ESTEVE

A Carniceira, Hudson e eu ainda estamos dentro do círculo formado pelos símbolos. E embora o vento esteja feroz, parece não existir fora do círculo. Mas o som horrível de algo que se racha ecoa pela sala.

— Mas que caralhos foi isso? — rosna Hudson.

Estou prestes a assegurá-lo de que não faço a menor ideia quando metade do teto desaba bem diante dos meus olhos horrorizados. A primeira pedra que cai destrói uma das runas flutuantes no ar e o nosso círculo se apaga no mesmo instante.

O vento contra o qual eu vinha lutando desde que tentei agarrar os cordões das gárgulas destrói o lugar, jogando todos para trás.

Macy sai voando e Mekhi tenta alcançá-la, mas os dois acabam sendo pegos pelo redemoinho e não param até se chocarem com violência contra a parede onde normalmente há uma lareira.

O vento faz Flint perder o equilíbrio e cair sentado no chão.

Jaxon usa sua telecinese para impedir que Éden bata em outra parede, mas quase não consegue se manter em pé.

Estalactites pontiagudas e rochas pesadas chovem sobre nossa cabeça e tenho certeza de que vamos todos morrer. A minha falta de controle causou um desabamento de proporções tão épicas que até mesmo um grupo de paranormais poderosos não vai ter chance de sobreviver. Pensar a respeito faz com que a culpa e o terror cresçam dentro de mim, faz meus joelhos fraquejarem e o pânico ganhar força sob a minha pele. Eu me esforço bastante para sufocar a sensação; agora é a pior hora de todas para ter um ataque de pânico, mas não é fácil. Em especial porque sei que fui eu que causei aquilo. Eu e o meu maldito cordão verde. Juro que nunca mais vou tocar nele, se puder evitar.

— Vai ficar tudo bem — Hudson sussurra junto da minha bochecha conforme o mundo desaba à nossa volta. — Não é sua culpa.

— É minha culpa sim, totalmente — rebato enquanto me apoio naquele peitoral firme e absorvo sua força nos meus joelhos frouxos e a garganta apertada.

— Não é — ele insiste. — Ninguém consegue andar de bicicleta logo na primeira tentativa.

Um pedaço de mim quer dizer a Hudson que ele está errado, que manipular o cordão verde não é diferente de nenhum dos outros cordões que tenho dentro de mim. Mas nós dois sabemos que não é verdade. Esse cordão verde, o cordão que me dá poderes de semideusa, é diferente de tudo que já toquei antes. Diferente de tudo que já senti antes.

Entender isso é o que enfim acalma os meus nervos exaustos e o meu coração assustado. E é isso que faz com que eu confie nos meus joelhos para sustentar o corpo enquanto respiro fundo várias vezes, devagar. Ao passo que faço isso, a tempestade à nossa volta começa a se acalmar também. O teto para de rachar, os pedaços de gelo param de cair e os destroços esvoaçantes por toda parte vão caindo lentamente até chegar ao chão.

Conforme a poeira (ou, no caso, aquele monte de lascas de gelo) se assenta, Hudson finalmente se afasta de mim. Ele deve ter desintegrado todas as pedras e o gelo que viu caindo, pois não há nenhum pedregulho enorme à nossa volta — somente um número infindável de flocos de neve flutuando de modo manso até caírem no chão. Saio de trás dele e vejo que a caverna da Carniceira está destruída por completo. E Flint está atrás de Hudson, cercado por várias estalactites de gelo de aparência extremamente pontiaguda.

— Meu Deus! — grito, correndo para perto dele. — Me desculpe. Você está bem?

— Preciso lhe dizer uma coisa, Grace. Você tem ótima pontaria.

Graças a Deus. Ele segura duas das maiores estalactites fincadas no chão ao seu redor e as esmaga como se não fossem nada. Em seguida, faz o mesmo com as outras.

— Se chegasse mais perto, alguma dessas estalactites de gelo iria atravessar algumas coisas que nenhuma estalactite deveria atravessar.

Ele diz isso para tentar me fazer rir, mas estou olhando para a última estalactite de gelo que, por muito pouco, não atravessou sua coxa. Fico enjoada só de pensar na facilidade com que uma dessas estalactites o empalaria. E a culpa seria minha. A culpa seria minha por não conseguir controlar o poder do cordão verde, e minha por tentar fazer isso mesmo sabendo que não estava preparada.

Meus pensamentos devem estar bem visíveis no meu rosto, porque Flint esbarra com o ombro no meu, gentilmente.

— Ei, está tudo bem — ele me reassegura. — Sou mais forte do que pareço. É algo que faz parte de ser um dragão.

— Mas mesmo assim, você podia ter…

— Mas não aconteceu nada. — Ele sorri para mim. — Além disso, não ficou sabendo? Dragões são praticamente indestrutíveis.

— A palavra-chave é "praticamente", não é? — rebato.

— Não se preocupe com isso, Grace. Está tudo bem comigo.

Sei que ainda não pareço convencida, porque ele traça um X com os dedos sobre o coração.

— Juro.

— Por quem? — retruco. — Pela Deusa do Caos?

Ele ri.

— Bem, ela sabe que prefiro idolatrar uma pulseira de diamantes.

Quase engasgo com a minha própria risada conforme o meu olhar esquadrinha a caverna para ver se a Carniceira ouviu esse comentário.

— O que vamos fazer agora? — pergunta Macy enquanto Mekhi a ajuda a ficar em pé. Seus olhos estão arregalados e seus cabelos cor de fogo estão tão desgrenhados pela tempestade que ela parece estar com a cabeça coberta por labaredas.

— Fugir? — sugiro. E talvez não seja brincadeira. Não consigo imaginar a Carniceira muito satisfeita com o desastre que criei em sua caverna.

Mas, para minha surpresa, ela se aproxima e anuncia:

— Há algumas coisas das quais você não vai conseguir fugir, Grace. Seu poder é uma delas.

Em seguida, faz um gesto e a sua sala de estar volta à configuração de antes — em perfeitas condições.

— É só isso? — Éden dá uma olhada ao redor. — É só fazer um gesto e tudo fica bem de novo?

— É só isso — concorda a Carniceira enquanto examina a sala com satisfação. — Mas acho que "tudo fica bem" é um eufemismo. Você não acha?

— Eu achava que estava mais para um exagero. — As palavras, ditas por uma voz masculina muito irritada que não reconheço, ecoam pela caverna. — De qualquer maneira, você e eu raramente concordamos em alguma coisa, não é, Cássia?

Capítulo 50

A VIDA É UMA GRAÇA OU UMA DESGRAÇA?

Olho rapidamente para Hudson e Jaxon e formo aquela palavra com a boca: *Cássia?* Os dois parecem tão embasbacados quanto eu, Jaxon faz um sinal negativo com a cabeça e Hudson dá de ombros antes de nos virarmos na direção do dono daquela voz que ainda ecoa pela caverna da Carniceira.

Quando faço isso, sofro o meu terceiro choque em uma questão de minutos. Porque a voz pertence a um homem alto, musculoso e velho que veste uma bermuda de surfista azul-petróleo, pés de pato azul-marinho e óculos de sol com lentes azuis. Ele também tem uma cabeleira típica de cientista maluco — prateada, longa e desgrenhada num estilo *não dou a mínima para nada*, com piercings nas orelhas, nos mamilos e o braço coberto com uma tatuagem enorme de uma escadaria sobre a água que leva até um relógio despedaçado.

Ah, e se tudo isso não fosse o bastante, ele também parece completamente irritado.

— Não me culpe, Jikan — rebate a Carniceira *(Cássia?)* com uma voz enfastiada. — É difícil levar você a sério quando insiste em ficar exibindo esses piercings nos mamilos por todo lugar.

— Eu estava na praia — responde ele, brandindo a máscara de mergulho e o snorkel que trouxe consigo como prova. Como se já não tivéssemos percebido a bermuda e os pés de pato. — No Havaí. Pela primeira vez em quinhentos anos.

— Bem, não se detenha por nossa causa. — Ela revira os olhos. — Tenho certeza de que você tem alguma coisa muito interessante para fazer, como contar os grãos de areia em North Shore.

Os olhos dele se estreitam.

— Eu estava mergulhando. Admirando os corais. E peixes lindos. E até mesmo um golfinho.

— Nesse caso, percebo por que você ficou irritado. — A Carniceira abre o sorriso mais irônico que já vi. — Você não vê isso todo dia no meio do Saara.

— Não vejo mesmo — rebate ele. — E é exatamente disso que estou falando.

— Você deveria sair de férias com mais frequência, então — ela comenta com uma voz inabalável. — Provavelmente isso lhe deixaria com um humor melhor.

— Ah, claro. Nem todo mundo pode se dar ao luxo de passar o dia inteiro à toa em sua própria caverna de gelo imaginando maneiras de destruir o universo, não é? Alguns de nós têm bastante trabalho a fazer. — Ele a encara com um olhar de desprezo à medida que se aproxima. — Graças a outros de nós.

— Ninguém pediu sua ajuda.

A Carniceira caminha na direção dele, e isso me faz lembrar da imagem de dois pistoleiros do Velho Oeste se preparando para um duelo. Se, de repente, eles decidissem sacar pistolas e mirar um contra o outro, acho que não ficaria nem um pouco surpresa.

— Talvez você não tenha pedido — ele diz, olhando para a sala recém-arrumada com uma expressão séria. — Mas está nítido que precisa.

Com isso, ele leva a mão ao bolso da bermuda de surfista azul-petróleo. Eu me preparo, imaginando que ele vai puxar alguma arma. E, a julgar pela maneira que Hudson se coloca na minha frente, sei que ele está pensando a mesma coisa. Em vez disso, Jikan tira um relógio de bolso antigo. Assim... um relógio de bolso de verdade, com uma corrente e uma tampa que pode ser aberta com um movimento rápido do pulso.

— Ah, entendi — observa Flint. — Jikan significa "tempo" em japonês. Legal.

— Chega de conversa. — Jikan ergue o relógio. — Eis aqui uma ideia: por que não matamos duas perguntas com uma cajadada só?

— Acho que você quer dizer "dois coelhos" — sugere Flint.

Jikan o encara com as sobrancelhas erguidas por cima da armação dos óculos de sol.

— Como é?

— O ditado — ele explica. E preciso admitir uma coisa: Flint não se intimida nem um pouco com a cara irritada de Jikan. — É "matar dois coelhos com uma cajadada só", não "duas perguntas".

— Tinha que ser um dragão para pensar que devemos matar dois coelhos. Essa é resposta que vocês dão para para tudo. Embora eu não saiba o que vocês têm contra essas pobres criaturas. Até que são bem majestosas, se você parar para pensar.

Os olhos de Flint se arregalam.

— Mas eu não estava... Eu não quis dizer que devemos matar...

— Pare de falar. Está me dando dor de cabeça. — Jikan volta a olhar para mim. — Já terminou?

— Se eu terminei? Nem comecei, para falar a verdade. Por que está sendo tão grosseiro com todo mundo?

— Por que você faz tantas perguntas, garotinha de pedra? — rebate ele. — Para um pedaço de rocha, até que você é bem curiosa.

— Um pedaço de rocha? — repete Jaxon, parecendo bem injuriado por minha causa. — Mas que porra é...?

— Cale a boca, moleque gótico. Ninguém quer escutar sua voz e ninguém tem tempo para esses seus chiliques.

Não sei se Jaxon se engasga por causa da resposta ou na própria saliva, mas, de qualquer maneira, ele faz um som que parece uma mistura de rinoceronte agonizante com hipopótamo no cio.

— Como é que é? O que foi que você disse?

Jikan o encara com os olhos estreitados.

— Em primeiro lugar, não. Em segundo...

— Como assim, "não"? — exige saber Jaxon.

— Não, você não vai sair dessa impune. Claro que não. E, em segundo lugar, nunca repito o que digo. — Ele balança a cabeça em um sinal negativo enquanto observa o relógio de bolso, murmurando uma ameaça velada. — É simplesmente ridículo o quanto os vampiros são frágeis.

Nesse momento, tenho quase certeza de que, se vampiros pudessem ter um ataque cardíaco, Jaxon estaria tendo um bem agora. Hudson, por sua vez, parece se divertir e também estar fascinado com a personalidade contestadora de Jikan. Ou, então, talvez esteja somente admirando sua maneira de agir. Nunca é possível ter certeza do que está se passando pela cabeça de Hudson.

— Quem é esse cara? — pergunta Jaxon.

— Não sei, mas talvez ele seja o meu novo herói — replica Hudson. — *Moleque gótico.*

Jaxon o encara com uma expressão que diz *mas que porra é essa?* Mas, antes que consiga se manifestar, Jikan continua:

— A hora das perguntas já terminou, meninos e meninas? Porque, por mais que a ignorância de vocês seja fascinante, tenho um luau daqui a uma hora. E adoro mousse de inhame. Por isso, vamos passar logo para a próxima fase, sim?

— E que fase exatamente é essa? — pergunto.

Ele baixa os óculos de sol para que eu consiga ver seus olhos ardentes cor de mogno por cima da armação.

— A fase onde conserto o que você e Cássia acabaram de estragar. Não sei por que você sente a necessidade de enfiar o nariz onde não é informada, Cássia, mas eu iria adorar se você parasse com isso.

— Chamada — corrige Flint.

— Então, atenda — ele responde, distraidamente. — Por quê?

— Não, o que eu quis dizer é que o jeito de falar é "enfiar o nariz onde não é chamada"...

Jikan parece ficar completamente afrontado.

— Eu lhe garanto, jovem dragão, que não tenho a menor vontade de enfiar meu nariz em você ou em qualquer outro lugar.

Agora é Flint que está engasgado.

— Mas isso é uma expressão...

— Isso é o que todo mundo diz. — Ele limpa a garganta. — Agora, vamos cuidar do que é preciso. E consertar o desastre mais recente de Grace.

— O desastre mais recente? — pergunto, decidindo ignorar o fato de que a expressão acaba soando bem mais estridente do que eu gostaria. — E quantos desastres houve até agora, exatamente?

— Além daquele desastre gigante no fim de novembro? — retruca ele.

— O que aconteceu em novembro... — Deixo a frase no ar quando percebo com exatidão do que ele está falando. — Espere um minuto aí. Quem é você?

— O Deus do Tempo. — Hudson consegue falar com um tom de voz entediado. — E pelo jeito ficou irritado porque *Cássia* andou aprontando...

— Não se atreva a me chamar assim — ameaça a Carniceira.

Hudson nem se dá ao trabalho de reconhecer a interrupção. Em vez disso, ele continua a falar tranquilamente:

— Ela parou o tempo para você e a coisa toda foi para o saco.

— Uma situação bem cabeluda. Meu saco que o diga — concorda Jikan, balançando a cabeça. — Mas você tem sorte por eu estar aqui para dar um jeito nisso. Rachaduras tão grandes no tempo podem deixar todo tipo de coisa ruim passar.

Há uma quantidade tão grande de significados nessa frase que quase nem sei por onde começar. Decidindo deixar o comentário sobre o saco cabeludo de lado (Mekhi já está rindo pelo nosso grupo inteiro), eu me concentro na parte importante do que ele disse. Ou seja, a rachadura no tempo. Que, de algum modo, devo ter causado.

Puta que pariu, viu.

Enquanto o meu estômago se retorce em um nó gigantesco, digo a mim mesma para respirar. Simplesmente respirar. Porque Jikan está dizendo que pode consertar o que eu quebrei. E vou ter de acreditar nele, ou então ficar maluca de vez. Nunca vou me perdoar se descongelei o Exército das Gárgulas por acidente e elas morreram.

E, claro... se devo acreditar nele, seria ótimo saber se Jikan é quem Hudson pensa que é. Espero que seja. Espero mesmo que seja, porque não sei em quem mais posso confiar para consertar o estrago que a Carniceira e eu causamos, seja lá qual for.

É engraçado como, no ano passado, eu iria simplesmente rir da noção de que existe um deus do tempo. Mas agora desejo que ele não somente exista, mas que esteja bem diante de mim nesse momento. Afinal, naquela época eu pensava que vampiros e lobisomens só existiam na ficção...

— Você é mesmo o Deus do Tempo? — Macy pergunta antes que eu o faça, falando pela primeira vez desde que Jikan apareceu.

— Prefiro ser chamado de "o Historiador", mas sim... esse é o meu título oficial.

Flint dá uma risada.

— Você fala como se isso fosse um trabalho.

— Qual parte daquela frase "essa é a primeira vez que tiro férias em quinhentos anos" você não entendeu? — ele pergunta, erguendo mais uma vez sua máscara de mergulho. — Se passar o tempo inteiro trabalhando desde o início da existência não parece um trabalho, não sei o que é. E por falar nisso... — Jikan larga a máscara de mergulho na mesa de centro da carniceira e aponta para o sofá. — Sente-se aí e não me atrapalhe. Este vai ser um trabalho delicado.

— O que você vai fazer? — pergunto, analisando ao redor da sala na tentativa de entender a que ele se refere. Tudo parece normal para mim, mas obviamente não é assim se o Deus do Tempo (ou melhor, o *Historiador*) decidiu interromper seu mergulho para vir até uma caverna no Alasca.

Por um minuto, tenho a impressão de que ele vai retrucar com alguma resposta ácida, mas Jikan simplesmente suspira e faz um gesto para que nos aproximemos.

Jaxon ergue a mão para que permaneçamos no mesmo lugar e é o primeiro a avançar, o que me parece ao mesmo tempo uma atitude corajosa e tola. Mas ele nem chegou a dar dois passos e o Historiador já está revirando os olhos.

— Você, não. Ela.

Há um pedaço de mim que espera que ele esteja falando da Carniceira. Mas, antes que ele baixe os óculos outra vez e aponte aqueles olhos castanhos para os meus, sei que está falando de mim. Sou a pessoa que pode adicionar "quebrar o tempo" ao repertório de truques, afinal de contas.

Sigo andando com relutância e não fico surpresa ao perceber que Hudson está logo atrás de mim.

— Acabei de dizer que...

— Eu ouvi o que você disse — responde Hudson, sem se alterar. — Mas, se a quiser, vai ter que me engolir também. Somos o pacote completo.

Dessa vez o Historiador arranca os óculos e usa toda a sua ferocidade (que não é pouca) para encarar Hudson, que, é claro, o encara de volta pelo que parece uma eternidade. E, do nada, Hudson pergunta:

— Está sentindo cheiro de torrada?

— Torrada? — responde o Historiador, incrédulo.

Meu consorte dá de ombros, daquele seu jeito bem característico.

— Não consigo decidir se você está tendo um derrame ou se só está em alguma espécie de transe. Por isso, resolvi perguntar.

Uma expressão de surpresa toma conta do olhar do Historiador, seguida rapidamente da irritação. Logo depois, ele estala os dedos.

E Hudson desaparece.

Capítulo 51

UM REMENDO NO TEMPO SALVA O MEU TRASEIRO

O choque deixa a mim (assim como o meu grupo inteiro) imóvel. E a Carniceira diz:

— Por que não pensei nisso antes?

— O que você fez? — questiono. — Para onde ele foi?

— Onde está o meu irmão? — Jaxon avança sobre o Historiador. — O que você fez com ele?

— Nada, comparado ao que você fez com ele — responde o Historiador com a voz tranquila. — Ou nós temos simplesmente que esquecer o que aconteceu?

— Você é mesmo um cuzão, sabia? — grunhe Jaxon.

A única resposta do Historiador é erguer a mão, com o polegar encostado no dedo médio como se os fosse estalar outra vez.

Jaxon para de avançar, com o queixo agitado e os punhos fechados.

— Pare! — exclamo para eles; não somente a Jaxon e ao Historiador, mas aos nossos amigos também, que já se aproximam. E, considerando que há uma boa chance de que todos decidam pular em cima do Historiador, fico diretamente na frente dele. E peço: — Você pode trazê-lo de volta, por favor?

Ele inclina a cabeça para o lado como se ponderasse acerca da ideia. Em seguida, responde:

— Não sei. Gosto mais de quando ele não está por perto.

Ele está brincando comigo, assim como um gato brinca com um rato. E isso me deixa irritada. Por outro lado, tudo nessa viagem está conseguindo me irritar. Mas eu mordo a parte de dentro da minha bochecha e falo, com toda a delicadeza de que sou capaz, mesmo fazendo com que a frase soe como uma ordem:

— Solte-o, por favor.

Ele ergue uma sobrancelha.

— Não acha que vou aceitar ordens de uma semideusa que mal saiu das fraldas como você, não é?

— Acho que isso depende.

— De quê?

Respiro fundo e sufoco o medo e o pânico em algum lugar bem fundo dentro de mim. Depois de fazer uma prece para o universo e rogar que esteja fazendo a coisa certa, respondo:

— Depende de você querer realmente chegar a tempo para aquele luau.

Em seguida, respiro fundo e seguro no meu cordão verde com toda a força que consigo.

O som de algo se quebrando rasga a sala.

— Puta merda — murmura Flint, logo atrás de mim.

— Grace, pare! — avisa Macy, também atrás de mim. — Não faça isso.

Mas continuo firme, sustentando o olhar do Historiador e esperando que ele não perceba o quanto estou assustada ao segurar o meu cordão verde — o qual enche meu corpo com uma energia, e sei muito bem que não tenho o menor controle sobre ela. Esse poder me amedronta demais. Quando outro som de rachadura ecoa pela sala, os cantos da minha boca se erguem, e percebo que esse poder todo não me assusta por causa da destruição que ele causa, mas sim porque gosto disso. O que é ainda mais assustador, sendo supersincera.

Por sorte, o olhar dele se fixa no meu sorriso crescente. Em seguida, o Historiador estala os dedos e Hudson simplesmente reaparece.

— Ai, meu Deus. — Solto o cordão em um instante. E, quando faço isso, a caverna se aquieta. Nunca me senti tão grata em toda a minha vida por um luau.

Hudson coloca o braço ao redor de mim e, à diferença das vezes em que ficou congelado e não percebeu de imediato o que havia acontecido, dessa vez ele parece saber com exatidão o que o Historiador fez. Estranhamente, não parece ter ficado muito incomodado com isso. Até estampa um sorriso enorme no rosto, inclusive.

— Aonde você... — começo a perguntar, mas ele me interrompe balançando a cabeça e pressionando os lábios na minha testa.

Em seguida, segura na minha mão e contempla o Historiador.

— Isso foi bem legal, meu chapa. Obrigado pelo passeio.

— Não era para ser um... — Jikan para de falar, balançando a cabeça. — Esqueça. Vamos começar a trabalhar antes que a sua namorada abra um buraco de minhoca.

— Eu posso fazer isso? — questiono, horrorizada.

— Ela pode fazer isso? — Hudson pergunta ao mesmo tempo, mas, no seu caso, parece simplesmente estar intrigado. E isso me deixa perplexa de várias maneiras. Não sei o que acontece com esse Deus do Tempo, mas Hudson está interessado demais no que ele pode fazer, em vez de se preocupar com o que ele pode fazer conosco.

— Só uma dose de humor baseada no tempo — replica o Historiador. E isso nem é uma resposta. — E... não, ela definitivamente não pode fazer isso.

— Então, o que foi que eu quebrei? — pergunto para mudar de assunto, aproximando-me dele apesar daquela voz (que não é a de Alistair) no fundo da minha cabeça que grita para que eu me afaste o máximo que puder dele. — E o que você vai fazer para consertar?

Jikan circula pela sala agora, fitando o teto, que novamente está em perfeitas condições — ou, pelo menos, em condições tão perfeitas quanto o interior de uma caverna de gelo pode estar. E percebo que o Historiador não vai me responder. Mas, depois de ir e voltar até o mesmo canto quatro vezes, ele me chama.

Dessa vez eu vou sozinha, olhando para Hudson com uma expressão que o avisa para ficar onde está quando ele tenta vir comigo. Não estou a fim de encarar mais uma competição para ver quem tem o maior pau aqui.

— Está vendo aquilo? — pergunta o Historiador, apontando para a parte mais alta da caverna.

Aperto os olhos, mas tudo que vejo é gelo e pedra.

— Não.

Ele solta um suspiro de decepção.

— Bem, quem sabe da próxima vez. — Ele para e fica me encarando. — Não que eu ache que vai haver uma próxima vez.

Em seguida, ele pega seu relógio de bolso outra vez.

— Espere! — exclamo, examinando o teto com mais atenção. — O que eu deveria ver?

Preciso que ele me diga porque, se isso acontecer outra vez, vou saber se causei algum dano permanente ao futuro ou ao presente.

— Ou você consegue ver ou não consegue — ele explica, dando de ombros. — E, se não conseguir, não há como ensiná-la a ver.

Com isso, Jikan abre a tampa do relógio de bolso e empunha o aparelho. Ele é mais alto do que eu (algo que não é tão difícil de acontecer), e isso significa que não consigo enxergar o mostrador do relógio. Não consigo ver nada além de uma luz azul e estranha que parece emanar do mostrador do relógio. Ela forma um círculo ao redor do Historiador e depois um círculo ao nosso redor, ficando maior a cada minuto que ele mantém a tampa do relógio aberta.

Depois, quando o círculo fica grande o suficiente — cercando a todos nós e também todo o espaço da sala —, o Historiador aproxima a mão do relógio e segura o que parece um punhado de luz. Ele joga aquela luz direto para o teto, bem no lugar que apontou para mim agora há pouco.

Eu me encolho, esperando haver algum tipo de explosão ou coisa parecida; tenho a sensação de que tudo está prestes a explodir ultimamente. A única coisa que acontece é que a luz azul ilumina toda aquela parte do teto antes de se espalhar pelo restante da caverna.

— É só isso? — sussurra Macy. — É assim que você conserta uma rachadura no tempo? Com uma luz?

— É um pouco mais complicado do que isso — responde o Historiador.

Ele estala os dedos e o maior par de agulhas de tricô que eu já vi aparece em sua mão. Ele estala os dedos outra vez e a música *What a Time*, de Julia Michaels e Niall Horan, começa a tocar por toda a caverna de gelo.

Hudson e Macy estão juntos de mim agora, cada um de um lado. Olho para os dois para ver se eles sabem o que está acontecendo, pois o Historiador definitivamente não parece o tipo de cara que curte música pop. Mas ambos parecem tão confusos quanto eu. Em especial quando o refrão se repete no meio da música e o historiador começa a balançar a cabeça no mesmo ritmo, cantando a letra com os olhos fechados — enquanto tricota uma peça invisível em pleno ar a uma velocidade estonteante.

— Todo mundo está conseguindo ver isso? — indaga Flint pelo canto da boca. — Ou o Tylenol que andei tomando está me causando alucinações?

— Tylenol não causa alucinações — bufa Éden.

— Então, é de verdade mesmo? — Flint parece embasbacado.

— É... alguma coisa — comenta Mekhi.

O Historiador escolhe esse momento para abrir os olhos e percebe que estamos todos olhando para ele.

— O que foi? — ele pergunta conforme o refrão da música se repete em um loop infinito. — Eu gosto dessa música.

E, para provar, ele fecha os olhos outra vez e volta a balançar a cabeça no ritmo do refrão que se repete sem parar. Embora eu goste muito dessa música (sou superfã da One Direction e não tenho o menor pudor de assumir), depois de ouvir o refrão pelo que parecem mais de 311 vezes seguidas, até mesmo Macy e eu estamos prontas para jogar a toalha.

O Historiador, entretanto, continua a balançar o corpo no ritmo da música enquanto tricota sem parar. Não há nenhuma linha nem nada que esteja enrolado nas agulhas de tricô, mas ele continua a mexer as pontas para a frente e para trás no ritmo da música. Até que, finalmente (bem no meio da 312ª repetição do refrão), ele simplesmente para.

A música também para (graças a Deus) enquanto ele ergue as agulhas de tricô e proclama:

— *Voilà*!

A princípio, tenho a impressão de que ele se esqueceu completamente de nós, considerando que passou os últimos cinco minutos tricotando alguma coisa como se nem estivéssemos por perto, mas agora consigo enxergar: fios muito delgados, quase invisíveis, que flutuam em meio à luz ao seu redor.

— O que é isso? — pergunto, estendendo a mão para sentir um deles na ponta dos meus dedos.

Mas um rápido golpe daquelas agulhas de tricôs nos nós dos meus dedos faz com que eu recolha a mão.

— São os fios do tempo — responde ele. — Intocados por mãos de semideusas que mal saíram das fraldas. — Ele me encara com uma expressão feroz. — E precisam continuar assim.

— De que fios você está falando? — indaga Éden, aproximando-se a fim de enxergar melhor. — Não estou vendo nada.

— Eu também não — concorda Macy.

— Estão bem aí — garanto a elas, apontando para vários fios que flutuam perto de nós enquanto me esforço para não os tocar. Os ossinhos nos meus dedos ainda doem por terem sido acertados.

Mas os meus amigos parecem bem confusos. Até mesmo Hudson balança a cabeça e diz:

— Não estamos conseguindo ver nada aí, Grace.

— Mas tem alguma coisa aí. — Esfrego os olhos e, em seguida, observo mais uma vez só para ter certeza de que o Historiador não está tentando me zoar. E não está. Os fios finos estão bem diante de nós.

— Preste atenção — declara o Historiador, girando as agulhas de tricô entre os dedos como se fossem baquetas.

— Mas é um exibido mesmo — comenta a Carniceira, revirando os olhos.

Ele bufa pelo nariz.

— Olhe quem está falando.

Em seguida, ele se aproxima com uma das agulhas, prende um dos longos feixes de fios com o gancho que há na ponta e o ergue, girando-o ao redor da cabeça. Ele gira o feixe sem parar, e em seguida o solta.

No instante em que ele faz isso, os fios voam e se espalham por toda parte. Pela sala, pelo teto, pelas paredes e (de um jeito apavorante) sobre os meus amigos e em mim. Fico esperando que se fechem à nossa volta e que talvez até nos liguem uns aos outros. Mas o que acontece é bem mais bizarro. Os fios passam através de nós.

Sinto-os por baixo da pele, atravessando meus músculos e o sangue, as veias e os ossos. Não machuca, mas a sensação é muito estranha — como se um milhão de libélulas entrassem e saíssem de mim por todos os lados.

Mas, ao espiar para Hudson a fim de saber se ele está bem, para ver se os fios o machucam, percebo que ele está simplesmente parado como se não fizesse a menor ideia da situação.

O mesmo acontece com Macy. E também com Jaxon, Flint e os demais. Nenhum deles percebe que o Historiador acabou de empurrar essas coisas, sejam o que forem, através de nós.

Segundos depois, a sensação estranha de zumbido cessa dentro de mim. Aflita, investigo ao redor, à procura de entender o que aconteceu. E percebo que os fios nos atravessaram por inteiro. Vejo todos eles atrás de Macy e Hudson agora — delgados e delicados como sempre, conforme continuam a se espalhar pela sala, atravessando tudo em seu caminho.

— Estou impressionado — anuncia o Historiador. — Não sabia que você seria capaz de enxergá-los. Mas, ao que parece, você não é uma farsa.

— Como assim? — questiono. — E por que os outros não conseguem ver os fios?

— Que fios? — Flint pergunta, e mais uma vez demonstra aquela voz irritada (o que é bem normal nos últimos tempos).

O Historiador simplesmente revira os olhos.

— Isso é uma característica reservada aos deuses — ele me informa, como se isso explicasse tudo.

Antes que eu consiga fazer mais alguma pergunta, ele gira mais uma vez as agulhas de tricô como se fossem baquetas. Elas desaparecem no meio do giro. Afinal, não poderia ser diferente. Nem penso mais nesse cara como um rato de praia. Estou começando a achar que o Historiador está mais para roqueiro frustrado.

— E agora? — pergunto, porque ainda não vi nada acontecer naquele canto no teto da caverna para o qual ele estava olhando agora há pouco.

— Agora? — Ele ergue as duas sobrancelhas. — Esperamos.

— Esperamos? — pergunta Jaxon. — Esperamos o quê?

O Historiador sorri, e o seu sorriso é mais assustador do que quando ele ficava com aquela expressão séria.

— Você vai ver.

Capítulo 52

EU E O BIG BANG

Não sei o significado desse “você vai ver” que o Historiador menciona, mas não me parece muito bom. Em particular quando ele continua:

— Nesse meio-tempo, Grace, precisamos conversar.

— Conversar? — repito, sentindo o nervosismo agir no meu estômago, que já não está muito bom. — Sobre o quê?

— Seu poder recém-descoberto. Você não pode sair por aí e usá-lo a esquerdo e a direito como se…

— A esquerdo e a direito? — indago, com a impressão de que deixei algo passar. — O que uma coisa tem a ver com a outra?

— Acho que ele quis dizer “a torto e a direito” — responde Hudson tranquilamente.

— Está bem, mas ainda assim isso não faz sentido. — Eu faço um gesto negativo com a cabeça. — Não fui eu que parei o tempo no mundo inteiro. — Aponto para a Carniceira. — Foi ela.

— Bem, são apenas conselhos bons e úteis, não são? — pergunta ele, sarcástico. — Mas também foi você que arrebentou a magia dela como uma criança em uma loja de doces e abriu um rasgo no tempo.

— Também não quero que isso aconteça de novo. Não sei nem mesmo como foi que isso aconteceu — asseguro a ele, esfregando as mãos.

— Porque você não conhece os fundamentos sobre como controlar o seu poder, obviamente — acusa Jikan.

— Pare de assustar a criança, Jikan — a Carniceira o repreende. Em seguida, olha para mim e continua: — Ele só não quer admitir que podemos controlar o tempo, especialmente porque adora dizer para todo mundo que é o *Deus do Tempo*.

Ela pronuncia essas últimas palavras como se Jikan tivesse inventado o título e ela só o usa porque isso o deixa feliz.

— Você não controla o tempo, Cássia — retruca Jikan, irritado, e eles começam mais um duelo de olhares intensos. Dessa vez, quem vence é a Carniceira, pois Jikan finalmente encolhe os ombros e admite: — É o Caos que controla a flecha do tempo. Nada mais.

— Espere aí. Eu posso viajar no tempo? — conjecturo, sentindo a primeira pontada de empolgação no estômago em razão da possibilidade de ser uma semideusa. Adoraria voltar no tempo e conhecer Kafka. E lhe perguntar por que diabos tinha que ser uma barata. Tive pesadelos durante semanas por causa daquele livro.

Jikan endireita a coluna, erguendo-se completamente antes de declarar:

— Somente o Deus do Tempo é capaz de surfar essas ondas.

É uma declaração tão absurda que não consigo conter uma risadinha.

— Nós podemos controlar o fluxo do tempo, Grace — explica a Carniceira.

Jikan concorda com um aceno de cabeça.

— O templo flui da ordem para a entropia. Assim, como semideusa do caos, você pode fazê-lo parar ou voltar a correr, até certo ponto. Mas nada além disso. Mas, se você fosse inteligente, jamais faria uma coisa dessas, porque não vou ser tão gentil da próxima vez que tiver que aparecer para consertar um dos seus erros.

Ele foi gentil dessa vez?

— Mas se "tudo que ela pode fazer" é parar e reiniciar o fluxo do tempo... — intervém Hudson, fazendo um sinal de aspas com os dedos e piscando o olho para mim — ... e eu já acho isso bem impressionante, como Grace foi capaz de abrir um rasgo no tempo?

Jikan fita a Carniceira e eles começam uma espécie de conversa silenciosa com os olhos, porque, depois de uns momentos, ele solta um longo suspiro. Em seguida, ele responde:

— Foi exatamente isso que ela fez. E é como eu disse antes. Quando você cria fendas no tempo, deixa aberturas para todo tipo de coisas desagradáveis.

— Como assim "desagradáveis"? — questiono enquanto um calafrio corre pela minha coluna. — De que tipo de magia ruim nós estamos falando?

— Não é de todo ruim — ele me explica. — É simplesmente problemático. Para mim, para Cássia e, cedo ou tarde, para você também. — O Historiador analisa ao redor da sala de estar da Carniceira, balançando a cabeça negativamente. — Bem, tem uma onda me esperando. Mas antes... — Ele me fuzila com o olhar. — Um aviso. O tempo não deve ser usado para brincadeiras, especialmente por uma semideusa que mal saiu das fraldas. Se fizer isso outra vez, vou cancelar a minha trégua com a sua avó e descongelar o seu povo.

Libero um gemido surpreso. Diabos, todos nós soltamos o mesmo gemido surpreso. Todos menos Hudson, que simplesmente aperta os olhos enquanto encara o Historiador. Ele está basicamente ameaçando matar toda a minha espécie se eu não agir de acordo com suas regras, o que é grosseiro pra cacete.

— Não tenho como prometer isso. Nem sei o que fiz para trazer você até aqui hoje!

Hudson se aproxima para colocar o braço ao redor dos meus ombros, mas acolhimento é a última coisa de que preciso agora. Estou possessa.

Coloco as mãos nos quadris e ergo o queixo.

— Se não quer que eu fique brincando com esses seus preciosos fios do tempo, então me ajude a salvar o meu povo. Porque, se não ajudar, se estiver disposto a deixar que milhares de pessoas morram só para mostrar que você tem razão, vou passar cada dia da minha vida fodendo com o tempo. E vai passar o resto da vida tricotando até as suas mãos caírem para consertar todas as merdas que eu fizer.

Inspiro o ar várias vezes, minhas mãos tremendo pelo fato de ter acabado de afrontar um deus. Tenho certeza de que estou prestes a ser castigada por isso. De qualquer maneira, chega uma hora em que não dá mais para aguentar.

— Grace... — a Carniceira tenta me acalmar, mas estou irritada demais.

— Não! — respondo para ela. — Estou falando sério. Pelo menos uma vez, por que esses deuses tão preciosos não decidem abrir o jogo e falar a verdade? Pelo menos uma vez, por que não experimentam revelar o que precisamos saber em vez de nos forçar a tatear no escuro até alguém morrer? Não me importo em fazer o que tem que ser feito, mas já estou de saco cheio de ver as pessoas que amo morrerem ou se machucarem só porque nunca nos contam a história inteira. Por isso, se quiser voltar a ver um golfinho algum dia, me fale o que temos que fazer para salvar o meu povo!

Paro para respirar fundo mais algumas vezes e Hudson diz:

— Ela tem razão. — Em seguida, ele continua atacando, porque Hudson é Hudson e sempre vai estar ao meu lado: — Você pode ficar puto com a gente e nos mandar para outro plano de existência, mas isso não nega o fato de que Grace tem razão. A Carniceira afirma que ela só precisa usar seu cordão verde, mas vocês sabem o que acontece quando Grace o toca. Pura destruição.

— Bem, isso é porque ela ainda é praticamente uma criança com os poderes de uma semideusa do caos. Pare de tocar nesse cordão até amadurecer — rebate Jikan como se aquilo fosse óbvio.

— Eu. Não. Sou. Uma. Criança.

Mas Jikan revira os olhos.

— Não, eu não estava dizendo que *você* é uma criança. Mas, em termos de experiência com seus poderes, é como se fosse. Só não sei como isso é possível. — Ele olha para a Carniceira. — Foi você que fez isso? Impediu que a divindade dela florescesse?

A pergunta de Jikan transforma a minha raiva em gelo, e eu me viro lentamente para encará-la.

— Você fez mais alguma coisa comigo?

A Carniceira faz um sinal negativo com a cabeça.

— Não fui eu, criança. Libertei a sua magia no dia em que sua mãe veio conversar comigo, trazendo você no ventre. Foi outra pessoa que impediu que a semente da sua magia florescesse até recentemente. Ela está aí, mas é selvagem, jovem e faminta. É puro caos, sem direção, sem foco e sem controle. — Ela balança a cabeça, decepcionada. — Vai crescer se você lhe der tempo, mas infelizmente está nítido que você ainda não tem a força necessária para remover o veneno do Exército com ela.

Minha vontade de brigar desaparece com a mesma rapidez com que surgiu. Estava tão ocupada sentindo medo do que poderia acontecer se tocasse o meu cordão verde que nem cheguei a considerar que talvez nada acontecesse.

Mas Hudson não se convence.

— Você considera fraco o que Grace fez com essa caverna? Puta merda, Jikan acabou de dizer que ela abriu um rasgo no tempo em si. E você acha que ela precisa ser ainda mais forte?

— Isso não é nem uma fração do que Grace será capaz de fazer algum dia — responde a Carniceira, com o orgulho evidente na voz. — Mas ela precisa aprender a andar antes de correr.

— Bem, há uma maneira de... — começa Jikan, mas a Carniceira o interrompe.

— Não.

Mais uma vez, uma espécie de conversa silenciosa acontece entre o Historiador e a Carniceira, que termina com a Carniceira fazendo um sinal negativo bem enfático com a cabeça e o Historiador dando de ombros. Isso me deixa irritada outra vez, e esbravejo com a Carniceira:

— Você não vai deixar que ele me diga como posso salvar o meu povo? O povo do seu consorte?

— Você não vai conseguir, Grace. Não desse jeito. Você ainda não tem poder suficiente.

Do jeito que ela fala, parece até que se importa com o que venha a acontecer comigo. Mas não me importo. Há milhares de gárgulas congeladas no tempo, gárgulas que nunca vão envelhecer, que nunca vão ter filhos, que nunca vão viver de verdade, a menos que alguém as salve. Talvez eu não ache que estou pronta para ser a rainha desse Exército, mas sou tudo que eles têm. E quero só ver se não vou morrer tentando libertá-las.

— Obrigada por me subestimar, *vovó*. — Eu alongo a palavra com um sorriso irônico, do mesmo jeito que Cyrus agiu com ela há tantos anos.

Acho que consegui tocar em um ponto sensível, porque ela me contempla por um instante, com um sentimento de vergonha naqueles olhos verdes e brilhantes. Em seguida, ela se vira para Jikan.

— Diga a ela.

Ele cruza os braços diante do peito.

— Existe uma coisa que pode derrotar essa arma capaz de matar deuses. Um antídoto para todos os venenos, chamado de Lágrimas de Éleos. — Jikan faz um gesto negativo com a cabeça. — Mas Cássia tem razão. O único que conheci durante todo esse tempo é impossível de ser alcançado.

— O que ele faz? — pergunta Éden. — Como podemos usá-lo?

— E onde o encontramos? — emenda Flint.

— Ele recupera a vida quando você o bebe — responde o Historiador. — Se quiser salvar o seu Exército, basta despejá-lo nos seus cordões que a ligam às gárgulas. Agora, o lugar onde você pode encontrá-lo... St. Augustine, na Flórida, é claro.

— Na Flórida? — pergunto, incrédula. — A chave para derrotar o veneno mais poderoso do mundo está na Flórida?

— Onde mais você esperava que fosse? — o Historiador responde. — No Monte Olimpo?

Falando desse jeito, a Flórida parece um lugar tão bom quanto qualquer outro.

Ele se levanta e examina o teto da caverna até se dar por satisfeito.

— Está tudo consertado. E ainda tenho dez minutos até o meu luau começar. O intervalo de tempo foi perfeito. Como sempre.

— Espere aí. É só isso? — insiste Macy, sem conseguir acreditar. — Isso é tudo que você vai nos dizer? Que precisamos ir para St. Augustine, na Flórida?

— Bem... isso e também que devem tomar cuidado. O que vocês precisam não é para mãos humanas ou de bebês... digo, semideusas inexperientes. Ele é guardado por uma criatura antiga e poderosa que não conhece nada além da morte. Afinal, o que é melhor para proteger a vida do que a sua antítese? Não é possível negociar com ela. E ela não pode ser derrotada.

— Vai ser moleza — comenta Hudson, sem se abalar.

— Se fosse fácil, qualquer um poderia fazer isso — o Historiador garante a ele. E, com certeza, isso faz sentido. — Agora, se me dão licença, tenho que ir assar um leitão.

Antes que eu consiga pensar em mais alguma coisa para dizer, ele vai até a abertura que criou em pleno ar e puxa um dos fios delgados.

E, assim, tudo escurece.

Capítulo 53

VAMOS GASTAR ATÉ CAIR NO CHÃO

— Onde estamos? — pergunta Macy quando a escuridão desaparece tão rapidamente quanto surgiu, revelando que todos nós fomos transportados para um lugar diferente.

— Não sei — responde Éden, olhando ao redor para as fileiras de prédios baixos e para a rua calçada com paralelepípedos. — Mas esse lugar é legal.

— O que há de tão legal em um bando de casas velhas? — zomba Flint. Mas observa ao redor, assim como todos nós, admirando toda a paisagem.

Por sorte, ainda está escuro — ou quase. Há somente um indício de sol no horizonte. Isso significa que Hudson não vai ter problemas se ficar ao ar livre por aqui, pelo menos por determinado tempo. E isso é ótimo, pois ainda não faço a menor ideia de onde estamos. A única coisa que sei é que Flint tem razão. Estamos cercados por um monte de prédios antigos.

O céu se tinge com o roxo-escuro de uma escapada à luz da alvorada, mas a área à nossa volta é iluminada por postes de iluminação a gás um pouco esquisitos. Estamos em um passadiço estreito com piso de pedra entre prédios antigos com varandas de madeira decorados com luzes. Cada piso de cada prédio exibe uma placa diante de si, e aí percebo que estamos em um mercado antigo.

À nossa volta, vemos uma loja de chocolates, uma de antiguidades, uma chapelaria e uma livraria especializada em volumes raros, que me deixa babando. Mais adiante na rua há um restaurante, um pub fofinho em estilo antigo e uma loja de brinquedos. Todas as lojas estão escuras no momento, já que ainda é muito cedo. Mas, em outra época, quando a vida de centenas de alunos de Katmere e toda a minha espécie não estiverem correndo risco de morrer, eu adoraria voltar aqui e andar por todo esse mercado.

Por enquanto, vou me contentar em descobrir onde estamos.

Quando digo isso aos meus amigos, Macy responde, apontando para uma placa nas proximidades.

— Estamos em St. Augustine, na Flórida.

— Foi isso que ele fez com você? — pergunto a Hudson enquanto consultamos um mapa no fim daquela ruela. — Estalou os dedos e o mandou para um lugar diferente, como esse aqui?

— Lugar diferente, época diferente. Foi impressionante, de verdade.

— Então, foi por isso que você não estava irritado quando voltou. — Faço um gesto negativo com a cabeça. — Você parecia estar impressionado, mas eu não consegui descobrir por que ele fez você sumir daquela caverna.

— Não sumi de verdade. Ele só me mandou para uma ilha deserta minúscula em algum lugar, logo antes de o sol nascer. — Quando os meus olhos se arregalam, ele ri. — Foi uma ameaça implícita, mas estava bem ali.

— Então, agora que sabemos que estamos em St. Augustine, o que temos a fazer? — indaga Macy, apontando para o alto do mapa que diz "Lojas Históricas da Cidade Velha de St. Augustine".

— Descobrir onde fica a loja da "magia antiga e poderosa"? — sugere Flint, em tom de brincadeira.

— Sem falar no fato de que logo vai amanhecer — complemento, mirando o céu. — Hudson precisa sair daqui antes que o dia clareie.

— O que Hudson precisa fazer é parar de beber o seu sangue para podermos fazer o que é preciso — resmunga Éden.

Baixo a cabeça, sentindo as bochechas arderem. Bem, ela provavelmente tem razão, mas levar uma bronca dessas na frente de todo mundo é superconstrangedor. O fato de apenas os vampiros que se alimentam de sangue humano não poderem sair sob a luz do sol por alguns dias é uma das coisas mais inconvenientes do mundo. E não estamos falando de camisas de manga longa e gola rolê. Hudson precisa de um traje totalmente vedado... e eu preciso de um buraco bem fundo para me esconder.

Hudson passa o braço ao redor da minha cintura e me puxa para junto de si.

— O que nós precisamos é parar de sermos jogados de um lado para outro por deuses que ficam se divertindo com o nosso sofrimento — rebate ele com o sotaque britânico bem marcado.

— Sim, mas como isso não vai acontecer tão cedo, concordo com Éden — responde Jaxon. — Pare de usar esse seu banco de sangue particular. Pelo menos por enquanto.

— Ah, eu sabia que você ia dizer isso — provoca Flint. — Não há nenhuma segunda intenção nesse seu pedido, não é mesmo, Jax?

Não sei se é possível, mas minhas bochechas ficam ainda mais vermelhas. Tudo que eu quero é descobrir o que devemos encontrar aqui em St. Augustine — se possível, antes que o sol nasça e transforme o meu consorte em churrasquinho. Honestamente, depois disso, quero conversar com Flint e lhe dar um abraço enorme. E dizer que ele tem que parar de ficar descontando sua raiva em todo mundo. Toda vez que ele o faz, eu me lembro de toda a dor que ele tem. Tenho medo de que, algum dia, ele faça alguma coisa sem pensar e acabe morrendo por causa disso.

— Está falando sério? — questiona Mekhi. — Nossos amigos da escola estão nas mãos de um maluco e vocês vão ficar aqui brigando por essas bobagens? Será que podemos tentar nos concentrar no objetivo por mais de três segundos?

— E qual é o nosso objetivo? — pergunta Macy. — Além de trazer todo mundo que estudava em Katmere de volta, é claro. Qual é o objetivo aqui? Porque, naquela caverna, não vi ninguém perguntar como vamos encontrar a minha mãe.

Aquelas palavras me atingem no estômago com a força do soco de um boxeador peso-pesado e eu solto um gemido surpreso. Ela tem razão também. Prometi a Macy que, se fôssemos, perguntaria isso à Carniceira. E não cumpri minha palavra. A vergonha de termos passado todo aquele tempo perguntando sobre mim e sobre como salvar o meu povo faz minhas bochechas arderem.

— Se encontrarmos uma cura para o Exército, eles vão nos ajudar a salvar todo mundo — responde Hudson. — Não podemos vencer o meu pai sozinhos. Em particular agora que sabemos que, enquanto o Exército estiver congelado, ele é imortal também.

Levanto a mão para mostrar uma coisa.

— Essa Coroa só funciona com o Exército, e nós sabemos que Cyrus morre de medo dela. Por isso...

— Então, vamos descobrir como podemos encontrar essas Lágrimas de Éleos para salvar todo mundo, incluindo os pais de Macy — intervém Jaxon, me fitando com uma expressão arrependida. — Provavelmente é algum pingente mágico de safira ou coisa do tipo.

— Que fica pendurado ao redor de alguma máquina insana de matar — emenda Mekhi com um sorriso, como se encarar um monstro enfeitado com joias fosse divertido.

— Nesse caso, então, vamos encontrar o esconderijo do monstro e mergulhar de cabeça — continua Flint, com um meio sorriso que se abre em seu rosto e me faz lembrar, pelo menos por um segundo, do meu velho amigo.

— Bem, não acho que Jikan teria todo o trabalho de nos mandar até aqui só para nos forçar a viajar por uma distância maior — comenta Hudson, observando a fachada da loja bem à frente do ponto onde o Deus do Tempo nos enviou.

— E isso significa o quê, exatamente? — pergunta Éden. Ela se vira para observar o que Hudson está olhando e conclui: — Ah, você não pode estar falando sério.

Quando percebo o que ele está olhando, tenho de admitir que concordo totalmente com Éden.

— Uma loja de... caramelos? — Eu pergunto. — O lugar que abriga a magia de um dos deuses mais poderosos e antigos do mundo é... uma loja de caramelos?

Capítulo 54

MELANDO A CARA COM CARAMELO

Enquanto saio de trás de Jaxon para dar uma olhada melhor na loja de doces, não consigo deixar de achar que Hudson talvez tenha razão. As vidraças estão cobertas de pôsteres com várias ilustrações de monstros, com uma placa de madeira acima da vitrine que proclama orgulhosamente o nome da loja: "Caramelos do Monstro".

— O dono desse lugar acredita na publicidade honesta.

— Ou em usar criaturas para fazer doces — comenta Mekhi.

— Estou só dizendo que, se tiver um caldeirão de caramelo do tamanho de um dragão, vou cair fora daqui — concorda Flint.

— Sendo bem sincera, se houver qualquer coisa do tamanho de um dragão aí dentro, é melhor todos nós cairmos fora — completa Macy. — Sei que este grupo não gosta muito da ideia, mas fugir também é uma boa estratégia de sobrevivência.

— Vamos entrar ou não? — questiona Jaxon, indo até a porta pintada do mesmo tom de rosa do algodão-doce.

Aperto a mão de Hudson e vou até onde está Jaxon, mas percebo que Hudson está disposto a fazer exatamente o mesmo.

Jaxon nos olha com surpresa, mas Hudson dá de ombros.

— Alguém precisa ter a coragem de criar uma distração para que a sobrevivência por meio do "corra pra caralho" possa acontecer.

Todos soltam risadinhas ante tais palavras, até mesmo Flint — que era exatamente o que Hudson queria que fizessem. A tensão de um momento atrás começa a se desfazer. É só mais uma das razões pelas quais o amo tanto.

No fim das contas, sou eu quem abre a porta. E sou a primeira a entrar no que se parece muito com um conto de fadas dos irmãos Grimm.

As quatro paredes da loja são um mural gigante que retrata um céu preto e estrelado, com vista para dúzias de árvores brancas e desfolhadas. Sei que é impossível uma árvore dar a impressão de que está sentindo dor, que é impossível para uma árvore sofrer, em especial uma árvore pintada. Mas tem alguma coisa nessas árvores que parece gritar em agonia. Estão encurvadas, retorcidas e encarquilhadas; sua própria existência é um testamento ao lado mais sombrio daqueles contos de fadas.

E o tema arbóreo não para por aí. Estátuas de árvores em tamanho natural — todas retorcidas, deformadas e tristonhas — estão espalhadas pela loja. Há globos de plástico transparente pendurados nos galhos, cheios de caramelos de todas as cores imagináveis.

Não acho que a minha imaginação esteja correndo solta quando digo que parecem maçãs envenenadas — tanto que não consigo deixar de olhar ao redor, à procura de um espelho mágico na parede. E nem preciso procurar por muito tempo. Há um espelho bem grande e ornamentado na parede, no fundo da loja. Logo à sua frente está um cálice dourado com os mesmos ornamentos, cravejado de diamantes e que repousa em um pedestal de pedra, perto do caixa. E, no caixa, está uma das mulheres mais espetaculares que já vi.

Ela é bem alta — bem mais alta do que Hudson, inclusive — com a pele pálida, olhos cor de violeta e um cabelo preto e liso que chega quase a tocar o chão. Tem uma silhueta curvilínea e delineada por calças pretas com um colete da mesma cor. E calça botas de couro preto que lhe sobem até as coxas, envoltas por correntes e penduricalhos prateados. Ela tem também cinco ou seis correntes ao redor do pescoço e o dobro disso em anéis nos dedos — e todos eles têm algum tipo de símbolo mágico. Suas unhas são longas e pontiagudas, com o mesmo tom de vermelho dos seus lábios.

Em outras palavras, ela é a bruxa má mais sexy que já caminhou pela face da Terra. É uma imagem que meus amigos (e o meu consorte) definitivamente não deixam passar, considerando que Jaxon, Hudson, Macy e Éden contemplam essa mulher como se ela fosse uma fantasia transformada em realidade enquanto Mekhi e Flint ficam completamente aterrorizados.

Estou em algum lugar entre os dois extremos — assustada mas ao mesmo tempo intrigada —, de modo que, quando sinto algo inexorável me atrair para o balcão, nem me preocupo em tentar resistir. Afinal de contas, nós viemos mesmo até aqui em busca de conversar com ela...

Mas basta eu dar dois ou três passos para que Macy estenda o braço e segure o meu cotovelo.

— Não — ela ordena na voz mais ríspida que já ouvi.

— O que houve? — pergunto, tentando entender por que ela está tão agitada.

— Você precisa esperar até que ela a convide para falar.

Minhas sobrancelhas se erguem em um movimento brusco.

— É algum tipo de protocolo das bruxas que não conheço?

— Ela não é uma bruxa — sussurra Macy.

— Tem razão, não é mesmo — concorda Éden. — E também não é humana. Consigo até mesmo sentir o cheiro da magia nela. Mas não consigo saber que tipo de paranormal ela é.

— Então, como sabe que não posso me aproximar dela primeiro? — questiono. — Isto aqui é uma loja, não é?

— Bom senso? — pergunta Hudson, com tranquilidade. — Não é preciso ser um gênio para perceber que ela é capaz de devorar todos nós durante a rotina do chá e ainda ter espaço para o jantar. Tenho um palpite bem forte sobre o motivo pelo qual essa loja se chama "Caramelos do Monstro".

Hum. Talvez ele não estivesse tão encantado por ela quanto pensei.

Macy pigarreia com impaciência e concentro minha atenção nela.

— Porque é o que essa placa diz?

Ela aponta para uma placa preta em que está escrito "regras", pendurada bem ao lado do espelho. Ao ler os dizeres, a primeira regra é a seguinte: "Espere até ser chamado para vir ao balcão. Sem exceções."

— Tudo bem, então. Acho que vamos ter que esperar, mesmo sendo as únicas pessoas aqui.

Recuo para junto dos outros, ficando em cima do *X* preto perto da porta, onde esperamos. E esperamos... e continuamos a esperar.

Minutos preciosos transcorrem. O amanhecer começa a tingir o céu com seus tons de laranja, vermelho e amarelo. Há um pedaço de mim que entra em pânico. Hudson não pode ficar sob a luz do sol até que o meu sangue tenha sido totalmente metabolizado do seu organismo. A única esperança é que, quando terminarmos, Macy possa abrir um portal para nos tirar daqui.

Vários outros minutos se passam enquanto esperamos que ela tire os olhos das palavras cruzadas em curso. Mas, depois de ter olhado para nós quando entramos na loja, aquela mulher não ergueu os olhos uma única vez.

Que diabos está acontecendo aqui?, sussurro inaudivelmente para Macy enquanto Hudson fica inquieto ao meu lado.

Minha prima dá de ombros, mas não parece ter a menor pressa de incomodar a mulher. Nem qualquer outra pessoa do nosso grupo, com exceção de Flint e Jaxon, talvez. Eles parecem simplesmente impacientes. Mas estou assustada demais para mandar algum deles até o balcão para perguntar. Afinal, sendo bem sincera, os dois são do tipo que exigem respostas em vez de só fazer perguntas. E é provável que isso faça com que sejam devorados.

Pelo jeito, sobrou para mim. Puta que pariu, viu.

Depois de passar alguns segundos olhando para ela com cara de poucos amigos — e de perceber que isso não funciona —, por fim decido tomar uma atitude e limpo a garganta.

Ela nem pisca os olhos.

Pigarreio de novo, um pouco mais alto dessa vez.

Mais uma vez, nada acontece.

— Grace... — Macy começa a dizer, mas eu a interrompo. A minha paciência tem limites.

— Desculpe, mas...

— Fora. — Ela pronuncia a palavra sem qualquer inflexão.

— Como é?

A mulher nem se incomoda em erguer os olhos da revista de palavras cruzadas quando responde.

— Você ouviu o que eu disse. Agora, saia.

— Mas nós precisamos...

Paro de falar quando a mão dela se ergue e acerta um tapa no pôster das Regras. Uma das unhas vermelhas aponta diretamente para a regra número dois: "Reservamo-nos o direito de recusar atendimento a qualquer pessoa, por qualquer motivo". O fato de ela fazer isso enquanto preenche uma das respostas nas suas palavras cruzadas deixa a situação ainda mais impressionante. Ou talvez ela só tenha feito isso tantas vezes antes que o movimento ficou assimilado em sua memória muscular a essa altura.

De qualquer maneira, não estou disposta a ir a lugar algum até conseguir pelo menos falar com alguém. Limpo a garganta mais uma vez.

— Olhe, me desculpe mesmo, mas...

— Você já disse isso. — E solta um bocejo enorme, sem nem se incomodar em cobrir a boca.

É uma atitude que conheço bem, e olho para Hudson com cara feia. Ele finge que não faz ideia do motivo pelo qual fiquei tão irritada. Mas aquele sorrisinho que se forma nos cantos da boca da mulher expressa tudo.

Aparentemente há algum manual de instruções por aí chamado *Como ser um paranormal babaca*, e tanto ela quanto o meu consorte já o leram. Mesmo assim, por baixo de toda a sua fachada, Hudson é uma pessoa realmente incrível. Talvez ela também seja.

Pensar naquilo aumenta a minha ousadia, além dos meses que passei em confrontos com Hudson quando ele agia como o pior dos cuzões. E decido ser hora de atacar. Além disso, já fui ameaçada uma vez hoje — por um deus que achou que me castigar seria uma opção razoável. Depois daquilo, qualquer outra ameaça não parece ter muita importância.

Depois de respirar fundo e abrir meu sorriso mais doce e menos ameaçador, atravesso o piso de concreto envernizado e não paro até me posicionar bem diante da caixa registradora. Tento não me abalar pelo fato de que ela fica me encarando com aqueles olhos de cor violeta o tempo todo, sem piscar.

— Por acaso tem pedras nas suas orelhas, gárgula? — ela pergunta depois de tentar (e não conseguir) me intimidar com o olhar. — Ou está com vontade de morrer?

— Nenhum dos dois — respondo. — Estou apenas desesperada.

— O desespero não tem lugar aqui — ela responde. — Só vai servir para matá-la.

— Mas isso aqui é uma loja de caramelos. Duvido que os doces se importem se estou desesperada ou não. Deus bem sabe que algumas dessas árvores parecem bem desesperadas para o meu gosto.

— Está bem, então. — Ela abre bem os braços. — Qual é o caramelo que você quer?

— Hummm... qual?

Não era essa a pergunta que eu estava esperando.

Ela ergue uma sobrancelha.

— Isso aqui é uma doceria. E como imagino que os vampiros e os dragões ali atrás não vão querer comer nada, então sim. Qual é o caramelo que você quer? — ela pergunta, separando cada palavra com uma pausa bem sarcástica.

Imaginando se tratar de algum tipo de teste, observo de novo as árvores e as bolas de plástico cheias de doces que estão penduradas nos galhos.

— Vou querer um de cada, por favor.

— É uma amadora, mesmo — ela responde, bufando.

Em seguida, leva a mão até a cesta que tem atrás de si e pega um globo de plástico cheio com o que parecem ser todas as cores de caramelos que a loja oferece. Ela larga o globo no balcão entre nós e declara:

— São trinta e cinco e vinte e seis, por favor.

— Ah, é claro. — Reviro o bolso da mochila onde guardo a minha carteira, mas Hudson já está a postos.

Ele joga uma nota de cem dólares no balcão.

— Pode ficar com o troco.

Ela ri.

— Se não for lhe fazer falta.

Em seguida, ela pega o dinheiro, a caneta e o livro de palavras cruzadas e vai para a porta no fundo da loja.

— Tenham um bom dia! — ela exclama, falando por cima do ombro. E emenda uma risada que faz meu sangue gelar.

Capítulo 55

O AMOR BATE À PORTA

— Até que foi tudo bem — comenta Macy do lugar onde está, perto da porta.

— Como parecia que ninguém mais ia tomar uma atitude… — Deixo a frase morrer no ar enquanto pego o globo de caramelos e o giro entre as mãos. — O que vamos fazer agora? Experimentar cada uma dessas balas até acontecer alguma coisa?

— E o que vai acontecer, exatamente? — pergunta Flint. — Você vai receber magicamente o conhecimento sobre deuses antigos e suas armas mágicas ancestrais?

— Ei, seja legal — repreende Macy. Pelo jeito, não sou a única que percebeu que o humor dele anda bem cáustico ultimamente.

— Eu fui legal — responde ele.

Para ser sincera, essa retrucada me faz querer pular no pescoço dele. E talvez, se não estivéssemos no meio de algo tão importante, eu lhe daria uma bronca daquelas. Mas, nesse momento, temos questões bem mais importantes do que o mau humor de Flint para nos preocupar. E a última coisa que quero é me distrair, agora que enfim consegui os caramelos.

Olho para Hudson de relance e noto que ele me observa, à procura de calcular o que estou pensando e sentindo. Ele deve deduzir o que houve, mas não se manifesta. Em vez disso, fica apenas olhando para mim e para Flint. Não tenho dúvidas de que ele tinha uma expressão de alerta no rosto quando olhou para Flint, mas fico feliz por Hudson me deixar lidar com a situação do meu jeito. A última coisa que precisamos agora é que os dois comecem a brigar.

Éden deve concordar, porque intervém antes que Flint consiga dizer mais alguma coisa insensível:

— Pode jogar esses doces no lixo. Não vão servir para nada.

— Como sabe? — indaga Mekhi. — Ainda nem experimentamos nenhum deles.

— Porque ela não os entregaria tão facilmente se tivessem algum valor — responde Macy como se aquilo fosse a coisa mais óbvia do mundo.

— Ah, que maravilha. — Eu olho para os caramelos, sentindo um pouco de asco. — O que vou fazer com tudo isso aqui, agora?

— Largue aí no balcão — sugere Jaxon.

— Qual é o plano B? Ou já estamos no plano G? — pergunta Éden, fitando o celular e apoiando uma das botas pretas na beirada de uma prateleira mais baixa. — Já são quase sete da manhã.

— Eu sei — falo para ela. — Pode acreditar quando digo que sei. Mas precisamos desse antídoto para libertar o Exército das Gárgulas e...

— Ah, o Exército das Gárgulas que se foda — retruca Flint. — Desculpe, mas eles estão aprisionados em pedra há mil anos. Uns dois dias a mais não vão fazer mal.

— Não, mas sair à caça de Cyrus sem reforços vai. — Faço um gesto negativo com a cabeça. — Sei que essa situação é um saco. Sei que você quer ir até a Corte Vampírica. Todos nós queremos. Mas já lutamos contra Cyrus antes e as coisas não deram muito certo. Precisamos de reforços para ter alguma chance.

— Se conseguirmos entrar lá e libertar os alunos e professores de Katmere sem ele descobrir, temos uma quantidade enorme de reforços para nos ajudar a sair da Corte. A Corte das Bruxas concordou em nos ajudar se libertarmos as crianças — concorda Macy. — Só precisamos entrar lá sem que ninguém perceba. Quem se importa com o barulho que fizermos na hora de sair?

— E se nos pegarem? — arrisca Jaxon. — Quem vai resgatar os alunos? Quem vai nos resgatar?

Macy solta um ruído do fundo da garganta.

— Você não pode ficar dizendo isso toda vez que damos alguma ideia.

— É claro que podemos — rebate Hudson. Seu ombro está apoiado em uma daquelas paredes pretas sinistras, mas a intensidade no olhar vai muito além da pose casual. — Vocês nunca viveram com Cyrus. Nunca o viram em ação de verdade. E, com certeza, nunca o enfrentaram diretamente. Por isso, podemos continuar usando o argumento de que, se tentarmos atacar a Corte sozinhos, vamos levar uma bela surra. Falo por experiência própria.

— E eu também — emenda Jaxon.

— E não foi bonito — finaliza Hudson.

— Bem, vocês sobreviveram para contar a história — contra-argumenta Macy. — Isso já é o suficiente para...

— Alguns de nós sobreviveram — retruca Flint, contrariado. — A parte que você vive esquecendo é que alguns de nós não conseguiram. E estou pronto para dar o troco em Cyrus, com juros.

Macy concorda com um aceno de cabeça.

— E vocês também estão esquecendo que a minha mãe está lá. — A voz dela vacila. — Ela vai nos ajudar a…

— Está falando da mãe que a abandonou quando você era criança e que passou todos esses anos escondida com Cyrus? — As palavras de Jaxon são duras, mas ele não está errado. Por mais que eu queira ajudar a encontrar a minha tia, o desejo que grita dentro de mim é a necessidade de salvarmos o Exército, se pudermos.

— Você não precisa falar assim com ela — responde Éden para Jaxon, mas em seguida se vira para Macy e concorda com a voz mais suave: — Desculpe, Macy. Jaxon falou de um jeito escroto, mas ele tem razão. Não sabemos de que lado a sua mãe está, nem o motivo. No meu caso, estou cansada de participar de velórios. Nós precisamos de ajuda.

— Não acredito que você… — Macy começa.

— Chega. — Jaxon dá um fim à discussão com um gesto brusco, assumindo a postura de príncipe vampiro que tinha quando o conheci. — Estamos aqui, agora. E vamos terminar o que começamos.

— Se você diz… — Macy parece bem irritada, cruzando os braços e apoiando o peso do corpo nos calcanhares. — Então, me diga como vai fazer isso e paro de insistir que devemos ir direto até a Corte Vampírica.

— Vou simplesmente perguntar a ela — anuncio. — Afinal de contas, pense comigo: qual é a pior coisa que ela pode fazer?

— Arrancar o seu coração e comê-lo bem diante dos seus olhos — sugere Mekhi.

— Estripar você e devorar as suas entranhas — emenda Flint.

— Decapitar você e pendurar a sua cabeça em alguma dessas árvores horríveis — completa Macy.

Quando todos olhamos para ela, surpresos — a tortura geralmente não faz parte do *modus operandi* da minha prima alegre —, ela simplesmente dá de ombros.

— Ah, esqueça isso. Vocês viram aquela mulher. Acham mesmo que ela não é capaz de fazer todas essas coisas e muito mais?

Preciso admitir que é um argumento válido. Mas ficar aqui batendo boca não vai nos levar a lugar algum, e Éden tem razão em relação a um aspecto: o tempo está passando. Quanto mais tempo deixarmos os alunos e professores de Katmere na Corte Vampírica, maior é a probabilidade de que alguma coisa horrível aconteça com eles.

Por isso, em vez de tentar chegar a um consenso, decido agir conforme a minha consciência manda. Passo por baixo do balcão e bato à porta por onde a mulher desapareceu há alguns minutos. Hudson chega junto de mim em um instante, seguido por Jaxon e Macy. Mas a verdade é que eu não esperava menos deles. Às vezes brigamos, com certeza. Mas preciso acreditar que, no fim das contas, sempre vamos continuar unidos.

Vários segundos se passam e ninguém vem até a porta; assim, bato outra vez, um pouco mais forte e com mais insistência.

Mas continuo sem resposta.

— Foda-se — resmungo. E coloco a mão na maçaneta. De um jeito ou de outro, vou conseguir as respostas que quero.

Espero que a porta esteja trancada, mas não está. A maçaneta gira com suavidade sob as minhas mãos e a porta se abre.

Não sei o que espero encontrar quando abro a porta — um depósito ou um altar de sacrifícios são apenas algumas das possibilidades que passam pela minha cabeça. A mulher que me vendeu os caramelos parece capaz de criar essas duas possibilidades — e qualquer outra que surja entre as duas.

O que encontramos, entretanto, é algo muito além do que eu poderia ter imaginado. A porta se abre para um corredor curto com duas ou três portas de cada lado, e do lado oposto há uma gigantesca arena redonda parecida com o Coliseu da Roma Antiga. O chão é feito de grama e terra, e embora ainda não haja ninguém no campo, as arquibancadas estão abarrotadas com todos os tipos de criatura paranormal.

Não faz sentido algum. Vimos a parte externa desse lugar quando estávamos procurando a loja de caramelos, e não havia nada aqui além de outras lojas. Como é possível haver um coliseu gigante que nenhum de nós enxergou?

— Isso aqui é um campo de Ludares? — questiono.

— Acho que não — responde Hudson. — Não tem o mesmo formato. O campo do Ludares é retangular e este aí é um círculo.

— Então, o que acontece aqui?

— Estou impressionada, gárgula. — A mulher voltou, só que dessa vez está vestida com uma roupa esportiva justa que traz o nome *Tess* na parte da frente em letras maiúsculas enormes, junto ao número *3.695* escrito em caracteres bem menores. O mesmo cinto preto em forma de arreio completa o visual. — Não achei que você conseguiria abrir a porta.

— Estava destrancada — digo a ela. — Não foi tão difícil entrar aqui.

— Bem, na verdade, é aí que você se engana. — Ela faz o ruído de um estalo pelo canto da boca. — Para alguém que não é imune à magia, é muito difícil abrir aquela porta. Quase impossível, eu diria. — Ela recua um passo e faz um gesto amplo com o braço, indicando todo o campo. — E, então, o que achou?

— Não sei o que é isso que estou vendo — respondo.

— Você está olhando para o que veio procurar aqui — ela diz. — Acho que é meio óbvio.

— Olhe, acho que deve ter havido algum engano. Nós estamos procurando por…

— Aquilo que todo mundo procura quando vêm a St. Augustine, na Flórida. A Fonte da Juventude. Este campo é a maneira de tentar consegui-la.

Capítulo 56

TENTATIVAS E ERROS

— Espere um minuto aí — intervém Jaxon, parecendo tão confuso quanto me sinto. — Você está afirmando que as Lágrimas de Éleos sobre as quais Jikan nos contou são a Fonte da Juventude?

Tess ergue uma sobrancelha.

— A recíproca também é verdadeira.

Mas Jaxon não perde a oportunidade:

— E nós precisamos disputar um jogo para conseguir essa... coisa?

Ela ri e joga os cabelos longos para trás.

— Na verdade, eu diria que a situação está mais para... vocês precisam se preparar para sofrer como jamais sofreram antes. Mas, claro, você pode dizer que isso é um jogo e o elixir é o prêmio, se quiser.

— Não estou entendendo — comento.

Agora é ela que parece confusa.

— Quer dizer que Jikan não lhes falou nada sobre as Provações Impossíveis? Que engraçado.

Bem, isso aqui está ficando cada vez melhor. Afinal, já derrotamos uma Fera Imortal e já superamos uma Maldição Inquebrável. O que são algumas Provações Impossíveis para o nosso grupo? Se tivermos sorte, não serão tão impossíveis assim.

— Não, ele não mencionou nada — respondo para Tess. — Mas, pelo nome dessas Provações, imagino que tentar ganhá-las significa que pode resultar em morte a qualquer momento, não é? Vai ser lindo.

Mas isso não tem nada de lindo.

Assim como não há nada de lindo no fato de que um deus resolveu não revelar detalhes importantes quando nos enviou nessa missão. Preciso mesmo comprar uma camiseta com a frase: "Prefiro não saber de nada". Quem sabe ela combina com a tatuagem que devo ter na testa.

Reviro os olhos e encaro os meus amigos, à espera de que eles saibam de alguma coisa. Mas fico chocada quando percebo que a surpresa no rosto deles é tão grande quanto aquela que deve estar estampada no meu.

Volto a olhar para a fabricante de caramelos e digo:

— Tudo que ele nos disse é que existe um antídoto poderoso em St. Augustine que nos ajudaria a curar um veneno capaz de matar um deus.

Parece um pouco confuso quando afirmo isso para alguém que não faz parte do meu grupo, mas a expressão no rosto dela revela que o Historiador tinha razão, mesmo que tenha sido um babaca e não tenha nos passado todos os detalhes.

— Ele falou que o elixir é protegido por uma criatura antiga. Por isso, viemos aqui para matar um monstro, pegar o elixir e salvar um exército. — É uma explicação ainda mais confusa do que a minha tentativa anterior, sendo bem sincera. Mesmo assim, ergo o queixo.

Mas ela apenas faz um gesto negativo com a cabeça.

— Logo agora que eu estava começando a gostar de você.

— E como é que o fato de não sabermos mais nada sobre as Provações muda isso? — pergunta Flint.

— Bem, isso aumenta as chances de morte de noventa e nove vírgula nove por cento para praticamente cem, então... — Ela suspira. — Ah, com certeza não vale a pena nos apegarmos.

— Essa sua matemática é bem interessante — comenta Éden.

— Estatísticas baseadas nas experiências mais precisas — rebate Tess. — E tenho muita experiência em observar as pessoas competirem e sofrerem.

— Por que os paranormais adoram ver outros membros da espécie se darem mal em competições idiotas? — resmungo. Já estou de saco cheio disso. O Ludares, a luta contra os gigantes para sair da prisão... tudo isso está ficando ridículo. E sanguinário.

— Ah, essa arena e as arquibancadas sempre estiveram aqui, gárgula. — Ela responde ao que pensei ser uma pergunta retórica. — As pessoas buscam as Lágrimas, a Fonte da Juventude, neste lugar há mais de um milênio. Depois de certo tempo os humanos começaram a ocupar esta área, então a escondemos ainda mais. E descobrimos que ficar assistindo aos mais tolos da nossa espécie tentarem vencer é uma máquina de fazer dinheiro, também.

— Você quer dizer "morrerem" — ironiza Flint. — Vocês gostam de ver as pessoas morrerem.

Ela encara o dragão com uma expressão irritada.

— Nunca digo o que não quero dizer. Todos os que vêm assistir às Provações estão torcendo para que alguém vença, para que consiga conquistar a vitória diante de dificuldades enormes. Isso é tudo o que nós sempre quisemos.

— Bem, então acho que vocês não vão se importar se fizermos algumas perguntas — pronuncia-se Hudson. — O que são essas Provações Impossíveis, exatamente? E por que a probabilidade de morrer é tão alta?

Tess parece refletir sobre sua vontade ou não de responder. Mas, depois de um tempo, dá de ombros e replica:

— As Provações são a maneira pela qual alguém consegue chegar até a Fonte da Juventude, com certeza. São uma série de testes que fazem com que o buscador prove que tem a habilidade, o poder e o coração forte para quebrar a maldição e libertar a magia antiga.

Sinto um calafrio ante a palavra "maldição" e o meu olhar cruza com o de Hudson. Ele entrelaça seus dedos com os meus e aperta a minha mão. Em seguida, se aproxima de mim e sussurra:

— Vencer maldições inquebráveis é moleza para nós. — E retribuo com um rápido sorriso.

— Com uma taxa de mortalidade de noventa e nove por cento, tenho que presumir que as Provações são perigosas — comenta Macy.

— A mortalidade é de cem por cento — corrige Tess. — Eu disse que você tem noventa e nove vírgula nove por cento de chances de morrer. E, sinceramente, estou só sendo otimista, porque estou convencida de que alguém vai conseguir isso, algum dia.

— A taxa de mortalidade é de cem por cento? — repito enquanto o medo se forma no fundo do meu estômago. — Quer dizer que ninguém conseguiu sobreviver às Provações até hoje?

— É claro que não. Por que outro motivo as Lágrimas ainda estariam aqui? O elixir tem uma única dose. Se alguém conseguir vencer, finalmente vou poder aposentar meus apetrechos de fazer caramelos.

Não sei como posso responder a isso. E fica bem óbvio que os outros também não. O silêncio reina, mas, quando parece que Tess vai nos mandar embora, Hudson indaga:

— Então, se decidirmos que queremos competir nas Provações, o que vamos ter que fazer exatamente?

A resposta de Tess é imediata:

— Vai ser melhor se vocês não competirem.

— Sim, já sabemos disso — replica Hudson. — Mas e se a gente tiver que competir?

— Bem, se tiverem que fazer isso, então assim será, eu creio. — Mais uma vez, ela parece que vai nos dar as costas.

— Ei, o que ele quer saber é... como isso funciona? — insisto. — Temos que nos inscrever? Competimos todos juntos? Quando a competição começa? Como vamos saber se vencemos ou perdemos um dos testes?

— Bem, a competição começa assim que vocês decidirem participar de um desafio. A qualquer momento. Vocês vão saber se venceram se permanecerem vivos no fim. E vão saber se perderam se morrerem — responde Tess. Fico ainda mais preocupada *e* confusa porque ela explica tudo isso com uma expressão totalmente séria. — Em relação às outras perguntas, até doze pessoas podem competir de uma vez. Entrar naquele campo é o suficiente para demonstrar seu interesse em participar. E a competição pode começar quando estiverem prontos — conclui ela, olhando para o relógio.

Dessa vez, quando Tess começa a se afastar, nós a deixamos ir. Não porque desisti da ideia de competir pela cura do meu povo, mas porque precisamos pelo menos discutir o que fazer. Sinto que todo mudo precisa estar completamente ciente do que vai acontecer antes se arriscarmos nossa vida pelo que parece ser uma chance impossível de sobreviver.

Mas, surpreendentemente, Tess só se afasta alguns passos antes de voltar a olhar para mim.

— Encontre outra maneira, Grace.

Fico assustada quando ela pronuncia o meu nome.

— Não acredito que exista outra maneira. Esse é o problema.

— Quando um caminho a leva à morte certa, sempre há outro caminho — ela me diz. — Seu poder é forte, mas ainda é novo e está mudando. E isso é uma desvantagem para você. Nesse momento, você não tem a autoconfiança necessária para usá-lo. E isso vai matar você e os seus amigos.

— Meus amigos têm poderes também. Eles já os têm há mais tempo do que eu e sabem como os controlar. — Não sei por que estou discutindo com ela. Talvez seja apenas pelo fato de que estou procurando um motivo para ficar aqui. Um motivo para prosseguir com um plano que está parecendo mais idiota a cada segundo.

— Você tem razão. Há uma boa dose de talento em todos eles. Mas o poder deles não se compara com o que sinto estar crescendo em você. E você é o ponto de maior incerteza.

— Mas...

— Volte outro dia, Grace. Você não está pronta para isso. — Ela tamborila os dedos no número estampado em sua camisa. — 3.695 pessoas já competiram. Nenhuma sobreviveu. Não faça esse número subir para 3.701.

Sinto um nó súbito se formar na minha garganta e preciso tossir várias vezes até conseguir falar de novo.

— E se decidirmos competir mesmo assim?

— Todo mundo acha que vai vencer, garota — responde ela. — Caso contrário, nem nos levantaríamos da cama.

Desta vez, quando ela se afasta, nenhum de nós tenta impedi-la.

Capítulo 57

QUEM JOGAR VAI MORRER, E QUEM NÃO JOGAR VAI MORRER TAMBÉM

— E, então? Estão prontos para ir até a Corte Vampírica? — indaga Macy com uma boa dose de sarcasmo na voz.

— Ainda não tomamos uma decisão — grunhe Jaxon.

— Ah, é mesmo? Porque eu adoraria não ser a 3.696ª pessoa a morrer — devolve Macy. — E você deveria seguir o meu exemplo.

— Ela tem razão — posiciona-se Mekhi. — Tenho a sensação de que seria besteira jogar nossas vidas fora em Provações que nem sabemos se precisamos completar para libertar os alunos e deter Cyrus.

Ele me fita antes que eu consiga me pronunciar e acrescenta:

— Sim, todos queremos libertar o Exército. Sou totalmente a favor desse plano se tivermos a oportunidade de libertá-las, mas parece que a única coisa que vamos ter a oportunidade de fazer aqui é morrer.

E isso nos leva a outra questão. Por que Jikan nos mandou até aqui? Ele sabe que ainda não estou em plenas condições de controlar o meu poder ou de competir. Mas não consigo deixar de imaginar que devia haver uma boa razão. Claro, como todos os deuses com quem conversei, ele nem se incomodou em revelar o que está acontecendo.

— Mas... — começo a dizer, mas Macy me interrompe.

— Não, Grace. — Ela pega a minha mão. — A minha mãe está na Corte Vampírica e me recuso a acreditar que ela está lá por vontade própria. Ou que ela me abandonou por vontade própria. — Os olhos dela estão cheios de lágrimas. — Estou ao seu lado e apoio a decisão de libertar o Exército, mas agora não é o momento. Precisamos nos concentrar nas pessoas que estão em perigo hoje. Os alunos. Meu pai. E a minha mãe.

E... meu Deus, meu coração se parte e os meus olhos se enchem de lágrimas naquele mesmo instante. Como pude esquecer do tio Finn e do fato de que Macy pode perder seus dois pais se não os resgatarmos? Sei exatamente como é a sensação de perder meu pai e a minha mãe de uma só vez. E não posso permitir que isso aconteça com a minha prima alegre e inocente. Ela merece todos os sonhos cor-de-rosa e arcos-íris que este mundo tem a oferecer.

E é por isso que tenho ainda mais certeza de que libertar o Exército é a nossa única chance de salvá-los.

— Se a sua mãe já está lá há anos, temos que acreditar que ela não está correndo perigo imediato, Macy. E Cyrus está roubando a "magia jovem"... Então, provavelmente, o tio Finn está vivo para manter os alunos calmos.

— Você não sabe se é isso que está acontecendo! — irrita-se Macy.

— Não, eu não sei mesmo. Mas é o que faz mais sentido. — Aperto as mãos dela com força.

— Concordo com ela — declara Hudson, sustentando os olhos de Macy. — Seus pais estão bem, Macy. Vamos tirá-los de lá.

Respiro e enxugo as lágrimas que umedecem as minhas bochechas.

— Vamos voltar para o farol e traçar um plano — sugiro. — Talvez, se conseguirmos fazer com que a Ordem volte aqui conosco, Tess vai achar que temos mais chances de vencer.

Jaxon parece prestes a se manifestar, mas seu celular apita com um sinal bem específico de mensagem. Ele ergue a mão e tira o telefone do bolso.

— É Byron — ele avisa. Em seguida, começa a rolar a tela por uma série de mensagens que estão chegando.

— O que está havendo? — pergunta Éden. Pela primeira vez desde que a conheci, há um toque real de medo em sua voz. — Está todo mundo bem?

É o que todos queremos saber, e esperamos agoniados enquanto Jaxon termina de ler as mensagens.

— Eles sabem a localização dos alunos — responde ele, depois do minuto mais longo que já existiu.

— Isso é bom, não é? — pergunta Éden.

— Claro — ele responde, mas parece completamente distraído.

— O que houve? — questiono. — E o que mais...?

Ele olha para mim, para Hudson e para Macy antes de se concentrar outra vez na tela do celular.

— Ele não os pegou simplesmente para serem reféns. Marise não estava mentindo. Ele... — Jaxon faz um sinal negativo com a cabeça, e dessa vez é ele que precisa limpar a garganta antes de continuar. — Ele está roubando a magia dos alunos. Drenando todos por completo. Qualquer um cujos pais não sejam leais à causa.

Nosso grupo inteiro reage àquilo, horrorizado.

— Mas será que ele pode fazer isso sem... — Deixo a frase morrer no ar. Não quero colocar a ideia em palavras, assim como Jaxon também não quis.

— É possível fazer isso sem matá-los — diz Macy, com as palavras carregadas de tristeza. — Mas não é fácil. Ele teria que... — A voz dela vacila.

— Cyrus teria que torturá-los — Hudson verbaliza as palavras que nenhum de nós quer falar. Seu tom de voz é neutro, mas seus olhos estão cheios com tantas emoções que não consigo nem começar a desatar todas. — Teria que destruí-los.

Macy solta um grito e seus joelhos devem fraquejar, porque ela começa a cair. Éden a segura e a ampara, com as mãos sob o cotovelo. Ela baixa a cabeça, inala o ar com a respiração trêmula e diz:

— Nós temos que ir embora. Temos que ir embora.

— Eu sei — concorda Jaxon. — Só preciso de alguns minutos para descobrir...

— Eles não têm alguns minutos! — esbraveja Macy, desvencilhando-se de Éden. — Se você não vai, então eu vou. Eu vou...

— Morrer antes de encontrar a sua mãe — Hudson completa a frase.

Eu o encaro com uma expressão do tipo *o que deu na sua cabeça?*, mas ele simplesmente responde com um olhar que diz *você sabe que tenho razão*. Em seguida, ele olha para Jaxon.

— Você disse que a Ordem sabia onde Cyrus as prendeu.

— Sim, eles descobriram. Os alunos estão nas masmorras. Perto das... — Jaxon deixa a frase no ar, olhando nos olhos de Hudson.

O que ele deixa implícito acerta Hudson como um soco. Ele não reage de modo aberto, mas fico observando e percebo o impacto que a notícia lhe causa. Seus olhos perdem o brilho, sua respiração fica embargada e ele cerra os punhos.

— Perto de onde? — pergunta Macy, com a voz trêmula. — Só me diga para onde tenho que abrir um portal e eu nos levo até lá.

— Das Criptas — responde Hudson. — É o lugar onde ele faz todos esses tipos de serviço.

— Ele já fez isso antes? — manifesta-se Flint pela primeira vez. E, pelo menos dessa vez, não parece irritado. Parece horrorizado.

— Ele tentou. — Hudson passa a mão pelos cabelos. E fico me perguntando se ele tem noção de que treme um pouco. — Nunca funcionou antes, mas talvez tenha descoberto alguma informação que ainda não sabemos.

— Mas por quê? — insiste Flint. — Por que ele iria querer roubar a magia dos alunos? E não somente de outras espécies de paranormais, mas dos vampiros também?

— Não sei. A Carniceira disse que o verdadeiro poder de Cyrus está aprisionado com o Exército das Gárgulas. Talvez seja uma tentativa de substituí-lo ou ele precise de mais poderes para recuperá-lo. Qualquer que seja o motivo, pode ter certeza de que a única coisa que as pessoas no poder querem é ter mais poder — prossegue Hudson. — E até imagino o que ele vai fazer quando conseguir o bastante.

— Como assim? — pergunto, receando já saber a resposta.

— Começar uma guerra contra os humanos, uma que ele enfim vai poder vencer — explica Hudson. — É nisso que ele vem trabalhando durante toda a vida.

Encaro Hudson e Jaxon.

— Conseguem nos levar para dentro da Corte sem que Cyrus saiba?

— Não — Hudson responde de imediato.

— Bem, então estamos fodidos mesmo — interrompe Éden. — Porque não podemos chegar lá chutando a porta. Em particular se não tivermos a Corte Dracônica ou a Corte das Bruxas conosco.

— E sabemos que essas duas Cortes não podem ou não querem ajudar — emenda Flint. — Ou seja, estamos sozinhos nessa. Mas ainda acho que temos que agir.

— Sem pensar no que pode acontecer depois? — pergunta Jaxon. E fica evidente que estamos em um impasse.

Flint, Macy e Mekhi encaram o restante do nosso grupo e nunca tive tanta certeza de que, não importa o que façamos, se estivermos divididos assim, vai ser o nosso fim.

— Por que não voltamos para a Irlanda, pedimos comida e descansamos um pouco antes de planejar nossos próximos movimentos com a cabeça mais tranquila? — sugiro, em uma tentativa de acalmar um pouco os ânimos. — Se entrarmos de cabeça em qualquer coisa, vamos acabar morrendo. Além disso, precisamos esperar até escurecer para agir, não é?

— Nesse instante, crianças estão sendo torturadas, Grace — acusa Macy. E a minha prima meiga e sorridente, que iria comigo a qualquer lugar, já desapareceu. Entre nós há um deserto de decepção que se expande cada vez mais. E não sei se vou conseguir atravessá-lo para chegar junto dela outra vez. Mas sei que preciso tentar.

Seguro o antebraço dela e aperto com carinho.

— E nós vamos salvá-los. E a sua família também. Só estou sugerindo que a gente pense um pouco antes de mergulhar de cabeça em algo que pode nos matar. Não vamos conseguir salvar ninguém se agirmos assim.

Imploro a ela com o olhar. Depois de alguns momentos, os ombros de Macy relaxam e ela faz um gesto afirmativo com a cabeça.

— Vou construir um portal para o farol.

Quando ela pega a sua varinha e começa a fazer os movimentos para abrir um portal, não consigo deixar de perceber que ela não concordou comigo.

Capítulo 58

CAMINHANDO, CANTANDO E ENTRANDO EM AÇÃO

— Bom dia, dorminhoca — murmura Hudson. Meus olhos se abrem devagar enquanto ele afunda na cama ao meu lado.

Levo um segundo para me lembrar de onde estamos. O farol.

— Que horas são? — pergunto, esfregando os olhos para afastar o sono.

— Você dormiu assim que chegamos. Já passa um pouco das seis da tarde.

Ergo-me com um movimento brusco.

— Você não devia ter me deixado dormir tanto!

Ele sorri e afasta um dos cachos sobre a minha testa, colocando-o atrás da orelha.

— Ei, aprendi há muito tempo que não devo me intrometer entre você e uma cama quando está com sono. Você teve um monte de revelações para processar. Seu corpo sabe do que precisa. Além disso, como você mesma disse, não podemos fazer nada até o anoitecer. E só dormimos por quatro horas antes de irmos até a caverna da Carniceira.

Dormimos mesmo tão pouco? É estranho como estou me acostumando com a exaustão constante, essa sensação de que estou com o sangue espesso. É como se o meu corpo já tivesse aceitado o que a minha mente ainda não aceitou. Que isso é o "novo normal" e não há nada que eu possa fazer a respeito.

Se estou me sentindo assim, só imagino como os outros estão lidando com o estresse e a privação de sono. Talvez seja por isso que nós não estamos conseguindo encontrar uma saída dessa situação tão complicada. Estamos no modo de "foco total em sobrevivência" para interagirmos da maneira que em geral acontecia. A sensação de que tudo está desmoronando sob os nossos pés não surpreende. Estamos na beira de um abismo e não restou nada que nos impeça de cair.

— Estou preocupada, Hudson. Nunca vamos conseguir derrotar Cyrus se não trabalharmos juntos.

Ele confirma com um aceno de cabeça.

— Os outros concordaram em nos encontrar aqui às sete horas para criar uma estratégia. Por isso, não se preocupe tanto, está bem?

Pela primeira vez desde que saímos da Corte das Bruxas, o nó que se formou no meu estômago começa a se desatar. E me acomodo nos travesseiros outra vez. Suspiro e fecho os olhos, esperando que Macy esteja disposta a me ouvir agora. Que Flint consiga enxergar além da raiva e da necessidade de vingança. Que Jaxon consiga convencer a Ordem a nos ajudar a vencer as Provações.

— Pode dormir mais um pouco se quiser, gata. Você ainda tem uma hora antes que os outros cheguem aqui — sugere Hudson, e meus olhos se abrem de novo. Eu me fixo nos olhos azuis dele, no meio sorriso que ele ergue em um dos cantos da boca.

Seu braço está apoiado no colchão, me cercando. E continuo deitada no mesmo lugar, apreciando a paisagem. A camisa azul que Hudson veste está desabotoada, exibindo um abdômen de tanquinho sobre um jeans de cintura baixa. Seus cabelos estão molhados e caídos por sobre a testa em ondas descuidadas. E sinto o cheiro forte daquele gel de banho de âmbar e sândalo que adoro.

— Não, estou bem acordada agora — afirmo para ele, apertando o rosto na parte externa da sua coxa enquanto a minha mão lhe acaricia a barriga quentinha e reta.

— Ah, é mesmo? — diz ele. E há um toque bem explícito de interesse na sua voz, que não estava ali antes. O sotaque dele está mais forte do que o normal. E ele pergunta: — E o que devo fazer em relação a isso?

— Ficar entre mim e a cama? — respondo, sentindo as minhas bochechas esquentarem. E rolo para fora da cama antes que ele perceba.

— Ei! — Ele segura a minha mão. — Aonde você vai?

Eu o encaro com o que há de mais próximo de um olhar sexy no meu repertório, adorando o jeito que a respiração dele faz os músculos da sua garganta se moverem.

— Escovar os dentes — respondo, logo antes de correr para o banheiro e bater a porta, contente por estarmos em um quarto diferente daquele que não tem mais uma das paredes desde que resolvi fazer experiências com o meu cordão verde no dia anterior.

Volto para o quarto cinco minutos depois (com os dentes escovados e a cara recém-lavada) e vejo Hudson deitado de lado na cama, com uma aparência mais atraente do que qualquer pessoa teria o direito de ostentar.

Pela primeira vez desde sempre ele nem se incomodou em pentear os cabelos no penteado pompadour de sempre, deixando-o um pouco desgrenhado sobre a testa e se encaracolando ligeiramente nas pontas enquanto seca. Ainda não fez a barba, então está com o rosto coberto por uma penugem que subitamente estou louca para beijar. Está com as pernas cobertas pelo jeans cruzadas na altura dos tornozelos, os pés descalços e um dos braços está flexionado atrás da cabeça, abrindo ainda mais a camisa, o que me deixa salivando e os meus dedos loucos para tocar tudo aquilo.

As pontas das suas presas aparecem discretamente por trás do lábio inferior, enquanto seus olhos — um azul-escuro ardente — acompanham cada movimento meu enquanto volto para junto da cama.

Não é preciso ser nenhum gênio para entender que ele sabe exatamente por que eu estava com tanta pressa para escovar os dentes. E hesito, pensando no que devo fazer a seguir.

Normalmente eu voltaria para baixo das cobertas e deixaria Hudson tomar a iniciativa, mas há alguma coisa vulnerável nele deitado ali, esperando, observando, deixando-me decidir para onde esse momento vai levar, que me faz querer aproveitar o controle por alguns momentos.

Assim, em vez de me deitar no meu lado da cama, vou até o lado dele, percebendo que seus olhos de predador me seguem por todo o caminho. Só que não estou nem um pouco interessada em ser a presa no momento.

Demoro um bom tempo para chegar até onde ele está, aproveitando a promessa do que está por vir. E, aproveitando ainda mais o fato de que, pelo menos dessa vez, é ele quem vibra com a antecipação e prende a respiração enquanto espera pela minha próxima atitude.

Finalmente paro bem ao lado dele, mirando bem em seus olhos. Como não avanço para me deitar com ele, Hudson move a mão que está atrás da cabeça para me tocar, mas me esquivo com facilidade.

Isso o faz arquear uma sobrancelha e deixa sua pele corada e as pálpebras pesadas. Mas não tenta me tocar outra vez.

Como recompensa, debruço-me sobre ele, sorrindo para mim mesma enquanto ele ergue os lábios para um beijo. Mas não é aí que desejo prová-lo, e vou um pouco mais para baixo para dar beijos quentes na área do seu pescoço, que pulsa, e dou uma rápida mordida no mesmo lugar de onde ele gosta de beber meu sangue. Depois, sigo mordiscando até o centro do seu corpo.

— Grace. — A voz dele está áspera como cascalho; suas mãos espremem os lençóis antes que eu passe pelo alto daquele tanquinho.

— Hudson — sussurro conforme a energia pulsa ao longo das minhas terminações nervosas, e vou beijando e subindo devagar até a sua clavícula, o queixo e os lábios tão perfeitos.

Ele geme no instante que nossas bocas se encontram e aproveito o instante, mordiscando-lhe o lábio inferior antes de explorar aquela boca, lambendo, provando, devorando o calor entre nós. Ele é como uma chuva doce de verão na minha língua. E me permito me perder no momento. E nele.

Pelo menos até ele virar de lado e me puxar para junto de si. É aí que eu recuo, balançando a cabeça com agilidade enquanto ofegamos juntos.

— Ah, então vai ser assim, é? — ele pergunta com um sorriso malandro.

— Vai ser do jeito que eu quiser — retruco.

Em seguida, já que também não consigo mais esperar, eu me deito na cama, em cima dele. Meus joelhos se acomodam ao redor dos quadris de Hudson e me movo para a frente e para trás, acariciando aquela pele gloriosa enquanto me curvo a fim de tocar sua boca com a minha outra vez.

Ele geme de um jeito mais intenso e mais sensual dessa vez, e as suas mãos sobem para pegar meus quadris e minha bunda.

— Ainda não — digo a ele, puxando aqueles dedos para longe do meu corpo, embora haja um pedaço de mim cujo único desejo é deixar que Hudson faça tudo o que quiser comigo.

Mas agora é a minha vez de explorar Hudson, a minha vez de descobrir todas as coisas de que ele gosta. Assim, entrelaço nossos dedos e me curvo para a frente até encostar as mãos dele no colchão, ao lado da sua cabeça, usando o meu peso a fim de deixá-lo imóvel enquanto devoro sua boca com a minha.

Fogo, eletricidade e carência gritam dentro de mim enquanto beijo, toco e exploro todas as partes doces e sensuais do meu consorte. Hudson. O meu Hudson.

E ele me deixa agir, colocando-se completamente à minha mercê, mesmo que sua respiração fique mais ofegante e seus olhos, mais escuros e atormentados.

O suor lhe cobre o peito e seu corpo fica arqueado, tremendo junto ao meu. E ele começa a desmoronar, implorando com a boca, com os grunhidos no fundo da garganta, com a fome insaciável na maneira em que sua língua desliza na minha, para pegar tudo de que eu preciso.

E é por isso que lhe dou mais dois beijos rápidos antes de recuar, mas somente o bastante para fitar aqueles olhos tempestuosos. E o que vislumbro neles me causa um aperto forte no peito.

Hudson parece totalmente exposto. Aberto e vulnerável de um jeito que faz minha respiração ficar presa.

Porque este é o Hudson matreiro, selvagem e maravilhoso. Mas em todo este tempo que estamos juntos, depois de todo o tempo em que rimos, brigamos e amamos, ele nunca me pareceu frágil.

Mas, hoje, é assim que o vejo. Hoje ele parece feito de porcelana. E, se eu fizer algum movimento errado, ele vai se quebrar.

É o que me assusta, mesmo que me dê vontade de envolvê-lo e dizer que vai ficar tudo bem. Que nunca vou machucá-lo. Que sempre vou estar por perto para ampará-lo, se ele cair. Mas percebo que ele já está distante demais para me ouvir.

Assim, só me resta fazer uma única coisa. Eu cedo o controle que acabei de descobrir e ofereço-lhe tudo o que sou, tudo o que tenho dentro de mim, informando, com o meu corpo — em vez de com palavras — que sei exatamente do que ele precisa agora para se sentir seguro outra vez.

Eu solto as mãos de Hudson e o liberto.

Ele assume o controle em uma fração de segundo, fechando os dedos ao redor da minha camiseta por um momento alucinado antes que a rasgue no meio e a jogue por cima dos ombros, livrando-se das próprias roupas. E em seguida ele está em todo lugar. Sua boca, as mãos, o corpo... em cima de mim, embaixo, ao meu lado, dentro de mim. Cada parte dele toca, segura e devora cada parte de mim até eu me afogar em sensações. Até me afogar nele.

E nunca senti nada tão bom.

Talvez seja por isso que arqueio o corpo para junto desse garoto que amo mais do que a minha própria vida, deslizando as mãos por seu pescoço e segurando a parte de trás da sua cabeça, inclinando a cabeça para o lado, à espera de que ele tome o que lhe ofereço.

Porque quem sabe quando (ou se) teremos outra oportunidade como essa?

Meu desespero deve chegar até ele, porque Hudson me faz rolar para o lado e se afunda em mim. O êxtase toma conta de mim por inteiro, até mesmo antes que ele deslize os dentes pela curva de cima do meu seio. Ele fica ali por longos segundos — provocando, sentindo o meu gosto — antes de deslizar pela minha pele e alcançar minha veia como se tivesse todo o direito de estar ali. Como se tivesse sido feito para sempre estar ali.

A satisfação grita dentro de mim. Uma vez, duas, e depois sem parar conforme Hudson se move junto de mim.

Aquilo me envolve por completo, me puxa para baixo, me vira do avesso e de cabeça para baixo. Até ser impossível saber onde ele termina e eu começo.

Até ele ser tudo que conheço e tudo de que preciso.

Até não haver nada além de amor, calor e a agonia de querer sempre mais.

Explodimos como o sol, queimamos como uma supernova e, conforme ele me toma mais uma vez, a única coisa em que consigo pensar é que os astrofísicos têm razão.

Nós realmente somos feitos de poeira de estrelas.

É por isso que, quando Hudson por fim me puxa para ficar ao seu lado, cobre nosso corpo com os lençóis limpos e a nossa respiração volta ao ritmo normal, não consigo afastar o medo que surge no meu estômago de que essa foi a última vez. Nosso último momento perfeito antes que tudo vá para o inferno.

Assim, quando a porta do quarto se abre de repente e Jaxon acelera até os pés da cama, há um pedaço de mim que nem fica surpreso.

— Temos uma emergência — conta Jaxon por entre os dentes. — Eles sumiram!

Capítulo 59

O VELHO "POSTEI E SAÍ CORRENDO"

Ver o meu ex entrar correndo no meu quarto logo depois daquela que provavelmente foi a melhor transa do mundo (e com o *irmão dele*, ainda por cima) é simplesmente bizarro. Puxo os lençóis até a altura do queixo e espero que um buraco se abra para me engolir inteira.

— Cara… — comenta Hudson com a voz arrastada. Jaxon se vira para o outro lado tão depressa que quase chega a ser cômico.

— Ah… bem, como eu estava dizendo… eles sumiram — repete Jaxon.

Hudson tira o braço de debaixo da minha cabeça e gira as pernas por cima da beirada da cama. Ele se abaixa para pegar as roupas, enfia uma perna na calça e depois a outra antes de se levantar e responder:

— Quem sumiu?

Observo as minhas roupas espalhadas pelo quarto. Meu jeans está amontoado ao lado da cama, e a minha camiseta está… Bem, meus olhos vão para o piso, depois para a cômoda e até o… ventilador? Pois aparentemente ela está pendurada em uma das pás do ventilador. O que sobrou da minha camiseta, ao menos. Honestamente, ela parece só um trapo agora, com os dois lados rasgados pelo entusiasmo de Hudson. Eu o encaro com uma sobrancelha erguida e ele dá de ombros, fechando o zíper do jeans, mas ainda assim deixando-o desabotoado.

Sei que Jaxon está bem ali. Sei que está tentando compartilhar alguma informação importante conosco. Sei que temos de pensar em situações de vida ou morte. Mas mesmo assim… meu consorte usando aquele jeans de cintura baixa, os pelos logo acima do botão aberto, aquele abdômen de tanquinho, a camisa azul-bebê que ele veste, mas deixa desabotoada para que meus olhos possam devorar o restante dele… até que o meu olhar ardente colide com o seu sorriso torto. Eu devia ficar constrangida por ele saber exatamente qual é o efeito que causa em mim, mas passo a língua nos lábios. E a respiração dele de súbito entra no mesmo ritmo da minha, que já está ofegante. E é assim que o palito de fósforo sempre existente entre nós entra em combustão de novo.

Meu coração bate forte no peito. Meu sangue dança nas veias. Por Hudson. Sempre por Hudson. E, se a respiração dele for um sinal, então o coração dele está batendo tão rápido quanto o meu.

Minha mente dança com ideias de empurrar Jaxon pela porta do quarto e aprontar de tudo com o meu consorte outra vez, mas vivo me esquecendo de que estou lidando com vampiros. E eles têm uma audição incrível.

— Puta que pariu, hein, gente. Parece que vocês estão prestes a ter um ataque cardíaco. — Jaxon faz um sinal negativo com a cabeça e se dirige para a porta. — Vou dar sessenta segundos para se vestirem e virem me encontrar lá embaixo. Deu merda aqui. — E, com isso, acelera para fora do quarto. A porta se fecha um segundo depois com um clique discreto.

Hudson passa a mão trêmula pelos cabelos que secaram enquanto estavam desgrenhados na sua testa; o escudo desapareceu.

— Puta que pariu, mulher. Você vai acabar me matando desse jeito.

Adoro o fato de que, quando Hudson fica emocionado demais, seu sotaque se acentua. E melhor ainda: seu tom de voz fica repleto de estupefação. Sinto-me como se tivesse três metros de altura e não consigo evitar fitá-lo com um sorriso torto. Ele percebe e acelera até mim em um piscar de olhos, me prendendo entre seus braços enquanto se aproxima e me beija, rápido e com força.

— Não vou deixar meu irmão achar que sessenta segundos é tempo suficiente para... nós dois — diz ele, apontando para a cama. — Por isso, levante-se e se vista.

Em seguida, dá outro beijo ligeiro nos meus lábios antes de desaparecer escada abaixo.

Rio baixinho, levanto-me da cama e pego roupas limpas bem rápido. Em seguida, olho para os meus cachos despenteados no espelho. Não vou ter tempo de tomar banho, e escová-los só vai servir para piorar as coisas. Assim, pego um elástico e prendo tudo em um rabo de cavalo apressado. Satisfeita por isso ser o melhor que vou conseguir fazer em sessenta segundos, desço a escada para saber o que era tão urgente para fazer Jaxon invadir o nosso quarto. Não consigo nem imaginar quem ele disse que sumiu agora.

Ao chegar ao fim da escada em espiral, ouço Hudson resmungar:

— Mas que bando de filhos da puta.

— O que foi? — pergunto, chegando ao lado dele e vendo Jaxon e Éden. — O que aconteceu?

— Macy, Flint e Mekhi foram para a Corte Vampírica por um portal enquanto vocês estavam... "no banho". — Éden faz sinais de aspas com os dedos ao redor das últimas palavras e eu fico toda corada. Mas, em seguida, eu me dou conta do que ela disse.

Com o choque, minhas sobrancelhas sobem até quase encostar na raiz dos cabelos.

— Macy foi embora?

— Tentei impedi-la — explica Éden. — Mas ela tinha certeza de que, qualquer que fosse a decisão, você iria querer salvar o Exército antes de salvar os pais dela. Macy não ficou brava. Disse que entendia completamente... e que você entenderia que ela não pode correr o risco de perder os pais.

Sinto o meu estômago afundar.

— Não acredito que Macy achou mesmo que eu deixaria passar uma oportunidade de salvar o tio Finn e a tia Rowena. Eles são os últimos membros da minha família ainda vivos! — Abro os braços. — Mas o fato de querer salvar alguém não significa que você pode salvá-los. Pelo menos, não sozinha. Nós precisamos de ajuda. Precisamos do Exército.

Éden me encara, estreitando os olhos.

— Você é capaz de me dizer, sinceramente, que o único motivo pelo qual quer salvar o Exército é para poder contar com reforços e salvar os alunos? Ou só quer salvá-los porque você é a rainha?

Começo a protestar, mas Éden ergue a mão para me fazer parar.

— Como rainha das gárgulas, você tem todo o direito de colocar o seu povo em primeiro lugar, Grace — ela prossegue. — E talvez não seja isso que você está fazendo. Mas entendo por que Macy pode ter percebido as circunstâncias de um jeito diferente. Será que você consegue entender também?

— Se acredita nisso, por que não foi com eles? — questiona Jaxon.

Éden dá de ombros.

— O fato de eu questionar os seus verdadeiros motivos para tentar salvar o Exército não significa que não concordo que precisamos de alguém para nos ajudar no combate. A Corte Dracônica está tumultuada, a Corte das Bruxas se recusa a ajudar, as cortes Lupina e Vampírica estão aliadas com Cyrus... e não existe uma rebelião de verdade, exceto por nós onze, sinceramente. E agora soubemos que, ao que parece, nem os deuses têm interesse em nos ajudar. Concordo com você. Nossa melhor chance era o Exército.

— "Era"? — observo.

Mas Hudson responde:

— Não vamos sobreviver às Provações se só nós quatro formos ao coliseu, Grace.

Sei que ele tem razão. Eu não tinha certeza se teríamos alguma chance, mesmo com todo o grupo reunido. Agora, então? Só existe uma coisa que podemos fazer agora.

— Temos que os seguir. Não importa o que fôssemos fazer depois. Eu sabia que teríamos que estar juntos — declaro. E, pela expressão no rosto de todos, eles concordam.

Há um pedaço de mim que está muito bravo com os nossos amigos por terem nos abandonado, por não discutirem a questão. Mas a verdade é que não sei se eles conseguiriam me convencer a não salvar o Exército primeiro. Também não sei se Éden tem razão, se eu só quero salvá-los porque me sinto responsável por suas vidas ou se realmente acredito que precisamos das Gárgulas para derrotar Cyrus. Mas sou honesta o bastante para admitir que estava convencida de que tinha razão.

Giro o anel no meu dedo e esse peso é quase impossível de aguentar, mas sei que, não importa quais sejam as minhas razões, não posso me concentrar no meu povo nesse momento. Tenho que salvar a minha outra família.

Libero o ar longamente, soprando devagar.

— Bem, alguém tem alguma ideia sobre como podemos entrar na Corte Vampírica sem morrer de um jeito horrível?

Hudson faz um gesto afirmativo com a cabeça.

— A única parte da Corte onde Cyrus nunca vai, a parte que ele nem sabe onde fica, são os alojamentos dos criados. E o meu covil fica logo acima do canto sul desses alojamentos.

— Se formos pegos, entregue as chaves do *covil* para Cyrus — avisa Jaxon.

Os irmãos trocam um olhar longo e devastador que não compreendo. Em seguida, Hudson dá de ombros, enfiando as mãos nos bolsos.

— Se essa for a única maneira de entrar lá, a única maneira de manter nossos amigos, o irmão de Dawud e todos os alunos vivos... vou arriscar. — Ele engole em seco, com o queixo retesado e a musculatura agitada. Em seguida, afirma com a voz suave: — E dane-se o que acontecer depois. Vamos precisar esperar até escurecer, é claro — continua Hudson, um pouco encabulado. — Estou imaginando que Éden é a nossa única carona. E não acho que ela gostaria de voar por aí com um vampiro torrado nas costas.

— E o que faz você pensar que eu quero qualquer cara nas minhas costas? — retruca Éden, esbarrando nele com o ombro e um meio sorriso no rosto.

Hudson ri, soltando o ar pelo nariz.

— Sem problemas.

Não presto atenção ao próximo comentário de Éden, pois uma ideia começa a se formar na minha cabeça. Encaro Hudson.

— Acha que é capaz de elaborar um mapa da Corte Vampírica para mim? Se os alunos estiverem perto das Criptas e nós tivermos que entrar pelos alojamentos dos criados, eu adoraria saber o quanto vamos ter que andar por ali. E, mais importante, quantos guardas vamos precisar evitar.

Hudson ergue uma sobrancelha.

— Você teve uma ideia?

— Isso mesmo. — Confirmo com um aceno de cabeça. — Mas tenho a impressão de que não é das melhores.

Jaxon dá uma risada fraca.

— Bem, sabemos o quanto Hudson ama essas ideias — diz ele, referindo-se ao comentário de Hudson quando a Carniceira disse que queria experimentar sua má ideia.

— Ei, se essa ideia terminar com uma estalactite de gelo perto das partes íntimas de um certo dragão, não vou me opor dessa vez — brinca Hudson.

Jaxon se enrijece e muda de assunto.

— Então, qual é essa sua má ideia, Grace?

— Bem... posso paralisar os guardas tocando o meu cordão verde. Não vou segurar, só irei tocar nele. Assim, nós podemos passar de fininho por eles. Bem... eu acho que consigo fazer isso. Em teoria, pelo menos. — engulo em seco ao evidenciar que nada "em teoria" parece acontecer conforme o esperado.

Os olhos de Éden se arregalam, cheios de respeito.

— Puta que pariu, amiga. Que ideia fantástica! Como não amar muito tudo isso?

— Desde que isso não faça a Corte Vampírica desabar sobre a nossa cabeça... — respondo, retorcendo as mãos. — Além disso, Jikan afirmou que descongelaria o Exército se eu brincasse com o tempo outra vez.

Ficamos todos em silêncio enquanto consideramos a possibilidade, mas depois de um tempo Hudson se manifesta:

— Acho que não precisamos nos preocupar com ele se você congelar um punhado de guardas no tempo, Grace. Você já fez e desfez isso com a gente antes, mesmo sem intenção. E a Carniceira também fez o mesmo. E ele não abriu o bico. Desde que você não segure no cordão verde e abra um rasgo no tempo, acho que não temos com que nos preocupar.

Confirmo com um aceno de cabeça. Era exatamente nisso que eu estava pensando, mas não significa que eu ainda não sinta um pouco de medo quando considero o que pode ser necessário fazer. Mas, em seguida, penso na minha prima, desesperada para salvar seus pais. Em Flint, sofrendo pela perda de Luca e da sua perna. Em Mekhi, que sempre esteve ao meu lado desde o dia em que cheguei a Katmere, que provavelmente está cansado da influência da sua Corte nas mortes dos seus amigos também. E sei que é a decisão certa. Decepcionei meus amigos quando demonstrei que suas necessidades não eram tão importantes para mim quanto as minhas próprias. E não tenho intenção de decepcioná-los de novo.

Se Cyrus colocar as mãos neles, não tenho dúvidas de que vai torturá-los e roubar seus poderes por terem participado do massacre na ilha. E isso é algo que estou disposta a arriscar praticamente tudo para impedir.

— E aquele mapa? Sai ou não sai? — pergunto.

Éden pega um caderno na sua mochila e o entrega para Hudson com uma caneta. E todos nós nos sentamos à mesa da cozinha para que nos familiarizemos com a disposição dos cômodos da Corte Vampírica.

Contemplo os meus três amigos e sinto o pavor criar nozinhos no meu estômago. Nosso grupo está fragmentado por causa das minhas escolhas. E não faço ideia de como vou nos juntar de novo. Além disso, estou muito receosa de que, ao nos dividirmos assim, estamos dando a Cyrus exatamente o que ele quer. Se esse for o caso, não faço a menor ideia de como vamos conseguir sair vivos dessa situação.

Capítulo 60

LARGADOS E PERDIDOS

Depois que o sol se põe, Éden nos leva da Irlanda à Inglaterra e pousa o mais perto que nos atrevemos chegar da Corte Vampírica: um hotel nas proximidades. Apeamos em um beco, Éden se transforma e Hudson nos leva pela rua e viramos em uma esquina. Depois de alguns quarteirões, seus passos longos ficam mais rápidos. E sei que devemos estar perto do seu covil.

— Agora que estamos quase chegando, vai nos dizer como vamos do seu covil até o interior da Corte Vampírica? — indago.

— Vamos usar um método à moda antiga — replica Hudson enquanto fazemos uma rápida curva à esquerda para entrar em um novo beco.

— Meu Deus — arrisca Éden. — Não me diga que vamos ter que passar pelos túneis do esgoto de Londres.

Hudson a encara com um olhar escandalizado.

— Que tipo de consorte você acha que sou? — ele pergunta. — Eu nunca faria Grace rastejar por entre dejetos humanos.

— Nossa, valeu pela consideração — comenta Éden em tom de brincadeira.

Jaxon aproveita para entrar na brincadeira.

— Pelo menos sabemos o que você faria com o restante de nós.

Um silêncio se estabelece na conversa enquanto eles esperam que Hudson negue a hipótese, mas ele apenas os encara com um olhar deliberadamente neutro. Sei que é brincadeira, mas percebo que os outros não têm tanta certeza disso. Aparentemente é isso que ele quer, pois Hudson nunca se explica.

Viramos em outra esquina e entramos em um beco ainda mais escuro e estreito. Em seguida, caminhamos mais alguns metros até chegarmos a uma casa escura e estreita. Ela fica a apenas alguns metros da calçada, com um portão enferrujado que leva até três degraus curtos que dão acesso a uma porta cinzenta e meio castigada.

Há barras de ferro por cima das janelas cobertas com tapumes também. E a pintura está lascada e descascando em vários lugares.

— Isso aí é o seu covil? — questiona Éden, olhando para o lugar com um pouco de asco. — Até mesmo os túneis do esgoto parecem melhores do que esse lugar.

— Não julgue um livro pelo papel no qual ele foi escrito — responde Hudson.

— Eu... não faço ideia do que você está tentando dizer — responde Éden com uma expressão confusa.

— Significa que... — Hudson revira os olhos. — Ah, deixe quieto. Me passe aquela planta, por favor, Grace.

Ele aponta para a samambaia de aparência mais tristonha e maltratada que já vi. A coisa murchou até quase não ser mais possível reconhecê-la. Até mesmo o vaso, que um dia já foi branco, tem uma aparência patética — trincado, com rachaduras e manchado de marrom em vários lugares.

— O que essa pobre planta vai fazer por nós? — indago quando a pego.

— O que foi que eu disse sobre livros e papel? — ele responde, enfiando a mão no vaso e tirando uma chave dali. — Cuidado onde pisam. Tem umas duas tábuas que estão meio podres aqui embaixo — avisa ele por cima do ombro enquanto sobe as escadas e vai até a varanda empoeirada e decrépita.

— Só duas? — comenta Jaxon quando evita pisar em uma tábua rachada.

Hudson está ocupado demais destrancando os quatro cadeados da porta da frente para responder. Ele abre o último cadeado, abre a porta e entra.

Nós o seguimos em fila, com os olhos arregalados quando ele acende uma lâmpada e avistamos uma sala de estar que consegue ser ainda pior do que o lado de fora da casa.

Espero que ele nos diga se tratar de uma brincadeira, mas ele simplesmente vai até uma estante de livros no lado oposto da sala. É o meu primeiro indício de que esse lugar deve pertencer a ele — a estante está abarrotada de livros antigos. Mas ainda acho difícil imaginá-lo escolhendo morar aqui, desse jeito.

Os outros devem achar o mesmo, já que nenhum dos dois se moveu desde que Hudson acendeu a luz. Estão bem no meio da sala, observando a feiura do lugar.

Há muitas coisas para processarmos.

Para começar, a mobília é tão velha que tenho quase certeza de que a única coisa que impede que tudo se desfaça são as manchas. O carpete está rasgado em vários lugares e manchado em vários outros. O papel de parede horrível de veludo amarelo está desbotado e descascando, e as cortinas me dão a impressão de que uma ninhada inteira de gatos selvagens subiu nelas durante um acesso de fúria.

Quando me aproximo para dar uma olhada melhor no papel de parede, não consigo deixar de pensar que aquela história que li no primeiro ano do ensino médio, escrita por Charlotte Perkins Gilman, de repente faz todo sentido. Se eu ficasse trancada aqui dentro com essas coisas por qualquer quantidade de tempo, tenho certeza de que ficaria louca também.

— Esta é a sua casa? — pergunta Jaxon. Também sinto a necessidade de saber isso.

— É, sim — Hudson responde sem hesitar. Segundos depois, ouvimos um som estridente quando ele usa uma das mãos para empurrar a estante carregada até chegar perto de nós.

— Por quê? — O olhar no rosto de Éden é, ao mesmo tempo, horrorizado e fascinado. E entendo completamente. Isto aqui não tem nada a ver com Hudson.

Mas ele simplesmente dá de ombros.

— Você vai ver.

Eu me aproximo do meu consorte, curiosa para saber o que ele está fazendo. E ainda mais curiosa acerca do motivo pelo qual ele tem esta casa. Porque, se há uma coisa que aprendi sobre o Garoto Armani nesses últimos meses, é que ele é extremamente metódico. Cada fio de cabelo fica em seu lugar. Cada amassado na roupa é aniquilado. Mesmo se eu ignorasse tudo isso, o quarto dele na escola é totalmente o oposto disso.

Hudson gosta de conforto e nunca abriu mão disso.

— O que está fazendo aí? — indago enquanto evito, por pouco, tropeçar em um buraco enorme daquele carpete cor de vômito.

Ele baixa a cabeça na direção da parede e responde:

— Observe e aprenda.

Nesse momento, as coisas começam a fazer sentido. Porque, atrás da estante de livros, há uma porta de aço reforçado gigantesca, protegida por um código de segurança e um painel de análise de impressões digitais.

Ele abre um sorriso malandro para mim e digita o código, antes de pressionar a mão na placa de análise. Segundos depois, a porta se abre e revela uma escadaria reluzente que desce.

— Vamos? — ele pergunta.

— Vamos — eu respondo. Este é o plano dele, afinal de contas. Além disso, estou supercuriosa acerca do que há ali dentro.

Nós três descemos a escada com ele e chegamos até um porão amplo e espaçoso. Depois, paramos simplesmente para ficar olhando. Assim como em seu quarto na escola, há estantes de livros gigantescas por toda parte, abarrotadas de livros. Milhares e milhares, cobrindo metade do quarto, do piso até o teto de pé-direito alto. Mas não é isso que nos deixa embasbacados.

Seria impossível ficarmos mais chocados, mesmo se o espaço fosse decorado com paredes rosadas e purpurinadas com pufes aleatórios espalhados pelo lugar.

— Isto aqui… isto parece… — Não tenho palavras para descrever.

Por sorte, Éden não sofre do mesmo problema.

— Cara, parece que alguma marcenaria de luxo usou fotos deste lugar pra fazer o seu catálogo. O catálogo inteiro.

Sim. Exatamente isso.

O quarto inteiro é quase do tamanho de metade de um campo de futebol; as paredes que não estão cobertas por estantes são pintadas de branco-pérola, com luminárias, arandelas e candelabros iluminando o lugar inteiro com uma luz suave. Em todos os lugares há uma mistura elegante de peças rústicas e modernas, quase exclusivamente em branco, creme ou preto. Aquele espaço é praticamente um loft, dividido em oito "seções" distintas de acordo com a colocação estratégica de tapetes e móveis. Mas cada espaço emana a mesma estética.

A primeira área à direita é evidentemente o lugar onde Hudson passa o tempo escutando música. Duas estantes de metal preto cheias de álbuns se erguem por sobre um grupo de cadeiras claras e pufes de aparência confortável, um tapete branco e felpudo enorme no qual estou louca para enfiar os dedos dos pés e um rack de aparelhos de som.

E, como ninguém aqui quer perder nenhum detalhe, começamos a caminhar pelo covil, admirando cada detalhe.

Mais adiante fica o espaço de exercícios — com mais machados, é claro, mas também vários arcos e aljavas de diferentes tipos, assim como vários alvos pendurados na parede. Ao lado dessa área, há dois sofás de canto com almofadas cor de palha em frente a uma TV gigantesca instalada na parede, com vários controles de videogame espalhados pelo lugar, junto a um headset de realidade virtual que parece ser dos mais caros. Algumas mesinhas de centro e de canto de madeira rústica com luminárias com revistas diversas dão o toque final na área.

Do outro lado do salão há uma cama enorme de bronze, mas, à diferença da cama de Hudson na escola, esta aqui é arrumada toda em branco. Lençóis, cobertores, travesseiros e edredom, tudo branco. Há também mesinhas de cabeceira pesadas e antigas que servem de apoio para luminárias de prata finamente entalhadas.

Mas, pelo menos dessa vez, não é a cama que estou observando. Porque a área à esquerda da cama tem uma parede decorativa pintada com um tom de preto que eu seria capaz de reconhecer em qualquer lugar. Um sofá e mais estantes completam a área confortável de leitura que faz meu coração acelerar.

— Este foi o quarto que pintei quando você ainda estava na minha cabeça — sussurro.

— Foi, sim — ele concorda, com a voz tão baixa que preciso me esforçar para escutar.

— É por isso que você foi tão insistente com relação à cor das paredes.

— Preto Armani — ele responde, revirando os olhos. — Eu mesmo agonizei para conseguir deixar a cor perfeita na primeira vez.

Mas há algo naquele tom autopejorativo que me informa que toquei num ponto sensível. Que há uma volatilidade emocional muito maior nesse assunto do que eu esperava que existisse.

Esse pensamento é reforçado pelo fato de que ele não fica por ali para conversarmos mais a respeito. Em vez disso, dirige-se até outra porta reforçada de aço. Esta tem ainda mais dispositivos de segurança do que a primeira.

Estou ocupada demais olhando tudo que há aqui, observando de novo a cama, as paredes, os sofás, as luminárias e os candelabros brancos para acompanhá-lo. Tudo nesse espaço remete à luz e à alegria. E é tão familiar que chego a sentir uma dor no peito. Os detalhes me escapam, mas tenho certeza absoluta de que já estive aqui. E que já amei aqui. E que deixei isso escapar por entre os dedos como se fosse água.

Hudson percebe a minha preocupação e se aproxima por trás, colocando as mãos nos meus ombros enquanto se aproxima e pergunta:

— Está tudo bem?

Seu hálito faz cócegas na minha orelha e me deixo afundar nele por alguns segundos preciosos.

— Era aqui que nós estávamos. Esta é... — A minha voz fica embargada.

— Este foi o nosso lar, sim. Pelo menos durante algum tempo.

Suspiro, piscando em busca de espantar as lágrimas que não tenho tempo para chorar agora, e que não quero derramar diante de Hudson. É ridículo ficar tão desconcertada, em especial agora que já somos consortes.

Ou é ridículo não me permitir pensar em como era a vida de Hudson quando voltamos para Katmere. No que ele deve ter sentido quando o meu elo entre consortes com Jaxon surgiu de novo. Se eu me permitir pensar a respeito, se eu me permitir remoer toda a dor que ele deve ter sentido, isso vai me despedaçar de tal maneira que não sei se vou conseguir me recuperar por completo.

E não tenho o menor direito de esperar que ele consiga se recuperar por completo também.

Lembro-me da expressão que ele tinha no rosto quando estava na cama, mais cedo. O desespero no olhar que era quase feito de vidro nas minhas mãos, e sinto o peito apertar. Deve ter sido muito difícil para ele, para alguém que frequentemente esquecemos que foi criado sem uma gota de amor durante toda a vida, poder se abrir e confiar em alguém de novo, já que na primeira vez em que ele fez isso... simplesmente me esqueci completamente dele, como se ele nunca tivesse tido importância alguma.

— Ei... — ele me chama, como se fosse capaz de ler meus pensamentos. — Eu faria tudo de novo para terminar aqui com você.

— Não sei por quê — sussurro. — Depois do que fiz a você...

— Você não me fez nada — ele responde, deslizando a mão até a parte de trás da minha cabeça e me puxando para encostar o rosto em seu peito. — O destino é uma puta cheia de caprichos, assim como *Cássia.* — Ele pronuncia o nome da Carniceira num tom tão zombeteiro que sei que cutucá-la desse jeito vai ser motivo de diversão para Hudson por vários e vários anos. — Mas isso não tem nada a ver com você, Grace. Você nunca fez nada além de me amar. Mesmo quando não se lembrava.

— Não é verdade — eu me oponho, tentando fazer as palavras passarem pelas lágrimas e pelo nó que se formou na minha garganta.

— Essa é a minha verdade — ele responde. — E é assim que sempre vou escolher me lembrar de você. E de nós.

Um soluço me escapa pela garganta e o abafo na camisa de Hudson enquanto ele acaricia os cachos dos meus cabelos. Há outros soluços bem ali, só esperando para poderem sair também, mas os empurro de volta para baixo. Agora não é hora para isso. Não quando os nossos amigos — incluindo Jaxon — estão no mesmo cômodo com a gente. E não quando nossos outros amigos contam conosco para invadir a Corte Vampírica e ajudá-los a salvar os alunos de Katmere e suas famílias dos horrores que Cyrus preparou para eles.

— Grace. — Ele suspira, me abraçando com força por um segundo ou dois.

— Está tudo bem — asseguro a ele, secando os olhos naquela camisa imaculada. E tenho certeza de que ele vai adorar isso depois. — Estou bem.

Ele sorri para mim.

— Você está mais do que simplesmente bem.

Enxugo o rosto mais uma vez, com a máxima discrição que consigo. Em seguida, afasto-me de Hudson e percebo que Jaxon e Éden estão cuidadosamente entretidos com outra atividade que não seja ficar olhando para nós. É algo pelo qual sou muito grata, mesmo que isso me deixe incrivelmente encabulada.

Ao perceber que a melhor maneira de superar isso é simplesmente nos concentrarmos no que temos a fazer, pergunto:

— Então, como podemos chegar à Corte Vampírica a partir desse lugar?

Hudson não responde. Mas volta até à porta blindada superassustadora do outro lado do salão. E, depois que suas impressões digitais e a retina são validadas, ele digita o código de segurança, a porta se abre.

— Quem vai primeiro?

— Nesse túnel escuro e assustador? — brinca Éden. — Acho que isso é meio óbvio.

Jaxon é o primeiro a passar pela porta (o que não é surpresa nenhuma), seguido por Éden, enquanto Hudson e eu vamos na retaguarda, depois que ele pega uma bolsa que está dentro de um baú perto da porta.

Hudson explica que o túnel onde estamos sai do seu covil e vai diretamente até os alojamentos dos criados. E, pelo que vimos nos desenhos dele, dali conseguimos chegar até as masmorras. Conforme caminhamos pelo túnel estreito, tenho de admitir que o lugar não chega nem perto de ser tão assustador quanto imaginei que seria. Para ser sincera, não é nem mesmo tão assustador quanto os túneis que eu costumava atravessar para fazer as aulas de artes quando estava em Katmere.

É somente um túnel normal com vigas de madeira sobre nossa cabeça e paredes revestidas em pedra. O piso é pavimentado com pedras e areia. E não vejo uma única presa de vampiro ou mesmo uma aranha. Não sei como é possível não haver nenhuma teia de aranha aqui, considerando que estamos em um túnel existente há séculos. Mas definitivamente não vou reclamar.

Por outro lado, estou curiosa. Sobre o túnel e também sobre como Cyrus aceita ter uma entrada como essa em sua Corte. Ou, talvez, se ele não sabe disso.

Fazemos uma curva para a direita e Hudson comenta:

— Estamos quase lá. Só mais uns cem metros.

— E isso não vai ser um problema? — pergunto. — Cyrus não deixa essa entrada vigiada?

Para um homem que geralmente cuida de cada detalhe (para o nosso azar), parece estranho ele agir com tanto *laissez-faire* em relação à segurança. Muito, muito estranho.

— Eu ia perguntar a mesma coisa — comenta Jaxon. — Se os alunos estão presos na masmorra, ele não vai aumentar a segurança em cada entrada?

— Tenho certeza de que ele fez isso. Mas Cyrus não sabe que essa entrada existe, então...

— E como tem certeza de que ele não sabe? — Jaxon mantém um olhar cético. — Não o conheço tão bem quanto você, mas tenho a impressão de que ele saberia de tudo que há em sua Corte. Até mesmo as partes onde ele nunca entra.

— Tenho certeza de que ele sabe. Mas este é o meu túnel. Levei cem anos para construí-lo, um centímetro de cada vez. E ele nunca o descobriu.

Bem, isso explica a limpeza e a organização. Nenhuma teia de aranha se atreveria a macular a estrutura de um túnel construído para ser usado exclusivamente por Hudson Vega.

— Tem certeza? — insiste Éden. — Já faz algum tempo que você não vem aqui, e eu detestaria cair direto em uma armadilha.

— Em determinado momento, tenho certeza de que vamos cair em uma armadilha ou duas — garante Hudson a ela. — Mas não enquanto não sairmos deste túnel.

Percebo que os outros ainda não estão tão seguros quanto ele, mas há um poder na certeza de Hudson que acalma os meus nervos. Além disso, mesmo que eu não saiba de mais nada sobre esse lugar, sei que Hudson jamais me levaria para uma emboscada.

Além disso, não há outra maneira de entrar nesse lugar. Pelo menos para nós.

Cerca de cinquenta metros mais adiante, damos de cara com uma porta de aço reforçada com seu próprio sistema de segurança. Ela tem aparelhos de biometria como as outras portas pelas quais passamos, e também que Hudson é o único capaz de abri-la.

Depois que os sensores examinam o que parece uma dúzia de partes do corpo de Hudson, um estalo alto ecoa pelo túnel. Segundos depois, a porta desliza e se abre. E, com essa mesma facilidade, nós nos deparamos com dois soldados enormes e armados até os dentes da Guarda Vampírica exclusiva de Cyrus.

Capítulo 61

POR QUE ESTÁ TUDO TÃO CRÍPTICO?

— Porra — resmunga Jaxon, abrindo caminho e indo até à frente do grupo. Já consigo sentir um pequeno tremor no chão. — Eu lhe disse para...

— E eu lhe disse para deixar isso comigo — responde Hudson, dando um encontrão de leve em Jaxon para que ele fique de lado. — Como estão as coisas, Darius?

Ele estende a mão para cumprimentar o outro vampiro. Quando suas palmas se tocam, não consigo deixar de perceber o brilho de uma moeda de ouro que troca de mãos.

— Estou bem, Alteza. E o senhor?

— Já estivemos melhores — responde Hudson enquanto se aproxima a fim de apertar a mão do outro guarda. Mais uma vez, vejo o brilho do ouro entre eles. — É bom ver você de novo, Vincenzo.

Ele baixa a cabeça de modo que seus cabelos longos lhe caem sobre o rosto.

— Digo o mesmo, Alteza. Mas preciso lhe dizer uma coisa... O senhor escolheu um momento terrível para fazer esta visita.

— Foi o que ouvi dizer. — Hudson se aproxima do guarda e, dessa vez, quando fala, sua voz é quase inaudível, mesmo para mim, que estou a menos de um metro de distância. — E onde ele os prendeu?

Uma expressão de alívio toma conta do rosto do guarda mais alto. Aquele que Hudson chamou de Darius, acho.

— Estão em dois lugares diferentes. A maioria está no subsolo, esperando por... — Ele deixa a frase no ar, balançando a cabeça negativamente. Pela primeira vez, percebo que há gotas de suor em sua testa.

— Os outros estão nos poços — diz Vincenzo a ele.

— Os poços? — pergunta Hudson, incrédulo. — Mas por que ele...

— É lá que ele os coloca depois que termina. Ficam isolados para que ninguém consiga ouvir os gritos.

Sinto um calafrio correr pela minha coluna como se fossem garras. Quer dizer que Cyrus os tortura, os destrói e depois os abandona para gritar em um lugar onde ninguém pode ouvi-los?

— Isso é a pior coisa que já ouvi — comento.

Jaxon e Hudson trocam um rápido olhar. E há alguma nuance em seus olhos que me faz prender a respiração, enquanto me sinto gelar por dentro. Não vou pedir uma explicação agora, na frente de todo mundo. Mas definitivamente vou fazer isso mais tarde. Porque se isso for tão ruim quanto imagino que seja...

Meus punhos se fecham com força.

Nunca senti vontade de machucar alguém em toda a minha vida, mas isso mudou agora com Cyrus.

Estou farta desses planos dele que machucam ou matam as pessoas de que eu gosto. E estou realmente farta das maracutaias que ele faz para atingir Hudson e Jaxon. As pessoas que amo merecem mais do que passar a vida inteira sendo aterrorizadas por ele. De um jeito ou de outro, isso vai acabar aqui. E sou eu mesma que vou dar um fim a isso, mesmo que eu me destrua no processo.

Diabos, posso ter o cordão com os poderes de uma semideusa inexperiente e posso ter medo de usá-lo, mas chutar o rabo de Cyrus talvez seja exatamente a motivação de que preciso para tentar outra vez.

— Pelo menos estão vivos — diz Hudson. Em seguida ele pergunta: — Quem está vigiando o lugar?

— As masmorras perto da cripta foram construídas pelo Forjador. — Darius dá de ombros. — Sem magia ou habilidades especiais, eles não vão conseguir ir a lugar algum. Então, são somente uns dois guardas naquela parte da Corte, perto dos poços.

— E onde estão os outros? — pergunta Jaxon.

— Estão vigiando a entrada para ter certeza de que vocês não vão entrar escondidos. — Vincenzo sorri. — Eu mesmo devia estar na entrada do subsolo, com outros quinze guardas.

— E eu devia estar no pavimento principal — emenda Darius. — Mas tive uma emergência familiar quando suas mensagens chegaram.

— Agradeço. — O sorriso de Hudson é sombrio, mas determinado. — As escadarias estão livres?

— Da última vez que as vi, estavam, sim. Fizemos uma vistoria rápida enquanto esperávamos pelo senhor. A maior concentração de guardas está no nível superior, perto do rei.

— Meu querido pai sempre pensa em proteger o próprio rabo primeiro — constata Hudson quando começamos a caminhar pelo corredor com os guardas, com os olhos abertos para detectar qualquer movimento ou atividade.

— Minha mãe está com eles?

— A rainha foi visitar a irmã — responde Vincenzo. — Pelo que eu soube, os gritos... incomodaram sua digestão.

— Bem, definitivamente não queremos que isso aconteça — comenta Jaxon com uma expressão de asco.

Hudson para por um instante.

— E os outros? Vocês já os viram?

Vincenzo troca um rápido olhar com Darius antes de dizer a Hudson:

— Lamento, Alteza. Eles resistiram, mas foram capturados antes que pudéssemos chegar até onde estão.

Solto um gemido assustado, sabendo no mesmo instante que eles estão falando de Flint, Macy e Mekhi.

— E eles... — Mal consigo formular a questão. — Eles estão nos poços?

Meu estômago se retorce e o ácido arde enquanto sobe pela minha garganta enquanto imagino minha prima e meus amigos deitados no fundo de um poço, sem seus poderes e gritando de dor. Tenho, inclusive, a sensação de que vou desmaiar e coloco a mão no braço de Hudson. Ele cobre a minha mão com a sua.

— Não, ainda estão nas masmorras, senhorita...

— Ah, sim — responde Hudson. — Perdoe meus maus modos. Deixem-me apresentá-los à minha consorte, Grace. A rainha das gárgulas.

Os dois guardas batem os calcanhares das botas e imediatamente se curvam, murmurando:

— Vossa Alteza.

Mas, assim que se endireitam, Darius olha de um lado para outro no corredor e sussurra:

— A senhora não devia ter vindo até aqui, Alteza. — Ele está olhando diretamente para mim e sinto um comichão gelado no pescoço. — Se a senhora for capturada, receio que não haverá mais esperança. Ele tem planos de...

Vincenzo o interrompe e fala com Hudson:

— Já falamos demais. Temos nossas próprias famílias com quem nos preocupar, Alteza. Mas tome cuidado. As coisas estão bem diferentes desde a última vez que o senhor esteve aqui. O rei Cyrus tem aliados novos e poderosos. Agora, vamos em frente. — Com isso, Vincenzo avança pelo corredor outra vez, e nós o seguimos.

Tenho tantas perguntas que nem sei direito por onde devo começar. Mas uma rápida olhada para Hudson me revela que esse não é o momento de perguntar. Em vez disso, me concentro no lugar para onde estamos indo, ficando atenta a quaisquer outros guardas que eu possa ter de paralisar de pronto.

Há curvas e voltas a cada poucos metros, e fico esperando que alguém saia de alguma porta ou nicho escondido e caia sobre nós. Os outros devem pensar a mesma coisa, porque ninguém diz uma palavra até que passamos por arcos de pedra gigantescos e chegamos a uma sala grande.

As luzes são bem fracas aqui, e estou tão preocupada com possíveis ameaças da Guarda Vampírica que levo minutos para me dar conta de onde estamos. E, mais importante, do que há à nossa volta. São dezenas de tumbas de concreto. A maioria tem entalhes elaborados e joias incrustadas nas laterais e nos tampos.

— Isso aqui é o que estou pensando que é? — sussurra Éden ao mesmo tempo que descubro onde estamos.

— É o mausoléu real — responde Jaxon a ela. — É aqui que os membros das famílias reais são colocados quando morrem. E quando chega a hora da nossa Descensão.

— Descensão? — pergunta Éden. — Como assim?

Jaxon hesita por um momento.

— Todos os vampiros nascem com várias vantagens como força, velocidade e outros poderes. Mas a família real, e somente nós, desenvolvemos um outro poder na primeira parte das nossas vidas.

— Outro poder ou outros poderes — explica Hudson. — Depende de… — Ele deixa a frase morrer no ar e, de repente, fica muito interessado na tumba mais próxima de nós.

— Depende de quê? — insisto. Antes que ele consiga responder, olho para Jaxon. — É por isso que você tem telecinese.

Eu olho para Hudson.

— E é por isso que você pode vaporizar coisas apenas com o pensamento?

— Não se esqueça do poder de persuasão — completa Éden.

— Ah, não me esqueci disso, pode ter certeza — respondo. — Mas como foi que isso aconteceu? Por que Jaxon recebeu um poder e Hudson recebeu dois?

Pela primeira vez em toda a minha vida, Hudson não me responde. Em vez disso, ele se vira e começa a andar até o fundo do mausoléu o mais rápido que consegue, sem acelerar.

Jaxon o acompanha com os olhos por um segundo antes de se virar para mim com um suspiro. A essa altura, todos os meus instintos estão em alerta máximo. Essa história vai muito além de "vampiros da realeza ganham poderes magicamente".

Algo tenebroso.

E algo sobre o qual Hudson não quer conversar.

Claro, isso só me deixa ainda mais determinada a descobrir o que é. Se alguma coisa incomodou o meu consorte, preciso saber o que foi.

Quando ele se vira e percebe que não tenho planos de segui-lo até que me forneça mais detalhes, ele passa a mão pelos cabelos espessos e deixa alguns fios desalinhados, mas suspira e volta até onde estou.

— Não é nada tão importante assim, Grace — diz Hudson, finalmente. — Desde a época em que éramos crianças, somos alimentados com sangue misturado com um elixir especial. Uma mistura de poção para dormir e outra coisa que é algo completamente diferente. Agora sabemos que essa outra coisa vem da Carniceira. Depois, somos trancados dentro da nossa tumba aqui, por um tempo que vai de cinquenta a cem anos...

— Espere um minuto aí. — Éden olha para os dois, assustada. — Vocês são trancados em uma tumba de concreto por cem anos?

— De maneira geral, sim. É daí que vem todo o folclore sobre os caixões dos vampiros — responde Jaxon, mas não parece muito contente com isso.

— Isso até que faz algum sentido, por mais esquisito que seja — digo, horrorizada demais com a ideia de que Hudson ou Jaxon tenham passado cem anos trancados em um caixão de concreto. — Mas, ainda assim, não estou entendendo. Eles colocam vocês para dormir por cem anos, e vocês nunca acordam?

— Não, eles nos acordam uma vez por mês — explica Hudson. — Nos tiram dos caixões por um dia ou dois, examinam para ver se nosso poder está evoluindo e depois dão uma nova dose daquela mistura antes de nos colocarem de volta nas tumbas.

— Não — intervém Jaxon, com a voz tomada pelo horror. — Não é assim que funciona. Eles nos põem para dormir por um ano, e depois nos acordam por uma semana.

— E de que maneira isso é melhor? — pergunta Éden.

— É melhor porque, quanto mais você usa o elixir, mais rápido ele perde a eficácia. — Jaxon parece bem abalado quando olha para Hudson. — É por isso que o tempo varia tanto entre os vampiros. Alguns passam cinquenta anos dormindo. Outros, cem. Até que a poção para dormir pare de funcionar.

— Ou pelo menos até que ela devesse parar — acrescenta ele enquanto observa o rosto de Hudson.

Hudson dá de ombros.

— Não é nada tão importante assim.

— É muito importante, porra. Especialmente se eles o acordam doze vezes por ano — rebate Jaxon. — Os efeitos teriam passado em algum momento entre o quarto e o décimo ano.

Hudson não se pronuncia. De algum modo, isso é um milhão de vezes pior. Meu coração bate rápido demais enquanto espero sua resposta, enquanto meu estômago vazio ameaça subir pela garganta. Se o que Jaxon está dizendo for verdade...

— Hudson? — Finalmente pergunto quando consigo acreditar que a minha voz (e o meu estômago) vão se comportar. — É verdade? A poção para dormir perdeu o efeito antes que o tirassem do seu caixão?

— Está tudo bem. — Ele tenta me reconfortar. — Sempre tive uma imaginação vívida e conseguia me manter ocupado.

— Não está tudo bem, não — esbraveja Jaxon. — Todo mundo sabe que eles o deixaram trancado naquele caixão por cento e vinte anos. Isso foi... — E deixa a frase no ar, balançando a cabeça. Como se não fosse capaz de pronunciar aquelas palavras.

Mas nem precisa. Sou capaz de fazer as contas sozinha e é ainda mais horrível do que eu havia pensado.

Hudson foi forçado a passar mais de cem anos trancado em uma caixa de concreto escura — e passou cada segundo acordado.

Aperto os braços ao redor do meu corpo enquanto um pensamento ainda pior me ocorre. Provavelmente, a única coisa pior do que passar cem anos trancado em uma tumba é que... eles o acordavam uma vez por mês, mostravam a luz da qual ele sentia falta, o mundo que lhe era negado, e depois o colocavam de volta naquele inferno frio e escuro.

Meu estômago não está simplesmente querendo subir pela garganta; está dando cambalhotas dentro de mim quando percebo o quanto Cyrus o torturou. E preciso de toda a concentração que tenho para não sucumbir a um ataque de pânico bem aqui, no meio da câmara fúnebre sagrada da família de Hudson e Jaxon.

E isso logo antes de Hudson dar de ombros e dizer:

— É difícil reclamar, já que consegui dois poderes enormes depois de tudo isso.

Claro, penso enquanto vamos até a porta do outro lado da tumba. *Dois poderes enormes dos quais ele está louco para se livrar.* Só de pensar nisso, meu coração já bastante castigado e maltratado ameaça se partir de novo. Lembro-me do seu covil, cheio das duas coisas que lhe foram negadas por cem anos: espaço e luz. Levo uma mão trêmula até a boca, cobrindo-a para não gritar.

— Ei... — Hudson me puxa para seus braços. E o seu calor afasta o calafrio que eu sentia nas veias. — Pessoas boas têm vidas de merda por todo o mundo, Grace. Pelo menos eu tenho você.

Eu o abraço de volta, este garoto que se recusa a deixar que qualquer outra pessoa o quebre. E fico encantada com a sua força.

— Precisamos ir agora, Alteza — avisa Darius, e nos viramos para segui-lo outra vez. Mas ele para a alguns metros da saída, levando as mãos até a garganta.

— Darius? — Vincenzo se aproxima, correndo. — O que acontec...?

Ele para de falar quando uma faca voa e lhe acerta bem no meio do peito. O guarda tem um segundo para soltar um “ah” surpreso antes que a morte o tome e ele caia de bruços no chão.

Capítulo 62

PRAZER EM ESFAQUEÁ-LO

— É uma pena, mesmo — comenta uma voz feminina matreira entre as sombras. — Eu esperava que fossem mais combativos. Por outro lado, acho que é verdade o que dizem por aí. Eles valem tanto quanto custam. — Seu sotaque britânico forte parece morder cada sílaba.

Giro para trás, procurando entre as sombras enquanto tento descobrir quem está aqui conosco. Hudson e os outros fazem a mesma coisa, mas parece que nenhum deles conseguiu avistá-la também. E isso é preocupante, considerando que os outros três são capazes de enxergar no escuro.

— Quem está aqui com a gente? — pergunta Éden, apoiando o peso na ponta dos pés calçados com botas de grife.

Estremeço. É bem mais assustador ser caçado por alguém que não conseguimos ver. Especialmente quando essa pessoa acabou de matar outras duas bem na nossa frente — pessoas que, por acaso, eram membros de uma das guardas vampíricas de elite mais competentes em todo o mundo.

Sem querer esperar até que alguma outra coisa aconteça, busco o cordão de platina dentro de mim. Se eu tiver que lutar contra uma voz desincorporada no escuro, vou fazer isso na minha forma de gárgula.

Só que nada acontece. Mesmo quando aperto o cordão com bastante força.

Tento mais uma vez, mas novamente... nada acontece. Antes que eu consiga tentar pela terceira vez, a voz surge de novo — dessa vez em um canto diferente da sala.

— Realmente achou que duas moedas de ouro iam mantê-lo a salvo, Hudson? — Ela faz um som de *tsc, tsc* com a língua. — Sinceramente, você já deveria saber como as coisas funcionam por aqui.

Uma faca passa voando por mim. Tão perto que quase consigo sentir o movimento do ar junto da minha bochecha.

— Mas que porra é essa? — rosna Hudson.

Segundos depois, outra faca vem voando contra nós. Essa passa raspando na parte externa do bíceps de Éden.

Ela dá um gemido surpreso, mas esse é o único som que consegue fazer enquanto cobre o corte com a mão. Enquanto isso, nós nos espalhamos pela sala, à procura de descobrir o que está acontecendo. Todas as facas vieram da mesma direção. Assim, nos concentramos naquele canto do salão e vamos nos aproximando.

Hudson deve deduzir que não consigo me transformar, porque se coloca bem diante de mim, impedindo que quaisquer outras armas consigam me acertar apenas com a largura dos próprios ombros.

Ao mesmo tempo, Jaxon e Éden avançam contra as sombras, mas continuam de mãos vazias.

— Se sabe tanto assim, por que não vem até aqui e nos explica tudo? — provoca Jaxon enquanto se vira de um lado para outro, procurando por quem está fazendo isso.

— Ah, é o que pretendo fazer. — E, em um instante, ela está diante de nós, saltando do alto de um dos caixões perto do fundo do mausoléu. Todos ficamos observando, surpresos, enquanto ela vem andando na direção da luz.

— Quem é você? — questiona Hudson, movendo-se um pouco para a direita para ter certeza de que está entre a garota e todos os outros, enquanto Jaxon começa a fazer a mesma coisa.

— Você continua fazendo perguntas — declara ela, escarnecendo enquanto finalmente se coloca sob um facho de luz e consigo dar uma boa olhada nela.

É algo que me choca (e choca também a todos nós) porque essa menina seria a última pessoa a quem alguém esperaria que aquela voz pertencesse — sem falar na habilidade de arremessar facas.

Para começar, ela provavelmente é mais nova do que eu. Ou, pelo menos, parece ser um pouco mais nova. Dezesseis, talvez dezessete anos, se exagerar um pouco, com uma cabeleira vermelho-rubi presa em um coque na nuca elegante e esbelta. Seus olhos são grandes e escuros, um contraste marcante com sua pele de alabastro. Quando ela se expõe ainda mais sob a luz, a expressão neles é ainda mais matreira do que sua voz.

Ela é alta; quase um metro e oitenta, se eu tivesse que chutar. Mas também é magra demais, como se fizesse muito tempo desde a sua última refeição. Ela está toda vestida de preto, o que acentua ainda mais a pele pálida e os braços e pernas longos e delgados.

Uma camisa preta justa de mangas longas ajustada ao corpo com um cinto harness.

Calças de couro pretas e justas.

Botas pretas de cano baixo.

Até mesmo o cordão de couro que lhe dá três voltas ao redor do pulso direito é preto. E as quinhentas facas que estão presas em todo o seu corpo... Não, nada que pareça ser tão ameaçador, com certeza. É simplesmente o nível certo de ameaça. Pelo menos, é isso que imagino que ela diz a si mesma. De que outra maneira ela poderia aterrorizar um grupo de pessoas sempre que quiser?

Embora "quinhentas facas" talvez seja um leve exagero, tenho certeza de que o número exato não fica muito longe de duzentas. Ou umas duzentas e cinquenta, talvez. Fica bem nítido que ela mandou fazer esse traje sob medida e passou o tempo todo dizendo ao alfaiate: "Mais facas, mais facas."

Mesmo assim, tento olhar além das facas (o que é mais difícil do que parece) para dar uma boa avaliada na garota que está ali. Porque, apesar de todas aquelas armas, ela parece um pouco frágil. Como uma bailarina que levou alguns tombos feios. Mas, de algum modo, isso só serviu para deixá-la ainda mais bonita. Pelo menos até que ela abre a boca e volta a ser assustadora pra caralho.

— Por outro lado, você sempre foi um idealista, não é mesmo, Hudson? — ela diz com a voz cheia de escárnio.

É muito estranho o fato de que ela o conhece, ou que pensa que o conhece, considerando que ele não parece fazer a menor ideia de quem ela seja. E quando ela continua a falar, é como se houvesse gelo correndo entre as minhas veias:

— O pobre garoto perdido que nunca entendeu os três fundamentos mais básicos.

Porque só há duas pessoas no mundo que conhecem Hudson o bastante para ver o quanto ele está perdido por trás daquela fachada. E essa estranha definitivamente não deveria ser uma dessas pessoas. Claro, pode ser só um palpite, mas tem alguma coisa no jeito como ela olha para Hudson que me informa ser mais do que apenas especulação.

— E quais são esses fundamentos com os quais você está tão impressionada? — pergunta Hudson.

Ele fala com um tom entediado, como se mal prestasse atenção. Mas basta dar uma rápida olhada em seu rosto para perceber que ele observa cada movimento da garota. E que ele também está conjecturando se ela está dando tiros no escuro ou se sabe alguma coisa que não deveria.

— Não é óbvio? — Ela ergue a mão para poder contar na ponta dos dedos. — Um: a cobiça sempre vence. Dois: a lealdade não existe.

Ela para por um segundo para que as palavras sejam assimiladas, mas Hudson simplesmente ergue uma sobrancelha.

— Você esqueceu o terceiro? Ou não consegue contar números maiores?

A voz ácida e zombeteira que ele adota me assusta e me deixa um pouco perplexa. Já faz meses que não a ouço; não desde que ele parou de tentar esconder seus sentimentos de mim. E isso me faz prestar mais atenção a essa garota. Não faço ideia de quem ela seja, mas ela conseguiu ativar todos os mecanismos de defesa de Hudson.

Uma rápida olhada para Jaxon me revela que ele também percebeu e está tão perplexo quanto eu. Mas a garota retruca:

— Sei contar muito bem. Talvez você tenha me confundido com o seu irmão mais novo aí do lado.

O olhar de Jaxon passa de "confuso" a "ofendido". E quem pode culpá-lo? Mas, antes que ele consiga reclamar, ela continua:

— O terceiro é o mais óbvio e foi a primeira coisa que o cuzão do nosso pai me ensinou. Se acha que o sangue vale mais do que a água, é só ver o que acontece quando os dois descem pelo ralo.

Capítulo 63

MASMORRAS E ADAGÕES

A garota abre um sorriso sinistro, com as presas reluzindo mesmo sob a luz mortiça do mausoléu enquanto todos soltamos um gemido de surpresa. Hudson e Jaxon têm uma irmã? Basta uma rápida olhada para perceber que nem eles sabiam.

Antes que qualquer um de nós consiga reagir, ela esboça um gesto casual e ordena:

— Peguem todos.

Momentos depois, o que parece um batalhão inteiro da Guarda Vampírica enche a sala.

Os guardas vêm na nossa direção e nos aproximamos, formando um círculo, de costas uns para os outros. Mais uma vez tento buscar o meu cordão de platina. E, mais uma vez, não encontro nada.

— O que está acontecendo? — pergunta Éden. E sua voz demonstra um pânico que nunca ouvi antes. — Não consigo encontrar o meu dragão!

— Também não consigo encontrar a minha telecinese — murmura Jaxon, agachando-se bem a tempo de evitar um punho gigante que tentava acertá-lo.

— Eles devem estar usando algum tipo de feitiço que bloqueia a nossa magia, como fizeram no Aethereum — sugere Hudson enquanto se esquiva de dois punhos enormes; em seguida, reage com um pontapé no plexo solar do guarda, mandando-o para longe.

Mas, quando olha para ver como estou, leva um murro bem no nariz. O sangue voa, e a garota (seja quem for) ri sob o vão da porta.

— Eu pediria desculpas pela dor que vocês vão sentir, mas a dor é a minha parte favorita. Divirtam-se — ela diz aos guardas. E juro que consigo ouvir os risos dela por todo o corredor.

Inicio a lutar também, chutando um guarda que tenta me agarrar e dando uma cabeçada para trás, acertando o queixo de outro. Mas há dezenas deles e estamos apenas em quatro. Mesmo se tivéssemos nossos poderes, estamos em menor número. Sem eles, a luta vai terminar antes mesmo de começar.

Depois de nos prenderem com correntes inquebráveis, levam-nos a uma sala enorme com barras grossas feitas do mesmo material que os nossos grilhões. Ali dentro consigo ver os alunos de Katmere. Alguns ainda estão vestidos com os moletons roxos do uniforme da escola, junto a vários professores que também reconheço.

Talvez eu tivesse ficado mais feliz em vê-los se não estivéssemos prestes a ser jogados na mesma masmorra em que eles estão. Os guardas abrem a porta com um estrondo metálico alto e nos empurram para dentro sem nem se importarem em tirar os grilhões.

— Virem-se — comanda um dos guardas com a voz ríspida depois que estamos todos presos na cela. É somente naquele momento, quando estamos de costas para eles e sem a menor chance de escapar, que removem as correntes ao redor dos nossos pulsos.

Éden é a primeira a ser solta. E, no instante em que está livre, ela atravessa a sala, rindo e chorando enquanto abraça outra garota, uma dragão que é um ano mais nova do que nós. Estou perto do fim — entre Jaxon e Hudson — e, enquanto espero a minha vez, observo os alunos. E me pergunto quem vamos encontrar aqui. Além disso, me pergunto também quem já foi levado para os poços.

Avisto Cam, o ex de Macy. E também Amka, a bibliotecária que sempre foi muito gentil comigo. Vejo a garota-lobo que se sentou ao meu lado na aula de artes durante quase todo o segundo semestre e vários dragões que estavam na minha aula de física do voo. Mas, não importa o quanto eu procure, não vejo meu tio Finn em lugar algum.

Espero que isso signifique que ele está no fundo daquele lugar. A cela é grande, mas há muitas pessoas ali, e o lugar está bem cheio. E que Cyrus não tenha conseguido torturá-lo.

— O que vamos fazer agora? — pergunta Jaxon, embora Hudson não esteja prestando atenção. Ele já se virou para o outro lado, observando o rosto dos guardas como se procurasse alguma coisa... ou alguém. Mas não me concentro nisso, porque acabei de ver exatamente os rostos que eu mais precisava ver.

Outro conjunto de guardas se aproxima das celas com mais prisioneiros, e tiram suas correntes enquanto os empurram para junto de nós, um por um. Flint. Mekhi. Dawud. Rafael. Byron. Liam. E Macy.

Dawud vai correndo até um garoto com quem se parece muito — Amir — enquanto a minha prima vem correndo para junto de mim, coloca os braços ao redor da minha cintura e diz em voz alta:

— Vocês vieram nos ajudar.

— É claro que viemos. Somos uma família. — Retribuo seu abraço e permanecemos abraçadas por um minuto inteiro; Macy está muito feliz por me ver e fico aliviada por ela não estar no fundo de um poço.

Após certo tempo, nós nos afastamos e Macy diz, com lágrimas nas pontas dos cílios:

— Me desculpe por termos saído escondidos.

Faço um gesto negativo com a cabeça.

— Não, eu entendo. Eu é que peço desculpas por não lhe dar ouvidos.

Ela enxuga as lágrimas que lhe rolaram pelas bochechas e funga.

— Eu tinha que vir encontrar os meus pais.

— Shhhh — eu digo para tentar acalmá-la, abraçando-a outra vez. — Está tudo bem.

Alguém tosse à nossa esquerda e nós nos afastamos outra vez.

— Foster está no fundo da cela, Mace — anuncia Cam. E, pela primeira vez desde que o conheci, ele não age como um babaca. — Ele está meio baqueado, mas está bem.

— Papai! — grita Macy enquanto começa a correr para o fundo da masmorra. — Pai, onde...

— Macy?

O tio Finn surge por entre um grupo de alunos e dá um abraço forte em Macy.

— Graças a Deus você está bem. Pensei que... — A voz dele vacila.

— Também pensei que isso tinha acontecido com você — responde ela, abraçando o pai com força.

— E Grace? Ela...?

— Estou aqui, tio Finn. — Eu me aproximo para lhe dar um abraço, mas no instante em que o toco no ombro direito, ele geme.

— Onde está doendo? — indaga Macy. Mas a verdade é que seria melhor perguntar onde não dói. Fica óbvio que ele entrou em uma briga feia quando as forças de Cyrus chegaram para tomar Katmere. E isso não me surpreende nem um pouco. O tio Finn sempre protegeu muito bem seus alunos.

Seu rosto está bastante surrado. Está com os olhos roxos e o lado esquerdo do queixo inchado, quase com o dobro do tamanho habitual. Suas roupas estão rasgadas e ensanguentadas, e os nós dos dedos das duas mãos estão esfolados. Além disso, agora que a adrenalina após ver Macy está começando a arrefecer, percebo que ele está visivelmente mancando.

— Não dói — replica ele, dando um beijo no alto da cabeça da filha. — Agora que sei que você está viva, o que aconteceu não é nada com que eu tenha que me preocupar.

Admiro seu espírito de luta, mas ele está mancando bastante a essa altura. Por isso, é difícil acreditar em suas palavras.

— Não se preocupe, papai. Vamos tirar você daqui — Macy afirma.

Troco um olhar com Hudson, que se aproxima de mim. Sou super a favor de sairmos daqui, mas não estou a fim de fazer promessas que não podemos cumprir. Nesse momento, estamos sem os nossos poderes e trancados em uma masmorra. Escapar parece um sonho distante. E tudo que eu quero é que as pessoas que amo sobrevivam.

Só isso já parece ser bastante improvável de acontecer. Se Cyrus realmente sequestrou todas essas pessoas porque deseja drenar seus poderes, parece que sua melhor alternativa no momento seriam seus filhos. Afinal de contas, eles são os paranormais mais poderosos neste salão — e estão entre os paranormais mais poderosos do mundo. E ele se esforçou muito para se assegurar de que isso aconteceria. Por que ele não tentaria drenar os dois antes? Ou talvez uma pergunta melhor seria... por que ele não tentou drená-los antes?

— Está tudo bem com você? — Hudson me pergunta, e seus olhos azuis examinam os meus.

Eu o encaro com uma cara de *você está me zoando, né?*

Antes que eu possa dizer qualquer coisa, Macy diz:

— Minha mãe está aqui, pai. Fomos até a Corte das Bruxas e eles me disseram que ela sempre esteve aqui, durante todo esse tempo. Quando sairmos daqui, precisamos encontrá-la. Nós precisamos...

— Macy. — O tio Finn levanta a mão para interrompê-la. — Eu já sei onde a sua mãe está.

— Como assim? Você sabe? Como isso é possível?

Meu tio não responde. Ele simplesmente observa o rosto de Macy, com as mãos tremendo. Após certo tempo, ele diz com dificuldade:

— Eu só estava tentando proteger você.

Macy se afasta.

— Como assim? Me proteger de quê?

Pela primeira vez desde que a conheci, seu rosto fica repleto de desconfiança. E pior: com a impressão de que foi traída.

— Eu não queria que você descobrisse desse jeito — diz ele. E eu percebo que aquelas palavras a atingem como golpes. E não a culpo. Em minha opinião, essa é uma das piores frases do mundo para se dizer a alguém. Porque qualquer coisa que venha em seguida é sempre, sempre, sempre ruim.

— Descobrir o quê? — ela pergunta e estreita os olhos, apoiando os punhos fechados nos quadris. — O que foi que você não me contou, pai?

O tio Finn a pega pela mão e depois vai mancando até outro grupo de alunos.

Eu olho para Hudson.

— Eu preciso…

— Pode ir — ele confirma. — Quero conversar com Jaxon sobre aquela irmã maldosa pra cacete que não sabíamos que existia. Venha nos procurar quando terminar.

Faço que sim com a cabeça e vou atrás de Macy e do tio Finn.

Eles andam por entre outros dois grupos de alunos antes de chegarem até o fundo da masmorra. E ali, encolhida no chão, nas sombras, está uma mulher que mal se parece com a minha tia Rowena.

Seu cabelo loiro é da mesma cor que eu me lembro (o mesmo tom dos cabelos de Macy debaixo de toda aquela tintura). E a pinta de nascença pequena em forma de coração que ela tem na bochecha continua ali também. Mas essas são as únicas semelhanças que consigo encontrar entre a minha tia risonha e vibrante e a pobre mulher maltratada que está encolhida sob o paletó xadrez favorito do tio Finn.

Sua pele está amarelada; os olhos castanhos estão fundos no rosto e há olheiras escuras ao redor. Suas roupas, que obviamente já viram dias melhores, envolvem seu corpo esquálido como uma mortalha.

Macy dá um grito quando a vê e cai de joelhos.

— Mãe! Ah, meu Deus… mãe! — Lágrimas escorrem por seu rosto enquanto ela abraça a mãe.

Minha tia chora, um soluço baixo e sôfrego, enquanto acaricia os cabelos de Macy. Lágrimas rolam dos seus olhos também, enquanto ela se esforça para abraçar a filha.

— Meu bebê… meu bebê — ela repete em uma voz que é embargada e assustada.

— O que aconteceu com você? — sussurra Macy.

Sua mãe não responde; está tão mal que não sei se vai conseguir formular uma resposta ao que obviamente é uma pergunta muito complexa. Macy não a pressiona. Em vez disso, fica sentada ali e deixa que a mãe toque suas bochechas e os cabelos várias e várias vezes.

— Que bonita — sussurra a minha tia. — Que bonita.

Após determinado tempo, tia Rowena adormece e Macy enxuga as lágrimas do rosto. Em seguida, depois de se desvencilhar com todo o cuidado dos braços da mãe e perceber que a mulher não se mexe, Macy se levanta. E encara o pai com uma fúria que nunca vi antes em minha prima alegre e gentil.

— O que foi que você fez? — ela pergunta enquanto avança sobre o tio Finn.

— Não tive nada a ver com isso, Macy. — Ele ergue as mãos, tentando se esquivar. — Não pude controlar nenhum dos castigos que ela recebeu, e não consegui libertá-la. Não importa o quanto eu tentasse ou quantas alternativas explorasse. E eu tentei. Acredite em mim. Por uma década, eu tentei.

— Você sabia que ela estava trancada nesse lugar há dez anos? — pergunta Macy. — E nunca me disse nada?

Sua voz é alta o bastante para atrair a atenção dos outros alunos e também a dos nossos amigos. Eles vêm até onde nós estamos enquanto Macy continua a tentar arrancar respostas do tio Finn.

— De que adiantaria lhe contar que ela estava aqui? — ele pergunta. — Isso só iria deixá-la ainda mais magoada.

— Ah, e pensar que a minha mãe decidiu me abandonar não me magoou? — ela retruca. — Pensar que ela estava levando a vida em algum lugar e que não me queria... isso não me magoou? Que tipo de pai faria uma coisa dessas?

Aquelas palavras atingem o tio Finn como uma sequência de murros, e percebo que ele se encolhe um pouco mais a cada uma. Isso me preocupa, porque ele está bem machucado, e obviamente já está devastado pelo estado em que encontrou a esposa. Ver que Macy também se virou contra ele deve ser insuportável.

O que ele fez foi errado (e muito), mas o tio Finn não está em um bom momento. E repreendê-lo só vai servir para piorar as contingências.

É isso que me faz dar um passo à frente e colocar a mão no ombro da minha prima.

— Macy, talvez a gente devesse...

Ela se vira de frente para mim com um movimento brusco.

— Não me venha com essa! Ele mentiu para mim por dez anos. Deixou a minha mãe nesse inferno para ser torturada por Cyrus por dez anos. E agora quer se justificar!

— Não quero — diz ele. — Você tem todo direito de ficar brava comigo.

— Você não tem o direito de me dizer *quais direitos* eu tenho — rosna ela. — Você não tem nem mesmo o direito de falar comigo.

Ela olha para a mãe, encolhida no chão como se quisesse afastar a dor, mesmo enquanto dorme.

— Como foi capaz de fazer isso? — ela questiona outra vez. — Como você... — A voz dela se embarga, e Mekhi estende um braço e a puxa para junto de si, abraçando-a. Macy encosta a cabeça no ombro dele, mas enxuga o rosto com as mãos antes de sussurrar para o pai: — Me conte tudo.

Capítulo 64

EM NOME DO PAI

— Não há muito mais que eu possa contar — responde o meu tio.

Macy olha para a mãe, adormecida e trêmula, e rebate:

— Ah, acho que há, sim.

Ele suspira.

— Ela não queria que você soubesse. Nem ela nem eu queríamos. Queríamos que você ficasse longe da linha de frente.

— Não queriam que eu soubesse o quê, exatamente? — ela pergunta, ácida, afastando-se de Mekhi a fim de encarar o tio Finn outra vez enquanto Hudson chega para se juntar a nós. — Que Cyrus a prendeu em uma jaula por uma década? Que ele a tortura há uma década?

— Por mais que eu quisesse colocar toda a culpa em Cyrus pelo estado em que sua mãe está, é muito mais complicado do que isso.

— O que há de complicado? O homem é um monstro que passou a vida inteira aprimorando a arte de machucar pessoas. — Ela aponta para a mãe. — Olhe para ela.

— Sim, mas não foi ele que torturou a sua mãe. — O olhar do tio Finn cruza com o meu. — Foi a Estriga.

— A *Estriga*? — As palavras saem da minha boca antes que eu saiba que vou verbalizá-las. Sinto uma onda de calor tomar conta de mim, seguida pela culpa que ameaça tirar meu fôlego.

Fui eu que nos coloquei naquela casa. Eu quis falar com a Estriga. Eu levei Macy até lá, para a casa da mulher que durante todo esse tempo… ah, aquela cadela. Aquela cadela desgraçada. Nós estávamos lá. Macy estava bem ali, na casa dela. E ela nunca disse uma palavra sequer a nenhum de nós.

Hudson coloca a mão nas minhas costas para mostrar que está comigo, como se soubesse que estou me recriminando pelo que fiz. Ele não diz nem uma palavra, mas sei que está tentando dizer que não tive culpa pelo que aconteceu.

Mas não é verdade. Talvez eu não soubesse o que a Estriga estava fazendo com a mãe de Macy, mas Hudson me avisou para não ir até lá. Não dei ouvidos a ele, e agora... Agora devo um favor para a mulher que passou anos torturando a minha tia. Eu poderia dizer que as circunstâncias não podem ficar piores do que já estão. Mas, nesse mundo, tudo sempre pode piorar.

— Mas por quê? — pergunta Macy. — Por que a Estriga iria querer machucar a minha mãe? Ela passou a vida inteira ajudando todo mundo. Ela nunca fez nada de ruim para ninguém. Por que então...?

— A Estriga fez um favor a ela uma vez — responde o tio Finn. — E, em troca, sua mãe teve que fazer um favor para a Estriga.

— E...? — pergunta Macy.

— E ela não fez.

— Quer dizer que isso dá à Estriga o direito de torturá-la pelo resto da vida? Que coisa horrível. Grace deve um favor à Estriga também. Por acaso isso significa que, se alguma coisa der errado, ela vai ter o direito de torturar Grace por toda a eternidade? É claro que... — Ela para de falar, arregalando os olhos enquanto se vira para olhar para mim.

Mas isso nem chega a ser um problema, porque tenho certeza de que os meus próprios olhos devem estar tão arregalados quantos os dela. Sei que Hudson praticamente se transformou em pedra atrás de mim.

— Ela não mencionou tortura eterna em momento nenhum como o preço por não conseguir retribuir o favor — comenta Flint, sem se dirigir a ninguém em particular. — Tenho certeza de que nos lembraríamos disso.

— Grace deve um favor à Estriga? — diz o tio Finn, horrorizado.

— Não vamos nos preocupar com isso agora — respondo, porque há um limite para o que meu cérebro atormentado é capaz de aguentar antes de sofrer um ataque de pânico sério. E, nesse momento, estou bem perto do limite. — Que favor a tia Rowena deve à Estriga? E se nós o completarmos por ela, podemos libertá-la dessa masmorra?

— Olhe, não estou querendo jogar areia na sua farofa, mas neste momento não estamos em condições de libertar ninguém dessa masmorra ou de qualquer outro lugar — intervém Éden.

Meu tio a ignora para responder à minha pergunta:

— Cyrus não a jogou nessa masmorra porque ela não retribuiu o favor. Ele a jogou aqui porque ela foi condenada por espionar a Corte Vampírica. Normalmente, é um crime que resulta em sentença de morte. Mas ela é prima da rainha das bruxas. Matá-la seria um ato político ruim.

— Então... por que a rainha não fez nada? — questiona Macy. — Se Cyrus não matou a minha mãe porque temia uma retaliação da Corte das Bruxas, por que Imogen não negociou um perdão para a minha mãe?

— Ela negociou, sim — explica o tio Finn. — Ela conseguiu fazer com que Cyrus comutasse a sentença de morte para prisão perpétua.

O riso de Macy é áspero e doloroso de se escutar.

— E ela acha que isso é justo?

O tio Finn passa a olhar para mim.

— As coisas são mais complicadas do que isso, meu bem.

Engulo em seco e fico observando o corpo adormecido de tia Rowena. Ou o que costumava ser a minha tia. A pessoa encolhida no chão, fraca demais até mesmo para acordar com as pessoas gritando ao seu redor, com os ossos perceptíveis sob o cobertor em ângulos pronunciados, é somente uma sombra da mulher que conheci. Um fantasma que se esqueceu de morrer em algum ponto da jornada.

Meus joelhos quase cedem. Sinto um aperto tão forte no peito que só consigo respirar em golfadas curtas. O braço de Hudson serpenteia ao redor da minha cintura, me fornecendo apoio. Mas quase nem percebo. Estou usando toda a minha energia para não ceder ao impulso de vomitar a bile que arde na minha garganta enquanto a voz na minha cabeça repete, sem parar, que também devo um favor à Estriga.

Mas Macy não percebe. Está ocupada demais gritando com o tio Finn.

— Você devia ter me contado. Eu não sou criança! — Em seguida, ela olha bem nos olhos dele e diz: — Você teve dez anos para libertar a minha mãe. Agora é a minha vez. E não vou falhar.

O tio Finn parece abalado, mas não se defende. Não se pronuncia, inclusive. Ninguém ri, até que uma sequência de aplausos lentos e irônicos ecoa pela masmorra. Seguida por uma voz bastante familiar que diz:

— E pensei que ia precisar de uma injeção de insulina para conseguir suportar a doçura dessa reuniãozinha familiar. Seria melhor usar uma daquelas mordaças com uma bola.

Capítulo 65

BATATA PARA UNS, LADRÃO ASSASSINO PARA OUTROS

As pessoas à nossa volta ficam inquietas e nervosas. Viro-me na direção da voz, à espera do pior. Com certeza, aquela ruiva de antes está logo atrás de nós, encostada em uma das colunas pesadas de pedra da masmorra do outro lado das grades enquanto limpa as unhas com a ponta de um canivete de metal preto. Porque, ao que parece, uma lixa de unhas não é o suficiente.

— Quem é essa aí? — indaga Flint, franzindo as sobrancelhas.

— Um problema — responde Éden. E, com certeza, não está errada. É o que está escrito na postura de "foda-se" dessa garota.

Estou pronta para escolher o nome dessa aí se ninguém se manifestar. Belzebu, talvez. Ou talvez possa escolher algo mais direto, como Lúcifer. Acho que Lúcifer combina bem com ela.

— O nome dela é Isadora Vega — explica o tio Finn.

— Ah, puta merda — resmunga Mekhi. — Não me diga que ela é outra garota da família Vega.

Hudson o encara com um olhar entediado.

— Eu até ficaria ofendido se não concordasse totalmente com você.

— Espere aí. Isso significa que ela tem um poder a mais também? — pergunta Éden. E tenho de admitir que vinha pensando na mesma coisa desde que ela anunciou casualmente que era a irmã do meu consorte.

— Quem sabe? — responde Isadora com um sorriso maldoso e vermelho-escuro. — Por que não chega um pouco mais perto para ver se descobre?

— Acho que prefiro pular em um tanque cheio de piranhas assassinas — resmunga Flint por entre os dentes.

Ela ri, e em seguida faz de novo aquele som de *tsc, tsc.*

— Como se eu fosse do tipo que divide a minha comida com piranhas. Dragões são o meu petisco favorito para comer à tarde. Acho que é por causa das asas.

— O que você quer, Isadora? — meu tio fala com uma voz mais firme (e também mais exausta) do que jamais ouvi antes.

— A mesma coisa que sempre quero, Finn. Mas, como a dominação mundial ainda vai levar uns meses, acho que vou ter que me contentar com você. — Ela faz um sinal com o dedo para que ele se aproxime.

— Ela não é sua irmã de verdade, não é? — sussurro para Hudson por entre os dentes. — Tipo... Você saberia se Cyrus tivesse outros filhos, não é?

— Acho que sim — ele responde. Mas há uma expressão em seu olhar que revela que talvez seja possível.

E eu entendo. Não sei se ele consegue perceber, mas há alguma coisa naquelas retrucadas ácidas que me parecem muito familiares, especialmente quando combinadas com a postura negligente, apoiando o ombro na coluna. E isso sem mencionar toda aquela postura de *faça o que estou mandando porque eu quero,* que é típica de Jaxon.

— Não vou chegar perto de você — rebate o tio Finn a ela, friamente.

— Isso significa que você vai querer brigar? — Os olhos dela se arregalam e ela bate palmas algumas vezes. — Por favorzinho?

— Não brinque com a sua comida, minha filha. — A voz de Cyrus ecoa pela masmorra. — É um hábito muito desagradável.

Isadora não responde. Em vez disso, simplesmente joga uma faca para cima, bem alto. Ela gira pelo que parece uma eternidade, mas provavelmente são apenas alguns segundos. Em seguida, ela a pega e a embainha de novo antes que eu consiga piscar os olhos.

Cyrus está atrás dela agora, e não parece nem um pouco impressionado enquanto observa meus amigos e a mim. Por outro lado, o sentimento é completamente mútuo.

Ele pode trajar o terno Tom Ford mais atraente do mercado, um xadrez cinza com gravata lilás; com cada dente naquele sorriso socialmente aceitável lustro em um branco ofuscante e cada fio de cabelo na sua cabeça bonita penteado à perfeição. Mas, aos meus olhos, ele continua parecendo o monstro que de fato é. É algo que está nos seus olhos azul-cobalto, na sua postura, no sorriso torto que aparece sempre que ele acha que vai ser capaz de sair impune.

Ele faz um gesto para um guarda abrir a porta da cela a uns três metros à nossa esquerda, com outros alunos reunidos naquele lado da masmorra.

— Venham comigo — ele ordena ao nosso grupo. Em seguida, vai embora como se simplesmente esperasse que o seguíssemos, sem fazer perguntas. Algo que sem dúvida não vai acontecer.

— E se não formos? — questiona Jaxon, com os olhos estreitados e as mãos ao lado do corpo como se estivesse louco para arrumar briga.

Cyrus para a alguns metros de distância com um suspiro enfastiado. E quando olha para trás, por cima do ombro, a expressão em seu rosto parece perguntar: *Vocês realmente querem me desafiar nisso?*

Como a resposta parece *nós sempre vamos querer desafiar você,* nenhum de nós move um músculo para fazer o que ele manda.

Cyrus suspira outra vez. E é ainda mais irritante dessa vez. Em seguida, rápido como a cobra que é, Cyrus estende os braços e agarra a pessoa mais próxima a ele: uma garota com cabelos curtos e cor-de-rosa muito parecidos com o jeito que Macy arrumava os seus.

Antes que eu consiga perceber o que Cyrus vai fazer, ele puxa a garota para junto de si e ataca, enfiando as presas na base do seu pescoço até chegar na artéria carótida.

— Pare! — Hudson grita, partindo para cima do seu pai, mas dois guardas se colocam à sua frente e bloqueiam seu caminho.

Mesmo assim, já é tarde demais. Todos sabemos disso. Ela está morta antes que Hudson consiga se aproximar. Mesmo antes de cair no chão. É uma das coisas mais horríveis que já testemunhei, e isso me abala até os ossos.

— Mandem alguém limpar essa sujeira — ordena Cyrus aos guardas, apontando com um gesto descuidado para a garota, agora largada no chão, enquanto puxa um lenço de seda vermelha do bolso do paletó, enxugando as gotas de sangue no canto da boca.

Reviro os olhos, sentindo o meu estômago se revirar. E acabo me deparando com os olhos de Isadora. Não sei o que espero ver ali — avareza, alegria, talvez até mesmo fome. Mas, em vez disso, há um vazio deliberado naquele olhar, como alguém que foi forçada a assistir a atos do tipo um milhão de vezes. E que sabe que vai ter que fazer isso mais um milhão de vezes. Só não sei afirmar se isso é um problema para ela.

Cyrus desvia cuidadosamente da poça de sangue que se acumula no piso da masmorra enquanto dois guardas vêm recolher o corpo da garota.

— Ainda estou com fome. E vou ficar feliz em fazer isso mais algumas vezes — diz isso a Hudson, que o encara com um olhar irado. — Ou você e seus amigos podem vir comigo.

— E nós vamos virar aperitivos? — retruca Flint.

Mas Cyrus simplesmente ergue uma sobrancelha.

— Você prefere ser o prato principal?

Parece que Flint quer dizer mais, mas acho que ele pensa melhor e decide ficar de boca fechada, pois simplesmente dá de ombros. E vem conosco enquanto seguimos Cyrus até a parte da frente da masmorra e subimos as escadas, onde receio que seja o lugar onde a tortura acontece de verdade.

Capítulo 66

ERA ASSIM QUE AS PESSOAS FAZIAM NA IDADE MÉDIA

Acho que eu não fazia ideia de para onde os guardas estavam nos levando, mas parece que estamos no lugar certo. É o que decido enquanto entro na torre. Porque isso se parece com todas as torres de tortura que já vi em filmes ou programas de TV. Será que devo me preocupar?

Especialmente quando olho para os grilhões para braços e pernas chumbados na parede curva que vejo a cada dois ou três metros. Ou as gigantescas estantes de trabalho em estilo industrial, repletas de objetos que só podem ser descritos como instrumentos de tortura. Sinto um asco em particular de um aparelho que se parece com uma armadilha para ursos, com dentes enormes e triangulares de metal que com certeza são capazes de amputar um braço, uma perna ou qualquer outra parte do corpo que seja colocada ali.

Um campo de treinamento perfeito para quem quer se tornar um psicopata. Por outro lado, a foto de Cyrus deveria ser a definição dessa palavra no dicionário. Por isso, não chego a me surpreender. E, a julgar pelos olhares dos outros, eles também não estão. Preocupados, nervosos, e no caso de Macy, tomada por um terror absoluto, sim. Mas surpresos? Não.

Tento não demonstrar, mas estou completamente horrorizada também. Não só por causa da armadilha gigante para ursos e dos outros instrumentos de tortura que há ali, mas porque tenho uma sensação bem desagradável no meu estômago dizendo que não há saída. Que Cyrus não vai nos deixar sair daqui sem drenar nossos poderes. Não quando finalmente nos tem a seus pés e pode agir sem qualquer piedade.

Em especial porque "piedade" é uma palavra com a qual duvido que ele tenha familiaridade. Não, ele vai desfrutar de cada segundo do que fizer a nós aqui. Quanto pior, melhor. E, não pela primeira vez desde que chegamos a essa Corte maldita, fico me perguntando qual seria a melhor opção: a morte ou acabar naqueles poços infernais?

O fato de saber que a resposta é a morte só me deixa ainda mais alucinada. Penso em lutar. E, pelos olhares dos meus amigos, eles também estão pensando nisso. Mas sem os seus poderes, não há muito que possam fazer. Especialmente quando Cyrus nos considera uma ameaça tão grande que trouxe quatro guardas para vigiar cada um de nós.

Jaxon ataca com um pontapé mesmo assim, derrubando o guarda que tenta prender seu braço esquerdo em um dos grilhões na parede. O golpe é retribuído com uma porretada no rosto, e não consigo conter um grito quando ouço o som do seu nariz quebrando sob a madeira.

Hudson se enrijece ao meu lado, mas, quando olho para ele, meu consorte parece até mesmo entediado — como se o fato de ser trazido para uma câmara de torturas fosse algo corriqueiro para ele. Mas seus olhos estão bem atentos conforme observam com cuidado cada milímetro da sala. *Será que ele está procurando uma rota de fuga?* É o que eu fico me perguntando. *Ou tentando descobrir uma maneira de colocar as mãos em alguma arma?*

Há mais guardas enfileirados ombro a ombro diante das armas nesse momento, então isso parece impossível. Por outro lado, já estivemos em situações impossíveis antes. E, de algum modo, ainda estamos aqui.

Eu me apego a esse pensamento enquanto dois guardas me agarram e me empurram para a parede enquanto outro fecha os grilhões ao redor dos meus pulsos e depois dos meus tornozelos.

Não consigo deixar de olhar para Hudson outra vez quando as algemas se fecham. E ao fazê-lo, penso em todo o tempo que perdemos — e no futuro que deveríamos ter para compensar esse tempo todo. E... puta que pariu, não vou cair sem lutar. Devo isso a Hudson e aos outros. Preciso lutar com todas as minhas forças. Não sei nem como posso lutar agora, mas vou ter de descobrir bem rápido. Caso contrário...

— Sabe de uma coisa, Grace? — pronuncia-se Cyrus enquanto passa pelo vão da porta com seu terno imaculado. Até mesmo nesse lugar horrível ele parece a caminho de algum jantar elegante em vez de estar planejando torturar onze adolescentes. Por outro lado, para ele, talvez seja tudo a mesma coisa. — Preciso reconhecer o seu valor — prossegue ele, a poucos centímetros do meu rosto. — Você realmente se esforça para facilitar as coisas para mim. Se eu não estivesse com um cronograma apertado, ficaria um pouco chateado por não poder usar algumas das minhas habilidades.

Ele parece se divertir. Ao mesmo tempo sendo irônico e conciliador o bastante para me irritar. Porque, se há algo que odeio mais do que ver um homem enumerando meus erros, é quando esse homem sente um prazer mórbido ao fazê-lo. O fato de que ele pode ter razão só faz com que eu me sinta pior.

E ele prossegue:

— Eu estava preparado para perder legiões para capturá-la depois do Ludares, quando a mordi e percebi que você era a cria de Cássia que estava perdida há muito tempo. — Ele faz um gesto negativo com a cabeça. — Mas você praticamente se ofereceu para ir à prisão com esse fracote do meu filho, e deixou tudo mais fácil para mim.

Aquelas palavras transformam a raiva e a ansiedade dentro de mim em uma fúria que arde em fogo baixo, mas eu não respondo. Ele está me cutucando, tentando me irritar. E me recuso a lhe dar essa satisfação.

Ao perceber que não respondo, ele faz um gesto bem teatral de tirar o paletó e colocá-la no encosto de uma das poucas cadeiras que há na sala. Em seguida, abre as abotoaduras de prata com ametistas e as coloca no bolso das calças feitas sob medida antes de começar a arregaçar as mangas.

— Preciso admitir que nunca me ocorreu que você seria capaz de sair do Aethereum quando Adria lhe deu uma flor a menos. Foi uma bela manobra. E imaginei que você aproveitaria sua segunda chance para fugir até o lugar mais distante que conseguisse encontrar. Mas, em vez disso, você veio diretamente para mim outra vez, não foi? E me deu uma chance de acabar não apenas com você, mas com todos esses seus amigos também.

Ele balança a cabeça como se aquilo fosse a coisa mais idiota que já viu na vida, mas não sou ingênua para acreditar nisso. Esse é um discurso perfeitamente escrito e ensaiado. Seu objetivo é simplesmente erodir a minha autoconfiança. Só que o fato de que eu sei disso não impede seu plano de funcionar. Especialmente porque é difícil refutar aquela lógica.

Eu me joguei nas mãos dele várias vezes. Ignorei todos os sinais de alerta e coloquei meus amigos em perigo várias e várias vezes, mesmo quando não tive a intenção ou quando estava apenas tentando salvá-los. Não pela primeira vez, penso no favor que devo à Estriga. É difícil não pensar nisso quando chama a Estriga de Adria como se eles fossem grandes amigos e ele soubesse de tudo que aconteceu quando a visitamos.

Será que isso significa que ele passou todo esse tempo trabalhando com ela? A simples ideia faz com que eu sinta vontade de estapear a minha própria cara, especialmente quando penso que a Estriga pode cobrar seu favor a qualquer momento. Ou pior, eu me dou conta com um horror crescente: pode cobrá-lo a qualquer momento que Cyrus quiser. Será que me prendi ao rei dos vampiros sem querer, quando estava tentando fazer exatamente o oposto?

Cyrus faz uma pausa para aumentar a tensão — ou, mais provavelmente, para ver se vou explodir e gritar com ele até perder a voz. Mas não vou ceder de jeito nenhum. Não vou lhe dar essa satisfação. Não quando ele já tirou tanto de mim.

Em vez disso, mantenho a cabeça baixa e o queixo tensionado enquanto as palavras dele caem sobre mim como ácido. *Não olhe para cima*, eu digo a mim mesma várias vezes. *Não olhe para ele. Não olhe. Não, não, não.*

Depois de segundos que parecem durar uma eternidade, Cyrus solta um longo suspiro.

— E agora temos este dilema no qual você colocou todo mundo. Eu tinha certeza de que teria que mandar grupos de busca para trazê-la para a minha Corte, gritando e esperneando. Mas olhe só onde você está. Você nem tentou fazer algum tipo de tratado quando chegou aqui. Não, nada disso, Grace. Você simplesmente entrou na minha masmorra como se não conseguisse ficar longe dali. — Ele faz um muxoxo de desaprovação e balança a cabeça. — Já faz mil anos que venho planejando o que faria quando finalmente encontrasse uma das descendentes de Cássia. Reuni legiões de soldados apenas para capturá-la, para conseguir aquilo que me foi negado durante todos esses anos. — Ele dá outra risada condescendente e balança a cabeça outra vez. — Mas nunca imaginei que alguém da linhagem de Cássia seria tão tola, tão absolutamente absurda para me dar tudo que eu sempre quis em uma bandeja de prata. Por isso, tenho que te agradecer, com certeza. Você me deu mais do que eu poderia pedir.

Mesmo sabendo o que Cyrus está fazendo, mesmo sabendo de sua tentativa de acabar com qualquer autoconfiança ainda remanescente, ainda me sinto como o maior fracasso do mundo. Porque ele tem razão. Nada do que ele disse é mentira. Tudo aconteceu exatamente desse jeito.

Desde o primeiro dia em que entrei nesse mundo, sinto-me como se alguém estivesse jogando xadrez comigo. Mesmo assim nunca pensei em uma estratégia, nunca tentei mudar o jogo. Em vez disso, sempre pensei somente na próxima jogada, mesmo quando tinha as melhores intenções — e agora estou aqui, nesta câmara de torturas. Assim como todos os meus amigos.

Não tombei por causa dos meus erros, da minha falta de visão. Eu forcei todas as pessoas que amo a tombarem comigo. Como vou poder me redimir com eles? E como vamos conseguir nos recuperar dos erros que cometi?

Cyrus vai até as prateleiras que têm os itens de aparência assustadora. Ele fica ali por um momento, como se ponderasse sobre qual é a arma maligna que vai querer usar contra nós. Após um tempo, ele pega dois longos bastões de metal com pontas muito afiadas. E sinto o meu estômago afundar até o chão.

Não sei para que servem aqueles objetos, mas tenho certeza de que nada de bom pode sair delas. Que agora acabou. Agi sem pensar em todas as oportunidades que tive. E agora todo mundo vai sofrer por minha causa.

Eu só queria saber o que posso fazer para impedir isso.

Capítulo 67

É UMA DOR QUE DÓI NO PEITO

Cyrus se vira para nós outra vez, segurando os bastões de metal com força. Ao fazer isso, seu olhar cruza com o de Hudson. Por um segundo, eu vejo uma expressão de alegria ali. Um contentamento enorme com a ideia de finalmente poder retribuir o que Hudson lhe fez no campo do Ludares.

Ele até mesmo ergue uma sobrancelha quando vai direto para junto do meu consorte, como se o desafiasse a implorar pela própria vida. Hudson jamais faria tal coisa. Mas eu faria. Se não estivesse acorrentada, eu me jogaria na frente dele agora mesmo e faria Cyrus me matar para poder dar a Hudson alguns momentos preciosos a mais para descobrir uma maneira de detê-lo.

Mas estou presa nesses grilhões. E não há mais nada que eu possa fazer além de ficar olhando enquanto Cyrus para bem diante de Hudson.

Por favor, imploro ao universo. Por favor, não deixe que ele machuque Hudson. Não deixe que ele machuque ninguém. Eles não merecem ter seus poderes drenados. Não merecem morrer por causa dos erros que eu cometi. Por favor, por favor… por favor.

— Com quem vou começar? — pergunta Cyrus, e seu olhar ainda está fixo no de Hudson.

— Comigo — respondo, mantendo a voz firme apesar do terror que cresce como uma onda dentro de mim. Por favor, por favor, deixe-o em paz. — Você acabou de fazer esse discurso lindo sobre o quanto havia se preparado para me pegar. Se eu realmente sou tão especial assim, por que não começa comigo?

— Como é mesmo aquele ditado que os humanos gostam tanto de citar? Talvez eu esteja "guardando o melhor para o fim" — diz ele.

— Nós dois sabemos que não sou a melhor — eu digo a ele. — Sou apenas aquela que você decidiu que é a mais útil para você.

— Você é bem espertinha, não? — Aquele sorriso tranquilo mostra mais do que apenas a ponta das suas presas.

— Eu me esforço — respondo, determinada a fazer com que ele continue falando pelo máximo de tempo que conseguir. Meus amigos e meu consorte são superinteligentes e criativos. E isso significa que, quanto mais tempo eu conseguir manter a atenção de Cyrus focada em mim, mais tempo vou conseguir lhes dar para descobrir uma saída da situação. — E por que diz isso? O que eu tenho que faz com que você precise tanto assim de mim?

Ele inclina a cabeça para o lado como se refletisse sobre a pergunta — ou melhor, como se estivesse pensando se quer responder ou não. Como não posso me dar ao luxo de permitir que ele perca o interesse na nossa discussão, apelo para a primeira coisa em que consigo pensar.

— Se for a Coroa, tomar posse dela não vai lhe adiantar de nada. É preciso do Exército das Gárgulas para ativá-la, e você sabe que elas desapareceram.

— Ah, é mesmo? — Ele gira o bastão de metal na mão, como se estivesse realmente meditando sobre o que eu disse. Mas o brilho calculista em seus olhos informa que a situação é exatamente o contrário quando ele prossegue: — "Desaparecidas" e "mortas" não são a mesma coisa, não é mesmo, Grace?

Meu sangue praticamente congela nas veias quando ele repete o que a Carniceira me disse, quase com as mesmas palavras. Como ele pode citá-la desse jeito, com essas mesmas palavras, a menos que... alguém contou a ele sobre a nossa visita?

Mas quem?

Por favor, não... Não pode ser. Simplesmente não pode ser.

Mas basta uma rápida olhada para Hudson para perceber que ele está pensando na mesma coisa que eu, o que faz com que eu me sinta ainda pior. E eu não achava que isso seria possível. Ainda assim, repasso rapidamente todos que estavam na caverna conosco, quando a Carniceira estava falando sobre o Exército.

Hudson, Jaxon, Éden, Macy, Flint, Mekhi e eu. Não consigo acreditar que algum deles tenha feito isso. Eu confiaria, e confio, em cada um deles com a minha própria vida, e eles nunca me decepcionaram. Mesmo agora, divididos como estamos, não acredito que algum deles entregaria os meus segredos. Nem meu consorte, nem o meu ex-consorte, nem a minha prima e nem três dos meus melhores amigos. Nenhum deles faria isso.

Então, quem poderia ser? As únicas outras pessoas com quem comentamos sobre aquela conversa foram Dawud, Liam, Rafael e Byron. Mas isso não faz nenhum sentido também. Dawud praticamente sucumbiu ao desespero para salvar seu irmão, a qualquer custo. Liam, Rafael e Byron sempre foram leais a Jaxon. Não é possível que algum deles teria nos traído. Ou é?

Só de pensar a respeito, sinto vontade de vomitar. Passamos por muita coisa juntos, boas e ruins. Como algum deles seria capaz de fazer uma coisa dessas?

Não seriam, digo a mim mesma. É somente uma artimanha de Cyrus para mexer com as nossas cabeças. Ele está tentando nos separar, porque somos fortes demais quando estamos juntos.

Não vou cair nos truques dele. Não dessa vez.

Mas, mesmo enquanto eu o encaro, há uma dúvida pequena e insistente no fundo da minha cabeça que não estava ali antes. Uma traição que eu nunca teria imaginado antes.

Tento escondê-la, manter meu rosto e o olhar tão vazios quanto Hudson em momentos como esse. Mas, diferente dele, devo deixar algum indício passar, porque a expressão de alegria volta ao rosto de Cyrus. Como se ele soubesse que conseguiu me atingir, e isso o deixasse muito feliz.

— Estou quase conseguindo ver as engrenagens girando em sua cabeça, Grace. — Ele me encara com um sorriso torto. — Você está entendendo as coisas. E isso é muito bom. Significa que você finalmente está aprendendo.

Ele se afasta de Hudson e de mim. E começa a seguir a curva da parede até parar bem diante de Liam. Sinto o gelo correr pelas minhas veias enquanto o meu estômago se revolta.

— Puta que pariu, eu não acredito — diz Jaxon no lugar onde está, ao lado de Hudson. — Você deve estar me zoando.

— Eu ainda não disse nada — responde seu pai. — Mas nem preciso, não é mesmo? Você já descobriu que este rapaz aqui, Liam, sempre adorou me manter informado sobre os seus movimentos.

— Isso não é verdade! — grita Liam. — Eu nunca...

Cyrus o interrompe no meio da frase, enfiando os bastões de metal com toda a força no peito de Liam.

Macy grita.

Jaxon agita as correntes dos seus grilhões enquanto tenta se libertar.

E o restante de nós fica olhando fixamente, sem conseguir dizer nada, enquanto Liam fica paralisado no meio da discussão.

No começo, tenho a impressão de que ele está morto. Mas consigo ver as lágrimas que lhe escorrem pelos cantos dos olhos. Depois de um momento longo e silencioso, ouço os estertores da morte em seu peito enquanto ele tenta encher de ar os pulmões perfurados. Os bastões deixaram seu corpo paralisado.

— O que está acontecendo? — sussurro para Hudson, mas ele não responde. Ele simplesmente fica assistindo ao desenrolar da cena com o rosto vazio e os olhos estreitados.

Com a mesma facilidade, o pânico é uma onda que arrebenta em mim, apertando o meu peito e me sufocando.

Determinada a não ceder ao ataque (não aqui, e definitivamente não agora), desvio os olhos do rosto pálido de Liam e do seu corpo trêmulo. Ainda me recuso a acreditar que ele passou todo esse tempo nos traindo, mesmo que uma voz miúda no fundo da minha cabeça sussurre que isso explica como Cyrus sabia exatamente o momento em que fomos até a ilha para libertar a Fera Imortal. E... meu Deus, se o que ele disse sobre trabalhar com a Estriga for verdade... Então, ele sabia que fomos vê-la, para início de conversa.

Assim que o pensamento ganha forma, outro, ainda mais assustador, faz com que eu lute contra o medo que esmaga o meu peito. Se Liam contou a Cyrus que fomos pedir à Estriga uma maneira de fugir do Aethereum, será que ele sempre teve esse plano de me forçar a dever um favor a ela? O que ele quer de mim de verdade, além da Pedra Divina? Será que me arrisquei a ter uma vida repleta de dor e sofrimento apenas para lhe entregar a vitória de bandeja?

Uma visão do corpo esquálido e magicamente torturado da minha tia surge em minha mente, mas a afasto com força. Espalhar o medo, as dúvidas e até mesmo a sensação devastadora da traição de Liam. Isso é exatamente o que Cyrus quer. Manter-nos assustados e fazer com que nossas ações sejam motivadas pelo medo, nos conduzindo diretamente rumo a qualquer plano maligno que ele tenha criado.

Meu olhar dispara pela sala, à procura de qualquer outra coisa na qual eu possa me concentrar além dos meus amigos acorrentados e no corpo do pobre Liam. Qualquer coisa além dos instrumentos de tortura no canto e no desgraçado se pavoneando no meio da sala.

É quando percebo Isadora pela primeira vez. Ela está encostada na parede oposta, limpando as unhas com uma faca como se o acontecimento em curso fosse completamente normal.

Ela não ergue os olhos uma única vez, nem mesmo quando Jaxon rosna:

— Vou matar você com as minhas próprias mãos, seu desgraçado do caralho!

Pela primeira vez desde que entrou na sala, Cyrus parece chocado.

— Por quê?

— Como assim "por quê"? — rosna Byron. — Você acabou de empalar o nosso amigo.

— Ele era um covarde — responde Cyrus, ainda parecendo surpreso. — E pior ainda, era um traidor. Vendeu os amigos em troca de um lugar à mesa. Ele não é alguém por quem vocês devam lamentar. E não é ninguém que eu gostaria de ter à minha mesa depois que sua utilidade terminou. Ele não tinha lealdade. E lealdade é tudo. — Ele encara Hudson com um olhar dissimulado. — Não acha, meu filho?

Hudson não responde. Inclusive, assim como Isadora, que está deslizando os dedos levemente pelo fio da lâmina, ele nem fita o pai.

Pelo menos não até que Cyrus olhe para a filha e pergunte:

— Isadora, se puder…

Tenho a impressão de que os ombros dela se enrijecem por um instante, embora a verdade é que tudo acontece tão rápido que pode ter sido a minha imaginação. Ela leva somente um momento para esfregar a faca na perna da calça e depois guardá-la na bainha antes de ir até onde seu pai está.

— É claro, papai. — Ela diz a frase do mesmo jeito que uma menininha faria, meiga e doce. E isso me causa um nojo enorme.

Por outro lado, quase tudo que esses dois fazem me dá nojo. Isadora segura os dois bastões de metal enfiados no peito de Liam como um diapasão. Quando suas mãos se fecham ao redor deles, ela respira fundo e junta os dois bastões.

Liam solta um grito silencioso enquanto os bastões começam a brilhar como se estivessem em brasa. A cabeça de Isadora tomba para trás, e todo o seu corpo se enrijece conforme suas mãos ficam vermelhas também. Elas brilham, com as veias se iluminando por dentro, brilhando cada vez mais intensamente até que me pergunto se ela vai explodir em chamas como uma fênix.

Mas em seguida ela se move para poder segurar os dois bastões de metal, apertando ambos com uma mão só. Ela estende a outra mão para Cyrus, deixando a palma incandescente para cima.

Ele não hesita e a agarra. Percebo o que ela está fazendo. E sei o que vai acontecer a seguir.

Tenho um impulso forte de desviar o olhar, mas não consigo. É horrível demais.

Porque Isadora é a arma secreta de Cyrus para roubar magia. E, neste momento, ela está tirando cada gota de poder que Liam tem.

Capítulo 68

HÁ CERTAS COISAS QUE SIMPLESMENTE NÃO PODEM SER COMPRADAS PELA INTERNET

Liam sabe o que está acontecendo; consigo perceber em seus olhos, no seu rosto, no grito silencioso que ele não consegue libertar.

Ele não emite um único som, mas não precisa. As lágrimas correm livremente pelo seu rosto. Seus olhos estão tão vivos e com tanto medo que aquilo chega a me paralisar. E paralisa a todos nós, a julgar pela imobilidade e o silêncio dos meus amigos.

Assisto enquanto o poder deixa seu corpo, pouco a pouco. Mas o problema não é exatamente a magia que se esvai do seu corpo sem parar. Eu vejo o que a sua ausência está deixando para trás.

É como se Isadora roubasse a própria alma de Liam com seu poder, e eu nunca vi nada tão horripilante em toda a minha vida.

— Ela é um Sorvedouro de Almas — sussurra Mekhi, chocado. E percebo imediatamente que ele deve ter razão. Liam murcha bem diante dos nossos olhos. Seus músculos e sua carne vão se atrofiando cada vez mais, a cada segundo que passa. Mas é mais do que simplesmente perder massa. É como se *ele* desaparecesse também. Sua pele adquire um tom amarelado e doentio e seus olhos afundam no crânio, como se Liam não fosse nada além de pele e osso.

O vampiro tomba para a frente, tão fraco que nem mesmo os grilhões conseguem mantê-lo em pé. Isadora se agita e começa a recuar, mas Cyrus a faz parar com um rosnado.

— Acabe com ele — ordena o rei dos vampiros.

— Com prazer — responde ela, mas não parece tão entusiasmada (ou servil) quanto parecia há pouco.

Segundos depois, Liam para de gritar, com os olhos se fechando e um suspiro arrastado que faz o meu sangue gelar. Está morto. Meu Deus... ele está morto. E Isadora o matou sem pensar duas vezes.

Espero que eu esteja errada. Espero que ele só tenha desmaiado por causa da dor. Mas Isadora solta a mão do seu pai e arranca os bastões do peito de Liam. E percebo que não estou errada. A Ordem acabou de perder mais um membro.

Macy está chorando agora, em voz baixa e entristecida, como se o mundo estivesse acabando. E eu entendo. Entendo mesmo, porque quem sabe qual de nós Cyrus e sua filha fria como o caralho vão atacar a seguir.

Fico observando, horrorizada, conforme os punhos murchos de Liam simplesmente escorregam por entre os grilhões e seu corpo sem vida desmorona no chão aos pés de Isadora com um *flop* de embrulhar o estômago. Ela mal percebe, entretanto, enquanto volta até a prateleira de ferramentas e enfia os bastões em um vaso de vidro cheio com um líquido transparente. Um momento depois, o líquido fica avermelhado conforme o sangue de Liam se desprende dos bastões e começa a girar.

Há um pedaço de mim que ainda não consegue acreditar no que está acontecendo. E que ainda não consegue acreditar que Liam está morto. Há sessenta segundos, ele estava vivo e protestando contra as acusações de Cyrus. Agora está no chão, morto, somente uma casca vazia que lembra a pessoa que ele foi.

Meu estômago se revira conforme lampejos do que acabou de acontecer passam pela minha mente, sem parar. Isadora pode ter levado somente um minuto para drenar e depois matar Liam, mas não tenho dúvidas de que as imagens do seu ataque vão me assombrar para sempre.

Fico esperando que Jaxon perca todo o controle agora, mas ele me surpreende. Não diz uma palavra. Mas, mesmo assim ninguém diz nada. A sala inteira fica imersa num silêncio sinistro após a morte de Liam. E sei que isso acontece porque todos os meus amigos estão tão horrorizados — e devastados — quanto eu.

Cyrus, por outro lado, parece ainda mais contente consigo mesmo enquanto gira os ombros e agita os braços para a frente e para trás, como se tivesse acabado de terminar uma sessão intensa de exercícios físicos.

— Sim, isso basta por enquanto, Isadora — declara ele enquanto continua a agitar os braços. E percebo o que está acontecendo. Ele está no meio do processo de absorver todo o poder e toda a magia que acabou de roubar de Liam. Que desgraçado.

Depois que termina seus alongamentos pós-assassinato, ele vem na minha direção com uma expressão questionadora no rosto, quase como se quisesse saber se estou prestando atenção.

E estou fazendo isso, sim. Absolutamente, com certeza. Observar Liam morrer daquele jeito serviu para fazer uma coisa por mim. Aquele ato me convenceu de que vou fazer qualquer coisa, absolutamente qualquer coisa, para não deixar que a mesma coisa aconteça com alguém que amo.

— O que você quer? — pergunto com a voz carregada com as lágrimas que não deixei rolar.

— A Pedra Divina — ele responde. — E você é a única que pode consegui-la para mim.

— E por quê, exatamente? — questiono, determinada a não recuar, mesmo que sinta tanta náusea que tenho a impressão de que vou vomitar a qualquer instante.

— Porque a Pedra Divina está na Corte das Gárgulas, congelada no tempo. E você é a única criatura capaz de acessá-la, é claro. Liam já me contou tudo, então nem se incomode em negar.

— Se ela está onde você diz que está, o que te faz pensar que vou buscá-la para você? — pergunto.

Ele simplesmente sorri, como se eu tivesse dito alguma coisa engraçada. Mas as palavras dele não chegam nem perto de serem engraçadas.

— Porque, se não fizer o que estou dizendo, vou lhe fazer assista de camarote enquanto cada pessoa que você ama morre do mesmo jeito que Liam. E, da próxima vez, não vou demonstrar piedade.

Capítulo 69

AQUELE EM QUE TODO MUNDO PODE MORRER

As palavras de Cyrus explodem em mim como uma bomba.

Ainda estou me recuperando da morte de Liam. E agora ele está dizendo que vai matar todos os meus amigos do mesmo jeito? Até mesmo os próprios filhos?

Não consigo imaginar quanta maldade é necessária para isso. Bem, não preciso nem botar a minha imaginação para funcionar, já que o rei dos vampiros está bem diante de mim. Junto àquela sua filha sórdida e vil.

— Por que você se incomoda em ameaçar? — pergunta Hudson, e essa é a primeira pergunta que ele faz desde que sussurrou meu nome, minutos atrás. — Por que não começa simplesmente a nos matar? Eu me ofereço para ser o primeiro.

— Ele não está falando sério! — berro, censurando Hudson com uma expressão que diz *o que deu na sua cabeça?* — O que está fazendo? — digo a ele por entre os dentes.

Já foi terrível observar Liam morrer daquele jeito. Talvez ele fosse um traidor, talvez não; mesmo assim, ainda era uma pessoa. Não merecia morrer, mas, se isso fosse acontecer, devia ao menos ter morrido com um pouco de dignidade, porra.

A ideia de assistir ao meu consorte, o garoto que amo mais do que a minha própria vida, morrer desse jeito? Nem pensar. De jeito nenhum.

A bile borbulha no meu estômago e sobe pela garganta quando penso que Hudson pode ter o mesmo fim de Liam.

Ou que isso possa acontecer com Jaxon também. Ou com Macy, Flint, Éden ou qualquer um dos meus amigos. Não vou deixar isso acontecer. Não posso deixar.

Mas fica óbvio que Hudson tem outras ideias quando dá de ombro e diz:

— Prefiro morrer do jeito que esse desgraçado quiser do que ser a razão pela qual você fez alguma coisa para prejudicar seu povo, Grace.

— Que coisa mais meiga, não? — zomba Cyrus. — O amor entre os jovens é emocionante. É uma pena que Grace tenha outros planos. Não é mesmo, Grace?

Ele tem razão. Eu tenho outros planos, não importa o quanto seja difícil lhe dar essa satisfação. Mas ele me colocou em uma situação impossível. Me deu uma escolha terrível e maldita para fazer.

Mas vou fazer essa escolha. E vai ser para salvar Hudson. Essa sempre será a minha escolha, não importa o quanto a situação seja ruim. Não importa o quanto Cyrus seja diabólico. Pode não ser a decisão certa a ser tomada pela rainha das gárgulas, mas é a decisão certa para a consorte de Hudson. Nesse momento, com o som da respiração sofrida de Liam ainda ecoando no ar à minha volta, é a única decisão que posso tomar.

Se isso significar que eu não sou uma boa rainha — ou que não sou digna de ser uma rainha —, bem, então que seja. Já pensei o mesmo a meu respeito um milhão de vezes.

Mesmo assim, sinto a agonia na minha barriga e meus ombros se afrouxam. Ser rainha é uma coisa que me aterroriza. Mas é pior ainda saber que fracassei nisso antes mesmo de ter a chance de tentar.

— Não, Grace. — A voz de Hudson soa rouca; o olhar em seu rosto me comunica que ele sabe que tomei a minha decisão. — Você não pode fazer isso. Você não pode destruir o que resta do seu povo para salvar pessoas como nós. Não deixe que ele a convença.

— Fale por você, vampiro — intervém Flint em meio ao silêncio, mas as palavras não soam agressivas. — Tipo... Eu concordo com você. Mas fale só por você, porra.

— De acordo — responde Hudson com uma risada forçada que me dá vontade de gritar. É como se estivessem combinando um horário para tomar chá, e não quando estão prestes a morrer de uma das maneiras mais dolorosas imagináveis.

— Que cena mais emocionante — comenta Cyrus antes de bater palmas lentamente da maneira mais irritante que já vi (ou ouvi) na vida. — Mas não acho que precisamos transformar isso em uma tragédia grega por enquanto. Não é mesmo, Grace?

Tenho certeza de que não vou conseguir responder nada a Cyrus que não comece e termine dizendo que ele é um filho da puta desgraçado. Por isso, não respondo. Não que isso vá fazê-lo parar. Estou começando a achar que nada é capaz de fazer isso.

— Encontre a Pedra Divina e a traga para mim — ele me diz. — E lhe dou a minha palavra de que vou libertar você, seus amigos e todos os alunos e professores da Academia Katmere.

— Como vou saber que você está dizendo a verdade? — retruco. — Sua palavra nunca valeu muito.

Ele inclina a cabeça, reconhecendo que falo a verdade. E acrescenta:

— Porque, quando eu tiver a Pedra, não vou precisar mais deles. E nem do resto dos seus amigos.

— Essa é uma promessa bem significativa para fazer em troca de uma simples Pedra, não é? Tem certeza de que ela vale tudo isso? — comenta Macy. Mas é óbvio que ela não espera uma resposta. Cyrus pode ser um cuzão arrogante, mas não é um vilão daqueles que aparecem nos desenhos do Scooby-Doo, retorcendo o bigode e pronto para revelar seu plano maligno no instante que alguém perguntar a respeito.

Mesmo assim, ele choca a todos nós com uma forte gargalhada antes de responder:

— A sua ignorância é mesmo impressionante!

É uma grosseria incrível (embora isso combine bem com ele). Mas não chega a ser uma resposta. Não que estivéssemos esperando uma resposta.

Mas Isadora parece não se dar conta disso, porque revira os olhos e responde:

— Há uma boa razão para o nome dela ser Pedra *Divina*.

Conforme assimilo tais palavras, sinto o coração trepidar no peito. Tento me lembrar da nossa última conversa com a Carniceira, porque, de repente, isso parece bem oportuno. Ela comentou que há uma maneira pela qual alguém pode se tornar um deus. Mas nunca me ocorreu que essa maneira envolvia a mesma Pedra que está sendo usada para manter o Exército das Gárgulas congelado no tempo e vivo.

— Você acha que pode se tornar um deus — sussurro, sendo tomada por uma onda de terror.

— *Brava*, minha garota. — Cyrus aplaude de novo, mas dessa vez ele soa mais sincero (e mais teatral) do que na última. — Mas já desperdiçamos tempo demais por hoje. Você precisa chegar até a Corte das Gárgulas e recuperar a Pedra. E, caso decida demorar demais enquanto estiver lá, vou lhe dar um pequeno incentivo. Para cada dia que passar sem que você me traga a Pedra, vou matar outro aluno. Talvez, eu comece com o resto da preciosa Ordem do meu filho...

O olhar dele cruza com o de Macy.

— Ou talvez eu comece com o seu querido tio Finn.

Macy não dá a Cyrus a satisfação de vê-la implorar para que ele não machuque seu pai, mas não consegue impedir a nova onda de lágrimas que lhe enchem os olhos — ou o fato de que seu corpo inteiro treme.

Odeio essa arrogância dele. E odeio ainda mais o fato de que ele me encostou na parede e não consigo escapar.

Minha mente começa a funcionar em alta velocidade, em busca de outra opção. Tem que haver outra saída, mesmo que eu ainda não tenha me dado conta. É preciso que haja.

— Mas nem sei o que devo fazer para chegar à Corte das Gárgulas. Só estive lá uma vez, e foi por acidente. E se eu não conseguir encontrá-la?

— Não sou do tipo que gosta de dar conselhos, mas preciso dizer que há bastante motivação acorrentada a essa parede. — Cyrus dá de ombros antes de fazer um gesto amplo que indica todos os meus amigos. — Você é uma garota engenhosa, Grace. Sugiro que coloque para funcionar essa sua engenhosidade tão irritante.

Ah, nada disso. Ele está achando que vou partir para a Corte das Gárgulas e deixar os meus amigos (e o meu consorte) acorrentados a uma parede, completamente à sua mercê? Nem pensar. Nem pensar mesmo.

— Não posso fazer isso — declaro a ele quando o começo de um plano começa a se formar na minha mente. — O general Chastain está guardando a pedra. Conversei com ele e sei que não posso derrotá-lo sozinha. Preciso que meus amigos estejam comigo se quiser ter alguma esperança de conseguir a Pedra Divina, ou mesmo de trazê-la de volta para você.

Prendo a respiração enquanto Cyrus me observa com a testa franzida. Há mais do que apenas algumas faíscas no plano que começa a surgir na minha mente. E, se eu fizer isso direito, talvez consiga salvar todo mundo — meus amigos, os alunos da Academia Katmere e todo o Exército das Gárgulas. Mas tudo depende de Cyrus não decidir pagar para ver o meu blefe aqui e agora.

— Você mesmo disse há alguns minutos que eu sou uma garota tola — prossigo. — Duvido que ache que eu seja capaz de derrotar sozinha o general gárgula mais poderoso que já existiu. Por isso, ou os meus amigos vão comigo ou você pode começar a nos matar agora, porque simplesmente não vou ser capaz de fazer o que você quer. É impossível.

O silêncio se prolonga entre nós, tenso como uma corda de equilibrista de circo. E começo a pensar que talvez tenha ido longe demais. Mas uma das maiores fraquezas de Cyrus é o fato de que ele acredita ser mais forte e mais inteligente do que qualquer pessoa na sala. E, conforme ele concorda com um aceno de cabeça, percebo que essa fraqueza escolheu esse exato momento para erguer sua cabeça feia.

E não vejo nenhum problema com isso. Cyrus passou a vida inteira subestimando as mulheres da minha família. Agora é hora de mostrar a ele exatamente o que somos capazes de fazer. Eu sou a semideusa do caos, afinal de contas. E tenho um plano.

Capítulo 70

CHEGAR, ARREBENTAR E FUGIR COMO O DIABO DA CRUZ

É esse pensamento que me faz endireitar a coluna e encarar Cyrus, apesar de permanecer acorrentada à parede. Ele tem de passar por tudo isso se espera conseguir se tornar um deus. Eu já sou uma deusa... ou, pelo menos, uma semideusa. Ele é um vampiro com fantasias sobre a própria importância.

Mal consigo esperar a oportunidade de mostrar que ele não tem tanta importância quanto imagina. E é algo que vou começar a fazer assim que ele concordar em deixar que meus amigos venham comigo.

Ele tem de concordar. Não há outra possibilidade. É só assim que o meu plano vai funcionar.

Ele ergue uma sobrancelha enquanto continuamos nos encarando. E isso quase me faz rir. Se ele acha que um sorriso torto de intimidação vai me forçar a recuar, obviamente ele não conhece os próprios filhos. Venho enfrentando olhares bem parecidos com Jaxon e Hudson praticamente desde o primeiro dia em que cheguei à Academia Katmere. E venço mais vezes do que perco.

Ao que parece, a prática leva à perfeição, porque Cyrus leva alguns segundos antes de ceder, com um gesto entediado.

— Tudo bem. Faça o que quiser. Você pode levar meus filhos inúteis e alguns dos outros. Mas o que resta da Ordem vai ficar aqui. Para cada dia que me fizer esperar, vou dar um deles para os lobos comerem.

Cyrus abre um sorriso torto.

— Eles vão gostar de roer os ossos, não acha?

O que eu acho é que Cyrus é realmente um monstro. E isso não tem nada a ver com suas presas ou com sua aversão à luz do sol. Não. Esse homem é um monstro porque cada pensamento em sua cabeça, cada coisa que ele faz, é apenas em benefício próprio. Ele não se importa com quem machuca, quem usa, nem mesmo quem destrói, desde que consiga o que quer. E está disposto a fazer todo o possível para atingir alguém apenas para mostrar sua superioridade.

É asqueroso. E estou determinada a colocar um ponto-final nisso. Talvez não hoje, mas em breve. Muito, muito em breve.

— Além disso... — diz ele de um jeito matreiro pelo canto da boca. — Isadora vai com vocês.

Ele só pode estar me zoando. O bebê-demônio em pessoa, não.

Consigo controlar meu rosto o suficiente para que a irritação não transpareça. Mas os outros não conseguem ficar tão calmos. Jaxon grunhe, Macy choraminga e Flint resmunga:

— Ah, cacete.

Somente Hudson e Éden conseguem manter sua inquietação sob controle. Isso não significa que eu não seja capaz de senti-las, mas pelo menos eles não levantam uma bandeira branca, como os outros.

Mas Cyrus adora a cena e solta uma risadinha digna do desgraçado maligno que ele é.

Isadora, por outro lado, não parece nem um pouco contente. Sua cara de jogadora de pôquer é tão boa quanto a de Hudson, mas ela passou os últimos minutos riscando o que tenho certeza de ser algum tipo de entalhe infernal com a cara de um demônio na mesa do canto, sem parar. Mas o barulho constante da faca raspando na madeira vacila por instantes com aquelas palavras.

Sua descompostura não se prolonga, mas é o bastante para que eu perceba que ela não esperava que Cyrus a enviasse conosco. Talvez isso devesse me preocupar. Ela é uma adversária formidável, afinal de contas. Alguém que tem uma fixação por lâminas de todos os tamanhos.

Mas, sendo bem sincera, isso me estimula. Se Isadora não fazia a menor ideia de que isso pudesse acontecer, significa que Cyrus precisou agir por impulso. Ele não tem um plano específico. E, se pelo menos dessa vez ele não está cinco passos à minha frente, talvez signifique que é a minha oportunidade de ganhar um pouco de terreno — em especial agora que consigo enxergar o tabuleiro com nitidez pelo que parece a primeira vez.

Não que isso signifique que desejo passear de mãos dadas com Isadora na Corte das Gárgulas, nem em qualquer outro lugar, a propósito. Essa garota é assustadora pra cacete, e cada minuto que passamos com ela me dá a impressão de que as nossas chances de continuarmos com os dedos inteiros diminui... assim como qualquer outra parte do corpo.

Mas não vou admitir isso a Cyrus. Vou proteger cada vantagem que conseguir, não importa o tamanho. E é por isso que dou de ombros da maneira mais entediada que consigo.

— Por mim, tudo bem. Quanto mais gente, melhor. É o que eu sempre digo.

— Você nunca diz isso — comenta Macy por entre os dentes.

— Talvez não, mas é algo em que sempre penso — garanto a ela antes de encarar Cyrus outra vez. — Mas vou precisar de outra coisa também.

Agora as duas sobrancelhas dele se erguem.

— Você faz exigências demais para alguém que está acorrentada na parede.

— O que é que posso dizer? Quem não chora, não mama. — Dessa vez jogo o cabelo para trás como se estivesse no comando da situação, encarnando a diva interior que definitivamente não tenho. — Mas isso combina bem com o que eu quero falar. — Agito o pulso, fazendo as correntes tilintarem. — Você vai precisar me soltar. Não consigo usar as minhas habilidades com esses grilhões que cancelam a magia. E, de outro modo, não vou conseguir ir até a Corte congelada no tempo. Além disso, ficar acorrentada a essa parede é insuportável.

Estou forçando a barra, eu sei. Talvez até demais. Mas Cyrus engole a minha atuação. Não sei por que ainda me surpreendo com isso. Ele está tão disposto a acreditar que sou só uma garotinha boba e fraca que vai aproveitar qualquer oportunidade para provar a si mesmo que está certo.

Normalmente, toda essa misoginia me ofenderia bastante. Mas... agora? Vou aproveitar qualquer vantagem que aparecer. Algumas das mulheres mais poderosas do mundo conseguiram seu poder porque um homem (ou vários) as subestimou. Estou mais do que disposta a permitir que Cyrus cometa o mesmo erro.

Deve funcionar, porque ele faz um sinal afirmativo com a cabeça para um dos guardas, que chega rapidamente junto de mim para abrir os meus grilhões. Graças a Deus. No instante que sinto a minha gárgula outra vez, sinto-me como se fosse um pássaro que enfim é capaz de abrir as asas.

Claro, basta uma rápida espiada em Hudson e Jaxon — os dois balançam discretamente a cabeça para mim — para saber que talvez seja melhor não abrir demais as asas. Mesmo assim, não planejo usar meus poderes agora. Não quando todo o meu plano depende da premissa de que Cyrus me subestima.

Além disso, para o meu plano funcionar, preciso trazer aquela maldita Pedra Divina para esse desgraçado e esperar que não esteja superestimando os meus poderes (nem os poderes dos meus amigos) quando trabalhamos juntos. Porque, enquanto Cyrus estiver brincando com sua Pedra e planejando sua transformação em divindade, sei exatamente como vamos mover nossa próxima peça nessa partida de xadrez. Chegou a hora de a rainha tomar conta do tabuleiro. E tenho um plano cuja estrutura ele não vai perceber.

Vamos lhe dar essa maldita Pedra, mas depois vamos buscar as Lágrimas de Éleos. E vamos vencer aquelas malditas Provações.

Quando o fizermos, libertaremos o meu exército e vou usar a Coroa para garantir que Cyrus nunca mais consiga machucar ninguém.

Superfácil... Só que não.

Estendo a mão para Cyrus a fim de selar o acordo. Ele observa a minha mão por vários segundos, como se ela estivesse prestes a se transformar em uma cascavel, pronta para atacar. Mas, no fim, a palma dele toca a minha e nós trocamos um aperto de mãos.

Quando ele fecha a mão ao redor da minha, reitero os termos antes que ele consiga fazê-lo.

— O acordo é o seguinte, então: eu lhe trago a Pedra Divina e você liberta todo mundo que veio da Academia Katmere, incluindo os professores e o tio Finn. Você não vai fazer nada de mal a eles nem a ninguém. E, quando sairmos daqui, vamos levar todo mundo com a gente, incluindo a minha tia Rowena. Estamos de acordo?

Cyrus responde:

— Garanto que não vou manter ninguém como prisioneiro se você me trouxer a Pedra nas próximas vinte e quatro horas. Mas, para cada dia que me fizer esperar, vou matar um dos prisioneiros. Começando com a preciosa Ordem de Jaxon. Certo?

Engulo em seco, tentando controlar o medo borbulhante no meu estômago. Preciso acreditar que sou capaz de fazer isso. É a única maneira que vejo de sair dessa situação. E mais: é a única maneira de derrotar Cyrus de uma vez por todas, algo que eu absolutamente quero fazer.

— De acordo — declaro. E fico orgulhosa por minha voz não vacilar.

Assim que eu concordo, sinto uma descarga de eletricidade entre nós que percorre o meu braço e me arranca o fôlego conforme uma pequena tatuagem com a forma de uma adaga ensanguentada surge no meu antebraço, ardendo. É uma das coisas mais bonitas (e também uma das mais cruéis) que já vi.

— Mas que merda é essa que você fez? — sussurra Jaxon.

— O que tive que fazer — respondo, relutando em olhar para Hudson.

Mas ele aperta o cordão do nosso elo entre consortes. E quando o encaro, vejo seus olhos se enrugando um pouco nos cantos conforme uma sensação de carinho se estende pelo elo e entra em mim. É claro que ele está ao meu lado. Eu não devia ter duvidado disso nem por um segundo. E, à medida que o meu olhar vai de Macy para Mekhi, Jaxon, Dawud, Éden e Flint, percebo que, não importa o que tenha acontecido entre nós, todos também estão comigo. Assim como eu estou com eles, não importa o que aconteça a seguir.

Mas, quando a ardência da tatuagem finalmente perde força, não consigo deixar de pensar que, talvez, Sartre sempre tenha tido razão. Se você for forçado a fazer um pacto com o diabo, não significa que já perdeu?

Capítulo 71

A CORTE CONGELADA NÃO VAI MESMO ME INCOMODAR

Observo os meus amigos, que continuam acorrentados na parede ao meu redor, e em seguida encaro Cyrus.

— Acho que não vou poder levá-los comigo se estiverem acorrentados. Você pode abrir os grilhões deles também?

— Não — retruca Cyrus. E fica evidente que o assunto não está aberto a discussões.

Mesmo assim, eu tento:

— Mas...

— Não me importo se eles vão com você. Isso é problema seu — Cyrus me lembra. — Por isso, dê seu próprio jeito ou esqueça. Não faz diferença para mim.

Mordo o lábio, repassando mentalmente minhas ações, mesmo que acidentais, para ir junto de Alistair até a Corte das Gárgulas naquela ocasião. Eu não estava pensando na Corte das Gárgulas. Nem sabia que ela existia. Será que Alistair estava pensando nela? Será que é assim que funciona?

Não sei aonde Hudson e eu fomos durante o tempo que passamos juntos, mas sei que passamos pelo menos algum período em seu covil. Será que fomos até lá porque ele estava pensando no lugar quando nos tocamos por acidente também?

— *Tic-tac*, Grace — pontua Cyrus, mirando o relógio em seu pulso. — O pobre Rafael só tem mais vinte e três horas e quarenta e cinco minutos.

— Acho que sei o que devo fazer — afirmo, e faço o melhor possível para ignorar a provocação de Cyrus. Eu olho para Isadora e faço um gesto para o espaço diante de Flint, Dawud e Macy, de ambos os lados dele. — Preciso que você fique bem aí.

Prendo a mochila às minhas costas. Meus pertences vêm comigo, de qualquer maneira, para o lugar aonde vamos.

Isadora fita o lugar para o qual estou apontando e em seguida para Flint, considerando evidentemente que talvez eu esteja tentando aprontar alguma coisa.

Solto um suspiro alto.

— Escute, preciso tocar todo mundo para levá-los comigo. Como Cyrus se recusa a soltá-los, vou precisar que você fique na frente de Flint, Dawud e Macy para que possam tocar você. Vou ficar na frente de Hudson, Jaxon e Éden. Em seguida, podemos dar as mãos e isso deve trazer todo mundo. Acho.

— Faça o que ela diz — ordena Cyrus. Isadora enfia na bainha a faca que estava usando para riscar a mobília e vem andando como se não se importasse com nada no mundo.

Ela para exatamente no lugar que indiquei, mas olha para trás, para Flint, Dawud e Macy, murmurando:

— Se vocês me tocarem com qualquer coisa que não seja a ponta de um dedo, podem ter certeza de que esse vai ser o único dedo que vou deixar que reste nas mãos de vocês.

Acho que é uma das melhores ameaças que já vi. E não fico nem um pouco surpresa quando meus três amigos colocam cuidadosamente um dedo solitário nos ombros de Isadora.

Fico ao lado dela e agito o ombro para o restante da turma.

— Certo. Todos vocês, se segurem em mim agora.

Reconheço no mesmo instante a mão quente de Hudson quando ela desliza pelo meu cotovelo. A mão mais pesada de Jaxon pousa no meu ombro e ele aperta. Éden busca meu outro ombro.

Ao encarar Isadora, ergo uma sobrancelha.

— Posso tocar você sem essa ameaça de perder os dedos? Ou você quer descobrir quem venceria um duelo entre uma vampira e uma gárgula?

Não é uma pergunta. É um desafio. E, quando ela responde, levantando as próprias sobrancelhas, sei que ela entende. Há um limite para quantas ameaças vou receber antes de começar a fazer as minhas. E como não estou presa por algemas mágicas, tenho a intenção de levar todas elas adiante, se necessário.

— Queridinha, sou uma coisa completamente nova. Por isso, é melhor você não abusar da sorte.

— Digo o mesmo — devolvo, antes de estender o braço para segurar na mão dela. — Muito bem — explico. — Preciso que todos imaginem a Corte das Gárgulas em suas mentes. É para lá que nós queremos ir. Não aquela corte decrépita e arruinada, mas a Corte em todo o seu esplendor. Fechem os olhos e imaginem como ela devia ser há mil anos. Imaginem que estão lá agora.

Permaneço em silêncio e me lembro da beleza da Corte quando a vi pela primeira vez com Alistair, como desejei desesperadamente poder pintá-la e de que jeito seria a obra de arte que a retrataria, tentando recriar as imagens para os meus amigos agora.

— Vocês podem ouvir o Mar Celta batendo nos penhascos logo depois de um portão de metal ornamentado — oriento. — E logo adiante há muralhas de vinte e cinco metros de altura que cercam um castelo enorme, maior do que qualquer outro castelo que vocês já viram, com quatro torres que se erguem contra o céu azul brilhante como sentinelas. Vocês estão diante do grande salão do castelo, cercados por pisos de mármore branco imaculados e esculturas de alabastros. E depois de duas portas gigantescas abertas está o campo de treinamento, onde podem ver centenas de gárgulas treinando para combates corpo a corpo, rindo quando alguém acerta um belo ataque, espadas retinindo quando se chocam contra escudos de metal e asas gigantescas batendo conforme várias gárgulas sobem aos céus a fim de treinar para combates aéreos. O lugar inteiro está vivo e cheio de atividade. Conseguem enxergar? Visualizem nas suas mentes…

Respiro fundo e vou buscar meu cordão verde. Eu me aproximo dele bem devagar, tocando o meu cordão de semideusa enquanto seguro o cordão de platina. E me transformo em pedra.

Quando reabro os olhos, estamos no centro da Corte das Gárgulas. Mas não é a corte em ruínas que vi no início deste dia tão longo. Não. Essa é a Corte das Gárgulas congelada em seu auge. Pisos de mármore, tapeçarias elaboradas nas paredes, velas brancas e grossas queimando em candelabros de ouro nas paredes e no teto por todo o Grande Salão, onde estamos agora.

Deu certo!

Mas há uma diferença gritante entre a última vez que estive aqui e essa vez. Somos as únicas pessoas aqui. Percebo que agora é noite. Assim, talvez todos estejam dormindo.

— *Esta* é a Corte das Gárgulas? — indaga Macy, com a voz maravilhada enquanto olha ao redor. — É bem diferente do que eu imaginava.

— O que você esperava? — pergunto conforme avançamos pela sala e meus amigos se espalham para admirar as estátuas e tapeçarias.

— Não sei — ela responde. E é óbvio que está pensando a respeito. — Acho que imaginei que a arquitetura seria mais escura, mais gótica. E que haveria um monte de estátuas de gárgulas por toda parte.

— Você sabe, não é? As estátuas de gárgulas provavelmente seriam pessoas reais — falo, erguendo as sobrancelhas.

— Eu sei, eu sei. Eu só… — Ela para de falar com um meio sorriso no rosto. E provavelmente é o melhor que qualquer um de nós vai conseguir fazer desde o que aconteceu com Liam. — Esse lugar é daora mesmo.

— E, então, qual é o grande plano que esse seu cérebro maravilhoso criou, Grace? — pergunta Hudson. De repente, todas as pessoas que estavam admirando a decoração da Corte se viram de uma só vez para ouvir a minha resposta, incluindo Isadora.

— Bem... — começo a responder, mordendo o lábio. — Vamos pegar a Pedra Divina e entregá-la a Cyrus para libertar todo mundo.

Meu olhar aponta para Isadora e os outros entendem a deixa.

— Acho que isso é meio óbvio — comenta Éden. — Belo plano.

— Achei que seria mesmo — eu digo, piscando o olho para ela.

— Ele perguntou qual é o seu plano para conseguir a Pedra, Grace — Isadora alonga cada palavra.

Nem me incomodo em avisá-la que isso definitivamente não foi o que Hudson quis dizer. Em vez disso, digo:

— Da outra vez que vim, fiquei aqui por pelo menos meia hora. Mas, quando voltei a Katmere, somente cinco minutos haviam passado. Acho que, para cada dia que passa em nosso tempo, seis dias se passam aqui na Corte congelada. Isso nos dá um pouco menos de seis dias para encontrar a Pedra e descobrir como vamos pegá-la. Com sorte, como podemos fazer isso sem que nos descubram. Eu realmente prefiro não ter que lutar para fugir daqui, especialmente contra o meu próprio povo.

— Espere aí — intervém Éden, contando nos dedos. — Isso significa que todo mundo está preso aqui há seis mil anos?

Meu queixo cai quando penso naquilo, mas Dawud se pronuncia:

— Não, eu acho que não é assim que as coisas funcionam. É como acontece quando você está em um carro. O chão passa correndo, mas nada do que tem dentro do carro com você se move. Mas, quando o carro para de se mover e você sai, vai estar em um lugar diferente.

— E isso significa o quê, exatamente? — questiona Flint.

— Estamos em uma bolha do tempo. — Dawud agita os pés e percebo sua dificuldade em encontrar as palavras para explicar a questão a um bando de pessoas que não prestou tanta atenção às aulas de ciências quanto elu. — Mas não é a mesma bolha daqueles que foram congelados originalmente. É uma bolha dentro de uma bolha do tempo. Para aqueles que foram congelados originalmente, o tempo não está se movendo dentro da sua bolha. Pelo que entendi do que Mekhi contou ao mencionar os eventos na caverna da Carniceira...

E, simplesmente assim, elu para de falar. Todos estão olhando para qualquer lugar da sala, menos uns para os outros. Liam estava naquela conversa. Se Cyrus falou a verdade, ele escutou atentamente as palavras de Mekhi — e contou tudo ao rei dos vampiros.

— Eu me recuso a acreditar que Liam era um traidor — declara Jaxon em voz baixa. — Mas, mesmo que fosse, ele ainda era meu amigo.

E isso realmente diz tudo, não é?

— Liam não pode ser definido pela pior coisa que ele já fez. Assim como nós também não — afirmo com convicção e observo enquanto lutamos contra as nossas lembranças acerca de Liam.

— Ah, vão todos à merda. — Isadora abre os braços em um gesto amplo. — As pessoas fazem merda. E, às vezes, coisas de merda acontecem com elas. Aprendam a viver com isso.

Os ombros de Jaxon se enrijecem, mas Hudson tosse e muda de assunto como se estivesse no comando do *Titanic*.

— Bem, independentemente de como o tempo passa para as gárgulas, vamos imaginar que a matemática de Grace está correta. Isso significa que temos cinco dias para pegar a Pedra Divina. — Ele se encosta em uma parede e cruza os braços diante do peito. — Talvez, tenhamos que lutar para sair daqui, Grace. Mas eu concordo. Vamos tentar roubar a Pedra, primeiro. Isso significa que precisamos de uma razão para visitar a Corte, para que eles nos deixem entrar. Depois, podemos iniciar as buscas.

Abro um sorriso para ele, já sabendo como sua mente está funcionando.

— Alistair já me apresentou como rainha das gárgulas. Por isso, vim aqui para visitar os meus súditos e saber como eles estão nessa Corte congelada, não é?

— Isso explica a sua presença, mas acho que uma comitiva que inclui vampiros e dragões, além de uma bruxa e ume lobe, pode levantar algumas suspeitas — argumenta Jaxon.

Começamos a jogar ideias para explicar nossa presença, e cada sugestão é rechaçada quase imediatamente. Tudo, desde posar como embaixadores até um grupo itinerante de artistas de circo... embora ninguém acredite que Flint estava falando sério quando sugeriu isso.

— Você percebeu alguma coisa que despertava o interesse das gárgulas na sua primeira visita, Grace? Alguma coisa que se destacou? Alguma coisa sobre a qual elas falavam e com a qual talvez precisassem de ajuda? — pergunta Hudson.

Faço um gesto negativo com a cabeça.

— Não passei tanto tempo aqui. Desculpe. — Vou até uma cadeira grande e ornamentada e me sento nela. — Tudo que sei com certeza sobre o Exército das Gárgulas é que eles levam seu treinamento muito a sério.

— Bem, acho que vamos ter que partir desse ponto, não é? — sugere Hudson. Quando ninguém parece entender do que ele está falando, ele continua: — Você nos trouxe aqui para ajudá-los a treinar.

— O Exército já treina o tempo todo, Hudson — tento explicar, mas ele faz um gesto negativo com a cabeça.

— Mas eles treinam técnicas para derrotar vampiros contra vampiros de verdade?

— Isso é brilhan... — começo a dizer, mas Jaxon ergue a mão para me fazer parar.

— Tem alguém vindo — ele avisa, inclinando a cabeça para o lado enquanto escuta alguma coisa ao longe.

Não levo muito tempo para também escutar as botas pesadas que se aproximam. Em seguida, as portas da sala se abrem e Chastain entra, acompanhado por guardas de aparência bem agressiva. E estão empunhando espadas ainda mais agressivas.

Capítulo 72

É MELHOR VOCÊ PENSAR NO QUE ESTÁ FAZENDO

— Que diabos está acontecendo aqui? — rosna Flint, endireitando-se até o topo da sua altura, que intimida bastante. Ele ainda não se equilibra muito bem sobre a prótese, mas se endireita tão depressa que duvido que alguém tenha percebido.

Em circunstâncias normais, talvez Jaxon percebesse. Mas, no momento, está ocupado demais, abrindo caminho para chegar à frente do grupo e se colocar entre os guardas armados com espadas e o restante de nós e prestando atenção em uma perna que não está muito firme.

Mas Hudson estende a mão para detê-lo antes que ele consiga passar por nós.

— Na Corte de Grace, é ela que decide — observa ele em voz baixa. E eu estaria mentindo se dissesse que isso não me causa uma sensação boa, em particular quando Jaxon para de avançar no mesmo instante.

Na maior parte do tempo, me sinto uma completa impostora com esse papo de ser a rainha das gárgulas. Por isso, o fato de que o meu consorte sempre se lembra (e reconhece esse fato) faz com que eu me sinta bem melhor. Mais do que tudo, faz com que a situação pareça real. E isso importa mais do que sou capaz de expressar. Assim como o fato de que ele se mantém ao meu lado para me dar força, apoiando o peso do corpo na ponta dos pés e as mãos soltas ao lado do corpo para poder reagir com mais rapidez.

Respirando fundo, eu me posiciono na frente do grupo inteiro, bloqueando-os com o meu corpo. E dou o comando, com toda a autoridade que consigo reunir:

— Parem!

Mas isso deve ser o bastante, porque as gárgulas fazem exatamente o que eu mando. Até mesmo Chastain.

— O que está fazendo aqui? — ele pergunta com uma voz que expressa que não sou nem um pouco bem-vinda. Além disso, ele não me chama de

Grace, de Rainha nem de Vossa Majestade, uma omissão bastante perceptível, considerando seu tom de voz pouco acolhedor.

Sem dúvida não é o tom de voz nem a postura que alguém deveria usar com a própria rainha, mas não estou no comando de uma ditadura aqui. As pessoas têm o direito de ser quem são à minha volta. Deus sabe que eu jamais governaria pelo medo, como Cyrus, nem exigiria toda aquela pompa e cerimônia, como as bruxas.

Além disso, não sou a rainha dele. Pelo menos, não aqui, no século XI, que é onde estamos e onde ele está congelado há mil anos. Talvez essa postura tenha a ver com o fato de que ele me considere uma impostora, uma usurpadora ou alguma outra palavra não tão elogiosa que termine com "ora".

Além disso, chegamos aqui tarde da noite e sem qualquer aviso. Não é exatamente a melhor indicação de uma visita do tipo *vamos ser amigos*. Em especial durante esse período.

— Lamento por simplesmente aparecer assim — eu me pronuncio, empregando a voz mais apaziguadora que consigo entoar, mas sem demonstrar submissão. — Alistair nos informou que vamos precisar do Exército se quisermos ter alguma chance de derrotar o rei dos vampiros.

Atrás de mim, sinto meus amigos se enrijecerem ante a mentira, e faço uma prece silenciosa para que eles não revelem nada que possa nos entregar. Detesto mentiras e sou horrível nisso. Portanto, qualquer ajuda que eles possam me dar agora seria muito bem-vinda.

— E você acredita que esse momento está chegando? — pergunta Chastain. Ele fala com a voz cética, mas está disposto a acreditar. E percebo que ele parece mais exausto do que quando conversamos pela primeira vez. Eles devem ter treinado até tarde hoje.

— Acredito, sim — afirmo. — E sei que você vem preparando os nossos soldados para esse momento. Inclusive, fiquei tão impressionada pelo treinamento que vi a ponto de achar que, talvez, o exército pudesse treinar contra outras pessoas além de si mesmos.

As sobrancelhas de Chastain se erguem ao passo que ele observa cada um dos meus amigos, medindo o seu valor e ignorando cada um deles em seguida.

— Não acredito que um vampiro tenha alguma coisa a nos ensinar.

— Eu poderia lhe ensinar boas maneiras, para começar — rebate Hudson. — E a ter respeito pela sua rainha. São duas coisas que percebi de cara que estão lhe faltando, e muito.

Chastain retesa o queixo, mas eu me apresso para intervir antes que ele responda.

— A guerra está chegando, Chastain. Você está esperando há mil anos, e posso lhe afirmar com toda a certeza que a jogada final de Cyrus está a alguns dias de acontecer. — Minha voz soa bem sincera. — Inclusive, temos apenas cinco dias para lhe ensinar tudo que pudermos. Que tipo de líder não usaria todas as ferramentas em seu arsenal, todas as chances de estudar seu inimigo de perto, antes de levar seus soldados para a guerra?

— Isso é impossível — rebate Chastain. — Cyrus não tem aquilo de que precisa.

E isso significa que Chastain sabe do que Cyrus precisa e sabe exatamente onde encontrá-la. A Pedra Divina.

Isadora deve perceber que estamos muito próximos de descobrir a localização da Pedra, porque para de jogar uma de suas facas para o alto por tempo suficiente para encarar Chastain nos olhos e dizer:

— Embora o tempo seja uma prisão para você, Cyrus usou o tempo que tinha para descobrir uma maneira de conseguir tudo que sempre quis. Vocês já perderam. Simplesmente não conseguem enxergar isso.

— Como você se atreve a... — Chastain começa a retrucar, mas, de repente, eu fico farta disso. De tudo que está acontecendo.

Sim, estamos mentindo para ele e viemos aqui para roubar a Pedra Divina. Mas tenho um plano. Pela primeira vez na vida estou pensando dois passos à frente, e vou libertar o meu exército. Quando isso acontecer, eles vão precisar de todas as vantagens que puderem se quisermos derrotar Cyrus.

— Chega! — exclamo, com autoridade. — Eu sou a rainha das gárgulas e insisto que você treine o meu exército e o prepare para a guerra, Chastain. E a melhor coisa a fazer é mostrar a eles exatamente qual é a melhor maneira de derrotar cada uma das quatro facções: bruxas, lobos, dragões e vampiros. Meus amigos estão se oferecendo voluntariamente para compartilhar suas ideias. E você vai ouvir o que eles têm a dizer. Até mesmo uma hora de luta com qualquer um dos meus amigos pode salvar suas vidas.

Minhas mãos tremem tanto que as seguro atrás das costas, alargando a minha postura no que espero que se pareça com alguma pose militar. Mas, sendo bem sincera, só vi esse tipo de postura na TV, mesmo. Não faço ideia se Chastain vai dar atenção ao meu pedido. Diabos, se eu achasse que ele realmente obedeceria às minhas ordens, era só mandá-lo entregar a Pedra Divina. *Aff.* Mas, ainda assim, continuo a encará-lo com firmeza e espero que ele perceba que a minha exigência é razoável.

Após determinado tempo, Chastain concorda com um aceno de cabeça.

— Como Vossa Majestade desejar. — Antes que eu consiga celebrar a minha vitória, entretanto, um olhar perspicaz se forma no rosto dele e Chastain pergunta: — E a senhora vai treinar também?

Merda. Já sei que ele acha que sou fraca e que não sirvo para governar. Mas, se eu concordar em treinar, ele vai perceber exatamente o quanto sou fraca. Olho para Hudson, mas ele sorri como se achasse que vou dar uma surra em todos eles. Reviro os olhos. Meu pobre consorte está cego de amor, com certeza.

Mesmo assim, sei que não tenho escolha. Não se eu quiser que Chastain baixe a guarda e confie o suficiente em mim para me dizer onde a Pedra Divina está escondida. Tento engolir o nó gigante em minha garganta e ergo o queixo.

— Estou louca para treinar.

Capítulo 73

MORTE POR TAFETÁ

Chastain se curva, baixando bastante o tronco, mas o sorriso matreiro em seu rosto contradiz por completo o gesto respeitoso.

— Minha rainha, humildemente aceito o seu pedido para treinar nossos soldados. Estamos ansiosos pelo que podemos aprender com a senhora… — diz ele, fazendo um gesto que abrange toda a sala — … e com os seus amigos. — Em seguida, erguendo-se outra vez, ele anuncia: — O treinamento começa às cinco horas da manhã em ponto. Sugiro que descansem um pouco. Vocês vão precisar. — Em seguida, faz um gesto, indicando que devemos segui-lo pelo corredor, provavelmente para nos levar a alojamentos que estão vagos.

Em vez disso, entramos em uma antessala com esculturas muito bonitas. Paro diante de uma estátua de mulher com um vestido esvoaçante, com a cabeça apoiada no ombro de um homem alto e magro vestido com trajes formais. É uma pose tão meiga que cutuco Hudson com o cotovelo para que ele preste atenção. E percebo um sorriso discreto surgindo nos cantos da sua boca enquanto observamos aquela obra de arte finamente detalhada.

— É assim que acontece quando eu me transformo? — pergunto a Hudson enquanto os chifres da mulher se retraem lentamente e voltam a afundar em sua cabeça, deixando pequenas ondulações em seus cabelos castanhos, no ponto em que estavam.

De modo discreto, passo a mão pelos meus próprios cabelos, querendo ter a certeza de que ele está bem alinhado — ou tão alinhado quanto oito milhões de cachos possam estar depois de um dia inteiro em uma masmorra úmida sem produtos para cabelo.

Hudson simplesmente ri e afasta a minha mão da cabeça, entrelaçando os dedos com os meus.

— Você fica linda quando se transforma — replica ele com aquele sorriso malandro. — E os seus chifres são quase a parte de que mais gosto em você.

Decidindo que posso esperar até um momento mais privado para perguntar qual é a parte de que ele mais gosta, torno a olhar para Chastain bem quando ele anuncia:

— Tenho a honra de apresentar a criadagem a Vossa Majestade.

Ouço com atenção. Por isso, consigo identificar o tom bem discreto de desprezo na voz de Chastain quando ele se dirige a mim. Mas não o repreendo por isso, pois os criados que estão diante de mim se inclinam respeitosamente em um movimento sincronizado. Nesse momento, conhecê-los é mais importante do que lidar com o comportamento grosseiro de Chastain.

— Meu nome é Grace — apresento-me, dando um passo à frente a fim de estender a mão para a mulher, cujo traje é um vestido simples de linho branco. — E este é o meu consorte, Hudson.

Hudson fica assustado por um segundo, como se não estivesse esperando que eu o incluísse. Por isso, olho para ele com uma expressão que diz: *Estamos nisso juntos.* Foi ele que me colocou nessa situação de *fazer parte do Círculo/ser a rainha das gárgulas.* É por isso mesmo que não vou deixar que ele escape de fininho enquanto sou o centro das atenções.

— É um prazer conhecê-la — ela nos saúda com um sotaque irlandês acentuado. — Meu nome é Siobhan.

— E eu sou o consorte dela, Colin — conta o homem de cabelos escuros que está ao seu lado, com o mesmo sotaque irlandês.

Sorrio enquanto apresento cada um dos meus amigos a eles.

— Siobhan e Colin vão lhes mostrar os aposentos dos hóspedes — comenta Chastain, querendo dar um fim à conversa depois que todas as apresentações foram feitas. Ele parece meio irritado por terem demorado tanto, mas não me importa. Se esses são os meus súditos, quero saber mais sobre eles. É algo que devo a eles e a mim mesma. — Até amanhã — diz Chastain, curvando a cabeça de maneira despreocupada antes de dar meia-volta e ir embora.

— Posso levar comida para vocês antes de dormirem — oferece Siobhan. — Vocês vão precisar, se forem treinar com os outros.

Os olhos dela observam Hudson e Jaxon, e em seguida Isadora, que ficou no mais completo silêncio desde aquela cutucada em Chastain.

— Lamento, mas não temos s-sangue... — ela gagueja ao proferir essa última palavra.

— É claro que têm — diz Isadora. — O positivo, se eu não estiver enganada.

— Como é? — diz Siobhan, com a voz fraca.

— Você me ouviu — responde Isadora enquanto suas presas se alongam e seus olhos se iluminam. — É o meu favorito.

— Pare com isso! — repreendo-a com firmeza, colocando-me entre ela e Siobhan. Em seguida, volto-me para a criada. — Por favor, perdoe a minha querida amiga — peço, e a vampira solta um grunhido baixo. Mas finjo que não ouço. — Ela é a engraçadinha do grupo. Está sempre fazendo piadas.

Agora os grunhidos se transformam em um gorgolejar enquanto ela quase engasga com a afronta. Mas preciso admitir que ela age de maneira bem apropriada e não me corrige.

Siobhan sorri.

— Ah, é claro. Adoro piadas — diz a gárgula, mas em seguida acrescenta: — Mas vai haver bastante tempo para contar piadas amanhã. Agora, vocês precisam descansar. Nosso comandante leva o treinamento bem a sério. — Ela faz uma pausa antes de concluir: — Com certeza, estaríamos perdidos sem ele. — Em seguida, sem se manifestar de novo, ela se vira e nos conduz por um corredor estreito e depois por um lance de escadas que sobe até um corredor mais largo. Finalmente, ela para diante de uma porta. — Esse quarto tem os tons mais lindos de azul e roxo. É o meu quarto favorito em todo o castelo. Digno de uma rainha, senhora.

Ela está falando comigo, mas Isadora se enfia entre Siobhan e mim.

— Maravilha. É aqui que vou ficar, então — intromete-se Isadora, segurando as maçanetas das portas duplas e abrindo-as com um floreio. Provavelmente para me mostrar o que estou perdendo, mas ela fica paralisada com o que vê. O quarto é realmente decorado em tons maravilhosos de tafetá... azul e roxo.

Uma cama gigantesca com dossel domina o espaço, com camadas e mais camadas de tafetá que cascateiam desde o teto para criar um casulo romântico de tecido. As janelas estão igualmente cobertas com camadas e camadas de tafetá drapeado, assim como uma pequena cômoda e uma cadeira ornamentada. Praticamente uma avalanche de tafetá.

— Ei, Isadora, os anos 1980 ligaram e disseram que querem aquele vestido de baile de volta — brinca Éden, e todo mundo ri. — Acho que é um quarto perfeito para uma princesa vampira.

Flint gargalha enquanto olha por cima da minha cabeça para ver melhor o quarto e diz:

— Isso praticamente já fez valer a viagem.

— Tem alguma coisa errada com o quarto? — pergunta Siobhan, piscando os olhos enquanto olha para cada um de nós.

— É lindo, Siobhan — asseguro a ela, apertando sua mão com cuidado para que ela não pense que estamos tirando sarro do seu gosto. — Ela adorou. Não é mesmo, Isadora?

Isadora não se faz de rogada e olha para nós, declarando:

— Ah, sim, é incrível. Consigo pensar em várias maneiras diferentes de esconder um corpo aí dentro. — E, com isso, ela fecha as duas portas com força, bem na nossa cara. O que só serve para nos fazer rir ainda mais.

Siobhan nos leva até a próxima porta e consulto o meu celular. Em seguida, o ergo para que todos consigam ver as horas.

— Já são quase onze da noite. Ou seja, temos só seis horas antes de começarmos o treinamento amanhã. — *E de fazermos outras coisas*, tento dizer com os olhos, pois não quero verbalizar isso abertamente diante de Siobhan.

Os outros começam a resmungar. Acho que nenhum deles gostou muito da parte sobre treinar nesse plano, mas ainda não consegui pensar em nenhuma outra justificativa que explique o motivo de nossa presença aqui. Além disso, Chastain pode ser um babaca, mas Alistair jurou que era um general excelente também. E sei que ele é um combatente incrível. Vi com meus próprios olhos. Aprender sobre os truques sujos de Cyrus com um cara como Chastain não é má ideia, considerando onde tudo isso vai terminar.

Siobhan mostra o meu quarto e o de Hudson no fim. E, quando entramos, eu me sinto quase tão exausta quanto os outros. A última coisa que vejo quando Siobhan fecha a porta (enquanto garante que vai nos trazer algo para comer dali a pouco) é Dawud, de volta ao o corredor, tirando uma pedra solta da parede e guardando-a no bolso.

Capítulo 74

TEM ALGO ME "PENICANDO" AQUI

— Bem, uma pergunta sincera — questiono a Hudson enquanto afundo na cama, sem nem me preocupar em dar uma olhada no quarto. Estou tão exausta no momento que o simples fato de haver uma cama no quarto já é bom o bastante para mim. — Nós achamos que Dawud é cleptomaníaque ou está só tentando construir um foguete feito de objetos do dia a dia?

Hudson ri, mas nem se incomoda em abrir os olhos.

— Tenho certeza de que a resposta está em algum ponto entre essas duas opções.

— Não sei. Dawud é inteligente. Acho que tem a capacidade de construir um foguete.

— Com pedras? — Hudson ergue uma sobrancelha cética.

— Tem mais do que pedras na mochila delu, e sei que você sabe disso. Aposto que você percebeu esse hábito de Dawud antes de mim.

Hudson não responde. Espio para o lado para saber se ele já caiu no sono. Ainda não, mas parece que está quase. Pobre garoto.

Eu me levanto para pegar o cobertor dobrado sobre a cadeira. Embora seja a primavera, faz um pouco de frio aqui. E, como não quero perturbá-lo puxando as cobertas, isso me parece o melhor a fazer nesse caso.

Mas nem consigo dar um passo antes que a mão de Hudson se estenda e ele me puxe de volta — dessa vez, me trazendo para cima dele.

— Fique — ele murmura, envolvendo a minha cintura com os braços enquanto toca o rosto no meu pescoço.

É uma sensação muito boa — é ótimo estar junto dele — e, assim, eu fico, me permitindo relaxar pela primeira vez em um tempo que parece ter durado semanas.

Sentindo seu coração bater junto do meu.

Sentindo seu peito subir e descer sob o meu.

Há um pedaço de mim que receia que isso só esteja acontecendo porque ele já está quase dormindo e baixou as defesas. E isso me assusta. Faz com que eu o agarre com mais força. Ele é o meu consorte e sei que não há nada no universo capaz de mudar isso. Não é como aconteceu com Jaxon, onde um único feitiço mal formulado pode tirar tudo de mim... ou de nós. Hudson é meu. Ele nasceu para ser meu e eu nasci para ser dele.

Mesmo assim, às vezes tenho a sensação de que as coisas são muito nebulosas, frágeis, como se tudo que temos vá escapulir por entre os meus dedos se eu não segurar com força. Se não lutar com todas as minhas forças. E o que aconteceu com Liam há menos de uma hora só serve para deixar tudo ainda mais urgente.

Sinto um pavor se acumular no meu estômago quando penso na morte de Liam. Perdemos tanto que vivo na expectativa de que vamos perder mais alguma coisa. Fico à espera do próximo golpe, da próxima porrada que atingir Hudson ou a mim e nos reduzir a pó.

Não vou deixar isso acontecer. Não dessa vez. Já perdi mais do que o suficiente. Não vou perder Hudson também.

— Ei... — ele sussurra, rolando comigo para que eu fique por baixo. E me dou conta de que estou chorando. — Você está bem?

Não sei o que responder. Não sei como contar a ele que estou assustada. Que o amo tanto que fico muito amedrontada com a possibilidade de que esse mundo sórdido, perigoso e bonito não me permita ficar com ele.

Assim, não digo isso. Não digo nada. Simplesmente faço um gesto negativo com a cabeça. E, dessa vez, sou eu que encosto meu rosto nele. Sou eu quem o envolve com as mãos ao redor da cintura.

Sou eu que o abraça com toda a força que tenho.

Quando o faço, juro para mim mesma que não vou deixar que ele se vá. Não dessa vez. Nem nunca mais.

Mas Hudson não acredita em mim. Em vez disso, ele se afasta um pouco para poder me observar melhor.

— Grace? — ele sussurra, segurando meu rosto entre as mãos e esfregando os polegares nas minhas bochechas úmidas. — O que eu posso fazer?

Balanço a cabeça mais uma vez e me esforço para sufocar o soluço que sobe por dentro de mim. Bem quando tenho a sensação de que vou perder a batalha, a porta do nosso quarto se abre e Macy entra por ela, saltitando.

— Vocês têm uma sorte enorme por eu amá-los tanto — diz ela, sem se abalar com o fato de que Hudson está em cima de mim, na cama. Ainda estamos vestidos, é verdade. Mas mesmo assim...

Mas Hudson não parece tão contente.

— O que você quer? — ele resmunga.

— Salvar o rabo de vocês — responde ela, com uma risadinha. — Literalmente.

— Nem sei do que você está falando — falo para ela, confusa enquanto a observo ir até a porta fechada que, imagino, leva ao banheiro do quarto.

Ela gargalha em resposta.

— Você andou fumando alguma coisa? — indaga Hudson, saindo de cima de mim.

— Não — responde Macy, revirando os olhos. — E vocês vão ficar muito felizes por eu não ter feito isso, daqui a uns cinco segundos.

— Por quê? — pergunto enquanto vou com Hudson até o banheiro.

Macy ri de novo, embora com um pouco menos de empolgação dessa vez. Em vez disso, ela simplesmente faz um gesto na direção do banheiro como se fosse a apresentadora de algum programa de talentos e indicasse *vamos lá, vocês são os próximos a entrar no palco.*

— O que foi? — questiono outra vez para ver o que a deixou tão empolgada. — Ah. Ah. *Ah.* Isso aí é um…

— Penico? — ela pergunta, cantarolando. — Claro, Grace. É isso.

Eu não… Digo… não é possível. Eu…

— É isso aí — diz a minha prima, com um aceno de cabeça bem satisfeito. — Exatamente.

Até mesmo Hudson parece horrorizado. E ele já tem duzentos anos de idade. Claro, passou um bom tempo naquele estado de coma esquisito, acordando vez ou outra e depois voltando a dormir. Mas ainda assim ele está vivo. E, se está nesse estado, então as coisas devem ser mesmo tão ruins quanto penso que são. Talvez ainda piores — embora, sendo bem sincera, não sei se isso seria possível no momento.

— Me diga que você veio aqui para dar um jeito nisso. Me diga que a razão pela qual nós temos sorte por você nos amar é o fato de ter vindo até aqui para dar um jeito nisso — digo, sem me incomodar em disfarçar que estou implorando.

— Mas é claro que sim — ela concorda. — E como sou a sua prima e melhor amiga, você tem o direito de ser a segunda pessoa a aproveitar a minha magia.

— A segunda? — pergunto.

Ela me encara.

— Se achou que eu viria aqui sem ter dado um jeito no meu próprio quarto antes, deve estar com uma sensação meio inflada do valor que vocês têm para mim.

— Ok, faz sentido — digo, rindo. — Dê um jeito nisso, pelo amor de Deus.

— Deixe comigo. Vou dar um jeito neste quarto e nos outros… menos no de Isadora — confessa ela, com um sorrisinho maldoso.

— Para mim, está ótimo — comenta Hudson enquanto observa o banheiro, com o rosto igual ao de um garotinho que acabou de perder seu brinquedo favorito. — Seria pedir demais se eu quisesse um chuveiro também?

— Se for, você vai passar os próximos cinco dias tomando banhos de banheira — digo a ele. — Porque um vaso sanitário que funcione tem prioridade máxima aqui.

— Eu sei, gata. E definitivamente não estou aqui para interferir nisso.

— Acho que consigo colocar um chuveiro também — pondera Macy, rindo. Só não espere que ele tenha aqueles jatos laterais e um ajuste para efeito de chuva, está bem?

— A essa altura, me contento com uma torneira e um ralo — diz Hudson.

— Né? — concordo. Afinal, como foi que nunca me ocorreu que, quando a Corte das Gárgulas foi congelada no tempo, há mil anos, tudo também ficou congelado no tempo, incluindo as instalações hidráulicas... Ou seria melhor dizer "a falta de instalações hidráulicas"?

Sei que não havia escolha com relação a vir até aqui ou não — pelo menos se quiséssemos sair daquela maldita masmorra. Mas juro que teria pensado mais na minha estadia aqui se soubesse o que me esperava.

Por outro lado, Cyrus também não havia instalado nenhum chuveiro naquela masmorra, mas havia vasos sanitários. E isso é muito melhor do que usar penicos.

É nessas horas que dou graças a Deus pelo fato de a tecnologia ter evoluído tanto.

Macy faz um gesto e o penico desaparece, sendo substituído por um vaso sanitário. É uma privada comum de cerâmica branca, mas vou ser bem sincera. Acho que nunca fiquei tão feliz em ver uma dessas em toda a minha vida.

Com outro aceno de Macy, um box com chuveiro aparece no canto do quarto de vestir. Não é nada muito chique, mas concordo com Hudson. Já fico satisfeita com uma torneira e um ralo.

— Funciona? — pergunto, avançando para abrir o chuveiro. Só para ter certeza.

— Funciona, sim — diz Macy.

— Ela está ligada a quê? — pergunta Hudson. — Tipo... não há sistema de esgoto por aqui, e então...

— Então... fiz uma sondagem com magia enquanto tentava descobrir uma solução, e descobri que existe, sim — Macy o corrige. — É bem mais rudimentar do que aquelas a que estamos acostumadas, mas as gárgulas são inteligentes. Eles criaram um sistema de drenagem com base no que existia no Egito Antigo, usando um dos rios (não sei ao certo qual deles) e criaram estruturas de tijolos com o formato de canos para levar tudo até o mar.

Só tive que usar um pouco de magia para redirecionar um pouco as coisas e *voilà*. Um sistema de encanamentos dentro do castelo.

— Você é a pessoa que eu mais amo no mundo — declaro para Macy.

Ela sorri.

— Acho bom mesmo.

Ela pisca o olho para Hudson, que diz:

— Neste momento, aceito completamente que você seja a pessoa que Grace mais ama no mundo.

— Só porque você ama o seu chuveiro mais do que a mim — pontuo, com uma risada.

Ele dá de ombros, mas seu olhar diz claramente que eu não estou errada.

— Vá curtir o seu chuveiro novo — incentiva Macy, cutucando-o para que ele vá para o banheiro. — Vou salvar Éden e depois cuido dos outros.

— Você é uma deusa — eu a elogio enquanto a acompanho até a porta.

Ela ri.

— Acho que você está me confundindo com você mesma. Mas, pelo menos dessa vez, vou aceitar o elogio. Agora, vá tomar banho antes que Hudson passe na sua frente.

O rangido de um chuveiro sendo aberto enche o quarto antes que ela termine de falar.

— Tarde demais — comento com Macy.

— Bem, tente ver a coisa pelo lado positivo. Pelo menos você não precisa se preocupar se a água quente vai acabar.

— Por causa da magia? — indago, cheia de esperança.

— Porque não tem água quente — ela responde. — Até mesmo a magia tem limites.

— Bem, isso não é muito… — Paro de falar quando ouço o grito assustado de Hudson encher o quarto.

Agora é a minha vez de rir.

— Isso quase compensa o fato de não termos água quente no banheiro. Quase.

— Faço o que posso — argumenta Macy, piscando o olho antes de sair pela porta.

Dois minutos depois, já estou com uma camisola que Siobhan deixou para mim, encolhida sob os cobertores e quase adormecendo antes que Hudson chegue na cama.

Preciso descansar o máximo que puder antes que Chastain me use como um exemplo de tudo que não se deve fazer em batalha durante o treinamento de amanhã.

Capítulo 75

COMER, BEBER, DESCONFIAR

Siobhan bate à minha porta às quatro horas da manhã com uma travessa de comida. Tento lhe explicar que aquilo é demais, que Hudson é um vampiro e não come. Mas ela faz um sinal negativo com a cabeça e me fala para comer tudo.

Considerando que a bandeja tem comida suficiente para saciar um nadador olímpico pela sessão de exercícios mais dramática de sua vida, fico um pouco preocupada com o que me aguarda hoje. Ou com o que nos aguarda.

Depois de colocar a bandeja na mesa perto da janela, volto para a cama com Hudson. Sei que preciso me levantar, mas há algo na sensação de ter os braços dele ao meu redor, seu coração batendo junto do meu, que faz com que seja mais fácil encarar qualquer coisa que esteja por vir.

Eu me encosto nele e Hudson passa o braço ao redor da minha cintura em busca de me puxar para junto de si. Ele esfrega o rosto nos meus cabelos, inspira o meu cheiro. Por um minuto, tudo está bem. Por um minuto, somos somente eu, ele e o nosso futuro estendido entre nós.

Lágrimas brotam nos meus olhos quando penso no assunto, mas as afasto antes que elas rolem pelas minhas bochechas e motivem Hudson a fazer um monte de perguntas que não quero responder. Mas aqui, nos braços dele, nos instantes antes que a manhã rasgue o céu, é difícil não me lembrar. Difícil não pensar naqueles quatro meses que esqueci por tanto tempo. Os quatro meses que mudaram... tudo.

Só espero que o que esteja acontecendo agora — entre nós e à nossa volta — não mude tudo oura vez. Especialmente não para pior.

É um pensamento que me deixa inquieta, que dificulta o ato de ficar deitada aqui com Hudson e sonhar, achando que tudo está bem do outro lado. Não quando tudo está tão incerto no momento.

Assim, faço a única coisa que posso pensar em fazer agora. Eu rolo por cima de Hudson e o beijo. Em seguida, começo a me levantar da cama.

A mão dele se estica e segura a minha.

— Ainda temos uns cinquenta minutos antes do treinamento começar.

— Eu sei. Mas quero começar cedo. — Estendo o braço e acaricio aqueles cabelos embaraçados depois de uma noite de sono.

— Vou levantar com...

— Não se preocupe — asseguro a ele. — Fique na cama. Preciso de um tempo para pensar em umas questões.

— Você está bem? — Aqueles olhos sonolentos ficam despertos.

— Estou, sim — respondo, embora esteja um pouco introspectiva demais para que seja verdade. Mas o que posso fazer? Reclamar por que ele parece distante demais quando o peso do mundo inteiro está sobre os nossos ombros? Dizer que estou com muito medo de que vamos todos morrer?

Hudson sabe o que estou sentindo porque também se sente assim. Isolado. Frustrado. Um pouco desesperado. Determinado a colocar um fim ao terror de Cyrus, de uma vez por todas.

Não precisamos conversar sobre isso por enquanto. Não precisamos fazer nada além de trabalhar muito para ter certeza de que ainda estaremos em pé quando chegarmos ao outro lado desse pesadelo.

— Vou dar uma volta para arejar a cabeça — aviso ao aplicar outro beijo em sua boca. — Não precisa perder o sono por minha causa.

Por um segundo, tenho a impressão de que ele vai querer discutir comigo. Mas acho que tudo que estou sentindo deve estar bem aparente na minha cara, porque ele simplesmente diz:

— Tudo bem.

Em seguida, ergue o corpo até estar sentado na cama e me puxa para um beijo que me faz lembrar de todas as coisas que temos e de todas as razões que precisamos para lutar.

Passo uns minutos escovando os dentes e arrumando os cabelos no coque mais firme que consigo — e que não fica tão firme assim, mas uma garota precisa se concentrar nos pontos positivos. Siobhan trouxe roupas de treinamento para mim e para Hudson com a travessa do café da manhã, e eu visto o meu conjunto. Uma *legging* cinza, uma camisa cinza e uma túnica cinza. Não é nenhum traje muito empolgante, mas uniformes são uniformes, mesmo que tenham mil anos de idade.

Assim que me visto — decidi usar meu tênis em vez dos sapatos de couro artesanais que Siobhan trouxe —, pego a bandeja de comida e vou até o corredor. Ainda tenho uns quarenta minutos antes de o treinamento começar e quero encontrar um lugar legal nas ameias para tomar café.

No entanto, depois de dois ou três passos, vejo Flint andando pelo corredor também. Está vestido com as mesmas roupas que eu, e que definitivamente são um uniforme de treinamento. Está alguns passos mais adiante e ainda não me viu. Penso em chamar seu nome, mas desisto no último instante. Porque, enquanto o observo caminhando pelo corredor, fica óbvio seu sofrimento.

Sofrimento para andar.

Sofrimento para respirar.

Sofrimento para existir.

Faz com que eu me arrependa de todos os pensamentos irritadiços que tive a seu respeito nesses últimos dias. Porque é óbvio que ele está irritado. É óbvio que está se sentindo péssimo. É óbvio que está sentindo dores.

Dragões têm uma capacidade incrível de cura, mas faz poucos dias que ele perdeu a perna. Dois ou três dias desde que teve de aprender a andar com uma prótese. Quando está perto de nós, ele dá a impressão de que é fácil. Mas, ao caminhar atrás dele e observá-lo conforme esfrega a perna e mexe nos pontos em que a prótese se fixa ao seu corpo, percebo que não é. Nem de longe.

Além disso, é preciso pensar no que aconteceu com Luca. Fico tão assustada pelo medo de que algo aconteça com Hudson (e com o nosso relacionamento) que não consegui nem ficar na cama, porque minha cabeça não parava de remoer essas coisas. O pior já aconteceu com Flint. E em vez de ter alguns dias, semanas ou meses para assimilar a perda, ele conseguiu umas quatro horas. Em seguida, precisou voltar para a linha de frente.

Sim, ele vem agindo feito um babaca. Mas ele merece esse tempo. Eu mesma venho sendo uma babaca (e uma amiga de merda também) por pensar, mesmo por um segundo, que ele não tinha o direito de ficar tão irritado e de ser tão babaca quanto quisesse.

Assim, eu o sigo em silêncio, à espera de uma oportunidade para mencionar que estou por perto sem que isso lhe cause constrangimento ou que o faça se sentir fraco. E ela finalmente surge quando ele chega ao fim do corredor e se encosta na parede para descansar.

Paro também, dando-lhe alguns minutos para recuperar o fôlego. Em seguida, faço questão de caminhar fazendo o máximo de barulho e o mais rápido que consigo.

Flint se vira para me fitar enquanto avanço pela segunda metade do corredor, agindo como se tivesse acabado de sair do meu quarto. Espero que ele converse comigo. Mas, se não conversar, estou preparada para abrir um sorriso e continuar em frente.

Mesmo assim, embaixo de toda aquela raiva, ele ainda é o mesmo cara que se ofereceu para subir as escadas comigo na garupa por causa da minha sensibilidade a altitude no dia em que cheguei a Katmere. Quando me vê passar com aquela travessa pesada, ele me chama.

— Ei, Grace. Quer uma ajuda com isso?

Seu movimento ao se afastar da parede é um pouco rijo, mas, ao se aproximar de mim, não está mancando. E também não está mais com a cabeça baixa e os olhos tristes. E isso é uma coisa que detesto. Detesto cada segundo do fato de que ele acha que precisa esconder isso de mim e fingir que está tudo bem quando tudo que desejo é ser sua amiga e ajudá-lo de qualquer jeito que puder. E odeio cada segundo da divisão entre nós que faz isso parecer necessário.

É por isso que faço exatamente o oposto do que queria fazer, ou seja: não pedir nada quando sei que ele está sofrendo. Em vez disso, eu digo:

— Para falar a verdade, quero, sim. Esta bandeja é bem mais pesada do que eu pensava. Pode me ajudar a carregá-la?

— É claro. — Ele a tira da minha mão como se não fosse nada, mas seus olhos se arregalam quando vê a quantidade de comida que há nela. — Você está planejando comer o estoque de comida de um pequeno país inteiro, hein?

— Pelo jeito, Siobhan acha que isso é exatamente o que eu deveria fazer — respondo com uma risada. — Mas adoraria dividir tudo com você, se estiver com fome.

Ele parece ponderar sobre a proposta por um segundo. Seus olhos cor de âmbar ficam turvos enquanto ele passa a mão pelos cabelos *black power*. Mas, no fim, abre aquele sorriso que há tempos eu não via e replica:

— Claro, eu topo. Para onde você vai?

Mudo de ideia na hora. A última coisa que ele precisa fazer com a perna nesse momento é subir até chegar nas ameias.

— Tem uns bancos lá no pátio. Pensei em ir até lá e ver o sol nascer enquanto tomo o café.

— Boa ideia — ele comenta à medida que andamos até a parte da frente do castelo. — Assim, você vai chegar cedo para o treinamento e aquele imbecil do Chastain não vai poder dizer uma palavra.

— Acho que esse é o método por trás da minha loucura — eu digo a ele quando passamos pelo Grande Salão e saímos pela porta da frente. — Só por uma vez, seria ótimo se Chastain não me olhasse como se eu fosse um completo desperdício de espaço.

— Achei que os treinadores devessem olhar desse jeito para os atletas. Não era assim que seus professores faziam quando você era mais nova? Eles a destroem, fazem com que você se sinta igual a merda e depois a reconstroem de novo?

— Meus professores? Hmmm, não.

Quando olho para ele horrorizada, Flint dá de ombros.

— Talvez seja algo mais típico dos dragões.

— Talvez — concordo, ligeiramente horrorizada pela descrição.

Estamos fora do castelo agora. Vou até os bancos que me lembro de ter visto na primeira vez que estive aqui com Alistair. Nós nos sentamos e olhamos para o mar, com a bandeja de comida entre nós.

Será que a situação é esquisita? Talvez só quando tentamos falar ao mesmo tempo. E quando nós dois tentamos pegar a mesma maçã. E ambos fechamos a boca ao mesmo tempo e olhamos para todos os lugares, menos um para o outro.

Deus do céu. É pior do que a primeira vez que saí com um ficante. Bem pior, considerando que a tensão entre nós é verdadeira, criada por duas pessoas em lados opostos de um abismo impossível. E não se deve somente a um possível nervosismo ou medo do constrangimento.

Ficamos apenas sentados ali por certo tempo. E o som das ondas do oceano quebrando é o único som existente. Após algum tempo, pego um pedaço de pão grosso e o como com um pouco de manteiga e alguns pedaços finos de carne que me lembram bacon. O silêncio me deixa tão ansiosa que mal consigo engolir, mas, mesmo assim, eu me obrigo a me alimentar. Alguma coisa me diz que, depois de uma hora de treino, vou agradecer por essas calorias.

Quando a tensão entre nós fica sólida a ponto de podermos tirar pedaços dela com um pegador de sorvete, respiro fundo e digo:

— Flint...

— Não — ele retruca antes que eu consiga continuar.

É a última coisa que espero que ele diga, em particular considerando que nem sei direito o que vou dizer. Como é que ele pode achar que sabe?

— Mas eu...

— Nem comece, Grace — ele interrompe outra vez. — Por favor. Não posso tocar nesse assunto agora. Pelo menos se você quer que eu consiga fazer alguma coisa útil no treinamento de hoje.

Não é o que eu quero que ele diga; nada disso é o que eu queria quando o arrastei para esse piquenique bizarro. Mas não dá para discutir a questão quando Flint a expressa desse jeito. Por isso, em vez de tentar seguir com o meu plano malfeito, pego a bandeja entre nós e a coloco no chão. Em seguida, me aproximo de Flint e coloco os braços ao redor dele, no maior e mais apertado abraço que consigo lhe dar.

No começo, tenho a impressão de que ele vai se esquivar e me preparo exatamente para isso.

Mas não é o que acontece.

Ele não retribui o abraço nem relaxa quando encosto nele. Por um longo tempo, fica simplesmente sentado ali, com a cabeça erguida, as costas eretas e os olhos fixos no horizonte.

A voz no fundo da minha mente insiste em sugerir que eu me afaste, gritando se tratar de um erro enorme. Mas nunca sou a primeira pessoa a recuar de um abraço, pois nunca se sabe o quanto a outra pessoa de fato precisa desse conforto. E assim não recuo deste também. Fico sentada ali, com os braços ao redor de Flint, repetindo para mim mesma que ele se afastaria se não quisesse o abraço.

O tempo passa, os segundos se transformam em minutos e, mesmo assim, Flint não se move. Bem quando eu estou prestes a desistir, quando estou a ponto de decidir que a minha filosofia falhou dessa vez, ele se vira e retribui o abraço. Ele me puxa e me aperta junto do corpo com tanta força que, por um momento, acho até que vai acabar quebrando alguns ossos meus.

Mas ainda assim não o solto; uma ou duas costelas quebradas são um preço pequeno a pagar por esse momento que não chega a ser tão perfeito assim. Porque é real e é isso que tem importância. Nós temos importância.

E isso me traz algo que não sinto há dias.

Esperança.

Esperança de que voltaremos a nos aproximar. Não somente Flint e eu, mas todos nós.

Esperança de que, de algum modo, tudo vai funcionar exatamente como deveria.

Acima de tudo, a esperança de que, quando terminar esse pesadelo distorcido, terrível e aparentemente infinito, todos vamos estar juntos do outro lado.

Talvez seja esperar muito quando Flint e eu não conseguimos nem trocar duas frases de verdade. Mas, aqui e agora, enquanto o sol aparece por cima do Mar Celta e minhas costelas doem pela força do amor, da perda, da fúria e do desespero de Flint, parece mais do que apenas uma esperança.

Tenho a sensação de que é uma promessa.

Capítulo 76

VOLTAS E MAIS VOLTAS

Uma hora e meia depois, a sensação de promessa desapareceu. E tudo que resta em seu lugar é dor.

Falando sério: quantas voltas ao redor de um castelo uma pessoa tem que ser capaz de correr?

— Acelere esse passo, Grace — comanda Chastain com uma voz arrogante que me dá vontade de querer arremessar alguma coisa contra ele. Tipo outra gárgula ou alguma das facas grandes e reluzentes de Isadora.

No momento, ele paira a alguns metros acima de mim, na sua forma de gárgula — *para melhor criticar você, querida,* penso comigo mesma na minha melhor voz de lobo mau que não apenas comeu a vovozinha, mas toda a sua família e amigos mais próximos também.

— Nesse ritmo, você vai ficar aqui fora por uma hora além de todos os outros — ele grita para mim. — Mas acho que isso não é um problema para você, não é verdade?

Quando as pessoas que me ultrapassam são dragões, vampiros, um lobisomem, uma bruxa e um bando de gárgulas que não tiveram literalmente mais nada para fazer durante mil anos além de correr? Claro, isso não é problema nenhum para mim.

Estou prestes a responder isso para Chastain, mas, antes que consiga botar as palavras para fora, ele faz a língua estalar e voa para longe — provavelmente à procura de uma nova maneira de me torturar, já que fazer isso parece ter dado àquele homem uma nova razão para viver.

Juro que ele parece ter rejuvenescido uns dez anos desde a primeira vez que estive aqui com Alistair. É como se ele rejuvenescesse um mês inteiro toda vez que grita comigo. E isso significa que, se ficarmos aqui durante os cinco dias que estou planejando ficar, o homem provavelmente vai estar de fraldas e com uma chupeta na boca quando formos embora.

— Você consegue, Grace! — incentiva Macy quando me alcança (ou, melhor dizendo, quando está prestes a me ultrapassar mais uma vez). — Está quase lá!

Faço uma careta quando ela passa por mim, mas ela simplesmente ri... e acelera o passo.

Uns trinta segundos depois, Jaxon me ultrapassa pelo que tenho certeza que deve ser a oitava vez, mas não acho que isso conta, pois eles estão acelerando tanto quanto estão correndo normalmente. E ninguém que não seja um vampiro ou um avião a jato é capaz de se mover com tanta agilidade. Isadora, é claro, acelerou durante todo o percurso e agora voltou para a entrada do castelo com Hudson, que recebeu permissão para não participar da corrida, já que não pode ficar sob a luz do sol. Jaxon não tem mais o mesmo problema, e mal posso esperar para perguntar a ele o que aconteceu.

Dawud se transformou e provavelmente estabeleceu o novo recorde da pista. É uma pessoa de sorte, mesmo. Tentei me transformar e fazer o percurso voando, mas Chastain se deliciou com a oportunidade de me lembrar que o exercício era correr. Eu tinha o direito de me transformar se quisesse, mas, se o fizesse, teria de arrastar meu traseiro de concreto pelo campo. E acho que todos podemos concordar que isso não tinha a menor probabilidade de acontecer.

Talvez seja por causa do meu espírito competitivo. Ou talvez pelo fato de que consigo vislumbrar a aproximação de Chastain de novo e não quero que ele grite comigo outra vez. Mas, seja o que for, dou um jeito de encontrar uma descarga de velocidade dentro de mim. Alcanço Jaxon, que sorri para mim e passa a acompanhar a minha velocidade.

Ele poderia acelerar e me deixar comendo poeira a qualquer momento, mas não o faz. Em vez disso, continua comigo. E nós dois vamos correndo cada vez mais rápido, até que alcançamos Macy e a ultrapassamos. Meus pulmões e pernas ardem, mas continuo no mesmo ritmo pelas três voltas que faltam — assim como Jaxon, embora já tenha completado as voltas exigidas há algum tempo. Ele fica comigo o tempo todo. Quando finalmente termino, ele fica comigo e desaba no chão junto a mim.

Faz frio aqui fora, talvez uns quinze graus. Mas, mesmo assim, estou encharcada de suor. Por outro lado, acho que nunca corri tão rápido em toda a minha vida. Nem toda essa distância.

Se estivesse em casa, já estaria voltando para o meu quarto a fim de tomar um banho e trocar de roupa, mas só faz uma hora que iniciamos o treino aqui. Além disso, uma rápida espiada nas portas abertas do castelo mostra que Hudson está ao lado de um conjunto impressionante de armas medievais cujo uso tenho certeza de que estou prestes a aprender.

— Está pronta para voltar? — pergunta Jaxon.

Eu olho para Hudson, que está examinando um cabo longo com um círculo aberto preso em uma das extremidades, como se fosse o objeto mais fascinante que já viu. Não me parece algo tão interessante assim, pelo menos até que ele empunha a arma e a vira de lado. E percebo que o círculo tem oito cravos enormes e afiados presos à lâmina interna, e todos apontam bem para o meio do círculo, como se estivesse somente esperando para capturar algum pobre coitado e lhe arrancar a carne dos ossos.

Mesmo assim, aquela arma ainda não me parece tão interessante assim. Horrível? Sim. Traumatizante? Com certeza. Interessante? Nem tanto.

O que dava na cabeça dos criadores de armas desde o início dos tempos para fazê-los criar algo capaz de causar a maior dor e o maior estrago possíveis? Ser capaz de se defender é uma coisa. Enfiar cravos de dez centímetros em alguém ao redor da cintura é algo completamente diferente.

— Nem um pouco — finalmente respondo a Jaxon quando consigo desviar os olhos daquela arma infernal, seja lá o que for. — Obrigada — digo a ele, batendo a poeira e as folhas secas que grudaram na minha bunda. — Tenho certeza de que não teria conseguido completar aquelas últimas voltas sem você.

— Você teria conseguido completá-las, sim. — Jaxon abre um sorriso para mim. — Talvez tivesse que rastejar pelo campo para terminar, mas você conseguiria.

Eu rio. Porque ele tem razão. Correr a esmo e sem um propósito evidente não é algo que eu tenha vontade de fazer. Mas desistir é algo que tenho ainda menos vontade de fazer, em especial diante de um bando de gárgulas que esperam que eu as lidere.

— Ei, você está bem? — indaga Jaxon, passando os olhos escuros por mim como se procurasse alguma lesão causada pela corrida.

Forço um sorriso que estou muito longe de sentir.

— Estou ótima.

— Ah, é mesmo? — Ele me encara com um olhar de dúvida, mas simplesmente reviro os olhos e finjo que não há um pedaço enorme de mim em pleno surto por causa de toda essa situação. Ele olha para o lugar onde Isadora mostra a Hudson uma arma particularmente brutal com cravos longos e afiados, e em seguida volta a me fitar. — Ela está longe demais para ouvir. Qual é o plano de verdade, Grace?

Pisco os olhos algumas vezes, encarando-o. Com medo de que, se disser isso em voz alta, vai parecer ainda mais ridículo do que eu mesma acho quando repasso o plano na cabeça. Macy vem até onde estamos e senta-se com a gente.

— Grace está lhe dando os detalhes do plano grandioso? — ela pergunta.

— Ela ia começar — replica Jaxon, enfatizando a questão. E sei que chegou a hora da verdade.

Vou abrir a boca e revelar tudo a eles quando percebo duas sombras gigantescas de dragões passarem sobre as minhas pernas.

Depois de alguns estalos de magia, Flint e Éden se aproximam e se sentam conosco também.

— E, então? É hora do plano? — pergunta Éden, e eu rio porque todos nós nos conhecemos muito bem. Inclusive, pelo menos neste momento, quase tenho a sensação de que as coisas voltaram a ser como antes. E, de repente, não sinto mais medo de compartilhar meu plano com eles. Meus amigos estarão ao meu lado.

Olho para Hudson e ele abre um sorriso rápido antes de levar Isadora pelo ombro até os fundos do armorial a fim de examinar outras maneiras assustadoras de matar. Ele a está distraindo para nós. E digo a mim mesma que ele merece ganhar um canecão de sangue hoje à noite. Especialmente quando acena para Dawud, quando Isadora não está olhando, e depois aponta para nós. Ê lobe se aproxima.

Quando se junta a nós, respiro fundo e explico tudo.

— Se não dermos a Pedra Divina a Cyrus, ele vai matar todo mundo. Devagar e sob tortura. Estamos todos de acordo, certo? — indago e todos assentem. — Não há uma saída fácil aqui. É impossível escapar dessa equação: dar a Pedra a ele ou morrer, porque as masmorras cancelam todos os nossos poderes. — Respiro fundo de novo e digo a verdade de uma só vez. — Por isso, vamos lhe dar a Pedra Divina. Enquanto ele estiver ocupado em se tornar todo-poderoso, vamos competir nas Provações. *E vamos vencê-las.* Vamos pegar as Lágrimas e curar o Exército, o que vai tornar Cyrus vulnerável outra vez. E depois, vou pegar esta Coroa... — Estendo a mão com a tatuagem para que todos a vejam. — Vou pegar esta Coroa, pela qual tantas pessoas sofreram para que a recuperássemos. E vou trazer algum significado às suas mortes. Vou reunir meu exército e nós vamos enfrentar Cyrus juntos. Vamos colocá-lo contra a parede e usar a Coroa para tirar tudo que a Pedra Divina lhe deu. Depois, vamos fazer com que ele pague por todo mundo que já machucou. Vamos dar um fim a tudo isso.

Estou respirando rápido agora; meu coração acelerou durante a explicação do plano, com medo de que alguém me interrompesse a qualquer momento e argumentasse que ele é ineficaz. Mas, em vez disso, todos ficam sentados em silêncio, assimilando minhas ideias e calculando nossas chances, provavelmente.

Flint tosse.

— Bem... tenho uma pergunta. O que faz você pensar que, de uma hora para outra, podemos vencer as Provações? Aquela Tess parecia bem convicta de que íamos perder, e perder feio.

Não há raiva ou ironia naquelas palavras. E sinto meu peito apertar quando percebo que ele está ao meu lado de novo, mesmo se for para me seguir rumo à morte certa. E é por isso que sei que vamos vencer.

— Exatamente, Flint. Já sabemos como é perder. E perder feio também. É isso que Cyrus acha que nos torna fracos — afirmo e balanço a cabeça. — Mas perder não torna ninguém fraco. Toda vez que você tem que se levantar e sacudir a poeira, acaba ficando mais forte. Toda vez que precisa encontrar a coragem para tentar de novo, para ter esperança e confiar... Toda vez que nós nos levantamos, ficamos mais fortes — declaro, olhando para todo mundo e ciente de que estão todos pensando em Liam. — E nós somos mais fortes. Podemos conseguir. Juntos. Tenho certeza.

— Entãoooo... — Éden alonga a palavra. — Você está dizendo que somos um bando de fracassados e que isso significa que vamos vencer dessa vez?

— Bem, acho que disse isso de um jeito mais eloquente — brinco. — Mas, essencialmente, sim.

— Legal — comenta Éden.

— Além disso, nem preciso dizer que, se não fizermos isso, Cyrus vai se transformar em um deus para começar e terminar a guerra mais sangrenta que esse mundo já viu — acrescento. — Começando com todo mundo que se opõe a ele.

— Entãoooo... — Éden alonga a palavra outra vez. — O seu argumento é de que todos vamos morrer de um jeito horrível e sangrento de qualquer maneira. Mas vamos usar todas essas derrotas que sofremos e transformá-las em uma jogada vencedora para conquistar a Fonte da Juventude?

Bem, dessa vez ela fala de um jeito bem pior do que o que eu disse.

— Eu topo — pronuncia-se Jaxon. Mais nada. Mas ele olha para Flint e o encara por alguns momentos até que o dragão concorda com um aceno de cabeça.

— Eu também — confirma Flint.

— Ah, com certeza eu topo qualquer plano que envolva dar o troco naquele filho da puta — declara Éden.

— Eu também — concorda Macy com um sorriso malandro.

Todos nós olhamos para Dawud ao mesmo tempo. Elu ergue as mãos.

— Ei, eu não participei dessa sequência de derrotas que, supostamente, está deixando todo mundo mais forte. Por isso, não tenho como opinar — pontua Dawud. — Mas, dito isso, detesto gente que faz bullying. E Cyrus faz isso desde sempre. Por isso, podem contar comigo.

Todos os meus amigos vibram e desarrumam os cabelos de Dawud.

— Porra, você quase me deixou preocupado por um momento — brinca Flint.

— Preocupado com o quê? — pergunta Isadora, e nós nos agitamos abruptamente, como se tivéssemos sido atingidos por um cabo de alta tensão. Há quanto tempo ela está ali?

— Dawud estava dizendo que está com a sensação de que você está virando a nova *crush* delu, Isadora — brinca Flint, e a ponta das orelhas de Dawud e também de Isadora ficam vermelho-fogo. — Mas garanti a elu que é só uma indigestão.

— Vocês são infantis demais — resmunga ela, virando as costas e indo embora.

Dawud olha para Flint e fala por entre os dentes:

— Isso não foi legal, cara. Ela podia ter me matado e arrancado a minha perna para fazer um churrasco.

Isso faz com que a gente caia na gargalhada.

Quando conseguimos recuperar o controle, já estamos em pé outra vez e voltamos para o castelo, onde Hudson se junta a nós e diz:

— Então, vamos dar a Pedra Divina a Cyrus, arrebentar nas Provações e depois enfiar a Coroa pela goela abaixo daquele cuzão arrogante, certo?

Minhas sobrancelhas se erguem num movimento brusco.

— Como você sabia que esse era o meu plano?

— É a única opção inteligente. — Ele me puxa para seus braços. — E a minha consorte é inteligente pra caramba.

Flint começa a fazer sons de engasgo, mas Hudson o ignora e se aproxima para um beijo rápido, que retribuo prontamente.

— Acabou a hora do recreio, crianças! — vocifera Chastain à nossa esquerda, e todos soltamos um resmungo enfastiado. — Todos vocês, com exceção de Hudson. Peguem uma arma e sigam para o campo de treinos.

Ele indica o meu consorte com um aceno de cabeça e olha para os outros soldados gárgulas por sobre o ombro.

— Aquele ali é do tipo que prefere amar em vez de guerrear, ao que parece.

Todos respondem com risadinhas enquanto meu olhar se fixa em Chastain, e eu praticamente cuspo as palavras:

— É melhor que você nunca precise ver o meu consorte lutar, Chastain. Você não duraria cinco minutos.

Afinal de contas, essas piadinhas que tiram sarro da questão do sangue e do sexo têm de parar. Já estou de saco cheio disso. E é por isso que me viro para o meu consorte, seguro sua camisa com força e o puxo para um beijo ardente na frente de todo mundo. Várias gárgulas assobiam e vibram conforme o beijo continua. Até mesmo Macy grita "vai fundo, garota!", mas quase nem percebo essas circunstâncias enquanto tudo, com exceção de Hudson, desaparece ao meu redor.

Esse garoto é tudo para mim e merece que o mundo inteiro testemunhe o meu orgulho da sorte que tenho em ser sua consorte. Com um último roçar dos meus lábios nos dele, me afasto e finjo alisar a minha túnica antes de virar para trás e ir na direção do campo de treinamento. Mas não antes de perceber o sorriso enorme que marca o rosto de Hudson. Ou o som do maxilar de Chastain se contraindo porque o expus.

Tenho certeza de que vou pagar por isso mais tarde, mas valeu totalmente a pena.

Capítulo 77

UMA ESPADA DE DOIS GUMES

Chastain está na área de treinamento agora, e me observa. Assim como imaginei que faria. Determinada a não arrumar ainda mais encrenca com ele, apresso-me até onde ele está. E paro de repente quando ele coloca uma espada montante na minha mão.

Pelo menos acho que é uma montante. Meu conhecimento sobre armas medievais não está muito atualizado, mas acho que deve ser esse o nome da arma que tenho nas mãos. Sua empunhadura decorativa incrustada com belas pedras semipreciosas e uma lâmina que tem quase um metro de comprimento, além de dois gumes. Parece bem perigosa.

Esse treco também deve pesar umas oito toneladas. Bem, talvez esteja mais pra dois ou três quilos, mas a ideia de desferir um golpe com ela (ou mesmo de simplesmente erguê-la sobre a cabeça) me causa dúvidas. Por isso, se não se tratar de uma espada montante, acho que deveria ser. Além do mais, acho que nunca vou querer empunhar uma montante se ela for maior do que esta aqui.

Mesmo assim, não vou pedir a Chastain que me fale mais sobre a arma. Nem vou expressar dúvidas de que sou capaz de lutar com ela. Afirmei a ele que estamos aqui para ajudar no treinamento do Exército das Gárgulas. Preciso agir como se soubesse fazê-lo.

Juro que algum dia desses ainda vou me deparar com uma situação em que não tenha a impressão de que preciso fingir que sei o que estou fazendo. Mas esse dia, definitivamente, não é hoje.

Apoio a espada pesada no ombro e me dirijo a uma área coberta onde Hudson está sentado, com as pernas esticadas diante de si e um exemplar de *Medeia* nas mãos. Eu devia saber que ele já teria descoberto a biblioteca deste lugar — e encontrado uma tragédia para ler.

— Esse acessório combina bem com você — comenta Hudson, com o calor do nosso beijo ainda ardendo no olhar. — É bem sexy.

Reviro os olhos.

— Por que os homens ficam tão excitados quando veem uma garota com uma arma na mão?

— Por muitas e muitas razões — ele responde com um olhar malandro. — E vou ficar feliz em lhe mostrar algumas delas quando o treinamento terminar.

— Vou me lembrar disso — respondo, balançando a cabeça. Eu me viro para voltar aos círculos de treinamento a fim de tentar descobrir o que devo fazer com esse trambolho, mas sinto a mão de Hudson no meu cotovelo.

— Ei... — O riso desaparece dos olhos de Hudson e ele se aproxima para que eu o ouça quando baixa a voz até deixá-la na altura de um sussurro. — Você se encaixa bem neste lugar.

As palavras me atingem com mais força do que eu esperava. Provavelmente porque vão direto ao centro daquilo que venho sentindo o dia inteiro, e me esquivo com um movimento brusco.

— Como assim? — questiono, desvencilhando o cotovelo de sua mão.

— Achei que você precisava ouvir isso. — Ele se aproxima mais, de modo que seus lábios quase resvalam na minha orelha enquanto continua: — Eu sei que você acha que as contingências não estão bem no momento, mas não precisa ser a mais forte, a mais rápida ou a mais implacável para ser uma grande governante, Grace. Você só precisa se preocupar mais com a felicidade deles do que com a sua própria.

Miro o chão, arrastando os pés e sentindo a vergonha me embrulhar o estômago.

— Tipo sacrificar todos eles para salvar você?

— Você não faria isso — responde ele. E fala com tanta certeza que elevo os olhos para olhá-lo outra vez.

— Como você sabe? — sussurro.

Ele dá de ombros, inclinando-se para trás e abrindo o livro outra vez antes de responder.

— Porque você nunca seria tão egoísta quanto eu.

Sei que sua intenção não era que as palavras fossem uma facada no meu peito, mas meu coração estremece mesmo assim. Ele realmente acredita que eu não sacrificaria o mundo inteiro para salvá-lo?

— Seria, sim — sussurro. E, quando ele volta a olhar para mim, não há nada além de amor e carinho em seus olhos.

— Não seria, não, Grace. E essa é uma das razões pela qual a amo tanto. — Ele sorri. — Você é incrivelmente forte. Você sempre sacrifica a própria felicidade pelo bem dos outros. E é isso que vai fazer de você uma excelente governante. — Ele faz um gesto, apontando o campo de treinamento. — Agora, vá lá e lhes mostre do que é capaz.

Sigo as instruções e vou direto até o campo. Não posso me atrasar, em particular agora que Chastain está pegando tanto no meu pé. Mas isso não significa que a conversa terminou. Porque ainda não terminou. Não, mesmo.

Como Hudson é capaz de pensar, mesmo por um segundo, que eu não sacrificaria qualquer coisa — ou até mesmo tudo — para salvá-lo? Ele é o meu melhor consorte e o meu melhor amigo. Não consigo nem imaginar passar um dia sem ele. Menos ainda uma vida inteira. Eu desistiria da coroa em um segundo para salvá-lo. Daria a minha própria vida para salvá-lo. E ele pensa que eu simplesmente o deixaria morrer?

Não, essa conversa sem sombra de dúvida não terminou. Preciso saber o que foi que fiz para ele acreditar numa hipótese dessas. E o que posso fazer para que ele entenda o quanto o amo e o quanto preciso dele.

Quando chego à área de treinamento, Chastain manda uma gárgula mais jovem para se defrontar comigo. E sugere, jocoso, que ela deveria pegar leve com a rainha. Aquela zoação faz com que todas as gárgulas que se reuniram para assistir caiam na risada, e sei que devia fazer alguma coisa a respeito. Devia fazer alguma coisa por ele se recusar a me tratar com o mínimo de respeito. Devia fazer alguma coisa por ele não dar a devida importância a mim, assim como não dá a Cyrus.

Mas não faço nada.

A única coisa em que consigo pensar é que Hudson tinha razão. Governar não tem nada a ver com a força ou a rapidez de um combatente.

Governar é algo relacionado à perda.

Porque, não importa o que aconteça, não importa quais sejam as escolhas que faço… no fim, alguém sempre vai perder. E pior: a escolha de quem vai sofrer a maior perda será minha.

Capítulo 78

DESFILE POR AQUI

— De novo! — Chastain repete para mim, e embora seu tom de voz seja comedido, percebo que a irritação emana dele em ondas. — Espada para cima. Segure com as duas mãos e golpeie.

Meus ombros doem pelo peso de erguer a espada montante sobre a minha cabeça várias e várias vezes. Estamos fazendo isso há mais de duas horas e acho que finalmente estou conseguindo executar os movimentos: erguer, golpear, girar, bloquear e tentar não ser derrubada. Em seguida, repetir tudo.

Com todo esse esforço, sinto o suor escorrer pelas minhas costas, mas ergo a espada mais uma vez conforme outra gárgula — uma mulher alta e bonita com a pele escura e vários brincos nas orelhas, chamada Moira — faz sua espada girar de encontro à minha. Eu me forço a não tremer quando as espadas se chocam e mantenho o meu bloqueio por tempo suficiente para que meus braços parem de vibrar.

Ela gira para trás, com um golpe que se aproxima por baixo dessa vez. O instinto faz com que eu agite as asas e salte alto o bastante para desviar completamente do golpe. Quando desço, giro a minha própria espada e a faço parar pouco antes de tocar na nuca de Moira.

— É isso aí! — grita Macy, que parou de lutar para observar. — Arrase, Grace!

Balanço a cabeça, um pouco constrangida por tamanho entusiasmo, mas também contente por alguém enfim ter notado e achado que estou indo bem. Especialmente considerando que Chastain parece ter acabado de chupar o limão mais azedo de todos os tempos. Por outro lado, ele estampa essa cara desde a manhã de hoje, pelo menos quando seu olhar aponta para algum dos meus amigos ou para mim... com uma exceção gritante.

Ele ama Isadora.

Ele não ri nem tira sarro dela do jeito que faz com tantos membros do Exército das Gárgulas. Mas tenho certeza de que isso é porque Isadora não tem noção do que é uma piada. E Chastain constantemente elogia sua forma, suas habilidades de luta com facas e sua velocidade.

E eu entendo. Ela é mesmo incrível com todas as suas facas. Mas será que ela é mesmo tão boa a ponto de merecer cinquenta elogios por hora? Especialmente considerando que ela está do lado de Cyrus? Sei que é preciso manter os inimigos por perto, mas tenho certeza de que puxar tanto o saco de alguém é chegar perto demais, até mesmo para Chastain. *Ele não sabe que ela está com Cyrus*, sussurra uma voz miúda no fundo da minha mente, mas chuto a minha noção interna de tratamento igualitário para a sarjeta. Meus ombros estão doendo, porra.

— Foster, venha aqui — Chastain me chama. E fico tão surpresa que quase deixo a espada montante cair no chão. Mas como isso provavelmente vai fazer com que ele continue a gritar comigo, faço de tudo para segurá-la enquanto vou até onde ele está.

— Do que você precisa? — indago ao chegar até ele. E admito que não é assim que a maioria do Exército fala com ele. Mas fico pensando em Nuri e em como ela se porta. Sei que não chego nem perto de ser uma guerreira tão poderosa quanto a rainha dos dragões, mas é uma tentativa de cultivar a persona de uma rainha em vez da garota de dezoito anos que Chastain enxerga.

No começo, Chastain não responde. Em vez disso, ele me encara como se não conseguisse acreditar que não estou me curvando ou rastejando aos seus pés. Há um pedaço de mim que não consegue acreditar nisso também. Mas meus amigos e eu estamos nos esforçando bastante para treinar o Exército das Gárgulas. Sei que, no começo, foi uma mentira criada para explicar a nossa presença, mas, ao passo que treinamos com os soldados, aprendemos seus nomes e fizemos amizades, as circunstâncias lentamente se transformaram em algo muito maior.

De algum modo, em meio a todos os meus planos para acabar com Cyrus, me esqueci de uma coisa. Passei esse tempo todo pensando em como eu poderia usar o Exército das Gárgulas para me ajudar a ativar a Coroa e derrotá-lo. E esqueci de pensar nelas como qualquer outra coisa que não fosse um exército. Esqueci de pensar nelas como pessoas.

Quando eu não as conhecia, quando não havia lutado com elas, jantado com elas ou conversado com elas, a situação era diferente. Eram simplesmente entidades sem nome e sem rosto, peças de xadrez à minha disposição para manipular. E eu não me importava se perdêssemos algumas delas no combate, desde que conseguíssemos deter Cyrus.

Mas agora, cada pessoa com quem converso, cada pessoa que tenho a responsabilidade de liderar me faz sentir o peso dos questionamentos e da preocupação. Trent vai sobreviver à guerra? E Moira? E os outros?

Contemplo as centenas de soldados no campo, treinando, conversando ou bebendo água. E não consigo lutar contra a pujança das palavras de Hudson há algumas horas à medida que deslizam pela minha pele.

— Quero que você mova o ar. — As palavras de Chastain me tiram do universo dos meus pensamentos.

Eu o fito e pisco os olhos algumas vezes.

— Mover o ar? — pergunto, sem saber direito o que ele está me pedindo. — Com o quê?

— Com o seu poder — ele responde, e me encara com uma expressão tão chocada por eu ter perguntado que acho que se esquece da irritação anterior.

— Me desculpe — peço, depois de passarmos vários segundos nos entreolhando, embasbacados. — Não sei como fazer isso.

Ele me olha como se achasse que estou brincando. Em seguida, ergue a mão e faz a porra do ar se mover. Sinto aquilo me acertar bem no meio do esterno com a força de um soco.

O golpe arranca o meu fôlego e quase me derruba no chão, mas uso toda a energia remanescente para continuar em pé. Não vou dar a Chastain a satisfação de me derrubar. Hoje, não.

E também não vou lhe dar a satisfação de me ouvir elogiar isso que ele acabou de fazer. Não depois do jeito que ele tem me tratado desde que cheguei aqui.

Chastain me encara com uma expressão contrariada quando continuo com os pés plantados com firmeza no chão de pedra. Mas tudo que ele diz é:

— Mova o ar.

Como se isso fosse fácil.

Pensando bem… talvez seja. Penso sobre a água que consegui mover durante o torneio do Ludares e a terra que usei para me curar quando Cyrus me mordeu. Hudson me ajudou quando aprendi a acender uma vela. E muitas pessoas me ajudaram a aprender a voar. Mas ninguém me ensinou como manipular a água ou a terra. Só consegui descobrir como se faz essas coisas quando me dei conta de que era possível. Agora que sei disso, posso descobrir como mover o ar também.

Ou, pelo menos, espero que sim.

Sinto vontade de pedir a Chastain que me mostre o que fez, com movimentos lentos dessa vez. Mas a verdade é que ele nem chegou a fazer muita coisa. Ele simplesmente moveu a mão como se fosse desferir um soco. E eu senti o ar me acertar como um golpe.

Com isso em mente, respiro fundo. Tento concentrar os meus pensamentos e a energia do meu corpo. Em seguida, movo o punho e dou um soco no ar, rápido e com força.

Nada acontece, com exceção de Chastain usar de novo aquele olhar arrogante para me encarar — e isso que me irrita, considerando que estou tentando fazer algo que, há dois minutos, nem sabia ser possível. No fim das contas, me esforço para ignorar sua presença e a expressão irritante em seu rosto, embora seja mais difícil do que pareça.

Respiro fundo mais algumas vezes e tento encontrar a energia do elemento. É mais difícil do que foi com a água, mas percebo que está ali. Consigo senti-la bem ali, um pouco além das minhas mãos.

Dessa vez, fecho o ar quando tento tocá-la. Visualizo o ar correndo pela minha pele. Movendo-se pelos meus dedos abertos. Acumulando-se na minha palma enquanto fecho os dedos ao redor.

Dessa vez, quando desfiro o soco, sinto o ar se mover. Sinto a explosão das moléculas ao redor do meu punho. Observo a brisa que criei agitar os cabelos e a camisa de Chastain.

Consegui. Consegui mesmo. Não chega a ter a mesma força que o golpe de Chastain, mas já é alguma coisa. E, considerando que foi somente a minha segunda tentativa, eu diria que tive sucesso.

— De novo — Chastain me diz.

Assim, volto a golpear o ar — mais três vezes, para ser exata. E cada vez é mais poderosa do que a anterior. Nenhuma delas chega perto do soco no esterno que me acertou, porém, conforme o ar levanta os cabelos de Chastain, começo a pensar que talvez consiga chegar lá.

Espero que ele repita "de novo", mas isso não acontece. Em vez disso, ele olha para Isadora (que, olha só que surpresa, está atirando facas contra um alvo móvel no momento) e faz um sinal para que ela venha até onde estamos. E isso é fantástico, considerando minha quase certeza de que vou ter de tomar o lugar daquele alvo móvel.

Chastain confirma a ideia quando se afasta vários passos de mim. Em seguida, ambos observamos conforme Isadora desfila na minha direção como se a Corte das Gárgulas fosse uma passarela gigantesca e ela fosse a atração principal.

— Quem você precisa que eu mate? — pergunta ela ao parar diante do general.

— Por enquanto, ninguém — Chastain responde como se a pergunta fosse a coisa mais normal do mundo. — Mas isso pode mudar a qualquer momento.

— Me avise quando isso acontecer. — Ela se vira com o intuito de voltar desfilando para o lugar de onde veio (e isso é completamente aceitável para mim), mas Chastain se coloca diante dela.

Isadora o encara com uma expressão que comunica que não se importa em usá-lo como seu próximo alvo se ele não sair da frente, mas ele nem se abala. Simplesmente faz um gesto para que ela se vire para o outro lado e diz:

— Acho que é a hora para aumentar a intensidade do treinamento de hoje para os nossos visitantes.

Meus músculos doloridos não concordam, mas não tenho muita escolha.

O general nos guia até uma área que eu havia percebido anteriormente no campo de treinamento, que estava desgastada no formato de um círculo grande. Quando adentramos o espaço, não consigo deixar de notar que se trata de uma espécie de ringue de luta. E conjecturo se algum dos meus outros amigos percebeu que estou sendo levada rumo à minha possível execução.

E é óbvio que perceberam, pois logo avisto Jaxon e o restante dos meus amigos se reunindo à minha direita enquanto Hudson acelera até uma árvore nas proximidades, encostando-se nela como se fosse a pessoa mais distraída do mundo. Isso é algo que deduzo no mesmo instante, porque tenho certeza de que ele deve ter prestado atenção em tudo o que estava acontecendo no campo para saber que acabaram de me mandar combater contra a demônia em pessoa, a ponto de se arriscar e acelerar sob a luz do sol para poder chegar mais perto. Espio-o rapidamente com um olhar que diz *Obrigada pela confiança*, e rio quando ele responde dando de ombros com um sorriso — porque entendo isso como *Ei, só vim aqui para ajudar a levar o que sobrar do corpo.* Do meu corpo, provavelmente. Mas não precisamos entrar em detalhes.

— Bailigh! — grita Chastain ao atingir o centro do círculo, e todas as outras gárgulas no campo param imediatamente suas atividades para se aproximar, espalhando-se ao redor do perímetro. — É hora de escolher o Vigia da Guarda! — anuncia ele, e todos aplaudem.

Não parece algo tão ruim. Sou ótima para vigiar. Não sei exatamente o que eu teria de vigiar, mas tenho certeza de que é algo que posso fazer. Passo a me sentir mais confiante até que Chastain olha bem nos meus olhos, com um sorriso matreiro erguendo um dos cantos da sua boca. É como se ele soubesse algo que não sei e mal pode esperar para ver a minha reação quando me contar.

— As regras são simples, Grace. Todo dia declaro alguém como o Vigia da Guarda, e a pessoa entra nesta arena. — Ele indica o círculo com mais de dez metros de diâmetro onde estamos agora. — Qualquer um pode desafiar a minha escolha, entrando no ringue e enfrentando você. Essa pessoa tem quatro minutos para derrubar o Vigia da Guarda. Quem estiver vencendo quando os quatro minutos acabarem é declarado o novo Vigia da Guarda.

— E o que acontece depois? — pergunta Macy.

— Outro desafiante pode entrar no ringue.

— Não, eu digo... o que acontece se ninguém mais quiser desafiar o último Vigia da Guarda?

— Honra gloriosa — replica Chastain, como se isso resumisse tudo.

A mulher com quem conversei na primeira vez que visitei a Corte congelada com Alistair dá um passo à frente, agitando as tranças quando gira para ficar de frente com Macy.

— O Vigia da Guarda é a posição mais reverenciada no nosso Exército. Todas as pessoas daqui apostam sua fé na Vigia da Guarda todas as noites, sabendo que podemos dormir tranquilos e que podemos recuperar nossas forças para lutar outro dia por causa de seu sacrifício. Dar essa dádiva aos seus irmãos e irmãs é uma honra acima de qualquer outra.

Não sei exatamente por quê, mas tenho a sensação de que esse papo de Vigia da Guarda é uma versão bombada de ser escolhido como o Funcionário do Mês. Talvez seja assim que Chastain tenha conseguido fazer com que tantas pessoas passassem mil anos em treinamento, dia e noite, sem uma noção nítida sobre quando esse purgatório terminaria e eles poderiam entrar em uma batalha de verdade. E admito que é uma grande ideia, mas não há problemas se eles não pendurarem o meu retrato na parede do refeitório hoje.

— Ser nomeado o Vigia da Guarda é ser digno de governar o nosso povo, de liderar um exército. — Após a revelação, Chastain continua sustentando o meu olhar. Ele fita o exército e completa, com um floreio: — É por isso que, hoje, nomeio a nossa rainha como a Vigia da Guarda.

A multidão aplaude e sei que eles acham que Chastain está me concedendo uma enorme honraria. Mas não é isso que ele tem em mente, de jeito nenhum. Chastain quer provar para todo mundo que não sou digna de ser a rainha. E, como se isso não fosse absolutamente o pior, ele olha para Isadora e diz:

— Agora, Izzy, eu gostaria que você me desse a honra de ser a primeira a desafiar a nossa rainha.

Izzy? Eu olho para Macy e formo a palavra com os lábios, mas ela simplesmente dá de ombros. Depois, olho para Isadora, esperando que ela esteja contemplando qual faca vai usar para remover a língua de Chastain por lhe dar esse apelido. Mas a garota age como se nem tivesse ouvido a versão abreviada do seu nome. E isso me diz tudo que preciso saber. Ela adorou. O que acontece com essa família Vega? Eles acham que a melhor maneira de esconder suas emoções é reagir como se estivessem entediados.

Mas é aí que percebo algo importante. Isadora deve ter problemas tão sérios com seu pai quanto Jaxon e Hudson tiveram — grandes o bastante a ponto de ser possível atravessá-los com um caminhão. Por isso, essa adulação de Chastain, secretamente, lhe agrada tanto. Suspiro. E isso significa que ela vai fazer o dobro do esforço para tentar me derrubar. Somente para agradá-lo.

— Vai ser um prazer — comenta ela, adotando uma postura de combate.

Nem tenho tempo de considerar qual seria a melhor maneira de me defender quando Chastain grita:

— Comecem!

E nem tenho a menor chance de segurar meu cordão de platina antes que Izzy ataque.

Capítulo 79

QUEM GANHA, FICA;
QUEM PERDE, SAI

— Humilhante? Olha, nem um pouco — comento com ninguém em particular, ajustando a bolsa de gelo conforme ela cobre o que tenho a impressão de ser um terceiro chifre crescendo bem no meio da minha testa.

Sinto o colchão afundar ao meu lado e Flint diz:

— Ei, foi um golpe de surpresa. Não se preocupe.

— Mas você consegue imaginar a precisão envolvida no arremesso? Ela conseguiu acertar o cabo da faca na cabeça de Grace, e não a lâmina — observa Dawud. E é impossível não perceber o tom de admiração em sua voz.

— E não é que foi mesmo? — concorda Éden, entusiasmada. — Acho que nunca vi algo tão impressionante.

Libero um resmungo exasperado.

— E constrangedor. Não esqueça essa parte. — Abro um olho à procura de espiar o rosto de Flint. — Acho que devo ter batido o recorde para a derrota mais rápida do posto de Vigia da Guarda.

Eu nem ficaria surpresa se houvesse um placar de líderes (ou um placar dos perdedores) com o meu nome nele.

— Ah, nem foi tão ruim assim. — Jaxon se senta do meu outro lado.

— Ele tem razão. — Macy concorda com um sorriso torto. — O assunto dessa noite vai ser como o seu namorado soltou fumaça ao correr para junto de você, na lateral do campo. Teríamos um vampiro frito e crocante nas mãos se Jaxon e Flint não o tivessem levado de volta à sombra quando ele viu que você ainda estava viva.

Meu resmungo se torna ainda mais alto. Que maravilha. É exatamente o que eu precisava. Além de não conseguir durar nem cinco segundos no ringue, meu namorado teve de chegar correndo para me acudir, depois do golpe forte que levei. Sinceramente, espero que a minha cama se transforme em um buraco enorme agora e me engula.

— Por favor, me digam que alguém conseguiu vencê-la para o posto de Vigia da Guarda — imploro, rezando para tudo que é mais sagrado. Não quero ter que passar o jantar inteiro escutando Isadora falar sem parar sobre sua *honra gloriosa*. E estou ouvindo a voz de Loki na minha cabeça dizendo isso nesse momento, obrigada, de nada.

— Ah, Artelya a fez comer poeira. — Macy sorri para mim, explicando que esse é o nome da soldada que havia me explicado mais sobre o Vigia da Guarda anteriormente. — Gravei a luta no meu celular, se quiser ver o vídeo.

É por isso que amo a minha prima.

— Me dê logo esse celular — peço, e Flint se afasta para que Macy se sente na cama ao meu lado. Ergo o corpo devagar até estar sentada e apoiada nos travesseiros, com cuidado para não deixar a bolsa de gelo sair da testa. E assisto àquele que provavelmente é o melhor vídeo de quatro minutos da minha vida. Artelya não nocauteou Izzy, mas evidentemente levou a melhor, finalizando com um movimento bem habilidoso, agarrando a vampira enquanto ela acelerava, erguendo-a no ar com um bater de asas e em seguida a jogou com tudo no chão com um *bonk* sonoro.

— Isso vai deixar marca — comento, e Macy e eu rimos. — Vamos assistir de novo.

— Precisamos falar sobre esse posto de Vigia da Guarda — pontua Jaxon. — Tínhamos planejado passar as noites em busca da Pedra Divina, mas, se houver um guarda a postos todas as noites, vamos precisar descobrir um jeito de não levantar suspeitas.

É por isso que informamos a Siobhan que estamos doloridos demais para participar do jantar hoje à noite. Em vez disso, passamos o tempo tentando criar uma estratégia para encontrar a Pedra Divina. Decidimos dividir a Corte em quadrantes. Dois de nós vão se alternar todas as noites procurando em seu quadrante e dizendo a qualquer um que pergunte que estão fazendo um levantamento sobre as dependências da Corte para a rainha, que quer reconstruí-la em nossa época — já que o castelo passou tempo demais em ruínas. Todos concordam que é a razão mais convincente para justificar o fato de estarmos fuçando em cada canto do castelo e das áreas ao redor. Dawud e Flint se oferecem para o início da procura na primeira noite.

Ainda não sei exatamente o que estamos procurando, mas Hudson tem uma forte intuição de que a Pedra vai emanar uma aura intensa de poder. Por isso, devemos ser capazes de senti-la se estivermos próximos. Jaxon concorda. Macy aposta cinco dólares com todo mundo, informando que vai estar escondida na forma do olho de uma estátua em forma de animal ou em uma pintura. E fica bem óbvio que ela deve ter visto isso em vários filmes de ação de baixo orçamento. Nós aceitamos a aposta.

Izzy não nos perturba uma única vez enquanto planejamos, provavelmente se gabando diante das outras gárgulas sobre a facilidade que teve para derrotar sua rainha, refestelando-se com os elogios de Chastain. E sei que digo isso por causa da amargura e da inveja que sinto. Afinal de contas, já tenho problemas suficientes com toda essa responsabilidade e não preciso que uma vampira raivosa fique alardeando para todo mundo aquilo que eu já sei.

Não fiz por merecer o título de rainha. Eu o dei a mim mesma quando pensava que era a última gárgula viva. Quando isso não importava tanto assim.

Giro o anel ao redor do dedo, distraída. E até mesmo este anel... eu também não o conquistei. Alistair o deu para mim sem que houvesse nenhum outro motivo além do nepotismo.

Mas isso não significa que vou deixar que ela esfregue meu nariz nele. E também não significa que vou abdicar dele.

Eu sou a rainha, mesmo que somente devido à minha herança. E não vou decepcioná-las. Também não podemos perder o comando do Exército. Precisamos dele para que o meu plano funcione. Caso contrário, não podemos arriscar dar a Pedra Divina a Cyrus, não importa quantas outras pessoas que eu ame ele ameace matar.

Assim, vou treinar, aprender e convencê-los de que mereço esta honra. Assim que sentir que a minha cabeça não vai mais se partir ao meio como uma maçã recém-cortada.

Quando todo mundo sai do nosso quarto, sigo até o chuveiro. Se o box fosse um pouco maior do que um selo postal ou se eu estivesse um pouco menos dolorida, convidaria Hudson para vir comigo. Quem sabe isso não ajuda a deixá-lo um pouco menos distante. Percebi que ele passou a maior parte da sessão de estratégia do outro lado do quarto, jogando Sudoku no celular. Hudson está irritado com alguma coisa. E estou desconfiada de que foi por eu ter tirado mais uns dez anos da sua vida esta semana, quando caí no chão do ringue como se fosse um saco de batatas.

Tomo banho o mais rápido que consigo; não quero deixá-lo sozinho com seus pensamentos por muito tempo. Fico contente por ter colocado alguns produtos de higiene em tamanho apropriado para viagens na minha mochila antes de sairmos de Katmere, o que parece ter acontecido há muito tempo. Estou tentando poupar os potinhos de xampu e condicionador que trouxe comigo para que durem o máximo possível. A Corte das Gárgulas tem sabonetes com aromas deliciosos. Sei que Hudson os usa para lavar os cabelos, assim como todos os outros. Mas eles não têm os meus cachos revoltos em suas cabeças. Se eu não quiser ficar parecendo um poodle que passou por um daqueles secadores de alta potência em um lava-rápido para carros, preciso cuidar deles o tempo todo.

Quando saio do banho, Hudson está dormindo. Com os olhos fechados e uma mecha daquele penteado pompadour que lhe cai sobre a testa, ele parece bem mais jovem — e bem mais indefeso do que durante o dia.

É atraente vê-lo assim, esticado em nossa cama como se isso fosse a coisa mais natural do mundo. E não resisto à atração que ele exerce sobre mim. Deito-me ao lado dele na cama e me aconchego nele.

Mesmo dormindo, ele estende a mão para mim e me puxa para junto de si.

Estar junto dele é uma sensação muito boa. E estou tão cansada que nem tento continuar acordada quando caio no sono com ele.

Não faço ideia de quanto tempo dormimos, mas não acordo sozinha. E Hudson também não. Inclusive, nós não acordamos até ouvirmos um gemido alto pelas janelas ainda escuras.

— Você ouviu isso? — indago, balançando Hudson para que ele acorde.

— Ouvi o quê? — responde ele com a voz pastosa, mas sei que está atento quando fica completamente imóvel um segundo depois da minha pergunta, com a cabeça inclinada para o lado como se tentasse entender o que está havendo.

Antes que algum de nós consiga identificar quem ou o que está fazendo esse barulho, ouço batidas fortes na minha porta. Seguidas por Dawud, que grita para que a abramos.

Capítulo 80

MURMÚRIOS NEM TÃO DOCES ASSIM

— O que houve? — exclamo enquanto abro as portas.

— Vá até a sua janela — Dawud fala com urgência na voz e no rosto, enquanto Macy e Flint entram em nosso quarto. No corredor, Éden bate nas portas e grita para que Jaxon "venha rápido!".

— O que está acontecendo? — Lanço um olhar para Hudson, que já está diante da janela e com as cortinas abertas.

— Parece que estamos sendo atacados — ele responde, um pouco embasbacado e com bastante frieza enquanto o som de um sino dobrando ecoa pelo castelo. Um alarme.

— Estamos congelados no tempo — digo, indo até a janela. — Dirigindo um carro enquanto estamos aqui, não lembra? Como alguma coisa pode nos atacar se estamos em um carro em movimento? — Tenho de elevar a voz para ser ouvida por entre os gritos que vêm lá de baixo, assim como o som de estalos que enchem o céu.

— Não faço ideia — comenta Macy. — A menos que algum inimigo também tivesse ficado congelado no tempo com a Corte das Gárgulas durante todos esses anos.

— Mesmo assim, o Exército das Gárgulas já não devia ter matado essa ameaça? — pergunto. — Mil anos é tempo demais para passar atacando um lugar e não ser derrotado.

O som do sino está se aproximando cada vez mais de nós. E agora podemos ouvir alguém gritando entre as batidas do sino:

— Na muralha norte! Na muralha norte!

Todos trocamos olhares rapidamente antes que os outros saiam correndo do meu quarto para se vestir. Hudson já está com seu uniforme de treinamento e calça os sapatos enquanto pego o meu blusão. Ele espera pacientemente enquanto visto o restante das minhas roupas e prendo os cabelos com um elástico.

— Quem você acha que pode ser? — pergunto, sentindo o coração bater com força no peito.

Hudson olha fixamente nos meus olhos.

— Não sei, mas estou com um palpite de que isso tem a ver com a Vigia da Guarda sagrada.

O aperto no meu peito arranca o fôlego dos meus pulmões. Não, não, não. Não posso me dar ao luxo de ter um ataque de pânico agora. Não quando o meu povo precisa de mim.

Enquanto puxo golfadas curtas de ar para os pulmões, faço uma prece em silêncio a todos os santos cujos nomes consigo lembrar para fazer com que isso pare, mas o ataque piora. O que faz meu estômago se retorcer de medo não é só o fato de haver alguém lá fora que provavelmente quer nos matar. O problema maior é que não vou ter forças o bastante para lutar ao lado do meu povo, como eles esperam que eu faça.

— Ei... — Hudson acelera até onde estou, ajoelhando-se diante da cadeira onde estava sentado para calçar os sapatos, e segura o meu rosto. — Esse é um dos fortes, não é?

Não há nenhum tom de julgamento em sua voz. Nada de frustração por eu estar nos atrasando para sair daqui e ajudar com a luta. Seus olhos azuis de uma profundidade infinita estão repletos de amor.

— Sabe me dizer quanto são dois mais dois? — ele pergunta, e eu pisco os olhos.

Será que ele acha que bati a cabeça de novo, como aconteceu no farol?

— Não é uma con-con-concussão — gaguejo. Tenho a sensação de que as minhas veias estão repletas de gelo. Meus dentes batem e o meu corpo todo treme. Mas, quanto mais luto contra o ataque de pânico, mais o meu corpo treme.

Hudson ergue a mão e alisa um cacho solto que está sobre a minha testa, colocando-o atrás da minha orelha.

— Eu sei, gata. Mas me diga assim mesmo, está bem? Quanto é dois mais dois?

Não tenho energia para discutir e ele não parece disposto a recuar. Assim, tenho de empurrar as palavras boca afora.

— Q-quatro.

Ele sorri.

— Ótimo. E quatro mais quatro?

— O-oito.

— Oito mais oito?

Por que diabos essas contas simples importam tanto quando o meu exército está prestes a combater alguém tão terrível que tiveram de criar o posto de Vigia da Guarda para agir como sentinela? Mas não consigo dizer nada disso agora, com os dentes batendo. Em vez disso, tensiono o queixo e digo:

— D-dez-dezesseis.

— Está indo muito bem, Grace — incentiva Hudson. — E consegue me dizer quanto é dezesseis mais dezesseis?

Pisco os olhos e respondo:

— Trin-trinta e d-dois.

— E trinta e dois mais trinta e dois?

Quando chegamos a duzentos e cinquenta e seis os tremores pararam e finalmente consigo encher de ar os pulmões famintos. Conforme sinto o ataque de pânico ceder, suspiro e encosto a cabeça nos ombros de Hudson. Ele me abraça e beija a lateral do meu pescoço.

— Pronto, Grace — anuncia ele com a voz tranquila. — Está tudo bem agora.

E ele está certo. Foi um dos piores ataques de pânico que tive em meses. E passou em um ou dois minutos. E não estou nem mesmo tremendo tanto quanto costumava fazer.

Eu me inclino para trás e sustento seu olhar.

— Por que ficou me fazendo perguntas de matemática básica?

As maçãs do rosto dele se tingem com um tom interessante de rosa e Hudson dá de ombros.

— Você é minha consorte e quero sempre poder estar ao seu lado. Por isso, pesquisei maneiras de ajudar a aliviar ataques de pânico. Ao que parece, alguns pesquisadores descobriram que a matemática ativa um lado do cérebro que é totalmente diferente da parte que causa ataques de pânico. Por isso, fazer cálculos simples lhe ajuda a se concentrar em alguma outra coisa além do ataque. Se tudo der certo, o alivia também.

Engulo o nó gigante que se forma na minha garganta.

— Você pesquisou um jeito de me ajudar com os ataques de pânico?

— Isso mesmo.

Ele dá de ombros como se aquilo fosse a coisa mais normal do mundo. Mas, para mim, é tudo.

— Eu amo você — anuncio. E nunca afirmei isso com tanta certeza.

— Eu sei — ele responde, com meio sorriso. — Agora vamos ver se o seu povo precisa de ajuda. Ei, talvez possamos simplesmente jogar Izzy em cima do que estiver tentando atacar o castelo. Talvez isso possa lhe dar outro vídeo engraçado para assistir em looping.

Ele pisca o olho e eu rio, exatamente como ele planejava. Os últimos dos meus tremores perdem a força enquanto lhe aplico um beijo rápido, mas forte — uma promessa de como quero demonstrar meu amor por ele mais tarde. E quando me afasto, percebo que há um apetite voraz ardendo em seus olhos.

— Certo. Vamos lá — diz ele, com o sotaque mais acentuado do que o normal. — Vamos chutar uns traseiros e depois voltamos para terminar esse beijo.

É tão adorável vê-lo assim, corado e excitado, que me aproximo para lhe dar outro beijo rápido.

— Puta que pariu — grita Jaxon, sob o vão da porta, e recuo com um movimento rápido e culpado. — Vocês dois nunca param? Caso não tenham ouvido esse toque alucinado do sino, o castelo está sob ataque!

Hudson revira os olhos enquanto me ajuda a levantar e responde para Jaxon:

— Ei, irmãozinho. Não fique puto comigo só porque você consegue andar sob a luz do sol hoje.

Sufoco uma risada com a mão conforme o rosto de Jaxon se tinge com um tom bem interessante de vermelho.

— Cuzão — ele resmunga por entre os dentes e acelera para longe dali, e não consigo mais conter o riso.

— Essa foi cruel — observo, ralhando com Hudson.

Ele faz menção de responder, mas um grito súbito que vem das ameias diante da nossa janela o faz parar. E tudo começa a acontecer ao mesmo tempo.

Hudson me pega nos braços e acelera comigo até junto dos outros, que estão junto da muralha de pedra.

Há gárgulas voando acima de nós, disparando flechas de fogo contra os atacantes que conseguiram escalar essa parte da muralha. E consigo dar a minha primeira boa olhada nas criaturas que estão atacando o castelo.

E, em seguida, liberto um berro.

Capítulo 81

SÃO OS OSSOS DO OFÍCIO

— São esqueletos? — sussurra Macy, horrorizada.

Não sei ao certo. Não sei como posso chamar essas criaturas, mas "esqueletos" não me parece o termo certo. A forma do corpo deles está toda errada, só para citar um exemplo. Algumas pernas estão dobradas em ângulos impossíveis; os pés estão virados para trás, os crânios retorcidos em posições estranhas e lhes faltam algumas costelas. Isso sem mencionar como alguns dos ossos estão tão quebrados que quase parecem ter pelos.

Os ossos estão dispostos numa silhueta geral humana, se desconsiderarmos as torções e os ângulos estranhos. E as criaturas buscam caminhar com as costas eretas, mas é a única característica humanoide nesse exército inumano que está tentando entrar no castelo.

Conforme sobem pelas paredes, seus ossos batem e estalam uns contra os outros fazendo *clac-clac-clac* enquanto usam os outros esqueletos sob seus pés como degraus para que a próxima onda de atacantes suba mais alto. E o *clic-tic-clac* das unhas deles contra as muralhas... esse som é o bastante para me render pesadelos durante anos. Mas uma das gárgulas que dispara as flechas flamejantes contra a escadaria de ossos deve atingir seu alvo, porque um dos esqueletos solta um guincho medonho, como o vento soprando por entre dois ossos, estridente e amedrontador.

Os gritos perdem força até que outra flecha de fogo acerta o alvo. Em seguida, outro esqueleto solta um berro agoniado que faz calafrios correrem pela minha coluna.

De repente, ouço um som horrível de algo estalando até se romper quando os corpos que estão na base se quebram sob o peso daqueles que estão em cima — e engulo o nó em formação no fundo da minha garganta. Sei exatamente o que deixou esses esqueletos tão desfigurados. Preciso fazer um esforço enorme para não vomitar a bile que arde no meu estômago.

Nem preciso perguntar quantas vezes essas criaturas tentaram escalar essas muralhas. Todos os esqueletos estão tão quebrados que mal chegam a lembrar seres humanos. Chastain já me deu a resposta. Eles escolhem um novo Vigia da Guarda todos os dias.

Conforme o impacto dos ossos chega mais perto, mais gárgulas alçam voo com flechas em chamas. Tenho vontade de voar com elas, mas os guerreiros se movem com tamanha uniformidade que fica bem evidente que eles praticaram formações de voo sem que suas enormes asas de pedra batam umas contra as outras. Fico preocupada, achando que vou atrapalhá-los. E que possivelmente vou ser o motivo pelo qual eles não vão conseguir deter o ataque e um esqueleto vai invadir o castelo.

Tal pensamento surge na minha cabeça pouco antes que os ossos de uma mão agarrem a borda da muralha a menos de dez metros de onde estou. Moira é a gárgula mais próxima da criatura. Ela se transforma imediatamente e assume sua forma de pedra, erguendo o escudo e golpeando com a espada para baixo na mão de pedra que agarra o topo da muralha; os ossos dos dedos caem como pedriscos no chão de pedra.

Em seguida, ela acerta o pomo da espada no crânio da criatura, estraçalhando-o. Entretanto, com a velocidade de um relâmpago, ele vira a cabeça e afunda os dentes na carne do punho de Moira. Ela grita e deixa a espada cair, concentrando-se em bater de maneira frenética aquele crânio na lateral da muralha enquanto grita:

— Tirem isso de mim! Tirem isso de mim! Tirem isso de mim!

Mas ninguém corre para ajudá-la. Inclusive, as outras gárgulas se afastam, abrindo espaço entre ela e a criatura esquelética hedionda. Olho ao redor para tentar encontrar Chastain, mas ele está do outro lado dessa parte da muralha, instruindo os guerreiros voadores para que concentrem suas flechas para a base dos ossos. Ele ainda não se deu conta de que Moira está sob ataque.

— Temos que a ajudá-la! — grito e corro para junto dela, mas Hudson me puxa de volta.

— Não! — afirma ele, bem enérgico.

— Nós temos que a ajudá-la! — berro de novo e tento me desvencilhar, arranhando os braços dele para conseguir me soltar. Mas Hudson não me solta.

— Não podemos fazer isso — ele sussurra. E não entendo. Hudson nunca fugiu de uma luta em toda a sua vida.

— Ainda há tempo! — imploro. — Podemos salvá-la!

— Não. Não podemos. — Ele não diz mais nada e meus olhos se arregalam quando finalmente consigo ver o que ele havia enxergado com a sua visão noturna.

A carne do punho de Moira está se desintegrando. Apodrecendo em segundos, transformando-se em flocos que o vento pega e leva para longe como se fosse poeira.

E não somente onde o esqueleto ainda a está mordendo. A infecção se alastra rapidamente pelo braço. A julgar pela expressão alucinada em seu olhar, ela sabe disso. Sabe que está morrendo e que não há nada que alguém possa fazer para salvá-la.

Pelo menos, nenhuma gárgula.

Eu me viro para Hudson, com lágrimas escorrendo pela face, e nem preciso perguntar. Seus ombros murcham e sei que ele já adivinhou o que vou lhe pedir para fazer. Não, o que vou lhe implorar que faça.

Não são pessoas que estão atacando o castelo. São só esqueletos. E já estão mortos. Ele não vai ter que matar ninguém; vai simplesmente dar um fim ao sofrimento dessas criaturas sem mente. Digo a mim mesma qualquer coisa que eu possa para justificar meu pedido a Hudson, mas conforme os gritos de Moira ficam mais altos, sei que não tenho escolha.

— Me perdoe — sussurro, e lágrimas salgadas escorrem pelos meus lábios e tocam minha língua.

— Eu já lhe disse, Grace — replica ele, enxugando algumas das minhas lágrimas com o polegar. — Nunca peça desculpas por querer salvar seu povo.

Balanço a cabeça freneticamente, desesperada para explicar que isso não é a mesma coisa. Não estou escolhendo entre o meu povo e o meu consorte. Eu jamais faria uma coisa dessas. Mas os esqueletos já estão mortos. Tenho certeza de que não é tão diferente de desintegrar um estádio inteiro!

Mas não verbalizo nada disso, porque Hudson levanta a mão e fecha os olhos. E percebo que ele está se concentrando em separar as criaturas de osso de todo o restante. Não quero distraí-lo em um momento como este.

Sua mão começa a tremer, e em seguida o mesmo acontece com todo o seu corpo. Mas ele continua firme, esforçando-se para alcançar todos os esqueletos com a mente. E bem no instante em que alguém grita que outra criatura chegou ao alto da muralha, Hudson fecha o punho.

E todos os esqueletos se transformam em poeira instantaneamente.

O Exército das Gárgulas para de gritar e de disparar flechas. Os impactos dos ossos e o *clic-tic-clac* nas muralhas também desapareceu. O único som restante é uma brisa suave que leva a poeira do Exército dos Esqueletos para o mar.

Corro até Moira. O crânio não morde mais o seu punho e tenho a esperança de que matamos a criatura a tempo de salvá-la. Duas outras gárgulas chegam perto dela primeiro e começam de imediato a canalizar magia de terra para deter a infecção.

— Ela vai ficar bem? — pergunto com a voz rouca e trêmula.

— Acho que sim — responde uma das gárgulas. — Só não sei como.

Chastain pousa ao meu lado, encolhendo as asas instantaneamente enquanto assume de novo sua forma humana.

— O que você fez? — ele questiona.

Viro-me a fim de de chamar Hudson com um aceno para que Chastain possa agradecê-lo. Mas o que vejo quase faz meu coração parar.

Meu consorte forte e orgulhoso está sentado no chão, com os braços ao redor dos joelhos, lágrimas escorrendo pelo rosto e repetindo sem parar:

— Eles eram gárgulas. Eles eram gárgulas. Eles eram gárgulas.

Capítulo 82

NÃO SOU SEU

GAROTO DE RECADOS

Hudson está dormindo no andar de cima.

E eu quero respostas.

Levou mais de uma hora para fazê-lo se acalmar o bastante para que conseguisse dormir. Ele não parava de balbuciar que os esqueletos eram gárgulas. E isso não faz o menor sentido.

A última coisa que ele me disse antes de finalmente fechar os olhos é que elas iriam voltar. E isso faz ainda menos sentido. Ele desintegrou todos os esqueletos. Vi com os meus próprios olhos. Todavia, se Hudson falou, provavelmente é verdade.

Assim, pedi a Macy e Éden que ficassem com ele enquanto saí à procura de Chastain.

Eu o encontro depois de passar pouco mais de dez minutos procurando na biblioteca, mirando aqueles malditos vitrais.

— Preciso de respostas — declaro com a voz irritadiça e as mãos nos quadris.

Chastain se vira para mim, mas a expressão em seu olhar faz me faz recuar.

Parece que ele quer matar alguém.

— Você precisa de respostas? — questiona ele, como se eu tivesse dito alguma coisa engraçada. — Perdi dois dos meus melhores soldados esta noite. E o seu consorte podia ter dado um fim em tudo imediatamente.

Sinto meu coração parar por um momento com a perda. Dois? Eles deviam estar do outro lado das ameias.

Mas isso não justifica esse tipo de postura agora.

— Não se atreva a culpar Hudson por ele não fazer ideia de que um maldito exército de ossos ia atacar o castelo essa noite! O que eram aquelas criaturas? — pergunto. Chastain não tem o direito de exigir respostas quando não se preocupou em nos preparar para o que ia acontecer.

— Estamos em uma Corte congelada no tempo, Grace. — Ele faz um gesto agitado. — O tempo não existe para nós, aqui. Nós não envelhecemos... e não morremos.

Aquelas palavras me acertam como um tiro bem no peito.

— Então, os esqueletos eram gárgulas, como Hudson disse — sussurro. Meu Deus. O que foi que eu pedi para ele fazer?

— Sim — diz ele. E toda a vontade de brigar parece se esvair de Chastain quando seus ombros murcham. — A primeira morte que aconteceu na Corte foi por causa de um acidente no treinamento. Nós o enterramos, fizemos nossas despedidas e imaginamos que a vida iria seguir. Mas, dias depois, o primeiro esqueleto atacou.

Seu olhar parece mais assombrado do que jamais vi antes.

— Não sabíamos o que era aquela criatura, mas foi preciso um batalhão inteiro de gárgulas para derrubá-la. Perdemos três bons homens e mulheres naquela noite. — Ele suspira. — Na noite seguinte, aquele primeiro esqueleto voltou... com três outros.

Ele esfrega os olhos com uma das mãos.

— Desde então, eles voltam. Toda noite. E toda noite seu número aumenta com os nossos irmãos e irmãs que caíram na batalha anterior.

Engasgo com um soluço, e então suspiro:

— Mas por quê? Por que eles continuam voltando?

Chastain se vira e olha nos meus olhos, o desalento visível em seu rosto.

— Este é o lar deles, Grace. Estão tentando voltar para casa.

Quando penso no número enorme de esqueletos que se empilhavam uns sobre os outros para conseguir escalar a muralha, solto um gemido exasperado.

— Quantos vocês perderam no total?

— Mais de cinco mil — diz ele, com a respiração entrecortada. — E como elas não podem morrer, como nada pode morrer aqui, não importa quantos nós derrotamos a cada noite. Os esqueletos se reconstroem durante o dia e atacam de novo à noite. Estamos perdendo cada vez mais soldados para o Exército dos Esqueletos nos últimos anos, e o número deles é bem maior do que o nosso. Eu havia começado a perder a esperança de que nem todos nós acabaríamos nos transformando naquelas criaturas sem mentes.

— Meu Deus, não consigo nem imaginar — digo, enxugando as lágrimas que se formam nos meus olhos.

— Vai ficar tudo bem, Grace — afirma ele, com um sorriso lhe erguendo os cantos da boca. — Tudo vai ficar bem, agora que você está aqui.

Quero muito poder acreditar que ele está falando de mim, talvez até mesmo me aceitando como sua rainha. Mas não é o que está acontecendo. Sei exatamente quem ele acha que vai salvá-los.

— É impossível — digo, e faço um sinal negativo com a cabeça. — Ele não vai conseguir fazer isso de novo.

— Como assim? — pergunta Chastain. — Ele precisa de mais tempo para se recuperar? Mesmo se ele nos poupar algumas noites por semana, isso vai nos dar esperança. E vai nos dar uma chance de lutar pela sobrevivência.

Desejo dar isso Chastain, mais do que jamais desejei qualquer coisa. Mas não posso fazer isso. Não sei exatamente por quê. Hudson nunca me explicou como seu poder funciona, mas sei que é bem mais complicado do que qualquer um de nós pensa. E que isso tem um preço muito maior do que qualquer pessoa deveria ter de pagar.

Se estivesse simplesmente desintegrando ossos, Hudson não teria como saber que se tratavam de gárgulas, na realidade.

— É impossível — repito. — Vamos ter que encontrar outra maneira de fazer isso.

— Grace, não existe outra maneira — argumenta Chastain. — Temos pouco mais de quatro mil soldados agora. — Três mil na Corte congelada e outros mil espalhados pelo mundo, à espera do sinal de que chegou a hora de lutar.

— Mas achei que que vocês estivessem congelados no tempo para impedir que o veneno se alastrasse. Como é possível que as gárgulas fora deste espaço não estejam mortas? — pergunto.

— Você conhece tão pouco sobre o que é? — Ele consegue fazer com que aquela pergunta soe como uma condenação. — Quando uma gárgula fica na forma sólida, ela está em estase. Nosso sangue não circula. Assim, o veneno não pode nos prejudicar até sairmos dessa forma. Há gárgulas espalhadas por todo o mundo. Sentinelas de pedra esperando pacientemente até que sejam chamadas a servir, até que se encontre um antídoto para que possam fazer Cyrus pagar pelos seus crimes.

Penso nas gárgulas que vi em fotos, repousando no alto de prédios. E fico me perguntando se são esculturas ou se são o meu povo em estase.

— É por isso que Hudson precisa nos ajudar a sobreviver ao Exército dos Esqueletos. Devemos isso às gárgulas do mundo inteiro que ainda têm esperança de que o Exército vai chegar para ajudá-las algum dia.

Balanço a cabeça e digo:

— Esta luta não é dele. É um custo alto demais para cobrar de qualquer pessoa. E não vou pedir a ele que faça isso outra vez.

Com isso, eu me viro para ir embora. Mas a voz de Chastain me persegue:

— Vai escolher o seu consorte em vez do seu povo inteiro?

Não hesito nem por um momento quando me viro e digo:

— Todas as vezes.

Capítulo 83

UM CONSORTE
COM UM DESTINO

Hudson não se moveu quando me deitei ao seu lado hoje de manhã, nem quando puxei seu corpo trêmulo para junto do meu. E ele já tinha se levantado quando acordei.

Mas não fico surpresa quando o vejo na mesma cadeira em que ele se reclinou ontem, à sombra, com o exemplar de *Medeia* aberto sobre o colo.

Durante o café da manhã, Flint e Dawud mencionaram que não consegiram encontrar a Pedra Divina no quadrante em que estavam na noite passada. E, como não temos a Pedra Divina, isso significa que vamos precisar passar mais um dia treinando — e passar mais uma noite lutando contra esqueletos monstruosos — até podermos procurar a Pedra outra vez.

Vou até Hudson e me sento ao seu lado.

— Bom dia — murmuro.

Ele ergue os olhos da página que estava lendo.

— Bom dia, Grace — responde ele, com um sorriso que nem chega a tocar seus olhos.

— Como você soube que os esqueletos eram gárgulas? — abordo a questão sem rodeios. A pergunta passou a manhã inteira queimando os meus miolos.

Eu queria esperar até estarmos a sós, mas percebo agora que preciso saber qual é o peso dos meus pecados. Não vou conseguir me concentrar em nada até saber exatamente o tamanho do estrago que causei no meu consorte — e o que posso fazer para consertá-lo.

Ele dá de ombros e replica:

— Foi só um palpite. — Mas não olha nos meus olhos.

— Hudson… — digo, e me aproximo o bastante para cobrir sua mão com a minha. — Você nunca mentiu para mim antes. Não comece a agora, por favor.

Ele se agita. E sei que o atingi com um impacto direto. E espero.

Após certo tempo, os ombros dele relaxam e ele suspira.

— Para destruir um estádio, só preciso encontrar os limites onde o ar encontra a madeira ou o concreto. E aí separo as moléculas. Mas uma pessoa, ou uma criatura, é feita de muitas partes móveis. É difícil encontrar todas as suas arestas. A menos que eu entre em suas mentes e sinta o que elas sentem. — Hudson passa a mão pelos cabelos e solta uma risada que não tem um pingo de humor. — Acho que nunca tentei explicar isso antes. Mas é mais ou menos assim... você sempre sabe onde a sua mão está, mesmo que não consiga vê-la, não é? Faço a mesma coisa. Entro na mente delas e procuro seu senso de identidade, o conhecimento de onde elas estão... e em seguida, eu as despedaço.

Solto um gemido surpreso. Meu Deus. Isso é muito pior do que eu jamais conseguiria imaginar.

— Você está com eles quando morrem, não é? — E, em seguida, prendo a respiração enquanto espero que o garoto que amo confirme que lhe pedi para morrer cinco mil vezes ontem à noite.

— Sim — ele sussurra. E não consigo conter as lágrimas que rolam pelas minhas bochechas.

— Puta merda — observa Flint. E ergo o rosto para ver todo o nosso grupo a três passos de Hudson, atrás de onde estamos. E, pelo choque no rosto de todos, eles ouviram tudo que foi dito.

Em um instante, um sorriso enorme se abre no rosto de Hudson.

— Ei, não é nada de mais. Aquelas criaturas não estavam pensando muito, de qualquer maneira. — E, quando ninguém acrescenta nenhum comentário, Hudson sussurra: — Fiz um favor a elas.

— Chastain me disse que ninguém pode morrer neste espaço. O tempo está congelado e a morte exige a passagem do tempo — explico. — Aquelas criaturas são gárgulas que não conseguem morrer. Então, acho que você fez a coisa certa e lhes deu pelo menos um pouco de paz. Mesmo que por pouco tempo.

Aperto sua mão outra vez, mas ele a recolhe para fechar o livro e se endireitar na cadeira.

— Estou vendo que Chastain está pronto para outro dia de treinamento. — E com isso Hudson efetivamente encerrando o assunto. Pelo menos, por enquanto. Continuo com a intenção de conversar com ele mais tarde. De verbalizar o quanto estou arrependida e que nunca mais vou lhe pedir para fazer uma coisa dessas. Todos fazemos escolhas e temos nossos próprios destinos. Hudson não tem a obrigação de consertar tantas coisas erradas, especialmente quando não foi o responsável por nenhuma delas.

Planejo deixar isso claro para todo mundo no jantar desta noite — logo depois de passar o dia inteiro apanhando na área de treinamento outra vez.

Conforme me afasto, me viro para abrir um sorriso rápido para Hudson por cima do ombro. Mas ele não está olhando na minha direção. Ele está fitando o local onde Moira estava na muralha, e uma expressão de dor insuportável marca seu rosto. A cena me faz parar de andar. Mas ele pisca os olhos e a expressão desaparece.

Hudson sempre usou uma máscara de indiferença para esconder suas emoções, mas dessa vez as contingências são diferentes. Mesmo quando está encostado em uma parede jogando Sudoku, ainda consigo percebê-lo no movimento preguiçoso dos dedos rolando a tela e no humor que espreita em seus olhos semicerrados. Mas este... este rapaz não é Hudson.

Este garoto é alguém que sente tanta dor que a única maneira de lidar com ela é convencer a si mesmo de que não é capaz de sentir nada.

E eu entendo. De verdade. Quando meus pais morreram, eu teria feito qualquer coisa para parar de sentir aquela dor. Mas a questão é que, sem ela, é quase impossível para uma pessoa se curar. Porque a única maneira de superá-la é passar por ela.

O truque é descobrir como se curar quando aquilo que está quebrado é você — ou pior, seu consorte.

Capítulo 84

O DISPARO DE ESTILINGUE QUE FOI OUVIDO AO REDOR DO MUNDO

Já faz duas horas que estamos nos aquecendo no campo de treinamento. E quando digo "duas horas", isso significa que Chastain nos mandou correr até que meus pulmões estejam ardendo e as minhas pernas já tenham se transformado em gelatina. É aí que ele se vira para o Exército e grita:

— Bailigh!

Todos param imediatamente o que estão fazendo e se organizam ao redor do mesmo círculo onde lutamos para escolher o Vigia da Guarda ontem.

— Não está um pouco cedo para lutar pelo cargo de Vigia da Guarda? — sussurro para Macy, mas ela simplesmente dá de ombros.

— Depois de ver aquelas criaturas ontem à noite, acho que nunca é cedo demais para descobrir quem vai ser o Vigia da Guarda esta noite — minha prima sussurra em resposta.

Quando Chastain entra no círculo, quase espero que ele me indique como a primeira Vigia da Guarda. Pelo menos, quando Izzy me nocautear de novo, vou poder passar o resto do dia na cama com Hudson, abraçando meu consorte e ajudando-o a superar o que aconteceu na noite passada.

— Irmãos, perdemos dois dos nossos soldados mais corajosos na batalha da noite passada.

O exército, em um movimento uniforme, bate com as espadas nos escudos, em concordância. Chastain prossegue.

— Teríamos perdido mais se não fosse pela nossa rainha e seus convidados. — As espadas batem contra o metal dos escudos outra vez. — Assim, considerei sua oferta de treinar conosco e nos mostrar se estamos prontos para enfrentar nossos inimigos no campo de batalha. E aceitei.

Clanc.

— Hoje nós mostraremos que as gárgulas são feitas de mais do que apenas pedra.

Clanc.

— Somos os verdadeiros protetores dos fracos.

Clanc.

— Quando os outros fogem, nós resistimos e lutamos.

Clanc.

— E não paramos até que nossos inimigos enfrentem nossa valentia.

Clanc.

— Nas pontas das nossas espadas.

O exército bate as espadas contra os escudos sem parar, num aplauso ensurdecedor até que Chastain ergue as mãos e eles se aquietam mais uma vez para ouvir sua última declaração.

— Meus irmãos... — Ele se vira em um círculo, com os braços ainda erguidos e olhando nos olhos de tantas gárgulas quanto consegue. — Chegou a hora de mostrar à nossa rainha o que uma gárgula realmente é capaz de fazer em batalha!

Conforme a multidão explode em mais uma cacofonia de espadas batendo em escudos, sou obrigada a admitir uma coisa: Chastain sabe das coisas. Ele conseguiu empolgar suas tropas e deu mais uma alfinetada no meu direito de liderar o Exército das Gárgulas. Que maravilha.

Ele olha para o meu grupo de amigos e diz:

— Qual deles vamos querer ver comer poeira primeiro? Vamos mostrar aos dragões quem realmente comanda o ar?

Clanc.

— Ou talvez ensinar aos vampiros o que realmente é a verdadeira força?

Clanc. Clanc.

— Ou o quanto as bruxas são fracas sem sua magia?

Clanc. Clanc. Clanc. Clanc.

— Mas sei o que podemos fazer. Talvez possamos mostrar como os dentes de um lobo não são páreos para o poder da nossa pedra!

Conforme a multidão irrompe em mais espadas que batem em escudos, não consigo deixar de me aproximar de Macy e sussurrar para ela:

— Cyrus precisa aprender umas coisas com esse cara sobre como ganhar uma plateia.

Que Deus nos proteja desses homens arrogantes. Afinal de contas...

Acho que não sou a única que não suporta essa postura, porque Dawud entra no ringue. Seu corpo magro e jovem parece ainda menor quando está ao lado da presença corpulenta de Chastain, coberto de peças de armadura. Não consigo evitar que um gemido mudo escape dos meus lábios, mas Dawud simplesmente abre um sorriso e me diz:

— Deixe comigo, Grace.

É uma coisa tão típica de Hudson que não consigo reprimir o sorriso que faz meus lábios se curvarem. Ê jovem lobe deve ser fã do meu consorte. Meus olhos apontam para a área coberta para ver se ele percebeu o diálogo, mas Hudson não está mais ali. Analiso ao redor, procurando todas as outras áreas de sombra espalhadas pelas proximidades do espaço de treinamento. Mas não o vejo em lugar nenhum.

— Hudson foi embora? — pergunto a Jaxon.

Ele se aproxima e sussurra na minha orelha:

— Ele foi procurar a Pedra Divina.

Confirmo com um aceno de cabeça e sinto o aperto no meu peito afrouxar. Se ele está caçando a pedra, então estamos um passo mais perto de sair desse pesadelo congelado no tempo. Um passo mais perto de vencer as Provações e dar um fim ao sofrimento das gárgulas também.

— Podemos não ter tantos segredos quanto os dragões, mas temos um ao outro — comenta Dawud.

— O que é preciso saber sobre lobos? — Uma das outras gárgulas com quem ainda não conversei solta uma risadinha. — É só evitar os dentes e as garras, e usar um pouco de prata. Isso vai colocá-los para correr com o rabo entre as pernas bem rápido. São só um bando de cães idiotas, afinal de contas.

Fico tão horrorizada pelo desprezo e preconceito naquela frase que começo a avançar para repreender a gárgula que disse isso. Afinal, a maioria dos lobisomens que conheci eram pessoas horríveis, mas Xavier era um dos melhores.

Mas, antes que eu consiga dizer alguma coisa, Dawud limpa a garganta uma ou duas vezes e responde:

— É um pouco mais complicado do que isso.

— É mesmo? — pergunta uma gárgula chamada Rodrigo. Pelo menos acho que esse é seu nome. Fomos apresentados no primeiro dia de treinamento, mas estava tão exausta ao final que não tenho certeza de que a minha memória estava funcionando direito. — Que tal nos dar uma demonstração?

— Achei que vocês quisessem uma discussão mais intelectual — responde Dawud, com um suspiro cansado. — Mas é claro que podemos fazer uma demonstração, se é isso que você quer.

— Ah, eu quero, sim — responde Rodrigo, com uma risadinha. — Me dê só um minuto.

Todos ficamos olhando enquanto ele se aproxima de outra gárgula (pelo que me lembro, ela se chama Bridget) que lhe entrega o que parece ser um anel de prata.

Ele o recebe com uma risada e o coloca no dedo, enquanto fico olhando sem acreditar.

— Espere um minuto aí — intervenho, entrando no meio do ringue. — Você não pode usar uma arma dessas em Dawud.

— Está tudo bem, Grace — diz Dawud.

— Não, nada disso. — Jaxon se aproxima. — Compartilhar o nosso conhecimento para que vocês aprendam técnicas que podem usar em batalha ou participar em um treinamento amistoso é uma coisa. Mas, com certeza, não se pode usar algo que você sabe que vai machucar alguém, ou até matar essa pessoa.

— Está tudo bem — repete Dawud. E, nesta ocasião, sua voz é ainda mais firme. — Se é assim que ele quer, é assim que vamos fazer.

Estou completamente irritada agora. Sei que Rodrigo está implicando com Dawud porque acha que elu é o elo mais fraco em nosso grupo. Apenas por ser magricela e meio nerd, seria um alvo fácil para provocações. E talvez seja mesmo. O combate não é uma das suas habilidades mais destacadas. Mas isso não significa que alguém tenha o direito de lhe causar ferimentos sérios deliberadamente.

Não na minha Corte. Em especial quando essa outra pessoa está apenas tentando ajudar.

— Dawud, não... — começo a dizer, mas sou interrompida.

— Sim, Grace. — O olhar com que Dawud me encara dessa vez diz, bem claramente, que elu não quer a minha ajuda e que eu deveria parar de atrapalhar.

Fazer isso vai contra tudo que considero certo e justo, mas acho que não me resta muito o que fazer aqui. E é por isso que dou um suspiro longo, mas não faço nenhuma outra objeção. Nem mesmo quando Rodrigo (ainda com o anel de prata no dedo) começa a girar ao redor de Dawud, cuja postura está relaxada, com as mãos soltas ao lado do corpo.

Dawud gira com Rodrigo, tendo a certeza de nunca deixar suas costas expostas para a gárgula. Mas eles só ficam girando pelo ringue por um minuto ou dois antes que Rodrigo avance, indo diretamente para o centro do círculo na tentativa de agarrar Dawud.

Dawud salta para o lado, transformando-se parcialmente durante o movimento. Quando desfere um golpe contra o ombro de Rodrigo, suas garras afiadas rasgam as roupas da gárgula.

— Mas o que... — grunhe Rodrigo, virando-se para o outro lado.

Mas Dawud simplesmente o observa com a mesma expressão tranquila e curiosa que estampa sempre em seu rosto.

— Dica número 1. Os lobos podem fazer transformações parciais.

— Ah, é mesmo? — provoca Rodrigo. — Vamos ver o que essas garras são capazes de fazer contra a pedra.

Ele assume a forma de gárgula.

— Não muita coisa — concorda Dawud, e em seguida se agacha quando Rodrigo vai golpear sua cabeça com um punho de pedra gigantesco.

Rodrigo grita de frustração por ter errado, e se vira para trás outra vez a fim de avançar sobre Dawud. Agora, quando golpeia, Dawud se joga no chão e passa uma rasteira em Rodrigo com uma velocidade surpreendente.

Observo Rodrigo cair de cara no chão de pedra. Por um momento, não consigo acreditar no que estou vendo. Eu diria que estamos testemunhando uma versão de Dawud que nenhum de nós viu antes, mas isso não seria exatamente verdade. Elu não está lutando com Rodrigo usando toda sua força. Em vez disso, está usando a cabeça, a estratégia. Está usando a força de Rodrigo contra ele mesmo.

Rodrigo rola para o lado com um grito e se levanta com um salto. Percebo que agora há uma expressão sanguinária em seu rosto e começo a ficar preocupada. Muito preocupada. Dawud se dá bem com jogos mentais (muito bem, diga-se de passagem). Mas não vai conseguir dar conta de alguém irritado como Rodrigo se a gárgula conseguir pegá-lo.

— Dica número dois — explica Dawud, alto o bastante para ser ouvido por cima dos grunhidos de Rodrigo. — Se puderem, os lobos sempre vão atacar os pés. Sempre.

— Por quê? — pergunta Artelya, em meio à multidão que assiste ao combate. Elas e as outras gárgulas ficaram bem mais interessadas no que Dawud vem ensinando nesses últimos dois minutos.

Mas a resposta é simplesmente um dar de ombros.

— É muito mais fácil atacar a jugular quando seu oponente está no chão.

Dawud afirma isso com tanta tranquilidade que levo a mão até a garganta. Não me admira que vampiros e lobos tenham se aliado. Eles têm mais coisas em comum do que eu imaginava.

Uma rápida olhada para os outros mostra que Macy, Flint e Éden foram acometidos pela mesma reação que eu: um pouco impressionados e um pouco nervosos, agora que estamos finalmente enxergando o que há por baixo da fachada calma e ligeiramente tímida de Dawud. Jaxon e Izzy, por sua vez, parecem simplesmente impressionados, mas não surpresos. Será que eles conhecem os lobos melhor do que nós? Ou porque já compreenderam Dawud de um jeito que ainda não conseguimos?

Preciso me lembrar de perguntar isso a Jaxon mais tarde. Mas Rodrigo corre para cima de Dawud, querendo usar o peso do próprio corpo como arma. E me preparo para o pior. Mas Dawud se abaixa e lhe passa a perna e o derruba outra vez. Dessa vez, entretanto, Rodrigo parece preparado. Quando cai, ele gira e golpeia com aquele punho enorme que tem o anel de prata no dedo.

E atinge Dawud bem no queixo, mandando sua cabeça para trás com o impacto. Nós soltamos um gemido de surpresa, todos juntos. E não por causa do soco (que foi bem forte), mas por causa do anel.

— Que diabo está acontecendo aqui? — Jaxon pergunta a Chastain enquanto Macy e Mekhi correm para ver se Dawud está bem. — Achei que estivéssemos treinando, não tentando matar pessoas.

Chastain não se pronuncia, mas até mesmo o general está observando Dawud com preocupação. Por ora, Dawud está com a cabeça abaixada, com a mão no lugar onde o soco acertou. Mas já consigo enxergar sangue escorrendo pelo chão.

Estou prestes a dizer que basta e ir da borda exterior do círculo de treinamento até junto de Dawud, mas elu ergue a cabeça. Seu rosto está marcado por um hematoma e um pouco inchado por causa do soco, e o canto da boca está ensanguentado. Mas, com exceção disso, parece tudo incrivelmente bem com Dawud.

— Dica número três — diz Dawud com a mesma voz calma e firme que sempre tem. — Prata não tem nenhum efeito nos lobos.

E é aí que percebo que Dawud deixou que Rodrigo lhe acertasse aquele murro — apenas para comprovar seu argumento.

Rodrigo também deve se dar conta, porque quase espuma pela boca de vontade de pegar Dawud. Isso me deixa nervosa. Com toda essa inimizade, alguém vai acabar se machucando. Embora Dawud disponha de alguns truques escondidos na manga, tenho certeza de que Rodrigo é capaz de lhe dar uma bela sova se conseguir colocar seus braços enormes de gárgula no lobo.

Por sorte, Chastain intervém antes que Rodrigo comece o quarto ataque. Rodrigo rosna com a interrupção, mas o general ergue a mão que o silencia imediatamente.

— Você nos mostrou três dicas defensivas, e nós agradecemos muito. — Os lábios de Chastain se retorcem um pouco quando ele olha para Rodrigo. — Alguns, mais do que os outros, obviamente. Mas que tal mostrar algumas dicas ofensivas? O que você faria se tivesse que atacar uma gárgula?

— O que eu faria? — repete Dawud, enxugando o sangue do canto da boca com um trapo de linho que alguém lhe entregou.

Depois de pensar na questão por um segundo, Dawud tira do bolso a pedra que pegou do corredor na nossa primeira noite aqui. E olha para a enorme área de treinamento como se à procura de alguma coisa — ou de alguém. E provavelmente encontra, porque leva a mão ao bolso de novo e diz:

— Eu faria isso.

Capítulo 85

QUEM PRECISA DE QUÍMICA QUANDO EXISTE A FÍSICA?

Uma espiada no rosto dos meus amigos informa que eles estão sentindo as mesmas coisas que eu — raiva de Chastain, medo pelo que pode acontecer com Dawud e indecisão entre intervir ou deixar acontecer o que estiver por vir.

A única pessoa do nosso grupo que não parece entrar em pânico é Dawud, que permanece tão calme e tranquile como sempre foi. Especialmente ao passo que leva a mão ao bolso e tira dali um estilingue.

É pequeno o bastante para caber no bolso de uma calça. E quando Chastain vê aquilo, reage fazendo um sinal negativo e exasperado com a cabeça. Rodrigo não se contém. A gárgula gigantesca começa a gargalhar. Inclusive, chega a dobrar o corpo e dar um tapa na coxa como se o estilingue de Dawud fosse o objeto mais engraçado que ele já viu.

— Por acaso eu deveria sentir medo desse graveto? — ele pergunta, indo até Chastain, perto da borda do círculo. E os dois trocam um olhar que diz *Consegue acreditar no que essa criança está fazendo?*

A irritação se retorce na minha barriga, e agora sinto uma vontade ainda maior de invadir o campo de treinamento — só para acertar um soco no nariz gigante daquele imbecil gigante. Mas Dawud continua impassível enquanto encaixa a pedra no estilingue, devagar e com todo o cuidado. E pela primeira vez eu me pergunto se aquele ato aparentemente aleatório de pegar um pedaço da parede do castelo tinha um propósito.

— É só isso? — pergunta Rodrigo quando vê a pedra. — Isso é tudo que você tem?

— É só disso que preciso — responde Dawud, sem se abalar.

Em seguida, estuda a distância até Rodrigo e caminha em um semicírculo, até estar exatamente na extremidade oposta dos dez metros de diâmetro da arena. A sensação que tenho é a de que todas as pessoas no campo de treinamento se inclinam para a frente agora, na tentativa de ver o que vai suceder. A lógica indica que não há nada que favoreça o lado dos lobos, mas Dawud parece tão confiante que até chego a ficar intrigada.

Pelo menos até que ele aponta o estilingue para um ponto a meio metro à direita de Rodrigo.

As gárgulas ao redor começam a rir e a vaiar. Vários assobios e insultos também surgem. Se eu fosse Dawud, tenho certeza de que iria me encolher e sair do campo. Mas elu não se abala e usa todo o tempo de que dispõe, virando-se um pouco mais para a esquerda e alinhando o estilingue com algo que não sei o que é.

— Você vai fazer alguma coisa? — pergunta Rodrigo. — Ou posso simplesmente pisoteá-lo agora?

O medo se retorce na minha barriga enquanto observo o corpo mais franzino de Dawud, o peito e os braços de Rodrigo com músculos grossos depois de passar vários séculos treinando. E concordo com Chastain. O que Dawud planeja fazer com essa pedrinha e o estilingue para derrubar essa gárgula gigante? Especialmente mirando em algo à direita do seu alvo?

Mas nem preciso me perguntar isso por muito tempo, porque, mais rápido do que meus olhos conseguem acompanhar, Dawud se lança no ar, chegando a quase dois metros de altura, e girando o corpo ao fazê-lo. O estilingue acompanha o giro e Dawud alinha seu disparo em um instante, puxando as tiras de borracha para trás até estarem retesadas e disparando a pedra em seguida — bem no joelho de Rodrigo.

Há um estalo quando a pedra o acerta, um ruído tão alto e agourento que consigo ouvi-lo mesmo a uma distância considerável. Não parece nada bom, e agora me inclino ainda mais para ver o que...

A perna de Rodrigo cede no mesmo instante e ele desaba com um urro de dor, apoiando o peso do corpo sobre os braços a fim de evitar que o joelho se choque contra o piso. Ele está com o peso apoiado nos ombros e no outro joelho. Seu joelho que foi atingido está a poucos centímetros do chão.

— Puta merda, eu vou matar você! — ele rosna para Dawud, que não parece nem um pouco abalade. Só isso já me deixa bem aturdida, considerando que Dawud acabou de arrebentar o joelho de alguém em um exercício de treinamento. Sei que as gárgulas se curam rapidamente, mas mesmo assim... Dawud arrebentou o joelho de Rodrigo.

Espero que Dawud se curve para Chastain, agora que mostrou ao general o que é capaz de fazer. Em vez disso, Dawud salta no ar de novo. E desta vez, deixa o estilingue cair no chão, no ponto onde estava.

Durante o salto, elu se transforma em lobo e pousa a metros de distância. E antes que eu consiga piscar, já está avançando contra Rodrigo. Sinto um receio forte de que o próximo ataque seja contra a jugular, esquecendo-se completamente das regras. Algo que não deveria acontecer.

Fico retorcendo as mãos, com um grito entalado no fundo da garganta enquanto faço uma prece para que Dawud não mate uma gárgula bem aqui, no meio do círculo de treinamento. Mas, pouco mais de um metro antes de alcançar Rodrigo, o lobo de Dawud salta outra vez enquanto reassume sua forma humana, acertando a mandíbula da gárgula com toda a sua força.

Por um momento, nada acontece. Mas fico esperando ver aqueles passarinhos típicos de desenho animado dando voltas ao redor da cabeça de Rodrigo. A seguir, de maneira totalmente inesperada, a gárgula tomba para a frente e cai de cara no chão. Está inconsciente e não posso afirmar que sinto pena daquele grandalhão.

Chastain chega correndo até Dawud. E o choque com a vitória do lobo está muito evidente em seu rosto.

— Como você fez isso? — ele pergunta.

— Dica número quatro — responde Dawud, dando de ombros. — Massa vezes aceleração é igual a força. Até mesmo as menores coisas podem causar um estrago enorme se o movimento for bem rápido. É importante estudar física.

— Mas por que você girou no ar antes de cada ataque? — indaga Artelya, nitidamente fascinada pela lição.

— Girar no ar daquele jeito cria torque… e torque aumenta a aceleração.

Dawud diz aquilo como se fosse a coisa mais óbvia do mundo. E talvez seja mesmo, porque Artelya concorda com um aceno de cabeça.

— Ah, sim. Sempre percebo que o meu oponente cambaleia mais para trás quando golpeio com a espada depois de um salto giratório. Mas ninguém me explicou o processo desse jeito antes — comenta ela.

Dawud não percebe que o queixo de Chastain se retesa enquanto sorri para Artelya.

— Eu era o menor filhote da minha ninhada, mas nunca fui lobo ômega.

— Vou adorar saber mais — diz ela, e elus dois começam a se afastar.

Ainda consigo escutar Dawud dizendo que sonha em um dia ser alfa da sua própria alcateia, um grupo que privilegia a inteligência em vez da força. Mas elu para e olha para trás, dando um último conselho para Chastain e as outras gárgulas que continuam no círculo de treinamento.

— Ah, e a dica número cinco… Lobos podem saltar bem alto quando estão na forma humana.

Mais uma vez, Dawud se vira e continua a andar — mas não sem antes olhar para mim e piscar o olho.

Não consigo deixar de retribuir aquilo com um sorriso. Porque somente Dawud seria capaz de usar física para vencer uma briga.

Capítulo 86

TESOURA, PRESAS, PEDRA

Várias gárgulas correm para junto de Rodrigo e colocam uma mão na terra e outra em suas costas enquanto canalizam a magia de cura para seu corpo estatelado. Eu sei, tanto quanto qualquer gárgula, que usar magia de terra para curar é um processo lento. Assim, ficamos esperando pacientemente enquanto eles curam o camarada.

Sobre a cabeça delas, um aglomerado de nuvens escuras de tempestade se aproxima, bloqueando o sol e transformando o ar à nossa volta num cinza metálico estranho que espero muito não ser um indício de que eventos ruins estão por vir.

Rodrigo se agita, atraindo minha atenção de volta para o campo de treinamento. Chastain se aproxima e ordena:

— Não o curem por completo. Vai ser bom se o joelho dele doer um pouco hoje para lembrá-lo de jamais subestimar um oponente outra vez.

É uma postura rígida. Mas preciso admitir que gostei. Realmente detesto gente com vocação para o bullying.

Chastain olha para Flint e Éden agora.

— Será que os dragões querem ser os próximos a tentar enfrentar meus guerreiros?

— Acho que vamos deixar passar, por hoje.

Chastain não parece se impressionar com aquilo, mas não diz mais nada.

Eu me aproximo de Flint e digo em voz baixa:

— Você sabe que eu não deixaria que fizessem nada para machucar os dragões.

— Sem querer ofender, Grace, mas não acho que você seria capaz de impedi-los.

Aquela resposta me irrita um pouco. Talvez porque, no fundo, sei que ele tem razão. Mesmo assim...

— Eu tenho a Coroa. Eu controlo o Exército.

Flint não parece convencido.

— Talvez. Mas não confio nem um pouco em Chastain. Não estou convencido de que o ensinar a nos derrotar seja exatamente o que ele quer.

É bom saber que não sou a única que fica incomodada com as ações de Chastain, mas não creio que ele nos trairia. Ele tem tanto a ganhar com a derrota de Cyrus quanto nós. Mesmo assim, não quero mais brigar com Flint. Por isso, simplesmente devolvo a provocação.

— Acho que você tem razão. Afinal, você é um dragão enorme e malvadão.

— Isso é verdade. — Ele sorri e finge flexionar os músculos. — Inclusive... — Ele deixa a frase morrer no ar, e seu sorriso se transforma em uma carranca num piscar de olhos.

Olho para trás para saber o que o deixou tão irritado tão depressa. Mas a única coisa que vejo é Jaxon indo até o centro do círculo de treinamento como se fosse o seu dono.

Volto a olhar para o dragão e quero perguntar o que está acontecendo, mas Flint já está se afastando do círculo, com os punhos fechados com força.

Observo a cena enquanto ele se afasta e sinto um peso no meu peito. Tudo está muito complicado agora. E não consigo descobrir um jeito de consertar as coisas, não importa o quanto tente. Sei que as coisas saíram bastante dos trilhos. E sei que não há nada que eu possa fazer para compensar todas as perdas de Flint. Mas, nesse momento, a ameaça é maior do que nunca. E nós precisamos nos unir, não nos afastar desse jeito.

— Oi. — A mão de Hudson toca o meu ombro. E quando me viro para fitá-lo, seus olhos estão mais carinhosos agora do que jamais estiveram nos últimos tempos. Deparar-me com eles não elimina a dor profunda que há dentro de mim. Mas melhora um pouco, e é mais do que eu esperava. — Resolvi aproveitar esse céu nublado súbito para vir ver como você está.

— Se tivesse chegado um pouco mais cedo, ia ver Dawud derrubando uma gárgula com o dobro de seu tamanho — Macy diz a ele com um sorriso. — Foi incrível.

Eu me encosto nele com um suspiro e absorvo aquela sua força sólida enquanto Macy faz o relato da batalha épica de Dawud. Deixo que seu calor se espalhe por mim, que espante aquela pontada de medo que vem crescendo desde que vimos Katmere cair.

Desde que percebi que nada é sólido nesse mundo de alianças mutáveis e promessas quebradas. E mais: que nada está a salvo. Não sei como lutar contra isso. E, com certeza, também não sei como vencer nessa situação.

Dentro do círculo de treinamento, Jaxon é jogado no ar e acaba deslizando pela pedra, arrastando o rosto no chão.

Hudson geme.

— Isso vai doer.

— Será que temos que parar isso? — pergunto quando Jaxon se levanta com um salto e se joga sobre uma das cinco gárgulas que estão no círculo contra ele.

A gárgula tenta pegá-lo em pleno ar, mas Jaxon já está no chão, passando uma rasteira e pousando em cima dela. Ele pega o adversário em um mata-leão e, embora não quebre seu pescoço, a ameaça fica implícita.

Um oponente está no chão. Faltam quatro. Ele se vira para enfrentar outros dois, mas, em vez de reconhecer o fato de que devia estar fora de combate, a gárgula que ele acabou de imobilizar se agita e agarra Jaxon, que não espera o ataque. Segundos depois, Jaxon é golpeado e sai voando de novo pelo ambiente — e, dessa vez, se arrebenta em uma parede com tanta força que faz balançar o candelabro pendurado no teto.

— Não consigo mais assistir a isso — diz Hudson. No começo, penso que ele vai seguir Flint e sair dali.

Mas, em vez disso, ele acelera até onde Jaxon balança a cabeça para clarear as ideias. Fico observando enquanto ele lhe oferece a mão e diz algo que faz Jaxon revirar os olhos e rir ao mesmo tempo.

Conforme voltam para o Círculo, Jaxon agita o braço em um gesto que indica *fique à vontade.*

— Aproveite e mergulhe de cabeça, irmão — zomba ele. — Me mostre como se faz.

— Ah, sim. Não se anime tanto — rebate Hudson. — Não sei se você é capaz de lidar com o jeito que se faz as coisas.

Os olhos de Jaxon se estreitam.

— Não abuse da sorte.

— Está vendo? É por isso que somos diferentes. — Hudson abre um sorriso. — Para você, é questão de sorte. Para mim, é simplesmente habilidade pura.

Por um segundo, tenho a impressão de que Jaxon vai mandar as gárgulas às favas e partir para cima de Hudson por conta própria. Mas ele simplesmente ri e ergue as mãos em um sinal de paz, que tenho quase certeza de que significa que ele está mandando o irmão à merda no estilo britânico antes de voltar para a borda do círculo.

Observo Isadora, sentada em um dos bancos de pedra mais ao lado, sozinha. Ela está ali desde o início do treinamento, com uma expressão de tédio no rosto. No começo, imaginei que isso aconteceu porque ela não estava muito disposta a ajudar o Exército a aprender como derrotar seu pai. Mas ela fica um pouco mais atenta quando Hudson se posiciona diante de sete gárgulas de aparência bem ameaçadora.

— A primeira coisa que vocês precisam saber sobre lutar contra vampiros é que nós somos mais rápidos do que vocês — declara ele, saltando para trás a fim de evitar um golpe poderoso de uma espada na altura da barriga. — E nossos reflexos são melhores.

Para provar, ele golpeia com a mão e faz uma gárgula voar para trás antes que ela percebesse que Hudson ia atacar.

— Vocês não conseguem nos acompanhar em um combate individual. Ele se vira para trás e acerta um pontapé na barriga de outra gárgula com tanta força que a faz cair sentada no chão, a metros de distância.

— Ou mesmo em uma luta de dois contra um. — Hudson abre um sorriso torto. — Mas isso só significa que vocês não devem tentar lutar para vencer logo no começo. O importante é tentar cansar o adversário.

Ele se curva e acerta um ataque contra outra gárgula, fazendo-a rolar para trás. Em seguida, a segura por um braço e uma perna antes de girá-lo como numa competição de arremesso de disco contra a gárgula em que acertou um chute no estômago há alguns momentos. O pobre rapaz havia acabado de conseguir se levantar depois do golpe, e agora jaz no chão outra vez, com o corpo da maior gárgula do campo de treinamento em cima do seu.

— Como assim? — questiona Chastain, andando em círculos ao redor dos combates. Ele observa cada movimento de Hudson com interesse. E isso me deixa apreensiva, lembrando-me das palavras de Flint. Será que ele realmente está tentando aprender a derrotar o exército de Cyrus ou está procurando uma fraqueza específica no meu consorte?

O fato de eu não saber a resposta é um problema que vou ter de enfrentar assim que for possível. O objetivo principal é podermos vencer as Provações para curá-los do veneno para que nos ajudem a derrotar Cyrus e usar a Coroa. Sempre presumi que o Exército iria querer fazer exatamente isso: castigar o vampiro que os envenenou e os deixou presos aqui por um milênio. Mas... E se eu estiver errada? E se tudo que elas quiserem é ser libertadas para finalmente começar a viver outra vez, viver de verdade?

Talvez Chastain sonhe em encontrar uma consorte algum dia. E de se aposentar em algum pequeno vilarejo na Irlanda. Tento imaginar que a maior preocupação desse poderoso general não seria nada além de cuidar de uma pequena horta e defender seu lar de uma tempestade ocasional.

— Pare de abaixar o ombro, Thomas! — esbraveja Chastain quando Hudson joga outra gárgula pela área de treinamento e a faz cair com um *bonk* dolorido.

Esboço um gesto negativo com a cabeça. Chastain nasceu para liderar. E, se a tensão em seu queixo toda vez que Hudson rechaça um atacante é um sinal, Chastain não consegue tolerar o sofrimento de alguém em seu exército. É claro que ele vai querer impedir que Cyrus volte a causar mal às gárgulas.

— Vocês não vão conseguir correr mais rápido do que os vampiros. E também não vão conseguir atacá-los se tiverem uma habilidade superior. Nossos reflexos são rápidos demais. Assim, a melhor tática é esgotar o exército de Cyrus.

Para provar seu argumento, ele se agacha no último instante e evita um ataque que vem de trás. Em seguida, gira bem rápido e desfere uma sequência de três socos em uma gárgula que mal havia começado a se colocar numa postura de combate.

— E como você sugere que podemos fazer isso? — pergunta Chastain.

— Faça com que acelerem. Várias e várias vezes. Nossa habilidade de acelerar não é ilimitada. É algo que demanda muita energia, e que, após um tempo, nos deixa exaustos. Vocês têm asas. Usem-nas. Façam com que acelerem para tentar pegá-los. Façam com que saltem para tentar pegá-los. Cedo ou tarde eles vão ficar cansados. E aí vocês atacam.

Ele gira com uma velocidade sobrenatural e, com um movimento poderoso do braço, derruba três gárgulas com força no chão.

A luta começa bem encarniçada outra vez. Agora são oito gárgulas que avançam sobre Hudson em um movimento coordenado. Ele consegue sair debaixo delas e avança correndo pelo círculo de treinamento. Elas o perseguem a pé e pelo ar. Mas no exato momento que ele parece encurralado, Jaxon entra no combate.

Ele usa seu poder telecinético e paira a vários metros do chão; no ar, consegue agarrar as gárgulas que voam, uma de cada vez, e as arremessa na direção de Hudson. Que as agarra em pleno voo e as joga com toda a força no chão.

Sei que este é o meu exército e que eu devia estar escandalizada pela surra que estão levando. Mas a verdade é que o meu consorte e seu irmão estão dando um show incrível. Para dois rapazes que passaram brigando a maior parte do tempo em que estavam juntos, eles sabem agir muito bem em equipe.

Espio Isadora mais uma vez, que está inclinada para a frente agora, com os cotovelos apoiados nas coxas enquanto observa a batalha com um interesse que nunca encontrei em seu olhar antes. Ela chega até mesmo a gemer quando uma das gárgulas consegue acertar uma bela pancada em Jaxon.

— Você não precisa ficar do outro lado, sabia? — Mesmo quando digo essas palavras, pondero se estou cometendo um erro. Mas há alguma coisa nos olhos dela, algo que existe por baixo de todo aquele gelo e empáfia. Algo que me faz pensar que há mais nuances ali também. Tipo o fato de que ela é muito parecida com Hudson.

— Não sei do que você está falando. — O gelo está de volta, em dobro.

— Estou só dizendo que há outras maneiras de viver além de ficar sob as botas de Cyrus. Hudson conseguiu descobrir. E você pode fazer o mesmo.

— Você é mesmo uma gracinha, não é? — ela responde, bem ácida.

— Estou só dizendo que...

— Sei o que você está dizendo — ela rosna. — E quem diabos você pensa que é para saber o que eu quero?

— Eu não sei — é a minha resposta. — Só sei que é bem melhor ter alguém junto de você do que passar o tempo todo sozinha.

Isadora não responde, mas por um único segundo parece vulnerável.

Decido aumentar a pressão, mesmo ciente de que provavelmente isso é uma estupidez.

— Você tem dois irmãos incríveis. Sou a primeira a admitir que os dois são insuportáveis, mas também são pessoas muito boas. E são capazes de fazer qualquer coisa pelas pessoas que amam.

— Qualquer coisa por você, não é? — ela retruca. E qualquer indício de vulnerabilidade já está enterrado mais uma vez embaixo de uma montanha de rebeldia.

— Por mim? Sim. Com toda a certeza. Mas também por Macy, Mekhi, Flint, Éden e os outros. Quando aceitam seu afeto por alguém, eles nunca recuam. — Mantenho-me em silêncio e contemplo as nuvens escuras ainda se amontoando e bloqueando a luz do sol. E conjecturo por um minuto se é um presságio do que está para acontecer conosco, ou talvez a esperança de que toda essa dor logo vai passar. De qualquer maneira, a mudança se aproxima. Volto a olhar para Isadora e arrisco mais uma vez: — Você já faz parte da família deles. Esse amor e proteção podem ser seus, se quiser.

Isadora morde o lábio inferior e volta a olhar para o círculo de treinamento, onde Jaxon e Hudson acabaram de destroçar seus adversários. Eles estão no centro do círculo, com as mãos nos quadris e se entreolhando com sorrisos enquanto oito gárgulas gemem de dor ao seu redor.

Sinto meu coração derreter um pouco ante aquela imagem, mas parece que ela causa o efeito oposto em Isadora, que se vira para trás, revirando os olhos de maneira deliberada.

— Toda essa meiguice pode funcionar para você. Mas, se tem uma lição que aprendi com Cyrus, é a seguinte: nada é dado de graça. E, francamente, prefiro continuar com o plano de pagamento que já está em vigor.

Capítulo 87

ESFAQUEAR PRIMEIRO
E PENSAR DEPOIS

Fico esperando que ela vá embora, mas, em vez disso, Isadora para do outro lado do círculo e observa enquanto outro grupo de soldados desafia Hudson e Jaxon. Dessa vez, há dez deles. E, a julgar pelas insígnias em suas túnicas, são membros de alguma espécie de guarda de elite. E parecem querer estraçalhar os dois.

Meu estômago se retorce. Sendo bem sincera, sinto uma pontada de medo. Não porque não tenho fé em Hudson e Jaxon, mas porque esses são dez dos melhores combatentes em todo o Exército das Gárgulas. Além disso, estão usando somente suas habilidades vampíricas para treinar, não os seus poderes especiais.

Isso é muito para se pedir a alguém.

Mas parece que me preocupei por nada, porque os dois se livram bem rápido dos ataques desses guardas também. A guarda alta com um coque loiro no alto da cabeça é a que dá mais trabalho para Jaxon enquanto o enfrenta. Mas até mesmo ela cai no chão sentada depois de uns dez minutos.

Hudson estende a mão para ajudá-la a se levantar enquanto Jaxon se aproxima de outro guarda para conversar.

Mas, quando Hudson vem para junto dele, do lado externo do círculo de treinamento, Isadora anuncia:

— Tenho a impressão de que vocês precisam de um desafio de verdade.

Ela olha para Chastain, que anuncia:

— Izzy. Mostre-nos alguma coisa que ainda não vimos.

— Ah, garanto que vocês nunca viram uma coisa dessas antes — declara ela. — A menos que Hudson esteja cansado demais, é claro.

Hudson ergue uma sobrancelha e se vira para encarar a irmã, que o observa com o pé apoiado em um banco largo e uma faca na mão.

— Mas é claro. Vamos mostrar a eles o que é uma luta de verdade.

— "Mas é claro" — ela o imita enquanto sai de trás do banco e vai andando até ele, mo vendo o corpo com um balanço arrogante. — Mas, para ser honesta, não sei se esse combate vai ser dos melhores.

Os olhos de Hudson se estreitam ante o desafio. Embora todas as pessoas ao redor assobiem e vibrem, eu o conheço muito bem para perceber que ele está dividido. Hudson não quer lutar contra a irmã, mas também não quer rechaçar a primeira ocasião na qual ela demonstrou interesse por ele.

— Só há uma maneira de descobrir — ele responde, finalmente. — Mas você vai ter que parar de falar para que isso aconteça.

Dessa vez são os olhos de Isadora que se estreitam. Ela vai responder, mas pensa melhor no caso por causa daquele último comentário. E se contenta em desfilar até o centro do círculo de treinamento.

E... posso dizer uma coisa? Vampiros. É impossível não os amar. Mas eles têm um jeito estranho de mostrar que o amor é recíproco. Em geral fazem isso quando não matam as pessoas. É melhor do que a alternativa. Mas é bem engraçado quando visto de fora.

— Me avise quando quiser começar, *mana* — comenta Hudson enquanto os dois se encaram no círculo.

— Achei que já tivesse começado — responde Isadora, arremessando uma faca.

É um choque, tanto para Hudson quanto para o restante do público. E solto um gemido quando a lâmina passa cortando a lateral do bíceps esquerdo de Hudson. Contudo, isso não parece o abalar. Ele simplesmente ergue a sobrancelha e pergunta:

— Vai ser assim, então?

— Vai ser como sempre é — responde ela, acelerando para atravessar o círculo e arrancando uma espada montante das mãos de uma das guardas gárgulas. No instante que os dedos dela se fecham ao redor da empunhadura, Izzy desfere um golpe contra as costas de Hudson.

Assim, a parte sobre "não matar" está mais para escolha do que para pré-requisito. E tal ideia não me parece nem um pouco reconfortante.

— Hudson! — berro, com o coração na garganta.

Mas ele já está em movimento antes que o primeiro som saia pela minha boca, jogando-se no chão e passando uma rasteira tão rápida em Isadora que ela chega a planar por um segundo em pleno ar antes que o restante do seu corpo perceba que não há mais nada sobre o que se apoiar.

Ela bate com força no chão, mas se levanta quase com a mesma velocidade. E agora parece bem irritada — o que até me parece meio ridículo, considerando a maneira com que ela começou esse treinamento, que se transformou em um duelo mortal.

Dessa vez, quando ataca com a espada, ela tenta cortá-lo em dois. E se Hudson demorasse um milissegundo a mais para se mover, ela teria conseguido. Do jeito que os eventos acontecem, a ponta da lâmina passa raspando pela sua barriga, deixando um buraco na camisa e uma linha fina de sangue em seu tronco.

— Ei, Hudson! — grita Éden. E Hudson se vira bem a tempo de pegar a espada que a dragão arremessa para ele, ainda em pleno ar.

Ele coloca a espada em posição de combate quando completa o giro. E o som de aço batendo contra aço ecoa pelo lugar. Se é possível que isso aconteça, Isadora parece ainda mais furiosa. Mas não sei quem realmente é o alvo da sua raiva. Hudson, por bloquear seu golpe, ou Éden, por ter lhe jogado a espada para fazê-lo.

Mas a pergunta é respondida quando ela dá um grito horrível na próxima vez em que golpeia de cima para baixo, tentando acertar a cabeça de Hudson — ou, mais especificamente, tentando decapitá-lo.

Por isso, ela está definitivamente mais irritada com Hudson — em particular, quando o meu consorte ergue a espada a fim de bloquear seu golpe com força suficiente para fazer com que Isadora solte a arma, que sai girando pelos ares. Éden salta e a agarra. Por um segundo, tenho a impressão de que ela vai jogá-la de volta para Isadora. Mas a expressão de completo desprezo existente nos olhos da vampira deve fazer Éden mudar de ideia, porque ela continua a segurar a espada com firmeza.

Isadora encara Hudson com uma expressão de chacota.

— Qual é a sensação de saber que você é tão patético a ponto de seus amigos precisarem trapacear para ajudá-lo a vencer?

— É uma sensação muito boa — responde ele. — Significa que tenho amigos.

Isadora saca uma faca do cinto e a arremessa contra Hudson. Ele acelera centímetros para a esquerda, e a faca passa voando ao lado dele. E teria se enfiado em uma das gárgulas que assistem a tudo se ela não tivesse se transformado em pedra no último instante. Por sorte, a lâmina bate no corpo de pedra e cai no chão.

Mas Hudson já se virou para ver onde a faca cairia — provavelmente para saber se teria de acelerar e se colocar diante de alguém que estivesse na trajetória da faca. E essa é a abertura de que Isadora precisava. Em um piscar de olhos, ela acelera contra Hudson, agarrando seu braço sem parar de acelerar e usando o impulso para jogá-lo do outro lado do campo. Sinto a minha respiração ficar presa na garganta enquanto ele desliza pelo chão como uma boneca de pano, parando dentro das portas gigantes que levam até o Grande Salão.

Hudson já está em pé outra vez quando Isadora acelera para chegar ao Grande Salão e o pegar. Nós e o restante dos espectadores atravessamos o campo a toda velocidade para ver o que vai acontecer a seguir. Mas Isadora salta logo antes de alcançar Hudson e faz uma manobra de *parkour* pelo centro da muralha mais próxima, de modo que consegue voar até o enorme candelabro de ferro, fixado a quinze metros acima do piso do salão de baile.

Quando o alcança, ela segura na sua borda e fica pendurada ali, girando por um segundo ou dois. Mal tenho tempo de me perguntar o que ela está fazendo antes que apoie o pé na barra lateral do candelabro, quase virando o artefato de cabeça para baixo no processo. Em seguida, usando o pé para tomar impulso, ela arranca toda a barra de sustentação que está embaixo do candelabro.

A multidão solta um gemido aflito quando a barra se solta e começa a cair, mas Isadora mal percebe. Em vez disso, ela gira enquanto ainda está no ar para pousar em pé, empunhando a barra pesada de ferro atrás da cabeça.

Nunca vi nada parecido com isso; aparentemente, Hudson também não, porque seus olhos se arregalam um pouco com o que está acontecendo. Sou obrigada a admitir que ela é poderosa pra caralho — algo que eu até poderia admirar se ela não estivesse tentando matar o meu consorte neste momento.

Mas ela realmente é. Por isso, fico bem mais preocupada e bem menos impressionada com o que aconteceria em outra ocasião. Especialmente quando ela urra (sim, urra) ao tentar golpear a cabeça de Hudson com a barra de ferro.

Ele ergue a espada para defletir o golpe, mas Isadora simplesmente gira e ataca outra vez. Esse golpe o acerta no ombro e a garota aproveita para provocá-lo:

— Talvez você se distraísse menos se deixasse que o nosso pai o treinasse.

Dessa vez é Hudson que golpeia com a espada, e Isadora mal consegue posicionar a barra de ferro a tempo de impedir que sua perna seja decepada.

— Ah, é claro. Talvez, se você passasse menos tempo puxando o saco do nosso pai, conseguiria aprender a pensar com a própria cabeça.

Sua única resposta é um sibilo por entre os dentes e outro golpe com a barra de ferro. Ela tenta golpear baixo, mas Hudson salta por cima da barra.

Isadora golpeia de novo e Hudson bloqueia o movimento com sua espada.

— Acha que eu tive escolha? — ela pergunta. — Depois que você sumiu, eu não tive escolha.

Hudson golpeia dessa vez, e Isadora dá uma pirueta para trás, passando por cima da lâmina.

— Sempre existe uma escolha — retruca Hudson. — Você simplesmente não teve a coragem de fazê-la.

— Fiz o que precisei fazer — rosna Isadora enquanto sobe a parede mais próxima correndo. Ela desce imediatamente, batendo com a barra de ferro na espada de Hudson com toda a força.

Ele se desequilibra um pouco, mas se recupera e faz uma investida forte com a espada. Tudo acontece tão rápido que Isadora mal consegue erguer o ferro a tempo; ela acaba caindo de joelhos sob a força do golpe.

— Você está fazendo o que quer — ele grunhe para ela em resposta. — Sem pensar em quem pode se machucar.

Bem quando ele golpeia outra vez com a espada, de cima para baixo, ela se afasta com um rolamento e salta em busca de se levantar. Os dois estão levando o combate bem a sério. Nada mais de conversa e nada de exibir suas habilidades; somente um golpe poderoso depois do outro conforme a batalha se alonga sem parar.

Os dois estão ofegantes agora, e estão ficando cansados. As armas não golpeiam com a mesma velocidade e os bloqueios com as reações não são tão fortes. Nenhum dos dois está disposto a desistir, mas nenhum dos dois consegue superar o outro também. Decidi que vou ter de intervir e dar um fim à briga antes que alguém morra. Mas é nesse momento que Hudson finalmente percebe uma brecha nas defesas de Isadora.

Avançando sobre ela, Hudson grita:

— Já chega! — E desfere um chute brutal em seu plexo solar.

Izzy sai pelos ares com o impacto, projetada a uns três metros de altura antes de se esborrachar na beirada do círculo de treinamento. E, ela bate nas pedras duras e implacáveis, a mão firme que segura o cano de ferro relaxa e a arma cai a metros de distância.

Capítulo 88

NÃO HÁ NADA QUE DIGA "EU TE AMO" TANTO QUANTO UMA ADAGA NO CORAÇÃO

Os espectadores soltam um gemido aflito. Até mesmo Hudson parece preocupado, largando a espada enquanto corre para junto dela.

Mas basta ele dar alguns passos antes que Isadora volte a ficar em pé. E, agora, ela está incandescente de fúria.

— Você acha que me conhece? — ela grita.

Segundos depois, uma adaga passa voando pela bochecha de Hudson e todos os que estão naquele lado do salão se espalham para não serem atingidos pela lâmina (e por qualquer outro objeto que ela decida arremessar).

— Você não sabe nada sobre mim! — Outra adaga voa direto na direção dele. E Hudson precisa mergulhar para o lado para não ser atingido. — Você acha que esta é a vida que eu escolhi para mim? — ela pergunta.

Outras duas adagas são atiradas contra o coração dele, e o meu coração para de bater até que ele salta a quase dois metros do chão para evitá-las.

— Você acha que eu queria ser a filha bastarda de Cyrus?

Mais uma adaga passa voando. Essa lâmina é longa e tem uma aparência maligna. Hudson não consegue se esquivar rápido o bastante para evitar um corte no ombro. O sangue começa a escorrer pela manga rasgada da sua túnica.

— Outra arma para ele usar contra a sua consorte?

Dessa vez, ela atira uma adaga negra para acertá-lo no olho. Todas as pessoas soltam gritos horrorizados e prendo a respiração até que Hudson consegue se agachar para evitar o projétil.

Minhas palmas estão encharcadas agora. E o meu coração está batendo rápido demais. O pânico é uma ave selvagem dentro de mim, batendo as asas contra o meu peito enquanto tento descobrir o que posso fazer. Tenho vontade de intervir, mas meu instinto me diz que Hudson não vai gostar se eu o fizer. Que, seja lá o que estiver acontecendo, é uma questão que concerne apenas a ele e à sua irmã.

Mesmo assim, sabê-lo não torna mais fácil ficar à margem dos acontecimentos. E, com toda a certeza, não torna mais fácil assistir a tudo que está acontecendo.

— Você pode dizer que eu tive escolha, mas isso não é verdade para mim. — Ela atira mais uma adaga rumo ao coração dele, mas Hudson desvia com alguns passos para o lado. — Eu só tive uma escolha. Uma! — esbraveja ela por entre os dentes.

Dessa vez, a adaga que voa contra Hudson é curta, com um rubi grande incrustado na empunhadura. Ele se esquiva no último instante.

— Tenha valor.

Outra adaga, outra esquiva.

— Ou não tenha valor nenhum.

Outra adaga, outra esquiva.

— Seja uma filha obediente.

Mais duas adagas disparadas em rápida sucessão.

Hudson desiste de tentar desviar das lâminas; elas estão chegando rápido demais e ele está ficando cansado. Assim, ele simplesmente as desintegra antes que consigam tocá-lo.

Mas isso só parece enfurecer Isadora ainda mais — algo que eu não achava ser possível até ela atirar uma saraivada de adagas como jamais vi antes. Uma depois da outra, sem parar. Cada vez mais rápido.

Hudson desintegra todas elas, o que faz com que sua irmã simplesmente aumente a velocidade dos arremessos.

— Ou fique trancada em uma cripta.

Mais seis adagas. Uma para cada palavra.

O fato de que Hudson desintegrou todas elas deveria fazer com que ela reconsiderasse suas ações. Mas sua fúria só a faz arremessar ainda mais rápido, até que suas palavras e facas voam exatamente ao mesmo tempo.

— Depois...

Mais uma adaga.

— ... de...

Mais uma adaga.

— ... mil...

Mais uma adaga.

— ... anos.

Mais uma adaga.

— Eu faria...

Duas adagas, uma para cada palavra.

— ... qualquer coisa.

Mais uma adaga.

— Eu mataria…

Mais uma adaga.

— … qualquer pessoa…

Mais uma adaga.

— … para não voltar.

Uma saraivada de adagas, uma depois da outra, tão rápidas e numa quantidade tão grande que Hudson mal tem tempo de desintegrar todas antes que elas o alcancem agora.

— Eu nunca vou voltar para lá.

Mais uma adaga. Dessa vez, arremessada diretamente contra sua garganta.

Hudson faz um gesto e a desintegra. Mas a expressão no rosto dele revela que não importa se a faca o acertou ou não. As palavras da irmã cortam mais fundo do que qualquer faca seria capaz. Talvez ainda mais profundamente.

— Isadora, eu…

— Não se atreva a se dirigir a mim — ela retruca por entre os dentes. E então, como algo saído de um filme de terror, ela atira uma última adaga que voa direto rumo ao coração de Hudson, mas, quando ele faz o gesto para desintegrá-la, a adaga se reconstrói como se sua trajetória não tivesse sido interrompida e agora está a poucos centímetros do seu peito; perto demais e rápido demais para que ele acelere e desvie.

— Hudson, mova-se! — grito. — Rápido!

Meu aviso chega tarde demais. A adaga fica cravada em seu ombro.

Mas, no melhor e mais desgraçado estilo dos vampiros, Hudson mal parece perceber que está com uma faca fincada no corpo. Em vez disso, ele está completamente concentrado em Isadora — e no que ela acabou de tornar possível.

— Como? — ele pergunta, com os olhos azuis fixos nela como dois lasers.

— Eu já lhe disse que sou algo completamente diferente — ela responde, erguendo o queixo de maneira bem desafiadora. — Não tenho culpa por você não querer acreditar em mim.

Com essas palavras, ela dá meia-volta e vai embora.

E as pessoas que estão assistindo se afastam para permitir sua passagem.

Capítulo 89

REMOVENDO O QUE É VELHO PARA ENCONTRAR A PISTA

No instante que Isadora sai do círculo, eu corro para junto de Hudson.

— Você está bem? — indago, examinando seu ombro ao redor da lâmina da adaga. — O que eu posso fazer?

— Estou bem — ele responde, mas continua observando sua irmã ir embora.

— Sem querer ofender, mas você está com uma adaga enfiada no ombro — declaro. — Eu não chamaria isso de "estar bem" em nenhum mundo. Nem mesmo neste.

— Foi uma luta impressionante — comenta Chastain, atrás de mim. — E isso vale para vocês dois.

— Temos uma clínica? — pergunto.

— Uma... clínica? — Ele parece confuso, e pela milionésima vez eu preciso me lembrar de que estamos congelados no tempo, no meio da porra do século onze.

— Um lugar onde possamos ir e ele possa descansar enquanto ajudo a curá-lo.

— Gárgulas normalmente não precisam de clínicas. — Chastain me fita com desdém. — E o seu vampiro também não deveria, com um ferimento sem importância como esse.

— Sem importância? — Volto a olhar para Hudson, me perguntando se, talvez, imaginei Isadora reagregando a adaga e enfiando a lâmina no corpo do meu consorte. Mas não, a adaga definitivamente continua ali. Assim como o sangue ao redor do ferimento. — Ele está sangrando! E está empalado!

— Não por muito tempo — diz Hudson. Em seguida, ele leva a mão ao ombro e arranca a adaga sem nem se abalar.

— Me deixe ver. — Eu me aproximo e começo a examinar o ferimento enquanto me preparo para reunir energia para curá-lo. Em seguida, observo, com os olhos arregalados, conforme a ferida começa a se curar sozinha.

— É simples assim? — questiono, embora esteja literalmente observando a pele rasgada se fechar.

Hudson sorri para mim.

— É simples assim.

Faço um sinal negativo com a cabeça e solto o ar longamente, soprando devagar. É claro que sei que os vampiros se curam depressa, especialmente se for um ferimento superficial. A questão é que não costumo ver tantos ferimentos superficiais — especialmente no meu consorte. Todo vampiro machucado que já vi havia sido ferido mortalmente e era incapaz de se curar.

Agora que penso no assunto, tem tudo a ver. Vampiros se curam ágil e discretamente, quando podem. E, se não puderem, isso é porque já estão feridos demais para conseguirem tomar qualquer atitude.

Em questão de segundos, o ombro de Hudson está completamente curado, com exceção de um hematoma feio. Assim como vários cortes das outras adagas que a pequena sociopata de Cyrus arremessou nele.

— Mas que diabos foi aquilo? — pergunta Éden quando chega por trás de Hudson, com uma expressão tão confusa quanto eu me sinto.

Flint também se junta a nós.

— Aquela garota tem problemas.

— Aquela garota é uma *guerreira* — esbraveja Chastain.

— O que você disse? — pergunto quando a indignação toma o lugar do medo que restava dentro de mim. — Você acha que atirar adagas contra o meu consorte desarmado faz dela uma guerreira?

— Acho que o coração de Isadora faz dela uma guerreira — responde ele, observando as adagas fincadas nas paredes e tapeçarias atrás de nós, assim como as outras que estão espalhadas pelo chão. — Veja todas essas adagas que ela atirou nele. Isso demonstra muito comprometimento.

— Demonstra muito de alguma coisa — resmunga Flint por entre os dentes.

— Foi um chilique — declaro a ele, totalmente sem entender o que Isadora fez que ele acha tão impressionante. — Ela teve um chilique imprudente e perigoso. E você acha que isso faz dela uma guerreira.

— Acho que ela se comprometeu a seguir um caminho e estava disposta a morrer por ele. É o que guerreiros fazem.

É a coisa mais ridícula e tacanha que já ouvi. E, considerando que Cyrus Vega tentou me enganar e me fazer achar que eu não era inteligente, é algo bem significativo.

Mas, convenhamos. É um absurdo colocar alguém em um pedestal só porque ela surta de maneira tão espetacular. Claro, nenhum de nós foi capaz de tirar os olhos da cena. Mas isso aconteceu porque havia um desastre em andamento, não porque fosse algo digno de admiração.

E eu entendo. O que Isadora contou foi horrível. O que aconteceu com ela nas mãos de Cyrus foi horrível. Ninguém duvida disso. E ninguém nega o fato também. Mas isso não lhe dá o direito de descontar toda a sua fúria e dor em Hudson, que nunca lhe fez nada, em toda a sua vida. Ele nem sabia que ela existia até dois ou três dias atrás. E Isadora estava firmemente ao lado do seu pai durante todo esse tempo.

Por isso, o que ela quer dele, para ser mais precisa? E o que exatamente Chastain vê na crise psicótica de Isadora a ponto de ficar nitidamente impressionado?

Afirmo a mim mesma que isso não tem importância. Digo que preciso me concentrar em Hudson e em ficar de boca fechada. Mas a verdade é que isso tem importância, sim. Estou aqui me acabando nos treinamentos para tentar impressioná-lo. E não tentei matar ninguém nem uma vez. Tenho certeza de que isso deveria me dar alguns pontos.

Sem querer citar um comediante que já está morto há muito tempo, mas o que uma rainha precisa fazer para conquistar um pouco de respeito por aqui?

Mas, mesmo quando faço essa pergunta para mim mesma, percebo que nunca vamos enxergar a questão da mesma forma. Não somente pelo fato de Isadora ser ou não uma "guerreira", mas em todo o processo de como governar. E talvez esteja na hora de eu parar de me esforçar tanto.

Talvez, esteja na hora de eu parar de tentar agradá-lo.

Talvez, esteja na hora de eu parar de tentar me encaixar em um molde que nunca nem vi.

Talvez, esteja na hora de parar de tentar ser a rainha que ele acha que eu deveria ser, e ser a rainha que eu quero ser.

Deus sabe que é impossível eu ser pior do que ele já acha que sou.

E é por isso que enfim paro de tentar conquistar o respeito de Chastain e simplesmente verbalizo meus pensamentos:

— Na minha concepção, um grande guerreiro é alguém disposto a morrer pelo que acredita, pelas pessoas que ama, pelas pessoas que jurou proteger. Isadora não morreria para proteger ninguém além de si mesma. — Faço um gesto negativo com a cabeça. — Mas parece que temos definições bem diferentes sobre as coisas pelas quais vale a pena morrer.

Fico esperando que Chastain se manifeste, mas ele não tem mais nada a dizer. Pelo menos, não para mim. Não sei por que ainda me surpreendo com isso. Em vez disso, o general vai até o beiral de madeira de uma das janelas onde algumas das adagas de Isadora continuam fincadas. E permanece ali, contemplando as facas por alguns momentos e em seguida arranca uma delas da parede.

Quando o faz, a pedra laranja grande incrustada em seu anel reflete a luz.

E me sinto congelar por dentro. Porque, depois de passar todos esses dias procurando, eu finalmente encontrei a Pedra Divina. Estava bem debaixo do meu nariz, o tempo todo.

Não sei como descobri se tratar da Pedra Divina, mas tenho certeza. É como se ela estivesse me chamando de volta para casa. Uma sensação de ser envolvida pelos braços da minha mãe preenche meus sentidos, atiça as recordações do abraço amoroso da minha mãe e quase faz com que meus joelhos cedam ao peso do corpo. Cambaleio um pouco para o lado, estendendo a mão para me segurar em uma mesa conforme uma onda de poder após a outra passa por mim.

Encaro Hudson com os olhos arregalados. E percebo que ele também já entendeu. Talvez ele consiga sentir o mesmo chamado que eu. Ou talvez ele seja simplesmente inteligente o bastante para se dar conta de que Chastain jamais consideraria que alguém seria forte o suficiente para guardar a Pedra além de si mesmo.

Antes que eu consiga me refrear, comento:

— O seu anel é muito bonito. É um âmbar incrível. Acho que nunca vi uma joia dessa cor antes.

Hudson me encara com um olhar que só falta dizer *será que você consegue ser mais óbvia?* no rosto, mas Chastain ainda está de frente para a janela. Assim, por sorte, ele não percebe. Mas o general olha para o anel. E, quando se vira para olhar para mim outra vez, há uma satisfação feroz em seu olhar.

— Este anel é usado pela pessoa que provou ser a mais poderosa no Exército das Gárgulas. Em um momento ou outro, quase todo mundo nessa Corte já me desafiou para poder usá-lo. Somente uma pessoa conseguiu. — Ele sorri para Artelya, que está em pé, com uma expressão firme e orgulhosa a alguns metros de distância.

— Somente por um dia — ela responde. Mas isso não diminui o orgulho em seu olhar ou a força em seus ombros. — Só fiquei com ele por um dia antes que você me desafiasse e conquistasse o anel de volta.

Ele inclina a cabeça.

— Haverá um dia em que o aluno será melhor do que o professor. Mas esse dia não é hoje, mesmo que o professor esteja cansado. — Ele olha para o corredor pelo qual Isadora se foi quando fez sua saída triunfal. E diz: — Talvez a *bean ghaiscíoch ceann dearg* seja quem finalmente vai se mostrar digna.

Não preciso entender gaélico para supor que ele disse algo sobre Isadora ser uma guerreira novamente. E seria mentira se eu dissesse que isso não me irritou.

— E a rainha das gárgulas não seria? — A pergunta sai pela minha boca antes que eu consiga detê-la.

Chastain simplesmente responde:

— Esta responsabilidade está reservada somente para os corações mais corajosos.

Uau. Isso me acerta bem onde dói, apesar do discurso motivacional que acabei de fazer para mim mesma.

— Como sabe que nunca vou usar esse anel? — pergunto quando uma ideia se forma na minha cabeça. — E se eu quiser desafiar você?

Sei que é uma jogada arriscada; Chastain não se tornou o líder do Exército das Gárgulas por não saber o que estava fazendo. Mesmo assim, é alguma coisa. E, agora que ele me mostrou o caminho que preciso seguir para conquistar o anel de maneira incontestável, seria impossível não tentar.

— Você nunca vai me desafiar — afirma ele, como se fosse óbvio. Ou uma declaração absoluta, o que me deixa bem irritada. Posso ser muitas coisas, mas não sou covarde.

E é por isso que coloco os ombros para trás, ergo o queixo e digo:

— Bem, eu o desafio agora, então.

— Nada disso — ele me diz, inclinando-se para a frente para que eu não perca nenhuma palavra de sua resposta. — Só aceito desafios de pessoas dignas.

Quando Chastain vira as costas para mim e começa a ir embora, Hudson segura na minha mão e murmura:

— Ele não faz ideia de quem você é ou do que é capaz de fazer. Isso é um problema dele, Grace. Não seu.

Ele tem razão. Chastain não sabe porque se recusa a tentar. Mas ele vai fazer isso antes que eu saia deste lugar. Porque, de uma maneira ou de outra, vou arrancar aquele anel do dedo dele.

Capítulo 90

HÁ O SUSPENSE, E TAMBÉM HÁ MOMENTOS EM QUE FICAMOS SUSPENSOS

Dois dias depois, ainda não conseguimos o anel.

Estamos reunidos nos penhascos diante do mar para discutir como exatamente vamos consegui-lo, mas quase nem estou prestando atenção.

Não consigo tirar os olhos do meu consorte, sentado um pouco à parte do nosso círculo de amigos, com um joelho erguido enquanto traça círculos preguiçosos na grama. Seu penteado pompadour desapareceu. Seus cabelos castanhos bonitos caem em ondas aleatórias sobre a sua testa. Seu queixo está escuro devido à barba por fazer, e as roupas parecem um pouco mais largas ao redor daqueles ombros fortes.

Ele não quis se alimentar do meu sangue, não importa o quanto eu lhe implorasse.

Eu queria acreditar que ele não está se alimentando devido a alguma necessidade galante de garantir que eu mantenha as minhas forças para o treinamento. Mas sei que não é só por isso.

É porque passamos mais dois dias nessa Corte maldita.

É porque, a cada noite, quando o sino do alarme tocou, meu consorte subiu até as ameias do castelo como se estivesse sendo levado para a forca. E, sem que ninguém pedisse, ergueu a mão, alinhou sua mente com as cinco mil gárgulas imersas numa agonia irracional — e matou todas elas.

A cada noite, sua reação piorou. Na noite passada, tanto Jaxon quanto Flint tiveram de segurá-lo no chão enquanto ele se debateu e gritou por mais de uma hora antes de finalmente desfalecer.

Nós imploramos a Hudson que não fizesse isso de novo. Diabos, até mesmo Chastain parecia não conseguir mais suportar a situação quando Hudson caiu no chão, com lágrimas rolando livremente pelas bochechas enquanto soltava um urro assustador, como se sua alma estivesse sendo rasgada em duas.

E é por isso que sei exatamente por que ele não se alimentou do meu sangue. Ele não consegue se permitir sentir nada. Nem mesmo alegria.

Estou aterrorizada com a ideia de que, com mais uma noite, mais um sacrifício, eu o perca para sempre.

E não vou deixar isso acontecer.

Por isso, convoquei uma reunião de emergência diante dos penhascos hoje. E não vou sair daqui até termos um plano para pegar a Pedra. Hoje.

— Podíamos cortar as mãos dele fora — sugere Hudson. E um rápido olhar ao redor me mostra que os outros não sabem se ele está falando sério ou não.

— Não — anuncia Isadora, sentada em cima de uma pedra, com as pernas cruzadas e de costas para o mar. — Ele nunca baixaria a guarda a ponto de permitir que isso acontecesse.

— Tentei botar fogo "acidentalmente" na mão dele, imaginando que ele teria que tirar o anel para limpar o ferimento — relata Flint com um suspiro. — Mas ele simplesmente se transformou em pedra e me fez correr mais dez voltas pela minha "falta de cuidado" — diz ele, fazendo sinais de aspas com os dedos no fim da frase.

— Aquele homem tem a personalidade de um javali raivoso — resmunga Éden.

— Meu pai vai lhe estripar como um javali raivoso se você não conseguir aquela Pedra — comenta Isadora, casualmente.

Afinal, quem não adora fazer comentários casuais como esses? Juro que essa garota é uma ameaça. E não somente porque ela vive tentando matar o meu consorte. Se bem que isso já está começando a me dar nos nervos também.

— Chastain não é tão ruim — defende Macy. — Ele é só um cara que está no comando de uma situação horrível.

— Nós estivemos no comando de algumas situações terríveis também — rebato. Porque, por mais que eu adore a minha prima, às vezes os óculos cor-de-rosa pelos quais ela enxerga o mundo são meio exagerados. Por outro lado, ela não é o tipo de pessoa que gosta de atormentar os outros de hora em hora. — Isso não significa que temos que agir como uns cuzões.

— Sim, mas as nossas situações ruins só duram alguns dias — diz ela. — De um jeito ou de outro, sempre conseguimos dar um jeito. O problema dele já está aí há mil anos.

Ela não deixa de ter razão. Passar mil anos congelada no tempo definitivamente me deixaria rabugenta. Prefiro pensar que eu não descontaria isso na garota que está tentando me ajudar — e que, por acaso, também é a minha rainha. Mas cada um tem o seu cada qual, como meu pai costumava dizer.

— Escute — diz Isadora. E é a ocasião em que a ouvi mais interessada em uma conversa desde aquele dia na cripta, quando ela mandou que fôssemos capturados. — Não me importa como vamos pegar o anel, mas nosso tempo está acabando. E eu não vou voltar sem ele.

— Eu devia ter pegado o anel quando ele se transformou em pedra — diz Flint. — Mas o fogo atraiu muita atenção e havia muitas pessoas olhando, então...

— Não faz sentido — interrompe Jaxon. — O anel deve se transformar em pedra quando ele se transforma. Vejo isso acontecer com Grace o tempo todo.

— Ah, claro. Bem, talvez Grace seja especial, ou talvez Chastain seja. Mas eu vi com os meus próprios olhos. O anel não se transformou em pedra. Ele continuou bem ali. Foi por isso que pensei em pegá-lo. Porque estava bem visível naquela mão de pedra.

— Provavelmente por causa do que o anel é — explico. — Gárgulas são imunes a todo tipo de magia, exceto as mais antigas. Talvez, a Pedra Divina seja imune a toda a magia. Até mesmo à habilidade de se transformar.

— Bem, então vamos fazer isso de novo — sugere Jaxon. — Flint pode cuspir fogo nele outra vez. Depois, o restante de vocês podem criar uma distração ainda maior do que o fogo, e Hudson e eu podemos acelerar até junto dele e pegar o anel. Podemos estar lá e ir embora em menos de um segundo. Chastain não vai conseguir se transformar tão rápido.

— Belo plano — comenta Flint, sem demonstrar qualquer reação. — Mas tenho certeza de que Chastain não vai me deixar chegar a menos de cem metros dele agora. Ele sabe que tem alguma coisa estranha no ar.

Todos continuam a dar mais ideias, jogando-as de um lado para outro. Mas sinto a semente da minha própria ideia se formando. O tipo de ideia que é tão ruim que pode até funcionar.

— Chastain não é a única pessoa que pode se transformar em pedra — digo, e todos ficam em silêncio. Até mesmo Isadora.

Hudson se vira para mim e não fico nem um pouco surpresa por ele já ter adivinhado o que planejo fazer.

— Você acha que é capaz de fazer isso?

Mordo o lábio. Vou ter de chegar perto. E só consigo pensar em uma maneira de fazê-lo.

O olhar dele se fixa no meu por um momento. Em seguida, ele percebe o que estou tentando não revelar diante de Isadora. Já é ruim demais ela insistir em participar em cada discussão para conseguir a Pedra Divina, mas isso não significa que eu tenha a intenção de revelar todos os meus planos para ela.

Em vez disso, observo Hudson contemplar o mar distante enquanto todas as possibilidades se desenrolam em sua mente ágil. Ele está analisando cada vantagem (e cada defeito) do meu plano, exatamente como preciso.

— E se você irritar um certo Deus do Tempo?

Engulo em seco.

— O meu povo vai sobreviver a qualquer coisa que ele faça — eu digo enigmaticamente, sem querer entrar em detalhes perto de Isadora. — Acho que ele tem uma queda pela Carniceira. Por isso, acho que ele vai sentir o mesmo por mim também. Pelo menos, é o que espero.

Quando nossos olhares se cruzam outra vez, ele simplesmente declara:

— Grace Foster, você é incrível.

Um pandemônio se forma quando todos começam a perguntar qual é o plano, mas nem Hudson nem eu respondemos. Hudson, porque quer que eu receba todo o crédito. Eu o conheço bem. Mas não quero nenhum crédito por estar disposta a arriscar a vida de todas as gárgulas existentes.

Só espero que o Exército me perdoe por isso algum dia.

Capítulo 91

ABAIXO DA IDADE
DA DESCENSÃO

Hudson e eu decidimos voltar ao nosso quarto a fim de preparar nossas coisas para a viagem enquanto os outros vão almoçar. Mencionei de modo casual que gostaria de tirar um cochilo rápido. E Hudson, como sempre, quer se assegurar de que vou conseguir fazê-lo. Mas temos umas duas horas antes das sessões de treinamento da tarde. E quero usar esse tempo para ter uma conversa com o meu consorte, porque alguma questão não está certa aqui.

Enquanto tento descobrir um jeito de fazê-lo conversar comigo, Hudson caminha pelo quarto, pegando uma camiseta extra e enfiando-a na mochila.

Percebo, por seus movimentos, pela maneira como vem evitando me fitar nos olhos e pela tensão em seu queixo que ele quer estar junto de mim, ao mesmo tempo que não quer. Tem uma batalha interna acontecendo ali e acho que sei qual é o motivo.

Hudson é o meu consorte. Ele precisa ficar perto de mim, quer ficar perto de mim, assim como eu sinto esse desejo de tê-lo ao meu lado. Mas, ao mesmo tempo, ele sabe que não pode se esconder de mim. E está com muito medo de que eu tente fazer com que ele se abra. Está com medo de que eu derrube suas muralhas antes que seque o concreto com o qual ele as construiu com tanto cuidado, deixando-o vulnerável ao Exército dos Esqueletos esta noite.

Assim, não o faço.

Afinal de contas, há mais de uma maneira de chegar ao outro lado de uma muralha. Mesmo que seja uma muralha tão alta e forte quanto a que Hudson está construindo.

Ao me abaixar para pegar uma das minhas blusinhas, nem olho para ele ao perguntar:

— Acha mesmo que Izzy tem mil anos de idade?

Hudson para de se mover por inteiro. E, quando o espio pelo canto do olho, percebo sua completa imobilidade, sua mão prestes a pegar um par de meias que estão secando, mas parada no ar.

Ótimo. Eu o surpreendi.

É algo que dura apenas um segundo antes que ele pegue as meias. Mas é o bastante para eu saber que estou no caminho certo.

— Ela não tem motivos para mentir — ele responde após um momento.

— Mesmo assim, os vampiros envelhecem tão devagar como ela?

Eu me sento na beirada da cama e finjo concentração ao dobrar minha camisa.

— Você também vai ter essa cara de novinho daqui a mil anos? — Não é uma coisa na qual eu já tenha pensado, mas nunca tive motivo para fazer isso antes. Agora, a única coisa em que consigo pensar é que ele vai ter eternamente a cara de um rapaz de dezenove anos. — Meu Deus, e se eu estiver enrugada e acabada daqui a cem anos e você continuar com essa cara de bebê? — conjecturo, exasperada. E nem preciso fingir que estou preocupada. É um pensamento terrível.

Hudson me encara com um olhar do tipo: *Está falando sério?*

— Em primeiro lugar, se algum dia você tiver rugas, vou achá-las tão bonitas quanto os seus cachos. — Ele faz um sinal negativo com a cabeça e se senta na cama, ao meu lado. — Em segundo, vampiros natos são tão suscetíveis aos sinais do envelhecimento quanto qualquer espécie, embora isso aconteça bem devagar.

É uma boa resposta e eu provavelmente deveria estar um pouco encantada. Mas estou distraída demais pelo calor que emana da coxa dele. Hudson está sentado bem perto de mim, mas mesmo assim não nos relamos; é outro sinal de que ele está preocupado com a possibilidade de eu conseguir ultrapassar suas defesas. Sinto uma vontade enorme de tocá-lo, mas preciso ter paciência para chegar ao fim desse jogo. Por isso, em vez de ceder ao comichão na ponta dos meus dedos e tocá-lo, simplesmente arrasto o traseiro um pouco mais para trás até encostar a cabeça no travesseiro.

— Como é que ela pode ter mil anos nas costas, mas ainda ter cara de dezesseis? — pergunto.

Hudson passa a mão pela barba rala que cobre seu queixo antes de responder:

— Se eu tivesse que especular, diria que o nosso pai de merda a manteve trancada em uma daquelas criptas malditas por quase toda a sua vida.

Libero um gemido surpreso, horrorizada com a ideia de que uma pobre criança ficaria trancada em uma cripta por um tempo que deve ter sido quase uma eternidade. Mesmo que essa criança fosse Isadora.

— Mas... mas você disse que o elixir para de funcionar com o tempo, não é?

Ele se aproxima de mim na cama, reclinando-se até estar deitado ao meu lado. Começo a pensar que estou fazendo algum progresso, mas ele cruza os braços sobre o peito, tomando cuidado para manter pelo menos uns trinta ou quarenta centímetros de espaço entre nós.

— Há relatos de vampiros que passaram centenas de anos trancados, inclusive. — A voz dele é pensativa. Seu olhar está distante. — É verdade que o elixir para de funcionar quanto mais você o usa. Mas, se ele não a despertou, imagino que, em teoria, ela deve ter simplesmente permanecido em estase. Não envelhecemos quando estamos em estase.

Ainda assim, parece algo horrível. Mas o intuito é esse, não? Meu pobre consorte passou praticamente a vida inteira sendo torturado.

— Como era mesmo o nome desse processo? — digo, incitando Hudson para que prossiga. — Descendência?

— Descensão — corrige ele. — Quando chegamos aos cinco anos, há uma celebração enorme. É quando chegamos à Idade da Descensão. Ainda me lembro da festa que o meu pai fez para mim. Naquela época eu nem conseguia imaginar que poderia haver celebração maior.

Sua respiração está mais regular agora. Mais constante. Estou com um milhão de perguntas, mas não faço nenhuma. Sei que há uma história aqui. E tenho a impressão de que Hudson quer contá-la para mim. Só preciso ser paciente e deixar que ele encontre o caminho para chegar a ela.

— Meu pai mandou que os cozinheiros matassem cinquenta porcos para o festival e que preparassem mil tortas diferentes. O castelo se encheu com tantas pessoas que quase transbordava. E todas elas trajavam seus vestidos e casacas mais elegantes. Subi até a torre mais alta em certo momento, apenas para contar o número de carruagens que chegava. — Ele dá uma risadinha. — Claro, o que eu estava realmente contando era o número de presentes que eu ia receber naquele dia, já que cada convidado trouxe alguma coisa.

Sorrio, na tentativa de imaginar como Hudson era nessa idade. Inocente... Talvez, até mesmo feliz.

— E você já usava os cabelos nesse penteado pompadour naquela época? — brinco.

Ele ri, soltando o ar pelo nariz.

— Que nada. Sei que é chocante, mas eu era uma pessoa muito difícil nos meus primeiros anos.

— Completamente chocante — concordo.

Ele ergue a mão e puxa, sem pensar, algumas mechas que lhe cobrem a testa. Acho que nem percebe a própria ação.

— Meu cabelo sempre foi um pouco longo e rebelde naquela época.

— Está falando sério? — Eu me viro de lado e apoio a cabeça na mão, sorrindo para ele. — Se escondeu um retrato seu no qual se parece com uma versão mais jovem do Jason Momoa, nunca vou perdoar você.

Ele sorri quando vira de lado para me encarar.

— É agora que vai me pedir para fingir que sou algum super-herói em umas brincadeirinhas na cama? Preciso te avisar que eu seria um Aquaman horrível.

Pensar naquele corpo alto e esguio em uma fantasia colante do Aquaman me dá vontade de discordar.

— Mais tarde. Definitivamente, mais tarde — brinco. — Você tinha cinco anos, então? No século XIX?

Sei que tanto ele quanto Jaxon disseram algumas vezes que tinham centenas de anos, mas nunca pensei neles como pessoas que têm mais de dezoito ou dezenove. Pelo menos até eu começar a fazer alguns cálculos mentalmente...

— Meu Deus. Quer dizer que eu sou, tipo... a sua namorada de número sete mil?

— Eu diria que está mais perto de ser a número oito mil — replica ele, sem alterar a expressão quando solto um gritinho. — Pense bem, mulher. Se fosse o caso, eu teria uma nova namorada a cada dez dias. Quem tem tempo para isso?

— Ah, tenho certeza de que você encontraria um tempo — respondo, contrariada.

Mas ele balança a cabeça e estende a mão para acariciar a minha bochecha com o dedo. A sensação da sua pele na minha faz com que eu sinta pequenos tremores de empolgação ao longo da coluna. Em parte, porque adoro sentir aquele toque. Mas também porque ele quebrou a distância que vinha mantendo entre nós.

— Além disso, está esquecendo que passei a maior parte da vida em estase. Mas admito que senti a passagem de todo aquele tempo.

— Como assim? — questiono, porque alguma coisa me diz que isso é algo que preciso saber.

Mas em seguida ele baixa a mão, virando para o outro lado e olhando para o teto. E sinto vontade de me esbofetear por tê-lo pressionado demais.

O silêncio espessou e esfriou o ar ao nosso redor antes de ele responder:

— Como você mede a passagem do tempo na sua vida? Lembra-se do primeiro dia em que alguma coisa surgiu, de um filme que fez sucesso ou do tipo de roupa que as pessoas vestiam em determinada época, certo? — Faço que sim com a cabeça. — Bem, para mim, é do mesmo jeito. Talvez eu só tenha testemunhado essas coisas durante um dia a cada mês. Mas me lembro de entrar em uma carruagem para ir até o mercado. Eu me lembro de ter visto o meu primeiro carro e o meu primeiro computador. Lembro de todos os tipos de invenção e tendência.

Hudson afirma isso de maneira supercasual, como se viver por todas elas não fosse nada. Ou pior, como se acordar a cada mês e perceber que todo mundo continuava a levar suas vidas normalmente enquanto a dele ficava trancafiada fosse uma situação completamente normal. Como se fosse aceitável ele ser apenas o garoto que era enfiado em uma caixa escura até chegar o momento de lhe mostrar a próxima coisa que ele teria de deixar passar.

Meu coração se parte quando penso a respeito. A dor que ele deve ter sofrido arranca o ar dos meus pulmões. Sinto vontade de estender os braços e puxá-lo para junto de mim, abraçá-lo com força e prometer que nada de ruim vai lhe acontecer de novo.

Mas não posso prometer uma coisa do tipo. Não agora. E ele não me deixaria fazer isso, considerando que nem mesmo posso tocá-lo no momento. Se eu o pressionar demais, sei que ele vai parar de falar.

Por isso, decido mudar de assunto.

— Ainda estou tentando entender Isadora. Ou seria melhor dizer Izzy? Percebi que ela adora quando Chastain a chama assim.

— Você também percebeu, hein? — ele comenta.

— É difícil deixar passar como ela adora a atenção que Chastain lhe dá — observo, mas sem julgá-la. Se eu tivesse sido criada por Cyrus, nem consigo imaginar todos os problemas que teria com o meu pai. — Então, acha que Cyrus a deixou em estase durante todo esse tempo?

Hudson volta a apoiar as costas no colchão, olhando para cima.

— Não. — Ele fica em silêncio por uns momentos. — Ela disse que Cyrus sempre a acordava, mas além disso...

— Sim? — pergunto e prendo a respiração. Tem alguma coisa que Hudson não quer me contar, mas estou disposta a esperar pacientemente até que ele o faça. Mesmo que isso me dê vontade de morrer. Depois de um minuto, Hudson solta um suspiro longo.

— Ela tem dois poderes — pontua ele, como se isso explicasse tudo. — Dois poderes muito fortes. Ela é um Sorvedouro de Almas. E também é capaz de rematerializar tudo que eu desintegro.

— E por que o fato de Izzy ter dois poderes está relacionado com o fato de Cyrus a acordar? — pergunto.

Numa voz baixa, tão baixa que nem tenho certeza de que consigo ouvir as palavras, ele sussurra:

— Porque foi isso que ele fez comigo.

Capítulo 92

A TUMBA DA PERDIÇÃO

Não consigo me mover. Não consigo pensar. Acho que não consigo nem mesmo respirar. Por causa da discussão na sala das criptas, eu sabia que Cyrus acordava Hudson com mais frequência do que Jaxon, mas não sabia que a razão por trás disso era lhe dar mais poderes. Me parece uma ação escabrosa para se fazer com um filho, mas Cyrus não é exatamente o que eu chamaria de pai amoroso. Mesmo assim, há peças faltando nesse quebra-cabeça...

— Se o elixir para de funcionar depois de um tempo, então como o ato de acordar um vampiro com mais frequência pode lhe dar mais habilidades? — pondero.

— O elixir não para de funcionar por completo — ele explica. — Somente a parte que tem a poção do sono.

É verdade. Lembro que ele disse isso antes. Mas somente agora começa a fazer um certo sentido — e é horrível.

— E é a outra parte do elixir que lhe dá as suas habilidades?

— Isso mesmo. — A voz de Hudson soa tensa outra vez. E isso me indica que, não importa o quanto eu ache que aquela parte da sua vida foi horrível, tudo foi bem pior do que sou capaz de imaginar.

Quero muito poder abraçá-lo. Mas, se o fizer, nunca vou conseguir descobrir tudo que preciso. Vai ser um curativo em vez de uma solução. E isso é a última coisa que desejo agora. Assim, engulo o asco e a dor em seco e pergunto:

— Se Izzy tem dois poderes, então ela recebeu mais elixir do que Jaxon. Em algum momento, a parte com a poção do sono parou de funcionar. Mas ela tem mil anos de idade...

Minha mente trabalha em alta velocidade, tentando entender exatamente o que tudo isso significa.

— E ela não parece ter mais de dezesseis anos. Isso significa que ela ficou em estase durante a maior parte desse tempo... — Deixo a frase morrer no ar, sentindo o horror tomar conta de mim. A coisa mais horrível, asquerosa e repugnante no mundo foi feita com Hudson... e também com Izzy, por um período de tempo ainda maior. Não me admira o fato de ela ser tão transtornada.

Isso não significa que eu esteja perto de poder perdoá-la por assassinar Liam ou por arrancar a magia dos outros alunos. Mas acho que estou começando a nutrir certa simpatia pelo diabo.

Fico sem me pronunciar por um tempo, e Hudson também. Em vez disso, permanecemos deitados juntos, escutando o som da nossa respiração e tentando processar o que tudo isso pode significar.

— Acha que Izzy pode ter mais do que dois poderes? — finalmente pergunto. — Por exemplo... se doses maiores do elixir resultam em mais poderes e se ela foi mantida na Descensão por mil anos...

— É provável. Isso certamente explica o poder de absorver almas — ele responde.

— Mas como? — pergunto, sem saber por que o fato de permanecer em estase por mais tempo tem a ver com um poder de absorver almas. Mas Hudson engole em seco e sei que, qualquer que seja a conexão que ele vê, não vou gostar nem um pouco.

— Comecei a enlouquecer ali dentro — ele sussurra as palavras como se aquilo fosse sua maior vergonha e o meu coração se despedaça mais uma vez.

— E quem ia conseguir suportar uma coisa dessas? — sussurro em resposta, com medo de dar um fim a esse momento tênue. — O fato de você ter conseguido sair de lá e ainda ser forte, gentil e brilhante é o que causa espanto, Hudson. Não o fato de que você quase pirou.

Ele faz um gesto negativo com a cabeça, como se não acreditasse (ou não fosse capaz de acreditar) em mim.

— Não foi bem assim.

— Foi exatamente assim — insisto, tentando tirar da minha mente a imagem de Hudson preso sob quinhentos quilos de pedra. Mas não funciona.

A imagem do meu consorte sofrendo na escuridão vai permanecer comigo todos os dias (e a cada segundo) da minha vida. Até eu morrer.

Ele dá de ombros.

— De qualquer maneira... eu mesmo fiz isso.

— Fez o quê?

— Dei a mim mesmo um segundo poder. — Ele limpa a garganta e exala o ar devagar. — Não foi de propósito. Não estava tentando ficar mais poderoso. Eu só queria... — A voz dele vacila. Assim, ele limpa a garganta outra vez. Passa a mão pelos cabelos e olha fixamente para o teto, sem piscar. — Eu simplesmente queria não ficar mais ali. Queria estar em qualquer outro lugar que não fosse preso naquela tumba, onde cada hora parecia durar uma eternidade.

— Ele solta uma risada forçada. — Foi o que fiz. Um dia, simplesmente me desintegrei. Ser poeira, ser simplesmente nada, era muito melhor do que ser um animal na jaula do meu pai.

Meu Deus. Lágrimas brotam nos meus olhos, mas as forço de volta. Agora não é hora de chorar, mesmo que, no fundo, a minha própria alma esteja em prantos.

— Você simplesmente...

— Desapareci — ele completa, estalando os dedos. Em um instante, o livro na mesinha de cabeceira se transforma em poeira. — Por alguns minutos. Em seguida, por algumas horas e finalmente por alguns dias. Simplesmente deixei de existir. Foi a maior sensação de paz que já tinha sentido. Mas, de algum modo, eu sempre voltava a me reagregar de novo. Na primeira vez que voltei, passei horas chorando.

Aperto os dentes e os punhos, apertando os lábios o máximo que posso. Ainda assim, um soluço atravessa o controle rígido que tento manter sobre mim mesma. Mas como é possível não chorar? O pequeno Hudson chorou porque não pôde continuar a ser poeira.

Hudson se afasta, alarmado.

— Grace, está tudo...

— Não se atreva a me dizer que está tudo bem — sussurro. E agora as lágrimas estão rolando, velozes e furiosas.

— Torturar uma criança não é aceitável. Deixar você enlouquecer não é aceitável. Fazer você desejar a morte... — A minha voz falha. — Não é aceitável. Nunca vai ser aceitável. Nunca vai...

Deixo a frase no ar enquanto um milhão de pensamentos diferentes percorrem minha cabeça; todos eles estão centrados em destruir Cyrus, em simplesmente pulverizá-lo da face da Terra. Mas a morte seria algo bom demais para ele. Tudo seria bom demais para ele. Exceto, talvez, passar mil anos trancafiado na escuridão.

Ele fez isso com o próprio filho — *seu próprio filho* — porque queria que ele se tornasse uma arma. Mas não... ele não fez isso somente com seu filho. Fez a mesma coisa com a própria *filha* também e por um período muito maior. Pela primeira vez entendo por que Delilah mandou Jaxon viver com a Carniceira.

— Por favor, não chore. — Hudson parece aflito, virando de lado mais uma vez para olhar para mim. — Eu não disse isso para magoá-la...

— Me magoar? Você não está me magoando, Hudson — respondo. — Você está me dando a coragem de que preciso para fazer tudo que for necessário para que aquele desgraçado pague por suas ações.

Ele fica com uma expressão vazia por um segundo, como se não conseguisse entender o que estou dizendo. Como se estivesse tão dissociado do que lhe aconteceu a ponto de não entender por que alguém que o ama sentiria toda essa raiva por ele. Mas pode ser mesmo que ninguém tenha feito isso por Hudson antes.

— Não quero que você chore por uma coisa que aconteceu há tanto tempo...

— Treze anos — rebato, ao enxugar as lágrimas com o antebraço.

— O quê?

— Isso parou de acontecer faz treze anos, não foi? Você ficava trancafiado, despertava, voltava para tumba, desde a época em que tinha cinco anos até treze anos atrás. E isso aconteceu quando eu já estava viva. Por isso, não me venha com essa besteira de *isso aconteceu há muito tempo.*

Hudson parece chocado, mas em seguida ri pela primeira vez desde que o Exército dos Esqueletos chegou. E o peso que sinto sobre meus ombros fica um pouquinho mais leve; o suficiente para eu conseguir controlar as minhas lágrimas, pelo menos.

— Essa é a minha Grace. Está pensando em chutar uns rabos mesmo quando chora por minha causa.

— Que beleza. — Reviro os olhos, mas em seguida me concentro naquilo que ele ainda não me contou. — Então, você deixou de desintegrar a si mesmo e passou a desintegrar outras coisas?

— Sim. E descobri que, quando desintegrava outras coisas, não era do mesmo jeito que acontecia quando eu o fazia comigo mesmo. Elas continuavam desintegradas.

— Assim como a tumba? Me diga que você desintegrou aquela maldita tumba para não continuar preso nela.

— Bem que tentei. — Ele sorri, e dessa vez o sorriso quase chega a ser expresso também pelos olhos. — Aquela porcaria não se desintegrava. Eu era capaz de destruir qualquer outra coisa. Mas não aquilo. Ainda não sei o porquê.

— Porque o seu pai é um monstro do caralho que provavelmente mandou que lançassem um feitiço naquela cripta quando percebeu o que você era capaz de fazer — concluo. — Que cuzão.

— Onde você estava há duzentos anos? — diz ele, brincando.

— Pode acreditar que venho querendo saber a mesma coisa — devolvo. Só que não estou brincando. Como Delilah foi capaz de deixar que seu marido fizesse isso com seu filho? Como alguém na Corte deixou que ele praticasse um ato tão horrível com uma criança? Isso é algo que não entra na minha cabeça.

Ele ri. Mas quando percebe que não rio junto, sua expressão fica séria.

— Sabe que estou bem, não é?

— Bem, antes de mais nada, você está melhor do que simplesmente "bem" — asseguro-lhe. — Em segundo lugar, você ficou melhor do que qualquer pessoa imaginaria que ficasse. E, em terceiro, nenhuma dessas coisas diminui a minha vontade de destruir o seu pai.

— Para ser bem sincero, já faz algum tempo que você quer destruí-lo.

— Sim, mas isso não é nada comparado ao que sinto por aquele babaca agora. A simples ideia de vê-lo, de lhe entregar a Pedra Divina para que ele consiga continuar com aquele plano asqueroso e moralmente questionável faz com que eu comece a enxergar em todos os tons de vermelho.

— Já se perguntou como a sua vida seria se não tivesse se metido no meio de toda essa confusão? — pergunta Hudson, do nada.

— Como assim?

— Se os seus pais não tivessem sido assassinados. Se você tivesse se formado na sua escola em San Diego. Se tivesse ido para a faculdade em agosto em vez de tentar descobrir a melhor maneira de libertar seu povo e conquistar o trono das gárgulas. Você sabe. Todas aquelas coisas normais que deixou para trás quando foi para a Academia Katmere.

— Não, nunca me perguntei isso, para falar a verdade — respondo, levantando-me da cama para poder ir até o banheiro e jogar água no rosto, marcado pelas lágrimas.

— É sério? — ele insiste, apoiado no batente da porta do banheiro. — Você nunca ponderou sobre isso?

— Não me permito pensar a respeito. — Pego a peça de linho que serve de toalha e seco o rosto.

— Porque dói? — ele pergunta, me observando de perto.

Há um pedaço de mim que quer lhe pedir que deixe o assunto de lado. Que obviamente não estou a fim de conversar sobre isso. Mas, considerando o que acabei de fazer Hudson passar, acho que é justo eu responder a algumas das suas perguntas também.

— Porque estou irritada e fazendo um esforço enorme para não me sentir assim.

— Irritada comigo? — ele pergunta.

— Por que eu ficaria irritada com você? — Não consigo falar sem deixar que o choque transpareça na minha voz.

Ele dá de ombros.

— Porque, se Lia não tivesse me trazido de volta...

O quê? Será que ele pensa mesmo que eu imagino que o mundo seria um lugar melhor se Hudson Vega não estiver nele? Essa pergunta me faz considerar outra coisa.

— Você chegou mesmo a estar morto?

Ele parece surpreso com a pergunta. Mas já consigo enxergar a verdade em seus olhos.

— Não chegou, não é mesmo? — pergunto. — Você simplesmente se desintegrou.

— Era isso ou matar Jaxon. E eu não faria uma coisa dessas de jeito nenhum. Ele é o meu irmão mais novo. Minhas lembranças mais felizes da infância são de quando deixavam que ele brincasse comigo um dia por mês, quando eu estava acordado. Bem, até que ele chegasse à sua própria idade da Descensão.

Eu me permito absorver essa imagem antes de perguntar:

— Para onde você foi durante esse tempo, então? O que você fez?

— Para ser sincero? Foi apenas como aqueles momentos na tumba. Uma paz enorme. Nada de dor nem preocupações. Simplesmente nada durante um breve momento no tempo.

— "Breve"? — repito. — Você passou um ano morto.

— Não foi assim que percebi. Mas o tempo passa de maneiras diferentes em outras dimensões. — Quando demonstro confusão, ele olha pela janela. — Aqui, por exemplo. Na primeira vez que veio para a Corte congelada no tempo, você disse que ficou aqui por uns trinta minutos. Mas, quando voltou a Katmere, poucos minutos tinham se passado. Já estamos aqui há três dias, mas provavelmente não se passaram três dias na Corte Vampírica ainda. Por isso, como vou saber quanto tempo demorou para mim? Só sei que não pareceu durar tanto tempo assim.

A voz de Hudson está relaxada quando ele fala sobre a natureza diferente do tempo, mas há alguma coisa no fundo dos seus olhos que me faz pensar que há uma parte da história que ele não quer me contar.

E é nesse momento que uma hipótese chocante surge em minha mente; tão chocante que, no começo, nem consigo entender direito. Mas, agora que a ideia surgiu, tenho de saber. Tenho de perguntar.

— Hudson... — Ele me olha com as sobrancelhas erguidas e tento engolir em seco, mas no espaço entre um segundo e outro, a minha boca se transformou no deserto do Saara. — Aqueles quatro meses que ficamos aprisionados juntos... foram mesmo quatro meses? Ou durou mais tempo?

Pelo que parece uma eternidade, Hudson não responde. Ele simplesmente mantém o olhar fixo no meu. E, de repente, consigo vislumbrar milhares de dias e experiências naqueles olhos. Meu Deus.

— Hudson...

— Não tem importância — ele responde, virando-se para ir embora. E levando consigo um pedaço enorme do meu coração.

Capítulo 93

OH, BABY, ME BEBA...

— Estou bem — ele garante quando saio atrás dele, mesmo que eu saiba que não está.

— Não está, não — contesto, virando-o de frente para mim de modo que eu veja seu rosto. — Está exausto e faminto. — Inclino a cabeça para que ele tenha um caminho livre até a minha veia. — Você precisa se alimentar.

A reação dele é instantânea: um grunhido, grave e gutural que vem do fundo da garganta. E me preparo para sentir aquelas presas afundando na minha pele. Então, espero. E espero. E espero mais um pouco.

— O que houve? — indago, por fim. — Por que você não se alimenta de mim?

— Não posso — replica ele, com a voz baixa e rasgada. Como se aquelas palavras tivessem sido arrancadas do seu corpo.

Em um piscar de olhos, ele está do outro lado do quarto, tão longe de mim quanto consegue chegar, com as mãos enfiadas nos bolsos.

— Não pode? Como assim? — pergunto. — Não pode se alimentar da sua consorte?

Entendo a tentativa de construir uma muralha ao redor das suas emoções, que Hudson acha que precisa fazer isso para sobreviver ao que podem lhe pedir que repita esta noite. Mas também sei que ele vai precisar da sua força para a batalha por vir. Não estou disposta a deixar que ele coloque sua segurança em risco porque é teimoso demais para se alimentar.

— Você precisa se alimentar, Hudson — repito, pressionando-o.

— Sei do que preciso — retruca ele. — E não é disso. Não é de você.

As palavras me acertam como um fósforo aceso num balde de gasolina e eu explodo em chamas. A raiva toma conta de mim, praticamente fazendo com que eu atravesse o quarto aos saltos para chegar bem perto dele.

— O que quer dizer com isso? — questiono. — Você não precisa de mim?

— Você sabe do que eu estou falando, Grace. — Ele passa a mão cansada pelos cabelos, como se o meu pequeno chilique roubasse muito da sua energia. Por alguma razão, isso me irrita ainda mais. Em parte, porque esse não é Hudson. Não o meu Hudson, o cara que é o meu companheiro, o meu consorte, há muito mais tempo do que estou disposta a admitir. E também porque percebo exatamente o que ele está fazendo.

Ele está sofrendo e quer que eu o deixe em paz. E, como não vou fazer isso, ele está sendo agressivo. Para se proteger e, de alguma maneira distorcida e dolorosa, para me proteger também.

Mas ele não está protegendo nenhum de nós quando se recusa a se alimentar ou quando se recusa a permitir a minha aproximação. Ele simplesmente faz com que nos afastemos. E não vou aceitar uma coisa dessas. Lutamos demais e também por muito tempo para ficarmos juntos. Não vou deixar que ele nos despedace desse jeito só porque é machão demais para me contar o que o machuca tanto.

Foda-se.

— Você não precisa de mim? — repito. Só que, dessa vez, não chego junto do seu rosto. Eu me afasto um pouco para que ele me veja. Por inteiro. Em seguida, tiro a minha camiseta.

— O que está fazendo? — ele pergunta, com a voz torturada.

— O que parece que estou fazendo? — Apoio a mão na minha clavícula, fazendo um dedo correr de um lado para outro sobre o ponto da pulsação. — Estou ficando mais confortável.

— Ficando... — Ele não termina a frase, mas seu queixo se agita de maneira furiosa. E aqueles olhos, bonitos e profundos, estão fixos no meu pescoço. Exatamente onde os quero. — Pare com isso, Grace.

— Parar com o quê? — pergunto, com as sobrancelhas erguidas. Sim, estou provocando. Mas ele merece. Hudson não tem o direito de se torturar desse jeito e esperar que eu fique assistindo de camarote. Isso não vai acontecer. Nem agora nem nunca. E não vou deixar que ele esbraveje e fale grosso comigo enquanto se tortura.

Para provar para ele e para mim mesma, inclino um pouco a cabeça, expondo-lhe a minha jugular enquanto continuo a acariciar o pescoço com os dedos.

— Puta merda... — murmura ele, com um grunhido frustrado. Mas seus olhos não se afastam do meu pescoço. — Você não sabe o que está pedindo.

— Sei exatamente o que estou pedindo — rosno de volta, me aproximando devagar dele. — Sei exatamente o que quero.

Ele se afasta, com os olhos arregalados. E é aí que sei que consegui pegá-lo. Porque eu, pequena e indefesa, consegui fazer Hudson Vega, o vampiro malvadão, fugir de mim.

Eu estaria mentindo se dissesse que não gostei disso.

— Por favor, Grace. Não quero machucar você.

Solto os cabelos, deixando os cachos caírem sobre os ombros e pelas minhas costas. O aroma deles — e o meu — preenche o ar entre nós.

Os músculos do pescoço de Hudson se agitam enquanto suas presas ficam mais salientes, com aquelas pontas lhe tocando o lábio inferior de um jeito bem sexy.

Meu coração acelera e sei que ele consegue escutar. E mais do que isso, sei que ele consegue ver a minha veia pulsando sob o meu dedo. Ele está tão perto de se sucumbir que até consigo sentir. Até consigo senti-lo. Por isso, eu me aproximo devagar, forçando-o a recuar até que esteja prensado entre mim e a parede.

Em seguida, afasto os meus cabelos, inclino a cabeça para o lado e espero sua reação. Demora um segundo. Talvez dois. Em seguida ele está em cima de mim, enfiando as mãos pelos meus cabelos enquanto me puxa para junto do seu corpo.

Sua boca se choca contra a minha, tomando, devorando e me destruindo assim que suas presas deslizam nos meus lábios, com um rápido deslizar da sua língua na minha.

Em seguida ele puxa a minha cabeça para trás com um grunhido, expondo o meu pescoço para os seus olhos famintos.

— Venha — eu o convido. Meu corpo explode com a vontade, com a necessidade, com um desejo que sei que nunca vai passar. — Venha, venha, venha.

Ele rosna. É um som tão grave e malévolo que deveria fazer meu sangue gelar nas veias. Em vez disso, só serve para me deixar ainda mais quente. Ergo os braços e passo as mãos nos cabelos dele.

— Venha — sussurro mais uma vez.

Por um segundo ele me encara com olhos que estão tão quentes, furiosos e feridos quanto eu estou. E ataca feito um relâmpago.

Solto um gemido mudo quando as presas de Hudson me atingem, cortando a pele para chegar até a veia.

Por um momento há dor, ardente e abrasadora. Mas, no momento que Hudson começa a beber, a dor desaparece como uma névoa. Em seu lugar, permanece um redemoinho de sensações tão poderoso que praticamente me rasga no meio.

Êxtase, dor, alegria, fúria, febre, gelo. E necessidade. Tanta necessidade que quase me afogo naquela sensação quando ela me encobre, me cerca e me atravessa.

A necessidade que sinto do meu consorte.

De Hudson.

De todo o poder e o amor que borbulha entre nós, mesmo nos momentos difíceis.

Hudson geme, morde com mais força e outra onda de sensações me encobre.

Mas essa sensação não arrebenta ao meu redor, simplesmente. Ela me puxa para baixo, cada vez mais fundo até que tudo o que sou e o que eu quero esteja ligado a Hudson. O meu Hudson.

Levo as mãos até ele, segurando sua camisa e pressionando meu corpo contra o dele. Ainda consigo sentir o gosto da sua raiva, da sua força e da rigidez no corpo que está tão apertado contra o meu.

Mas não luto contra ela. Em vez disso, cedo à pressão. E a ele.

Eu me entrego a Hudson, à sua escuridão e à sua luz. À dor que vive dentro dele e às emoções que o rasgam de dentro para fora. Eu me rendo a tudo isso e, quando começo a afundar, espero que seja o bastante para trazê-lo de volta para mim. O bastante para trazê-lo de volta para nós.

Capítulo 94

À PROCURA DE UM ESTADO DE GRAÇA

A escuridão se intensifica ao meu redor quando Hudson por fim se afasta.

— Você está bem? — ele pergunta, com os olhos quentes pela raiva e pela sede de sangue ainda não saciada.

— É claro que estou. — Tento tocá-lo outra vez, mas ele se afasta de mim. A rejeição corta como uma lâmina, me machucando e criando uma nova raiva ao mesmo tempo.

— Eu não devia ter tomado tanto. Me desculpe. Não tive a intenção de machucar você.

— Por que você sempre faz isso? — questiono. — Por que sempre acha que me machucou? Acha que eu não diria alguma coisa se isso tivesse acontecido? O que isso diz sobre o quanto você confia em mim?

— Não é em você que eu não confio, Grace.

— Como se eu não soubesse — retruco. — Mas você precisa parar de ter tanto medo de me machucar.

O olhar de Hudson fica frio e uma muralha mental surge naquele momento — para me manter longe ou para mantê-lo isolado. Não sei nem se ele mesmo sabe qual das duas opções é a verdadeira.

— Você não sabe do que eu preciso, Grace.

Abro os braços com um movimento brusco.

— Talvez isso aconteça porque você não me diz do que precisa! — Coloco as mãos nos quadris e o encaro com os olhos estreitados enquanto visto a minha regata. — Já parou para pensar que, se parar de tentar bloquear essa dor que sente, se dividir algumas coisas comigo, podemos superar o que está acontecendo? Juntos?

Ele ri, mas não há nenhum humor na sua voz.

— *Nós* não vamos conseguir superar isso. Eu lhe disse o que acontece comigo quando uso o meu poder. Implorei que o tirasse de mim, mas você recusou. Por isso, não há um modo de superar o que está acontecendo. E, definitivamente, não há como ignorar também.

— Ignorar o quê? — questiono, sentindo a minha raiva crescer mais uma vez. — Você vive dizendo essas merdas, mas nunca se explica. Você pode me dizer o que está acontecendo ou não. Mas pare de agir como se eu fosse idiota, porque não sei o que você não quer me contar.

— Estou tentando te proteger... — ele começa, mas o interrompo com um olhar feio.

— Quando foi que pedi para você me proteger? Sou sua consorte. Ou seja, nós somos parceiros. E parceiros compartilham as coisas, até mesmo as ruins. Portanto, desembuche de uma vez.

Ele não desembucha. Pelo menos, não a princípio. Em vez disso, simplesmente fica ali, parado, com os olhos fixos nos meus, respirando. Simplesmente respirando. É uma coisa tão atípica para Hudson que isso me deixa desconcertada. Até que percebo que ele está tão perto de sofrer um ataque de pânico como jamais vi.

Antes que eu consiga me recuperar dessa percepção, ele respira fundo mais uma vez e me destrói com suas palavras seguintes:

— Toda vez que desintegro alguém, essa pessoa leva um pedaço da minha alma consigo.

É a última coisa que eu esperava ouvir, mas não chega a ser algo completamente inesperado. Não quando seu comentário sobre Izzy se tornar um Sorvedouro de Almas circula pela minha mente, alinhando-se com a informação que ele acabou de me dar. Meu Deus. Seus maiores poderes, aqueles que só surgem depois de torturas horríveis, se originam da destruição da própria alma deles.

Hudson sabe como alcançar o que há dentro das pessoas para desintegrá-las porque procurar sua própria alma para desintegrá-la é algo bem natural para ele. E Izzy? Ela perdeu sua alma depois de passar um milênio naquela cripta? Ela teve de aprender a roubar por instinto a alma dos outros para tentar encontrar a sua? É um pensamento horrível. Mesmo assim, tudo que envolve essa situação é horrível.

Ainda assim, por mais trágico que seja, é o bastante para me convencer de que não pressionar Hudson mais cedo foi uma decisão errada. Depois de ter passado por tantas coisas ruins, ele nunca vai baixar essas barreiras por vontade própria. Será preciso usar uma marreta enorme para derrubá-las. E isso significa que a situação não vai acontecer sem luta. Não quero magoá-lo, mas não posso deixá-lo desse jeito. Não quando significa que ele vai simplesmente continuar machucando a si mesmo.

— Ninguém está roubando a sua alma, Hudson. É você que está deixando que a tirem.

As sobrancelhas dele quase encostam na raiz dos cabelos antes de Hudson explodir em fúria.

— Puta merda, acha mesmo que gosto de me sentir assim? Acha que eu não daria qualquer coi*sa* para não perder você outra vez?

— E o que te faz pensar que vai me perder? — pergunto quando tudo fica um pouco mais nítido.

— E como eu poderia não pensar isso? — ele devolve. — Olhe para mim. Veja o que eu sou. Veja o que fiz.

— Estou olhando para você. E entendo o que você sente... — começo a dizer, mas Hudson se aproxima e está bem diante de mim em um piscar de olhos.

— Não. Você não tem o direito de dizer o que estou sentindo. — A voz dele está mortalmente baixa. — Nem como estou me sentindo. — A respiração acelera. — Você não faz ideia do tamanho da dor que sinto. Não pode pensar na morte dos seus pais e achar que conhece um *milímetro* do que está acontecendo. Multiplique isso por cinco mil e ainda não vai nem chegar perto.

— Só porque o meu sofrimento não vem do pior horror possível, não significa que ele seja menos intenso do que o seu, Hudson — rebato. — O sofrimento não é uma competição.

— Sabe qual é o seu problema, Grace? — diz ele com uma expressão de escárnio. — Você acha que sou um passarinho machucado, que você vai cuidar até que fique saudável e possa voar de novo, não é? Acha que vai simplesmente me abraçar, me dar carinho e me amar... E que cada pedaço quebrado existente em mim vai acabar se curando. Mas e se eu estiver quebrado demais? Já pensou nisso? Cedo ou tarde, vão tirar tanto da minha alma que não vai sobrar nada para ser consertado.

Tais palavras me acertam como uma bigorna, mas não deixo que ele perceba. Não posso permiti-lo. Em vez disso, ergo uma sobrancelha e me forço a arrancar outro tijolo daquela muralha.

— Que idiotice.

Ele cambaleia para trás, como se eu tivesse lhe dado um golpe.

— O que foi que você disse?

Eu me aproximo de novo, chegando bem diante do rosto dele e cutucando-lhe o peito com o dedo para enfatizar cada sílaba.

— Eu disse: Que... i-di-o-ti-ce. — Sustento o olhar dele. — Você nunca vai estar tão despedaçado para que eu o ame.

— Como pode ter tanta certeza disso? — ele retruca.

Eu me aproximo de novo, chegando bem diante dele.

— Está se esquecendo de que consigo enxergar o cordão do nosso elo entre consortes. A minha alma está ligada à sua alma — digo, tocando o meu peito e depois o dele. — E ele continua tão forte como sempre esteve, Hudson.

— Você não sabe se é isso que está acontecendo. Não tem como saber.

Ele faz um sinal negativo com a cabeça. E há um desespero tão grande em seus olhos que meu coração se despedaça mais uma vez. Ele quer acreditar, mas dói demais. Entendo a situação melhor do que a maioria das pessoas. Mas acredito nele e acredito em nós. Seria ótimo se ele também acreditasse.

— Eu queria que você conseguisse vê-lo — sussurro. — É o azul mais bonito que já vi. Profundo, escuro e intenso como os seus olhos. E ele brilha, Hudson. Brilha com saúde, poder e a força de tudo que somos e tudo que podemos ser. Você tem que acreditar. Você tem que confiar em mim.

E noto que o primeiro tijolo começa a cair. Percebo nos olhos dele, sinto na maneira que o seu corpo deseja o meu.

Aperto o cordão do nosso elo entre consortes para mostrar que estou certa. Que ele não está simplesmente ali, mas que também está mais forte do que nunca.

— E... sim, eu *sei* o que você está sentindo. E não é o medo de perder a sua alma. — Mais um tijolo cai no chão. — É culpa. — Levanto a mão e toco a bochecha dele. — Você *dá* um pedaço da sua alma a eles para não se sentir culpado por matá-los. — Outros dois tijolos se desprendem. — Você quer ser destruído porque acha que é isso que merece. — Outro tijolo cai. — Porque você tem a alma mais gentil e amável que já encontrei. — Elevo a mão e toco a outra bochecha dele. — E, se não quisesse, não estaria se torturando por todas essas mortes. — Um pedaço enorme da muralha cai no chão com um estrondo ensurdecedor. — Mas você precisa ser mais leniente consigo mesmo, Hudson. Estamos em guerra. E sempre haverá fatalidades. — As lágrimas se acumulam nos meus olhos enquanto fito aquele olhar azul e turbulento. — Não deixe que *nós* nos tornemos uma dessas fatalidades.

Capítulo 95

TEM GENTE QUE PREFERE A COISA QUENTE... E BEM QUENTE

Hudson emite um som que vem do fundo da sua garganta.

— Não — sussurra ele. — Não faça isso comigo.

— A única coisa que estou fazendo é amar você — sussurro de volta. Dessa vez, quando tento tocá-lo, ele não recua.

Mas ele também não retribui o meu abraço. Hudson está ferido demais, destruído demais.

— Eu amo você, Hudson — sussurro outra vez, dando beijos suaves e doces em sua palma, nos dedos e no dorso da mão.

Ele solta mais um som torturado que me destrói por dentro também. Para curar a nós dois, fico na ponta dos pés e encosto minha boca na dele. Devagar. E com carinho. Como se fôssemos duas pessoas comuns que têm vidas comuns e todo o tempo do mundo.

Leva um momento, mas logo os lábios dele começam a se mover junto dos meus outra vez. Sinto um calor dentro de mim, mas não é aquela sensação habitual. Não é o borbulhar que transforma meu sangue em fogo e a minha mente em uma névoa vermelha.

Não. Esse calor é mais suave, mais gentil e me traz uma sensação boa. Em especial depois de tudo que acabou de acontecer entre nós. Como se cobrisse os lugares quebrados dentro de mim também e suavizasse as arestas pontiagudas.

— Grace... — Dessa vez, quando ele pronuncia o meu nome, é pouco mais do que um sussurro e pouco menos do que uma oração, quando ele finalmente cede e me abraça.

Eu me encosto nele, dando beijos em sua clavícula e me deliciando com aquele aroma morno de âmbar. No seu sabor sofisticado.

Ouço um gemido grave e gutural. Agora é a vez de Hudson me beijar.

Sinto um alívio enorme quando os lábios dele roçam os meus — uma sensação quente, doce e familiar. Este é o meu Hudson. E tê-lo comigo, realmente comigo pela primeira vez em muito tempo é uma sensação mais profunda do que eu conseguiria imaginar. Quando ele desliza a língua pelos meus lábios e me abro para ele, é a mesma sensação de voltar para casa.

Dou um gemido arfado e me enrosco nele, desesperada para estar o mais perto possível de Hudson. Desesperada para senti-lo de todas as maneiras que puder.

Deslizo as mãos pelas suas costas, puxando sua camisa para cima a fim de sentir o calor da sua pele sob minhas palmas. Ele estremece um pouco enquanto as pontas dos meus dedos dançam por sua coluna. Mas isso só serve para tornar o momento ainda mais doce. Porque ele não está mais se escondendo de mim. Está aqui comigo e é tudo que importa. De resto, as coisas vão acabar se ajeitando.

— Amo você — sussurro junto dos lábios de Hudson e ele suspira, com o corpo inteiro tremendo junto do meu.

Ele me beija com ainda mais intensidade, fazendo nossas línguas deslizarem e o meu corpo se incendiar. As pontas das suas presas deslizam pela minha pele e ateiam fogo em mim.

Hudson se move, tirando a minha camiseta antes de nos levar para a cama com um giro que até faz meu coração saltar no peito. Ele arranca a própria camisa em seguida e me faz deitar no colchão, vindo por cima de mim.

— Amo você — digo a ele quando nossos olhos se cruzam mais uma vez.

Ele sorri. É um sorriso sutil, um leve arquear dos lábios. Mas é real, honesto e me causa uma sensação muito boa. Porque, embora eu ainda consiga ver a dor existente nas profundezas daqueles olhos, também consigo enxergar o amor agora. E a alegria.

A mesma alegria que alça voo dentro de mim quando giro com ele sobre a cama, montando sobre os seus quadris.

Ele ergue uma sobrancelha e aquele sorrisinho se transforma no sorriso malandro que conheço muito bem.

É algo que faz a nossa luta valer a pena. Faz tudo valer a pena, porque aqui, nesse momento, as muralhas de Hudson não são muito mais do que um monte de escombros aos nossos pés.

É esse pensamento que me faz deslizar a mão pelo seu peito.

E que me faz beijar-lhe o pescoço, os ombros e o peito.

Que me faz sentir, pela primeira vez no que parece uma eternidade, que tudo vai ficar bem. Em particular quando Hudson me faz rolar para o outro lado e me mostra, aqui e agora, que sente exatamente o mesmo.

Capítulo 96

TROCANDO SEIS POR MEIA DÚZIA

Estamos minutos atrasados quando chegamos ao campo de treinamento. Hudson fica sob a sombra de uma árvore, já que enfim se alimentou. Eu me mantenho perto de um dos bancos e finjo não sentir o olhar atento (e desdenhoso) de Chastain em mim o tempo inteiro. Em vez disso, vou tentando respirar fundo e concentrando as ideias. Isso precisa dar certo. E não posso errar.

É por isso que entro em ação de imediato, para não deixar que a minha cabeça se encha de dúvidas. No instante que as outras gárgulas voltam ao círculo, junto ao restante dos meus amigos, eu me dirijo até Chastain, que está bem no centro.

— Eu o desafio pelo anel — anuncio para ele, em voz baixa, mas com firmeza. Meu plano não exige que eu derrote Chastain e conquiste o anel. Não tenho essa ilusão toda. Mas preciso que ele aceite o desafio.

Ele nem se dá ao trabalho de olhar para mim. Que surpresa, não? Simplesmente retorce a boca naquele sorriso que o faz parecer um cuzão ainda maior do que já é. E responde:

— Eu já lhe disse o que acho de desafios vindos de pessoas como você.

O desprezo em sua voz é calculado para me ofender, mas a única coisa que ele consegue fazer é me irritar.

— Ah, sim. Mas ainda não tive uma oportunidade de lhe dizer o que penso sobre esse desrespeito. Especialmente quando vem de pessoas como você — retruco.

Chastain não se manifesta, mas seus olhos ficam atentos e se arregalam por um momento, antes de se estreitarem em seguida. Continuo olhando fixamente para ele, mas sinto que todos à nossa volta começam a prestar atenção, as orelhas atentas e os corpos posicionados para o que está para acontecer a seguir.

— Chegou a hora de você ver o que uma pessoa digna é capaz de fazer — provoco, carregando a palavra com uma dose ainda maior de desprezo do que ele usou ontem.

Fico à espera de sua recusa. Preparo-me para forçá-lo a aceitar o desafio se tiver de fazê-lo, mas antes que algum de nós consiga tomar uma atitude, Artelya pega uma espada e um escudo e entra no círculo de treinamento.

— Estou pronta para o desafio.

Finjo que não a ouço, porque não é com ela que eu quero lutar. Não é ela com quem tenho de lutar para que o nosso plano funcione.

— Obrigado, Artelya — agradece Chastain, com mais formalidade e respeito do que jamais demostrou por mim. — Mas se a nossa rainha está preparada para provar o quanto é digna, então que seja. Vamos deixar que ela prove isso para mim. — Ele diz essa última frase com um gesto desdenhoso que eleva a minha irritação a níveis estratosféricos.

Quem esse cara pensa que é? Nunca fiz nada de mal a ele. Apareci todos os dias para treinar e dei tudo de mim. Tentei nunca recuar de nenhum desafio que ele me fez enfrentar. Portanto, não sei o que há de errado com ele. A menos que saiba que estou aqui para pegar o anel, ele não tem motivos para não gostar de mim.

Mas não digo nada, porque Chastain já está com a espada na mão e o olhar cheio de fúria. Sei que isso vai machucar pra caramba, mas não me importo. Enfim vou ter a chance de enfrentá-lo. E não importa o que aconteça, tenho certeza de que vou conseguir acertar alguns golpes.

Penso em me virar para pegar uma espada, mas a experiência nesta Corte me ensinou a nunca dar as costas para um inimigo. Por isso, observo ao redor, na tentativa de descobrir o que fazer, considerando que não posso recuar até a parede onde as armas estão expostas.

No fim das contas, nem tenho de me preocupar com isso, pois Hudson pega uma espada e acelera até onde eu estou para me entregar a arma.

— Obrigada — sussurro, mas ele já foi embora, deixando um rastro de fumaça para trás e me fazendo rir. Que exibido. Em seguida, eu me viro e empunho a espada bem a tempo de bloquear um golpe poderoso que Chastain desfere contra mim. É um babaca mesmo.

Volto a empunhar a espada, me preparo para atacar e ele avança de novo. Dessa vez, o golpe quase me deixa de joelhos.

Capítulo 97

QUANDO A LÂMINA PASSA RENTE DEMAIS

De algum modo consigo permanecer em pé, o que já considero uma vitória — considerando que acabei de ser abalroada por uma enorme espada montante. Nunca achei que diria uma coisa dessas em toda a minha vida. Juro que, desconsiderando todas as outras questões, precisamos descongelar a Corte das Gárgulas e sair dessa era onde tudo era resolvido com uma espada — antes que os meus braços caiam do corpo.

Virando o corpo sobre pernas que, de repente, parecem feitas de gelatina, consigo girar a espada e a bato com força na parte de trás dos joelhos de Chastain. Ele cambaleia um pouco, mas não cai. Em seguida, já avança contra mim com a espada erguida em busca de desferir um golpe poderoso.

Eu me agacho e giro na direção oposta, e o golpe que devia arrancar a minha cabeça apenas passa perto. Normalmente, eu saltaria para trás e me afastaria daquela espada para fazê-lo vir atrás de mim. Mas não estou tentando vencer esse homem em um combate com espadas. Em primeiro lugar, porque isso é praticamente impossível, considerando que ele vem treinando e combatendo com espadas há mais de mil anos. E eu comecei a empunhar uma espada há... cinco dias. Em segundo lugar, porque não preciso combatê-lo. Só preciso chegar perto o bastante para tocá-lo.

Anteriormente, pensei que faria mais sentido apenas me aproximar por trás e tocar seu braço ou algo do tipo. Mas Chastain está sempre alerta quando estou por perto; por isso, não acho que ele deixaria eu me aproximar tanto. Além disso, preciso paralisá-lo em uma situação onde as outras gárgulas não vão querer reagir para ajudá-lo antes que eu consiga pegar o anel. Ninguém se atreveria a interferir em um desafio como este. Se tudo der certo, não antes de eu pegar o que preciso.

Mas Chastain é um oponente inteligente. Ele golpeia com a espada e, quando eu mergulho para não ser atingida, ele acaba cortando uns centímetros do meu cabelo do lado direito — algo que não chegava nem perto de fazer parte do plano. Analisando pelo lado positivo, até que é bom ele não ter tirado muito mais, mas estou irritada demais para pensar a respeito.

Ele está brincando comigo. Eu sei e ele também sabe. E, sinceramente, todo mundo que está assistindo também sabe. Esse homem passou a vida inteira treinando com uma espada. Não sou páreo para ele. Ele já podia ter acabado com isso, se quisesse, mas prefere ir me humilhando aos poucos.

Chastain golpeia de novo. E tenho quase certeza de que está tentando cortar mais um pedaço do meu cabelo. Mas isso não vai acontecer. Assim, eu me jogo no chão e rolo para o lado. E isso faz com que todas as gárgulas comecem a rir, pois acham que estou desistindo da luta.

Mas não estou nem perto de desistir. Quando passo por ele rolando, obrigando-o a se virar para o outro lado em vez de saltar para longe, estendo a mão e toco a sua perna — ao mesmo tempo que toco a beirada do cordão verde que existe dentro de mim.

Tentar paralisar alguém que já está congelado no tempo é uma manobra arriscada e continuo rolando para longe, caso não funcione. Mas, depois de passar por ele e de me levantar com um salto, percebo que *deu certo.* Ele se transformou em pedra sólida, com uma perna apoiada diante da outra, erguendo a espada para golpear e o rosto retesado pela concentração. E o anel em sua mão, visivelmente, não se transformou em pedra.

Meu coração está aos pulos no peito ao perceber que meu plano funcionou. Que podemos pegar o anel e ir embora da Corte. Apresso-me na direção de Chastain, mas Éden grita à minha esquerda e giro sobre os calcanhares.

Sinto o meu estômago afundar por ter subestimado o que as outras gárgulas fariam se eu paralisasse o seu líder. Estão todas correndo para cima de mim. E se tem uma coisa que preciso dizer é que é assustador ter uma investida de mil soldados correndo na minha direção, e isso deixa o meu coração aos pulos.

O mais rapidamente que consigo, toco o cordão verde e Chastain ao mesmo tempo.

Ele termina de desferir o golpe quando o descongelo, mas percebe que não estou mais onde estava antes. E a espada canta pelo ar, sem chegar nem perto de mim. Ele dá um giro rápido, com os olhos arregalados e atarantados, tentando me encontrar.

E exige saber:

— Como você fez isso?

Uma rápida olhada para a esquerda me mostra que as outras gárgulas estão recuando para fora do círculo. Assim, volto a me concentrar em Chastain.

— Eu lhe disse que tinha outras habilidades. Você nunca quis saber quais eram.

— Quero saber agora. Você consegue paralisar pessoas?

— Há muitas coisas que consigo fazer — digo, sem responder diretamente enquanto olho ao redor, à procura de...

— Então, vamos lutar — diz ele, por entre os dentes. — E ver quem vai conseguir vencer este desafio.

Percebo que ele está furioso por eu ter levado a melhor sobre ele. Porque uma garota por quem ele não tem o menor respeito conseguiu interromper um combate com ele em um piscar de olhos. Mas, quando ele empunha a espada e avança sobre mim, sinto que sou tomada por uma onda de medo.

Porque achei que tudo já estaria terminado a essa altura. Eu tinha certeza de que, se o paralisasse, teria bastante tempo para pegar o anel e...

Chastain golpeia, e eu me agacho, desviando com passos cambaleantes. Cogito mergulhar rumo ao lado oposto daquele que o general está usando para golpear. Se eu o paralisar de novo, talvez o Exército não invada o círculo outra vez, porque vão ver que Chastain está bem.

Dessa vez, quando ele começa um golpe giratório complicado com uma pirueta, nem tento me esquivar. Transformo-me em pedra sólida, recebo o golpe contundente da espada e depois me transformo outra vez, estendendo a mão para segurar o pulso de Chastain e tocar o meu cordão de semideusa.

Ele fica paralisado. Penso em tocar a mão dele e todo o Exército invade o círculo, avançando contra mim outra vez.

Mesmo se eu pegar o anel, percebo que não vou conseguir sair viva deste ringue de lutas.

Desvio com rapidez para o lado enquanto toco de novo o meu cordão verde, libertando-o instantaneamente da paralisia.

— Por que o Exército inteiro invade o círculo toda vez que deixo você paralisado? — questiono, provocando-o. Talvez, se eu atacar seu orgulho, ele vai mandar que o Exército pare de reagir. — Eles têm tanto medo de que o seu general seja derrotado por uma garota?

— O Exército das Gárgulas jurou proteger todos os indefesos, minha rainha — rebate ele, girando ao meu redor com a espada em punho outra vez. — Quando você trilha o caminho dos covardes, quando me paralisa, o Exército inteiro tem o dever sagrado de me proteger. Mandar que se afastem seria mudar a própria essência daquilo que somos.

Aquelas palavras cortam mais fundo do que qualquer espada.

Sinto vontade de gritar com ele, de anunciar que estamos em guerra e que nem tudo pode ser classificado em preto ou branco. E que não sou uma guerreira sem honra. Mas sei que isso não vai adiantar de nada. Chastain já tomou sua decisão a meu respeito. E fez isso poucos minutos depois que fomos apresentados, inclusive. Fui julgada e considerada completamente desqualificada.

Para ser bem sincera, já estou cansada disso.

Ele não me deixou qualquer opção além de usar uma tática desesperada, ao mesmo tempo que desejo não ser o bastante para irritar um deus.

Faço uma prece silenciosa para que Jikan não perceba o que estou prestes a fazer. Ele não pareceu se importar por eu ter nos congelado no tempo, ainda na Corte Vampírica, para vir até aqui. Tenho certeza de que, se eu paralisar mais algumas pessoas por um minuto — talvez menos, se eu conseguir pegar o anel rápido o suficiente —, não vai apitar em seu radar. Afinal, ele provavelmente está surfando por aí, não é?

Assim, eu me atiro no chão e rolo outra vez, para um lugar o mais distante possível dele.

Ao fazê-lo, busco todos os cordões reluzentes que consigo encontrar dentro da minha mente. Eles são finos e prateados. E embora não os tenha tocado desde que estive na caverna da Carniceira, passo o braço ao redor de todos eles e os trago para junto do peito com toda a força que consigo — ao mesmo tempo que toco o cordão verde.

Momentos depois, todas as gárgulas no campo de treinamento ficam paralisadas.

Agora, tudo que tenho de fazer é tirar o anel da mão de Chastain e libertá-los da paralisia quando sairmos da corte. Corro até Chastain, gritando para os meus amigos por sobre o ombro:

— Preparem-se! Vamos ter que sair daqui bem rápido. Assim que eu pegar o anel!

Chego junto de Chastain em um piscar de olhos; minha mão já se aproxima do seu dedo quando uma trovoada ruidosa me faz balançar.

Bem nesse momento, o Deus do Tempo aparece.

E não parece feliz.

Capítulo 98

O TEMPO E O VENTO NÃO ESPERAM POR NINGUÉM... OU SERÁ QUE ESPERAM?

As férias no Havaí devem ter terminado, porque a bermuda de surfista e os pés de pato sumiram.

Em vez disso, Jikan está incrivelmente elegante, trajando um smoking chique completo. E não é qualquer smoking. É algo que somente o Deus do Tempo conseguiria ostentar, embora eu não faça a menor ideia de como ele o faz.

É um conjunto de casaca e calças feito de veludo vermelho-mogno encimado por um brocado dourado. É algo que talvez se encaixasse bem em Las Vegas e na Noite das Mil Dançarinas. Mas não é assim. É um traje que parece custar um milhão de dólares, talvez mais, e faz Jikan ter uma aparência ainda melhor.

Talvez, seja pelo fato de como o smoking é cortado e feito sob medida.

Talvez, sejam os acessórios perfeitos: abotoaduras em forma de globos dourados, um relógio Patek Philippe e sapatos pretos e elegantes feitos de couro de crocodilo com ornamentos de ouro.

Ou, talvez, seja o fato de não importar o quanto as roupas dele sejam excêntricas. Elas combinam com o Deus do Tempo porque ele é ainda mais excêntrico. Desde as pontas dos seus cabelos prateados até as pontas dos seus sapatos ornamentados, o homem emana elegância, poder e (pelo menos no momento) raiva. Tanta raiva que mal consegue colocar as palavras para fora.

— O que você fez? — ele pergunta depois de observar o campo (e a situação em que nos encontramos) com olhos gelados. — *O que você fez?*

Mesmo ciente de que era possível deixar Jikan bem irritado, ainda sinto meus nervos agindo no fundo do estômago.

— Eu estava...

— Não foi uma pergunta — corta ele, bem ácido.

Engulo em seco antes de tentar outra vez.

— Eu só queria explicar que...

Ele ergue as mãos e junta os dedos com o polegar, fazendo o gesto universal para mandar alguém *calar a boca.*

— Você vai ficar bem quietinha agora. Ou não vai gostar nada do que vou fazer com você.

Ele se afasta de mim e começa a andar pelo círculo de treinamento, com passos lentos e deliberados, olhando com atenção para cada uma das gárgulas paralisadas.

— Achei que tivesse sido bem claro durante a nossa última conversa — ele prossegue enquanto anda ao redor de Chastain, que está congelado e com a espada erguida.

— Você foi — digo a ele, tentando encontrar o ponto de equilíbrio entre o remorso e a frustração. Talvez eu até conseguisse, se meus nervos não estivessem agindo contra mim. Enfrentá-lo quando causei um problema acidentalmente é uma coisa. Mas agora que causei o mesmo problema de propósito... é ainda mais difícil do que pensei que seria.

— Aparentemente, não fui — ele responde, observando o campo outra vez. — Considerando que você não foi capaz de seguir as instruções mais simples. Ele praticamente morde cada palavra, de modo que cada sílaba soa tal qual um tiro disparado contra mim enquanto vai até a parte mais distante do campo.

Dessa vez, ele para diante de Artelya, paralisada em uma formação de guarda perfeita. Ele dá uma volta completa ao redor dela, estudando-a com atenção, embora eu não saiba o que ele está procurando.

De repente, o olhar escuro dele aponta para o meu.

— Eu lhe avisei para não fazer isso.

— Eu sei — preciso forçar as palavras para que saiam pela minha garganta seca. — Mas não tive escolha. Se você me deixar pegar o anel de Chastain, vou colocar tudo de volta do jeito que estava e sair daqui agora mesmo. Prometo.

— Você prometeu que ia parar de interferir com o tempo. E olhe o que aconteceu com essa promessa — esbraveja ele. — Não. Você foi avisada e mesmo assim fez o que quis. Que postura mais egoísta. Achar que você sabe o que é melhor. E, por causa disso, vai ter que enfrentar as consequências. Não vou mais honrar a minha trégua com a sua avó. A Corte das Gárgulas vai ser descongelada do tempo.

— Por favor, não! — grito e não fico nem um pouco constrangida por ter de implorar. Eu sabia que ele poderia reagir dessa maneira, mas a realidade do que está acontecendo, a percepção de que o Exército das Gárgulas (a minha família e alguns dos meus amigos) pode deixar de acordar amanhã e se confraternizar no café da manhã e ficar congelados em estase, por uma eternidade, possivelmente, faz com que lágrimas brotem nos meus olhos e rolem pelo meu rosto.

— Elas não têm culpa. Estou tentando salvar o meu povo. Juro que estou tentando salvar todo mundo. Só preciso do anel. — Eu soluço. — Só do anel.

Minha mente funciona em alta velocidade enquanto luto para descobrir o que posso dizer para que Jikan não cumpra com sua ameaça e descongele o Exército. Chastain me disse que há gárgulas vivas fora da Corte congelada, em sua forma de pedra sólida, imunes ao veneno em seus organismos. Mesmo assim, elas não vão mais estar vivas. Pelo menos, não de verdade. E fiz isso a elas sem pensar duas vezes.

— Castigue a mim. Por favor. Não elas. Dê o anel aos meus amigos, deixe a Corte das Gárgulas congelada e você pode fazer o que quiser comigo — imploro.

Hudson grunhe, mas não tenho escolha. Jikan está certo. Fui eu que fiz isso. Preciso consertar as coisas. Preciso explicar.

— Eu só precisava que o tempo ficasse ao meu lado por um momento. Só por um momento. Nada mais. Eu não ia deixá-los paralisados, Jikan. Eu juro.

— Mas você não comanda o tempo — ele rosna para mim. — Ou comanda?

— Eu...

— Você é o Deus do Tempo? — pergunta ele. — Não, nada disso. Eu sou o Deus do Tempo. E sabe como eu sei disso?

Ele pega o relógio do bolso que estava usando na caverna da Carniceira.

— Porque isto aqui está comigo. E este artefato pertence ao Deus do Tempo. É o relógio universal. E, quando digo que ele é universal, estou falando isso literalmente. É o artefato que registra o tempo desde o início. Mantive o tempo longe desta Corte congelada porque Cássia me implorou. E ver aquela mulher implorar alguma coisa para alguém é algo realmente impressionante. Mas isto aqui? — ele quase urra enquanto indica todas as pessoas paralisadas no tempo, à nossa volta. — Congelar pessoas que já estão congeladas no tempo? Sabe o que acontece quando faz isso? Faz alguma ideia do que acontece? — ele pergunta.

— Eu...

— Você rasga o tempo.

— Me desculpe — peço a ele. — Eu não sabia que...

— É claro que você não sabia. Você não sabe nada sobre isto aqui, mas mesmo assim continua agindo como se estivesse no seu playground pessoal. Isso vai acabar aqui mesmo. Hoje à noite.

Meu corpo inteiro fica em estado de alerta, pois há duas opções. Ou Jikan vai me castigar aqui mesmo (e, a julgar pela maneira que ele está me olhando, há uma possibilidade forte de que isso aconteça) ou vai fazer aquilo que eu o trouxe aqui para fazer. O que preciso desesperadamente que ele faça.

— Você vai aprender qual é o seu lugar, *pequena semideusa.* — Ele profere essa última frase como se fosse o maior insulto em que consegue pensar. — E lembre-se: a culpa do que aconteceu aqui é toda sua.

O olhar dele flutua pela Corte congelada, pelas gárgulas paralisadas que estão espalhadas pelo campo de treinamento. E depois ele volta a me encarar uma última vez.

— Mas não sou desalmado. Vou mover o seu *onde* para o novo *quando* para que possa fazer suas despedidas.

Não faço a menor ideia do que ele está dizendo, mas espero honestamente que "fazer suas despedidas" não signifique que alguém vai morrer hoje. Nem devido ao veneno nem a um castigo divino.

Ele empunha o relógio de bolso e dá corda no aparelho, girando-o três vezes. Em seguida, estala os dedos e desaparece.

Capítulo 99

O LADO MAIS SUAVE DA PEDRA

Assim que Jikan vai embora, analiso ao redor e percebo que funcionou. A Corte das Gárgulas está um desastre. Sua aparência está igual a como eu e meus amigos a encontramos depois que Katmere caiu. Destruída, arruinada, nada além de escombros cobertos com plantas e trepadeiras que parecem ainda mais tristes sob a luz do luar. Meus amigos e eu estamos aqui por inteiro. E estamos até mesmo com as nossas mochilas. Agora, as gárgulas estão aqui também. E não estão mais congeladas no tempo.

Chastain está no centro do círculo de treinamento, com a espada ainda erguida. Mas ele passa o braço ao redor da cintura enquanto gira, observando o castelo em escombros e a dor que sente no abdômen. De repente, eu o ouço gritar no fundo da minha cabeça:

— *Fortificar!*

À minha volta, as gárgulas se transformam em pedra exatamente como eu esperava que acontecesse. E é aí que eu percebo que o comando que ouvi dentro da cabeça foi dado para todas as gárgulas. Exatamente como acontecia quando Alistair conversava comigo. Mas, dessa vez, a voz fala com todas as gárgulas.

Olho para Chastain, esperando que ele tenha se transformado em pedra também. Mas ele ainda está vivo, embora esteja com as mãos na barriga como se estivesse em agonia.

— Você precisa se transformar em pedra — digo a ele. — É a única coisa que vai salvá-lo agora.

O primeiro grão de compreensão se ilumina em seus olhos.

— Foi você que fez isso? — sussurra ele, caindo de joelhos conforme o veneno se espalha pelo seu corpo. — O que você fez?

Eu me ajoelho ao lado dele.

— Tome cuidado, Grace! — grita Hudson, mas finjo que não o ouço.

— Todos vocês, por favor. Afastem-se — peço, com a voz trêmula. — Deixem que eu cuido disso. — Observo a cara de Chastain, retorcida por uma careta. — Você precisa se transformar em pedra. É a única maneira de se salvar. É a única maneira de salvar o Exército.

Ele olha ao redor, observando todas as gárgulas encerradas em pedra.

— O Exército está a salvo por enquanto.

— Mas você não está! Vai morrer se não se transformar.

— E o Exército vai morrer se eu fizer isso — ele me diz. — Se eu me transformar em pedra, o anel vai ficar vulnerável. Qualquer um vai poder pegá-lo. Por isso, vou continuar de guarda pelo tempo que puder.

— E se não se transformar? Você vai morrer.

— Então, é assim que vai ter que acontecer. Meu dever é proteger este anel e vou fazer isso até o meu último suspiro. Prefiro morrer e perder o anel do que perdê-lo porque fui um covarde e salvei a mim mesmo primeiro.

Sinto o pânico me rasgar por dentro, transformando meus pulmões em concreto e o meu estômago em lava.

Chastain precisa se transformar em pedra. Ele precisa...

Solto um gemido choroso, com lágrimas brotando nos olhos quando percebo que esse homem teimoso vai me obrigar a tirar o anel da sua mão morta. A prova cabal da minha covardia.

— Sei que você nunca gostou de mim, Chastain. Você sempre achou que eu não era digna — argumento para ele. — Mas preciso que você confie em mim. Há um motivo pelo qual fiz isso, mesmo que não possa explicar tudo agora.

Olho para Izzy por um momento e fico chocada em ver o que parecem ser lágrimas em seus olhos.

— Confiar em você? — ele pergunta. — Alguém que está disposta a matar seu próprio povo em troca de um anel poderoso?

Aquelas palavras me atingem com toda a força que ele coloca nas palavras, mas me obrigo a ignorá-las e me concentrar no que é de fato importante aqui.

— Não fiz isso por mim! — exclamo, com lágrimas rolando pelo rosto. — E não fiz isso para matar o Exército. Mas você precisa confiar em mim. Transforme-se em pedra e me dê o anel. Prometo que vou proteger o meu povo.

— Proteger? — Ele aponta para as gárgulas, tossindo. — Olhe para elas. Elas são pedra, agora. E serão pedra eternamente. A única maneira de sobreviver ao veneno fora da estase é dentro da Corte congelada no tempo.

— Mas elas também não estavam vivas ali dentro. Não de verdade. Não da maneira que gostariam de estar. Ou que deveriam estar. Cedo ou tarde, elas acabariam se juntando ao Exército dos Esqueletos. Nós dois sabemos disso. Assim, a alma delas estão por fim libertas. E o Exército dos Esqueletos está livre da sua agonia eterna. E as gárgulas que sobreviveram vão voltar a viver algum dia, sem o veneno. Só preciso do anel. — Respiro rápido enquanto faço a minha súplica.

— E você acha que devo simplesmente dá-lo a você? — diz ele, cuspindo as palavras. — Só alguém muito covarde iria pensar nisso... Mas, até aí, eu sempre soube que você era covarde. Não conseguiu provar seu valor no treinamento, não conseguiu fazer por merecer o anel quando me desafiou e agora está disposta a matar milhares de pessoas, *o seu próprio povo,* para conseguir um anel que não lhe pertence. Consegue imaginar alguma coisa mais covarde do que isso?

— E você tem uma mentalidade tão tacanha e tão antiquada que se recusa a ver o que está bem debaixo do seu nariz. Pelo amor de Deus, me escute antes que seja tarde demais.

— Você não é digna dos meus ouvidos. E pior, não é digna de ser uma gárgula. E, com certeza, não é digna de ser a rainha das gárgulas. Por isso... não. Não vou escutar o que você tem a dizer. E prefiro dar este anel aos vampiros do que deixar que você o possua.

Suas palavras me machucam, mas ele também me irrita. Porque Chastain está se recusando a me dar uma única chance. Assim como todo mundo faz nesse mundo maldito.

Desde o instante em que cheguei à Academia Katmere, tenho de provar meu valor. Provar aos alunos de Katmere que eu era suficientemente digna de viver, quando tantas pessoas queriam me ver morta.

Provar a Cyrus e ao restante dos líderes das facções que eu era suficientemente poderosa para ter um lugar no Círculo. E tomar posse de uma posição que deveria ser minha por herança.

Provar para Jaxon que sou forte o bastante e que ele não precisa me tratar como se eu fosse feita de vidro.

Provar para Nuri que sou digna de confiança e que ela pode contar comigo para ajudar a salvar seu povo.

Diabos, tive até de provar a mim mesma que era forte e resiliente o bastante para ser uma consorte digna do vampiro mais poderoso que existe.

Mas agora, chega. Já estou cheia de ter de provar o meu valor para todo mundo. Sim, cometi erros. E vou cometer outros. Mas fiz várias coisas certas também. Estou cansada de pedir desculpas por chegar tarde à festa. Eu *sou* a rainha das gárgulas. E *vou* salvar o meu povo.

De um jeito ou de outro, Chastain vai me dar o anel. Não importa se vou pegá-lo do seu cadáver frio ou não.

É por isso que me aproximo e olho bem naqueles olhos orgulhosos e repletos de dor.

— Então, o seu desejo vai ser realizado — eu digo a ele. — Se eu não entregar o anel a Cyrus, ele vai matar centenas de alunos da Academia Katmere, além dos professores e outros funcionários. Não posso nem vou deixar isso acontecer. Eu não estava lá quando eles foram capturados, mas com certeza vou estar lá para garantir que sejam libertados.

Ele aperta os olhos como se tentasse decidir se estou mentindo ou não, mas o ignoro.

— O Exército das Gárgulas não vai morrer sem o anel, Chastain. Vocês não vão viver de verdade, eu sei. Mas também não vão morrer — tento explicar. — Mas aqueles alunos... eles vão ser torturados se eu não der o anel a Cyrus. Por isso, tenho que escolher o menor dos males. Permitir que o Exército das Gárgulas continue a não viver plenamente na Corte congelada ou salvar as crianças. E escolhi os alunos. Mas isso não significa que virei as costas para o meu povo. Eu vou encontrar uma maneira de curar o Exército e vou libertar vocês. E não ligo se você acredita em mim ou não. Quer saber por quê? Porque sou a porra da sua rainha e você vai fazer o que eu lhe mandar. Por isso... *fortificar*!

Chastain tosse. Em seguida, fecha os olhos conforme a dor agride seu corpo. É difícil observar a cena e saber que fui eu que causei esse sofrimento. E saber que ele pode dar um fim a isso, mas é teimoso demais para agir.

— Tudo que você precisava fazer era me contar a verdade desde o início. O propósito de uma gárgula é proteger aqueles que não podem se proteger. E crianças são as mais preciosas entre essas pessoas. Eu teria lhe dado o anel no primeiro dia, mesmo que isso significasse a morte do Exército. Uma gárgula sempre vai sacrificar a própria vida para salvar os indefesos, Grace.

A vergonha toma conta de mim com aquelas palavras, porque sempre o enxerguei como um obstáculo, algo que eu tinha de superar. Nunca me ocorreu que ele poderia ser um aliado, alguém disposto a me ajudar a salvar todo mundo. Sinto-me uma pessoa horrível por não ter nem considerado a hipótese. E pior, faz com que eu me sinta uma péssima gárgula.

Eu sabia que as gárgulas foram criadas para proteger. Só não percebi o quanto do que elas são e acreditam está enraizado nessa missão.

Mas não sou a única culpada nessa história inteira.

— Bem, da próxima vez, me dê uma chance, está bem?

Ele concorda com um aceno de cabeça e estende os dedos para facilitar a remoção do anel. E diz:

— Tive a honra de liderar o nosso povo e protegê-los por um milênio. Agora é a sua vez.

Respiro fundo e começo a dizer que não vou decepcioná-lo. Mas já é tarde demais. Ele já se transformou em pedra.

Capítulo 100

NÃO HÁ TEMPO COMO O NÃO-TÃO-PRESENTE

Sinto as lágrimas arderem no fundo da minha garganta. É algo que me pega de surpresa, considerando que Chastain e eu só tivemos problemas desde o dia em que nos conhecemos. Com exceção dos últimos momentos antes de se transformar em pedra, ele nunca foi gentil comigo.

Mesmo assim, enquanto estou aqui ajoelhada, olhando para ele, a única coisa que consigo sentir é tristeza. Sempre planejei tirar o anel dele e eu sabia que isso faria o veneno começar a agir outra vez na Corte congelada. Mas o tempo estaria do meu lado. Levaria anos para que eles começassem a ser afetados. E eu só precisava de um dia para vencer as Provações e salvá-los. E se eu não vencer... tenho certeza de que uma das primeiras coisas que Cyrus vai fazer quando se tornar um deus é esmagar o Exército de uma vez por todas. Eles estariam perdidos de qualquer maneira, sabendo disso ou não.

Mesmo assim, deparar-me com Chastain e todas as gárgulas transformados em pedra traz um peso inesperado ao meu coração. Porque depende de mim impedir que eles continuem assim. E garantir que não tirei a única oportunidade que eles tinham de viver, não importa o quanto fosse breve. Não era o tipo certo de vida, mas era alguma coisa. E agora estamos aqui, em um lugar onde estar *congelado no tempo* de repente não parece tão ruim.

Transformar-se em pedra é algo natural para uma gárgula. Ficar preso nessa forma por uma eternidade... nem tanto. E, se fracassarmos nas Provações, é exatamente isso que vai acontecer. E o pior: terei enviado todos os meus amigos para a morte também.

O pânico cresce dentro de mim quando penso no assunto. Meu coração passa a bater rápido demais. Minhas mãos tremem e não sei mais como respirar. Forço meus pulmões a se lembrarem disso enquanto puxo o ar, devagar e estremecendo. Prendo a respiração e depois a solto bem devagar. Para dentro e para fora, várias vezes.

Em seguida, começo a fazer contas na minha cabeça. Quatro mais quatro são oito...

Quando chego a duzentos e cinquenta e seis, o estrondo nas minhas orelhas desaparece, assim como as batidas aceleradas do meu coração. O pânico recua, mas não se dissipa por inteiro. E não tenho certeza de que isso vai acontecer até eu encontrar uma maneira de libertar o Exército. Mas, pelo menos, consigo pensar em outras questões agora.

Ao fazê-lo, estendo as mãos trêmulas e retiro a Pedra Divina do dedo de Chastain.

No momento que a toco, toma conta de mim uma sensação de poder que não é parecida com nada que eu já tenha sentido. Quando Alistair me passou a Coroa, eu não senti nada. Uma leve ardência e coceira na palma da mão. E só. Mas aquele calor, aquela descarga elétrica, não é nada comparado à sensação de tocar este anel. Nada comparado ao calor infernal e à intensidade de sensações que surgem só por segurá-lo. É como segurar o sol na palma da mão.

Eu o viro de um lado para outro e olho fixamente para o coração laranja e vibrante da Pedra. E fico conjecturando como diabos vou entregar isso a Cyrus. Aquele homem é obcecado por poder. Por tê-lo, manipulá-lo e tomá-lo. Como vou poder entregar algo assim para ele? Um artefato que vai lhe dar mais poder do que ele jamais sonhou?

Não posso fazer isso.

Mas preciso.

Até mesmo o fato de acreditar que ele vai cumprir com sua parte do acordo é algo incerto. O que vai acontecer se eu lhe der esta Pedra e ele não libertar todos que estavam em Katmere? E se houver uma brecha em nosso acordo mágico que não consegui antever? Como vamos conseguir detê-lo?

Será que temos alguma chance?

Não sei. Não existe uma resposta fácil... com exceção de uma.

Se não levarmos a Pedra de volta, se trairmos Cyrus, ele vai matar cada pessoa que capturou na Academia Katmere. Ou pior: vai torturá-las, sugar sua magia até não restar mais nada e deixar que morram, atormentados e sozinhos.

Quando penso no tio Finn e na tia Rowena, quando penso em Gwen e no irmão de Dawud, Amir e todas as pessoas com quem estudei, sei que há somente uma resposta possível.

É problemática? Sim. É perigosa? Com toda a certeza. É garantido que vai funcionar? Nem de longe. Mas essa é a única maneira com a qual vou conseguir viver comigo mesma. A única maneira com a qual vou conseguir me olhar no espelho.

Temos de dar o anel para Cyrus. Ninguém sabe o que vai acontecer depois, mas não posso deixar que meus amigos, minha família e meus colegas de escola morram do jeito que ele planejou. Não se houver uma única chance de colocar um fim a isso.

Tudo isso é apenas mais uma razão pela qual não podemos fracassar nas Provações. Precisamos vencer. Precisamos conquistar o pingente, a fonte ou seja lá o que for o prêmio. Temos de libertar o Exército das Gárgulas e derrubar Cyrus. É a única maneira de detê-lo e proteger todos que precisamos proteger.

Não há alternativa.

— Vamos simplesmente deixá-los aqui? Assim? — indaga Macy com a voz miúda. Ela está ao lado de Artelya, que parece tão majestosa em pedra quanto é em vida. Queixo erguido, olhos limpos, corpo pronto para lutar.

— Acho que é preciso — respondo. Não há nenhum lugar para os colocar. Não resta nenhum castelo onde possamos colocá-los e trancar a porta para mantê-los a salvo. Somente as ruínas da Corte das Gárgulas aos seus pés.

— Não me parece certo — comenta Flint. Pelo menos dessa vez, ele não fala como se estivesse irritado. Está apenas triste.

— Nada disso é certo — responde Jaxon. — E já faz muito tempo que é assim.

Flint o observa, um olhar longo e vagaroso. Pela primeira vez em dias, um sentimento diferente da raiva passa entre os dois.

Não sei o que é, mas parece bem apropriado que, seja lá o que estiver acontecendo aqui, cercada por pessoas que são mais corajosas do que eu jamais imaginaria, é maior que a raiva, a culpa e o medo que existiam antes.

A única maneira de sair dessa bagunça toda é confiarmos uns nos outros. É a única coisa que Cyrus não tem. Ele governa mediante medo e força. Por isso, nunca vai entender o que significa estar unido de verdade com alguém ou alguma coisa além da sua própria ambição.

Mas nós entendemos. Talvez não pareça assim no momento, com todo mundo espalhado por toda parte. Mas isso acaba aqui. Agora, chega.

O meu olhar encontra os olhos oceânicos de Hudson do outro lado do campo de treinamento. E há alguma coisa em seus olhos que também fazia alguns dias que eu não encontrava. Determinação. E esperança.

Esperança de que vamos conseguir superar isso.

E de que vamos ter sucesso.

Esperança de que, quando isso acontecer, a vida vai ficar melhor do que vem sendo há algum tempo. E nós também vamos.

Sorrio para ele apenas para ver como aqueles olhos se iluminam e os seus lábios se curvam em um sorriso de resposta. Temos um longo caminho pela frente em busca de consertar as coisas para o mundo e para nós mesmos. Mas talvez consigamos fazê-lo como uma verdadeira equipe, em vez de um aglomerado de pessoas que só está tentando atravessar tamanha confusão e dor.

Talvez a gente consiga ficar bem quando tudo chegar ao fim.

— Então... — Éden limpa a garganta enquanto fita Izzy. — O que vai acontecer agora? Você vai nos descongelar também? E nos mandar de volta para a Corte Vampírica com alguma magia? Tipo... não estamos paralisados como estátuas lá?

É uma pergunta excelente. Quando olho para as ruínas da Corte, que está em nossa linha do tempo, me dou conta do que Jikan disse quando falou que ia mudar o nosso *onde* para o *quando*. Não sei como ele fez isso, mas nossos corpos devem ter saído da masmorra de Cyrus e vindo até aqui. Afinal de contas, como ele mesmo diz... ele *é* o Deus do Tempo. Tenho quase certeza de que há pouca coisa que ele não é capaz de fazer.

— Infelizmente, não estamos mais na Corte Vampírica. Jikan nos tirou de lá.

Libero um suspiro. Éden faz um aceno afirmativo com a cabeça.

— Vamos voar de volta para lá, então? — ela pergunta. — Se for o caso, posso pedir que você transforme Isadora em uma estátua para fazermos a viagem? Acho que ela seria um ótimo enfeite para o capô.

— Ah, acho que podemos encontrar uma maneira mais rápida de voltar à Corte do que essa aí. — A voz desincorporada, espessa e doce como os amendoins pralinê de Nova Orleans, surge do nada. — Mas eu bem que gosto de um bom enfeite para o capô.

Dou um gritinho empolgado quando o ar à nossa volta começa a faiscar. Porque eu reconheceria essa voz em qualquer lugar.

— Remy! — grito quando o meu feiticeiro e companheiro de cela favorito aparece bem no centro do que restou do círculo de treinamento, com um sorriso enorme naquele rosto bonito.

Segundos depois, Calder surge bem ao lado dele.

— Embora eu adore voar no lombo de um dragão ou dois, prefiro ter um pouco mais de privacidade quando faço isso — conta ela, piscando aqueles grandes olhos castanhos para Flint de um jeito sedutor. — Além disso, acabei de sair do cabeleireiro. Fiz uma escova e o vento vai acabar com o meu penteado — comenta ela, dando de ombros de maneira bem descuidada, o que deixa Éden em estado de alerta.

Capítulo 101

ENCANTADOS E ENFEITADOS

— O que estão fazendo aqui? — pergunto. Dou um abraço forte em Remy e meus braços quase não se fecham ao redor do seu corpanzil enquanto olho para aqueles cabelos crespos e escuros e os olhos verdes como uma floresta. Tenho a sensação de que já faz um ano que não o vejo, mesmo sabendo que só faz uma semana, no máximo.

Ele me abraça com a mesma força, para se afastar em seguida com uma piscada de olho.

— Eu disse que você ia me ver de novo, *cher*.

Hudson revira os olhos e vem para junto de mim. Isso me faria rir, se eu não tivesse acabado de forçar o meu exército inteiro a se transformar em pedra. Mesmo assim, ele estende a mão para Remy.

— É bom vê-los. Mas não sei ao certo por que vocês estão aqui.

Piso no pé de Hudson e digo por entre os dentes:

— Não seja grosseiro.

Mas Remy só ri.

— É legal ver que algumas coisas não mudaram.

— Mas outras mudaram bastante, não é? — Ele olha para Flint com uma expressão séria. — Lamento pelo que aconteceu com o seu namorado. E com a sua perna.

Flint fica simplesmente encarando Remy, como se não soubesse o que dizer. E talvez não saiba mesmo. Ninguém na Corte das Gárgulas fez qualquer menção à sua perna. E quase todos nós fizemos bastante esforço para não falar a respeito dela também. Após certo tempo, ele simplesmente agradece e baixa a cabeça.

— Gostei da sua perna nova — elogia Calder, envolvendo-o com um abraço com o aroma de jasmim e baunilha. — Além disso, podemos enfeitá-la antes do nosso encontro.

— Encontro? — pergunta Flint.

— Enfeitá-la? — repete Éden. E parece que está precisando fazer um esforço enorme para não cair na gargalhada.

— Comprei uma pistola de cola quente e um balde cheio de pedras semipreciosas assim que Remy viu o que aconteceu — explica Calder, batendo palmas várias vezes como uma garotinha empolgada, do jeito que sempre faz. — Estou superansiosa!

— Fique à vontade, então — interrompe Jaxon, bem irônico. — Que comece o enfeitamento.

— Vai ficar linda! Não tão linda quanto eu, mas... — Ela dá de ombros, como se quisesse dizer *o que mais pode ser?* E isso é uma ótima pergunta, porque aquela manticora talvez seja a pessoa mais bonita que já vi. E isso é um elogio enorme, considerando quem o meu consorte é.

— Por que não conta a ele sobre o encontro que você planejou? — pede Remy com a voz mais inocente que já ouvi o feiticeiro usar. E me preparo para a explosão de Flint.

— Comprei ingressos da pista VIP para a nova turnê do BTS quando eles vierem para Nova York. Vamos nos divertir bastante! Até comprei camisetas com a letra daquela música *Butter* para usarmos no show.

— As camisetas são enfeitadas? — pergunta Éden de modo disfarçado e fazendo Macy rir.

Mas Calder a escuta.

— É claro que não. Isso tiraria o brilho da perna de Flint.

— E nós não queremos que isso aconteça, de jeito nenhum — Jaxon consegue dizer sem rir.

O sarcasmo deve atingir Calder dessa vez, porque ela olha para Jaxon com os olhos estreitados. E eles logo se arregalam quando ela o percebe.

— Ora, ora... Olá, moço — cumprimenta ela enquanto enrola uma mecha do cabelo ao redor do dedo. — Tudo bem com você?

Ela está usando todo o seu sex appeal agora. E Jaxon parece, ao mesmo tempo, um pouco estonteado e desconfortável.

Dawud, por outro lado, parece bem perto de começar a uivar para a lua. Éden e Macy parecem tão enamoradas quanto na primeira vez que conversaram com ela também. Mesmo assim, é difícil culpá-las. Calder tem uma presença formidável.

— Com um pouco de pressa, na verdade — Jaxon responde para Calder, olhando para mim como se quisesse andar logo.

— Aposto que está mesmo — pontua Flint por entre os dentes.

O rosto recém-bronzeado de Jaxon fica vermelho e, por um segundo, tenho a impressão que já está farto das alfinetadas de Flint. Mas, no fim das contas, ele simplesmente aperta os dentes e fica mirando algum ponto distante. E Flint faz exatamente a mesma coisa, mas na direção oposta. É uma situação nem um pouco ridícula.

Volto a olhar para Remy, que observa as reações com o sorriso torto de um homem distante de todo esse drama... Alguém que é capaz de ver o futuro.

Faço uma careta para ele, mas Remy simplesmente pisca o olho para mim. E isso faz com que Hudson revire os olhos com tanta força que eu ficaria surpresa se isso não lhe doeu.

— Você não respondeu à minha pergunta — eu me dirijo a ele enquanto Flint e Jaxon continuam a trocar farpas atrás de nós. — Por que vieram aqui?

— Você vai precisar de mim para o que está por vir. E Calder insistiu em vir comigo também — explica ele, indicando a manticora com um aceno de cabeça.

— E vocês simplesmente vieram? — pergunto, espantada (e, ao mesmo tempo, nem tão espantada assim) por ele o ter feito. — Sabe que vai ser perigoso, não é?

— O que isso quer dizer, então? Eu devia simplesmente abandonar você? — ele pergunta, erguendo as sobrancelhas. — Não é assim que a amizade funciona. Tenho certeza de que uma linda garota morena me disse isso certa vez.

— Ah, sim, mas o consorte da linda garota morena vai dar uns petelecos em outras coisas além da sua linha do tempo se você não andar na linha — comenta Hudson, sem se alterar.

Remy esboça uma cara de mágoa, mas há um brilho malandro em seu olhar que indica que ele gosta dessas discussões com Hudson. E, claro, a expressão no olhar de Hudson revela que o sentimento é recíproco. É algo que me faz balançar a cabeça. Mesmo que eu viva mil anos, nunca vou conseguir entender esses confrontos amigáveis que tantos homens parecem curtir.

Izzy faz um som para mostrar que está enojada.

— Por acaso vocês querem umas latas de chantlily e uma cereja para completar toda essa doçura, ou já terminaram?

Remy a fita e, em seguida, mede Izzy da cabeça aos pés enquanto fica praticamente imóvel.

Eu olho para Hudson com uma expressão confusa, mas ele simplesmente dá de ombros enquanto os dois continuam a se encarar por vários segundos.

Após determinado tempo, Izzy rosna e desvia o olhar, mas Remy continua a observá-la com um olhar atento. E isso só serve para irritá-la a ponto de sacar uma adaga e começar a limpar as unhas com ela. Como se fazer isso com uma lâmina afiada como uma navalha fosse a coisa mais natural do mundo.

— O que acham que vai acontecer quando dermos a Pedra a Cyrus? — Flint pergunta ao grupo. — Deve ser algo muito ruim, se Remy precisou vir ajudar.

— Ainda não vi isso — ele responde. — Simplesmente tive a sensação de que precisava estar aqui. Por isso, aqui estou.

Izzy bufa e balança a cabeça antes de passar a adaga para a outra mão.

— Imagino que isso significa que Cyrus vai tentar nos trair, não acham? — indago, encarando Jaxon e Hudson. Depois de Izzy (que, definitivamente, não está sentindo o menor espírito de coletividade no momento), os dois são os que melhor conhecem o pai.

— Acho que é seguro considerar que o nosso pai sempre vai tentar trair os outros — comenta Jaxon.

— Belo eufemismo. — Hudson ri, mas não há humor algum.

— Sempre pensei que ele faria isso — comento. — E é por isso que acho que tenho o princípio de um plano em mente.

— Vamos ouvir esse plano, então — sugere Macy.

— Acho que eu deveria tentar paralisá-lo e depois... — começo a falar, esquecendo totalmente que Izzy joga no time adversário.

— Essa é a sua resposta para tudo? — A ironia praticamente escorre pela voz de Izzy e vem direto contra mim. — Paralisar? E o que vai acontecer quando alguém não for paralisado?

— Isso ainda não aconteceu — Macy a lembra.

— Bem, desastres acontecem quando você menos espera.

— E, às vezes, as pessoas provocam desastres. — Os olhos de Remy se estreitam. — Você está pensando em fazer alguma coisa?

— Acho que isso depende. Você vai continuar fazendo perguntas idiotas? — ela rebate, com uma careta.

Ele não responde. Simplesmente, continua a fitar os olhos dela até que Izzy se vira para o outro lado, bufando.

— O que vamos fazer se ela for um problema? — pergunta Jaxon com a voz baixa. — Ela é perigosa demais para estar do lado de Cyrus se ele vai se virar contra nós.

— Não se preocupem com isso — responde Remy, após um segundo. — Posso cuidar dela.

— Ah, essa vou querer ver — rosna Izzy.

Há um toque malévolo no sorriso de Remy quando ele responde:

— Bem, então por que não vem até aqui, *cher*? Aí nós vamos ver o que posso fazer.

A única resposta que ela dá é fazer com que uma adaga passe voando a poucos milímetros da bochecha de Remy.

Capítulo 102

UM ANEL E UMA ORAÇÃO

Remy nem se abala. Em vez disso, simplesmente faz um gesto e gira a adaga enquanto ela ainda está voando. Em seguida, ele a manda na direção de Calder, que a agarra ainda no ar.

— Ahhh, que linda — comenta ela antes de guardar a adaga em sua enorme bolsa de grife. — Obrigada.

— Essa adaga é minha — diz Izzy, acelerando até onde ela está e estendendo a mão para pegar a bolsa.

Calder se transforma em um instante, com um grunhido grave e gutural, além de garras curvas e felinas que brotam de seus dedos. Isadora recua, surpresa, antes que Calder consiga acertá-la.

Segundos depois, as garras desaparecem e Calder voltou a ter aquela expressão normal e sorridente no rosto.

— Da próxima vez, não jogue suas coisas fora se quiser ficar com elas — ela sugere a Izzy, que olha para Calder e Remy sem saber direito quem quer surrar com mais força.

Remy simplesmente pisca o olho para ela. Em seguida, olha para mim e indica o anel que coloquei no dedo com um aceno de cabeça.

— Esta é a Pedra Divina?

— É, sim. — Estendo a mão para que ele a veja.

— Achei que seria maior.

— É, já ouvi isso antes — comenta Éden.

Remy dá uma risadinha.

— Que beleza.

Ele ergue a minha mão para examinar o anel, mas seus olhos apontam para Izzy no mesmo instante.

No começo tenho a impressão de que ele está preocupado (e com razão) com a possibilidade de que a próxima adaga que ela atirar não erre o alvo.

Mas tem mais alguma coisa acontecendo ali. E, na quarta vez que isso acontece, alguma coisa parece clicar no meu cérebro.

— Olha, que interessante — digo a ele quando me recupero da surpresa.

— Não tão interessante quanto esta confusão em que você se meteu — ele responde.

— Você usou mesmo a pior resposta do mundo para mudar de assunto? — pergunto.

— Uau. Tem alguém aqui que adora julgar os outros, hein?

— Você nem imagina o quanto — intervém Jaxon.

— Ei! — Eu o encaro, irritada. — Do que está falando?

— Só estou dizendo exatamente aquilo que vi — ele brinca.

— Acho que você está precisando usar óculos, então.

Hudson está dando risadinhas a esta altura, assim como Macy e Éden. Até mesmo Flint demonstra o espectro de um futuro sorriso nos cantos dos lábios. E isso me deixa tão feliz que reviro o cérebro a fim de encontrar uma alfinetada que possa dar em Jaxon. Se esse tipo de diálogo com provocações amistosas é o que Flint precisa para se sentir como era antes, mesmo que apenas por uns segundos, vou fazer de tudo para dar isso a ele.

No entanto, Izzy não parece tão preocupada quanto eu. Porque ela interrompe aquelas brincadeiras com um rosnado.

— Por mais que esta reunião seja agradável, meu pai está esperando para receber o anel. A menos, é claro, que você queira se atrasar e ver o que vai acontecer. Eu não faria isso, se fosse você.

— É para isso que servem os portais — Remy diz a ela. — Podemos chegar à Corte Vampírica em menos de um minuto, *cher*.

— Não podemos, não — retruca ela, interrompendo-o. E é fascinante escutar o sotaque típico britânico de Izzy se misturar à fala lenta e arrastada de Remy com aquele seu sotaque sexy da região da Louisiana. — Não vai haver nenhum portal. Nós vamos voar.

Ele ergue uma sobrancelha.

— Achei que você estivesse preocupada com a velocidade.

— O que eu quero é velocidade *com* precisão — diz ela.

— Ah, é mesmo? — As duas sobrancelhas de Remy se erguem agora e um sorriso malandro cruza seu rosto. — Vou me lembrar disso.

Ela revira os olhos, soltando um grunhido de asco que vem do fundo da garganta.

— O que estou dizendo é que não confio em você para abrir um portal direto para a Corte Vampírica. Nem o conheço. Você pode me deixar no meio de algum deserto em vez de me deixar perto da minha cama, que é bem confortável. E não vou aceitar uma coisa dessas.

— Por mais encantadora que seja a ideia de ver você viver a vida dos beduínos, garanto que o meu portal vai direto para onde precisamos que vá — responde Remy. — E, em relação a toda essa desconfiança, acho que seria bom você trabalhar um pouco essa questão. Nem todo mundo quer matar você ou foder com a sua vida, sabia?

Ele conclui retorcendo os lábios de modo discreto, claramente desafiando Isadora a continuar pressionando. No começo, tenho a impressão de que a cabeça de Izzy vai explodir. Tipo... literalmente explodir.

Em geral, ela indica sua irritação ao estreitar os olhos ou repuxar os lábios, mas dessa vez seu rosto está vermelho; seus olhos tão estreitados que se transformaram em duas fendas e tenho certeza de que vejo fumaça sair pelas suas orelhas. Ela está furiosa e estou com medo do que pode acontecer a Remy.

Hudson deve sentir o mesmo, porque, mesmo enquanto começo a andar para entrar na frente de Remy, ele vem para se colocar na minha frente. Agora, pelo menos, ela vai ter de passar por nós dois para chegar até o feiticeiro.

Não estou dizendo que ela não faria isso, mas pelo menos vamos ter uma chance de atrasá-la antes que haja algum assassinato ou outro tipo de violência.

Mas, no fim, ela se contenta em cruzar os braços diante do peito e encará-lo com um olhar superior.

— Nada de portais.

— E você acha que é capaz de me impedir, *cher*? — desafia ele.

— Cara, ela é um Sorvedouro de Almas — comenta Flint e em seguida baixa a voz. — Eu não ficaria provocando essa garota, se fosse você.

Remy ri. E, depois de uma gargalhada enorme, diz:

— Se acha que vai conseguir roubar a minha magia... Bem, boa sorte.

Ele vira de costas, ignorando-a, e gira a mão no ar, traçando um círculo com rapidez. Com isso, um portal começa a se formar no mesmo instante. Izzy acelera até Remy antes que eu consiga piscar os olhos e libero um gemido de surpresa quando ela ergue a mão e fecha o punho — exatamente como Hudson fez para destruir o Exército dos Esqueletos. Imagino que esteja tentando arrancar a alma de Remy do corpo.

Mas Remy simplesmente dá uma risadinha.

— Bem, isso vai ser divertido.

Izzy fica boquiaberta, assim como todos nós. Mas Remy a encara com uma expressão que diz *isso é tudo que você consegue fazer?*

— Que incrível! — exclama Macy. — Geralmente, preciso de vários minutos para conseguir criar um portal. Você só fez um giro com a mão e... *bum!* Já criou o portal.

Minha prima observa tudo com um olhar que mistura admiração e choque ao mesmo tempo e eu entendo. Passei os dois primeiros dias na prisão com

Remy agindo exatamente desse jeito, sem conseguir acreditar se ele era de verdade.

— Mas como você... C-como é possível que... — Izzy gagueja e tenho de admitir que até que é interessante vê-la ficar sem palavras.

— Eu tomava o café da manhã a trezentos metros de quatro mil detentos treinados para me matar. Por isso, não pense nem por um segundo que você pode chegar perto de mim, levantar esse punho e me intimidar.

A voz de Remy exibe o tom mais sério que já ouvi. Seus olhos estão distantes e, de repente, lembro-me de como me senti indefesa quando estava naquela cela com ele. E como ambos nos sentimos indefesos. Não me admira o fato de ele não estar brincando com a ameaça de Izzy.

— Espere aí... — diz Flint. — Isso aí não é uma fala daquele filme *Questão de Honra*?

A expressão séria de Remy imediatamente se dissolve em uma de alegria pura.

— Você assistiu? Não é um filme incrível?

Calder revira os olhos.

— Ah, pronto. Ele *ama* esse filme.

— O filme é fantástico! — exclama Flint com um sorriso. — Aaron Sorkin. É o melhor diálogo que existe.

— "Você quer me ver naquela cerca. Você precisa de mim naquela cerca." — Remy faz uma imitação bem razoável de Jack Nicholson e toca o punho fechado de Flint com o seu.

— Vamos nos reunir para uma sessão de filmes, eu e você. Assim que dermos um jeito nessa situação que Cyrus criou. Topa?

— Com certeza! — concorda Flint. E não consigo deixar de perceber que Jaxon observa fixamente aquele sorriso enorme e bobo no rosto do nosso amigo. O mesmo sorriso que não víamos desde a morte de Luca.

— Quem é Aaron Sorkin? — pergunta Izzy. Um por um, nós nos viramos para olhar para ela como se uma segunda cabeça houvesse brotado em seu pescoço. — Ah, esqueçam. Vou matá-lo também, se ele se meter comigo.

E todos nós explodimos em risadas. Todos, menos Remy, que a contempla com uma expressão pensativa. E Calder, que parou de jogar os cabelos por tempo suficiente para estudá-la como se Izzy fosse um experimento de ciências.

Mas, conforme as risadas vão perdendo a força, Calder declara:

— Gostei de você. A partir de agora, você vai ser a minha melhor amiga.

E isso faz com que todos nós caiamos na risada de novo. Até mesmo Remy dá uma risadinha dessa vez.

Após determinado tempo, as risadas perdem a força e Remy fita Izzy.

— Não fique tão incomodada, *cher*. Você está convidada para vir assistir ao filme com a gente.

— Ei! — intervém Flint. — Se você vai trazer alguém de fora, então também vou.

Remy dá de ombros.

— Como eu sempre digo... Quanto mais gente, melhor.

— Espero que essa não seja uma daquelas piadas que contam na prisão — comenta Hudson e Flint solta um gemido exasperado.

— Cara... Isso não foi legal — pontua Flint, mas ele está sorrindo. Mais uma vez, percebo que Jaxon não consegue tirar os olhos dele. Definitivamente vamos ter de conversar sobre isso mais tarde. Mas antes disso...

— Só uma curiosidade. Por que você é imune ao poder de Izzy? — pergunto a Remy.

Remy continua a sustentar o olhar de Izzy, e percebo que ela quer virar a cara e fingir que não se importa. Mas também está louca para saber. Provavelmente para descobrir um jeito de burlar a proteção e sugar a alma de Remy como a pessoa sanguinária que ela é.

Depois de um instante, Remy pisca o olho para ela e replica:

— Ela tem um poder enorme, preciso admitir. Mas já roubaram a minha magia uma vez. É preciso ser mais do que uma mera semideusa para conseguir tirá-la de mim outra vez.

— Semideusa? — Jaxon repete enquanto eu e os outros recuamos, surpresos. Ele olha para a irmã como se à espera de que houvesse um letreiro luminoso em sua testa, com uma flecha apontada para baixo. — Como é possível?

Izzy dá de ombros antes de puxar mais uma faca do cinto e começar a limpar as unhas outra vez.

É uma ação defensiva, pura e simplesmente. E enquanto tento assimilar as palavras de Remy, Dawud fala pela primeira vez:

— Espere aí. Isadora é uma semideusa?

— Vocês não sabiam? — O olhar de Remy é tomado por uma expressão de remorso e ele se vira na direção de Izzy. — Me desculpe. Não vou falar mais nada sobre isso. O segredo é só seu.

— Do que está falando? — pergunta Jaxon, olhando para eles. — Quem é a sua...

— Isso não é da sua conta! — esbraveja Izzy. — Por isso, pare de me atormentar antes que você perca a língua.

Quase explodo numa gargalhada quando vejo a expressão no rosto de Jaxon. Izzy é uma pessoa horrível, mas parte de mim a admira também. Sei que tenho um problema com limites, mas ela simplesmente exibe os seus com arame farpado e um campo minado. Tenho de respeitar isso nela.

— Há mais alguma coisa que precisamos fazer antes de colocar o pé na estrada? — Remy pergunta. Seus olhos estão bem atentos, como se já soubesse. E eu diria até que há algo reconfortante (mas, ao mesmo tempo, bem irritante) em ter um amigo que sabe o que vou fazer antes que eu faça.

— Tem, sim — replico, com a voz tranquila.

Tiro o anel do dedo e vou para junto de Izzy. E, sob os olhares chocados dos meus amigos, eu o estendo para ela.

Mas eles não são as únicas pessoas que estão chocadas.

— O que está fazendo? — ela pergunta, praticamente se encolhendo de medo da Pedra Divina. — Por que está me dando esse anel?

Ela está tão horrorizada que quase rio. Mas consigo me controlar.

— Sabe que este anel tem poder suficiente para libertá-la de Cyrus, não é?

— Nem vem com essa — retruca ela, ríspida.

— Por que está dizendo isso a ela? — pergunta Flint, que parece furioso. Mesmo assim, ele parece sempre furioso nesses últimos dias... A menos que esteja combinando sessões de filmes com Remy, é claro.

— Porque ela merece saber que não vou julgá-la por dar o anel a Cyrus — respondo, encarando fixamente os olhos azul-escuros de Izzy.

— E o que faz você pensar que me importo com o que você pensa? — rosna ela enquanto coloca o anel no dedo e um tremor balança o seu corpo. — Você não me conhece.

— Porque você vai dar esse anel ao seu pai para libertar os alunos de Katmere... e vai se arrepender, vai se perguntar *e se eu tivesse agido de outro modo?* e depois vai ficar se sentindo culpada.

O riso dela é gelado.

— Está maluca se acha que me importo com a liberdade daquela gente.

— Ah, eu sei que você não se importa com eles. Mas você vai usar o anel para se libertar também — digo. Sei que estou forçando a barra, sei que estou prestes a me jogar em um daqueles limites que ela cercou com arame farpado. Mas não me importo. Acho que ela precisa ouvir isso. E acho que todo mundo também precisa.

Especialmente Remy, se o que desconfio for verdade. Mas parece que ele mal está me dando atenção.

Mesmo assim, só me resta tentar. E é isso que eu faço.

— Você vai dar o anel para o seu pai porque ele sempre desdenhou de você e a castigou por não provar seu valor. Imagino que tenha feito isso durante toda a sua vida. Ainda não está preparada para lidar com uma coisa chamada esperança.

Por um segundo apenas, o medo toma conta dos olhos de Izzy. Mas ele desaparece com a mesma rapidez com que surgiu, dando lugar à fúria.

— Você não sabe nada sobre mim.

— Talvez não — concordo. — Mas a questão é a seguinte... Se eu der o anel a Cyrus, ele vai achar que conseguiu fazer eu me curvar aos seus desejos. Não teria sentido algum. Mas, se você levar o anel de volta, vai conquistar o respeito dele. E talvez você se dê conta de que nunca precisou desse respeito. Se Remy tiver razão, você é uma força muito mais poderosa do que o próprio Cyrus é, e sem o anel. Você pode escolher um caminho diferente, se quiser.

As mãos dela tremem. E tenho quase certeza de que ela está a ponto de puxar uma faca para me calar para sempre. Mas tenho de terminar. Se o que Hudson disse a respeito dela for verdade, Izzy merece saber que alguém a entende.

— Mas quero que você saiba que entendo o motivo pelo qual você não vai sair. Ou por que você vai dar o anel para aquele monstro e continuar por lá. Você não tem culpa. Qualquer pessoa no seu lugar faria o mesmo. — Suspiro e olho para Hudson e Jaxon antes de encará-la outra vez. — Mas acho que você vai estar pronta para partir algum dia. E, quando esse dia chegar, quero que saiba que vou estar ao seu lado para ajudá-la. E os seus irmãos também.

Jaxon reage com um resmungo enfastiado, mas Calder e Macy o mandam ficar quieto.

— Por que está fazendo isso comigo? — questiona Izzy. E percebo um tremor na sua voz que nunca ouvi antes.

— Porque alguém precisa reconhecer que você está tão presa na teia de Cyrus quanto nós — respondo. Em seguida, ciente de que já a pressionei demais, recuo um passo e enlaço o braço de Remy com o meu. — Agora, está pronto para encontrar o maior narcisista que existe?

Ele ri.

— Quem imaginaria que existe alguém por aí capaz de competir com Calder?

Mas Calder simplesmente revira os olhos e agita os cabelos.

— A inveja é uma coisa muito indigna mesmo.

— A vaidade também — cutuca Izzy.

— Isso é para quem pode — devolve Calder. Mas em seguida ela para, arregalando os olhos. — Ei, acho que preciso de uma penteadeira nova. Que tenha luzes. Remy!

— Vou lhe arranjar uma dessas assim que terminarmos aqui, está bem? — ele promete com uma risada.

— Está mais do que bem. Está perfeito! — Ela estala as juntas dos dedos. — Agora, onde está aquele vampiro de quem vou arrancar as bolas? Comprei uma *airfryer* novinha e estou louca para testá-la.

Todos começam a rir, porque é impossível não o fazer quando Calder está empolgada.

Enquanto caminhamos rumo ao portal que Remy deixou aberto durante todo esse tempo sem fazer esforço algum, percebo que Dawud enfim acordou do transe em que estava desde o momento que Calder apareceu.

Seu semblante lupino, tranquilo e estudioso, basicamente se transformou naquele emoji com estrelas no lugar dos olhos e é algo incrível de se ver.

— Estão prontos? — pergunta Hudson, chegando junto a mim do outro lado.

— Mais do que pronta — respondo, segurando na mão dele.

— Está bem, então. — Remy abre um sorriso. — Vamos explodir esse quiosque de picolés.

E, com isso, nós três somos os primeiros a passar pelo portal.

Capítulo 103

UM SABOR BEM DESAGRADÁVEL

E eu pensava que os portais de Macy eram legais.

Mas se os portais dela são BMWs, os de Remy são as Maseratis dos portais. Rápidas, elegantes e absolutamente lindas, com cores revoltas girando em nosso entorno. Seu portal nos leva diretamente à Corte Vampírica. Não há sensação de queda, esticamento, dor nem pressão. Bastam poucos passos rápidos e estamos exatamente onde precisamos, embora eu preferisse ter chegado do lado de fora da cela da masmorra em vez de dentro dela.

Os alunos estão todos ali, pelo que posso perceber. E suspiro aliviada quando percebo que Cyrus manteve sua palavra e não machucou ninguém. Mekhi, Rafael e Byron chegam correndo e puxam Jaxon para um abraço coletivo.

— Cara, que bom ver você — comenta Mekhi, dando tapinhas nas costas de Jaxon.

— Me dê um segundo e vou criar um portal para sairmos daqui bem rápido.

— Como você consegue usar magia dentro dessa cela? — indaga Izzy. E, pela primeira vez, eu percebo um toque de admiração em sua voz.

Remy se vira para ela e pisca o olho.

— Acho que também tenho alguns segredos, *cher*.

O barulho de passos descendo com agilidade pelas escadas invade a masmorra e não consigo ouvir a resposta de Izzy quando Cyrus aparece na porta da nossa cela.

— Você conseguiu? — Cyrus pergunta. E não há mais frieza em sua voz. Nem controle. Apenas uma ganância pura e imaculada.

— Eu estaria aqui se não tivesse conseguido? — pergunta Izzy.

— Mostre-me! — ele exige, com uma intensidade raivosa em cada sílaba conforme faz um sinal para que um guarda abra a porta para ela.

Izzy passa pela porta e ergue o anel com sua poderosa pedra laranja e Cyrus solta uma risada maníaca (verdadeiramente maníaca) antes de arrancar o anel da mão da filha e olhar para ele como Sméagol em *O Senhor dos Anéis*. Juro que, a essa altura, não ficaria nem um pouco surpresa se ele chamasse o anel de "meu precioso" e começasse a acariciá-lo, também como Sméagol. Meu estômago se retorce quando o vejo segurando o objeto que é capaz de transformá-lo em um inimigo ainda mais poderoso. Mas aperto os dentes e digo a mim mesma que não havia alternativa.

— Quando as suas estátuas desapareceram, não fiquei nem um pouco preocupado — comenta ele, sem tirar os olhos do anel. — Eu sabia que você ia voltar com o que eu buscava, Isadora. — Seus olhos continuam a fitar o anel com tanto desejo que Cyrus nem percebe como ela endireita os ombros, mesmo que de maneira bem discreta. Ou como ergue o queixo ao receber seu elogio. Em seguida, ele faz um gesto com a mão e continua: — Eu sabia que você conseguiria. E você sabe o que lhe aconteceria se não conseguisse. — Ninguém fica surpreso ao perceber que aquele era um elogio vazio.

Ninguém, com exceção de Izzy. Ela tenta esconder a maneira como seus ombros murcham encostando-se na parede que está próxima e pegando uma adaga para limpar as unhas.

— Só quero agradar, pai.

Com as portas abertas, nós logo saímos da cela. Jaxon, Hudson, Macy, Éden e Dawud, assim como Remy e Calder. Mas, quando o restante da Ordem tenta nos acompanhar, Cyrus faz um gesto e os guardas fecham a porta com força.

— Não está se esquecendo de nada? — pergunta Hudson, com as sobrancelhas erguidas.

Cyrus não responde. E isso é assustador de um jeito totalmente diferente. Já vi Cyrus com vários estados de humor diferentes nos últimos meses — agressivo, irônico, determinado, exibido, frustrado —, mas nunca o vi desse jeito.

Nunca o vi tão completamente obcecado por alguma coisa ou alguém. Nem mesmo por mim e olhe que ele me odeia pra valer.

Depois de quase trinta segundos, ainda não conseguimos uma resposta, então decido intervir.

— Você se esqueceu dos alunos e dos professores. Você prometeu libertá-los e não vamos sair daqui sem eles.

Com isso, Cyrus ergue a cabeça e aperta os olhos ao me encarar.

— Esta é a minha Corte — ele afirma para mim, com uma voz sem abertura para argumentação. — E esta é a minha casa. Você sai quando eu disser que pode ir. E esquece o que eu mandar que esqueça. Neste momento, estou lhe dizendo para esquecer os alunos e ir embora daqui. Antes que eu mude de ideia em relação deixar que vá.

— Mas nós temos um contrato! — exclamo e aponto para a tatuagem no meu antebraço.

— Sim, e você não cumpriu a sua parte do acordo — rebate Cyrus. — Foi Izzy que me trouxe o anel, não você.

Sinto um peso no estômago quando olho para o rosto dos meus amigos. E vou fazer questão de pedir a Hudson que explique todos os níveis possíveis de um contrato mágico. No momento, só quero dar um tapa na minha própria testa. Como foi que deixei de perceber essa brecha?

— Bem, então acho que nós temos um problema, pai. — Hudson dá um passo à frente. — Porque não vamos sair daqui sem eles.

Uma expressão irritada perpassa o rosto de Cyrus.

— Bem, neste caso, você pode voltar para a cela da masmorra com eles. Faça a sua escolha. — Ele ergue a mão e os guardas vampiros na parede dos fundos começam a avançar contra nós.

Ele pagou para ver o blefe de Hudson. E isso significa que estamos sem tempo e opções. Vou ter de chegar perto o bastante para poder tocá-lo e esperar que os outros pensem em um jeito de usar essa vantagem. Só de pensar na questão já sinto a minha pele formigar. Mas Cyrus não me deixou muitas opções aqui.

Olho para Hudson e Remy. E fica óbvio que os dois sabem o que estou pensando. Hudson faz um sinal afirmativo com a cabeça e Remy ergue as sobrancelhas como se dissesse *vá em frente.*

— Será que você não está se esquecendo de alguma coisa? — pergunto, me aproximando dele com cada palavra.

— Minha querida Grace — diz ele, embora seu tom de voz revele que não lhe sou nem um pouco "querida". — Você já me deu tudo que eu preciso.

Ele coloca o anel no dedo. E percebo o momento em que ele sente o poder da Pedra Divina. Seu corpo inteiro estremece. E seu rosto se ilumina com um prazer malévolo. Mas ele também está distraído.

É isso que eu estava esperando. Uma abertura para tocá-lo. Olho para Hudson a fim de me certificar de que ele está pronto para derrubar os guardas. Em seguida, coloco a mão em Cyrus bem quando Hudson agarra o guarda que está mais perto dele. Busco dentro de mim e toco no cordão verde com as costas da mão.

Como eu esperava, Cyrus fica paralisado. Mas percebo, horrorizada, que também devo ter tocado o meu cordão de platina, pois os dois cordões ficam muito próximos para que eu me sinta confortável. E que paralisei tanto Cyrus quanto a mim mesma... juntos.

Capítulo 104

JOGOS DE TABULEIRO E BABACAS AO REDOR DA MESA

Juro, esse cordão verde tinha que vir com um manual de instruções, porque a última coisa que desejo é ficar congelada no tempo junto a Cyrus. Tipo... Quem diabos quer estar em algum lugar com esse homem? E pior, presa na mente dele? Vou precisar me esfregar um milhão de vezes com Lysoform quando escapar daqui, só para me livrar dessa sensação pegajosa.

Para ser honesta, estou surpresa por ele não estar gritando para que eu saia da sua cabeça enquanto caminha pelo corredor de mármore negro com um traje que, imagino, deve ter sido o ápice da elegância há mil e duzentos anos. Calças pretas justas com uma espécie de meia cinzenta que lhe sobe pelas canelas, uma túnica preta e longa com bordados em prata nas mangas e na barra, cinto e sapatos de couro preto e um manto prateado preso com um broche sobre o ombro esquerdo.

Cada milímetro do seu traje (e das botas que ele calça) é perfeito. Mas eu não esperaria nada menos de Cyrus. Mesmo no meio de uma batalha, nunca o vi com uma aparência que não fosse, no mínimo, perfeita.

Não faço a menor ideia do lugar para onde ele está indo, embora eu perceba que fica na Corte Vampírica. Mas ele está com pressa para chegar lá, andando tão rápido que quase preciso correr para acompanhá-lo. Após determinado tempo, chegamos a uma porta pesada de madeira no fim do corredor. Cyrus a abre e passa por ela.

É um espaço amplo parecido com um escritório ou uma sala de reuniões. Mas, conforme ele se aproxima da mesa no centro da área, percebo que estamos em uma sala de guerra. Há uma mesa redonda e gigante que domina o centro do cômodo, com um mapa incrustado na superfície e grupos de marcadores de cores diferentes espalhados ao redor. Vejo também um homem mais velho sentado diante da mesa, observando a situação, com um grupo de criados em posição de sentido logo atrás.

Quando me aproximo, percebo que ele listou o número de cada tipo de paranormal em cada região, junto de suas fraquezas e da melhor maneira de conquistá-los ou eliminá-los. Porque, ao que parece, o projeto de dominação mundial de Cyrus não é nenhuma novidade.

Quando a porta da sala de guerra se fecha, Cyrus tira o manto e o larga sobre o sofá mais próximo. Em seguida, arregaçando as mangas, ele se aproxima da mesa no centro do ambiente.

Do lugar onde estou, semiescondida por uma enorme tapeçaria e uma escultura, a mesa se parece com o tabuleiro de um jogo bem detalhado de *War*... e acho que só isso já seria bem preocupante. Afinal, creio que mil anos sejam tempo mais do que suficiente para descobrir e eliminar todas as falhas que possam surgir em planos de dominação mundial, certo?

— Fez algum progresso? — Cyrus pergunta ao outro homem enquanto se senta do lado oposto da mesa.

— Creio que sim. Se olhar aqui... — Ele para de falar no meio da frase enquanto olha para Cyrus. — Você continua visitando aquela bruxa, não é?

A voz dele deixa várias nuances implícitas.

— Como sabe disso? — esbraveja Cyrus.

— Você está com uma... — Percebo o que ele está apontando: uma mancha vermelha de batom na ponta do colarinho de Cyrus.

— Sim. Bem, esta é a última vez que preciso me incomodar com ela. Já consegui o que eu queria. Ela está se tornando um estorvo, de qualquer maneira.

— Não é assim com todas elas, majestade? — O sorriso do vampiro mais velho é tão frio e malicioso quanto qualquer expressão que eu tenha visto em Cyrus.

— É você quem está dizendo — responde Cyrus, antes de olhar com cara feia para um dos criados na sala. — Diga ao meu lacaio para separar a minha túnica azul. E diga para separar também um novo colete junto à túnica. A rainha e eu vamos jantar formalmente esta noite.

Em seguida, Cyrus volta a observar o mapa e comenta:

— Estive pensando, Miles. Se concentrarmos nossas forças aqui, podemos eliminar a fortaleza da resistência de uma vez por todas.

Quase me aproximo para dar uma olhada melhor no que ele está apontando. Começo a pensar que talvez ele não consiga me ver. Talvez eu tenha nos trazido a uma de suas recordações, não exatamente a um lugar... Será que ele não consegue me ver porque não faço parte da lembrança?

Miles parece surpreso.

— Esse não é o vilarejo da sua esposa? Como ela vai reagir a isso?

— Deixe que eu cuido da rainha — retruca Cyrus.

— Tem certeza? — pergunta Miles. É aí que percebo o quanto ele é importante. Não consigo imaginar que Cyrus aceitaria ser questionado por qualquer um de seus subordinados. — Você sabe o que vai acontecer se irritá-la.

Cyrus se afasta e enche um cálice com sangue vindo de um decantador sobre a mobília revestida de couro, que se estende por uma das paredes da sala, de um lado a outro.

— Delilah vai ficar bem.

— Aquela mulher é um cão raivoso que nunca esteve bem em um único dia de sua vida. — Miles bufa. — Nunca consegui entender por que você se casou com ela e misturou a sua linhagem pura com a dela.

— Até mesmo cães raivosos têm seus usos — responde Cyrus antes de tomar um longo gole de sangue.

— Sabia que ela bebeu todo o sangue de um grupo de aldeões naquela sua cidadezinha até deixá-los totalmente secos? Pouco antes de o pai dela vendê-la a você. Ela teve um acesso de fúria e matou um grupo inteiro de homens em uma única noite. — Ele faz um gesto negativo com a cabeça. — Essa é uma mulher que não sabe o seu lugar.

— Não sabe? — O sorriso de Cyrus é mais frio do que jamais vi antes. E não estou brincando. — Foi isso que fez com que eu me sentisse atraído por ela em primeiro lugar.

Agora é Miles que parece confuso, pois ele também se vira para se servir de sangue.

— Mas não o preocupa a possibilidade de que ela se vire contra você do mesmo jeito? Ela não é alguém que dá para controlar.

— É claro que dá. Acha que vou sentir medo de uma mulher? Ou de qualquer pessoa? — Ele se inclina sobre a mesa e muda algumas peças de lugar no mapa, antes de olhar para Miles outra vez. — Sabe que cães são criados para funções diferentes, não é mesmo, meu amigo?

— É claro. Alguns são caçadores, outros são cães de companhia...

— E alguns existem apenas para serem selvagens — Cyrus conclui por ele. — Ninguém quer ter um cachorro desses em casa. Eles causam problemas demais para as crianças e os criados. Mas se você se preocupa com a possibilidade de ser atacado, se quer se defender... não há nada melhor do que ter um cão selvagem no jardim. Não é verdade?

Meu estômago se revira com a crueldade de tais palavras. O que há de errado com esse cara para comparar a esposa com um cachorro raivoso? Não sou fã de Delilah. O que ela fez com Jaxon e o que ela deixou Cyrus fazer com Hudson e Izzy a marcam como uma pessoa completamente maligna, na minha opinião.

Mas... O jeito que Cyrus fala dela? Ninguém merece isso do próprio marido. Nem há mil anos, quando as mulheres certamente eram tratadas de um jeito diferente. É desumanizante. Desrespeitoso. E é simplesmente horroroso, de todas as maneiras possíveis. Ela é um cão selvagem que ele cria no jardim?

Por um segundo, tenho a impressão de que vou vomitar de verdade.

Mas, se eu o fizer, posso perder algum detalhe importante. Alguma coisa que preciso saber sobre Cyrus e Delilah, ou sobre como consertar a situação e libertar todas as pessoas capturadas em Katmere de uma vez por todas.

Assim, engulo a bile que sobe pela minha garganta e me concentro em tentar memorizar tudo que puder dessa conversa. Porque, enquanto olhava para a Pedra Divina Cyrus devia estar pensando nesse momento, se nos trouxe até aqui quando toquei o meu cordão de semideusa. É importante para ele, para usar a Pedra Divina. E isso torna esse momento importante para mim também.

— É claro — concorda Miles com um aceno de cabeça.

— Obrigado. — Cyrus enche o cálice até a borda. Dessa vez, não o baixa até engolir todo o conteúdo. Quando ele finalmente afasta a taça da boca, seus lábios estão tingidos de um vermelho repulsivo que faz com que ele pareça tão louco quanto está acusando Delilah de ser.

Pelo menos até que ele pega um pedaço de pano do aparador e enxuga a boca. Ele não se apressa. É como se organizasse os pensamentos. Ou se preparasse para alguma batalha vindoura.

Mesmo assim, após certo tempo, ele se vira para trás de novo e encara Miles com um olhar tão escandalosamente inocente quanto é falso.

— Havemos de concordar também que não posso governar meu povo se for visto como alguém selvagem, incontrolável... ou mesmo raivoso? Eles já estão sob as ordens de alguém com essa mesma reputação. E a temem tanto que se aliaram com os humanos. Vai ser impossível levar nossa espécie para a luz se eu for temido. Devo parecer ser alguém calmo, razoável e forte a todo curso. Sou o líder respeitado, e Delilah, a minha rainha raivosa e implacável, é o cão que faz o que precisa ser feito enquanto eu a seguro pela coleira.

Capítulo105

SÓ PARA GRITAR E SAIR

Meu Deus do céu. Assim como existe o mal, existe também o asco. Isso aqui é asqueroso. Tanto que me sinto imunda só por ouvir. E isso é antes que Miles pergunte:

— E se ela quiser escapar dessa coleira algum dia, meu velho amigo?

Cyrus ri, mas não há humor algum na sua voz.

— Acha mesmo que sou tão fraco assim? Que não consigo controlar meu próprio monstro?

— Não estou falando sobre controlar. — Miles se debruça sobre a mesa e move algumas das peças azuis até uma parte completamente diferente do mapa. — A questão é que até mesmo o mais forte dos homens, às vezes, acaba desviando os olhos do prêmio.

— Não sou um homem qualquer — responde Cyrus enquanto estuda o mapa com um olhar compenetrado. Leva um minuto ou dois, mas ele pega as peças azuis e as deposita de volta no lugar onde estavam antes. Em seguida, pega várias peças roxas e as coloca no lugar que acabou de deixar vago. — Acho que vamos conseguir manter um controle mais firme no norte se usarmos os lobos em vez das bruxas no penhasco norte.

— Além disso, em breve, tudo isso não vai mais ter importância. Finalmente tenho o que preciso para colocar os humanos em seu devido lugar e levar o nosso povo para a luz, de uma vez por todas. A bruxa está apaixonada por mim. E agora, está grávida.

— Quer dizer que o verdadeiro amor conquista tudo, então? — Miles parece cético.

— Amor é uma farsa. Poder é tudo. E ela tem muito poder, embora seja uma tola por pensar em abrir mão dele para ficar comigo.

— Entendo. — O rosto de Miles se ilumina com uma alegria perversa. — E você tem planos para estar ao lado dela quando isso acontecer, é claro.

— Algo do tipo. — Cyrus tamborila os dedos no tampo da mesa enquanto continua a estudar cada faceta do mapa. — Ela é uma semideusa que tem as cartas para vencer o jogo na mão. A chave para que alguém se torne um deus. E ela está pensando em abrir mão de tudo isso por mim.

— E como isso vai ajudá-lo? — Miles faz um sinal negativo com a cabeça. — Não seria melhor ter uma deusa ao seu lado?

— É por isso que você é o meu conselheiro de confiança, enquanto eu sou o rei. Você sempre pensa pequeno demais. — Ele pega uma peça parecida com uma coroa e a move para um lugar diferente do mapa; uma região que parece ser parte da Irlanda ou da Escócia, de acordo com os meus parcos conhecimentos de geografia. Mas não estou perto o bastante para ter certeza. — Porque, se houver uma maneira pela qual ela pode se tornar uma deusa...

— Então, a mesma maneira existe para você.

— Exatamente. — Cyrus aponta um dedo com a unha bem cuidada para ele. — E só preciso de mais uma coisa para conquistar meu objetivo. E isso é algo que terei em maio, daqui a oito meses.

Miles pensa por alguns momentos nas palavras de Cyrus, depois assente.

— É um bom plano. Mas os humanos em Roma estão ficando agitados. Como você vai manter aqueles grupos de caça sob controle por tantos meses?

Cyrus move algumas das peças roxas para a Itália.

— Deixe que as bruxas despistem qualquer pessoa ansiosa por causa das mortes recentes. Há um bom motivo para mantê-las conosco.

— De fato.

Miles se afasta da mesa e pega a própria casaca, que está sobre uma das poltronas vermelho-sangue diante das estantes de livros.

— Tenho uma última pergunta, majestade, se me permite a ousadia.

— Nunca achei que você pudesse ser nada além de ousado — responde Cyrus. — É por isso que o escolhi para ser meu conselheiro.

— Uma honra da qual me orgulho muito — pontua Miles. — Mas o que planeja fazer se Delilah descobrir esses planos? Ou se souber o que houve com a bruxa? Ela não vai ficar feliz.

— Tem razão. Não vai mesmo. Mas você sabe... às vezes não há outra saída a não ser sacrificar um cão raivoso.

— E você vai conseguir fazer isso, se chegar a esse ponto?

— Fazer? — Cyrus ergue uma sobrancelha. — Eu iria adorar. Inclusive, eu... — Ele continua falando, mas não ouço mais nada porque, de repente, uma voz que vem das sombras diz: — Ora, ora, veja o que temos aqui. Está se divertindo enquanto me espiona, Grace?

Sinto o meu coração pular no peito e começar a bater muito rápido. Porque conheço essa voz. Ela aparece em vários dos meus pesadelos mais recentes.

Significa que Cyrus (o verdadeiro, não aquele que aparece nesta lembrança) me encontrou.

Merda, merda, merda.

Acho que não houve tempo suficiente. Será que houve?

Quanto tempo durou a conversa entre Cyrus e Miles? Vinte minutos? Trinta? Mais? E isso aconteceu no mundo congelado no tempo. O que será que houve no mundo real?

Qual é a proporção mesmo? Seis dias passam no mundo congelado enquanto um passa no mundo real? Ou são três dias no mundo congelado para cada dia no mundo real? Não consigo me lembrar agora.

Por que não consigo lembrar?

— Vai me responder, Grace? — A voz de Cyrus é grave e sibilante. Cada sílaba é um aviso, cada som é uma ameaça que faz o pânico bater nas minhas orelhas e o medo correr pelo meu sangue.

O que eu faço agora? O que eu faço agora?

— Não tive a intenção de espionar — digo a ele. — Só vi você passando. Só isso.

Pense, Grace. Pense. Há quanto tempo estou aqui?

Pelo menos uns trinta minutos, decido. Foi uma conversa longa. Além disso, eles também andaram, beberam, tramaram e beberam... Acho que uns trinta minutos é uma boa estimativa. Isso resulta em quantos minutos no mundo real?

— Eu tomo muito cuidado, Grace — sussurra Cyrus. E meu nome é quase um sibilo em sua língua. — As pessoas não me veem, a menos que procurem com muito cuidado. Sabe o que fazemos com espiões na Corte Vampírica?

Uma imagem da mãe de Macy, da maneira que a vi da última vez, surge na minha cabeça. A pobre tia Rowena, encolhida no chão da masmorra. Ferida, esquálida, mentalmente exausta depois de anos e anos de tortura. O simples ato de pensar a respeito aumenta ainda mais o meu medo, mesmo que a raiva já comece a arder na minha barriga.

E essa ameaça, combinada com a sensação de alguma coisa pontiaguda e parecida com uma lâmina que cutuca o meu estômago — me informa que o meu tempo acabou. Toco o cordão verde e nos levo de volta ao mundo real, no mesmo instante.

O único problema disso? Durante o tempo em que fiquei fora, o mundo real virou completamente de cabeça para baixo.

Capítulo 106

SAINDO DO FOGO PARA CAIR NA CELA

Ouço uma gritaria enorme quando removo a paralisia sobre mim e Cyrus na masmorra. Ainda estamos do lado externo da cela, bem diante da porta de ferro. Mas todos os outros já se moveram... e não da melhor maneira.

Izzy está a passos de distância, debruçada sobre Jaxon e Hudson; os dois estão pálidos e semiconscientes no chão. Ela está com uma mão em cada um deles e observo, horrorizada, enquanto ela se esforça para drenar cada grama de poder que eles têm.

Passo a correr na direção deles, mas a verdade é que a masmorra inteira está mergulhada no caos. E, para todo lugar que olho, algum dos meus amigos precisa de ajuda. Remy e Calder lutam contra o que parece um esquadrão inteiro de guardas vampiros, enquanto Macy e Dawud (ainda em sua forma humana) enfrentam os guardas da prisão.

A própria rainha dos vampiros, que eu imaginava nem estar na Corte no momento, está no meio de toda a pancadaria, brigando e jogando a Ordem e Flint de um lado para outro como se fossem bonecos de pano — ou trapos, simplesmente. E Éden está engalfinhada em um duelo mortal com um vampiro que não reconheço. Decido que ela é quem parece estar com o maior problema e vou em sua direção. Mas, antes que eu consiga dar mais do que um passo, Delilah atira Mekhi contra as barras frontais de ferro da masmorra.

Ele se choca com um *bonk* dolorido e desliza por elas até cair de cara no chão. Grito quando sua cabeça bate no chão de pedra e vou correndo até ele, mas Cyrus está bem diante de mim. Ele me segura e me ergue, deixando-me dependurada a quase um metro do chão.

Ele enfia as mãos por entre os meus cabelos e força a minha cabeça para o lado, expondo completamente o meu pescoço. Em seguida, dá o grito mais alto e estrondoso que já ouvi, dele ou de qualquer outra pessoa:

— Parem. Agora.

Sua voz é tão alta que ricocheteia pelas paredes de pedra, pelo piso e pelo teto, preenchendo a masmorra com o som da sua fúria. Todas as pessoas na sala dão ao menos uma olhada em nossa direção e meus amigos param de lutar quando se dão conta da mesma coisa que começo a entender. O meu pescoço está completamente exposto e vulnerável às presas dele.

E isso me enche com uma onda de horror quando me lembro do que aconteceu na última vez que ele me mordeu. E não sou a única. Naqueles dois ou três segundos, vejo o terror no rosto de Hudson e Jaxon também.

Não pode acontecer de novo. Simplesmente não pode. Tento me transformar em pedra, pois assim ele não vai ser capaz de me morder. Mas me esqueci que estou em uma prisão construída pelo forjador Vander Bracka. Assim como no Aethereum, a minha gárgula sumiu. Nenhum de nós tem qualquer habilidade... Bem, exceto pelo meu cordão de semideusa, que parece imune a qualquer coisa que esteja cancelando a nossa magia. Nem tenho tempo de imaginar se essa é a razão pela qual não fui mergulhada nos pesadelos da prisão, já que a cela que Vander construiu não afeta o meu cordão verde. Ao mesmo tempo, percebo que as presas do rei dos vampiros ainda funcionam bem e estão prontas para atacar a qualquer momento.

Todos param de lutar quando percebem que foram derrotados... de novo.

— Joguem-nos na cela com os outros — rosna Cyrus quando abre a mão e me deixa cair como se eu fosse só mais um floco de poeira para ele. E acho que sou, mesmo.

Caio no chão com força, quase de joelhos.

— Ponham-nos na cela — ordena Cyrus. — Nem sei como eles conseguiram enfrentar todos vocês. Mas isso não vai mais acontecer.

Não estamos mais lutando, mas os guardas nos agarram e nos empurram com bastante truculência para dentro da cela. Estou revirando o meu cérebro na tentativa de descobrir o que posso fazer para nos tirar dessa situação, quando o portão se fecha ruidosamente atrás de nós.

— Pelo jeito, não é a primeira vez que você faz isso, hein, Grace? — pergunta Remy quando encontra um lugar junto da parede. Ele se encosta e desliza devagar até se sentar no chão. Obviamente, a cela o impede de criar um portal.

— E não é mesmo verdade? — pergunto, pensando na semana que todos nós ficamos trancafiados juntos em uma cela de prisão. — Mesmo que eu nunca...

Paro de falar enquanto Cyrus dá ordens a Delilah, com rispidez.

— Fique de olho neles enquanto converso com os meus guardas. E, por Deus, não estrague isto aqui também. — Em seguida, ele olha para Isadora e diz: — Vá até o meu escritório agora. Antes de eu conversar com eles, *você* vai ter que se explicar.

Tento virar o rosto, mas é difícil deixar passar a maneira como o rosto bonito de Delilah se enrijece. Não sei se isso é porque Cyrus lhe deu ordens ou se é pelo fato de tê-la deixado aqui na masmorra enquanto leva Isadora (que é claramente sua filha ilegítima, nascida de um caso extraconjugal) e todos os guardas para o andar superior.

Aposto que é um pouco de cada, porque os dois são osso duro de roer. Até mesmo para a rainha dos vampiros. E é exatamente porque acho que essas duas coisas têm influência que decido arriscar uma jogada assim que Cyrus está fora de vista. Pergunto a Delilah:

— Você gosta quando o seu marido lhe dá ordens desse jeito diante de tanta gente? Só pergunto porque isso o faz parecer um babaca. E você fica parecendo muito um capacho.

Em seguida, eu me recosto contra a parede e espero a explosão.

Que não demora para acontecer.

Capítulo 107

AVE, TODAS AS MARIAS

— Você ficou maluca? — grita Jaxon quando Delilah se vira para mim, mostrando os dentes. — Ela vai arrancar as suas tripas.

— É uma pergunta válida — pondera Calder para ele, examinando as unhas para ver se o esmalte com glitter descascou depois da luta. — Capachos têm uma vida horrível, pois todo mundo vive limpando os pés neles. Quem ia querer ser isso?

Hudson tenta ficar na minha frente e isso me mostra o quanto ele acha que Delilah está furiosa no momento, já que, antes de se envolver, ele sempre recua para ver se preciso da sua ajuda. Mas não vou deixá-lo fazer isso. É um plano desesperado, mas é o único que tenho no momento. E vou fazer de tudo para que funcione. Não arrisquei tudo para dar a Pedra Divina a Cyrus e conseguir executar a próxima etapa do nosso plano, apenas para perder isso devido a alguma brecha mágica em um contrato ruim.

— Você não sabe nada sobre o meu relacionamento com o meu consorte — diz ela, dando vários passos até estar bem perto das barras. — E, para alguém que aprontou o maior tumulto com os próprios consortes com quem se relacionou, você não tem respaldo nenhum para fazer esse tipo de acusação.

Delilah até que não está errada, mas mesmo assim... Agora não é hora de ficar remoendo o passado. Não quando o futuro de tantas pessoas depende de conseguirmos dar o fora daqui.

— Tenho bem mais do que você imagina — eu digo a ela. — Mas um cão raivoso não costuma pensar muito, não é mesmo?

— O que você disse? — pergunta Jaxon, horrorizado.

— O que você disse? — ela repete, com os olhos estreitados e os dentes à mostra. Mas tem alguma coisa em seu rosto, na sua expressão, que indica que esta não é a primeira vez que Delilah ouve essa descrição em referência a si mesma. E era exatamente isso que eu esperava, pois dá legitimidade a tudo que estou prestes a lhe dizer.

Se eu tiver sorte, talvez consiga causar uma discórdia suficiente entre ela e Cyrus para que Delilah decida impedir os planos do marido para nós.

— Quando fiquei paralisada, eu me vi aprisionada em uma das lembranças de Cyrus. Foi há mais de mil anos... logo depois de ele ter engravidado uma bruxa e acho que a criança que nasceu foi Isadora. E ele estava dizendo a um homem chamado Miles que você era um cão de briga. Que ele segurava a sua coleira, mas que não pensaria duas vezes em sacrificá-la se tivesse que fazer isso.

A conversa foi bem mais longa e as outras coisas que ele disse sobre Delilah foram igualmente ruins. Mas acho que isso já é o bastante para irritá-la.

Como eu esperava, Delilah se aproxima das barras de ferro em um piscar de olhos, praticamente emanando fúria por todos os poros. Uma fúria que traz consigo a necessidade de destruir coisas. E isso me faz pensar que eu tinha razão. Sem dúvida acertei um ponto sensível. Exatamente como esperava.

Mas, considerando que ela parece querer me matar neste momento (e acho até mesmo que, se essas barras não estivessem entre nós, eu já estaria morta), preciso aumentar um pouco mais a pressão. Afinal de contas, matar o mensageiro é uma coisa. Mas é uma circunstância bem diferente matar o desgraçado que lhe fez todas aquelas coisas ruins... ou, pelo menos, lhe dar uma facada nas costas.

— Você não sabe do que está falando — ela esbraveja.

— Ah, tenho certeza de que nós duas sabemos que isso não é verdade — respondo.

Em seguida, ignorando a maneira como Hudson e Jaxon parecem tão aflitos que vão se rachar no meio, respiro fundo e deposito aquele que espero ser o último parafuso no caixão de Cyrus.

— Antes de conhecer Cyrus, você promoveu um massacre na vila onde morava, matando vários homens e bebendo todo o sangue deles. Seu pai teve que encobrir a notícia antes que a histeria tomasse conta de todos os humanos nos vilarejos vizinhos, mas a notícia se espalhou entre os vampiros.

Ela me observa atentamente agora. Seus olhos seguem cada movimento meu. Não sei se é porque pensa em fazer comigo o mesmo que fez àqueles camponeses ou se passou a acreditar em mim. De qualquer maneira, não resta mais nada a fazer a essa altura além de terminar o que comecei. É por isso que termino e torço para ter tomado a decisão certa. E para não ter condenado Hudson a tentar impedir que sua mãe mate a sua consorte.

— Sabia que foi por isso que Cyrus quis se casar com você? Ele entrou em contato com o seu pai logo depois do incidente, não foi?

Delilah não se pronuncia. E também não se afasta das barras da cela. Mas seus ombros murcham um milímetro, quase imperceptível. E sei que ela acredita em mim.

Aumento a pressão, sentindo-me horrível por magoar alguém de maneira deliberada. Mas há vidas demais que dependem disso.

— Você não cansou de ser o cachorro dele, enviada para matar alguém sempre que ele precisa, baixando a cabeça para todas as ordens que ele lhe dá? Cyrus acha que você é uma propriedade dele. E que pode usá-la do jeito que quer. Você não quer dar um fim a isso? Não quer ser livre?

Capítulo 108

NÃO HÁ FÚRIA NO INFERNO COMO A DE UMA VAMPIRA HUMILHADA

— Você não faz ideia do que eu quero — retruca Dalilah para mim, mas está bem pálida. A única cor em seu rosto são os dois pontos vermelhos que ardem em suas bochechas. — Acha que era fácil ser mulher mil anos atrás? Acha que é fácil se curvar para um homem? Naquela época não havia escolha. Nem mesmo para vampiros. O mais importante era encontrar o homem mais forte que conseguisse para proteger a si própria e os seus filhos.

Ela ergue a cabeça e me encara com altivez, agora.

— Foi isso que fiz. Sofri as consequências do que fizeram comigo naquele vilarejo e encontrei uma saída, junto de um homem que me protegeria. Talvez não porque ele me ame. Talvez seja apenas porque pertenço a ele e ninguém se mete com o que pertence a Cyrus Vega, mas o resultado é o mesmo. Eu sobrevivi.

Detesto, com todas as minhas forças, que um toque de simpatia por Delilah brote dentro de mim. Essa foi a mulher que deu aquela cicatriz horrível a Jaxon... depois de entregá-lo para ser criado por outra pessoa.

A mulher que permitiu que Hudson fosse torturado por quase dois séculos para que seu marido tivesse outra arma poderosa.

A mulher que deixou o marido transformar sua filha ilegítima em uma criada que cuida de qualquer problema que ele tenha.

Tudo isso apenas para que Delilah sobrevivesse. Apenas para que levasse uma vida de rainha.

Eu me lembro disso e também de como Jaxon se portava quando cheguei em Katmere, sempre baixando a cabeça e penteando os cabelos para a frente, a fim de esconder a cicatriz que sua mãe lhe deu. E sufoco a simpatia que comecei a sentir. Em seguida, tento ir adiante com o plano, determinada a alfinetá-la ao máximo e forçá-la para que tome alguma atitude.

— Mas será que isso é realmente viver? — pondero, depois de um segundo. — O que você ganhou em troca de todos esses anos cumprindo as ordens de

Cyrus? Uma coroa que você pode usar porque ele permite? Filhos que quase foram destruídos pelo homem que você ama? Que você mesma quase destruiu?

— Eu nunca os machuquei...

— Ah, não me venha com essa — rebato. Sei que deveria controlar a situação, que tenho de levá-la para onde quero. Mas é muito difícil fazê-lo quando ela simplesmente fica ali, dizendo que nunca machucou Hudson ou Jaxon.

Que monte de merda.

— Você deixou uma cicatriz na pele de um dos seus filhos. E isso é muito difícil de fazer com um vampiro. Você o mandou para ser criado por outra pessoa quando ele ainda era pouco mais do que uma criança. E permitiu que Cyrus abusasse e atormentasse do seu outro filho até ele não ter escolha além de criar uma muralha ao redor de si mesmo e das suas emoções. Uma barreira tão espessa e dura que ele quase se perdeu ali dentro. Quase morreu somente porque estava desesperado para escapar de ser usado.

Delilah pisca ante minhas palavras. É apenas uma piscada, mas o bastante para me fazer pensar que estou conseguindo chegar até ela. Ou, pelo menos, que estou atingindo um ponto nevrálgico. Isso já é alguma coisa. Hudson me disse que acha que ela ainda deve ter um coração em algum lugar. Talvez ele tenha razão. Talvez ela não seja uma pessoa tão fria e embrutecida por dentro quanto Cyrus.

Se for o caso, então estou em vantagem agora. E preciso pressioná-la uma última vez. Afinal, quem sabe quanto tempo Cyrus e Isadora vão demorar para voltar? A única coisa que sei é que, no instante que algum deles mostrar a cara aqui embaixo outra vez, meu plano vai se transformar em fumaça.

E se um plano desesperado acabar pegando fogo, tenho certeza de que este lugar inteiro vai ser consumido em chamas — com todos nós aqui dentro.

E me recuso a permitir que isso aconteça.

— Mesmo assim, Hudson ainda a defende — eu digo a ela. — Ele disse que você estava tentando protegê-lo, mesmo que Jaxon ache que você estava fazendo o contrário. Mas, caso Hudson esteja certo, caso haja uma mãe com um coração de verdade enterrado em algum lugar aí dentro, uma mulher que está cansada de ver seus filhos sendo sacrificados no altar da ambição do seu consorte... Então, tome alguma atitude a respeito.

Ela pisca mais uma vez, encarando Hudson e Jaxon. Os dois chegaram junto de mim, ficando um de cada lado.

— Deixe a gente sair — digo a ela, sustentando com o meu olhar aqueles olhos negros implacáveis. — Deixe a gente sair daqui e prometo a você que vou encontrar uma maneira de lhe dar aquilo que você mais quer neste mundo.

— E por que acha que sabe o que eu quero, garotinha? — zomba Delilah. — Você acha que é amor? Acha que eu quero me sentar e assistir a filmes com meus filhos? Talvez fazer desenhos e artesanato com eles? Ou assar uns belos biscoitos de sangue?

Ela se afasta das barras da cela, endireitando a postura de modo que se pareça exatamente como a rainha em seu terno Prada vermelho-sangue e seus sapatos com salto de dez centímetros.

— Sou a rainha dos vampiros. E não vou me prender a esses dois apenas para me livrar do pai deles.

Jaxon se retesa ao meu lado, enquanto Hudson não demonstra reação alguma. E sei que é assim que ela atinge os dois com esse último comentário. Há um pedaço de mim que não quer nada além encher Delilah de tabefes pelo que fez com esses dois rapazes que amo tanto, de maneiras diferentes. Ela quase conseguiu destruir o meu consorte e o meu melhor amigo. E merece pagar por isso.

Mas isso é algo que vai ter de ficar para depois. Neste momento... neste momento só preciso manter os olhos no prêmio por mais algum tempo. Quem sabe ainda haja tempo.

— Não acho que ficar presa a eles seja o que você quer. Mas acho que, se fosse casada com alguém que me forçasse a abrir mãos dos meus filhos e cumprir todas as suas ordens por mil anos, sei o que iria querer. E tenho certeza de que é a mesma coisa que você quer. Vingança.

Os olhos de Delilah se arregalam ante minhas palavras. Percebo que a tenho nas mãos agora. Ela quer se vingar quase tanto quanto quer respirar. Talvez até mais. E não a culpo.

— Isso é algo que posso lhe dar. E não vai ser uma vingança qualquer. A verdadeira vingança contra o homem que a traiu, que zombou de você, que a usou e que manteve você e seus filhos presos em uma coleira por tempo demais.

Jaxon solta um som estrangulado ao meu lado e Hudson me encara com um olhar de *pegue mais leve*. Mas eles não são mulheres e, por isso, não entendem o que está acontecendo. Estou tentando pescar o maior dos peixes. E Delilah mordeu a minha isca. Só preciso puxar a linha, agora.

— A verdadeira vingança contra o consorte que fez de tudo para destruir você e tudo com o que se importa. Eu vou lhe dar isso. A única coisa que você precisa fazer é nos ajudar agora.

Essa é a última cartada que tenho para jogar, o último movimento que posso fazer, a menos que ela nos solte daqui. E prendo a respiração enquanto espero para ver se funcionou.

Ao meu redor, consigo sentir que meus amigos fazem a mesma coisa. Jaxon e Hudson estão comigo, um de cada lado. Os outros fingem fazer alguma outra coisa, mas estão escutando. Mas também estão perto de mim e consigo senti-los, preparados para o que pode acontecer em seguida.

A rainha quer aceitar o acordo. Quase consigo enxergar a fúria e o ódio que emanam dela em ondas. Mas Delilah não permaneceu viva durante todos esses anos sendo ingênua. E sabe tão bem quanto qualquer pessoa qual é o preço de se levantar contra Cyrus… e exatamente quantos guardas estão aqui embaixo escutando a nossa conversa agora, só à espera da oportunidade de progredir na carreira se correrem até o rei dos vampiros para lhe dar a notícia dos eventos atuais.

É por isso que o sarcasmo praticamente escorre de cada palavra quando Delilah pergunta:

— Você não espera que eu pense que uma garotinha como você vai derrubar Cyrus e me dar a minha vingança, não é? Porque você tem razão. Quero que ele pague. Por muito mais coisas do que simplesmente afastar meus filhos de mim. Mas olhe só para vocês. Estão trancados em uma masmorra com um bando de outras crianças. — Ela olha para mim e em seguida para os filhos. Depois, para todos os outros. — Você não está em posição de fazer uma oferta como esta. E não vou arriscar as repercussões de me levantar contra o meu consorte, confiando apenas nas palavras de uma garota que pensa ter mais poder do que de fato possui.

Agora é a minha vez de estreitar os olhos. E de assumir a postura da rainha que estou determinada a me tornar. Logo depois, encaro-a diretamente e respondo:

— Acho que nós duas estamos cansadas de sermos subestimadas. Você não está? — Minhas palavras devem acertar o alvo, porque Delilah estremece. E estremece de verdade. Isso me diz tudo que preciso saber. — Estou tão confiante de que sou capaz de lhe dar a sua vingança que estou disposta a assinar o contrato aqui e agora.

Hudson dá um gemido mudo e Jaxon grita:

— Não!

E eu entendo, de verdade. Mas há um número limitado de maneiras para dar um fim a essa situação. Podemos passar a eternidade nessa masmorra ou ter nossos poderes drenados por Izzy e, se tudo acontecer de maneira favorável, morrer logo. Ou podemos sair e competir nas Provações. Mais uma vez, podemos morrer logo ou conquistar a coisa que vai permitir o cumprimento da minha promessa. Por isso, as opções incluem morrer (e nesse caso o contrato mágico não vai fazer diferença) ou o sucesso. E aí vou poder cumprir o acordo.

Delilah fica chocada por um segundo, mas seus olhos logo se iluminam com uma alegria malévola. Como se ela finalmente começasse a acreditar que falo sério.

Jaxon, nesse meio-tempo, já cuspiu uma sequência enorme de palavrões.

— Puta que pariu, você só pode estar me zoando. Você não pode se prender a ela. Delilah é um monstro sem coração. Veja o que aconteceu quando você fez um acordo com Cyrus…

— Grace sabe o que está fazendo, Jaxon — interrompe-o Hudson, olhando direto para mim enquanto fala. — Não sei como você sabe o que está fazendo. Não sei o que acha que vai ter que fazer para que isso aconteça. Mas, se acha que vai dar tudo certo, então você sabe do que está falando.

Jaxon joga as mãos para cima e balança a cabeça.

— Cara, você é tão ridículo quanto ela.

Mas nem ouço o que ele diz. Estou ocupada demais pensando em quanto eu amo Hudson e em como isso nunca vai mudar. Tivemos problemas nos últimos tempos, mas isso não significa que ele não acredita em mim. Ele nunca duvidou, nem uma vez. E não vou decepcioná-lo agora.

Por isso, elevo uma das sobrancelhas enquanto observo Delilah mais uma vez e pergunto:

— E, então? Está pronta ou não para começar a dar o troco?

Por vários e longos segundos, Delilah não responde. Ela fica simplesmente me encarando como se tentasse enxergar o que há dentro da minha mente. Após certo tempo, ela solta um suspiro dramático e diz:

— Estou começando a entender o que meus filhos veem em você, gárgula. — Em seguida, rápida como uma cobra, ela coloca a mão por entre as barras da cela e segura a minha mão. — Vou libertá-la da Corte Vampírica hoje — ela continua. — E você vai me dar a vingança que eu quero contra o meu consorte.

— Se você nos libertar da Corte Vampírica hoje, junto de *todas* as pessoas de Katmere, professores e alunos, além de Rowena, vivos e com saúde e permitir que viajemos para a Corte das Bruxas… Então, prometo voltar aqui e lhe dar a vingança que você busca contra o seu consorte.

Obrigada, Cyrus, por me ensinar a tomar cuidado com as brechas nos acordos.

Penso em encerrar a questão por ali, mas não sei ao certo como Delilah espera se vingar, além de querer algo ruim e sádico. Provavelmente bem mais sádico do que sou capaz de imaginar. Assim, decido acrescentar uma cláusula:

— Desde que isso não resulte na morte de Cyrus.

O riso de Delilah é baixo e cheio de humor. E também de sinceridade.

— Ah, minha criança, nem se preocupe com uma coisa dessas. A última coisa que eu quero é que aquele homem escape da minha cólera de um jeito tão fácil e indolor quanto a morte.

Tento engolir em seco, mas a minha boca é um deserto sem qualquer sinal de umidade à vista. E rogo em silêncio ao universo para que jamais me coloque em uma posição em que eu tenha de enfrentar essa mulher… por qualquer motivo. Ela não é alguém que vai aceitar nada de cabeça baixa.

— Sim — ela responde. Em seguida, o calor no lugar onde ela segura o meu braço se intensifica. Percebo que Delilah também sente quando isso acontece, porque solta um gemido exasperado quando o calor aumenta bastante.

Apesar disso, ela não me solta; isso é importante demais para que algumas queimaduras nos afastem. Segundos depois, minha pele começa a esfriar e ela afrouxa a pegada no meu braço. Olho para baixo e me deparo com a nova tatuagem que surgiu na parte interna do meu punho. É bem pequena e por isso tenho de observar de perto para entender do que se trata. Vejo que é uma fechadura bem elaborada, enquanto a tatuagem em Delilah é uma chave elegante.

Parece que estamos realmente presas nesta situação, gostando ou não.

— E, então, o que vai acontecer agora? — pergunto.

— Agora? — Ela se move tão rápido que posso jurar que ela desaparece e depois ressurge entre um piscar de olhos e o seguinte. Depois de cinco segundos, no máximo, ela está diante da porta da nossa cela outra vez, lambendo o sangue dos dedos ainda antes que os corpos dos cinco guardas caiam no chão ao lado dos respectivos corações. Em seguida, ela faz um gesto e, dessa maneira bem simples, as portas das celas se destrancam e se abrem. — Agora, saiam daqui.

Capítulo 109

ESTÁ NO DNA DA SEMIDEUSA

— Como você fez isso? — pergunta Jaxon, desconfiado.

Delilah revira os olhos, suspirando.

— De quem você acha que herdou todos os seus poderes, Jaxon? Do seu pai? — Ela ri, mas sem humor algum. — Nunca vou entender como é que tanta gente insiste em acreditar no que aquele homem vive alardeando sobre si mesmo. Ele é só um vampiro, afinal de contas.

É um bom argumento, que me faz pensar em questões que não tenho tempo para contemplar agora. Em especial quando a rainha dos vampiros indaga:

— E então? Vamos sair daqui ou não?

— É simples assim? — pergunto, ressabiada. Parece fácil demais. Como se, talvez, ela estivesse nos deixando ir embora apenas para sermos capturados de novo por Cyrus e seus guardas.

— Esse foi o acordo — ela responde, impaciente. — Mas se você quiser voltar atrás...

— Não vamos voltar atrás — interrompe Macy com agilidade. — Rápido, vamos tirar todo mundo daqui antes que Cyrus e Isadora voltem.

Delilah se vira para conduzir todos para fora, mas para e volta a me fitar.

— Cyrus precisa usar a Pedra Divina em Katmere à meia-noite. Vai ser o eclipse da superlua de sangue, o único desse ano.

— Em Katmere? — pergunto, sentindo o coração doer quando me lembro de todos aqueles escombros. — Katmere está destruída.

Delilah ergue uma sobrancelha enquanto me encara.

— Há uma trilha que leva para oeste de Katmere, com um altar próximo de uma árvore gigante. Isso é tudo que sei, mas sugiro que vocês concluam todos os seus planos antes que ele chegue lá.

Calculo mentalmente os fusos horários entre Londres, Flórida e Alasca, além do tempo que provavelmente vamos levar para completar as Provações.

E vou ser bem sincera. Vai ser por pouco. Mas tento lembrar a mim mesma que não vai importar se ele tiver se tornado um deus ou não, caso o exército seja libertado e a Coroa funcione.

Sustento o olhar daquela mulher.

— Obrigada, Delilah.

Percebo que ela fica um pouco desconfortável em aceitar meus agradecimentos, em particular quando me encara com uma expressão de desprezo.

— Tudo que espero é que você me dê a minha vingança. Nada mais.

Balanço a cabeça em concordância e depois olho para os meus amigos, pedindo que se apressem.

Jaxon e a Ordem assumem a dianteira com os vampiros, seguindo logo atrás de Delilah quando ela avança pelo corredor longo e escuro situado diante das celas. Éden e Flint guiam os dragões logo a seguir — um na frente e outro na retaguarda com os retardatários, e alguns professores se prontificam a ajudar —, enquanto Dawud e Calder fazem o mesmo com os lobisomens.

— Hudson e Remy podem cuidar das bruxas — digo a Macy enquanto vamos até o fundo da masmorra. — Você e eu vamos cuidar dos meus pais.

— Obrigada. — Ela abre um sorriso de agradecimento quando me curvo para ajudar o tio Finn a se levantar.

— Você está bem? — pergunto.

— Estou ótimo — ele responde, embora as palavras saiam estranguladas e meio sem fôlego. — Apesar da dor evidente, ele olha para a minha tia e lhe estende a mão. — Vamos, Rowena. Graças à nossa filha e à nossa sobrinha, finalmente chegou a hora de tirar você daqui.

Rowena solta um gritinho, como se não conseguisse acreditar naquilo e permite que Macy e o tio Finn a ajudem a se levantar e sair da cela. Mesmo assim, ela se move com muita lentidão, gemendo a cada passo.

— Seria mais fácil se eu a carregasse? — pergunta Hudson do lugar onde está, atrás do grupo das bruxas. — Não quero correr o risco de que se machuque ainda mais.

No começo, tenho a impressão de que o tio Finn vai se pronunciar. É óbvio que ele quer ser a pessoa responsável por levar a esposa até um lugar seguro. Mas ele não está em condições de fazê-lo.

Meu tio deve se dar conta disso também, porque faz um sinal afirmativo com a cabeça e diz:

— Obrigado, Hudson. — Em seguida, ele olha para a tia Rowena. — Este é o consorte de Grace, Rowena. Ele se chama Hudson. Não vai machucá-la, mas pode nos ajudar a tirá-la daqui, se você permitir.

Por um segundo tenho a impressão de que a minha tia vai recusar. Sendo bem sincera, eu não a culparia. Ela já está presa aqui há muitos anos, sendo usada como o saco de pancadas de Cyrus e, com certeza, de vários membros da guarda vampírica. Se ela não quiser deixar que um vampiro estranho a carregue, vou entender totalmente. E eu daria um jeito de carregá-la com os meus próprios braços.

Mas a tia Rowena tem coerência o suficiente para entender quais são os riscos de permanecer aqui. Por isso, embora mire Hudson com certo nervosismo, ela faz um sinal afirmativo com a cabeça e só estremece um pouco quando ele se abaixa para pegá-la nos braços.

— Vou tomar cuidado para não fazer nenhum movimento brusco ou machucá-la — garante ele enquanto corremos para a saída da cela. — Mas, por favor, se isso acontecer, me avise.

Ela faz um sinal afirmativo com a cabeça mais uma vez, mas não diz nada. Inclusive, ela não se pronuncia até chegarmos aos portões de ferro na parte da frente da cela. Quando Hudson tenta passar pelo portão, ela grita como se estivesse sendo assassinada.

Ele para no mesmo instante, olhando para mim em um pedido de ajuda que seria impossível não reconhecer.

— O que houve, mãe? — pergunta Macy, chegando com rapidez ao lado dela. — Onde dói?

Macy olha para Hudson, mas ele faz um gesto negativo com a cabeça.

— Não mudei de posição nem fiz nada diferente. Não sei o que acontece.

— Acho que não posso ir — revela a minha tia depois de um segundo, com a voz estrangulada em um reflexo de tudo que sofreu.

— Por que não? — questiona Macy e há lágrimas tremendo em seus lindos olhos azuis. — Mãe? Estamos seguras. Cyrus não vai machucá-la, mas temos que sair daqui agora.

— Não é por isso. Foi Cyrus que me prendeu na masmorra mas... — Ela para de falar e volta a afundar junto ao peito de Hudson, como se o esforço de falar lhe fosse sofrido demais. Pode até ser, considerando tudo que ela passou... além do que acabou de acontecer para fazê-la gritar como se estivesse sendo incinerada.

— O que foi, mãe? — insiste Macy. — Diga-nos do que você precisa e vamos cuidar disso. Juro.

— Eu devo um favor à Estriga — a tia Rowena finalmente responde. — Acho que não vou poder sair daqui até conseguir pagar esse favor.

— E qual é esse favor? — pergunto. — Nós o faremos para você.

É uma promessa audaciosa, eu sei. Mas o tempo está passando. Quanto mais tempo ficarmos aqui, maior é a chance de Cyrus nos descobrir. E não tenho mais nenhuma carta na manga; nada que eu possa jogar para conseguir mais uma chance de nos tirar desse lugar.

A tia Rowena olha para o tio Finn e ele assente.

— Elas não são mais crianças, Rô. Nossa filha e seus amigos... — A voz do meu tio fica embargada e ele limpa a garganta antes de tentar falar de novo. — Eles fizeram coisas realmente inspiradoras.

Acho que a minha tia deve acreditar nele. Ou simplesmente não tem mais forças para lutar, porque ela simplesmente concorda com um aceno de cabeça. Em seguida, ela sussurra:

— Tenho que levar sua filha de volta para ela.

— Filha? — diz Hudson, chocado. — A Estriga tem uma filha na Corte Vampírica?

De repente, tudo se encaixa. Tudo.

Cyrus não teve um caso com uma bruxa. Ele teve um caso com a Estriga. E a filha da Estriga seria uma semideusa como eu. Uma semideusa como *Izzy*.

— Izzy é a filha dela — explico. — E, aparentemente, é minha prima.

Os olhos de Hudson se arregalam e percebo que ele está juntando as peças do quebra-cabeça da mesma maneira que fiz.

— Por que ficou tão desconcertado? — diz o tio Finn. — Pelo menos, agora que sabemos quem ela é, podemos criar um plano para trazê-la conosco.

Macy ri, mas não de um jeito muito agradável.

— Falou o homem que nunca tentou fazer com que Isadora Vega fizesse uma coisa que não quer fazer.

E essa é a frase mais verdadeira que ouvi em muito tempo. Porque não temos simplesmente de convencer Izzy a vir conosco. Precisamos fazê-lo antes que ela grite para seu pai que estamos no meio de uma fuga.

Capítulo 110

A CRISE EXISTENCIAL MAIS PRÓXIMA PODE ESTAR BEM ATRÁS DE VOCÊ

— Precisamos dos outros — lembra Macy quando nos damos conta das implicações da minha descoberta. — Não vamos conseguir sequestrar Isadora sozinhos.

— Sequestrar? — repete o tio Finn, com a voz alarmada.

— Acho que não existe outra maneira de tirá-la daqui — explico para ele. Em seguida, olho para Macy. — E você tem razão. Fique com a sua mãe. Hudson e eu vamos buscar os demais.

— Bem, tem uma outra coisa que preciso fazer — observa Hudson enquanto coloca a mãe de Macy mais uma vez no piso frio da masmorra, com cuidado.

— Onde? — pergunto.

Hudson me olha com uma expressão que diz *eu lhe conto em um minuto.* Em seguida, ele se vira para o tio Finn e diz:

— Os alunos precisam que você vá com eles. Mas tenho falar com você antes.

O tio Finn parece querer protestar e eu o entendo. Sua esposa e a filha estão sentadas no chão de uma masmorra da qual uma delas não consegue sair no momento. É demais esperar que ele simplesmente deixe ambas para trás. Mas, por outro lado, ele é o diretor de Katmere. E nós estamos saindo daqui com centenas de alunos da Academia. Ele tem o dever de levá-los para um lugar seguro e sabe disso. E é por esse motivo que ele concorda com um aceno de cabeça e, em seguida, se curva para beijar e abraçar a tia Rowena e Macy. Quando ele se despede da mãe de Macy, ela me olha com lágrimas nos olhos e uma determinação feroz no rosto.

— Vai ficar tudo bem — asseguro ao tio Finn depois que ele faz uma despedida estrangulada para Macy e a tia Rô. — A tia Rowena vai logo atrás de você. E prometo que Macy vai ficar segura com a gente.

— Eu sei. — Ele me puxa para um abraço e dá um beijo no alto da minha cabeça. — Mas preciso que você fique em segurança também, Grace. Preciso que a minha sobrinha favorita volte junto de Macy, está bem?

— Sou a sua única sobrinha, tio Finn.

— Isso não quer dizer que você não seja a minha favorita. Ele se afasta um pouco e fita os meus olhos. — Além disso, é mais uma razão para que você fique segura. Eu preciso de uma sobrinha.

— Tudo bem — concordo, com uma risada. — É um bom argumento.

Enquanto começamos a andar outra vez, ele se aproxima de Hudson.

— Sobre o que você queria conversar comigo?

— Tenho que ir até os poços e buscar os outros — anuncia Hudson com a voz baixa e sinto o coração afundar até os meus pés.

Gwen e os outros que Cyrus machucou. Aqueles que ele drenou. Já tinha quase me esquecido deles. E me esqueceria, se Hudson não tivesse lembrado. E isso me deixa devastada. Me dá vontade de chorar. Afinal, qual é o sentido de fazer tudo isso se simplesmente me esqueço das pessoas que mais precisam de mim? Das pessoas que estamos lutando tanto para salvar?

Minha vergonha deve ficar aparente no meu rosto, porque Hudson segura a minha mão e diz com a voz bem baixa:

— Você ia se lembrar.

— Acho que não. Eu estava tão envolvida com todo o restante que está acontecendo que...

— Você ia se lembrar — ele me diz, dessa vez com mais firmeza. — Por isso, pare de se recriminar. Estou cuidando disso.

— O que você vai fazer, então? — pergunta o meu tio.

— Quando passarmos pelas criptas, vou me separar do grupo e ir até os poços para buscar quem... — Ele não termina a frase, porque sei que não quer pronunciar aquelas palavras. Ele vai buscar quem ainda estiver vivo.

Meu coração se parte quando penso em Gwen, uma bruxa gentil, brilhante e talentosa. Que talvez esteja à beira da morte lá embaixo.

Hudson limpa a garganta e continua em seguida.

— Pelo que entendi, o plano é que os instrutores bruxos de Katmere abram portais para a Corte das Bruxas quando Jaxon e os outros os tirarem do alcance do efeito anulador da masmorra. Eu ia pedir para você supervisionar a ação e, a depender da rapidez com que os eventos acontecerem, mantenha um portal aberto para qualquer pessoa que eu traga dos poços. Tenho certeza de que alguns membros da Ordem podem ficar e ajudá-lo a levar os feridos.

— Nesse meio-tempo, vamos pensar em alguma maneira de levar Izzy até a Estriga. Assim que estivermos com ela, Macy vai abrir um portal até a ilha.

É aí que vai começar a parte difícil. Temos que voltar a St. Augustine, na Flórida, e passar pelas...

— Provações Impossíveis? — diz o tio Finn, incrédulo. — Vocês vão tentar conseguir as Lágrimas de Éleos?

— Temos que tentar — respondo. — Não há outra maneira de libertar o Exército das Gárgulas. Temos que fazer isso, porque prometi. Elas não merecem ficar paralisadas para sempre. Além disso, precisamos do Exército se quisermos ter uma chance de derrotar Cyrus de uma vez por todas.

— Tem certeza de que quer fazer isso, Grace?

Ele olha para Hudson e depois para mim, atordoado.

— Sabem que vai ser muito difícil, não é? Ninguém conseguiu completar as Provações até hoje. E se você competir para conquistá-las e perder... — Agora é a vez dele de parar de falar no meio de uma frase.

— Nós sabemos, tio Finn. Mas não há outra maneira de conseguir o que precisamos. Por isso, vamos competir. E vamos ganhar. — Afirmo isso com muito mais confiança do que na verdade sinto. Mas, a essa altura, o que mais posso fazer? — Isso significa que tenho mais um favor para lhe pedir.

— Qualquer coisa — ele replica.

— Quando chegar à Corte das Bruxas, preciso que os convença a nos ajudar. Quando estivemos lá, eles se negaram a fazê-lo porque temiam represálias de Cyrus contra seus filhos. Mas fizemos um acordo com eles. Se libertássemos os alunos, eles nos ajudariam.

— Vou providenciar para que isso aconteça — ele responde. — O que você precisa que a Corte faça?

Antes que eu consiga responder, Remy chega correndo pelo saguão.

— Ah, você está aí! Estávamos começando a nos perguntar o que estava acontecendo — anuncia ele.

— Desculpe, tivemos um problema. — Nem me incomodo em explicar o que houve, pois não há tempo para isso agora. Volto a olhar para o meu tio. — Preciso que as bruxas se espalhem por cidades ao redor do mundo. Onde houver grandes concentrações de estátuas de gárgulas no alto de prédios. Paris, Chicago, Quito, Pequim. Vamos precisar delas por toda parte.

Começo a citar o nome dos lugares que surgiram nas minhas leituras desde que comecei a pesquisar gárgulas, há vários meses.

— Quando usarmos as Lágrimas de Éleos para curá-las amanhã, vamos precisar abrir portais para que elas passem.

— Portais para onde? — ele pergunta.

— Katmere.

Ele me olha de um jeito estranho. E até entendo. Entre todos os lugares para que este desafio acontecesse, a pilha de tijolos e poeira que um dia foi a Academia Katmere nem entraria na lista de cem locais onde imaginei que isso aconteceria. Mas Katmere é onde Delilah alega que Cyrus vai estar à meia-noite para usar a Pedra Divina. Por isso, é lá que vamos estar... junto ao Exército das Gárgulas, espero.

— Confie em mim, tio Finn. Katmere. Amanhã.

— Sabe que confio em você, Grace. — Em seguida, ele vira-se para o meu consorte. — E em você também, Hudson.

— Bem, isso não é muito inteligente da sua parte — responde Hudson.

Mas o tio Finn simplesmente ri.

— Acho que é algo acertado. — Ele faz menção de seguir Remy pelo corredor, mas para no último instante. — Desculpem, mas não posso ir embora sem perguntar uma última vez. As Provações Impossíveis? Tem certeza, Grace?

— Ela vai completá-las — Remy garante a ele.

Meu tio o encara com uma expressão do tipo *quem diabos é você*, mas Hudson e eu trocamos um olhar intenso. Posto que Remy é capaz de prever o futuro, quando ele diz alguma coisa ninguém sabe se está falando do jeito que todo mundo fala, com mais esperança do que convicção, ou se ele realmente *sabe* que vou chegar ao fim. E a segunda pergunta é... por que ele disse *ela*? Será que foi porque o meu tio estava falando comigo, especificamente? Ou porque ninguém mais vai completar as Provações?

Que coisa horrível de se pensar. Em particular se eu estiver realmente disposta a levar os meus amigos de volta àquela loja de caramelos. E não é nisso que eu devia estar me concentrando agora. Nesse momento, a única coisa que importa é encontrar Izzy e cair fora daqui antes que Cyrus perceba nosso desaparecimento. Se tudo der certo, ele vai passar um bom tempo dando bronca nos seus soldados para que alguém perceba que nós sumimos. Mas, para ser sincera, Sméagol conseguiu seu prêmio. Assim, imagino que ele não veja necessidade de se sujar na masmorra outra vez. Mas isso não significa que temos tempo a perder.

Por outro lado, quando foi que tivemos? Mesmo que não consigamos mais nada além de derrotar Cyrus de uma vez por todas, a ideia de conseguir tirar uma soneca de vez em quando — ou, talvez, até mesmo uma noite inteira de sono — é a que mais me agrada.

Estou cansada. E sinto que já estou cansada há muito tempo. Não é uma boa sensação, considerando que só faz alguns meses desde que completei dezoito anos. E é uma sensação ainda pior, considerando o que tenho de fazer antes que consiga tirar uma dessas sonecas.

Continuamos ali por uns minutos a fim de explicar o plano a Remy e depois tomamos rumos diferentes. Remy vai reunir os outros e levar o tio Finn e Hudson até os poços enquanto eu volto para junto de Macy e da tia Rô.

Capítulo 111

DETESTO SEQUESTRAR E FUGIR

Volto para junto de Macy e da tia Rowena minutos antes que Remy reapareça com os outros. E cada um deles parece sentir o mesmo que eu. Como se devêssemos tomar alguma atitude neste exato momento.

Até sabemos o que devemos fazer. Só não sabemos como fazer isso. A Corte Vampírica é enorme. Como é que vamos encontrar Izzy antes que alguém nos encontre? Ou pior, antes que alguém descubra que a masmorra está completamente vazia?

— Nem sei onde o quarto dela ficaria — comenta Jaxon, andando de um lado para outro, aflito. — Bem, acho que podemos começar pelo escritório do meu pai. Mas, considerando a quantidade de guardas que ele tem, isso não me parece uma ideia muito boa.

— A menos que você seja um daqueles viciados em adrenalina — responde Mekhi.

— Então, por onde nós, que não somos viciados em adrenalina, começamos? — pergunta Dawud.

— Achei que vocês começariam indo embora. — A voz vibrante e firme de Delilah ecoa pela cela. Ela está na entrada, observando a todos nós sem conseguir acreditar. — Não acabei de tirar vocês daqui? Por que voltaram para essa jaula?

— Porque Rowena não pode sair — explico, indicando a minha tia, deitada no chão e com uma aparência que parece piorar a cada minuto.

— E, por isso, dez de vocês precisam ficar com ela? — Não sei se isso é possível, mas sua incredulidade parece aumentar. — Sabem de uma coisa? Esqueçam. — Ela ergue a mão e se vira para ir embora. — Cumpri com a minha parte do acordo. Não vou me responsabilizar por nada, já que se recusam a ir embora. Boa sorte se quiser cumprir a sua parte do nosso acordo daqui.

Ela começa a subir as escadas que vão até o pavimento principal da Corte Vampírica, quando a resposta que estamos procurando surge na minha cabeça.

— Espere aí. — Passo por Hudson, Calder e também pelo portão da cela em busca de alcançá-la. — Por favor.

Ela suspira, com uma irritação óbvia, mas para. Mesmo assim, ela não se vira para trás.

— O que foi? — pergunta ela por entre os dentes.

— Você cumpriu com mais do que a sua parte do acordo e não me deve mais nada…

— Então, por que exatamente ainda está falando comigo?

— Porque espero que você ainda possa nos ajudar, mesmo assim. Porque não temos ninguém mais a quem possamos pedir.

Outro suspiro.

— E…?

— Se quisermos derrotar Cyrus, precisamos ter Izzy ao nosso lado. Precisamos encontrá-la.

— Não é tão difícil. Parece que aquela vadiazinha está sempre por perto — responde Delilah com acidez.

Essa foi forte. Entendo por que Delilah tem seus problemas com ela. Izzy é uma lembrança constante das infidelidades de Cyrus. Além de ser um verdadeiro pé no saco. Mas ela não tem culpa por Cyrus ter traído Delilah, embora eu não consiga deixar de me perguntar se ela sempre foi tratada desse jeito durante o período passado fora da sua cripta.

Se for assim, será que é mesmo tão estranho ela ter essa… deficiência de personalidade?

Mas nem me atrevo a comentar isso com Delilah quando ainda precisamos da sua ajuda. Em vez disso, decido dizer:

— Tenho certeza de que isso acontece. Mas, como não podemos subir até lá e procurá-la, eu queria saber se você poderia me ajudar a… — Paro de falar, à procura de uma descrição que não dê a ideia de que planejo sequestrar a filha do rei dos vampiros.

— Atraí-la aqui para baixo? — pergunta Delilah, sem fazer rodeios.

— Mais ou menos por aí.

— Se isso servir para tirar aquela bastarda de Cyrus da minha casa de uma vez por todas, eu ficaria *imensamente feliz* em fazer isso — ela me diz. — O que você quer que eu faça, exatamente?

— Diga alguma coisa que a motive a vir agora mesmo até a masmorra. Algo que não indique estamos livres e à espera dela.

Delilah me encara com uma expressão que praticamente diz *só isso, meu bem?* Em seguida, vira as costas e sobe as escadas, com os saltos agulha estalando no piso a cada passo. Assisto enquanto ela vai embora e pondero sobre como Cyrus consegue dormir à noite. Se eu tivesse sacaneado a rainha dos vampiros tanto quanto ele fez, passaria as noites dormindo com um dos olhos abertos, com medo de que ela me trespassasse o coração com um salto Louboutin.

Mas, com certeza, ele provavelmente é arrogante demais para acreditar que o seu cão de briga se viraria contra o mestre a fim de mordê-lo. Tenho quase certeza de que ele está prestes a aprender essa lição da pior maneira possível.

— Acha que ela vai fazer isso mesmo? — indaga Macy quando enfim volto a entrar na cela.

— Acho, sim — respondo. — Mas pode ser que eu esteja simplesmente esperançosa demais.

Hudson se aproxima por trás de mim e pergunta com a voz baixa:

— Qual é o plano, se não se importa com a minha pergunta? Só para a gente se preparar.

— Que coincidência você perguntar isso agora — digo a ele, tentando imitar alguém que pisca os olhos de maneira sedutora. Imagino que, se você está prestes a pedir a seu consorte e amigos para carregarem quase uma tonelada de pedra sólida, é preciso pelo menos se esforçar um pouco para deixar a circunstância mais agradável. — Preciso que coloquem para funcionar esses músculos incríveis dos quais vocês ficam sempre se gabando.

— É mesmo? — Ele ergue uma sobrancelha. E como não faz aquele penteado pompadour há dias, seus cabelos estão lhe caindo sobre os olhos. E ele parece adorável demais para que eu consiga descrever com palavras. Se os outros não estivessem aqui agora...

Pelo visto, um pouco do meu interesse deve ficar aparente na minha cara, porque o olhar de Hudson passa de "carinhoso" para "ardente" em questão de segundos. Apesar de todas as contingências e do lugar onde estamos, sinto a respiração ficar presa na garganta. Por um momento, somos as duas únicas pessoas na sala.

— Músculos? — repete Calder com tanta alegria que o nosso momento de cumplicidade se encerra. E a observo umedecer os lábios com a língua enquanto enrola uma mecha dos cabelos ao redor do dedo. — Adoro homens com músculos fortes.

Quando ela pisca de um jeito sedutor, percebo como se faz isso, na verdade. Porque, de repente, Dawud está de pé, com a coluna ereta e uns quatro centímetros mais alte. E mal pode esperar para perguntar o que precisamos que seja movido.

A cena faz com que Éden e Macy escondam o riso e revirem os olhos uma para a outra. Pelo menos até ouvirmos Delilah falando com a voz alta o suficiente para que suas palavras ecoem pela escadaria de pedra.

— Não sei o que aquela cachorra de pedra quer lhe dizer, Isadora. Só sei que ela insiste ser importante.

É o único aviso que vamos receber e por isso entramos em ação.

Capítulo 112

É IMPOSSÍVEL VOLTAR PARA CASA

Por razões óbvias, Macy e sua mãe ficam na cela, mas o contrato mágico deve permitir que se juntem a nós assim que Izzy estiver com a gente. O restante do grupo passa correndo pelas portas da cela e se espalha. Éden, Flint e Dawud correm para o lado esquerdo da escada — fora do campo de visão, para o caso de precisarmos que alguém pegue Izzy de surpresa.

Jaxon e Mekhi fazem a mesma coisa à direita, enquanto Hudson, Remy e Calder ficam bem perto da escada, a fim de servir como distração. Elas são as primeiras pessoas que Izzy vai ver quando descer a escada. E vai ser bem óbvio, bem rápido, que alguma coisa está muito errada.

Posiciono-me logo atrás da escada. É o melhor lugar naquela masmorra para emboscar alguém. E é exatamente isso que pretendo fazer. Com os diferentes poderes que temos, seríamos capazes de colocar este lugar abaixo. Mas é a última coisa que desejo fazer. Isso significa que, enquanto não quisermos alertar Cyrus sobre o que está acontecendo aqui, pegar Izzy de surpresa é a melhor maneira de combatê-la no momento. Além disso, depois de tudo o que aconteceu, vou aproveitar qualquer vantagem que tiver.

— Você não podia ter perguntado o que ela queria, Delilah? Em vez de deixar que ela me arrastasse até este buraco velho e bolorento de novo? Sabe que eu odeio… — Ela para de falar no meio da frase quando vê exatamente o que queremos que veja: Hudson, Remy e Calder bem diante da escada, com cara de que ficariam muito felizes em devorá-la no café da manhã.

Antes que eu consiga respirar de novo, Izzy já aparece com uma adaga em cada mão. Mas isso não tem a menor importância. Porque não lhe dou nem um segundo para que ela as arremesse antes de estender as mãos e paralisá-la.

Nossos corpos se transformam em pedra no mesmo instante. É uma sensação para a qual estou pronta, mas Izzy fica completamente desorientada.

Ela estende a mão e tenta se apoiar na parede de pedra da masmorra, mas não há mais nada ali. Em seu lugar há uma das paredes da sala de estar da casa onde cresci, que era pintada de verde-oliva.

Pisco os olhos quando a vejo, chocada por havermos aparecido aqui. Eu definitivamente não estava pensando nesse lugar quando nos paralisei. Inclusive, imaginei que iríamos parar em algum lugar que surgisse na mente de Izzy, não na minha. Pela bilhonésima ou trilhonésima vez, tento descobrir como esse poder realmente funciona. Sou capaz de apenas paralisar alguém e impedir que a flecha do tempo avance, como Jikan explicou. E posso fazê-lo simplesmente com um toque leve no meu cordão de semideusa. Acho que essa parte já entendi.

Mas, se eu tocar o cordão verde junto ao cordão de platina... bem, aí as coisas ficam meio confusas. Com isso, consigo congelar as pessoas e levá-las para uma época diferente em uma dimensão diferente, como a Corte congelada no tempo. Ou então para uma recordação, como a de Cyrus em sua sala de guerra. Então, para onde exatamente levei Hudson durante aqueles quatro meses, ou talvez mais, em que ficamos presos juntos? E por que não consigo me lembrar direito do que houve?

Faço um gesto negativo com a cabeça. Não tenho tempo para me perder nesses pensamentos agora. Não quando estou com uma vampira bastante irritada na casa onde passei a minha infância.

Olho ao redor porque não consigo evitar. Faz oito meses desde a última vez que estive nesta sala e quase dou um grito quando percebo que eu nos trouxe bem para o dia em que meus pais morreram.

Merda. Puta que pariu mesmo. Meus joelhos quase cedem, mas os forço a se manterem firmes porque não estou sozinha. Izzy está aqui comigo. E se há uma coisa que aprendi sobre a filha de Cyrus é que demonstrar fraqueza diante dela é uma ideia terrível.

Mas ainda não sei por que viemos até aqui. E me arrependo disso por várias razões. Mas não vou deixar que ela perceba de jeito nenhum.

Só que... viro para trás e me dou conta de que Izzy já sabe. Ela está me olhando com um sorriso de escárnio e um olhar de desprezo.

— Achou mesmo que conseguiria ser mais esperta do que eu? — ela pergunta à medida que começamos a girar pela sala, atrás do enorme sofá cinza onde eu costumava me espreguiçar e fazer a lição de casa todo dia, depois que voltava da escola. — Estou me preparando para este momento desde o dia em que nos conhecemos. — Izzy continua: — Enquanto você estava fazendo papel de idiota naquele círculo de treinamento, tentando impressionar o general, eu estava observando e aprendendo como esse seu poder funciona. E, mesmo que você não tenha pedido nenhum conselho, vou lhe dar um. E de graça. Você é a rainha, sua paspalha. *Chastain* é quem deveria se esforçar para impressionar *você*.

— Eu não... — Paro de falar quando a minha mãe abre a geladeira da cozinha, onde tenta preparar o jantar.

Ela veste seu blusão vermelho favorito e uma saia nova que compramos juntas durante um passeio, uma semana antes de sua morte. É por isso que sei que dia é hoje. E é por isso que sei o que está para acontecer. Foi a única vez que ela vestiu essa peça.

Minha mãe está bonita, vibrante e viva. Por um segundo, sinto tanta saudade dela que quase caio de joelhos. Já faz oito meses desde que ela morreu. Oito meses desde que ela me envolveu em um abraço com aroma de baunilha e *chai* e disse que me amava. Oito meses desde que ela acabou comigo durante uma partida de Scrabble. E nunca senti tanto a falta dela.

A dor aguda que por fim se aquietou em um incômodo, com pontadas ocasionais, volta com toda a sua força enquanto a observo pegar vários legumes a fim de preparar uma salada. No fogão, a chaleira vai fazer a xícara de chá fortificante que ela sempre insistia que eu tomasse com o jantar. E tem alguma coisa no forno com um cheiro delicioso. Enchiladas de frango, se bem me lembro.

Ela sempre fez as melhores enchiladas.

Outra onda de tristeza passa por mim quando me lembro de todas as vezes que a ajudei a fazer o molho no decorrer dos anos. E quantas vezes a ajudei a enrolar as tortilhas. Lágrimas ardem no fundo dos meus olhos quando ela começa a cortar os pepinos para fazer as saladas. Mas é aí que percebo que tem alguma coisa meio errada com esta visão. E mais... tem alguma coisa que não está se encaixando onde deveria.

Nunca sinto aromas nas lembranças que visito durante a paralisia. E nunca me sinto tão intimamente conectada com elas. Sim, sei que este é um dia realmente terrível na minha vida, mas mesmo assim... Não parece ser uma recordação comum.

E isso significa que...

— Eu ficava me perguntando se você iria sacar o que está acontecendo — comenta Isadora com uma expressão de superioridade. — Definitivamente, você demorou demais.

Capítulo 113

O CAMINHO DAS LEMBRANÇAS É UMA ESTRADA NO MEIO DO INFERNO

— O que está fazendo? — pergunto ao encaixar as peças. — Como você é capaz de controlar o que está acontecendo na minha lembrança? Fui eu que nos paralisei. Sou eu quem…

— … devia estar no comando? — Isadora dá uma risada cruel. — Grace, você não tem coragem para assumir o comando de nada. Você quer ser a garota legal, quer jogar de acordo com as regras. Mas, caso ainda não tenha se dado conta, as garotas legais nunca ganham nada nesse mundo. São simplesmente destruídas.

Ela está me provocando e sei muito bem disso. Mas isso não significa que não haja verdade em suas palavras. É difícil fazer a coisa certa quando tenho de lutar contra pessoas que não se preocupam com o que é certo. Que não se preocupam com coisa alguma além de conseguirem o que querem. Mas se eu não fizer isso… se eu simplesmente desistir e começar a fazer as mesmas coisas que eles fazem — Cyrus, Lia, Isadora, Delilah —, então quem, exatamente, estou lutando para salvar?

Dizer isso a mim mesma ajuda bastante. E me permite focar no que é importante de verdade.

— Você não respondeu à minha pergunta.

— Tem razão. Não respondi mesmo. — Ela estreita os olhos, me encarando. — Você não acha realmente que é a única pessoa por aqui que é especial, não é? Só porque é capaz de paralisar o tempo e espionar pessoas que não têm controle sobre o que está acontecendo? Talvez eu não consiga congelar o tempo e simplesmente arrancar alguém do mundo por uns momentos. Mas posso fazer isto aqui.

Ela estala os dedos e imediatamente o meu pai aparece na cozinha com a minha mãe. E os dois estão furiosos um com o outro. Percebo imediatamente quando chego da escola. A culpa e a dor começam a fustigar meu estômago.

Sei o que está para acontecer e não quero ver isso agora. Para ser bem sincera, não quero ver isso nunca mais. Mas não tenho escolha.

Não sei o que Izzy está fazendo nem como está manipulando isso tudo. Não estou simplesmente observando uma recordação; estou revivendo a cena. E *sou* aquela versão mais jovem de mim mesma. Como uma marionete presa aos cordões, sou forçada a fazer tudo exatamente como aconteceu nas minhas lembranças.

— Não podemos fazer isso! — a minha mãe grita com o meu pai, uma situação tão rara que coloco a minha mochila no sofá e me aproximo na ponta dos pés a fim de observar melhor o que se passa na cozinha. Meus pais não são perfeitos. Eles também brigam, assim como os pais de todo mundo. Mas geralmente são mais discussões do que bate-bocas, mais conversas do que gritaria.

Por isso, se a minha mãe está com os nervos tão à flor da pele, o motivo pelo qual estão brigando só pode ser ruim.

— Acho que não temos escolha, Aria — diz o meu pai a ela. — Grace tem que aprender que...

— Ela vai aprender. Ela é capaz. Nós podemos ensiná-la.

— Acho que não é bem assim. — Ele começa a andar de um lado para outro pela cozinha; é mais um sinal da sua agitação. — O que ela precisa aprender é maior do que nós.

— E o que vamos fazer, Cillian? Simplesmente jogá-la aos lobos? — Minha mãe parece prestes a chorar, e isso retorce o meu estômago até praticamente formar nós, fazendo o medo cascatear pela minha coluna e a tristeza ricochetear dentro de mim como uma bola de boliche que caiu na canaleta da raia. E sinto que ela destrói um pedaço diferente de mim com cada choque.

— Não é disso que estou falando e você sabe muito bem. — Meu pai suspira. — Mas não podemos deixá-la aqui para sempre. Após certo tempo, isso vai deixar de ser uma proteção e se tornar uma maldição. Ela já tem dezessete anos. Éramos bem mais novos do que ela quando os nossos pais nos mandaram para a escola.

— Sim, mas o ano que vem não demora a chegar. — As lágrimas marcam sua voz. — Ela já estava com planos de cursar uma faculdade em outro lugar...

— Ano que vem vai ser tarde demais. Você viu o e-mail. Sabe que as coisas estão ficando ruins. É só uma questão de tempo antes que... — Ele para de falar e respira fundo. — Ela precisa ser capaz de se proteger.

— Por quê? — pergunta a minha mãe. — Nós a protegemos até aqui. E o chá... o chá serve para que ela fique segura, Cillian. Podemos adiar as coisas por mais algum tempo.

Solto um gemido surpreso. Não me lembrava de que o chá que a minha mãe me dava todas as noites tinha algo a ver com a briga deles.

— Será que podemos mesmo?

— É o que estamos fazendo. Durante todos esses anos...

— Porque ninguém nunca veio procurá-la. Mas isso pode mudar a qualquer momento. — Ele suspira. — Você sabe que o chá que mantém a gárgula dela escondida já está quase acabando. E a minha irmã está desaparecida, então não vamos conseguir mais.

Sinto que os meus joelhos quase cedem sob o meu peso. Meu Deus. O motivo pelo qual a tia Rowena deve um favor à Estriga... tudo isso é por minha culpa. Ela foi até lá porque meus pais precisavam de uma maneira para esconder as minhas habilidades. Para me manter em segurança. Um soluço escapa pela minha garganta e empurro o punho na boca, na tentativa de sufocar a dor que começa a me engolir. A culpa arranca o meu fôlego.

É por minha causa que Macy pensa que sua mãe a abandonou. A culpa é minha.

Minha mãe se levanta da mesa da cozinha onde estava sentada, com uma xícara de chá nas mãos.

— Eu sei! Mas isso não quer dizer que alguém vai aparecer por aqui.

— É exatamente isso que vai acontecer! — Agora é a vez de o meu pai gritar. — Sempre soubemos que não podíamos deixá-la escondida aqui para sempre. Finn disse que as circunstâncias estão piorando. Se isso for verdade...

Sinto a respiração ficar presa na garganta. E tenho a sensação de que meus pulmões vão explodir. Como esqueci que eles mencionaram o tio Finn, não me dei conta de que ele ou, possivelmente, a Academia Katmere tinham alguma coisa a ver com tudo que aconteceu? Originalmente, imaginava que eles não sabiam sobre a minha gárgula. Mas está claro que sabiam, sim. E se foi esse o motivo pelo qual estavam brigando no dia que sofreram o acidente? Um murmúrio choroso escapa pela minha garganta. E se bateram o carro porque estavam brigando sobre o que iriam fazer comigo?

A culpa me devora e faz arder as lágrimas atrás dos meus olhos, quase me deixando prostrada. Fui eu que fiz isso. Fui eu que fiz isso acontecer. Eles estavam tentando me proteger quando morreram. E só piorei as coisas. Porque...

— Se isso for verdade, o que Grace vai poder fazer em relação a isso? — pergunta a minha mãe.

— Mais do que imaginamos. — Meu pai se aproxima dela e segura as mãos dela. — Acredita mesmo que eu quero isso mais do que você? Mas foi para isso que ela nasceu. Ela nasceu...

— Para ser a nossa filha! — retruca a minha mãe.

— Sim. — Meu pai concorda com um aceno de cabeça. — Mas ela não é só isso. Ir embora vai ajudá-la. Se você parar e pensar, vai perceber que tenho razão.

Minha mãe suspira e parece se dar por vencida.

— Eu sei. — Ela apoia a cabeça no peito dele. — Só não quero deixar que ela vá...

— Que eu vá para onde? — pergunto ao entrar na cozinha pisando duro e completamente indignada. — Este é o meu último ano na escola!

— Grace. — Minha mãe parece ter sido atingida por um golpe. — Queríamos tomar algumas decisões antes de conversar com você...

— Decisões? Que decisões vocês têm que tomar? Não vou a lugar algum até me formar. — Eles trocam um longo olhar e a raiva começa a se espalhar por mim. — Vocês não podem fazer isso! Não podem me mandar para longe daqui só porque acham que... O quê? Eu nem sei! E para onde eu iria?

— O seu tio é o diretor de uma escola...

— O tio Finn? Faz anos que eu não o vejo. E ele mora no Alasca. — Rio, incrédula. — Vocês não vão me mandar para o Alasca. Nem pensar!

— Não é uma questão tão simples, Grace — pontua a minha mãe.

— Ah, acho que é, sim. E eu não vou. Vocês não podem me obrigar.

— Não estamos discutindo essa questão agora, Grace — intervém o meu pai. — Você tem que cuidar das suas lições de casa e nós temos que pensar em algumas coisas. Inclusive, eu... — Ele para de falar quando Heather toca a buzina, ainda estacionada na frente da nossa casa. É o jeito dela de me dizer que esqueci alguma coisa em seu carro.

— Eu não vou — anuncio para ele ao me dirigir para a porta da casa. — Vocês podem falar o quanto quiserem. Não vou deixar que me mandem para o Alasca. De jeito nenhum!

Vou até a porta da casa, mais furiosa do que jamais me lembro de me sentir.

— Por que não aproveita para tentar se acalmar um pouco? — diz a minha mãe. — Vamos falar sobre isso no jantar. Talvez você mude de ideia quando ouvir o que temos para lhe dizer.

— Não vou voltar para o jantar. Vou para a casa de Heather — retruco. — Não quero incomodar vocês com a minha presença, já que está óbvio que não me querem aqui.

Bato a porta depois de passar por ela e sigo pisando duro até chegar ao carro de Heather. Só que o carro desaparece. E me vejo no necrotério, diante de algum assistente do médico-legista afirmando que lamenta o ocorrido, mas sou a única pessoa que pode identificar os corpos. Antes que eu consiga entender a situação, ele me leva até uma sala muito fria onde um lençol cobre uma silhueta imóvel no centro da área.

— Não! Não, não, não, não, não... — Aquela palavra se torna o meu mantra, a minha oração, quando as paredes da sala se fecham ao meu redor. Quando o ar some.

Minhas pernas cedem e desabo no chão quando o legista começa a afastar o lençol. E ali está ela. A minha mãe. Minha mãe, bonita e vibrante.

A dor e o pânico explodem dentro de mim. Nem sei como consigo respirar com tudo aquilo. Há um pedaço minúsculo do meu cérebro que me diz para pensar, para tentar entender o fato. Mas é impossível fazê-lo quando a culpa, o remorso e o terror borbulham dentro de mim. Quando a única coisa que consigo pensar ou sentir está concentrada no cadáver da minha mãe... e no fato de que há outro corpo deitado ali, coberto por outro lençol.

— É ela — consigo dizer, com esforço. E sinto o nariz arder com o odor de antisséptico do laboratório.

O legista faz um sinal afirmativo com a cabeça e vai até o segundo lençol. E preciso resistir com todas as minhas forças para não gritar. Porque é o meu pai que está debaixo daquele lençol e...

De repente, ele ergue o tronco até se sentar e o lençol cai, expondo o seu rosto ensanguentado e deformado. E ele tenta me pegar.

— Foi você que fez isso, Grace — afirma ele, apesar da mandíbula quebrada e deformada. — Você fez isso com a gente...

A dor é insuportável. Devastadora. É esmagadora. Tanto que preciso me esforçar para conseguir respirar. Para conseguir simplesmente existir.

E é nesse momento em que me dou conta de que isso é muito parecido com o que Hudson e Flint tiveram de enfrentar na prisão, poucos dias atrás. Ou seja... não é real. É artificial. E se eu não seguir com o plano...

— Sua idiota! — Eu me viro para Isadora. — Tudo isso é culpa sua! É você que está fazendo isso comigo.

Não consigo acreditar que demorei tanto tempo para perceber. Foi a Estriga que criou aquela prisão horrível; é claro que a sua filha teria um poder parecido.

— Tem razão, sou eu — ela rebate com um sorriso afiado como um bisturi. — E vou continuar com isso até que você faça a única coisa que pode dar um fim a isso.

Capítulo 114

ESCOLHA A SUA ILUSÃO

Izzy dá de ombros.

— Talvez eu não consiga paralisar o tempo assim como você, mas, quando estava na Corte das Gárgulas, descobri que posso fazer uma coisa ainda melhor. Posso criar ilusões que fazem você sentir que o tempo está paralisado. Como se estivesse presa no pior momento da sua vida. E você não consegue se livrar disso, não importa o que faça.

— Só você acharia isso bom — rosno por entre os dentes.

Ela simplesmente sorri e estala os dedos. Segundos depois, sou forçada a assistir mais uma vez o momento em que a minha mãe está tirando legumes da geladeira quando chego da escola.

De novo, não. Por favor, não me faça passar por isso de novo. Mas não sou ingênua para pedir que ela pare com isso. A última coisa que Izzy precisa para usar contra mim é de mais munição.

Mas ela não precisa que eu implore para saber que sua arma mais recente é bem eficaz. Como ela pode pensar de outra maneira, quando a única coisa que consigo fazer é observar enquanto meus pais começam a brigar mais uma vez porque precisam me mandar embora? Só que, dessa vez, a sequência é bem mais detalhada, com o meu pai insistindo que sabe o que é melhor para mim e a minha mãe resistindo com unhas e dentes, enquanto me prepara mais uma xícara daquele chá idiota.

Quando chegamos ao fim, depois que o meu pai se levanta da mesa do legista e afirma para mim que os dois estão ali por minha culpa, tudo se reinicia. Cada repetição é ainda mais detalhada e me faz lembrar um pouco mais sobre como era a vida na minha casa antes de os meus pais morrerem.

As coisas já estavam acontecendo, as maquinações da Carniceira, de Cyrus e da Estriga (e só Deus sabe de quem mais). E eu não fazia a menor ideia de nada. Ou, pelo menos, acho que estavam acontecendo. Não tenho certeza se tudo que está sendo dito faz parte das minhas recordações ou se é apenas mais uma ilusão criada por Izzy para me abalar. Ou, melhor dizendo, uma ilusão incrivelmente eficiente, porque essa garota sabe muito bem onde enfiar a faca para causar a maior quantidade de danos (com o perdão do trocadilho). Toda vez que a cena recomeça eu morro mais um pouco por dentro, apesar dos meus esforços intensos para que ela não perceba.

A tia Rowena estava sofrendo há anos por minha causa, submetida a torturas na prisão infernal de Cyrus e incapaz de escapar. Tudo por causa de um favor que pediu à Estriga para me proteger. E agora que enfim temos uma chance de ajudá-la a retribuir o favor e libertá-la para sempre, o mínimo que posso fazer é reviver um dos piores dias da minha vida mais algumas vezes.

O fato de que dói mais a cada vez que acontece não tem importância. Nem o fato de que o pânico é um animal arisco dentro de mim — acuado, furioso e determinado a destruir qualquer coisa com que tenha contato. A minha respiração está ofegante. As batidas do meu coração estão sem controle. E o meu corpo inteiro treme tanto que os meus dentes chegam a bater.

Mesmo assim, tento manter o controle até que Izzy recomeça a lembrança pela sexta vez. Agora, em vez de estar vestida com o seu blusão favorito e a saia nova, minha mãe está coberta de sangue. A lateral do seu rosto está estraçalhada, seus cabelos estão manchados de sangue e em seu peito... há uma ferida enorme e aberta bem no centro. E consigo ver seu coração lutando para bater pela fenda.

— Por que você simplesmente não aceita, Grace? — ela pergunta, olhando para mim enquanto enche uma xícara com chá quente. — Por que está fazendo isso comigo? Por que me magoa desse jeito?

— Pare.

A palavra escapa de mim em um murmúrio choroso. Mesmo sabendo que não é verdade, mesmo sabendo que Izzy está manipulando tudo, não vou conseguir assistir a isso outra vez. Não desse jeito, com a aparência gentil, bonita e despreocupada da minha mãe feita em pedaços.

— Por favor, pare — sussurro, com lágrimas escorrendo pelo meu rosto enquanto tento controlar o pânico que toma conta de mim.

Mas não funciona. E o meu estômago abalado ameaça se revoltar por completo.

— Você não precisa fazer isso — afirmo para ela quando consigo falar sem me preocupar com a possibilidade de vomitar. — Você não precisa ser tão cruel quanto o seu pai.

— Você acha que isso é crueldade? — Izzy me olha com surpresa. — Estou só tentando ajudar você a se livrar da culpa, Grace. Por que se tortura tanto por uma coisa sobre a qual não tinha controle algum? Uma coisa que você não pode mudar?

Ela fala de um jeito genuinamente curioso e isso me horroriza tanto quanto suas ações com relação a mim. Tanto que não consigo evitar a resposta.

— Esses são os meus pais. E eles estão mortos.

— E daí? — Ela dá de ombros. — A minha mãe morreu e isso foi a melhor coisa que me aconteceu. Olhe só para você, chorando como um bebê por causa de duas pessoas que sempre estiveram destinadas a morrer antes de você. Como a minha mãe morreu cedo, nunca tive nenhum problema com ela.

Sinto uma onda de choque passar por mim. Isadora acha que sua mãe está morta? Como é possível? Todos sabemos quem é a mãe dela. E que ela continua viva e podre como o inferno. Como é que Isadora não sabe disso?

A resposta surge com a mesma facilidade da pergunta. Foi aquele maldito Cyrus, que preferiu mentir sobre a mãe da sua única filha do que lidar com as consequências que a verdade poderia trazer.

— Isso não é... — começo a dizer a verdade para ela, porque ninguém deveria achar que seus pais estão mortos quando não estão. Mas percebo que ela nunca vai acreditar em mim, a menos que veja a verdade com seus próprios olhos. Se já está fazendo isso comigo agora, não consigo nem imaginar o que ela pode criar se pensar que estou mentindo sobre a sua mãe.

É melhor ficar quieta por enquanto e sobreviver do que mostrar a verdade a ela.

Infelizmente, essa decisão significa continuar a observar conforme a minha lembrança se repete várias vezes, sem parar. Cada vez as coisas ficam mais detalhadas e mais distantes da verdade. É horrível ver meus pais assim, andando pela cozinha com os ferimentos que sofreram no acidente de carro completamente expostos. Mais de uma vez, quase cedo e removo a nossa paralisia apenas para conseguir escapar. Mas, no fim, consigo resistir. Repito a mim mesma que isso pode durar mais uns minutos, se servir para levar a tia Rowena para um lugar seguro. Só mais uns minutos para nunca mais termos de voltar àquela maldita Corte Vampírica.

Mas, em determinado momento em meio a essa experiência de reviver toda a dor e devastação emocional da última tarde com os meus pais, outra coisa acontece também. Percebo que Izzy tinha razão. Não importa o que dissesse a mim mesma, não tenho culpa pela morte deles.

A garota irritada que está na cozinha, gritando que não vai se mudar para uma escola perdida no meio do Alasca, é simplesmente isso. Uma garota. É uma criança que está descontando a raiva em seus pais porque sabe que eles a amam mesmo assim. E amam, mesmo que ela aja como uma pirralha mimada.

Mas também é mais do que isso. Porque, mesmo no meio daquela discussão que ocorre aos gritos, eles nunca dizem a ela — nunca dizem a mim — a verdade. Nunca me dão a oportunidade de entender a crise ou a chance de fazer uma escolha de verdade sobre o Alasca e a minha vida.

Isso não é justo. Não foi justo eu não ter ouvido o que eles tinham a dizer sobre Katmere. E também não foi justo não terem me contado nada, incluindo o fato de terem implorado à Carniceira para ajudar a me gerar. Além disso, acabaram me escondendo de todo mundo, inclusive de mim mesma, por toda a minha vida.

Foi algo equivocado? Sim.

Foi algo que fizeram por amor? Sim.

Foi algo aceitável? Nem de longe.

Mas acho que o passado é assim mesmo. É impossível mudá-lo. É impossível consertá-lo. Só podemos entendê-lo. E, se tivermos sorte, tentar não cometer os mesmos erros outra vez.

— Ah, olhe só para você — escarnece Izzy. E percebo que o pânico começou a recuar, assim como a dor.

Ainda dói me lembrar daquele dia. Não tenho dúvidas de que sempre vai doer lembrar do dia em que meus pais morreram. Mas já voltou a ser apenas aquele incômodo que me acostumei a sentir de uns tempos para cá. É crônico, mas na maior parte dos dias é suportável.

— Acho que você não ficou tão abalada pela morte dos seus pais quanto quer que todo mundo pense.

— O problema é esse, não é? — respondo, ao passo que a verdade continua a se espalhar por dentro de mim. — Quando você se concentra nas coisas ruins que acontecem, a única coisa que sente é a dor. Mas quando se lembra das coisas boas que vieram com as ruins, existe também a chance de se lembrar da alegria. E a alegria cura de um jeito que a culpa jamais vai conseguir. Meus pais me amavam — prossigo. — E eu os amava. Decidi me concentrar nisso e lembrar disso.

— Que atitude mais iluminada, não é? — rosna Izzy.

— É uma pena que você nunca tenha conhecido o amor dos seus pais — começo a argumentar, pensando em lhe mostrar que existe outra maneira. Mas paro ao perceber que essa não é a melhor maneira de começar uma frase com Izzy. Ela tem um instinto assassino e sei que já a pressionei bastante. O medo desce pela minha coluna quando ela expõe as presas. E sei que preciso sair daqui bem rápido se quiser manter a minha jugular *dentro* do corpo.

Tenho certeza de que já deve ter passado tempo suficiente para que os rapazes tenham nos levado para algum lugar seguro. E se isso não aconteceu... bem, vou encontrar um jeito de lidar com uma Izzy bem irritada no mundo real, onde tenho certeza de que posso me esquivar dela.

Por isso, removo a nossa paralisia.

Capítulo 115

A BATALHA ÉPICA DAS GAROTAS: ASAS VS. PRESAS

Izzy se liberta da forma de pedra em meio a golpes e gritos.

Estamos do lado externo da casa feita de doces da Estriga. O céu escuro está banhado pela luz do luar e assim conseguimos ver quando o punho de Izzy acerta o queixo de Hudson, fazendo sua cabeça se mover para trás com um tranco. Em seguida, ela já está girando e acertando um pontapé na coxa de Remy com força suficiente para fazer com que ele murmure alguns palavrões.

— Pare com isso! — Remy grunhe para ela quando se recupera, mas ela simplesmente sibila e arreganha as presas para ele, ao mesmo tempo que desfere mais um chute.

Mas, dessa vez, o pontapé não o atinge. Em vez disso, Remy se esquiva, girando ao redor dela com tanta rapidez que Izzy nem sabe para onde olhar e menos ainda em que direção deve chutar. E, quando tenta girar com ele, Remy segura seus braços para trás e os puxa, apertando as mãos ao redor dos pulsos dela a fim de a conter.

A reação dela é enlouquecer total e completamente. Gritando, rosnando e xingando, ela tenta de modo desesperado se desvencilhar enquanto o restante do grupo assiste a tudo com os olhos arregalados.

Hudson me olha como se perguntasse *será que eu devo ajudá-lo?* E percebo, pela primeira vez, que não sou a única que percebeu que havia alguma coisa acontecendo entre os dois quando Remy apareceu na Corte das Gárgulas.

Não sei o que devo responder, pois venho me perguntando a mesma coisa. Por isso, apenas dou de ombros. Mas Izzy consegue soltar uma das mãos e o ataca, arranhando a face direita de Remy com suas unhas afiadas como navalhas.

— Ah, você não fez isso — grunhe Calder ao saltar no meio da briga. Arrancando Izzy da pegada de Remy, Calder enrola o rabo de cavalo da vampira ao redor da mão e a gira pelo ar, segurando-a pelos cabelos. — Já chega? — ela pergunta enquanto Izzy berra de dor. — Ou quer mais?

— Calder! Pare! — grita Remy, tentando se colocar entre as duas.

Mas Izzy não agradece a ajuda. Em vez disso, ela ataca mesmo quando ainda está engalfinhada com Calder. E, então, seu pé atinge Remy em um ponto sensível o bastante para que todos os rapazes nas imediações gemam de aflição.

— Mas que porra é essa? — ele grita, com o corpo encurvado e quase caindo no chão.

— Não preciso da sua ajuda, seu desgraçado do caralho! — ela grita enquanto leva as mãos para trás da cabeça em busca de segurar nos cabelos bonitos de Calder.

Não consigo evitar uma olhada para Hudson quando ela diz aqueles palavrões e ele me encara de volta com um olhar meio constrangido que diz claramente *tal irmão, tal irmã.*

A essa altura, Remy está quase no chão enquanto Izzy e Calder estão praticamente tentando assassinar uma à outra — sem que uma largue os cabelos da outra. Os longos cabelos ruivos de Isadora começaram a se soltar do seu rabo de cavalo, o que dá a Calder mais mechas nas quais enfiar as garras. E isso significa que as duas agora estão arranhando, grunhindo e girando em círculos enquanto seguram com toda a força no cabelo da inimiga.

E todos os rapazes em volta — inclusive Remy, que está no chão — observam a briga, totalmente fascinados. Até mesmo Flint parece encantado pela briga de garotas em curso bem na sua frente.

E não acredito que estou vendo isso.

Uma rápida olhada para Éden me diz que ela tem a mesma impressão que eu sobre tudo isso. Por isso, juntas, abrimos caminhos por entre os rapazes boquiabertos e entramos no meio da confusão.

Seguro Isadora e quase levo uma mordida no pulso em troca. Éden pegou Calder. E embora pareça difícil de imaginar, tenho quase certeza de que fiquei com a parte mais fácil, considerando que Calder quase lhe arranca a cabeça.

— Chega! — esbravejo, mas elas mal reconhecem minha existência. Por isso, tento de novo, falando mais alto. Mais uma vez, nada acontece. Só que, dessa vez, recebo um monte de garras no meu pescoço quando Calder avança sobre Isadora, mas erra o ataque e acerta a mim.

— Preste atenção, Éden! — digo, irritada.

— Desculpe. — Ela parece tão irritada quanto eu me sinto. Mas acabou de levar uma cotovelada no olho.

Estou pensando até mesmo em paralisar Izzy outra vez, apenas para fazê-la se aquietar por uns segundos. Mas isso vai nos trazer de volta em poucos minutos e não vai servir para nada. Em vez disso, tento segurar suas mãos, mas acabo levando um soco tão forte no ombro que meu braço até fica entorpecido por alguns segundos.

— Hudson! — Eu olho para ele, irritada. — Vai me ajudar ou não?

Hudson parece completamente horrorizado.

— Bem... — Ele olha para os outros garotos e todos começam a se afastar dele a passos largos, ao mesmo tempo que se recusam a me fitar nos olhos.

— Está falando sério? — pergunto quando Calder consegue se soltar de Éden e pula em cima de Izzy. — Ninguém vem ajudar?

Todos os rapazes (incluindo Hudson) balançam a cabeça em um sinal negativo e me vejo frente a frente com uma garra de manticora na bochecha enquanto tento ajudar Éden a colocar Calder sob controle outra vez.

— Mas que droga! — grito, e agora chega. Já estou no meu limite.

Eu me transformo e, segurando Isadora com toda a minha força, subo para o céu, pairando a pelo menos uns três metros do chão.

Calder solta um berro quando pula, tentando agarrar sua presa. Mas estou bem irritada agora e lhe acerto um chute na cara, com bastante força. Meu pé de pedra a faz levar as mãos ao rosto e se sentar no chão, emburrada.

Izzy grita em triunfo e começa a xingar Calder sem parar. Por isso, abro os braços de surpresa e a deixo cair no chão — dando-lhe um belo empurrão para que ela caia sentada também.

E em seguida volto a descer, pousando bem entre as duas.

— Chega! — esbravejo de novo. E agora as duas rosnam para mim, mas nenhuma se levanta para pular no pescoço da outra. Por isso, diria que tivemos sucesso.

Quando tenho certeza de que as duas estão mais calmas, eu me viro para encarar Hudson — que parece suficientemente constrangido agora que a briga terminou. Como deveria estar mesmo.

— O que deu na sua cabeça? — pergunto a ele e também ao restante dos rapazes.

— Está de brincadeira, né? — responde Mekhi. — Nenhum homem que valoriza as partes do seu corpo entraria no meio de uma briga como aquela.

— As mulheres sabem ser selvagens — concorda Flint. — Já perdi uma perna esse mês, só para citar o meu caso. E não estou nem um pouco a fim de arriscar a outra.

— Vocês são um bando de covardes. — Eu olho para o meu consorte, irritada. — Especialmente você.

Ele confirma com um aceno de cabeça, junto aos outros. E eu o encaro com uma expressão que diz que essa conversa não terminou.

Em seguida, volto a encarar Izzy, bem a tempo de ouvi-la perguntar:

— Que lugar é este? Você sabe que sequestrar pessoas é ilegal, não é?

— Disse a garota que capturou todo mundo neste lugar armada com facas e nos jogou em uma masmorra contra a nossa vontade — rebato. — Com centenas de outras crianças que também foram sequestradas e estavam para ser torturadas? Tenho certeza de que a culpa não vai me deixar dormir essa noite.

— Sempre soube que você não era tão boazinha quanto quer que os outros acreditem — zomba Izzy.

— Está falando sério? — retruco, erguendo a sobrancelha até a raiz dos cabelos. — Foi só isso que você entendeu de tudo que eu disse?

— Sendo bem sincera, você é tão chata que tento não prestar muita atenção àquilo que sai da sua boca — ela responde.

Aperto os olhos enquanto penso em dizer *foda-se essa paz* e lhe acertar um soco bem na boca. Mas Remy deve perceber o quanto estou perto de perder as estribeiras quando se coloca entre nós duas *antes* de a violência começar.

— Me dê uns cinco minutos — ele diz a ela. — Garanto que você não vai se arrepender.

— Já estou arrependida — ela rosna. Mas, quando os olhares dos dois se cruzam, ela levanta a mão e diz: — Ah, quer saber... foda-se. Faça o que quiser. Você vai fazer mesmo.

E ela não deixa de ter razão. Não vou sair daqui. Nenhum de nós vai sair até que a Estriga veja Izzy e a tia Rowena seja libertada. Mas a questão não é apenas essa. Há um pedaço de mim que acha que ver que sua mãe não está morta, que sua mãe passou a vida inteira presa nesta ilha, vai servir para atenuar a raiva que Izzy sente de tudo. Ela ainda vai ter seus problemas familiares com Cyrus, aquele desgraçado maldito. Mas saber que sua mãe não morreu nem a abandonou... (Olho para Macy neste momento.) Isso deve ajudar, não é?

Com tal ideia em mente, dirijo-me até a porta da casa feita de doces da Estriga. O vento sopra com força hoje, agitando o mar ao redor da ilha. E digo a mim mesma que isso não é um mau agouro. E por que não seria? Não acredito muito que as coisas vão acontecer de um jeito positivo agora, considerando tudo que houve até aqui.

Mesmo assim, o tempo está passando e não posso me dar ao luxo de demorar demais. É por isso que respiro fundo, bato à porta e espero que o melhor aconteça... ou, pelo menos, espero que o pior não aconteça.

Capítulo 116

A DIFERENÇA ENTRE A FACA E O DIA

Leva um momento até que alguém chegue à porta. E, quando isso acontece, estou preparada para passar pelos seguranças e criados da Estriga. Mas ela deve ter percebido que alguma coisa importante estava acontecendo, ou os criados devem estar de folga. Porque, quando a porta se abre, é a Estriga que aparece sob o vão.

Ela está trajada com um vestido longo e esvoaçante, assim como antes. E, exatamente como da outra vez, ela se parece com a Mãe Terra. Dessa vez, seus cabelos castanhos (que, na realidade, têm todas as cores do universo) estão presos em um rabo de cavalo bem parecido com o de Isadora.

— Grace. — Ela parece surpresa em me ver. E também curiosa. — Eu não esperava que voltasse tão rápido.

— Eu sei. — Penso que talvez seria melhor lhe dar a notícia devagar, mas a verdade é que não temos tempo para isso. Não dá para esperar que Izzy passe mais de um minuto sem querer assassinar alguém. Talvez dois, na melhor das hipóteses. Além disso, há vários outros lugares onde precisamos estar no momento.

Assim, digo da maneira mais simples possível. Não é hora para ficar enchendo linguiça.

— Estamos aqui para retribuir o favor que você fez a Rowena, depois de todo esse tempo. Mas saiba que talvez você só tenha uns minutos para conversar com ela. Não vamos forçá-la a ficar aqui por mais tempo.

Por um momento, a expressão da Estriga não muda. Continua ligeiramente inquisidora e um pouco matreira. Mas as minhas palavras acertam o alvo quando ela se vira e vê a minha tia Rowena e, em seguida, a própria Izzy. E seu rosto parece desabar.

A descrença é a expressão que surge primeiro, seguida pelo choque e seguida por algo muito parecido com alegria, dor, tristeza e alívio, tudo junto e misturado. Em seguida vêm as lágrimas, que rolam em silêncio pelo rosto da Estriga conforme ela caminha devagar, com passos hesitantes, em direção à filha.

Izzy, nesse meio-tempo, parece só confusa. E furiosa. E, talvez... lá no fundo, um pouquinho preocupada. É o que me impele a conjecturar se talvez ela saiba o que está acontecendo de verdade.

A Estriga por fim se aproxima de Izzy, mas ainda está chorando ao erguer a mão à procura de tocar o rosto da filha. Pouco antes de a palma da Estriga a tocar, entretanto, Isadora quase surta outra vez.

Ela se afasta da Estriga, já buscando suas facas enquanto grita:

— Chega dessa merda. Vocês têm trinta segundos para me tirar desse lugar.

Quando nenhum de nós responde, ela se vira para mim.

— Estou falando sério, Grace. Quero voltar para Londres. Agora.

Sua mão está na empunhadura de uma adaga, e sinto o coração subir para a garganta enquanto aproximo a mão por instinto dos meus cordões verde e de platina para tocá-los. Estou entre a Deusa da Ordem e a sua filha assassina havia muito desaparecida. E a única coisa em que consigo pensar é que as duas fazem parte da minha família. A família que eu não sabia que tinha. A Estriga é minha tia, mesmo que a minha avó diga que não se pode confiar nela. Izzy é minha prima, mesmo que todo mundo diga que não se pode confiar nela. Mas a única coisa que desejo nesse momento é que todos se acalmem, porra. E que Izzy pare de jogar suas facas por tempo suficiente para escutar.

Mas fica claro que ela não vai fazer nada disso quando sua mão dispara rumo a um bolso oculto e puxa uma lâmina dali. Solto um gemido emudecido, com medo pelo local para onde ela pode jogá-la. Mas, de repente, a faca se transforma em uma margarida. Ela rosna, frustrada e tenta pegar outra. Mas essa se transforma em uma rosa pálida.

Dessa vez Isadora solta um grito ensurdecedor que me causa um calafrio, com ela arreganhando as presas e tudo. E que faz com que eu chegue cada vez mais perto dos dois cordões.

— Faça isso de novo e eu mato você — diz ela a Remy. Ela nem precisa tentar pegar uma faca antes que todas se transformem em flores. Dálias, peônias, lírios, rosas, margaridas brotam das suas roupas e caem no chão sob o olhar atento de Remy. Aquele sorriso característico que ele sempre traz no rosto desapareceu. Em seu lugar há uma intensidade impossível de ignorar. — Me leve de volta — ela grunhe para mim. — Me leve de volta ou juro que...

E nem imagino o quanto ela deve estar assustada agora, com todas as emoções e perguntas se misturando na cabeça.

Mordo o lábio e penso no que vou fazer depois. Fizemos o que tínhamos de fazer aqui, cumprindo com a parte da tia Rowena no contrato. Poderíamos ir embora agora, fazer o que Izzy quer e levá-la para bem longe daqui. Mas será que é isso mesmo que ela quer? Será que é disso que ela precisa? Os outros ainda não sabem da sua história passada, mas eu sei. E não posso simplesmente ser outra pessoa que não tenta ao menos ajudar. Sim, talvez ela seja a máquina de matar que Cyrus criou para ser. Mas preciso ter a esperança de que, assim como Hudson, Izzy só precisa que alguém acredite nela como alguém por quem vale a pena lutar. Que ela quer uma vida diferente.

— Dá para calar a boca e escutar o que as outras pessoas têm a dizer, pelo menos uma vez? — rebato, mais exasperada do que jamais me lembro de haver me sentido. — Juro por Deus, Isadora. Algum dia desses você vai ter que parar de pensar com as suas facas e deixar que alguém converse com você.

— Ou então vão demorar demais e eu vou cortar sua língua fora — retruca ela.

— E como você vai fazer isso? Com uma begônia? — pergunta Hudson, encostado em um dos postes de sustentação do alpendre da casa. — Ou prefere usar uma margarida?

— Ah, seu... — Ela avança sobre ele, e estaria com as garras para fora se as tivesse. Mas eu me posiciono firmemente entre os dois. Hudson não é a única pessoa nesse relacionamento que tem instinto superprotetor.

— A sua mãe não morreu, Izzy — informo, aproveitando que ela está prestando atenção em mim. — Cyrus mentiu para você. Esta mulher, a Estriga... ela é a sua mãe.

Isadora estava pronta para gritar comigo outra vez. E mais, estava prestes a me atacar. Mas, ao absorver minhas palavras, ela recua. Para de lutar e apenas olha para mim e depois para a Estriga. E para mim outra vez. Vários segundos longos se passam e imagino se tratar de uma tentativa de compreender o que acabei de lhe dizer. E eu entendo.

Macy ainda está tentando lidar com o fato de que sua mãe passou esse tempo todo presa. Que ela não a havia abandonado. Não consigo nem imaginar qual seria a sensação que uma pessoa teria se achasse que sua mãe está morta e, de repente, descobrisse que não é verdade.

Enfim, bem quando estou prestes a tentar outra estratégia, Izzy encara a Estriga e pergunta:

— Isso é verdade?

A Estriga faz que sim com a cabeça.

— Sim. Sou a sua mãe. — E começa a chorar outra vez. — Me desculpe. Lamento mesmo, Isadora.

Mas Isadora não quer nem saber. Ela começa a se afastar da Estriga como se receasse que a mulher fosse capaz de atear fogo nela.

— Preciso sair daqui. — Ela me fuzila com um olhar agressivo. — Você tem que me deixar sair daqui.

— Espere — pede a Estriga, estendendo inutilmente a mão para a filha. — Por favor, deixe que eu...

— O quê? — pergunta Isadora, cáustica. — Explique? O que você precisa explicar além do fato de ter me dado para que *Cyrus* me criasse?

— Não é verdade. Ele me disse que você estava morta. Que a minha irmã havia matado a própria filha e que isso matou você também. E acreditei nele porque... — Ela balança a cabeça. — Porque eu era ingênua e estava triste. E queria culpar alguém por você não estar nos meus braços.

Izzy ergue o queixo.

— É uma bela história. Mas se você realmente acreditava que eu estava morta, por que mandou uma bruxa para me procurar na Corte Vampírica?

— Porque, quando Rowena apareceu aqui, à procura de um chá especial capaz de esconder os poderes de uma gárgula, eu soube que isso significava que Alistair e a filha da minha irmã haviam sobrevivido. Que essa criança tinha que ser uma espécie de neta deles. E, se fosse o caso, se a minha irmã teve uma filha que conseguiu sobreviver, então a minha também conseguiu. — Ela para por um momento, com o olhar distante enquanto as lágrimas ainda tremem em suas bochechas. Mas, após certo tempo, ela prossegue: — O princípio que determina que aquilo que acontece com uma também acontece com a outra se aplica a todos os aspectos das nossas vidas. Todos os aspectos do Caos e da Ordem. E foi por isso que dei o chá a ela. E pedi um favor em troca. Encontrar você, pois eu sabia que, se aparecesse na Corte Vampírica, iria somente colocar a sua vida em risco. E essa era a última coisa que eu queria que acontecesse.

— Eu devia ficar impressionada com isso? — diz Izzy, bocejando. — Porque não fiquei.

Fico esperando que a Estriga se ofenda; da última vez que estive aqui, aprendi que não é muito difícil ofendê-la. Mas ela simplesmente fica ainda mais triste, se é que isso é possível.

Consigo me sentir pendendo para o lado dela, mas então me lembro de um fato muito importante: meu povo está morrendo porque ela ajudou Cyrus a envenená-los.

— Você sabia que não foi a Carniceira que sequestrou a sua filha, não é? — As palavras soam mais ríspidas do que eu gostaria. Mas, depois que as verbalizo, não tenho a menor vontade de voltar atrás.

A Estriga não responde. Como eu já imaginava. Não há defesa contra a verdade.

— Foi Cyrus que roubou a sua filha. Ele precisa dela para ajudá-lo a se tornar um deus. E não posso impedi-lo sem o Exército das Gárgulas.

Ela continua em silêncio, sem proferir sequer uma palavra sobre suas ações ou motivos. Mas não espero que a Estriga conte. Ela não é do tipo que assume a responsabilidade por algo.

Mesmo assim, ela não me mandou calar a boca. E isso já é alguma coisa. Assim, aproveito a única vantagem que tenho, dizendo:

— E não posso fazer com que o Exército me ajude até poder descongelá-los. E não posso fazer isso até ter o antídoto para o veneno. O veneno que você deu a ele. — Fico esperando que ela se ofereça para ajudar, mas isso não acontece. Ela simplesmente me observa com olhos que são mais velhos do que o mundo onde vivemos. — Por favor — peço, quando ela continua em silêncio. — Dê o antídoto para nós. Não posso deixar que o restante do meu povo morra. É simplesmente impossível.

— Não tive a intenção de fazer isso — sussurra ela. Por um segundo, parece até mesmo que ela está falando sério. Ela se encolhe nos degraus da varanda, parecendo pequena e frágil junto das tábuas largas. — Confiei nele. Acreditei quando Cyrus disse que minha irmã mataria a minha filha em vez de permitir que ele tivesse o poder de um semideus para governar. E quis fazer com que ela pagasse por isso.

O olhar da Estriga se perde na distância. Em seguida, ela olha para a tia Rowena, ainda apoiada em Flint, amparada pela força do dragão.

— Me desculpe. Sei o que é viver tantos anos sem a própria filha. E nunca quis que essa maldição recaísse sobre você.

Os olhos de Macy e da tia Rowena se enchem de lágrimas, mas elas não se manifestam. As duas simplesmente desviam o olhar. E não posso culpá-las. O que a Estriga lhes fez foi algo de fato desprezível.

A Estriga olha para mim. E diz:

— Você é muito parecida com a sua avó.

Uau. Tudo bem. Definitivamente não era o que eu estava esperando que ela dissesse. Nem sei se chega a ser um elogio, já que a Carniceira a manteve presa nesta ilha por um milênio.

Mas ela sorri e prossegue.

— Percebo que você por fim está alcançando sua divindade, mas ainda há um longo caminho a seguir. — Ela faz um gesto para Izzy. — Mas as flores foram uma bela ideia.

Minhas sobrancelhas se erguem num movimento brusco.

— Não fui eu que fiz isso. — Aponto para a esquerda. — Foi Remy.

— Bem... sabe de uma coisa, *cher*? — diz Remy com a voz arrastada. — Detesto ter que dizer isso a você, mas prefiro deixar que ela me enfie uma faca no coração do que arriscar a irritá-la ainda mais com aquele truque e levar outro chute no saco.

Como se todos se lembrassem daquela dor de antes, os rapazes do grupo estremecem. Todos eles.

— Mas... como? — pergunto. Sei que estava tentando tocar meu cordão verde naquele momento, mas ainda não havia tocado.

A Estriga me encara com um olhar questionador.

— Cássia não lhe disse que a magia do caos fez nascer a Mãe Natureza? Você é parte dessa magia. Assim como ela, é claro.

— Mãe Natureza? — repito, incrédula. Não pode ser. Sério mesmo, *não pode ser*. Eu olho para Hudson para ver o que ele acha de tudo isso, mas ele parece tão embasbacado quanto eu.

— Precisamos ir — avisa Jaxon, dando um passo à frente. — Você vai dar o antídoto do veneno para Grace libertar o seu exército ou não? Meu pai vai entrar em ação amanhã e eu gostaria de acertar as contas com aquele desgraçado antes que ele se transforme em um deus.

— É isso aí — concorda Hudson.

— Não, ela não vai fazer isso — intervém Remy, com os olhos girando de um jeito bem esquisito.

— Não vai ou não pode? — pergunto a ela.

— Isso importa? — ela responde. E a mulher frágil que estava sentada nos degraus é substituída naquele mesmo instante por uma mulher de aço. Seu queixo se ergue e ela se levanta, endireitando o corpo. E anuncia: — Não tenho um antídoto. E mesmo que tivesse, não o daria a você. Eu quero que Cyrus se transforme em um falso deus. É a única maneira de garantir que a minha vingança aconteça por tirar a minha filha de mim. E Cyrus vai sentir a ira de uma deusa de verdade quando eu terminar.

Bem... é a coisa mais idiota que já ouvi.

— Você sabe quantas mulheres poderosas querem se vingar de Cyrus? A própria Delilah a ajudaria a arrancar os colhões de Cyrus com uma colher enferrujada hoje mesmo. — Faço um gesto negativo com a cabeça. — Se todo mundo que odeia aquele cuzão se unisse, poderíamos acabar com...

A Estriga me olha com desprezo.

— Eu jamais trabalharia com ela. Não preciso de ninguém para conseguir a minha vingança final. Eu sou a deusa da Ordem. E vou fazer aquele vampiro se arrepender de ter me traído enquanto o sol arder no céu.

Sua voz cresce a cada palavra pronunciada. E agora, seus cabelos estão flutuando ao redor do rosto; as mechas de cores diferentes refletem o luar e criam milhares de prismas de luz, tão brilhantes que a ilha inteira de súbito é banhada naquele luzir. Seus olhos brilham com um azul macabro e, quando ela ergue as mãos ao lado do corpo, todas as plantas e árvores naquela pequena ilha começam a murchar e apodrecer. Troncos e folhas se transformam em cinzas e se espalham pelo ar em segundos; todas as rochas se desfazem em areia. Até que a única coisa que sobra é uma praia branca e imaculada que se estende por quase dois quilômetros, sem qualquer outra cor.

Depois dessa demonstração de poder, ela baixa as mãos e seus olhos voltam ao tom normal de azul. Seus cabelos lhe caem sobre os ombros como se a brisa que os agitou há um minuto não fosse nada além de um fantasma.

Os olhos de Izzy estão arregalados enquanto olha para sua mãe e o que ela conseguiu fazer com um simples pensamento. Remy observa Izzy com atenção, enquanto Calder observa Remy. Todos os outros parecem chocados também.

Quase todo mundo. Hudson não se deixa impressionar pelo que houve. Ele apenas dá de ombros e diz:

— Brilhante. Bem, aproveite a sombra na sua ilha. — E a piada faz Flint soltar uma risadinha, porque ela acabou de transformar em cinzas cada árvore que havia na ilha. — Grace e eu temos um exército para salvar e um cuzão para derrotar. — Ele olha para Remy e aponta para frente. — Remy, se não se importa...

Um sorriso enorme surge no rosto de Remy.

— É claro. — Em seguida, o feiticeiro faz um floreio com a mão, descrevendo duas elipses no ar, e dois portais se abrem em um instante.

— Qual deles vai me levar para a Corte Vampírica? — exige saber Izzy.

— O da direita. — Ele ergue uma sobrancelha. — Está com pressa?

Ela nem se incomoda em responder. Simplesmente mostra o dedo médio para ele e para o restante de nós enquanto anda rumo ao portal.

Também estamos com pressa. Com muita pressa, diga-se de passagem. E ainda fico incomodada em deixar que Izzy vá embora desse jeito. Em particular quando me senti tão conectada a tudo e a todos os presentes aqui, há poucos minutos. E nunca vi ninguém tão alienada das pessoas quanto Izzy em toda a minha vida. Exceto, talvez, pelos outros garotos da família Vega.

Talvez seja por isso que entro na frente do portal logo antes que ela o atravesse, mesmo que essa experiência tenha me ensinado que talvez Izzy não goste muito disso.

— Saia da minha frente — ela rosna.

— As coisas não precisam ser desse jeito — respondo. — Você não é obrigada a voltar para Cyrus e fazer qualquer merda que ele lhe mande fazer.

— Você não sabe nada sobre a minha vida — ela retruca, tentando me empurrar para sair do caminho. Mas permaneço firme.

Às vezes é bom ser capaz de me transformar em uma estátua de quinhentos quilos sempre que eu quiser. E também é muito bom ser capaz de me transformar parcialmente, de modo que fica aparente bem rápido que ninguém vai conseguir me empurrar para sair da frente a menos que eu o permita.

— Sim, você tem razão. Não sei mesmo. Mas não há nada para você na Corte Vampírica além de um homem que é seu pai simplesmente por razões biológicas. Aqui você tem uma família, se quiser. Dois irmãos, uma mãe, uma... p-prima — gaguejo um pouco nessa última palavra, mas nem por isso deixa de ser verdade. — E não somos os únicos — prossigo, olhando para Macy, Flint, Remy, Dawud, Mekhi, Calder e Éden. — Família não é uma questão restrita só ao sangue. Deus sabe que Cyrus causou um estrago enorme em todos vocês. Não acha que já passou da hora de os Vega recuperarem seus poderes? E formarem uma nova família?

Hudson dá um passo à frente. E tenho a impressão de que ele vai fazer algum comentário irônico, como de costume. Mas, em vez disso e pela primeira vez em certo tempo, ele arranca o band-aid e expõe o que há por baixo. Incluindo as partes quebradas e maltratadas que doem tanto.

— Você não precisa deixar que ele tire mais um pedaço de você — afirma Hudson à sua irmã. — Inclusive, você não precisa dar nada a ele.

— Ninguém pega nada de mim que eu não queira entregar — responde ela.

— Ninguém sabe mais do que eu exatamente o quanto de você ele vai tirar — continua Hudson, como se ela não tivesse se pronunciado. — A única coisa que você precisa fazer é não passar por esse portal. Fique aqui com a sua mãe ou venha com a gente. A escolha é sua — sugere ele, apontando para o outro portal, mesmo que não diga qual é o nosso destino.

Por um momento, tenho a impressão de que ela vai ceder. Acho que ela vai mandar Cyrus para o inferno, assim como todas as coisas ruins pelas quais ele nos fez passar.

Mas, no fim, não é isso que acontece. Em vez disso, ela simplesmente olha para Hudson com desprezo e diz:

— Você se acha tão inteligente, não é? Vocês realmente acham que vão vencer. — Em seguida, ela aponta o olhar para mim. — Seja lá o que estavam planejando e não queriam que eu ouvisse na Corte das Gárgulas, acho bom saberem disso. Ele já venceu. Vocês simplesmente não estavam prestando atenção para perceber. — Com essa declaração arrepiante, ela se vira para Hudson e Jaxon e diz: — Obrigada, mas prefiro ficar com o time vencedor.

Em seguida, ela passa pelo portal.

Capítulo 117

ARRUMAMOS OS CABELOS HOJE E PARTIMOS AMANHÃ

— E aqui está a deixa para vocês irem embora — anuncia Remy, indicando o outro portal enquanto se coloca diante daquele que leva de volta para a Corte Vampírica. — Eu vou logo depois de vocês. — E passa por ele.

Jaxon e Hudson avançam para segui-lo, mas o portal se fecha bem diante dos dois.

— Será que deveríamos ficar preocupados? — pergunta Jaxon.

Hudson ergue uma sobrancelha.

— Com Remy ou com Isadora?

O restante de nós ri, porque é uma ótima pergunta. Acredito mesmo que Remy é capaz de lidar com qualquer coisa, mas Izzy é um osso duro de roer — mesmo armada com flores em vez de facas.

— Ela vai ficar muito brava — comenta Macy quando nos dirigimos juntos ao portal rumo à Corte das Bruxas.

— Você fala como se fosse possível diferenciar — grunhe Flint, revirando os olhos. — Não quero ofender, mas aquela garota está sempre irritada.

— Quando ele diz "irritada", com certeza está querendo dizer "raivosa" — emenda Dawud, que ergue as mãos em um pedido de desculpas como se dissesse *ei, não atire na pessoa que entrega as mensagens* quando Jaxon chega perto.

— Cara, é a pura verdade — concorda Mekhi. — Passamos uns dias na Corte antes de vocês chegarem e a única coisa que ela fez o tempo todo foi ameaçar pessoas. E também matar pessoas, pensando bem no assunto.

— Espere um minuto aí. — Jaxon para logo antes de entrar no portal. — Vocês sabiam da existência da minha irmã e não me contaram.

— Sabíamos que Isadora existia, sim — responde Byron. — E também sabíamos que ela era a fera de estimação de Cyrus. Mas não fazíamos a menor ideia de que vocês eram parentes. Vocês nem se parecem.

— Como foi que Cyrus explicou a existência dela, então? — pergunta Hudson. — Ela era simplesmente mais uma serva vampira?

— Acho que ele nem chegou a fazer isso, para ser sincero — diz Rafael. — Todo mundo na Corte simplesmente já a conhecia quando chegamos lá.

— Simplesmente pensamos que ela era uma das novas feras de estimação. Você sabe que ele escolhe um ou dois dos mais selvagens para testá-los e saber se vale a pena deixar que treinem para se tornarem guardas.

A resposta parece convencer Hudson, embora Jaxon ainda pareça irritado. Afinal de contas, Jaxon não foi criado na corte e não entende muito bem como as coisas funcionam. Não tanto quanto Hudson.

Quando passamos pelo portal de Remy (e não deixo passar despercebido o fato de que a sua magia é tão forte que ele é capaz de manter o portal aberto quando nem está por perto), tento atrair a atenção de Hudson. Quero ouvir a sua opinião sobre o que Izzy quis dizer com aquela frase de despedida.

Mas Hudson está olhando atentamente para Jaxon e Flint enquanto ambos discutem sobre qual deles deve ser o próximo a passar pelo portal.

— Não preciso que ninguém fique andando atrás de mim como se eu fosse cair a cada segundo — grunhe Flint.

— E não confio que a Estriga não vai tentar lançar um último raio contra nós. Por isso, só vou entrar depois que todo mundo tiver entrado.

Os olhos de Flint se estreitam e ele cruza os braços. E receio que vai haver alguma espécie de duelo ao amanhecer se eu não conseguir encontrar uma maneira de fazer esses dois andarem logo.

Em especial quando Flint repuxa os ombros para trás e ergue o queixo, na postura universal que indica irritação. Isso motiva Jaxon a imitá-lo, fazendo a mesma pose enquanto praticamente emana ondas de indignação.

Tento revirar o cérebro a fim de descobrir uma maneira de consertar a situação enquanto Calder se aproxima:

— Que tal se eu ficar para trás com vocês dois, hein, moços bonitos? Esses picos de testosterona fazem maravilhas pela minha pele. — Não sei dizer se ela está falando sério ou não, mas Calder faz com que os dois se movam tão rápido que praticamente um tropeça por cima do outro enquanto tentam passar pelo portal ao mesmo tempo. — Ei, eu disse alguma coisa errada? — continua Calder depois que eles entram no portal, logo antes de jogar o cabelo de forma espetacular e piscar o olho para Éden, que ri até quase perder o fôlego.

Com esse problema resolvido, o restante de nós passa pelo portal e chega diretamente no coração da Corte das Bruxas: o Grande Salão. Um dia desses Remy vai ter de me contar qual é o seu segredo, já que ele nunca esteve nesse lugar. Mas, por enquanto, fico grata pelo simples fato de que o rei e a rainha não estão por perto. Mas o tio Finn está. E tenho certeza de que foi por isso que Remy escolheu esse lugar.

O tio Finn anda de um lado para outro diante do portal, com uma xícara de café nas mãos, quando chegamos todos juntos. Ele solta um gritinho quando vê a tia Rowena nos braços de Hudson e chega correndo para pegá-la.

— Vocês a libertaram — constata ele, fitando o nosso grupo. — Vocês conseguiram libertá-la.

— Dissemos que faríamos isso — pontua Jaxon. Ele soa meio arrogante, mas o conheço bem o bastante para vislumbrar o brilho sentimental em seus olhos. Está quase tão feliz quanto eu por termos conseguido resgatar a tia Rowena.

— Disseram mesmo — concorda o tio Finn. E há uma expressão sentimental em seu rosto também, enquanto ele nos observa. — Sei que essas últimas semanas desde a formatura foram terríveis, mas eu queria dizer que estou muito orgulhoso de cada um de vocês. E orgulhoso também pela oportunidade de ter sido o diretor da escola onde vocês estudaram. Os homens e mulheres que vocês se tornaram... — Ele balança a cabeça e chega até mesmo a ter de disfarçar sinais de choro. — Seria impossível pedir mais do que isso a qualquer um de vocês. Vocês são todos fenomenais.

— Tem razão, eles são mesmo. — A tia Rowena apoia a cabeça no peito do tio Finn conforme também olha nos nossos olhos. Ela para quando chega até mim, com um sorriso amplo naquele rosto magro demais. E estende a mão para tocar meu braço.

— Obrigada, Grace. Por tudo.

— Sou eu que devia agradecer — respondo para ela e aproveito para canalizar um pouco da magia de terra pela mão que me toca. Não é muito, mas consigo ver um pouco de cor retornar ao seu rosto enquanto ela abre um sorriso de agradecimento. E isso só faz o aperto no meu peito aumenta enquanto a culpa borbulha no meu estômago. Ela não estaria tão mal se não tivesse ajudado os meus pais a esconder a minha gárgula.

— Nada disso, meu bem — garante ela e em seguida olha para o tio Flint. — Você preparou quartos para todos eles? Tenho certeza de que vão querer tomar um banho e comer alguma coisa também.

Tenho certeza de que pelo menos cinco estômagos roncam no exato instante que ela menciona a comida. E o tio Finn ri.

— Acho que podemos cuidar disso. — Ele olha para os vampiros. — Para todos vocês. O que acham?

Confirmo com um aceno de cabeça. A Corte das Bruxas não foi muito receptiva da última vez que a visitamos, mas acabamos de devolver todos os alunos que estudavam em Katmere. Talvez isso nos ajude a conseguir uns cachorros-quentes e uma cama macia.

— Acho uma ótima ideia — comenta Mekhi e nós o seguimos até o corredor ornamentado que leva aos quartos de hóspedes.

Enquanto Mekhi e Jaxon vão para seus respectivos quartos, fico escutando de modo discreto enquanto ambos debatem os méritos do sangue tipo O negativo versus O positivo. Éden, Rafael e Dawud se desafiam mutuamente para uma disputa de uma versão de mesa do futebol americano, enquanto esperam sua refeição chegar. Flint alfineta Byron, alegando que sua nova prótese mágica é capaz de fazê-lo correr mais rápido do que o vampiro é capaz de acelerar; uma provocação amistosa, da qual Byron ri e conta que vai encarar aquilo como o desafio para um duelo. Ao lado deles, Macy tenta jogar M&Ms na boca de Calder, mas sua mira é tão ruim que Calder acaba atirando os confeitos de volta — até que as duas começam a rir histericamente.

É um bom momento, um bom recorte de alegria em meio a tamanha destruição. E enquanto os observo, não consigo deixar de cogitar quem não vai estar presente da próxima vez que estivermos juntos. Por favor, Deus. Não permita que alguma dessas pessoas não esteja presente.

São meus amigos que estão sentados aqui, a minha família. Rindo, brincando e amando uns aos outros. Não posso perdê-los. Não posso perder nenhum deles.

Mesmo assim, estou pedindo a eles que façam o impossível, que façam algo que Tess afirmou claramente que ninguém conseguiu fazer antes. E todos concordaram.

Sinto meu estômago se revirar quando penso no assunto. E quando percebo que eles vão competir nas provações, amanhã, simplesmente porque pedi que o fizessem. Porque confiam em mim e me amam tanto quanto eu confio neles e os amo. E porque acreditaram em mim quando eu disse que podíamos vencer.

Mas... E se não pudermos?

E se eu estiver errada?

E se eu estiver levando a todos nós para a morte certa porque sou orgulhosa demais para admitir que Cyrus venceu e que a culpa por tudo que aconteceu é minha? Será que estou tão desesperada para salvar o meu povo e consertar o meu erro que me convenci, e também aos meus amigos, de que temos força suficiente para vencer?

O que vai acontecer se não tivermos?

Capítulo 118

ABRAÇOS E MALDIÇÕES

A maioria dos quartos de hóspedes foi ocupada pelos alunos de Katmere que estão esperando que seus pais venham buscá-los. Por isso, o tio Finn fez com que nos amontoássemos nos poucos que sobraram. E, por ser o meu tio Finn, isso significa que devo dividir o quarto com Macy em vez de com Hudson, o que acaba com os meus planos de chamá-lo para uma conversa mais séria.

Mas é legal poder passar algum tempo com a minha prima outra vez. E percebo que a transformou o fato de perceber que seus pais mentiram para ela durante a vida inteira. Desde que cheguei a Katmere, a inocência borbulhante da minha prima era infecciosa. Era o meu farol em águas revoltas, sempre me guiando de volta à terra firme em segurança.

No entanto, assisto enquanto ela abre e fecha as gavetas com força e revira sua mochila, e não consigo deixar de perceber que um pouco de sua luz acabou se desfazendo. Pela primeira vez desde que a conheci, ela me faz lembrar de uma citação de F. Scott Fitzgerald, com a qual eu era obcecada durante o primeiro ano do ensino médio. "Os portões foram fechados, o sol se pôs e não restava beleza alguma além dos encantos cinzentos do aço resistente ao tempo. Mesmo a tristeza que ele podia carregar consigo foi deixada para trás, na terra da juventude."

Continuo a remoer todas as coisas que perdi. O quanto Hudson, Jaxon e Flint perderam. E me esqueço de Macy. Uma pessoa feliz e irrepreensível. E essa guerra maldita enfim fez sua bolha estourar.

Isso parte o meu coração.

Quando sua mãe bate à porta, ofereço-me para ser a primeira a tomar um banho para que as duas passem alguns minutos a sós. A tia Rowena parece não querer deixar que Macy saia de perto das suas vistas agora. E o sentimento definitivamente parece mútuo. Fico muito feliz por ela ter visitado os curandeiros aqui na Corte também. Sua aparência já está muito melhor do que quando a encontramos nas masmorras. Macy e sua mãe têm muitas questões para discutir, agora que ela está em condições de conversar. É por isso que decido ir até o quarto de Hudson e Jaxon assim que termino de preparar o que posso para as Provações.

Ao sair do banheiro, meia hora mais tarde, depois de ter tomado o banho mais glorioso da minha vida (sou muito grata a Macy pelo que ela fez nos meus aposentos na Corte das Gárgulas, mas aquilo nem se compara a uma instalação hidráulica moderna), encontro a mãe de Macy sentada na cama com um estojo grande de couro ao seu lado.

Macy está do outro lado da cama, com uma bela caixa de veludo e uma bolsa vermelha.

— O que estão aprontando? — indago, me aproximando para ver melhor.

— Guardando algumas runas que acho que podem ajudar nas Provações — ela responde. Olho para baixo e observo conforme mãe e filha distribuem uma enorme variedade de pedras com símbolos entalhados em sua superfície lisa.

Sinto um aperto doloroso no peito quando me lembro de uma bolsa com runas parecidas que meu pai deixou para mim. O tio Finn as colocou no cofre do seu escritório para me entregar depois. Mas agora elas provavelmente estão enterradas sob o peso dos escombros que um dia foram a Academia Katmere. E nunca mais vou vê-las de novo.

— O que é isso? — questiono, apontando para uma runa em particular. Estou curiosa porque as linhas que permeiam a pedra são muito bonitas.

— Malaquita — responde a tia Rowena com um sorriso. — É uma das minhas pedras favoritas.

— Ela ajuda a dar poder ao seu dono — explica Macy. — E ajuda a manifestar a mudança. Por isso, achei que seria uma boa escolha para as Provações.

— Olho-de-tigre também seria ótima — sugere a minha tia, apontando para uma pedra marrom com veios dourados.

— Ela ajuda com a proteção. — Eu me lembro da pedra que dei para Jaxon quando sua alma estava morrendo. Nunca chegamos a conversar a respeito, mas sempre esperei que ele tivesse guardado a pedra consigo, depois que Nuri lhe deu seu coração.

— Exatamente, Grace. — A minha tia sorri. — E poder pessoal, algo que nunca é demais para garotas como vocês.

Macy e eu concordamos com acenos de cabeça bem empolgados.

Passamos mais uns minutos escolhendo pedras antes que a mãe de Macy abra a tampa do estojo ao seu lado, na cama. Macy espia o que há ali dentro. Em seguida, solta um gritinho de alegria.

— Mãe! Essas aí são...

— As poções de Viola? — A tia Rowena termina a frase. — São, sim, minha filha querida.

— E ela disse que podemos usá-las? — Macy parece cética.

— Ela disse para você escolher três que acha que pode precisar. E que depois eu poderia escolher mais uma para dar a você também.

— Quatro, então? — Os olhos de Macy ficam enormes. — Ela nunca deixou ninguém pegar tantas de uma vez.

— Acho que ela ficou feliz por eu estar de volta — conta a minha tia. — E, também, ansiosa para ajudar a proteger você das...

O sorriso que a tia Rowena vinha exibindo a noite inteira vacila, mas ela consegue fazê-lo voltar ao seu rosto depois de alguns segundos.

Macy contorna a cama para abraçá-la mesmo assim.

— Vai ficar tudo bem, mãe. Prometo.

— Eu sei — responde a tia Rowena, mas sua voz não está tão confiante quanto ela quer torná-la. E não a culpo. Não consigo deixar de pensar que eu estava sofrendo algum tipo de alucinação quando afirmei que venceríamos essa coisa e libertaríamos o Exército das Gárgulas como se fosse simplesmente outra tarefa que tínhamos de cumprir. Porque, quanto mais perto nós chegamos dessas Provações Impossíveis, mais sinto vontade de dar meia-volta e fugir.

Não vou fazer isso, mas é a minha vontade. Mais especificamente, quero dizer aos meus amigos que fujam. Sou a rainha das gárgulas. É meu dever entrar nas Provações e fazer tudo o que posso para conquistar as Lágrimas de Éleos a fim de libertar o Exército. Mesmo que eles acreditem que os traí. Mas isso não significa que as pessoas de que gosto precisem me acompanhar nessa empreitada. Para ser sincera, eu ficaria feliz se me deixassem fazê-lo sozinha, se isso significar que eles vão estar em segurança.

— Então, quais poções devo levar? — indaga Macy, com um toque extra de alegria na voz. Com certeza está tentando romper qualquer preocupação residual que ainda preenche a sala.

A tia Rowena parece querer dizer mais alguma coisa. Mas, no fim, simplesmente suspira. E conclui:

— Bem, se você vai lutar contra um adversário desconhecido, a poção que uma bruxa sempre deveria levar consigo é... — Ela olha o conteúdo da caixa, pegando as poções de cores diferentes e depois guardando-as novamente antes de encontrar e pegar uma poção verde-limão. — Esta aqui.

— O que ela faz? — pergunta Macy, pegando a poção com um toque gentil.

— O que você mais precisa que ela faça — responde a tia Rowena, segurando a mão de Macy e apertando com carinho.

— Ah, mãe. — Lágrimas brotam nos olhos de Macy e tenho a impressão de que ela vai virar o rosto. Mas ela fita a mãe e encosta o rosto em seu ombro enquanto a abraça, como se pudessem, nesse carinho, recuperar todos os abraços não compartilhados durante anos.

— Me desculpem — sussurro, porque a necessidade de me desculpar vem me devorando por dentro desde que me deparei com a minha tia no chão daquela masmorra. — Nada disso teria acontecido se você não precisasse pegar aquele chá para mim…

Capítulo 119

NADA ESTÁ TALHADO EM PEDRA, NEM MESMO UMA GÁRGULA

— Não se desculpe — diz tia Rowena. — Todos nós tivemos um papel a desempenhar para chegar aonde estamos agora. Eu estava lá quando a sua mãe, seu pai e a nossa irmandade toda foram até a Carniceira para pedir que ela nos ajudasse a criar uma gárgula. Pensamos ter fracassado. Mas todos ficamos emocionados quando seus pais descobriram, anos mais tarde, que tinha funcionado. Em você. Sou a sua tia e era também a melhor amiga da sua mãe. Para mim, foi uma honra ajudar a protegê-la.

Aquelas palavras fazem com que lágrimas ardam no fundo dos meus olhos e cogito virar o rosto. Talvez eu devesse ficar irritada por ela ter ajudado os meus pais a esconder uma parte fundamental de quem sou durante toda a minha vida. Mas não consigo. Mirando a minha tia, agora, com os ombros ainda encurvados depois de anos de tortura mágica, de tentar fazer o que ela e meus pais achavam que era melhor para mim, tentando me manter escondida de Cyrus pelo tempo que conseguissem... Ela sofreu o bastante.

A tia Rowena estende um braço e diz:

— Venha aqui, Grace. — E, quando ela o faz, vou correndo para os seus braços.

Quando ela envolve Macy com um braço e a mim com o outro, preciso me esforçar muito para não chorar. Porque é maravilhoso poder ser envolvida nos braços de uma mãe outra vez, depois de tanto tempo. Acho que nunca me dei conta do quanto precisava disso nem do quanto eu sentia falta. E o abraço da tia Rowena fez com que eu me sentisse segura de uma maneira que eu não me sentia há muito, muito tempo.

Quando eu me afasto, a tia Rowena sorri para mim e sua mão macia toca a minha bochecha antes de fazer o mesmo com Macy.

— Vocês duas se transformaram em moças fortes, bonitas e poderosas enquanto eu estava fora — ela comenta, com a voz tranquila. — Estou orgulhosa de vocês.

— Não vá começar a chorar, mãe — diz Macy a ela. — Ou então vou acabar abrindo um berreiro por aqui. E nós não temos tempo para isso.

— Tem razão — concorda a tia Rowena antes de olhar para mim. — De qualquer maneira, preciso conversar com Grace.

— Acho que vai ser uma conversa bem séria — digo a ela com um sorriso.

— Se fosse uma conversa longa, devia ter acontecido há muito tempo já — ela responde. — Esta aqui vai ser só para preencher algumas lacunas que, provavelmente, Finn foi cauteloso demais para lhe revelar.

Ela faz um gesto negativo com a cabeça.

— Aquele homem não quer nada além de proteger cada uma de vocês de tudo, meu Deus.

E como isso tem tudo a ver com o tio Finn (já que precisei praticamente arrancar as informações dele, pedaço por pedaço, desde que cheguei em Katmere), nem me preocupo em defendê-lo. Em vez de fazer isso, pergunto:

— O que foi que ele não me contou, então?

— Bem, imagino que você não sabia até recentemente que fui eu que pedi à Estriga para preparar aquele chá que manteria a sua gárgula escondida, não foi?

Confirmo com um aceno de cabeça.

— Você precisa entender que a magia não pode ser guardada em uma caixa durante muito tempo. Nossa intenção sempre foi fazer com que você estudasse em Katmere e começasse o seu treinamento ali, protegida por Finn e pelos outros, dando apoio e proteção para que você explorasse o que significa ser a primeira gárgula em mil anos. Acho que, quando desapareci, todos começaram a ficar mais cautelosos e decidiram manter você escondida por mais tempo.

Solto a respiração devagar. O fato de que meus pais não tinham a intenção de manter algo tão fundamental sobre mim escondido por tanto tempo (algo que até cheguei a considerar como possível) é um peso que eu não sabia que estava carregando nos ombros.

— Mas agora que a Estriga disse que você é a neta da Deusa do Caos... Bem, isso muda as coisas, Grace. — Ela olha intensamente nos meus olhos. — O chá também esconderia essa parte da sua natureza. E a magia do caos é... muito antiga e poderosa. Com certeza, está irritada por não conseguir se libertar. Algum dia ela vai ser mais forte do que suas partes de gárgula e de humana e isso pode assustá-la.

Suas palavras fazem meu estômago se retorcer. Estou acostumada com a minha gárgula. E até gosto dela. Mas... ser uma semideusa? Ainda não me sinto muito bem com a ideia. Talvez porque quase matei todo mundo com o cordão verde na caverna da Carniceira. Ou talvez porque nem a Estriga nem a

Carniceira sejam o tipo de pessoa que desejo ser. Ou talvez eu simplesmente esteja assustada.

Talvez eu esteja com medo do poder, da responsabilidade ou de me transformar em outra coisa mais uma vez. Uma coisa diferente que talvez eu nem consiga compreender.

— O que devo fazer? — forço-me a perguntar, embora não queira saber a resposta. Sei que Hudson estaria muito orgulhoso de mim agora.

— Essa magia muito antiga, passada de mãe para filha, não vai querer ficar contida para sempre. E isso é bom. Não a deixe guardada, Grace. Aceite-a. Abra-se para ela. Aprenda a usá-la da maneira que ela deve ser usada.

A acidez no meu estômago piora, aumentando a ansiedade que estou me esforçando demais para conseguir controlar. Respiro fundo e me esforço para ignorar o nervosismo que se agita na minha coluna.

Isso é só uma conversa, digo a mim mesma enquanto a tia Rowena continua a falar. Só uma conversa e nada mais. Nada que esteja talhado em pedra. Nem mesmo eu, sendo uma gárgula ou não.

— Não sei se sou capaz de fazer isso — afirmo para ela, com toda a sinceridade. — É difícil de controlar e não quero estragar nada. E, definitivamente, não quero machucar ninguém.

— Entregar-se ao poder existente dentro de você pode ser bem assustador, meu bem. Mas é só quando isso acontece que podemos ver de verdade quem somos capazes de nos tornar. E você, sobrinha querida, é capaz de fazer muito mais do que imagina. Abrace toda a sua magia e deixe-a retribuir o abraço — ela me aconselha. — Além disso, causar tumulto, às vezes, é exatamente o que você precisa fazer.

— Mas eu não… — Paro de falar quando o pânico aperta a minha garganta e me deixa com dificuldade de respirar.

— Está tudo bem — apazigua a tia Rowena enquanto dá palmadinhas na minha mão. — Não tive a intenção de deixá-la tão preocupada.

— Você não deixou — respondo, embora isso não seja exatamente verdade. Mas ela não tem culpa por eu não conseguir controlar minhas habilidades. E, sem dúvida, não tem culpa por eu não ser capaz de aceitar todas as diferentes facetas de mim.

Ela não parece acreditar em mim, mas não se manifesta. Simplesmente pega na minha mão e admira a tatuagem que sobe ao redor do antebraço até o cotovelo. Começo a contar a história de como a consegui e do que ela é capaz de fazer, mas minha tia já deve saber.

Porque, em vez de perguntar sobre o desenho, ela posiciona a mão sobre ele e fecha os olhos. Segundos depois, sinto um calor gentil correr pela minha pele. E quando olho para baixo, a tatuagem está brilhando outra vez. Não da maneira que geralmente acontece quando canalizo a magia vinda de alguém. Mas, com certeza, tem alguma coisa acontecendo aqui.

Minha tia deve perceber a pergunta no meu olhar, mas simplesmente sorri.

— Um empurrãozinho mágico nunca fez mal a ninguém — comenta ela, apertando a minha mão. — Você vai saber quando precisar usar.

Com isso, estou lutando para conter as lágrimas outra vez. Minha tia é muito parecida com Macy: generosa, gentil e inteligente quando é preciso entender o que mexe com as pessoas. E isso faz com que eu me sinta ainda pior por ela ter passado todos aqueles anos trancafiada na masmorra de Cyrus, longe da família que a ama e do mundo pelo qual ela está se esforçando bastante, até mesmo agora, a fim de torná-lo um lugar melhor.

— Obrigada — sussurro quando consigo fazer as palavras atravessarem as lágrimas que entopem a minha garganta. — Por tudo que você fez por mim.

— Ah, Grace.— Ela coloca os braços ao redor de mim, num longo abraço. — Mal consigo esperar para ver cada parte de você ganhar vida. Humana, gárgula, semideusa... e, é claro, bruxa também.

— O quê? — pergunto, com a confusão evidente na voz.

— Uma bruxa. Não esqueça que o seu pai era um dos nossos. — Ela indica as runas que ainda não coloquei na minha mochila com um meneio de cabeça. — Há magia no seu sangue.

— Acho que isso não é verdade. Não consigo usar a magia. Não como Macy consegue. Nem como você e o tio Finn conseguem. Só consigo fazer o que a minha gárgula pode fazer.

— Você acendeu uma vela uma vez, não lembra? — diz Macy.

— Sim, mas não fui eu que fiz aquilo. Foi Hudson. Eu só canalizei o poder que ele me deu.

— Hudson é um vampiro, sua boba. — O sorriso de Macy ilumina o seu rosto por inteiro. — Ele pode ter ampliado o seu poder, mas não é capaz de criar fogo. Aquela vela e aquela magia? Foi você que fez tudo sozinha.

Com isso, as lágrimas que eu estava me esforçando tanto para conter começam a transbordar. Porque é ótimo saber que tenho algo do meu pai em mim, alguma coisa além do meu sorriso e dos cabelos cacheados que herdei dele. Algo a que eu possa me apegar, mesmo que não tenha conseguido lançar nenhum feitiço desde aquela vez.

Pergunto à minha tia por que não consegui, mas ela simplesmente dá de ombros.

— Não sei, Grace. Eu diria que a sua gárgula anula a magia que existe dentro de você, já que é imune a ela.

— Sim, mas ela não anula a magia de semideusa. — Não que isso seja muito bom, no meu caso.

— Minha mãe disse que a magia de semideusa é muito antiga. — Macy bate palmas, animada. — E, na primeira vez que fomos até lá, a Estriga disse que as gárgulas não são imunes à magia antiga! E isso significa que...

Ela para de falar quando alguém bate à nossa porta.

Capítulo 120

A RUNA ONDE TUDO ACONTECEU

— Entre — chama Macy.

— Você chegou! — observo com um sorriso quando Remy coloca a cabeça pelo vão da porta.

— Cheguei, sim. — Ele finge cambalear um pouco o corpo. — Mas vou lhe dizer uma coisa. Aquela Isadora é uma mulher meio selvagem, não é mesmo, *cher*?

— É uma maneira interessante de descrevê-la. — Faço um gesto negativo com a cabeça. — Eu usaria a palavra "psicopata", mas faça como achar melhor.

— Ah, ela não é tão ruim. Mesmo assim, ela me deixa em estado de alerta.

— E vai continuar fazendo isso por vários anos, não é? — Olho para ele com um sorriso matreiro, mas Remy se limita a dar de ombros.

— Vamos ver o que acontece. — Ele indica a cama onde Macy e a tia Rowena continuam escolhendo as runas que vamos levar. — Eu lhe trouxe uma coisa também.

Com um floreio, ele tira uma caixa ornamentada de trás das costas, parecida com aquela que estava na cama — mas muito mais familiar. Não consigo respirar. Eu não ficaria mais surpresa do que estou agora se Remy tivesse tirado um avestruz de trás das costas.

— Mas como você... Quando? — Estendo as mãos trêmulas e pego a caixa que ele me oferece, puxando-a para junto do meu peito.

Remy dá de ombros.

— Sei que você queria pegá-las no cofre do seu tio. Sabe, antes de toda essa merda acontecer. Além disso, você vai precisar delas.

— Como você sabia sobre essas runas? — pergunto. Porque preciso saber. Sei que Remy é um feiticeiro incrivelmente poderoso. E se o que a minha tia disse sobre a magia não gostar de ficar presa em uma caixa for verdade, não consigo nem imaginar o poder que ele vai alcançar quando conseguir libertar a sua própria magia. Mesmo assim, saber sobre o presente que o meu pai havia me dado e que eu perdi...

Ele para e, por um segundo, até acho que ele vai responder à pergunta. Mas Remy é Remy. No fim das contas, ele apenas me encara com um sorriso enigmático.

— Jaxon pediu que eu lhe dissesse que vamos partir daqui a uma hora. Ele quer conversar no Grande Salão. — Ele revira os olhos. Não sei se é por causa do nome do lugar ou pela pretensão de Jaxon.

— Tudo bem, então — replica Macy com um sorriso. — Vamos chutar umas bundas naquelas Provações Impossíveis.

— Quero ver você dizer isso cinco vezes, bem rápido.

— E não é mesmo? Só o nome já é o bastante para... — Ela estende a mão para tocar o braço de Remy, mas para de falar quando os olhos dele começam a girar daquele jeito esquisito que acontece logo antes que ele diga algo terrível.

Mas, dessa vez, quando o efeito para, Remy não se pronuncia. Ele simplesmente se vira para ir embora sem abrir aquele sorriso típico.

— Ei! — chamo enquanto ele está indo. — O que você viu? Vamos conseguir as Lágrimas? Todo mundo vai ficar bem?

Em seguida, prendo a respiração, porque não sei se quero ouvir a resposta dessa pergunta. Não agora, quando não temos escolha além de ir em frente.

Por um segundo, tenho a impressão de que ele não vai responder. Até que, finalmente, ele solta a respiração bem devagar e afirma:

— O futuro está em mutação constante, Grace. O fato de eu ver as coisas terminando de determinada maneira não significa que elas realmente vão acabar assim. — Ele respira fundo e admite: — E revelar a você que algo de ruim pode acontecer talvez faça com que isso aconteça de verdade.

— Mas como é possível? — pergunta Macy.

Ele dá de ombros.

— Talvez eu veja você sendo atropelada por um ônibus hoje e lhe diga para não andar pela rua J às oito da noite. E você segue o meu conselho. Você nem sai de casa para trabalhar. Mas deixa o fogão ligado sem querer e incendeia a casa com toda a sua família dentro.

Isso é bem tenebroso. Mas não é a mesma coisa que está acontecendo aqui, de jeito nenhum.

— Acho que todos concordamos que qualquer futuro é melhor do que morrer de um jeito horrível naquela arena para a diversão dos outros, Remy.

Ele parece ponderar suas próximas palavras com bastante cuidado.

Depois de um tempo, Remy respira fundo e diz:

— Um líder não é grande porque sempre tem razão. Em vez disso, um grande líder abre espaço para que os outros tenham razão.

Eu o encaro e pisco os olhos algumas vezes.

— Você pode se tornar uma grande líder, Grace — afirma ele. E alguma coisa na doçura da sua voz faz com que eu sinta um aperto forte no peito.

— Obrigada, Remy — sussurro, um pouco desconcertada por ele acreditar em mim desse jeito.

Ele me dá um rápido abraço antes de se afastar e em seguida indica a cama com um aceno de cabeça.

— Vamos ter uma chance bem maior com essas runas.

Pouco antes de passar pela porta, ele para e olha para trás por sobre o ombro.

— Por falar nisso, dei um presente que não acaba para o seu namorado. Você pode me agradecer mais tarde.

E sai do quarto dando uma piscadela.

Capítulo 121

MORRA NA LINHA PONTILHADA

O portal de Macy nos deixa a uns três metros da entrada da loja de caramelos em St. Augustine. A Caramelos do Monstro parece bem mais sinistra no meio da noite do que ao amanhecer. Todos concordamos que não havia tempo a perder para competir nas Provações. O eclipse da lua de sangue vai acontecer daqui a poucas horas e nós esperamos que Tess tenha sido sincera quando disse que as Provações podem começar a qualquer momento, "dia ou noite".

Olho para Hudson, que está na calçada, e sorrio. O "presente que não acaba" de Remy foi um anel que permite a Hudson se alimentar da sua consorte e ainda assim consiga caminhar sob a luz do sol. E preciso admitir que correr contra um eclipse lunar, e não contra o sol, me causa uma sensação ótima. Realmente não quero que ninguém mais fique sabendo dos detalhes da nossa vida sexual. Nunca mais.

Nesse momento, enquanto olhamos para a fachada da Caramelos do Monstro, começo a me sentir como uma daquelas personagens de filme de terror dos quais todo mundo fica tirando sarro — aquelas que entram na casa assustadora que sabem ser assombrada e, em seguida, convidam para tomar chá o primeiro cara que veem com uma máscara de hóquei na cara e uma faca ensanguentada na mão.

Ou então, simplesmente sei o que está à nossa espera ali dentro e é isso que me assusta. Deus sabe que gostaria de estar em qualquer outro lugar que não fosse este, fazendo qualquer outra coisa exceto aquela que estamos prestes a fazer.

Mas, como isso não é uma das opções disponíveis, aperto a mão de Hudson. Não há ninguém mais que eu gostaria de ter ao meu lado agora. E não só por causa do seu poder.

— Você está bem? — ele pergunta, com aqueles olhos azuis incríveis bem atentos enquanto estudam o meu rosto.

— Se você considerar que "estar bem" significa "convencida de que essa é a pior ideia que já tivemos", então estou, sim. Estou ótima — respondo.

— Ainda acho que a pior ideia que você já teve foi virar a consorte de Jaxon — ele brinca. — Mas essa aqui não fica muito atrás.

— Sim, porque ser a consorte de Jaxon e entrar em uma competição que literalmente matou todas as pessoas que já entraram nela são a mesma coisa. — Reviro os olhos.

Ele faz uma cara como se dissesse *quem sabe?*

— Sendo bem sincero, ser a consorte de Jaxon e entrar em uma competição que mata todas as pessoas que entram nela talvez sejam a mesma coisa. Talvez, você tenha a sorte de ser a pessoa que vai conseguir sair viva das duas situações.

— Vocês têm noção de que estou bem aqui, não é? — intervém Jaxon, sem se abalar, e todos que estão em volta riem, quebrando a tensão exatamente do jeito que Hudson planejava.

— Ei, galera. Finalmente descobri o que Hudson prometeu quando me deu aquele anel de promessa. — Olho para trás e sorrio para o restante da turma enquanto eles vêm comigo e com Hudson até a entrada da loja de caramelos.

Quando Hudson ergue uma sobrancelha, prossigo:

— Ele prometeu cantar comigo em um karaokê sempre que eu pedir.

Ele ri, soltando o ar pelo nariz quando eu coloco a mão na maçaneta da loja, mas sem virá-la ainda. Em vez disso, eu me viro e o provoco um pouco mais.

— Já combinamos de cantar *Story of my Life* em dueto!

Agora todo mundo está gargalhando com a ideia de que Hudson vai fingir ser Harry Styles para me fazer feliz.

— E se você for desafinada? — ele pergunta.

— Você vai me amar mesmo assim — respondo e o sorriso dele lhe cobre o rosto inteiro.

— Vou mesmo — concorda ele. — Mas não quer dizer que iria cantar em um karaokê com você.

— Ei! — Eu o cutuco, rindo.

Mas Remy diz:

— Eu canto com você, *cher*. — Enquanto isso, Hudson o encara com um olhar mortífero. E sua reação faz com que todos nós caiamos na risada de novo.

Segurando na mão do meu consorte e olhando no rosto de todos os meus amigos enquanto aproveitamos esse momento feliz e perfeito, eu me sinto abençoada. Flint, Jaxon, Mekhi, Macy, Éden, Byron, Dawud, Remy, Calder e Rafael. Minha família.

Cruzo os dedos, à espera de que a porta não esteja trancada; em seguida, puxo a maçaneta da loja de caramelos. Por sorte, ela se abre. Quando entramos ali, espero poder mantê-los a salvo.

Hudson se aproxima e sussurra na minha orelha:

— Todos nós fazemos nossas próprias escolhas.

E ele está certo. Sei que está. Uma postura derrotista nunca ajudou ninguém a fazer nada. Mas, quando olho para aquelas árvores, esquisitas e agourentas, dignas de um *conto de fadas do inferno* que estão neste lugar, tenho dificuldade de lembrar que a única coisa que quero é sair daqui e passar mais tempo junto dos meus amigos.

Com certeza, não podemos perder tempo enquanto Cyrus provavelmente está levando um exército até Katmere enquanto conversamos, mas meu coração sabe o que quer. E, neste momento, meu coração quer mais algumas horas.

Mais algumas horas com Hudson antes que possamos perder um ao outro para sempre.

Mais algumas horas dançando com Macy ao som de *Watermelon Sugar.*

Mais algumas horas trocando piadas ruins com Jaxon, voando com Flint ou fazendo um milhão de outras coisas com Éden, Mekhi e o restante dos nossos amigos.

Mas, antes que eu consiga me animar, Tess entra na loja pela porta dos fundos e seu olhar cruza com o meu.

Ela abre um sorriso que revela duas fileiras de dentes pontiagudos e pega um pedaço de caramelo do cálice ornamentado sobre o balcão.

— Eu estava começando a pensar que você não voltaria — ela comenta, brincando com a embalagem. — Mesmo assim, você está aqui, bem no meio da noite. Que fofura.

— Somos pessoas ocupadas — responde Jaxon por mim.

Ela o encara como se ele fosse um pernilongo zumbindo ao redor da sua cabeça antes de me encarar outra vez.

— Então, vocês vão competir?

Tenho de limpar a garganta para conseguir botar aquelas palavras para fora, mas respondo:

— Sim. Vamos competir.

— Tudo bem, então. — Ela leva a mão para baixo do balcão e puxa uma pasta. — Temos alguns termos de isenção de responsabilidade para vocês assinarem.

Ela diz isso de uma forma tão banal que, por um segundo, nem entendo direito. Mas, quando entendo, Macy já está perguntando:

— Quer que a gente assine um termo de isenção?

— Vários, na verdade. Que cobrem de tudo, desde a morte até o desmembramento acidental e a incapacidade de reverter feitiços. — Ela abre a capa da pasta. — Quem vai ser o primeiro?

Volto a olhar para os meus amigos. Todos parecem inquietos, mas determinados.

— Acho que vou assinar primeiro — declaro, me aproximando da caixa registradora onde Tess está esperando.

Mas no instante que chego ali, ela ri e fecha a pasta com um movimento brusco antes que eu consiga ver o que há ali dentro.

— Estou só zoando com a sua cara para ter certeza de que você vai realmente entrar no jogo desta vez. Quem precisa de um termo de isenção, já que vocês provavelmente vão morrer mesmo?

Ela enfia a pasta embaixo do balcão outra vez e vira de costas.

— Venham comigo — ela anuncia enquanto vai até a porta pela qual passamos na última vez em que estivemos aqui.

— Uau. Ela não é legal? — comenta Byron por entre os dentes.

— Somente se "legal" e "maligna" forem sinônimos — rebate Dawud. Mas, como sempre, Dawud nem se incomoda em baixar a voz.

E isso, por sua vez, faz com que Tess se vire para ele e abra um sorriso meigo.

— "Maligna" é algo que só vai acontecer mais tarde, mas podemos antecipar um pouco isso, se quiser.

Dawud quase se engasga com a própria língua. Tess abre a porta do depósito e nós entramos na arena. O chão é de terra e grama, quase como o gramado de um estádio, com enormes arquibancadas de pedra ao redor do campo perfeitamente redondo. E no meio, assim como antes, há um cálice dourado e ornamentado incrustado com diamantes sobre um pedestal de pedra. Quando viemos à loja de caramelos pela primeira vez e demos nossa primeira olhada na arena, tive a impressão de que o campo ficava em algum lugar ao ar livre (o que não fazia sentido, considerando que estávamos nos fundos de uma loja, mas... Bem, há muitas coisas nesse mundo que não fazem sentido). Mas agora que consegui dar uma olhada melhor no céu, percebo que não é realmente um céu de verdade. Há uma espécie de abóbada sobre a arena, iluminada por dentro, que lhe fornece uma aparência quase iluminada. E é muito bonito.

— Foi o que pensei. — Quando ela volta a se virar, seu sorriso é tão afiado quanto uma das adagas de Izzy, e sua saia rodada esvoaça com seus movimentos.

Hoje ela está vestida toda de vermelho-escuro em vez de preto: blusa, saia e botas vermelho-escuro. Exceto pelo cinto que ela enrolou três vezes ao redor da cintura. É o mesmo cinto preto que ela estava usando da outra vez. Tento não encarar o traje dela como um presságio de quanto do nosso sangue vai ser derramado pelo chão da arena, mas é difícil não pensar a respeito. Em particular porque as arquibancadas já começaram a se encher de paranormais quando chegamos lá fora.

— Como é que tanta gente sabia que íamos participar do desafio? — questiono, chocada por todos terem aparecido bem no meio da noite.

— Magia — comenta Tess, sem mudar a expressão. Em seguida, pisca o olho. — Agora, quantos de vocês vão competir? — Ela pergunta quando a porta se fecha atrás de nós e o calor da Flórida nos atinge outra vez.

— Doze — eu digo a ela. — Acho que você tinha dito que podíamos chegar até esse número.

— Sim, esse é o máximo. Tem certeza de que quer que tanta gente morra hoje? Faz tempo que não recebemos um grupo tão grande. — Um olhar pensativo se forma em seu rosto. — Pensando bem, até que as coisas não correram tão bem daquela vez. — Ela dá de ombros. — Por isso... sim. Doze podem competir, se você considera necessário. — Ela aponta para algumas cadeiras atrás de nós. — Sentem-se enquanto preparamos o jogo.

— Vamos ter que esperar? — indaga Dawud. E consigo perceber o nervosismo em sua voz.

Entendo o sentimento. Agora que estamos aqui, quero andar logo com isso também. Tenho quase certeza de que, quanto mais tempo esperarmos, mais difícil será entrar naquela arena.

— Só vamos levar uns minutos — responde Tess, e tenho a impressão de que vejo um toque de empatia em seus olhos. Mas isso desaparece com a mesma rapidez com que surgiu, assim como ela, com as botas clicando pelo piso de concreto enquanto desce correndo por uma escadaria imensa.

Capítulo 122

APOSTO QUE VOCÊ ACHA QUE ESTAMOS LUTANDO POR SUA CAUSA

Eu a acompanho com os olhos, sentindo o coração na garganta. E quando ela finalmente chega ao chão da arena, eu observo os demais. Porque jamais conseguiria me olhar no espelho se os deixasse entrar naquela arena comigo sem pelo menos dizer alguma coisa uma última vez. Não importa o que tenham falado para mim antes.

Quando uma pessoa leva os amigos para a morte certa, nunca é má ideia dar a todos uma última chance de pular para fora do barco.

— Ninguém é obrigado a participar disso. — As palavras saem da minha boca antes que eu saiba que vou dizê-las. Não é bem assim que eu planejava começar a conversa. Já faz cinco minutos que estou revirando a cabeça à procura de um jeito adequado. Mas vai ser o suficiente. E mais. As palavras vão expressar o necessário.

— Grace... — começa Macy, mas faço com que ela se cale erguendo a mão.

— Não — digo a ela. — Preciso verbalizar isso — anuncio a eles enquanto olho para cada um dos meus amigos que estão presentes.

— Fui eu que tomei a decisão de roubar o anel de Chastain e dá-lo para Cyrus. Fui eu que fiz com que todo o Exército das Gárgulas se transformasse em pedra. Sou a rainha das gárgulas, responsável por salvá-los. A última da minha espécie. Mas vocês não são. — Nem me importo em olhar para Hudson, Jaxon ou Macy, porque já sei qual é a resposta que eles vão me dar. Eles nunca me deixariam aqui sozinha, assim como eu não os deixaria. Mas se eu puder salvar alguns dos outros, tenho de tentar. Não sei o que vai acontecer aqui, mas sei que, se nós doze morrermos aqui, vai ser um desperdício enorme. — Agradeço por vocês estarem aqui, mais do que consigo expressar com palavras. De verdade. Mas essa luta não é de vocês. E vocês não precisam estar aqui se não quiserem. Nem eu nem ninguém vai pensar mal de vocês se decidirem que não querem entrar nessa arena. Já perdemos muito. Não acho justo pedir a vocês que se arrisquem a perder mais. E preciso ser completamente honesta aqui. Não acho que todos vamos sobreviver. Se eu acho que vamos vencer? Acho. Não sei por quê, mas é o que sinto. Provavelmente porque sofremos mais do que qualquer pessoa é capaz de imaginar. Mesmo assim, ainda estamos aqui. Perdemos amigos no decorrer do caminho. E não quero perder mais nenhum em toda a minha vida. E, por mais que eu seja grata por todos vocês terem vindo, acho que talvez... talvez isso seja algo que eu precise fazer sozinha.

Hudson está atrás de mim, com uma mão na minha cintura e outra no meu ombro. Encosto-me nele, me deliciando com aquela força e o apoio tranquilos que ele nunca deixa de me oferecer. Não importa o que aconteça à nossa volta ou entre nós, ou mesmo apenas dentro da sua cabeça; Hudson sempre está junto de mim.

Não sei se já o agradeci por isso alguma vez, mas é o que vou fazer.

No começo, ninguém se manifesta. Tenho certeza de que alguém não quer estar por aqui. Tenho certeza de que alguém deve entender que o que estamos prestes a fazer é uma idiotice.

Um minuto se passa, talvez dois, até que Calder olhe bem nos meus olhos e diga:

— Você sabe que não é tão especial assim, não é?

Não é exatamente o que eu estava esperando ouvir, mas tuuuuuudo bem.

— É... eu sei. É claro que sei.

— É mesmo? — Ela me encara, apertando aqueles grandes olhos castanhos. — Porque tenho a impressão de que você acha que tem a obrigação de fazer tudo sozinha.

— E-eu n-não... — Começo a tropeçar nas palavras. Meu cérebro funciona mais rápido do que a minha boca enquanto tento entender o que eu quero dizer aqui. — Digo... eu...

— O que Calder está tentando dizer, *cher*, é que todos temos nossas próprias razões para estarmos aqui — interrompe Remy, de modo discreto, com os olhos verdes compreensivos. — E a lealdade a você é apenas uma parte.

— Não era isso que eu estava tentando dizer, senhor *macho palestrinha* — diz Calder, exibindo as garras de repente. — O que eu estava tentando dizer é que o mundo não gira ao redor de Grace. E que tenho minhas próprias razões para estar aqui.

Remy ergue uma sobrancelha.

— Não foi isso que eu acabei de dizer?

— Não. — Ela bufa antes de olhar para mim. — O que estou tentando dizer, Grace, é que não vou sair daqui. E Remy também não. Por isso, pare com esse drama, está bem?

— É isso mesmo — concorda Mekhi, com um brilho malandro no olhar. — Pare com esse drama, Grace.

Entendo o que eles querem dizer, mas ainda tenho a impressão de que preciso pedir mais uma vez.

— Mas vocês…

— Pare, Grace. — Dessa vez é Éden que fala. — Todos estamos aqui porque sentimos que é isso que temos que fazer. E ninguém acha que está aqui porque foi forçado. Estamos aqui porque é a coisa certa a fazer. Estamos aqui por você. Mas, acima de tudo, estamos aqui porque nenhum de nós quer que as pessoas que amamos vivam nesse mundo se Cyrus se transformar na porra de um *deus*. Por isso, vamos encontrar aquela Tess e dizer a ela que o show vai começar. Temos uma luta para vencer.

Capítulo 123

CHEGOU A HORA DE A ONÇA BEBER ÁGUA

E como percebemos, "aquela Tess" volta antes que a gente consiga sair para procurá-la.

— Estão prontos? — ela pergunta, olhando para a cara de cada um de nós.

— "Prontos" é uma palavra muito subjetiva — comenta Dawud. Mas percebo que elu é a primeira pessoa a segui-la.

— Vamos que vamos — incentiva Flint, olhando nos olhos de Jaxon (e se demorando ali por um momento a mais).

— Vamos que vamos — repito.

A mão de Hudson continua na base da minha coluna durante todo o tempo em que vamos descendo as escadas. Nunca me senti tão grata por esse apoio. Meus joelhos tremem tanto que não tenho certeza se teria conseguido descer até o andar da arena se ele não estivesse ao meu lado.

Conforme andamos, percebo os telões enormes posicionados ao redor da rena. Eles têm o dobro do tamanho dos telões em estádios esportivos e há o dobro deles em quantidade também — um para cobrir cada lado da arena.

Há espectadores de todos os tipos apinhados nos assentos e fico ponderando por que eles estão aqui. Será que querem mesmo ver pessoas levando uma surra homérica e talvez até mesmo morrendo enquanto estão em busca de um elixir que a maior parte do mundo pensa ser apenas um mito? Será que isso é o que eles consideram uma noite de diversão?

A julgar pelos gritos e berros à nossa volta, a minha atitude com certeza está em minoria aqui. Todo mundo age como se estivesse prestes a assistir a uma maldita luta de gladiadores. E estão loucos para ver os leões nos fazerem em pedaços.

Não que eu ache que há alguma coisa tão tranquila quanto leões atrás daquela parede que está diante de nós. Mas mesmo assim... A analogia continua valendo, em especial quando Tess nos faz desfilar pelo campo, diante de todo o estádio. Ela não nos apresenta pelo nome, mas menciona que as apostas vão se encerrar em três minutos.

Porque, ao que parece, apostar se vamos sobreviver a essa monstruosidade é uma coisa que existe de verdade. E se os números no telão são algum indicativo, as chances definitivamente são péssimas.

— As regras são simples — Tess explica para a plateia e para nós enquanto esperamos o término das apostas. O fato de que ela o faz enquanto saltita alegremente de um lado para o outro não nos ajuda a gostar mais dela. Nem o fato de eu ter quase certeza de que ela desapareceu há pouco porque queria fazer uma aposta contra nós. — Não morram.

— Ela tem razão — pontua Hudson, sem se alterar. — É bem simples.

Eu o cutuco com o cotovelo, mas ele simplesmente me encara com uma expressão que diz *estou errado?*

— Há quatro assaltos entre vocês e as Lágrimas de Éleos. Passem por eles e as lágrimas serão suas. Falhem e...

Ela faz uma pausa e estende o microfone para a multidão. Todos gritam com toda a força de seus pulmões:

— Morram! — A sensação continua, conforme eles começam a cantar: — Mor-ram! Mor-ram! Mor-ram!

— Que gente é essa? — pergunta Macy, horrorizada.

— Guardiões das criptas, aparentemente — responde Hudson, embora o asco se evidencie na sua voz.

— Aparentemente — repete Calder, com seu belo rosto duro como um diamante enquanto ela observa a multidão.

— O que você está procurando? — pergunta Flint, curioso.

— Não estou procurando nada — ela responde, jogando o cabelo. — Estou memorizando o rosto deles para quando sairmos daqui. Se eles querem morte, vou ficar muito feliz em mostrar isso a eles.

O fato de que ela faz essa ameaça (promessa?) com uma voz tão doce só deixa a situação ainda mais desconcertante. Assim como o fato de que Remy nem parece surpreso.

— Alguma dúvida? — pergunta Tess quando as apostas se encerram, interrompendo Calder enquanto ela tenta memorizar cada rosto na arena.

Ninguém entre nós tem perguntas sobre as Provações. Assim, ficamos só esperando que ela termine de se exibir para a plateia. E isso nem demora tanto, agora que todas as apostas já foram concluídas.

— Tudo bem, então. Quando a campainha tocar, vocês têm trinta segundos para passar por ali. — Ela aponta para uma abertura de pouco mais de um metro de largura na pedra, a cerca de uns cem metros de onde estamos. — Quando todo o seu grupo entrar, o círculo é selado e só se abre novamente depois que vocês completarem as quatro rodadas e conquistarem as Lágrimas. Se não completarem todas as quatro rodadas nem chegarem longe o bastante para conquistá-las, então a arena é que vai conquistar vocês.

Não sei o que significa "a arena é que vai conquistar vocês", mas não me parece algo muito bom. *Lembrete: não se deixe conquistar. E não deixe que nenhum dos seus amigos seja conquistado também.*

— O que acontece se demorar mais de trinta segundos para todos nós entrarmos? — pergunta Dawud.

— Nesse caso, a Arena impede a entrada daqueles que ficaram para fora — responde Tess. — E as Provações prosseguem sem eles.

As circunstâncias só melhoram. *Outro lembrete: corra bem rápido.*

— Se não houver outras perguntas... — Tess se afasta do restante de nós. — Obrigada por participar da edição de número dois mil duzentos e sessenta e quatro das Provações Impossíveis. Vamos começar a contagem regressiva.

— Contagem regressiva? — ecoa Jaxon logo antes que as pessoas nas arquibancadas começam a gritar outra vez.

— Dez! Nove! Oito! — Tess se junta à contagem, com a voz encoberta pela natureza frenética da multidão conforme vai contando os números no microfone.

— Está pronta? — Hudson me pergunta. Sua voz é baixa e firme. E embora não consiga acalmar o nervosismo fervente no meu estômago, ele faz com que seja um pouco mais fácil suportá-lo.

— Sete! — ruge a multidão.

— Não — digo, balançando a cabeça de maneira enfática. — E você?

Ele dá de ombros.

— É só mais uma coisa que temos que fazer antes que eu possa levar você de volta para o nosso quarto naquele farol.

— Seis! — grita Tess.

— Promete? — pergunto. — Quando tudo isso terminar?

— Cinco! — A multidão fica ainda mais agitada.

Ele sorri.

— Ah, pode ter certeza de que prometo.

Nossa conversa me faz pensar no anel e esfrego o polegar nele para dar boa sorte.

— Talvez você devesse me dizer o que mais você me prometeu — sugiro. — Seria horrível morrer sem saber.

— Quatro! — Tess agita os braços para encorajar a multidão a gritar ainda mais.

— Você não vai morrer aqui — ele me diz. — Não vou deixar isso acontecer.

— Três! — Os espectadores se levantaram, gritando e batendo os pés.

— Ah, claro. Bem, acho bom você não morrer também. Meu plano é fazer com que nenhum de nós morra.

— Dois! — Tess vibra e grita junto à plateia.

— Amo você — ele me diz, com aqueles olhos azuis queimando enquanto me olham.

— E eu amo você — repito enquanto a arena inteira grita.

— Um!

Aperto a mão dele uma última vez e em seguida a solto.

A campainha toca. E começo a correr feito o diabo.

Capítulo 124

UMA BOA AÇÃO MERECE OUTRA E MAIS OUTRA

Só consigo dar dois passos antes que Hudson me pegue nos braços e acelere até vencer os cem metros que nos separam da parede de pedra.

Somos os primeiros a passar, seguidos imediatamente por Jaxon e o restante da Ordem.

Na minha cabeça, estou contando os segundos e sei que ainda restam quinze quando Dawud e Éden passam correndo pela abertura, seguidos de perto por Remy e Calder.

Flint e Macy chegam correndo com uns sete segundos de sobra. E o meu coração está na garganta quando eles conseguem se esgueirar para dentro.

Sinto o alívio tomar conta de mim, pelo menos até que as pedras deslizem.

— O que vamos fazer primeiro? — indaga Byron, nem um pouco preocupado com a escuridão. Provavelmente porque é capaz de enxergar através dela.

— Luz — respondo. — Antes de mais nada, precisamos de luz.

Nem consigo terminar de formular o pedido quando Remy faz uma coisa (que eu não consigo ver exatamente) — e um anel giratório de luz aparece à nossa esquerda.

— Você manda, *cher.*

— Obrigada — digo a ele enquanto me viro de um lado para outro, na tentativa de entender o que é que devemos fazer agora.

Meus amigos fazem exatamente a mesma coisa. Todos nós estamos procurando pelo domo sob o qual estamos presos em busca de alguma pista sobre o que vai acontecer a seguir.

O problema é que nada parece acontecer. Somos só nós doze, girando naquele espaço e ficando cada vez mais confusos.

— Será que é algum tipo de pegadinha? — Macy finalmente questiona. — Será que é só uma piada para a plateia?

Consigo ouvir as pessoas vibrando do lado externo, mas a parede de pedra é tão espessa que não consigo entender direito o que dizem. Mesmo assim, consigo sentir o chão tremer conforme eles continuam a bater os pés.

— Ah, duvido — comenta Rafael, prendendo os cabelos em um coque samurai no alto da cabeça. — Essa gente está com uma enorme sede de sangue para isso ser só uma piada.

Ele tem razão. E estou prestes a concordar quando o chão sob os nossos pés começa a tremer.

— Um terremoto? — sugere Remy. — É isso que vai acontecer primeiro?

— Espero que não. — Calder dá um suspiro forte. — A poeira vai estragar todo o meu glitter.

Mordo a língua para não rir, pois não consigo acreditar que é com isso que ela está preocupada no momento. Mas, considerando que estamos falando de Calder, será que é de fato uma surpresa?

— Você vai continuar linda — garante-lhe Dawud e seus olhos voltam a ter aquela expressão de adoração que vi anteriormente.

— É claro que vou — responde ela, passando os dedos pelos cabelos. — Mas posso ficar com glitter nos olhos e a sensação não seria nada boa. Acho que isso é meio óbvio.

— É... meio óbvio — repete ê lobe, demonstrando certo desconcerto. E elu não tem culpa. Calder às vezes me deixa confusa e já passei bem mais tempo exposta a ela do que Dawud.

— É melhor nos espalharmos — sugere Jaxon quando outro minuto se passa sem que nada aconteça.

— Isso mesmo — concorda Éden. — Vamos dar uma olhada e tentar descobrir se precisamos tomar alguma atitude para ativar essa coisa, porque ficar aqui parada como um prato em uma galeria de tiro não está funcionando para mim.

— Bom plano — concorda Macy e começa no mesmo instante a se dirigir para o outro lado da arena.

Em segundos, espalhamo-nos a fim de examinar o chão, as paredes e qualquer coisa em que possamos pensar. Éden chega até mesmo a se transformar em dragão para levantar voo e verificar o alto da abóbada, só para ter certeza de que não deixamos passar nada.

Não vejo nada na minha área e olho para Jaxon, à minha direita, para ver se ele encontrou alguma pista. Mas, de repente, o som de um rangido alto preenche a arena. E o chão aos nossos pés começa a girar.

Capítulo 125

VAMOS DANÇAR E GIRAR SEM PARAR ATÉ O AMANHECER

Meu coração explode no peito conforme as lembranças do corredor da morte e da prisão enchem a minha cabeça.

Temendo pelo pior, eu me encosto na parede, mas percebo que a pedra está se movendo bem devagar.

Mas o que não se move tão devagar é a parede gigante que se ergue do chão, dividindo o lugar desde o piso até pouco mais de meio metro do teto em seções de tamanho desigual, efetivamente separando vários de nós do restante do grupo.

Jaxon e eu ficamos em uma seção pequena do quarto, cujo formato é de uma lua crescente quando tudo termina de acontecer. Por sorte, o anel de luz de Remy ficou do nosso lado. Pelo menos não estamos no escuro.

— Você está bem? — Jaxon pergunta quando a sala para de girar.

— Sim, tudo bem. Não foi rápido o bastante para machucar alguém.

Vou até o canto da nossa seção naquela arena e procuro saber se alguma coisa mudou. E não encontro nada. É isso que me deixa confusa.

— O que devemos fazer aqui?

— Eu não... — Jaxon para de falar quando um grito alto vem do outro lado, seguido por rosnados e sibilos.

— Macy! — grito, socando a parede quando reconheço que é a minha prima que está gritando.

Outro grito, e dessa vez quem o solta é um dos rapazes (Mekhi, acho), seguido por mais rosnados e um baque seco, como se alguém tivesse simplesmente sido jogado contra a parede.

— O que vamos fazer? — pergunto a Jaxon. — Não podemos deixar que... — Deixo a frase morrer no ar quando um tijolo com formato estranho cai do céu e bate no meu ombro. O impacto dói, mas, além disso, ele está vermelho e incandescente. E começa a queimar como o diabo.

— Aai! — gemo, abaixando-me para olhar o que acabou de me acertar.

Mas Jaxon já está acelerando pelo nosso espaço na arena e trombando comigo. Ele me leva até a parede, protegendo-me com o seu corpo enquanto vários outros blocos caem no chão, todos com formatos diferentes.

Um deles cai e o acerta no braço e ele aperta os dentes em razão da dor.

— Queima? — pergunto, me esforçando para sair de trás dele.

— Parece que levei um choque elétrico — ele responde. E, dessa vez, tenta se esquivar quando outro bloco vem voando em sua direção.

O bloco o atinge de raspão no ombro, mas ele deve dar uma descarga elétrica outra vez, porque o corpo inteiro de Jaxon se agita quando ele solta um gemido involuntário de dor.

— Pare com isso! — digo a ele, empurrando seu peito. — Essa sua tentativa de me proteger não está funcionando.

Ele não se move. E outro tijolo o acerta. Esse libera algum tipo de gás que faz com que nós dois comecemos a tossir.

— Me solte! — peço a ele, empurrando com mais insistência enquanto luto para me afastar da fumaça nauseabunda.

Ainda assim, ele não se move; está concentrado demais em me proteger para entender que está matando a nós dois. Até que o empurro com toda a minha força, passando por baixo do seu braço enquanto ele se recupera do choque de ter sido empurrado por mim.

Assim que saio de trás dele percebo que estamos com um problema enorme, porque os tijolos continuam a cair. E cada vez mais rápido.

— Abaixe-se! — grito para ele quando um tijolo branco grande com a forma de um cubo vem caindo no chão.

Jaxon se vira quando ouve outro grito vindo do outro lado da arena, seguido pelo som de água corrente. Muita água corrente.

Mas só tenho um segundo para pensar no que pode estar acontecendo lá, porque o bloco em forma de cubo que acabou de cair dispara flechas em todas as direções — e uma delas acerta Jaxon bem na batata da perna.

— Mas que porra é essa? — ele grunhe, abaixando-se para arrancar a flecha da perna. Mas, quando faz isso, vários outros tijolos começam a cair sobre nós.

— Temos que tentar nos abrigar em algum lugar — sugiro a ele. — Ou não vamos sobreviver por tempo suficiente para descobrir o que temos que fazer aqui.

Começo a tossir quando termino a frase, tentando respirar em meio a uma nova nuvem de gás que emana de um dos tijolos. Talvez não seja venenoso, porque Jaxon e eu ainda estamos respirando e não estamos passando mal. Mas isso não quer dizer que seja uma experiência agradável também.

Tenho a sensação de que os meus pulmões estão em chamas.

Olho para cima e quase gemo, desconsolada, ao perceber que há muitos outros tijolos caindo sobre a nossa parte da arena.

Esquivo-me quando outro tijolo em forma de cubo vem direto sobre nós, mas me esqueço dos dardos que ele dispara e um deles se finca na minha coxa.

— Temos que fazer alguma coisa — anuncio para Jaxon, gemendo de dor enquanto arranco o dardo da perna. — Senão vamos morrer aqui.

Ele move a mão para a frente e rebate um tijolo que ia me acertar na cabeça como mais uma prova de que estou certa.

— Espere aqui — ele me pede. — Vou acelerar até a outra parede para ver se...

— Não vou esperar em lugar nenhum — informo-lhe enquanto rebato outros dois tijolos que iam acertá-lo. — E acabo levando uma tijolada na têmpora por fazer isso.

Quer saber? Que se foda tudo isso.

Busco dentro de mim e seguro o cordão de platina. Segundos depois, estou em forma de gárgula e voando pelo ar, em busca de conseguir uma visão melhor do chão — e também do teto, de onde essas coisas estão caindo.

Quase entro em pânico quando percebo que o chão está tão abarrotado com os blocos a ponto de se empilharem uns sobre os outros como se fosse um jogo de Tetris. E se não descobrirmos uma maneira de impedir que isso aconteça, vamos nos afogar nesse mar de blocos — ou, no mínimo, vamos ser esmagados entre eles e o teto ou uma parede.

Mais abaixo, Jaxon deve deduzir a mesma coisa, porque usa a sua telecinese para mover os blocos para a lateral da sala quase tão rápido quanto eles caem. Mas isso significa apenas que ele está mais suscetível às flechas e ao gás cáustico que continua a sair de alguns blocos.

— Precisamos dar um jeito de passar por isso — determino ao voltar para o chão. — Ou vamos acabar sendo enterrados. E se eu...

— É o que estou tentando fazer — interrompe ele. — Estou empilhando...

Ele para de falar quando um grito ensurdecedor ecoa do outro lado.

— O que está acontecendo lá? — ele pergunta.

— A parede sobe até quase encostar no teto — respondo. — Não consegui ver. Mas, seja o que for, é bem pior do que... — Paro de falar quando sinto outro tijolo acertar o meu ombro com força suficiente para me fazer ver estrelas, mesmo estando na forma de gárgula.

— Puta merda — ruge Jaxon. Dessa vez, quando olha para cima, ele usa a telecinese para suspender todos os blocos no ar.

Isso parece ser um plano excelente, pois não estamos mais sendo atingidos. Mas também causa outro problema. Os tijolos, agora, batem uns contra os outros e contra as paredes de pedra quando começam a se empilhar sobre nós.

E, a cada fileira que se empilha desordenadamente, a pilha de tijolos chega cada vez mais perto das nossas cabeças.

Esqueça esse papo de ser esmagada contra o teto. Estamos prestes a ser esmagados entre o chão e uma pilha após outra de tijolos enormes.

Jaxon também percebe a situação e ergue o braço a fim de impedir que flutuem à nossa volta.

— Espere — peço a ele. — Ainda temos uns minutos antes que a situação fique séria. Precisamos descobrir o que temos que fazer com esses blocos.

— Sem querer ofender, acho que a situação já está bem séria — rebate ele quando se agacha, bem a tempo de evitar que um dardo o acerte na bochecha.

— É verdade — concordo, recuando na tentativa de evitar aquele gás asqueroso que continua sendo liberado constantemente de um dos tijolos longos e chatos que paira perto da nossa cabeça. — Mas precisa haver alguma atitude que podemos tomar aqui, algum jeito de resolver esse quebra-cabeça.

— Quebra-cabeça… — repete Jaxon, parecendo atordoado. — Acha que é isso mesmo?

— Bem… acho, sim. O que mais você acha que pode… Ai! — Não consigo me agachar a tempo de evitar que um dardo me acerte no ombro. E, para ser sincera, fico completamente chocada quando percebo que ele é capaz de penetrar em pedra sólida.

Jaxon, nesse meio-tempo, deve ter encostado em algum bloco elétrico, porque quase pula; em seguida, aperta os dentes ao resmungar um monte de palavrões bem cabeludos.

— Não sei, mas é melhor descobrirmos. E rápido. Ou não vamos conseguir sair daqui. — De repente, uma série de baques ruidosos soa do outro lado da parede, seguido por um ruído horrível de algo sendo mastigado que faz meus ossos gelarem. — E eles também não — emenda Jaxon, bem sério.

Capítulo 126

ME ENGANA QUE
EU NÃO GOSTO

Como sei que ele está certo e também que não consigo deixar de pensar que os dois lados estão ligados de uma maneira que não entendemos, levanto voo outra vez. Aconselho a mim mesma para não ceder ao pânico enquanto vou ziguezagueando por entre os tijolos que caem e percebo o quanto as nossas circunstâncias são realmente preocupantes.

Do chão, tenho a impressão de que os tijolos caem depressa. Mas, daqui de cima, depois das primeiras camadas, percebo que eles estão enchendo o céu tão rápido que não vamos ter a menor chance se não descobrirmos uma maneira de eliminar esses tijolos. E rápido. Há uma quantidade enorme deles e o espaço em que estamos é pequeno demais para acomodar todos.

Além disso, considerando o que está acontecendo do outro lado, a situação só piora.

Jaxon, agora, está em uma das extremidades da nossa área da arena, agitando uma das mãos para a esquerda e para a direita. E, cada vez que ele faz isso, mais blocos voam para o lado. Seria ótimo se fosse só isso, mas não impede que os blocos disparem dardos ou deixem emanar o gás malcheiroso. Só consegue nos dar mais algum tempo antes de morrermos por asfixia de blocos.

Determinada a descobrir algum jeito de passar por isso, voo um pouco mais alto. Está ficando difícil desviar dos blocos sem levar um dardo no olho ou um jato de gás ardente no rosto, mas consigo fazê-lo. Pelo menos até bater de cabeça em um tijolo achatado que solta um gás que incendeia todo o meu rosto.

Arde tanto que eu gemo, sentindo as lágrimas rolarem pelos meus olhos enquanto tentam se livrar da presença do gás.

Não está adiantando, assim como não adianta esfregar o rosto. A sensação de ardência só piora e não sei o que fazer — até que me lembro da garrafa de água que Macy colocou na minha mochila. Torcendo o corpo no ar e tentando evitar tocar qualquer outro dos tijolos nas imediações, consigo pegar a garrafa e despejá-la na cara e nos olhos.

Leva uns segundos, mas a ardência cessa. Graças a Deus. Leva vários segundos até que eu consiga enxergar alguma coisa. Por isso, fico pairando sobre o chão, à espera de que a minha visão fique nítida o suficiente para continuar em busca de uma solução.

Mas é enquanto fico pairando ali, à espera de que meus olhos voltem ao normal, que olho para baixo no ângulo certo e percebo o contorno de um cálice entalhado no chão. O formato é o mesmo do cálice que fica em cima do balcão da loja de caramelos. Eu o percebi da última vez que estivemos aqui e percebi de novo hoje. Fica logo ao lado da caixa registradora, cheio até a borda com todo tipo de caramelo colorido que a loja tem.

Deve ser isso que estamos procurando, digo a mim mesma quando volto para junto de Jaxon o mais rápido possível, considerando o céu abarrotado. Não há nenhuma outra razão pela qual ele estaria aqui e também na loja. Em especial porque provavelmente nós estamos procurando um elixir que teria que ser bebido de algum tipo de copo, já que a lenda da Fonte da Juventude supostamente vem destas Provações.

— Descobri! — exclamo para Jaxon antes de pousar. — Precisamos preencher o desenho deste cálice com os tijolos.

— Que cálice? — ele questiona, perscrutando o chão à nossa volta com uma expressão confusa.

— Este cálice — explico-lhe, abaixando-me e traçando o contorno que agora está bem evidente para mim, depois que o vi do alto. Ele ocupa quase todo o espaço do piso, então é compreensível não o termos percebido sem uma visão aérea. De onde estamos, parece só um monte de pedras organizadas de um jeito esquisito.

— O que vamos fazer, então? — pergunta Jaxon quando enfim consegue enxergar o cálice.

— Não sei — respondo. — Mas imagino que precisamos enchê-lo, certo? Tipo... fazer com que os tijolos se encaixem dentro do cálice como se fossem um quebra-cabeça.

Jaxon não parece muito convencido, mas não tem sugestão melhor. Assim, caímos de joelhos e pegamos quaisquer tijolos que estejam ao alcance para tentar encaixá-los dentro dos contornos do quebra-cabeça.

O maior problema com essa ideia, por outro lado... O cálice tem muitos contornos arredondados. E todos os tijolos que caíram têm arestas retas.

E o outro problema? Temos que tocar cada um dos tijolos para organizá-los. E cada vez que o fazemos, um dos tijolos é ativado. Até mesmo quando

Jaxon os move com sua telecinese os tijolos se ativam. Assim, temos de lidar constantemente com choques elétricos, dardos, gases malcheirosos e blocos de pedra ardente. E tudo isso enquanto alguma coisa dá uma surra homérica nos nossos amigos do outro lado da parede.

Ouvi até mesmo Hudson gritar algumas vezes. E toda vez que isso acontece, meu sangue se enregela.

Por outro lado, se estão gritando, vou acreditar que isso é um sinal de que permanecem vivos. Neste momento, receio que seja o melhor que podemos esperar.

— Passe para mim aquele tijolo comprido — pede Jaxon enquanto se esforça para conseguir encaixar três tijolos na base da taça.

— Não vai funcionar — digo a ele. — Ele não é largo o bastante para...

— Vai, sim — ele insiste, embora a abertura seja obviamente grande demais. — Deixe eu tentar.

— Você nunca brincou com quebra-cabeça quando era criança? — indago quando ele ignora meu conselho e tenta colocar o tijolo, descobrindo que não se encaixa. — Você precisa de um daqueles achatados e curtos que estão ali. Ele tem o dobro da largura e..

— Então, vá pegá-lo para mim! — ele esbraveja. E juro que, se não estivéssemos nessa situação tão complicada, lhe daria um soco bem no meio da cara.

— Vá pegar você — retruco, irritada por ele sempre estar tentando me proteger ou gritando comigo, desde que ficamos presos aqui. E sei que essa minha irritação só ocorre porque nós dois estamos sob pressão, mas ainda assim ele precisa parar com isso. Sou tão capaz de fazer isso quanto ele (ou até mais, na verdade, considerando que Jaxon não consegue nem terminar de preencher direito a base mais retilínea do cálice enquanto estou aqui do outro lado tentando fazer com que as peças se encaixem na parte arredondada).

Ele grunhe, mas faz conforme falo, pegando a peça em pleno ar com tanta violência que acaba recebendo o mesmo jato de gás nos olhos, assim como aconteceu comigo antes.

Ao mesmo tempo, Hudson solta um berro de raiva ou de medo que faz meu sangue gelar. É difícil saber ao certo o que ele está sentindo do outro lado da parede.

Uma sensação renovada de urgência para terminar este maldito quebra-cabeça toma conta de mim, mas ainda consigo pegar a garrafa na mochila. Penso em jogá-la para ele, mas me dou conta de que ele não é capaz de ver porra nenhuma com as lágrimas escorrendo daqueles olhos vermelhos e irritados. Por isso, corro até ele e despejo em seu rosto o conteúdo que restou da garrafa. Quase não resisto a dar uma alfinetada, alegando que, afinal de contas, talvez eu saiba o que estou fazendo, já que ele estaria perdido sem mim.

No instante que ele fica bem, voltamos a nos concentrar furiosamente no quebra-cabeça. Termino a parte da taça antes que ele comece a preencher a haste do cálice; ao que parece, Jaxon realmente nunca montou um quebra--cabeça quando criança. E me aproximo para ajudá-lo a terminar.

Ele rosna um pouco para mim quando tento ajustar as peças que ele já colocou, mas apenas o ignoro conforme as pancadas e os gritos do outro lado da parede pioram.

Já faz uns minutos que não ouço as vozes de Hudson e Macy e o terror ganha força no meu peito. E se alguma coisa aconteceu com eles? E se o que estiver do outro lado os pegou? Ou...

— Concentre-se — grunhe Jaxon quando outra coisa se choca contra a parede com tanta força que o piso inteiro chega a vibrar sob os nossos pés. — Quanto mais rápido terminarmos isso aqui, mais rápido podemos ir até eles.

— Assim esperamos — resmungo, mas sei que ele tem razão. Assim, pego o que imagino serem os dois últimos blocos (ignorando a sensação de ardência que sinto ao tocar um deles) e os coloco no lugar.

No momento que faço isso, tudo para.

Não ouvimos mais sons que vêm do outro lado da parede.

Nenhum outro bloco cai do céu deste lado.

Além disso, o bloco em que esbarrei por acidente não faz nada comigo, nem aquele em que Jaxon toca sem querer.

Ficamos encarando um ao outro, com olhos arregalados. E sei que ele está pensando o mesmo que eu. O que vai acontecer agora?

Demora meros segundos para descobrirmos a resposta. E as paredes de pedra começam a se recolher lentamente de volta para o lugar de onde vieram.

Capítulo 127

SÓ FALHANDO COM AS PAREDES

Os dez segundos seguintes são os mais enervantes da minha vida enquanto espero para ver se vamos ser reunidos com os demais.

Quase todas as pessoas de que gosto no mundo (além de Jaxon e dos meus tios) estão do outro lado desta partição. E preciso que estejam bem.

Essas Provações são terríveis. E não me admira que sejam tão difíceis de vencer, se esse foi apenas o primeiro nível. Porque o problema não foi somente a dor que Jaxon e eu sofremos com aqueles tijolos possuídos e infernais. Ouvir o que ocorria do outro lado da parede, sem conseguir ver, nos distraiu demais enquanto tentávamos resolver o quebra-cabeça.

Toda vez que eu me sentia num ritmo bom, alguém do outro lado gritava. E a única coisa que eu conseguia pensar era no que poderia estar acontecendo com eles. Isso dificultou em um milhão de vezes a resolução do quebra-cabeça.

Foi terrível. E mais: foi só o primeiro desafio. Não consigo nem imaginar o que está por vir.

Ao meu lado, Jaxon balança o corpo na ponta dos pés sem parar. Ao que parece, não sou a única que está nervosa com o que vamos encontrar do outro lado.

A arena enfim volta ao estado inicial de modo que estamos todos em um círculo grande outra vez. No momento que isso acontece, Jaxon e eu saímos correndo para junto dos outros — que simplesmente ficam olhando para nós, completamente embasbacados. E, também, praticamente cobertos de lama da cabeça aos pés.

Vejo que há dez pessoas ali (fiz questão de contar), o que indica que todos sobreviveram ao que aconteceu do outro lado.

Alcanço Hudson primeiro — ou, mais precisamente, ele me alcança quando acelera na minha direção no instante que me percebe correndo para junto dele.

Eu me jogo em seus braços e o aperto com força, desconsiderando completamente a lama.

— Você está bem — repito, enquanto aperto o meu rosto contra o dele. — Você está bem... você está bem.

Ele não responde, mas me abraça como se eu fosse todo o seu mundo. E eu entendo. É exatamente assim que me sinto.

— O que houve com vocês? — ele indaga quando enfim se afasta. — Ouvi você gritar e...

— Era um quebra-cabeça. Tivemos que resolver um quebra-cabeça com tijolos encantados. Não foi nada. — Olho para Hudson da cabeça aos pés para ter certeza de que ele está mesmo bem. — O que aconteceu com vocês?

— Nues — diz Macy quando se aproxima para me dar um abraço. — Dúzias e dúzias de nues.

— O que é isso? — pergunto, sentindo que o meu conhecimento sobre o mundo paranormal me deixa na mão mais uma vez.

— Criaturas híbridas — diz Éden. — Como as manticoras, mas diferentes.

— Ah, nada disso — intervém Calder, parecendo bastante ofendida. — Manticoras e nues são bem diferentes. A menos que você queira dizer que dragões e lagartos são iguais. É isso?

Antes que Éden consiga responder, Calder dá as costas para ela e vem para junto de Macy.

— Acha que consegue dar uma ajudinha pra essa garota aqui? — Ela pisca os olhos para a minha prima e isso parece ridículo, especialmente considerando que seu corpo inteiro está coberto de lama, até as pálpebras.

— Já estou cuidando disso — responde Macy, afastando-se e lançando um feitiço de glamour sobre o grupo.

O feitiço não remove toda a lama; ainda restam algumas manchas nos braços e rostos de todo mundo. Mas estão todos com uma aparência bem melhor e provavelmente é assim que se sentem também.

— O que vamos fazer agora? — pergunta Mekhi quando outro minuto se passa sem que nada de novo aconteça.

— Decidir quem nós queremos em cada lado — sugere Dawud. — Eu me dou bem com quebra-cabeça, até mesmo os perigosos. Por isso, vou tentar ficar do outro lado da arena dessa vez. Alguém quer tentar ficar comigo? — O esforço que elu faz para não olhar para Calder é doloroso, em especial porque ela está tirando os restos de lama dos cabelos.

Como se a arena estivesse simplesmente esperando que pensássemos em um plano, as paredes começam a deslizar de novo.

— Vamos com você — diz Remy, pegando Calder pelo braço e levando-a gentilmente para perto de Dawud. Ela vai sem discutir.

Hudson não se pronuncia, mas me enlaça ao redor da cintura com firmeza — um jeito bem firme de indicar *você vem comigo desta vez*. Por mim, está ótimo assim. Não quero ser separada dele ou de qualquer outra pessoa que esteja nesta sala.

É, então, que uma ideia me ocorre.

— Se o salão se dividir em dois outra vez... O que vai acontecer se a segunda parte for ainda menor do que o lado em que fiquei com Jaxon da última vez? Se não houver alguém em cada parte, pode ser que a gente não consiga resolver o quebra-cabeça a fim de impedir que o outro lado lute com qualquer pesadelo que surgir, não é?

Todos me encaram por um segundo. Remy suspira e diz:

— Ela tem razão. Pessoal, vamos nos espalhar e dividir o espaço. Fiquem perto da pessoa que querem ter junto de vocês, mas não se esqueçam de que todos os espaços têm que estar cobertos.

Temos uns três segundos para seguir as instruções de Remy, mas ouvimos um ruído alto quando outra parede de pedra se ergue repentinamente do chão. Dessa vez é rápido demais para saltar para um lado ou outro, mas pelo menos parece que o salão está dividido exatamente ao meio, agora.

Dawud, Remy, Calder e Rafael desaparecem por trás da parede.

— Prepare-se — Hudson murmura para mim.

Tenho vontade de dizer a ele que já estou, mas a verdade é que não creio que qualquer um de nós esteja pronto. Não que isso importe muito. Essa coisa está vindo para nos pegar e não importa se estamos prontos ou não.

Mal consigo abrir a boca para responder ao meu consorte quando a única fonte de luz que temos neste lugar (o círculo de luz que Remy criou para este lado da arena) se apaga. E mergulha a nossa área em uma escuridão total.

Capítulo 128

COMPARTILHE OS DETALHES

Alguma coisa passa por mim, se esfregando, em meio à escuridão. Sinto algo roçar no meu pé e quase salto uns três metros no ar.

— O que foi isso? — indago com um gritinho.

— O que foi o quê? — responde Macy, tão assustada quanto eu me sinto enquanto revira a mochila em busca do que sinceramente espero serem as velas que ela guardou ali mais cedo.

Segundos depois ela solta um berro tão estridente que me faz pensar que ela sentiu exatamente o que senti.

— Hudson? — chamo, porque, afinal de contas, para que serve um consorte vampiro se ele não puder dizer do que devo sentir medo no escuro?

— Não sei — replica ele, taciturno. — Não consigo enxergar nada.

— Eu também não — comenta Jaxon, o que é repetido pelos outros membros da Ordem.

Que maravilha. Estamos presos no escuro com algo que rasteja e nem os vampiros conseguem visualizar. Duvido que não haja nada com que se preocupar por aqui. Seja o que for, sinto esfregar em mim outra vez e a coisa é fria. Muito fria mesmo.

Estremeço um pouco e me aproximo de Hudson. Sei que é ridículo me esconder atrás do meu namorado quando sou uma semideusa, uma gárgula casca-grossa capaz de encarar qualquer coisa que surja à minha frente. Mas estou ficando cada vez mais temerosa com a possibilidade de estarmos em um ninho de cobras. E eu detesto cobras. De-tes-to.

— Já encontrou aquelas velas, Macy?

— Peguei uma — ela responde. — Estou procurando… — Ela solta um berro e cambaleia para trás, largando a mochila no chão.

— Ah, que merda — grunhe Flint e o ouço se afastar alguns metros e assumir sua forma de dragão.

— Afastem-se — ele avisa. Em seguida, ele incendeia o lugar, cuspindo uma baforada de fogo no ar bem diante de nós.

Tudo é feito de pedra aqui, então nada queima. Mas as chamas dele nos dão luz por tempo suficiente para perceber que não há nenhuma cobra aos meus pés. Graças a Deus.

Mas, quando ele solta outra baforada de fogo, percebo que talvez isso não seja tão bom. Porque não consigo ver nada aos nossos pés, embora continue sentindo.

Queria muito que fosse somente a minha imaginação, mas não acredito. Especialmente porque Macy também sentiu o que quer que seja.

— O que está acontecendo aqui? — pergunta Byron, que parece bem nervoso.

— Não faço a menor ideia — responde Mekhi. Em seguida, sufoca um grito enquanto salta alguns metros no ar. — Mas que caralho foi isso?

É o segundo sinal que indica que a situação em curso aqui não é produto da minha imaginação. Droga.

— Achei as velas — anuncia Macy e, com um gesto largo da mão e um feitiço murmurado, ela acende todas. Em seguida, começa a distribuí-las. — Trouxe várias para todo mundo, então tenho outras, se alguém quiser mais.

— Graças a Deus — murmuro, aflita, enquanto meus dedos se fecham ao redor de uma das velas longas e brancas. Não que eu ache que uma vela vai conseguir me defender do que houver aqui. Mas, quando eu vir o que está aqui, vou conseguir me defender. Assim como todos os outros.

Quase peço uma segunda vela, mas preciso ter pelo menos uma mão livre para conseguir lutar. Assim, empunho a que já está comigo enquanto começamos a nos espalhar pelo semicírculo de pedra, à procura de algo que só Deus sabe o que é.

— Acho que devemos espalhar as velas pelo lugar — sugere Jaxon. Assim vamos conseguir enxergar a arena inteira.

É uma boa ideia. Assim, eu me abaixo e deixo pingar a cera da vela na pedra até haver o bastante para que a vela fique em pé quando secar. É uma tristeza ter de soltá-la, mas é ótimo ter luzes espalhadas pela arena — em especial conforme Macy acrescenta outras velas.

Mas, quando começo a andar de novo e me aproximo do centro, percebo que o semicírculo não está mais vazio. Agora há uma estátua bem no meio dessa metade da arena.

— O que é isso? — questiono a quem está perto de mim conforme me aproximo devagar para ver melhor. E sinto aquela coisa passar rastejando pelos meus pés outra vez.

Dou um salto para trás e sufoco um grito.

— Você está bem? — Hudson me chama, um pouco mais longe.

— Estou — respondo. E prometo a mim mesma que não vou gritar outra vez, mesmo que alguma cobra paranormal suba rastejando pela minha perna.

É uma mentira completa e descarada, mas faz com que eu me sinta melhor. Por isso, é o que digo a mim mesma.

Estou quase junto da estátua agora. Quando olho para ela, percebo ser uma espécie de anjo com asas grandes e uma pena na mão, sentado sobre uma pilha de rochas. Há também vários detalhes nas pedras esculpidos em formas de pessoas. Algumas com mais peças de roupa, outras com menos. Alguns relaxam sobre as rochas, outros tentam escalá-las. E outros parecem se esforçar para simplesmente continuar sobre as rochas. A água do fosso enorme que cerca a estátua escorre por entre as pedras.

É uma imagem estranha, cheia de um simbolismo que não tenho certeza se consigo decifrar. Mas há algo fascinante nessa escultura, com certeza. Sem perceber, eu me aproximo a fim de observar mais de perto.

Mas, quanto mais me aproximo da estátua, mais quero me aproximar. A Coroa na minha palma queima com mais força do que jamais senti antes e meus dedos estão loucos para tocar aquelas rochas e sentir a água cascatear pela minha pele e acariciar a pedra fria do anjo.

É estranho, mas estou praticamente hipnotizada, encantada por ela. Embora alguma coisa profunda dentro de mim me diga para lutar contra esse impulso, não consigo deixar de ir direto para junto dela. Tenho de chegar junto dessa estátua. Preciso...

— Grace, pare! — A voz de Hudson, mais séria e autoritária do que jamais ouvi antes, sibila para mim do outro lado da arena.

Vacilo um pouco no meu desejo e até começo a responder. Mas a estátua está bem aqui, na minha frente. Linda. Sedutora. Vou me aproximando, com o braço totalmente estendido agora. Estou quase lá. Falta só um pouco.

Entro na água, esticando a mão para cima em uma tentativa inútil de tocar o anjo. E é neste momento que Hudson atravessa a arena acelerando e se choca diretamente comigo, com tanta força que me deixa sem fôlego. Saímos voando e batemos no chão a vários metros de distância. Nossa velocidade é tão grande que chegamos a deslizar pela pedra. E não paramos até batermos na parede.

Hudson sai de cima de mim no instante que paramos e se levanta com um salto. Ele tenta me puxar para ficar em pé também, mas não consigo respirar. Ele me arrancou o fôlego tão completamente com aquele encontrão que agora meus pulmões estão quase paralisados.

— Grace, amor, me desculpe. Me desculpe mesmo, mas você não pode chegar perto daquilo — Ele se aproxima para me pegar nos braços, mas coloco a mão em seu peito e o empurro com força suficiente para que ele perceba que estou falando sério. Não tenho absolutamente ar nenhum no corpo agora. E até conseguir respirar de novo, não vou a lugar algum.

Mais uma vez, preciso me esforçar para conseguir respirar e, mais uma vez, meus pulmões esmagados se recusam a inflar. É como um ataque de pânico, mas pior — porque não há como racionalizar essa incapacidade de respirar. Não há maneira de me acalmar para conseguir puxar o ar. No momento, só consigo exalar como um peixe fora d'água e esperar até que meus pulmões castigados por fim decidam se reexpandir.

Hudson solta vários palavrões, com a voz baixa e carregada pelo sotaque britânico, mas não tenta me colocar em pé outra vez. Em vez disso, ele respira fundo e se agacha ao meu lado, com os olhos azuis arregalados e um pouco frenéticos enquanto olha nos meus. Se eu não o conhecesse tão bem, diria que ele está assustado.

Mas não faz sentido. Porque, mesmo assustado, ele quase nunca o demonstra. Incomodado, sim. Irritado, também. Resignado, o tempo todo. Mas... assustado? Não, acho que nunca o vi demonstrar seu medo como o faz agora.

Mas ele está com medo agora, assim como os meus outros amigos. Pelo menos é o que parece, já que todos atravessaram o espaço às pressas para chegar junto de nós, agitando os braços como se estivessem no show de uma banda ou algo parecido.

— Respire para mim, Grace — pede Hudson. E noto uma urgência em sua voz que me faz tentar puxar o ar para dentro dos pulmões ainda murchos. Faço um barulho feio de tosse, mas pelo menos acho que já é alguma coisa.

Hudson deve pensar o mesmo, porque sorri enquanto massageia as minhas costas.

— Está mandando bem. Faça isso mais duas ou três vezes e nós podemos... — Ele para de falar, com uma expressão de asco que lhe passa pelo rosto e desaparece com a mesma velocidade que surgiu. Em seguida, ele quase arranca um cacho do meu cabelo enquanto desenreda algo que está ali.

— Mas o que... — consigo dizer, com esforço.

Ele não diz nada. Em vez disso, ele me puxa para ficar em pé e começa a passar as mãos pelos meus ombros, costas e cabelo. No começo, não sei o que está havendo. Mas, quando olho para baixo, percebo que há insetos — feios, pegajosos e pretos, parecidos com besouros — rastejando sobre mim.

É o ímpeto que os meus pulmões torturados precisam para enfim se encherem de ar. E é isso que faço, logo antes de soltar o ar num grito assustado. Um inseto é uma coisa, mas há dezenas deles. E estou coberta por eles. Sinto quando andam pelos meus braços e pelas minhas costas, sinto quando passam roçando o corpo pelas minhas bochechas, ouço o barulho que eles fazem nas minhas orelhas — e isso já é bem mais do que sou capaz de aguentar.

Já fiz um monte de coisas desde que entrei nesse mundo. Enfrentei Lia, sobrevivi à mordida eterna de Cyrus, carreguei um cometa incandescente junto do corpo, mas NADA do que tive de fazer até hoje é tão ruim quanto isso aqui. Como vamos conseguir sobreviver a este nível se nem sabemos o que devemos fazer?

Um inseto sai dos meus cabelos e começa a andar pela minha bochecha. E é aí que surto de vez. Solto um grito alto, longo e horrorizado e começo a me debater enquanto tento tirá-los de cima de mim, desesperada.

— Shhhh! — Hudson tapa a minha boca com a mão enquanto se aproxima, de modo que seu rosto esteja junto do meu.

— Você não pode gritar, Grace — ele sussurra. — Sei que é horrível. Sei que é uma coisa nojenta, mas você não pode gritar e atrair a atenção deles. Está me entendendo?

Atrair a atenção de quem? Balanço a cabeça, desvairada, na tentativa de ignorar a sensação dos pés pontiagudos de um dos insetos que anda pelo meu pescoço. Não, não estou entendendo nada do que ele me diz.

— Consegui entender o que está acontecendo aqui e não é seguro — ele sussurra, movendo as mãos com a rapidez de um relâmpago enquanto continua a tirar inseto após inseto de cima de mim.

Eu o encaro com uma expressão de *não me diga*, porque juro que nunca me senti tão pouco segura em toda a minha vida. Em seguida, grito contra a mão dele quando sinto alguma coisa morder meu ombro.

— Pare! — O sussurro é ríspido. — Vou pegar a sua mão e você vai vir comigo até o canto da arena. E todos os outros também vão. E você não vai gritar, está bem? Não importa quantos insetos haja aí, você não vai gritar. Está entendendo?

Não. Não estou entendendo nada.

O pânico me invade e cresce dentro de mim, porque alguma coisa deve estar muito errada para que o meu consorte inabalável e irrepreensível fale desse jeito e me olhe desse jeito. Normalmente, Hudson não se deixa abalar por nada, mas desta vez parece desconcertado (e muito). E isso desencadeia a minha ansiedade de praticamente todas as maneiras que ela pode ser desencadeada.

Respiro mais uma vez, mas não muito fundo; respirar fundo é algo que está além da minha capacidade no momento. Tento ignorar a sensação das pernas que correm pela minha nuca e descem pela minha coluna.

— Faça isso parar — sussurro para Hudson. — Pelo amor de Deus, faça isso parar.

— Estou tentando — ele me garante. — Mas tenho que tirar você daqui. Isso não vai parar enquanto estivermos tão perto do...

Ele para de falar quando outro grito corta o ar. Mas esse não vem de mim. Quem grita é Éden, pulando de um lado para outro e se estapeando enquanto grita sem parar.

Ela não está perto da água, mas isso parece não ter importância. Porque os insetos a encontraram também.

Capítulo 129

JOGANDO TODA A SOMBRA

— Como é que nós matamos essas coisas? — pergunto, horrorizada.

Antes que Hudson consiga responder, um gemido perturbador enche a arena à nossa volta. É diferente de tudo que já ouvi antes. O som faz meu sangue congelar nas veias e os pelos da minha nuca se eriçarem na hora.

Até mesmo os insetos parecem assustados com o som, porque começam a fugir do meu corpo e voltar a toda velocidade pelo piso até a fonte de água na base da estátua. Nas proximidades, Éden se aquieta, já que os insetos que estão por todos os lados correm de volta para a água.

— O que foi isso? — pergunta Flint.

Hudson não responde. De repente, alguma coisa começa a puxar as pernas dele... e também as minhas. Começo a espernear. Mal consigo conter os meus gritos enquanto tento me livrar daquilo que me pegou.

— Puta merda — murmura Hudson, pegando-me nos braços e acelerando para tentar deixar para trás o que está tentando nos pegar, seja o que for.

Aquilo continua por um segundo, com uma pressão igual a ferro ao redor dos meus tornozelos. Engulo o grito, agito as pernas e sinto que aquilo me solta, mas não antes de arranhar minhas panturrilhas com suas garras afiadas.

Os arranhões ardem como o fogo do inferno e, mais uma vez, preciso me esforçar bastante para não gritar. Em particular, quando um inseto aleatório sai dos meus cabelos e anda pela minha bochecha.

— Você está bem? — indago a Hudson, cuja respiração está cada vez mais ofegante. Sei que isso não tem nada a ver com a correria, pois ele é capaz de acelerar por várias centenas de quilômetros sem se cansar. Por isso, concluo que deve ser por causa daquela coisa que nos agarrou. — Aquilo pegou você?

— Estou bem — ele diz, quase mordendo as palavras. Mas seu queixo está repuxado e a sua cara está marcada pela dor.

Não acredito nele.

— Me jogue no ar — peço.

Ele nem pergunta o porquê. Simplesmente atende à minha solicitação. Com seu próximo passo, ele me joga no ar com uma força impressionante e me transformo de imediato em gárgula, com as asas gigantes suportando o meu peso e me levando bem para o alto da arena. Sem a necessidade de se preocupar comigo, Hudson pode se libertar dos últimos tentáculos das sombras enrolados em suas pernas e acelerar para longe. E solto um suspiro aliviado.

Só para tomar um cuidado extra para que uma sombra não se estique para me arrancar do céu, voo o mais alto possível com as asas abertas, fechando-as com força ao redor do meu corpo em seguida. Cada batida de asas pelo ar é emocionante, conforme ganho cada vez mais velocidade. Meu Deus, eu amo voar. Só queria não ter que voar agora para ficar viva. Admito que isso tira o fator diversão da atividade.

À medida que me aproximo da parede da arena, encolho uma asa e faço uma curva fechada para a esquerda, virando para voar por sobre todo o espaço. Precisamos nos concentrar em continuar vivos por tempo suficiente para que os outros consigam resolver o quebra-cabeça. E parece um ótimo plano ter uma noção melhor a respeito do que está nos atacando agora. Só que, ao passo que analiso ao redor, percebo que vai ser bem mais difícil do que parece. Aquelas sombras estranhas criaram um anel ao redor da arena e se movem em um esforço para nos encurralar. Macy é a próxima que grita e giro bem a tempo de ver uma das sombras derrubá-la no chão.

— Hudson! — grito, fazendo uma pirueta em pleno ar e mergulhando diretamente na direção dela. — Precisamos chegar lá! Precisamos ajudá-la!

Mas não é somente Macy que precisa de ajuda agora. Éden também está sendo arrastada para baixo.

As sombras se enroscam em seu corpo, enrolando-se ao redor da sua cintura e do tronco, pressionando-lhe a boca. Mekhi acelera até onde ela está para ajudá-la, mas uma sombra o agarra no instante que ele para de se mover. Quando percebo, ele está no chão com as sombras girando ao seu redor.

— Hudson! — grito de novo quando Jaxon e Byron são derrubados ao lado de Mekhi.

Mas Hudson não consegue ajudá-los. Ele está bem ocupado, tentando se livrar da nova sombra que se enrolou ao redor das suas coxas. Pelo menos ele ainda está em pé. Assim, faço uma curva fechada à direita e encolho as asas para tentar alcançá-lo antes que ele caia. No último instante, abro as asas e levanto voo por trás dele, pegando-o por baixo dos braços para puxá-lo para cima. E subo com ele, com toda a força e poder que consigo reunir.

Aquela criatura sombria solta um urro agudo e tenta continuar apertando a coxa de Hudson, mas estamos voando rápido demais para que ela consiga se prender. Não paro até estarmos perto do topo da arena. Mas é então que os meus braços começam a tremer, já que estou carregando meu namorado de um metro e noventa de altura como se fosse um saco de batatas.

— Me solte daquele lado! — grita Hudson, apontando para uma área perto de onde Éden está e onde as sombras não parecem tão concentradas.

Com os braços tremendo bastante agora, não hesito ao dar um voo rasante e usar o que resta de força para jogá-lo na direção em que ele apontou. Nem me preocupo com o fato de estarmos a mais de trinta metros do chão. Meu consorte dá uma pirueta impressionante no ar e aterrissa numa pose agachada que faria a Viúva Negra ficar roxa de inveja. Eu sorrio. *É um exibido, mesmo.*

Mudo de direção mais uma vez, aumentando a velocidade e passando mais uma vez por sobre a estátua no centro. Seja o que for que está nos atacando, sei que está relacionado a essa estátua.

As sombras arrastaram todos, exceto Hudson, que acelera como se a sua vida dependesse disso entre as breves paradas a fim de puxar os nossos amigos um pouco mais para longe da estátua. É uma guerra constante, já que para cada metro que ele consegue puxá-los para trás, quando acelera para junto de outra pessoa, aquele que Hudson acabou de salvar é puxado outros dois metros para junto do fosso de água escura.

Observo Éden e Flint, que se transformaram em dragões e cospem baforadas enormes de gelo contra as sombras enroladas em suas pernas. Pelo menos não estão mais de joelhos. Estão pairando a meio metro do chão, batendo as asas furiosamente para impedir que as sombras os puxem para baixo de novo. O gelo parece refrear as sombras, mas não chega a impedi-los de continuar a serem arrastados para junto da estátua.

Atravesso a arena mais uma vez e decido que quero dar uma olhada mais de perto na estátua. Tem alguma coisa muito familiar nela. Mas, para fazê-lo, vou ter de me arriscar a voar baixo o bastante, a ponto de que uma sombra possa me pegar com mais facilidade.

Macy me chama e eu olho na direção dela, sentindo o coração acelerar no peito. Ela está deitada com o rosto virado para baixo no piso de pedra, com as sombras se enroscando ao redor da cintura agora. Tenho que fazer alguma coisa. Com a decisão tomada, bato as asas e ganho velocidade mais uma vez, indo até o ponto mais alto da arena que consigo atingir. Chegando ao topo, giro e encolho as asas em um mergulho direto contra a estátua.

Estou a dez metros e prestes a abrir as asas de novo a fim de frear a trajetória o bastante para dar uma boa olhada na estátua quando Jaxon grita:

— Cuidado!

Espio por cima do meu ombro… e grito.

Capítulo 130

MAIS VALE UMA GÁRGULA NA MÃO DO QUE DUAS VOANDO

Centenas de sombras translúcidas em forma de corvos voam pela arena direto até mim. Mas não posso desperdiçar a minha oportunidade de me concentrar neles. Ainda não. Em vez disso, continuo com as asas encolhidas até estar a menos de um metro da estátua. No último segundo, abro-as e paro em pleno ar, de repente. A força do movimento faz com que a dor se espalhe por um dos lados das minhas costas, quase como se uma das minhas asas estivesse sendo arrancada do corpo. Lágrimas brotam nos meus olhos, mas os aperto para contê-las e continuo a bater as asas, pairando diante da estátua. Tenho poucos segundos até que os pássaros-fantasmas me peguem e preciso dar uma boa olhada nessa estátua.

Ergo a mão e a passo diante dos olhos. Com a visão mais nítida, pisco e percebo que estou encarando diretamente os olhos de pedra da estátua. E ela está olhando para mim. Está me chamando, pedindo que eu entre na fonte, que me aproxime dela para dar um fim à dor e fazer com que tudo isso desapareça. Desejo tanto que isso aconteça que quase vacilo. Mas, estando tão próxima, percebo outra coisa. A estátua me encara com um sorriso torto, como se soubesse da minha fraqueza, convencendo-me em silêncio para desistir de lutar. Simplesmente desistir.

— Grace! — berra Jaxon e isso é distração suficiente para eu conseguir me livrar do olhar da estátua. O som do bater de asas de milhares de pássaros é quase ensurdecedor quando eles me alcançam. E não tenho tempo para fazer muito mais do que girar no ar. Esperneio para me livrar daquelas sombras, mas já é tarde demais. Elas me pegaram.

Elas se enredam nos meus cabelos, bicam as minhas asas e arranham meus braços, pernas e costas com suas garras numa versão paranormal de *Os Pássaros,* de Hitchcock, que faz a bile ferver no meu estômago e o terror apertar a minha garganta.

Tento me afastar voando, mas elas se empilham sobre mim e começam a me empurrar para baixo.

— Hudson! — eu o chamo e ele ergue a mão e fecha o punho, tentando usar o seu poder de desintegração naquele bando de sombras. Mas, apesar de estarem nessa forma de ave, as sombras são criaturas nebulosas. Provavelmente não têm forma sólida, porque nada acontece. E, sem forma, Hudson não tem nada para desintegrar, nada que possa fazer sumir com um "puff".

O terror arranha o fundo da minha garganta. Se as sombras me puxarem para o chão, sei que nunca mais vou conseguir me levantar.

Minha mente funciona em alta velocidade. Não consigo voar mais rápido do que elas. Hudson não pode destruí-las. E, a julgar pela maneira com que arrastam Jaxon cada vez mais para perto da fonte no centro da arena, sua telecinese também não funciona com elas. Não há nada que possamos fazer, nenhum poder que possamos usar para combatê-las.

Se Dawud, Remy, Calder e Rafael não resolverem o quebra-cabeça logo, vão ser os únicos a restar.

O pânico fica selvagem dentro de mim agora; o medo e o desespero tornam quase impossível pensar ou até mesmo respirar. Mesmo assim, enquanto os pássaros continuam a me bicar nas asas e no rosto, forço-me a raciocinar além da dor e me concentrar em uma solução.

Preciso salvar meus amigos. Preciso salvar Hudson.

Não existe problema sem solução. É o que a minha mãe costumava me dizer. Basta encontrá-la. É um conselho que me serviu bastante durante toda a minha vida, em particular nesses últimos meses. Mas começo a pensar que essa deve ser a exceção que vai comprovar a regra. Afinal de contas, encontrar a solução por ser a personagem principal de um filme de horror não é um problema normal que alguém possa ter.

Mas já fiz isso antes. E, puta merda, vou fazer de novo. Porque, se eu desistir agora, se não encontrar uma maneira de resolver esse problema, não sou a única que vai sofrer. Hudson também vai. Assim como Jaxon e Macy, Flint, Mekhi e todos os nossos amigos. E não posso permitir que isso aconteça.

Pense, Grace. Pense. Se nenhum dos nossos poderes normais é capaz de combater essas sombras e temos de ficar vivos até que os outros consigam resolver o enigma, o que pode atrasar o inevitável? Tenho certeza de que há alguma coisa que posso fazer e que seja capaz de, pelo menos, refreá-las.

Água? Não, elas atravessaram a fonte como se não houvesse nada ali.

Terra? Arrastar-nos para o chão parece ser um dos planos delas. Então, provavelmente não.

Vento? Elas parecem perfeitamente à vontade, voando ao sabor das correntes de ar à nossa volta. Por isso, também não.

Fogo? Elas não têm forma corpórea. Por isso, o fogo não vai fazer nada.

Enquanto Macy grita mais uma vez abaixo de mim, lembro-me do que Remy mencionou quando estávamos na Corte das Bruxas. Por que estou me esforçando tanto para encontrar a resposta certa? Por que não estou pensando na minha equipe, na contribuição que eles podem dar para o problema?

Flint? Ele pode soprar jatos de fogo... e isso cria luz. E se não tivermos de derrotar as sombras? Se tivermos apenas de afastá-las? Se for assim, talvez a luz seja a resposta. Éden só consegue soprar jatos de gelo. Por isso, nunca fiquei tão feliz por Flint poder usar os dois tipos de baforada do que agora.

— Flint! — eu o chamo, gritando freneticamente. — Sopre fogo nas sombras. Veja se a luz as afasta.

Ele não se move para soprar fogo pelo que parece uma eternidade. Mas consegue apoiar um dos joelhos sob o corpo e se erguer. Logo depois ele solta uma baforada enorme de fogo, apontando diretamente contra as paredes da arena, de onde as sombras parecem vir.

As sombras estremecem sob o fogo e a luz, mas, assim que Flint cospe outra bola de fogo elas ganham força e parecem vir contra os meus amigos com ainda mais tentáculos.

Bem, diabos... isso só serviu para piorar a situação.

Mordo o lábio. Será que é melhor desistir? Existe um bom argumento para não fazer nada nesta situação. Pelo menos não vou poder deixar a situação ainda pior por acidente.

Mas não... nunca fui do tipo que desiste. Talvez duas cabeças pensem melhor do que uma. Quem sabe?

Os pássaros ainda bicam as minhas asas e o corpo, arrancando pedra por pedra com seus bicos poderosos e, ainda que eu consiga ficar no ar, estou chegando cada vez mais perto da água, o que me faz bater as asas de modo desesperado.

De repente, sinto alguma coisa bater com toda a força no meu corpo, uma dor forte no meu quadril que me faz voar longe pela arena, girando sem parar ao redor de mim mesma enquanto tento me endireitar, mas sem conseguir.

No último instante, sinto os braços fortes de Hudson me envolverem ao redor da cintura e me puxarem para junto de si. Em seguida, ele pousa em pé, com o meu corpo junto do seu.

— Desculpe por fazer isso — diz ele, respirando com dificuldade. — Não consegui pensar em nenhuma outra maneira.

— Além de me estapear de um lado da arena para o outro como se eu fosse uma mosca? — pergunto, mas não há censura na minha voz. Ele provavelmente salvou a minha vida, mas tenho a sensação de que vai levar um ano inteiro até o meu quadril parar de doer.

— Ei... — Ele abre um sorriso rápido. — Peguei você.

— É, pegou mesmo. — Reviro os olhos, mas em seguida pergunto, empolgada: — Você viu o que aconteceu quando Flint cuspiu fogo nas sombras?

— Sim, elas pareceram tremer. — Ele levanta uma sobrancelha. — Em seguida, dobraram de tamanho. Foi impressionante.

Os tentáculos de sombra avançam com imensa rapidez por toda a arena a fim de nos pegar. Por isso, sei que não temos muito tempo para resolver a questão.

— Qual dos nossos amigos pode ter alguma habilidade para usar contra as sombras? Acho que a resposta é a luz, Hudson. Mas a baforada de dragão de Flint não bastou.

Hudson aperta os olhos por um segundo e em seguida suas sobrancelhas se erguem.

— Viola não disse que a mãe de Macy conhecia a magia das sombras? Acho que ela deixou implícito que Macy deve ter um talento parecido.

Diabos, esse garoto merece o beijo mais longo de todos os tempos se conseguirmos sair daqui.

— Amo você — digo e dou um selinho nos lábios dele antes de saltar no ar, deixando que as minhas asas me levem a toda velocidade. Direto até onde Macy está. Não volto a olhar para Hudson, sabendo que ele provavelmente está acelerando para junto de cada um de nossos amigos para tentar ajudar da maneira que puder.

Assim que me aproximo da minha prima, grito:

— Macy! Viola disse que sua mãe e você podiam usar magia de sombras! Será que essa é a poção que a sua mãe disse que faria o que precisamos que ela faça?

É uma jogada difícil, mas preciso acreditar que, se a minha mãe fosse muito boa em determinado tipo de magia, acharia importante estar sempre preparada para esse tipo de ataque. Por isso, tenho certeza de que a tia Rowena preparou o mesmo para Macy.

— Talvez! — grita Macy lá de baixo, mas sua voz está mais fraca do que o normal. Seu corpo está coberto de poeira e suor depois de passar todo esse tempo lutando contra as sombras.

— Rápido, Macy. Você consegue! — grito para ela.

Macy resmunga e consegue rolar para o lado, deitando-se de costas e resfolegando agora. Mais dez segundos se passam até que ela consiga alcançar sua pochete e, com os olhos fechados, tateia o interior da bolsa até que sua mão toca um dos frascos. Ela mira para baixo e faz um sinal afirmativo com a cabeça e em seguida resmunga outra vez, obrigando-se a erguer o corpo com um esforço enorme até ficar ajoelhada.

As sombras começam a cercar Hudson agora; o espaço que ele tem para conseguir respirar entre as aceleradas diminui a cada segundo conforme as sombras cobrem todo o piso da arena. Nossos amigos ainda não estão na água... mas estão bem perto. Flint continua cuspindo fogo por toda a parte, tomando cuidado pra não incinerar ninguém, mas na tentativa de impedir que as sombras o segurem no chão outra vez.

Solto um gritinho quando uma sombra quase se enrola no meu tornozelo.

— Rápido! — peço.

Macy leva a mão à pochete outra vez e pega sua varinha. Em seguida, joga para cima a poção que está na sua outra mão. Ela aponta a varinha para o frasco e diz alguma coisa que não consigo ouvir — e a poção explode em um milhão de estilhaços minúsculos e brilhantes, banhando em luz toda esta metade da arena.

E é aí que o lugar se transforma em um inferno.

Capítulo 131

ESCORREGADIO E PEGAJOSO

Mal tenho tempo de respirar para comemorar o fato de que a minha ideia funcionou e que as sombras estão encolhendo antes de soltarem um berro ensurdecedor que me faz sentir um calafrio na coluna. Em seguida, como se aquela fúria abrisse as comportas de uma represa, os insetos deixam a água outra vez.

Com a luz cintilante que cobre a arena agora, consigo ver exatamente como são aterrorizantes os insetos que estavam no meu cabelo e na minha pele. Quase vomito em pleno ar. Pinças serrilhadas e assustadoras, antenas gigantes que se curvam como caules de flores pesadas e todas aquelas pernas que me lembro de sentir andando pela minha pele, tudo ligado a corpos pretos e brilhantes divididos em dois segmentos distintos que permitem aos insetos que se virem de um lado para outro enquanto rastejam por sobre as pedras e a grama.

Milhares e milhares de insetos rastejam para fora da água, indo para cima de todos os meus amigos. Milhões e milhões deles, como se a estátua estivesse somente brincando com a gente até há pouco, mas agora a coisa ficou séria. Leva meros segundos antes que todo o piso da arena desapareça sob um cobertor vivo feito de insetos rumando na direção dos meus amigos, que conseguiram se levantar depois que as sombras recuaram.

Flint e Éden levantam voo enquanto os vampiros aceleram; Hudson pega Macy nos braços. O som dos pés dos vampiros esmagando milhares de corpos de insetos no piso de pedra ecoa de um jeito bem inquietante pela arena. Após determinado tempo, o piso já está mais amarelo do que preto com as entranhas daqueles bichos. E estremeço, me sentindo muito feliz por minha espécie ter asas.

Sei que Hudson poderia desintegrar esses insetos, mas nem preciso me perguntar por que ele não fez isso. Não consigo imaginar como é entrar na mente de milhares de insetos. E estremeço de novo.

Mas acelerar não é uma solução. Cedo ou tarde os vampiros vão se cansar, como Hudson disse às gárgulas na Corte presa no tempo. Estou quase sugerindo que os vampiros saltem nas costas dos dragões quando Mekhi solta um grito de susto; em seguida, começa a deslizar pelo chão agora coberto de entranhas de insetos esmagados. Ele desliza até o outro lado da arena, até não ter mais impulso, como se brincasse no pior tobogã do mundo.

Quando para de deslizar, ele fica deitado ali por segundos, evidentemente sem fôlego. Meus olhos apontam sem demora para a água, mas os insetos não parecem perceber que Mekhi está no chão. Ainda estão saindo da água, mas não se concentram em sua direção mais do que na de qualquer outra.

Ele geme e começa a se levantar outra vez. E é aí que os insetos, como se fossem uma criatura só, correm para cima dele. Em segundos, ele já está gritando e batendo as mãos por todo o corpo enquanto tenta se livrar dos bichos.

Byron tropeça. Hudson e Macy são os próximos a cair. E, finalmente, Jaxon.

Agora que os vampiros não estão mais correndo, Flint e Éden voam em círculos cada vez mais baixos e cobrem o chão ao redor com gelo. Isso congela os insetos que ainda não estão sobre eles, mas também motiva uma quantidade ainda maior a emergir da água ao redor da estátua.

Pense, Grace. Pense! Não podemos combatê-los. São muitos. E não podemos fugir deles. Talvez possamos fazer com que eles recuem, assim como a luz fez com as sombras? Faço um sinal negativo com a cabeça. Esses insetos não parecem ter medo de nada. Continuam surgindo sem parar, como se a fonte fosse um poço sem fundo de insetos.

É aí que tenho uma ideia. Não precisamos vencer os insetos. Precisamos tampar o poço.

Faço uma curva à esquerda e chego mais perto de Flint e Éden, que continuam a cuspir gelo, arrasando tantos insetos quanto conseguem.

Macy grita de maneira histérica, arrancando um inseto após o outro dos cabelos enquanto fica pulando na tentativa de se livrar dos bichos que lhe sobem pelas pernas. Byron, Jaxon e Hudson arrancam os insetos da melhor maneira que conseguem, mas é uma batalha perdida. A pessoa em pior situação é Mekhi, que já está com um joelho apoiado no chão e quase coberto de insetos. Quando caiu, ele deve ter batido no chão com mais força do que pensei. A baforada de gelo de Flint é a única coisa que impede os insetos de cobrirem Mekhi por completo. Por isso, ele não pode parar com o que está fazendo. Giro no ar e voo até chegar junto de Éden, do outro lado, perto de Macy.

— Éden! A fonte! — grito. — Congele *a fonte*!

Éden para por um segundo, talvez dois, no meio de uma baforada. Em seguida, parte na direção da fonte. Cuspindo um jato de fogo enorme, ela voa em um círculo baixo ao redor da base da estátua e congela a água no mesmo instante. Em seguida, voa ao redor dela mais algumas vezes, construindo uma parede de gelo com mais de meio metro de espessura na base da fonte antes de ampliar o raio do círculo, congelando o resto dos insetos que estão no chão também.

Até que todos os insetos estejam mortos.

Capítulo 132

BEBENDO SUCO FORA DA CAIXINHA

De repente, o estádio inteiro solta um gemido frustrado. Segundos depois, a parede enorme que divide a arena em duas se retrai.

Graças a Deus. Dawud, Calder, Remy e Rafael finalmente resolveram o quebra-cabeça.

Eles vêm a passos incertos em nossa direção, como se tivessem visto um fantasma. Ou vários. E talvez tenham visto mesmo. Considerando as coisas que acabamos de combater, não vou eliminar nenhuma possibilidade.

— Você está bem — diz Remy, segurando a minha mão com força. Ele parece mais abalado do que jamais vi antes e fica o tempo todo olhando para Macy. — Achei que... — Ele para de falar, balançando a cabeça. — Esse último enigma foi uma viagem.

— Eu diria que foi um pesadelo — comenta Calder. E ela também parece bem menos animada do que o habitual. — É bom ver vocês.

— É bom ver vocês também. — Dou um abraço espontâneo nela. E o fato de que ela cede ao abraço me diz exatamente o quanto ficou desconcertada.

— Dawud conseguiu resolver o quebra-cabeça — comenta Rafael depois de instantes. — Com algumas bolinhas de gude e uma chave antiga.

— Nem estou surpreso — diz Hudson a Dawud. — Você está mandando bem. Salvou a nossa vida.

Dawud não responde de imediato. Está catalogando o grupo, esquadrinhando cada um de nós com o seu olhar — assim como fiz depois que Jaxon e eu tivemos que resolver o primeiro quebra-cabeça.

— Estávamos bem preocupados com vocês. Os gritos eram horríveis — responde Dawud, observando a meleca dos insetos que cobre o chão e o corpo de quase todo mundo.

Macy pega a varinha e faz alguns gestos no ar, removendo rapidamente qualquer resto de insetos, entranhas e carapaças mortas presentes no chão e em nós. Mesmo assim, acho que nem mesmo a magia é capaz de remover a lembrança de sentir os insetos andando entre os meus cabelos e estremeço.

Remy coloca o braço ao redor dos meus ombros.

— Você está bem?

O olhar com que o encaro, por si só, diz não muito. Mas faço que sim com a cabeça.

— O conselho que você deu foi ótimo. Só para citar.

E é verdade. Ele me deu a ideia de parar de pensar em como eu poderia salvar todo mundo e, em vez disso, pensar em como nós poderíamos nos salvar, ajudando uns aos outros.

Seus olhos se arregalam e em seguida ele solta um suspiro longo, que parece demorar quase um minuto inteiro. Suas mãos tremem enquanto ele afasta os cabelos escuros do rosto.

Sinto vontade de perguntar se foi isso que ele viu, mas não tenho certeza de que quero saber. Seria ótimo confirmar que o destino em sua visão foi evitado, mas definitivamente não estou interessada em ouvir que alguém vai morrer. Não há como sair daqui, exceto se passarmos pelas duas próximas Provações. Saber que estou entrando em um dos desafios com alguém que não vai sair vivo... não consigo nem imaginar o que isso faria comigo.

Acho que eu não conseguiria ir em frente. E é isso que faz com que eu pense em como Remy consegue lidar com seu dom. Todos sempre dizem que prever o futuro deve ser ótimo. Mas como será que é saber as informações que ele sabe? E não ser capaz de impedir que coisas ruins aconteçam?

Tenho certeza de que a situação me faria enlouquecer. Sei que eu teria bem mais ataques de pânico do que já tenho.

— Precisamos começar a nos concentrar no jogo, ou todos vamos morrer — argumenta Éden quando as paredes estremecem. Nós nos espalhamos rapidamente pelo chão da arena de modo que sempre haja alguém do lado direito para resolver o quebra-cabeça.

Respiro fundo e solto o ar bem devagar. E seguro na mão de Hudson. Não sei o que vai acontecer a seguir. Não sei em que lado da arena vou estar. Só sei que, seja qual for o lado em que eu cair, quero Hudson comigo.

Ele deve sentir o mesmo, porque me abraça com tanta força que mal consigo respirar. Quando as paredes por fim param de se ajustar, quando a pedra finalmente para de ranger e se arrastar, ainda estamos juntos. Por enquanto, isso é tudo que posso pedir.

Ah, e também gostaria de ter luz, já que a poção de Macy pisca e, mais uma vez, somos mergulhados na escuridão total.

Capítulo 133

EU ADORARIA DAR A MINHA DOSE A ALGUÉM

— Estamos no escuro? De novo? — A voz lamuriosa de Macy corta o breu que nos cerca, indicando que há pelo menos mais uma pessoa com Hudson e comigo, aqui. — Não consigo nem encontrar as velas.

— Não se preocupe com isso — diz Remy, soando como se estivesse do outro lado da arena. — Eu cuido das luzes.

De repente, seu punho brilha com uma luz roxa em meio à escuridão enquanto o feiticeiro gira o braço para indicar toda a área à nossa volta. Ao fazê-lo, a luz brota em cada seção, até haver um círculo de luz violeta percorrendo toda a parte superior da arena.

Ou, como percebo quando dou a minha primeira boa olhada nesse lugar, três quartos da arena. Porque ela foi dividida mais uma vez como uma fase da lua, assim como na primeira Provação. Só que, dessa vez, estou do lado maior, junto a Hudson, Remy, Mekhi, Macy, Calder, Flint e Dawud, enquanto Jaxon, Éden e o restante da Ordem vão ter de dar um jeito de resolver o quebra-cabeça.

Agora que a arena está iluminada, vejo que a fonte desapareceu e, em seu lugar, bem no centro da arena, há uma mesa. E, na mesa, há uma caixa com uns trinta centímetros de altura.

Só de olhar para aquilo, sinto as minhas mãos ficarem úmidas. Respiro fundo, solto o ar devagar e tento me convencer de que vai dar tudo certo nessa rodada. Que não vamos perder ninguém.

Mas não sei se acredito nisso. E é essa dúvida que dificulta mais do que imaginei a minha aproximação da mesa.

— O que acham que tem nessa caixa? — indaga Macy, que parece tão desconfiada quanto eu.

— Só tem um jeito de descobrir — responde Remy, lacônico.

— Sim, mas e se não quisermos descobrir? — rebate Macy.

— Nesse caso, vamos ficar aqui até nos cansarmos de ouvir os gritos que vão emanar do outro lado. E não deve demorar muito — comenta Hudson.

— É verdade — responde Mekhi. Em seguida, ele olha para mim como se achasse que abrir a caixa fosse minha responsabilidade. Só consigo soltar um suspiro.

Caminho até ela, um tanto receosa acerca do que pode sair dali depois de tudo que passamos. Mas Remy chega à mesa antes de mim. Depois de dar uma rápida espiada no restante de nós a fim de se assegurar de que estamos de acordo, ele estende a mão e abre a tampa.

Preparo-me para qualquer coisa que possa sair dali (*por favor, por favor, que não sejam mais insetos*)... mas nada acontece. A sala não treme, nada salta da caixa, nenhuma criatura estranha escorre pelas paredes.

— Tem outra caixa dentro — revela Remy, tirando-a dali.

Ele abre a segunda caixa, expondo um estojo menor com oito tubos de ensaio em seu interior. E cada tubo de ensaio tem um líquido de cor diferente em seu interior.

— O que devemos fazer com isso? — pergunto, com uma sensação ruim no meu estômago me indicando que já sei a resposta.

— Ohhh, quero o vermelho — diz Calder. — Ele combina com o meu cabelo.

— Não sei se isso tem alguma importância — digo a ela. — Mas fique à vontade.

Ela revira os olhos quando tira o tubo de ensaio em questão da caixa.

— Coordenação de cores é uma coisa que SEMPRE importa, Grace. — E, com isso, ela tira a tampa e bebe todo o conteúdo em um longo gole.

Capítulo 134

NÃO PROVOQUE; A INGLATERRA É COR-DE-ROSA-CHOQUE

Vários segundos se passam enquanto miramos Calder, imaginando o que acontecerá enquanto ela — que parece não se preocupar com nada — tira um estojinho de pó compacto do bolso e começa a se olhar nele, enquanto reaplica o batom.

— Lama é ótima para a pele — ela anuncia, enquanto esfrega os lábios um no outro. — Precisamos combinar outro banho de lama algum dia desses, Grace.

— Vamos nos concentrar em chegar vivos até o fim da noite antes de começar a fazer planos, está bem? — sugere Remy a ela.

Calder solta um longo suspiro.

— Você está virando um enorme estraga-prazeres, Remy. Sabe disso, não é?

— É um baita problema — ele concorda. — Ei, está se sentindo esquisita ou coisa parecida?

— Por que eu deveria me sentir esquisita? — questiona Calder, ressabiada.

— Não sei. Talvez porque você tenha acabado de engolir uma poção desconhecida? — pergunta Flint.

Calder dá de ombros.

— Meu corpo consegue dar conta disso. — Ela faz uma pose. — Afinal, ele é uma obra de arte.

— Realmente — concorda Dawud.

— Pare de babar, Dawud — intervém Remy. — Ela precisa de alguém que não role no chão para ela.

— Ah, mas eu gosto de pessoas que rolam no chão — pontua Calder depois de fechar o estojo de pó compacto e guardá-lo no bolso. — Isso facilita o acesso. Tripas são uma delícia.

Ela estala os lábios recém-maquiados para enfatizar suas palavras, enquanto Dawud solta um gemidinho.

Hudson me encara como se quisesse dizer *mas que diabos está acontecendo aqui* e simplesmente dou de ombros. Porque, falando sério, Calder é alguém que vive de acordo com as próprias regras. E Dawud é do tipo que vai aceitar seguir cada uma delas. Talvez até morrer por elas, com tripas e tudo.

— Ainda está se sentindo bem? — insisto depois que um minuto se passa e Calder não começa a vomitar sem controle, nem a fazer nada do tipo.

— Estou óóóóóóótima — ela responde bem devagar enquanto joga os cabelos para trás. Inclusive, seus cabelos esvoaçam como se ela estivesse em um daqueles comerciais de xampu, quando o filme passa em câmera lenta e todas as pessoas ao redor conseguem vislumbrar os cabelos lindos, saudáveis e sedosos criando uma cortina deslumbrante ao redor da cabeça da modelo. A diferença é que os cabelos de Calder ainda estão semicobertos de lama, então não brilham tanto assim. Mesmo assim, Calder sabe se portar como uma modelo de comerciais de produtos para cabelo.

— Ótimo. — Remy olha para as sete poções remanescentes. — Quem está louco para ser o segundo?

— Nem sabemos se temos que beber essas coisas — observo. — Talvez a gente tenha que jogá-las no chão ou coisa parecida. Não podemos nos dar ao luxo de errar.

— Beeeeeebaaaaaaammmmmm — convida Calder, virando-se para mim beeeeem devagar. — Éééééé uuuuumaaaaa deeeelíííííciiiiiaaa.

— Tem gosto de tripas? — comento, sentindo o meu coração pesar no peito.

— Ah. — Os olhos de Hudson se arregalam quando percebe o que está acontecendo. — Calder, você está fazendo isso de propósito?

— Faaaaaazeeeeeendoooooo ooooo quêêêêêê? — Leva uns cinco segundos para ela dizer essas palavras. E o mesmo tempo para que as sobrancelhas de todos se ergam.

— Parece que agora sabemos o que a poção vermelha faz. — Macy suspira.

— Aparentemente ela causa esse efeito forte de lentidão. — Balanço a cabeça e rio.

— Beeeeeeeem forte — concorda Remy. Em seguida, leva a mão até a caixa e pega a poção verde. — Alguém quer esta?

— Não quero nenhuma — respondo.

— Bem, não acho que isso seja uma opção para nós, *cher* — pontua ele. Em seguida, Remy abre o tubo e engole o líquido como se fosse uma dose de bebida alcoólica.

Mekhi sorri para Macy e para mim, claramente satisfeito por não estar mais coberto de insetos. Que bom para ele, pois tenho certeza de que ainda vou me lembrar dessa experiência por um bom tempo.

— Acho que aquela poção laranja tem o meu nome escrito — anuncia ele. — Já peço desculpas às damas por antecipação, se ela me deixar ainda mais sexy.

Assim, como se tivesse crescido em uma república de universitários, ele engole o líquido de uma vez.

Macy revira os olhos com aquilo e pega a poção roxa.

— Vou deixar a rosa-choque para você, Grace. Já que é a sua cor preferida.

Claro que é. A essa altura, tenho cento e trinta por cento de certeza de que a poção rosa-choque é a pior das oito. E isso é exatamente o que mereço por mentir para a minha prima durante esses últimos sete meses sobre qual é a minha cor preferida.

Hudson sufoca uma risada e o encaro com um olhar assassino enquanto Macy leva o frasco até a boca e diz, antes de engolir a poção:

— Vira, vira, virou!

— Tem alguma ideia do que a sua poção faz? — Dawud pergunta a Remy, que ignora a questão por completo ao andar até a parede da arena e se curvar... O que já acho bem preocupante. Segundos depois, ele agita os braços no ar e começa a correr... ou algo que se passa por isso, considerando que está na ponta dos pés enquanto ainda calça as botas de trabalho.

— Grace! Cuidado! — grita Macy enquanto aponta para alguma coisa sobre a minha cabeça.

Abaixo-me assim que ela grita o meu nome, mas me viro para o outro lado a fim de confrontar aquilo que ela apontou e não encontro nada.

— Grace! — ela grita outra vez. — Ele está vindo! Saia daí! Ele está vindo!

— O que está vindo? — pergunto, olhando para o chão enquanto procuro mais daquelas malditas cobras de sombras. Não consigo nem imaginar o que deixou Macy tão atarantada. Em especial, porque não consigo ver o que ela está apontando.

— O monstro! — Ela começa a chorar. — Por favor, Grace. Fuja. Você precisa fugir!

— Ela está tendo alucinações — comenta Hudson. E agora é ele que parece um pouco atarantado.

Acho que consigo ouvir os gritos abafados dos nossos amigos do outro lado da parede, mas não consigo me concentrar nisso agora. Precisamos sobreviver aos problemas com os quais posso lidar aqui.

— Alguém mais está ouvindo Tchaikovsky? — pergunta Dawud, de repente.

Inclino a cabeça para o lado e presto atenção. Sem dúvida, os trechos bem familiares de uma das músicas de *O Quebra-Nozes* estão tocando. Reconheço-a no mesmo instante, pois minha mãe me levava para assistir à apresentação em Los Angeles todo Natal.

— Será que a música tem alguma coisa a ver com as Provações? — pondero, fazendo uma prece para todas as divindades que conheço para que não tenhamos de dançar o balé do *Quebra-Nozes* sob a influência dessas poções. Mal consigo fazer a quinta posição, na melhor das hipóteses. Pelo menos era isso que a professora de dança da minha infância dizia.

Não demora muito até a minha pergunta ser respondida, porque Remy vem correndo e dá uma pirueta que até chega a ser relativamente decente. Pelo menos se o parâmetro de comparação for um grupo de dança formado por girafas.

Mas ele parece completamente encantado pela música. Com um floreio do braço, ele se prepara para executar um *jeté*. E seu esforço é admirável. Com um metro e noventa de altura, ele consegue dar um salto impressionante. Além disso, ele também deve ter distendido algum músculo da virilha quando tentou abrir as pernas no meio do salto, mas caiu antes de completar a trajetória.

Hudson assobia.

— Ele realmente devia ter se alongado antes.

Mas Remy nem parece se importar com o fato de que a sua forma está fora de forma — ou o fato de não ter feito uma aterrissagem muito boa. Ele apenas incorpora uma cambalhota nos movimentos e volta a ficar em pé antes de continuar com o balé, com aquele sorriso enorme no rosto que deixa nítido que está se divertindo como nunca na vida.

— Não quero tomar nenhuma poção — afirmo para Hudson. E não consigo deixar de pensar, de repente, que Calder teve sorte. Ela não fazia ideia do que ia acontecer quando engoliu aquela coisa. Mas agora que sei... agora que sei, tenho cada vez menos vontade de colocá-la na boca do que quando a vi pela primeira vez. E isso não é pouca coisa.

Ele me encara com uma expressão que diz *ah, não me diga.*

— É, eu também não. Mas acho que não temos escolha. Acho que esse nível não vai começar até tomarmos as poções.

— Começar? Quer dizer que tomar a poção não é o suficiente? — pergunto, incrédula. — Há mais coisas que temos que fazer que podem nos matar?

Hudson apenas suspira e me entrega o tubo de ensaio com o líquido rosa--choque. Em seguida, ele olha para Dawud e Flint e estende os últimos três.

— Escolham — diz ele.

Flint pega o tubo azul no mesmo instante, enquanto Dawud fica com uma cara que deve ser bem parecida com a minha: como se beber uma dessas coisas fosse o que menos quer fazer no mundo. Mas, no fim, acaba escolhendo a poção transparente, deixando a amarela para Hudson... que faz uma careta quando olha para o líquido.

Mas não o culpo. Já é horrível ele ter que tomar uma poção. Mas ela precisava também se parecer com urina?

— Agora é a hora de a porca torcer o rabo — comento, erguendo o meu tubo de ensaio na versão macabra de um brinde.

Hudson, Flint e Dawud fazem o mesmo. Em seguida, nós quatro engolimos as poções.

O pavor toma conta do meu estômago quando Macy grita mais uma vez e começa a estapear alguma coisa, enquanto Calder se afasta da mesa com movimentos extremamente lentos. Remy está concentrado em uma série de saltos complicados, seguidos por uma série não tão complicada de cambalhotas.

Em seguida, Dawud quase cai no chão.

Flint está alerta para amparar e ajudar Dawud a se equilibrar de novo. Mas, no instante que ele se afasta, Dawud começa a cair outra vez.

— Não consigo sentir o meu lado direito — informa Dawud, mas as palavras saem todas emboladas porque, de repente, metade da sua boca não está mais funcionando como deveria.

— Isso não é nada bom — digo, sem me dirigir a ninguém em particular, porque todos estão concentrados nos sintomas que estão demonstrando.

A minha poção ainda não começou a fazer efeito. Por isso, eu me aproximo para ver se consigo ajudar Dawud, mas não parece haver nada de muito errado. Exceto pelo fato de que metade do seu corpo ficou completamente frouxo e mole e o lobo não tem o menor controle sobre isso.

O que mais pode dar errado nessa equação?

— Êcov moc meb odut átse? — Hudson me pergunta com um olhar preocupado.

— Como é? — indago.

— Ecarg! Êcov moc meb odut átse? — Ele coloca a mão para trás e afasta-se um passo. E isso faz nossos olhos se arregalarem.

— Ah, merda! — A frase sai metade como um grito desesperado e metade como uma risada. — Você está ao contrário?

Acho que ele está tentando confirmar, mas sua cabeça balança de um lado para outro em vez disso.

— Meu Deus... Você está ao contrário! O que vamos fazer agora? — Começo a rir porque, a essa altura, só nos resta rir para não chorar.

O lado bom é que ainda não senti nenhum efeito da poção em mim. Parece que Macy tinha razão; o rosa-choque realmente é a cor certa para mim. Ou então os criadores dessas Provações não levaram em conta a possibilidade de que haveria uma competidora imune à magia.

É uma pena que nenhum dos meus amigos tenha a mesma sorte.

Eu me viro para fitá-los e quase começo a gargalhar de novo.

Calder corre para junto de Remy, mas está indo tão devagar que poderia até mesmo estar indo ao contrário. O que é bom, porque, se o alcançasse, ela iria atrapalhar o *brisé volé* que ele tenta executar. Remy o faz mal pra caramba, mas pelo menos está se esforçando bastante. Hudson, nesse meio--tempo, continua tentando se aproximar de mim, mas está indo para trás de verdade, afastando-se a cada vez que tenta dar um passo.

Macy, por sua vez, está agachada embaixo da mesa, chorando e lutando contra algo que só Deus sabe o que é, enquanto Dawud está simplesmente largado e no chão como se não fizesse a menor ideia do que fazer com o próprio corpo. Mekhi, por outro lado, está com a mesma expressão de *puta merda* no rosto que sei que tenho no meu. Por razões bem diferentes, entretanto. No momento, ele está chupando o polegar e andando em um círculo, com a cabeça inclinada para trás o máximo que consegue para tentar ver o que há de errado com a sua bunda. E, de repente, fico horrorizada quando penso que o bebê Mekhi pode ter sujado as fraldas.

No caso de Flint... ele parece ter decidido que, definitivamente, é uma galinha.

Ele está cacarejando.

Ciscando.

Está até mesmo agitando os braços como se fosse uma galinha.

E até mesmo foge como uma galinha no instante que alguém se aproxima demais dele. Tudo isso devia ser bem engraçado se não estivéssemos prestes a combater alguma coisa.

Por falar nisso, preciso me esforçar demais para não entrar em pânico quando o chão começa a se abrir com um rangido.

Macy e Hudson devem ouvir também, porque ambos entram em um estado de alerta tão intenso quanto o meu. Giro no lugar, em busca de descobrir de onde a ameaça vai surgir. Mas não consigo encontrar nada.

Pelo menos até que o chão comece a tremer.

Capítulo 135

HOJE, NÃO! HOJE, NÃO... HOJE, SIM

— Asioc amugla odnev átse? — Hudson pergunta enquanto faz o que pode para conseguir olhar ao redor comigo.

Ele por fim descobriu que, se der um passo para trás, consegue se aproximar de mim andando para a frente. É um processo lento ao qual seu cérebro não está acostumado, mas não demora muito até que esteja ao meu lado. Mas ninguém sabe o que vai acontecer quando ele tentar lutar.

Dedos dos pés e das mãos cruzados para que "ao contrário" não signifique encher seus próprios amigos de porrada em vez de fazer isso com o seu inimigo...

— Prepare-se, Calder! — eu a chamo.

— Eeeesssstoooouuu prooooonnnntaaaaa — ela responde e, em seguida, passa dez segundos tentando se virar para olhar para o mesmo lado que Remy, Hudson e eu estamos olhando. Bem, Remy estava. Agora está do outro lado da arena, girando como uma bailarina antes de saltar em um cabriolé completo que termina quando ele cai de cara no chão.

Imagino que isso deva fazer com que ele pare por algum tempo, mas... não. Ele se levanta em segundos, com o nariz sangrando e o lábio arranhado pela pedra. Preciso dizer que, considerando as circunstâncias, estou impressionada com o *battement* que ele executa. Poderia ser bem pior.

Olho para Hudson, que tenta dizer alguma coisa, mas simplesmente revira os olhos. Ao contrário. Talvez seja uma das coisas mais bizarras que já vi hoje. E isso não é pouca coisa.

Nesse meio-tempo, Calder tentou se transformar na sua forma de manticora, mas se move tão devagar que parece ter ficado presa entre suas duas formas. Ela conseguiu fazer surgir a maior parte de uma cauda de escorpião e um pedaço da juba de leão, mas todo o restante é humano. Na minha opinião, definitivamente não é uma imagem que a valoriza.

Vou até ela para ver se há algo que posso fazer para ajudar. Mas, antes que eu consiga dar mais do que três ou quatro passos, minha prima grita pelo que deve ser a centésima vez nos últimos quinze minutos.

— Macy! — eu a chamo, tentando falar com a voz mais paciente que consigo. — Você consegue sair de baixo da mesa? Não tem nada aí.

— Tem, sim! — ela responde, com a voz chorosa. — Meu Deus... é tão feio, Grace! Tão feio!

— Preciso que você se levante, Mace. Esqueça o que quer que você esteja vendo. Garanto que você não vai se machucar. Venha até onde estou. Preciso de você aqui.

— Ele vai pegar você! — ela grita. — Não! Não machuque Grace!

De repente, ela dispara um feitiço de relâmpago contra Hudson e contra mim. Eu o empurro para sair da frente; com a minha sorte, ele tentaria se esquivar para trás, mas pularia bem na direção do raio. E acabo com três dedos das pontas dos meus cabelos queimados no processo. Por sorte, ela acerta o lado que ainda não havia sido cortado, de modo que o meu cabelo fica finalmente igualado outra vez. Ou quase. Está com vários centímetros a menos do que tinha antes, mas pelo menos está igualado.

Minha prima choraminga, mas consigo ouvi-la enfim se levantando. Ou pelo menos tentando, considerando que, a cada vez que se aproxima da sua alucinação, ela recomeça a gritar.

Mas tenho problemas maiores. Ou melhor, todos nós temos, porque outra coisa está acontecendo por aqui. De repente, um som alto de alguma coisa que passa em alta velocidade preenche a arena.

Observo ao redor, tentando descobrir de onde ele vem, mas não tem ninguém mais prestando atenção. Ninguém além de Hudson, que está me olhando com uma cara de que diz *vai começar*. Mas Flint salta diante dele e começa a tentar arrancar seus olhos com bicadas.

A única coisa em que consigo pensar, enquanto olho Hudson socando e cambaleando para trás enquanto se esforça para se afastar é que, se a Provação não matar Flint, talvez Hudson acabe fazendo isso... se conseguir descobrir como fazer suas pernas e braços funcionarem outra vez.

Capítulo 136

MOONWALKOCORICÓ

— Que barulho é esse? — pergunto, sem me dirigir a ninguém em particular quando o ruído vai ficando mais alto.

— Grace! Cuidado! — Macy grita. — Ele vai pegar você!

Nem me preocupo em olhar para trás.

— Aiera ed edatsepmet! — responde Hudson. Ele finalmente conseguiu escapar de Flint, que agora está no canto, cacarejando seu descontentamento enquanto Hudson corre até mim o mais rápido que pode, considerando que só está conseguindo andar para a frente ao colocar um pé atrás do outro em uma versão estranhamente descoordenada do Moonwalk do Michael Jackson.

— Aiera ed edatsepmet — repito, tentando reordenar os sons daquela frase. — Aiera... areia...

— Tempestade de areia! — grita Dawud, dando um jeito de arrastar Macy para longe da mesa, na qual ela acabou de subir, usando somente o braço esquerdo. Mas, quando Dawud tenta se virar (ainda usando apenas o braço esquerdo), fico olhando com uma expressão de *mas que droga está acontecendo aqui?*

— Precisamos nos esconder atrás de alguma coisa — continua Dawud. E, considerando que elu passou a maior parte da vida em meio a uma alcateia no deserto sírio, tenho a impressão de que é melhor acreditar no que ouço.

Assim, entro em ação com um salto e viro a mesa de lado para eles. Em seguida, me afasto para deixar que Remy (que ouviu toda a conversa, mesmo em meio a uma sequência de piruetas) use uma explosão de magia para empurrar a mesa até que suas pernas encostem na parede, de modo que o tampo se transforme em uma barreira contra a areia que começou a soprar na arena.

— Precisamos nos esconder atrás dela — sugere Dawud.

— Você consegue ir pegar Macy? — pergunto ao apontar para a minha prima, que dispara feitiços contra sabe lá Deus o quê. — Tenho que buscar os outros.

— Cubra a boca com a blusa! — grita elu quando começo a correr. — Funciona como um filtro para a areia.

Sigo a instrução de Dawud e me apresso até o centro da arena. Remy fez uma pirueta até lá a fim de ajudar Calder, que enfim conseguiu se transformar por completo em uma manticora, mas ainda se move com uma lentidão impressionante. E, se a situação não fosse tão agoniante... talvez fosse a cena mais engraçada que já vi.

Confio que Hudson vai conseguir encontrar uma maneira de vir até a mesa andando ao contrário, por mais que isso pareça bizarro. Isso faz com que restem somente o bebê Mekhi e o Homem-Galinha para salvar.

— Flint! Venha comigo! — grito para ele quando o vento ganha força na arena, ao passo que tento convencer o bebê Mekhi a parar de chupar o polegar e pegar a minha mão para poder levá-lo até um lugar seguro.

Dessa vez, o cocoricó de Flint é algo totalmente aterrorizado, sem qualquer toque de irritação. Ele nem mesmo tenta brigar comigo quando deixo Mekhi atrás da mesa e corro até Flint a fim de conduzi-lo para a mesa. Há areia voando pelos ares agora, fustigando o meu rosto e minhas mãos, e entrando nos meus olhos também.

— Puxe a blusa para cima! — falo para ele. Mas não adianta. A galinha não aceita usar nenhum tipo de máscara.

Aperto o passo, tentando manter a cabeça baixa, mas a visibilidade é tão ruim aqui que preciso erguer os olhos de tempos em tempos para que a gente não acabe indo para o lado oposto da arena. Do jeito que esses ventos estão nos empurrando, há uma forte possibilidade de que isso aconteça.

E isso antes mesmo de um jato particularmente forte de vento varrer toda a arena e quase nos derrubar. Flint fica tão assustado que até salta nos meus braços antes que eu preveja essa ação, segurando-se ao redor do meu corpo com seus quase dois metros de altura enquanto cacareja a plenos pulmões... bem ao lado da minha orelha.

Como se eu já não tivesse outros problemas para cuidar, em especial considerando que não assumi a minha forma de gárgula no momento — e esse dragão-galinha tem pelo menos o dobro do meu peso.

Cambaleio alguns passos para a frente, mas é tudo o que consigo fazer antes de deixá-lo cair sentado no chão. Flint não gosta muito do ocorrido e grasna algumas vezes para indicar seu descontentamento. Em seguida, põe-se a correr ao meu redor em círculos, agitando os braços rapidamente como se fossem asas.

Depois de muito insistir e até de ameaçar colocá-lo em uma panela para fazer um cozido para o jantar, por fim consigo trazer Flint até a mesa virada. Ele entra atrás do tampo junto a Macy, bebê Mekhi, Calder e Dawud.

Mas, quando digo a Remy e a Hudson que venham logo para trás da mesa, os dois me encaram com expressões bem ofendidas.

— Não tenho tempo para isso! — exclamo para eles. — Vão já para trás daquela mesa e deixem que eu cuide disso.

Hudson me encara com uma expressão que diz *só porque você quer*, enquanto Remy simplesmente se afasta fazendo *fouettés* pela arena. Ou o mais próximo de um *fouetté* que ele consegue, considerando sua total falta de treino e talento, além de todo esse vento presente agora.

E... puta merda. Sério, puta merda mesmo. Por que esses homens têm de ser tão teimosos? Entendo que queiram ajudar. E, em circunstâncias normais, eu adoraria poder aceitar. Mas não tem nada que seja normal nisso tudo, e eles vão acabar matando a si mesmos e a todos nós com tanta teimosia. E não vou permitir isso.

Só que, quando me viro para o outro lado e vislumbro a tempestade de areia chegando com toda a sua fúria, tenho de admitir que estou intimidada. A coisa está ocupando a maior parte da arena agora. Nuvens gigantescas e revoltas vêm diretamente para onde estamos, e a areia bate na minha pele com força suficiente para deixar marcas.

Com uma vaga ideia de que talvez seja possível empurrar a tempestade de volta sobre si mesma, corro até a extremidade da arena que fica oposta à posição de Remy. A tempestade me alcança quando estou no meio do caminho.

A blusa que cobre a minha boca mal consegue me proteger do impacto da tempestade e começo a sentir dificuldade de respirar enquanto tento passar por entre as nuvens carregadas de areia. Mas isso não é nada fácil. Não só porque o vento me empurra para trás o tempo todo, acabando com pelo menos metade de qualquer progresso meu; mas também porque o pouco que consigo enxergar no interior da tempestade fica imerso em uma luz vermelha e esquisita que me deixa completamente desorientada.

Sei a direção em que estava indo quando iniciei a corrida, mas entre o vento, a areia e as nuvens que cobrem o lugar, a única esperança que me resta é que ainda estou rumando para o mesmo lugar. Enfim chego a uma parede; não consigo vê-la, mas consigo sentir a pedra áspera na minha mão. Espero que eu esteja no lugar certo. Olho para trás, baixo a cabeça, fecho os olhos lacrimejantes contra aquela onda de areia e tento reunir todo o poder e a energia que restam dentro de mim para lutar contra essa coisa.

Mas, assim que tento definir por onde começar, o vento para. Simplesmente para, e a areia cai no piso da arena.

Só não sei determinar se isso é algo bom ou ruim.

— Por que a tempestade parou? — pergunta Remy quando executa um arabesco bem competente.

— Não faço a menor ideia — sussurro, olhando de um lado para outro e desesperada para entender o que está havendo. — Será que eles resolveram o quebra-cabeça?

Mas, mesmo antes de terminar de falar, ouço um som alto e estridente do outro lado da parede, como se alguma coisa pesada estivesse sendo arrastada sobre pedra.

— Definitivamente, as coisas não acabaram. — Remy se curva, fazendo uma saudação.

Por um instante, tenho a impressão de que ele finalmente terminou de dançar. Ou que talvez o efeito da poção esteja por fim passando. Mas, quando ele faz um *coupé jeté* desajeitado com aquelas botas de trilha em seus pés… bem, talvez não.

— Aiera a ehlo! — anuncia Hudson, de repente. Ele aponta para o chão enquanto tento decifrar o que ele me disse, falando de trás para frente.

— O que há de errado com a areia? — pergunto assim que consigo entender, aterrorizada pela possibilidade iminente de sermos encobertos por tatuíras ou algo ainda pior.

Mas, para mim, parece só areia mesmo. O vento desapareceu por completo e os grãos nem estão mais em movimento. A areia está simplesmente no chão, ao redor dos nossos pés.

— Odnibus átse! — diz ele, abaixando-se e enfiando um dedo na areia. — Odnibus átse ale, ecarg!

— Subindo? — Não está, não. Meus pés não estão nem se movendo.

Mas eu olho para o dedo de Hudson, ainda enfiado na areia, e me dou conta de que ele tem razão. Porque a areia que estava na altura da primeira articulação já subiu até sua palma, agora.

— Puta que pariu — sussurro, finalmente entendendo a situação. A arena inteira está se enchendo de areia. E não há como sairmos daqui.

Capítulo 137

TÔ FICANDO ATOLADINHA

— Precisamos ir até os outros! — grito ao processar a informação.

Hudson balança a cabeça de um lado, embora eu tenha quase certeza de que ele quer dizer "sim". Mas, quando saio correndo, ele só recua quatro passos rapidamente. Como eu já imaginava.

Viro-me para trás para ajudá-lo, mas ele simplesmente faz um sinal afirmativo com a cabeça e diz:

— Áv! Áv!

E é isso o que faço. Hudson descobriu o que deve fazer para caminhar quando está aqui. E vai conseguir fazê-lo de novo. Não sei se posso afirmar o mesmo sobre a galinha e o bebê. Tenho quase certeza de que vão acabar enterrados na areia se eu não estiver por perto para impedir isso.

Quando consigo chegar até a mesa onde todos estão agachados atrás do tampo, a areia já está na altura das minhas panturrilhas, e isso faz com que andar se torne bem divertido. Normalmente eu conseguiria me mover pela superfície, mas ela está caindo tão rápido que meus pés são cobertos o tempo todo.

— Vamos lá, galera! — eu os incentivo ao segurar a borda da mesa e a afasto. Isso é bem mais difícil do que deveria ser, já que ela está parcialmente enterrada na areia. — Vocês precisam ficar em pé.

Não que isso seja o bastante, considerando a rapidez com que a areia preenche o lugar. Mas pelo menos vai me dar algum tempo para descobrir o que pode ser feito.

O meu medo, entretanto, é que não haja algo que possa ser feito. A areia está subindo e não há como sair daqui. Se Jaxon e seu grupo não terminarem o quebra-cabeça logo, estaremos completamente fodidos. Sempre pensei que uma das piores maneiras de morrer fosse por afogamento. E tenho a impressão de que um afogamento em areia deve ser mil vezes pior.

Flint deve concordar, porque cacareja alto o bastante para ecoar por toda a arena. Enquanto isso, o bebê Mekhi continua tentando comer a areia e Dawud continua afundando nela.

O que faço agora? Reviro a cabeça à procura de uma resposta conforme a areia segue enchendo o lugar. Já chegou até os meus joelhos e está subindo mais rápido do que antes.

Abaixo-me para conseguir me desenterrar e, por um segundo (em pé sobre quase meio metro de areia), estou da mesma altura de Flint, que arregala os olhos quando percebe que o estou olhando bem de frente. Ele dá um grasnado enorme e tenta fugir, mas está enterrado também; e não consegue se libertar com suas asas imaginárias. E cai de cara na areia, que começa a cobrir suas costas e as pernas.

Macy grita. E, pelo menos dessa vez, concordo com ela. É aterrorizante. Mas, em seguida, ela começa a estapear ao redor da cabeça como se estivesse sendo atacada por algum mosquito pré-histórico. E isso significa que…

— Macy, não! — Salto para junto dela, desesperada para impedir que comece a disparar feitiços outra vez. Mas demoro demais para fazê-lo. E Macy nem percebe. Está ocupada estapeando sua alucinação. Conjura um feitiço explosivo que bate na areia e joga tudo no ar, formando uma nuvem gigantesca que cai sobre nós como uma cascata. E isso faz com que o bebê Mekhi bata palmas, bem animado.

Mas não é a pior parte. Hudson decidiu que quer tentar usar seus poderes para desintegrar a areia. Finalmente conseguiu chegar até a metade da arena e, quando me viro em sua direção, ele estende a mão.

E… merda. O poder dele está funcionando ao contrário.

— Hudson, pare! — grito, mas é tarde demais. Ele fecha a mão e toda a arena começa a tremer. E a quantidade de areia à nossa volta duplica.

Estou enterrada até as coxas agora, e preciso me esforçar bem mais para conseguir me livrar.

Assim que consigo, observo o bebê Mekhi (ainda sentado no chão e agora com a areia o cobrindo até o peito) e começo a cavar para tirá-lo dali. Pelo menos até que ele segura o meu cabelo e o puxa.

— O que você está… Não! Pare! — digo a ele com firmeza, soltando meus cachos daquelas mãos enormes.

Mas ele apenas ri, bate palmas de novo e agarra mais um punhado dos meus cachos. E pior: tenta enfiá-los na boca.

Não tenho tempo para perder com ele, então simplesmente deixo Mekhi babar por todo o meu cabelo enquanto ajudo Dawud a sair debaixo da areia também. Dawud não perdeu a lucidez e está cavando o mais rápido que consegue. Mas, como só pode usar uma mão, o processo demora.

Flint solta vários cocoricós a plenos pulmões, um depois do outro, enquanto eu trabalho para salvar nossos amigos e cuido para eu mesma não afundar na areia. Macy grita com algum monstro para que a solte, mas pelo menos consegue se mover e evitar ser engolida pela areia.

Calder voltou à sua forma humana e agora tenta se desenterrar também, mas se move tão devagar que receio que vai acabar coberta por areia antes que eu a alcance. Remy, por outro lado, está deitado e rolando na areia com os braços sobre a cabeça em uma postura clássica de bailarina.

Bem quando penso que as coisas não podem piorar, outro estrondo ruidoso inunda o salão. O piso começa a se erguer. Porque, ao que parece, não estamos afundando na areia rápido o bastante. E as Provações vão providenciar para que isso aconteça.

Por sorte, não estamos subindo tão rápido, mas a areia continua a cair à nossa volta enquanto o piso se eleva rumo ao teto. E... Puta merda. Sério, puta merda mesmo. Não vou conseguir salvar todo mundo sem ajuda. É simplesmente impossível. Se Jaxon e os outros não terminarem o quebra-cabeça logo, não estaremos mais aqui.

Mekhi por fim se cansa de mastigar o meu cabelo e cai no choro. Não sei se ele está com fome, com medo ou com alguma outra coisa, mas não tenho tempo para fazer muita coisa além de um carinho em sua cabeça e dizer:

— Está tudo bem, neném. Está tudo bem. — Mas logo preciso voltar a cavar para desenterrar Flint.

A essa altura, Mekhi berrando, Flint cacareja e *O Quebra-Nozes* toca pelo ar em um volume ensurdecedor. Quase não consigo ouvir meus pensamentos, e menos ainda conversar com os outros. Mas uma olhada para a parede me diz que nosso tempo está acabando mais rápido do que eu havia previsto. Restam somente uns cinco metros entre nós e o teto, sendo que, originalmente, havia mais de sessenta entre um ponto e outro.

Não posso ficar à espera de Jaxon e dos outros. Vou ter de fazer alguma coisa. E rápido. Eu só gostaria de ter uma pista do que tenho de fazer.

Analiso ao redor de maneira frenética, em busca de descobrir. Tem de haver um jeito. Não é possível que não tenha.

Enquanto reviro o cérebro, um pensamento me ocorre. É uma jogada desesperada... realmente desesperada, considerando que eu teria de cavar e atravessar vários metros de areia sem sufocar. Mas, com o piso se levantando rumo ao teto, isso significa, teoricamente, que o espaço sob o chão está vazio. Se eu conseguir abrir um buraco grande o bastante no chão, a areia vai escorrer por ele e dar mais tempo para o nosso grupo e também para o de Jaxon.

O plano parece ridículo, considerando que Hudson não pode vir me ajudar. Mas o piso é de pedra e sou uma gárgula. Eu não conseguiria fazer nada com lajotas, mas talvez consiga mover ou absorver a pedra, assim como a Fera Imortal fez durante todos aqueles anos.

— Remy, venha aqui! — grito para ele, que agora dá cambalhotas sobre a areia. — Comece a cavar para mim!

Ele parece confuso, mas se aproxima de mim com suas cambalhotas. E isso já é alguma coisa.

— Macy! — grito o nome da minha prima, na tentativa de atrair sua atenção para longe do horror que a assusta. — Preciso que você cave também. Cave sem parar, não importa o que lhe aconteça. E você também, Calder.

A manticora concorda com um aceno de cabeça e começa a cavar. Ou, pelo menos, acho que começa...

Hudson conseguiu chegar até aqui e deve ter deduzido o que eu quero fazer, porque ele grita, apontando para a areia:

— Etnerf me áv!

Em seguida, faz um movimento estranho com as mãos em concha que vai tirando a areia de perto de Mekhi, em vez de enterrá-lo.

Preciso que todos continuem cavando se quisermos manter Mekhi, Flint e Dawud vivos. Meus amigos estão cavando de um jeito muito desordenado, mas eles são meus amigos desordenados e vou ter de confiar neles.

Em seguida, determinada a fazer todo o possível para nos manter vivos, respiro fundo e busco o meu cordão de platina. E me transformo em pedra.

Não leva muito tempo até que a areia comece a se acomodar e afundo no chão. Quando afundei até a areia estar na altura do meu rosto, preciso reunir todas as minhas forças para impedir que o pânico suba pela minha garganta. A ideia de que posso ser enterrada viva sob aquela areia e impedida de voltar à forma humana faz disparar o meu coração por baixo da pedra.

A areia alcança o meu nariz e sou acometida pela sensação de que estou em um filme de terror daqueles bem ruins. Quando a areia está sobre a minha cabeça, não consigo enxergar mais nada. Só areia, areia e mais areia.

Tenho a sensação de que aquilo dura uma eternidade, mas provavelmente não leva mais do que um minuto até que os meus pés de pedra finalmente alcançam o piso de pedra da arena. Não desperdiço um único segundo, invocando toda a magia de terra que consigo reunir e a canalizo do chão até o meu corpo.

No início, nada acontece. E começo a me desesperar. É a minha única chance — nossa única chance —, e não posso falhar. É simplesmente impossível. Não posso deixar que Hudson, Macy, Flint, o bebê Mekhi, Calder e Remy morram. Em especial quando estão confiando em mim.

Por isso, vou em busca até da última gota do meu poder. Em seguida, canalizo a magia da terra para trazê-la corpo adentro, com toda a minha força.

Puxo sem parar. Até não haver mais ar nos meus pulmões. E em seguida puxo mais uma vez, com toda a força.

Ouço um estalo baixo. Logo depois, uma das pedras do piso se solta.

Absorvo mais rochas no meu corpo e vejo que a areia corre para encher o espaço onde elas jaziam. Absorvo mais uma pedra e, de repente, a areia passa pelo meu corpo, correndo pelo buraco que criei no chão.

Não é uma solução perfeita, pois ainda tem areia enchendo o salão e o piso ainda está se erguendo. Mas vai nos dar mais algum tempo e isso é tudo o que importa. Bem, isso e também fazer com que Mekhi nunca mais volte a me morder.

Capítulo 138

UM PESADELO PARA RECORDAR

— Finalmente! — exclama Éden assim que a arena se retransforma em um único salão sem divisões.

Depois que volto para junto do restante dos meus amigos, a areia escorre para fora do salão num ritmo contínuo que não deixa que ninguém sufoque. Calder, *bem devagar*, me ajudou a erguer a mesa e apoiá-la sobre o canto mais estreito, a fim de impedir que o teto continuasse a subir também.

Simplesmente nos sentamos no chão coberto de areia e assistimos ao fim da apresentação espetacular de *O Quebra-Nozes* com Remy enquanto eu embalava Mekhi para fazê-lo dormir.

As poções perderam o efeito no instante que o grupo do outro lado solucionou o quebra-cabeça, graças a Deus. E Remy aproveitou para dar um jeito em seu nariz quebrado. Ele fez um sinal para Mekhi também, tocando o punho dele com o seu e dizendo:

— Nunca vou falar sobre isso se você também prometer não falar.

— Acha que ainda temos tempo para chegar até Katmere antes da lua de sangue? — pergunto a Hudson, em pânico. — Parece que essa última Provação demorou pelo menos uma hora.

— Ei, até que resolvemos esse enigma bem rápido! — intervém Jaxon, com uma boa dose de orgulho na voz.

— Está me zoando, né? — rebato, com a voz estridente. — Rápido?

— Ei, até que ele tem razão — pontua Hudson, olhando para o relógio Vacheron Constantin em seu pulso. — Essa Provação durou uns vinte minutos.

— Ah, que ótimo — resmungo. — Mas os pesadelos vão durar a vida inteira.

— Ei, relaxe, Grace. Estou só comentando. Tivemos que derrotar uns caramelos bem agressivos para resolver o nosso quebra-cabeça. Quase não conseguimos completá-lo a tempo e tivemos que lutar contra os caramelos de novo, mas conseguimos descobrir a resposta.

— Espere um pouco... Você disse que tiveram que derrotar *caramelos*? — Olho para ele e depois para todos os outros que estavam do meu lado da arena. — Pessoal, eles derrotaram caramelos. E quase tiveram que fazer isso *duas vezes* — completo, tirando um sarro.

— Olhe, era um montão de caramelos — diz Byron com seu sorriso mais encantador.

— Estou pouco me lixando se vocês derrotaram uma quantidade de caramelos digna de bater o recorde mundial. Pelo menos vocês não ficaram cheios de areia em lugares sobre os quais ninguém comenta em festas. E pelo menos ninguém do seu grupo virou uma galinha.

Jaxon ergue uma sobrancelha enquanto olha para Flint, Macy, Remy, Calder, Dawud, Hudson e Mekhi, nessa ordem.

— Preciso adivinhar qual de vocês ficou com medo?

— Ninguém ficou com medo — eu o corrijo. — Uma *galinha*.

Rafael esbarra como ombro em Byron.

— Eu disse que ouvi um cocoricó.

— Ah, foram vários — digo por entre os dentes. Em seguida, encaro Jaxon. — E juro por Deus que, se você rir agora, vou lhe dar um soco bem nas bolas.

— É claro que não. Juro. — Ele aperta os lábios para conter a risada, ao mesmo tempo que ergue a mão em sinal de rendição. — Não tem nada engraçado aqui. Sério mesmo.

Aponto o dedo bem na cara dele.

— Acho bom mesmo.

Mas, no instante que dou as costas para Jaxon, escuto-o perguntar a Hudson:

— Foi Flint, não foi? Flint era a galinha?

— Vá se foder, Vega — grunhe Flint.

— Foi — concorda Byron. E consigo ouvir o esforço para não rir em sua voz. — Ele virou uma galinha mesmo.

— Nossa, eu odeio todos vocês — digo. — Caramelos. Vocês lutaram contra caramelos.

— Ei... — Hudson estende a mão (que está funcionando direito) para mim. — Aquilo foi uma loucura. Você mandou muito bem.

E não sei se é por ele reconhecer que resistir a esse show de horrores foi muito difícil, ou se é por ouvi-lo falar normalmente outra vez. Mas, com essa frase simples, a raiva que sinto vai embora e, em seu lugar, sinto uma onda de alívio.

Ele está bem. Todos estão bem. Não perdemos ninguém nesta rodada, por mais que eu temesse a possibilidade. Por mais que eu temesse que isso aconteceria por culpa minha. Porque simplesmente não fui capaz de controlar as circunstâncias que estavam acontecendo. Meus amigos, a minha família... Eles estão bem.

Do nada, lágrimas de alívio brotam nos meus olhos. E fico tão envergonhada que aperto o rosto no peito de Hudson por alguns momentos. Não preciso de muito tempo; apenas o bastante para respirar fundo uma ou duas vezes e deixar toda a tensão dessa última hora se esvair do meu corpo.

Mas essa é uma das muitas coisas ótimas em Hudson. De algum modo, ele sempre sabe exatamente do que preciso.

Ele coloca uma das mãos nas minhas costas, na altura da cintura, e a outra na parte de trás da minha cabeça, girando comigo devagar para que eu fique de costas para o grupo e seu corpo me proteja como um escudo.

— Só mais uma — ele me diz. — Só temos que passar por mais uma Provação. E depois, tudo isso vai ser simplesmente um pesadelo para outra época.

Faço um sinal afirmativo com a cabeça e solto uma risada aguada.

— Podemos acrescentar isso à coleção. Até que não são tão Impossíveis assim, não é mesmo?

— Verdade, né? — Ele balança a cabeça com um sorriso arrependido naquele rosto lindo. — Tenho certeza de que vou precisar de vários anos de terapia para superar o trauma que sofri quando Flint tentou arrancar os meus olhos a bicadas.

— Pode falar isso por nós dois — respondo-lhe.

— Ei, mas pelo menos estamos falando sobre a areia dentro das nossas roupas, em vez de insetos — observa ele, e eu estremeço.

— É muito cedo para fazer piadas. Cedo demais — rebato em voz baixa.

— Desculpe — ele pede, com uma risada. E me abraça com força por mais um instante antes de ficarmos de frente para o grupo outra vez.

— Ainda assim, espero que a gente consiga completar essa última Provação rapidamente — admito. — Acho que temos só mais meia hora até a lua de sangue desaparecer.

— Pare de se preocupar, Grace. Vamos dar conta de tudo — garante Calder. — Desde que eu consiga me mover com velocidade normal na próxima rodada, não vamos ter problema algum.

Os outros concordam, mas não tenho coragem de pontuar que nenhum de nós sabe o que vai acontecer a seguir ou se vamos conseguir passar com agilidade pela próxima Provação. Mas eles têm razão sobre uma coisa. Estamos prestes a enfrentar a próxima Provação de qualquer maneira, então por que devemos nos preocupar por antecipação?

Como se aquela fosse a deixa que faltava, as paredes da arena começam a se mover. Mas, em vez de uma parede dividir o círculo, agora são as paredes do perímetro que começam a girar e a se afastar, deixando o espaço ainda maior. E isso não acontece apenas uma vez.

— Não sei isso me causa mais alívio ou medo — comenta Dawud ao passo que as paredes continuam a se mover.

— Vou optar pelo medo — arrisca Éden, embora pareça mais otimista do que assustada. — É melhor não criar expectativas para podermos ter surpresas agradáveis se estivermos errados.

— Sim, mas o que vem por último é sempre o pior — pontua Jaxon. — Por isso, vê se supera logo e vamos logo com isso.

— Tem razão — retruco, não gostando nem um pouco do jeito que ele fala com Éden. Sei que isso acontece porque Éden é mais jovem e está atiçando os instintos de proteção de Jaxon, mas mesmo assim não é certo. — Dessa vez você pode acabar se empanturrando com caramelos e também com cupcakes.

— Não foi isso que a maioria de nós fez — diz Byron, com uma risada. — Mas isso até que me assusta um pouco, também.

— É o que um vampiro diria, talvez — comenta Macy. — Eu sempre amei caramelos.

— Vamos comprar um pacote grande para vocês antes de irmos embora — promete Remy. — De todos os sabores que você quiser.

O rosto dela se ilumina por um segundo, mas ela fecha a cara a seguir.

— Melhor deixar quieto. Tenho certeza de que não vou querer nada que me lembre deste lugar.

Ninguém se pronuncia depois daquilo; nossos nervos ficam à flor da pele enquanto esperamos o que parece uma eternidade.

— Acha que elas vão parar? — grunhe Flint enquanto as paredes seguem em movimento. A essa altura, a arena já quase dobrou de tamanho e as paredes continuam a girar.

— Tenho certeza de que estaremos fodidos quando elas pararem — responde Hudson. — Por isso, até que acho bom que continuem girando por mais um tempo.

— Tenho mais medo do que eles vão jogar em cima de nós, já que precisam de todo esse espaço.

Ninguém responde ao meu comentário. E isso, por si só, já explica tudo. O salão nem tenta mais nos dividir em dois grupos, como se a experiência vindoura vá exigir que cada um de nós entre em combate.

Observo ao redor e percebo que praticamente todo mundo no salão faz o mesmo. Inclusive eu mesma. Isso vai ser ruim. E todos nós sabemos. A única pergunta é: quanto isso vai ser ruim?

O pânico se agita no meu estômago e faz a bile subir pela garganta. Mas a forço de volta para o lugar de onde veio, recorrendo até mesmo ao truque que

Hudson me ensinou, de fazer somas mentalmente até que o meu cérebro tenha de se concentrar nela em vez de no medo que se agita por todo o meu corpo.

E o truque funciona de novo. Bem a tempo. Porque as paredes enfim param de girar. E um ruído estranho de máquinas em funcionamento enche a sala.

— O que é isso? — pergunta Éden, girando à procura de descobrir a origem do som.

E ele vem de uma pedra no meio da arena. Ela se retrai devagar e, conforme isso acontece, um pequeno pedestal de pedra se ergue do chão. É o mesmo pedestal que vimos antes do início das Provações. No pedestal, jaz o cálice de ouro cravejado de diamantes.

— Ahhh, que lindo — comenta Calder.

— Meu Deus — sussurra Macy. — É o prêmio? Nós conseguimos?

Ficamos nos entreolhando, confusos, porque Tess avisou que seriam quatro rodadas. E só cumprimos três.

A menos que...

— Vocês acham que alguma dessas rodadas valeu por duas? — questiono. Aquele desafio com os insetos definitivamente deveria contar como mais de um. Ou mais do que seis.

— Acho que não — responde Remy. — Essas pessoas não parecem ser do tipo que economizam oportunidades de assustar os outros.

— E caramelos não parecem assustadores demais para contarem como uma quarta rodada — pontua Calder, cética.

— Aff, parem de falar de caramelos, pessoal — pede Rafael, revirando os olhos.

— Nunca vamos deixar vocês se esquecerem dos caramelos — replica Macy. — Podem ir se acostumando com isso.

Éden se aproxima do cálice para investigar.

— Está vazio — ela detecta, estendendo a mão para tocar o cálice. — Não tem nada dele, embora... *Que bonito.*

— Nada? — pergunta Flint, confuso. — Tem certeza?

Éden o vira de cabeça para baixo para mostrar a ele, e nada sai do seu interior.

— E o que isso significa, então? — indaga Jaxon.

Ele nem termina de falar quando as luzes se apagam.

Dawud suspira.

— Acho que significa que a quarta rodada ainda não acabou.

Pois é, também acho.

— Precisavam apagar as luzes de novo? — Macy fala com a voz enfastiada e usa sua varinha para lançar um pequeno feitiço de luz brilhante à nossa volta enquanto Éden recoloca o cálice no pedestal.

De repente, o pedestal começa a afundar no chão como se estivesse em um elevador rumo ao andar de baixo — até desaparecer por completo e o piso se fechar sobre ele.

— Bem, isso até que foi interessante — avalia Remy. — Além disso, a arena está intacta. Estamos todos na mesma sala dessa vez.

— Acha que se trata de algum erro? — pergunta Éden.

— Acho que é uma chance para tentarem matar todos nós de uma só vez — responde Jaxon.

— Belo comentário, senhor Mestre do Otimismo — diz Calder a ele.

— Só estou comentando sob a minha perspectiva — responde Jaxon.

— Claro, claro. Estou achando que eles pensam que nossa chance de vencer não é tão boa se nos dividirem — resmungo. E nos viramos de um lado para o outro, em busca de descobrir qual é a ameaça nesta rodada. — Consegue nos dar mais um pouco de luz, Remy?

Remy faz sua magia outra vez e, conforme giro, percebo a arena completamente vazia. Agora que o pedestal e o cálice sumiram, não há mais nada aqui com a gente. Nenhuma fonte, nenhum quebra-cabeça para montar no chão, nada. Somos apenas nós e este estádio enorme e vazio. Até mesmo a multidão ficou em silêncio.

Saber disso me deixa ainda mais nervosa.

Os outros devem sentir o mesmo, porque, diferente das outras vezes, ninguém parece interessado em partir sozinho para ver o que está acontecendo. Em vez disso, todos vamos caminhando até o centro da arena, bem próximos uns dos outros.

— Não tem nada mesmo? — pergunta Byron.

— Logo vai ter — responde Hudson, confiante. — Eles não nos trancaram aqui só para nos entregar o elixir.

— Seria legal se fizessem isso, hein? — sugere Éden.

— Muito legal — concordo, já levando a mão até o meu cordão de platina. Porque, assim como Hudson, sei que algo está prestes a acontecer e quero estar preparada, seja o que for.

— Será que precisamos... — Flint começa.

— Fique quieto! — ordena Jaxon, inclinando a cabeça para o lado.

Flint parece bem ofendido, mas deve ter ouvido alguma coisa também. Seus olhos se estreitam e ele se vira em silêncio de um lado para o outro a fim de observar a área logo atrás de nós.

Os outros vampiros e metamorfos fazem a mesma coisa; sua audição é melhor do que a do restante do grupo.

— O que foi? — sussurro, fazendo o mínimo de barulho.

Hudson faz um sinal negativo com a cabeça para indicar que não sabe.

Até que, de repente, também começo a ouvir. Um ritmo grave, quase inaudível de algo macio batendo no piso de pedra, várias e várias vezes.

Assim como todos os outros, giro de um lado para outro, na tentativa de determinar de onde ele vem. Mas não há nada. Não há ninguém aqui com a gente. Pelo menos, ninguém que consigamos enxergar.

— Preparem-se — sussurra Remy, virando-se para ficar de costas para o centro da sala.

Todos fazemos o mesmo, encostando as costas uns nos outros em um círculo, de modo que ninguém fique desprotegido e possamos visualizar a sala inteira.

E em seguida, esperamos. Esperamos por um bom tempo.

Porque, quanto mais tempo passamos aqui, mais fica aparente que há uma tocaia sendo armada para nós.

Capítulo 139

AINDA VOU MORRER POR CAUSA DISSO

Meu coração bate descontroladamente e preciso me esforçar para permanecer no mesmo lugar.

Meu corpo quer se mover; todos os instintos de sobrevivência em mim afirmam que ficar imóvel desse jeito é cortejar a morte.

Mas aprendi bastante a respeito de sobrevivência nesses últimos meses para saber que, a menos que se tenha em mente uma estratégia firme, a primeira pessoa que se move é a que morre. Aja, não reaja.

Por isso, nós esperamos. Todos nós. Respiração presa, olhos que observam tudo, corpos a postos para lutar ou correr.

Ouço os passos de novo, e dessa vez mais perto. Por um segundo, posso jurar que consigo avistar alguma coisa pelo canto do olho. Mas, quando viro a cabeça, não há mais nada ali. E Jaxon, à minha esquerda e cuja visão é melhor do que a minha (em particular no escuro), não viu nada.

Por isso, continuamos à espera.

— Isso aqui é ridículo — reclama Macy por entre os dentes em certo momento, mas Dawud e Byron dizem para ela se calar bem na hora. Ela obedece, mas fica resmungando. Tenho certeza de que isso ocorre porque ela não sabe o que está acontecendo aqui. Macy não entende que o motivo pelo qual os cabelos em sua nuca estão eriçados é porque seu inconsciente reconhece algo que o cérebro consciente ainda não deduziu por completo.

Pela primeira vez em sua vida, ela é uma presa de verdade.

Os predadores do nosso grupo sabem disso. Dá para ver em seus rostos. Vampiros, dragões, manticora e lobe. Eles sabem o que é caçar. Da mesma forma, sabem como é ser caçado. Mas Macy não sabe. Nunca precisou saber.

Eu soube como era essa sensação pela primeira vez quando Cyrus me fitou nos olhos. E isso é algo que senti a cada situação em que nos encontramos desde aquela vez. É por isso que sei o que se passa aqui.

De repente, Dawud rosna. Preciso reunir toda a minha força de vontade para não virar para trás e tentar identificar a causa da irritação. Mas é com isso que o nosso predador está contando. Basta um segundo de desatenção, um deslize momentâneo, e ele vai partir para cima de nós.

— O que você viu? — pergunta Remy com calma. Mas percebo que ele não move um músculo enquanto esperamos pela resposta.

— Não sei. Alguma coisa.

Há outro lampejo na minha visão periférica que surge e desaparece bem rápido, assim como aconteceu da última vez.

Mais sons de passos sutis. E eles parecem bem mais próximos do que antes.

— Precisamos sair daqui — sussurro para Hudson.

— Acho que não podemos — ele responde no mesmo volume.

— Mas a coisa está se aproximando.

— Eu sei. — Ele toca meu ombro com o braço. — Prepare-se.

Acho que é impossível me preparar mais do que isso, mas nem me incomodo em lhe dizer isso. Ele já sabe.

Longos segundos se passam e vislumbro o lampejo pelo canto do olho outra vez. Pela maneira que Jaxon e Hudson se enrijecem, percebo que também viram. Ou talvez seja só pelo fato de que o barulho dos passos se aproximou de novo.

Tenho a impressão de que aquilo que está na arena está mais perto do que qualquer um de nós imagina. E estou aterrorizada, pensando que ele vai pular em cima da gente a qualquer momento e nem vamos saber o que aconteceu.

— Grace. — A voz de Remy é baixa e firme, mas há um tom de advertência que preciso escutar com atenção... e obedecer.

— Sim?

— Recue para o meio do círculo para ficar protegida por todos nós. Depois, abra a sua bolsa e pegue aquelas runas de proteção.

Jaxon e Hudson começam a se colocar na minha frente, um pouco de cada lado, e deixam que eu vá para o centro do círculo, onde posso ficar protegida por todos enquanto procuro as runas.

Coloquei-as na parte do meio da mochila, então não é difícil encontrá-las. Quando estou com a mochila fechada mais uma vez sobre os ombros, sussurro:

— O que você quer que eu faça com elas agora?

— Passe-as para mim. — Ele move o braço para baixo, devagar e disfarçadamente. E coloca a mão para trás.

Deposito a caixa com as runas em suas mãos e, ao fazê-lo, não consigo evitar o desejo que continuem inteiras quando isso tudo terminar. Por outro lado, se não estiverem porque foram usadas para salvar a vida de um dos meus amigos, então perder uma delas (ou até mesmo todas) vai valer totalmente a pena.

Talvez eu deteste estragar um presente que veio do meu pai, mas eu detestaria ainda mais morrer ou perder algum dos meus amigos.

Aperto a mão direita no braço de Hudson e a esquerda no de Jaxon; os dois voltam às suas posições anteriores para que eu retorne ao meu lugar no círculo. Tenho um ou dois segundos para olhar ao redor. Em seguida, Remy faz algo que eu não esperava que fosse acontecer.

Ele pega a caixa de runas e a joga para cima com toda a sua força.

Capítulo 140

A RUNA É DE QUEM?

— Mas o quê...? — questiono antes de fechar a boca. Deixá-lo usar as runas para nos salvar é uma coisa, mas permitir que ele simplesmente as jogue fora é algo completamente diferente.

Remy não responde. Em vez disso, ergue os braços sobre a cabeça e os abre. Em seguida, começa a girar o braço direito em um círculo, sem parar. Toda vez que completa uma rotação, ele deixa o círculo maior, até que esteja tão amplo quanto toda a sua envergadura.

Fico esperando que as runas caiam no meio do círculo que ele está criando, mas não é isso que acontece. Em vez disso, elas são pegas pelo poder ou pela magia que Remy está gerando. Quando elas flutuam para fora da caixa, se organizam sozinhas em um círculo que se move no mesmo ritmo da mão de Remy.

Elas giram sem parar, ampliando o círculo até girarem sobre todos nós, cada vez mais rápido. Tão rápido que viram praticamente um borrão. E é nesse momento, bem quando estou me acostumando a vê-las flutuar bem acima da nossa cabeça, que Remy grita e abre os braços outra vez.

As runas saem voando em todas as direções, acelerando pelo ar como flechas disparadas de um arco. Todas as vinte atingem a parede da arena com tanta força que ficam enfiadas na pedra. E, dali, emanam uma luz mística e bruxuleante.

Mas uma delas não fica incrustada em uma das paredes. Ela se move para cima e para baixo, e também em círculos, como se estivesse fincada em... Engulo o grito quando percebo que ela está enfiada no flanco daquilo que nos rodeava. E a fera invisível deve ser enorme, considerando a altura na qual a runa está flutuando.

Não preciso tentar imaginar seu tamanho por muito tempo, porque a runa emite um brilho estranho e faz cessar a invisibilidade da criatura. Agora conseguimos ver exatamente o que estava andando ao nosso redor na arena.

Conforme ela se vira de um lado para o outro e se empina, não consigo suprimir o desejo de jamais ter visto uma coisa dessas. Porque sei que é algo que vou ver nos meus pesadelos todas as noites, pelo resto da minha vida.

É nisso que penso antes que ela atravesse a metade do comprimento do estádio com um salto, pousando bem diante de Hudson.

A runa está fincada no couro da criatura. E ela não parece nem um pouco feliz com a circunstância. Ela se empina outra vez, erguendo-se a mais de vinte metros de altura sobre nós, dando um urro horripilante que me causa calafrios.

E descubro que não sou a única que está horrorizada pela imagem daquele monstro.

Macy dá um gemido longo, Dawud geme e Jaxon solta uma série de palavrões — longos, baixos e bem sujos. Flint solta um "puta que pariu!" chocado e todos os outros ficam só encarando. Olhos arregalados, bocas abertas, medo em cada contorno de seus corpos.

— Tragam aqueles insetos de volta. Tragam aqueles insetos de volta — sussurra Macy como se fosse uma oração. E, honestamente, concordo totalmente com ela.

Porque agora sei o que aconteceu. Eu me permiti pensar que, simplesmente por termos sobrevivido a algumas rodadas sem nada além de tijolos, insetos ou passos de balé, as Provações Impossíveis não seriam algo tão ruim. Nós íamos conseguir. E tudo ia ficar bem.

Mas, quando olho nos olhos dessa Fera, percebo o quanto estava errada. Eu era uma criança nas rodadas anteriores. Meus olhos estão bem abertos agora. E é hora de afastar os pensamentos infantis.

Nós vamos todos morrer.

Capítulo 141

NADA DE PELE NO JOGO

— Mas que porra é essa? — pergunta Hudson.

E nem sei como responder.

Para começar, esse treco é enorme. É do tamanho de um caminhão carregado, tem quatro pernas, um focinho, orelhas pontudas e um rabo muito longo. Em algum universo alternativo, poderia ser classificada como algum tipo de criatura lupina. Neste universo, entretanto, nem sei como poderia chamá-la. Sei que não se parece nem um pouco com Dawud ou com qualquer outro lobisomem que eu já tenha visto.

Além de ser enorme, ela também é praticamente... translúcida? Não como se fosse possível enxergar através dela. Mas ela não tem nenhuma pelagem no corpo. Em vez disso, sua pele transparente mostra tudo o que a pele normal e os pelos escondem. E quando digo "tudo", é tudo *mesmo.* Seu coração gigante, seus pulmões, o estômago e o intestinos. Veias, ossos e aquilo que tenho quase certeza de que é seu sangue, de um tom laranja vivo, estão expostos para todo mundo ver.

A criatura também tem uma coluna vertebral com ossos espessos, e cada vértebra tem esporões que apontam para todas as direções. Cada pata tem quatro garras afiadas que medem pelo menos trinta centímetros cada, e o rabo está cheio de esporões longos o bastante para empalar uma pessoa com um golpe bem dado.

Seu rosto é ainda mais feio; olhos esbranquiçados e leitosos sob a pele translúcida, dentes cruéis do tamanho do meu braço e um focinho bizarro e retorcido que faz... não sei exatamente o quê, além de assustar demais qualquer pessoa que olhe para aquilo.

— Faz diferença? — enfim respondo quando a criatura se vira para nós. Ela cai no chão, apoiada nas quatro patas outra vez com um *ploft* bem sonoro, arrastando os pés no chão como se a única coisa que quisesse fazer fosse transformar todos nós em um lanchinho para o café da tarde. Não passa despercebido o fato de que ela é grande o bastante para nos pegar (e nos engolir) como um punhado de M&Ms coloridos.

Nem o fato de que esse é o monstro mais gigantesco e feio que já vi. Esqueça os milhares de besouros, as cobras infernais feitas de sombras, tudo e qualquer outra coisa contra a qual tive de lutar, ou contra a qual algum dia vou ter de lutar. Isto aqui é a pior de todas elas. Tenho certeza de que é impossível ficar pior do que isso.

E Remy enfiou uma runa no flanco da criatura, e ela está irritada pra caramba.

Ao que parece, aquele instinto assassino, a inteligência para nos cercar usando sua invisibilidade e sua aparência assustadora não eram o bastante. Remy tinha de deixá-la irritada também.

É isso que vamos ter de combater para conseguir o elixir? E, pior, é isso que vamos ter de derrotar?

Há um pedaço de mim que quer desistir agora mesmo. Simplesmente dizer *não, obrigada, é uma ideia ruim. Vou voltar outro dia com um lança-foguetes e um sistema de mísseis inteiro.*

Mas, infelizmente, não é uma das opções viáveis para nós, por várias razões. A primeira é que só podemos vencer ou morrer aqui. Não há como recuar. A segunda é que preciso mesmo desse elixir para curar o Exército das Gárgulas, se houver uma chance de salvar o meu povo. A terceira é que preciso mesmo do Exército das Gárgulas, se quiser ter uma chance de impedir que Cyrus se torne um deus. E a quarta é que nós já chegamos até aqui e perdemos muitas coisas. Precisamos dar um fim a isso.

Isso significa que já passou da hora de eu agir como adulta e lidar com esses problemas. E daí que o problema é gigantesco, feio, aterrador e malvado pra caralho? É o único empecilho para eu salvar todo mundo com quem me importo. E isso significa que ela vai cair. Ou vou morrer tentando.

Espero que ela caia, é claro. Mas, neste momento, não dá para ter certeza.

— Estão prontos? — indago, fitando Hudson à minha direita e Jaxon à esquerda.

— Não — responde Macy. Mas ela está logo atrás de mim e sei que está comigo para o que der e vier.

O que não deixa de ser uma coisa boa, porque a criatura parece mais do que pronta para nos despedaçar.

Capítulo 142

PARE DE MORRER POR ENTRE OS DENTES

— Vão para as laterais da arena! — grita Remy enquanto todos nós nos espalhamos como pinos de boliche depois de um strike.

— Por quê? — questiona Éden quando começamos a correr.

— Confie em mim. E, quando chegar lá, corra no sentido anti-horário!

— Esse é o seu plano? — pergunta Flint. — O que vamos fazer? Correr até morrer?

— Só quero ver se vai funcionar — explica Remy.

— *Se* vai funcionar? — indafa Macy. Ela corre como se sua vida inteira dependesse disso. Mas, de repente, parece não saber ao certo se vai adiantar.

Não a culpo. Aquele negócio tem pernas enormes. E tenho quase certeza de que vai conseguir nos pegar. Não é o caso dos vampiros ou daqueles entre nós que são capazes de voar, talvez. Mas Macy, Calder, Dawud e Remy estão na linha de fogo.

Não me admira o fato de a minha prima não parecer tão empolgada.

— Vá para a borda — Remy grita com Flint outra vez.

Flint corre pelo campo e, embora sua perna postiça não reduza sua velocidade, a fera se aproxima dele.

— O que você acha que estou tentando fazer, porra? — rebate Flint. — Por que você não transforma essa coisa em um coelho ou coisa parecida?

— Acha que não tentei fazer isso? — diz-lhe Macy. — Não deu certo. É imune ou algo assim.

— Também não consegui fazer nada — pontua Hudson a ele.

— Ah, que merda — resmunga Flint logo antes de se transformar em dragão com lampejos de magia.

A criatura não consegue agarrar o rabo de Flint por uma questão de centímetros. Talvez milímetros. Em seguida, Flint voa rumo ao teto abobadado da arena e a fera começa a procurar seu próximo alvo.

Aparentemente o próximo alvo sou eu, porque ela vem galopando na minha direção, bufando e babando enquanto suas garras de osso raspam no piso de pedra. É um som horroroso que me faz ranger os dentes enquanto tento correr mais rápido. Por um segundo, penso em fazer o mesmo que Flint e levantar voo, mas estou tentando ajudar a atrair o monstro para o lado da arena, assim como Remy quer.

Remy não costuma falar muito sobre suas ideias. Mas se tem uma coisa que aprendi naquela prisão é que ele sempre tem um plano. Só espero que seja bom o plano que ele tem para enfrentar esse monstro.

Estou a pouco menos de vinte metros da lateral da arena agora, mas a fera está se aproximando. Aumento a velocidade e tento chegar lá. Mas, dois passos depois, já sinto o bafo quente da criatura na minha nuca. Não acredito que isso está acontecendo.

Não tenho nem tempo de levantar voo a esta altura. Assim, em vez disso, seguro o meu cordão de platina e me transformo em pedra naquele mesmo instante, ficando paralisada, com os braços e as pernas estendidas no movimento de correr.

Eu esperava que isso seria o bastante para dissuadir a fera, mas ela está bem mais irritada do que pensei, já que fecha a bocarra ao redor da minha cintura e começa a arrastar todos os meus mil e poucos quilos de pedra pela arena.

— Belo plano, Remy — ironiza Jaxon ao fundo, mas nem presto atenção a outra pessoa além do monstro neste momento.

Preciso me livrar antes que ela arranque o meu braço ou decida me engolir como se eu fosse um petisco do café da tarde e me pulverize totalmente, mas tenho apenas uma chance. E isso significa que vou ter de fazer valer essa chance.

Mesmo ao sentir o aumento da minha ansiedade, permito que ela me arraste, à espera de que sua mordida em mim afrouxe o mínimo que seja. Após certo tempo, o monstrengo para, abre as mandíbulas, e eu afrouxo a pegada no cordão de platina apenas o bastante para conseguir me mover, mas não o bastante para fazer com que a pedra desapareça por completo.

Ergo a mão e a pressiono contra um dos dentes gigantescos daquela besta. Uso o dente como ponto de apoio para girar e acertar o soco mais forte que consigo bem na lateral do focinho.

A criatura ruge, surpresa. E é disso que preciso. Solto o cordão de platina ao cair no chão e me afastar com um rolamento, bem depressa. Em seguida, seguro o cordão outra vez e me transformo (dessa vez na minha forma animada) e levanto voo, batendo as asas com toda a força.

Ainda assim, aquela criatura maldita quase me pega. E teria pegado, se Hudson não tivesse se apressado e acertado uma ombrada na lateral do corpo do monstro com toda a força.

Os dois saem voando, com a fera rosnando e se retorcendo de um lado para outro para conseguir pegar Hudson, e Hudson fazendo o mesmo para tentar se desvencilhar.

Os dois caem no chão com um *ploft* que sacode a arena; Hudson está no chão, com o monstro por cima. Ele impede que a criatura o pegue usando apenas a própria força, mas percebo pela sua expressão que ele está tentando usar seu poder e persuadi-la a recuar e nos deixar ir embora. Mas, como todas as outras tentativas, fica óbvio que não funciona. Não sei como é possível, mas parece que a fera está com *mais* vontade de matar Hudson em vez de *menos*, mesmo depois que ele usou seu poder de persuasão.

Isso não faz o menor sentido. Sei que não sou a pessoa mais versada nesse mundo sobrenatural nem nada do tipo, mas tudo que sei me diz que apenas as gárgulas são imunes à magia por causa do modo como fomos criadas. E essa coisa, seja o que for, definitivamente não é uma gárgula — o que significa que não deveria ser imune aos poderes de Remy, Macy ou Hudson. Mas obviamente ela é. E isso significa que ou há outro tipo de criatura por aí que também é imune à magia ou alguém fez alguma coisa para torná-la imune.

Não sei o bastante sobre esse mundo para ter certeza de que isso é possível. E agora não é exatamente a melhor hora para perguntar, considerando que o meu consorte está tentando impedir que aquela coisa arranque sua cabeça a dentadas.

O pior é que ele parece estar perdendo. E nós estamos muito longe pra conseguir ajudá-lo.

Capítulo 143

CORRENDO AO REDOR DO RINGUE

— Hudson! — Saio em disparada na direção dele, voando mais rápido do que jamais voei na vida. Ainda assim, sinto que não vai adiantar. Ainda sinto que não vou conseguir ser rápida o bastante.

Hudson está conseguindo impedir que as mandíbulas da criatura se fechem, usando toda a sua força para não deixar que aqueles caninos afiados o dilacerem. Mas a coisa é mais forte do que um vampiro, mesmo que seja um dos vampiros mais fortes que existem. E não há tempo suficiente.

Meu Deus.

— Hudson!

O nome dele é arrancado das profundezas do meu ser. O horror do que está prestes a acontecer transforma meu estômago em poeira.

— Não! — grito enquanto disparo na direção deles. — Não!

De repente, o chão chacoalha e um terremoto enorme sacode o estádio. A fera grita de terror quando o chão começa a se abrir, saltando para longe a fim de tentar se salvar.

Hudson rola para longe e se levanta com um salto, acelerando diretamente até mim enquanto diz para o irmão:

— Obrigado!

Jaxon revira os olhos, mas vejo um sorrisinho em seu rosto quando ele acelera diretamente contra a fera. E começo a pensar que é uma péssima ideia. Depois do que quase aconteceu com Hudson, eu ficaria muito feliz se ninguém mais chegasse perto dela. Mas Jaxon nunca teve muita noção de autopreservação e passa pela criatura como se não houvesse nada ali, parando apenas por tempo suficiente para registrar o seu cheiro antes de acelerar para um ponto a vários metros de distância.

Isso é tudo que é necessário. A fera se levanta e sai correndo, perseguindo Jaxon a toda velocidade e saltando sobre a enorme rachadura que Jaxon causou na pedra com o seu poder. E mais, Jaxon está deixando que isso aconteça. Inclusive, tenho certeza de que ele está atiçando a fera para que ela o siga, usando toda a força que tem para continuar à frente da criatura enquanto corre em sentido anti-horário pela arena, exatamente como Remy pediu.

— Bem, ele colocou o monstro para correr — diz Éden para Remy. — O que vamos fazer agora?

— Vamos esperar e ver o que acontece — ele grita em resposta, fazendo com que todos nós olhemos em sua direção.

— Esperar e ver o que acontece? — repito. — Esse é o seu plano? Você viu o que essa coisa quase fez com Hudson. Se aquilo pegar Jaxon agora...

— Ele não vai pegar Jaxon — intervém Calder de onde está encostada na parede, observando tudo como se assistisse a algum jogo de futebol americano.

— Como você sabe? — pergunto, com o coração na garganta.

— Porque já está funcionando — replica ela, indicando um ponto atrás de mim com a cabeça.

— O que está funcionando? — pergunta Mekhi, confuso.

Mas voltamos a olhar para Jaxon antes que Remy responda. E é impossível não perceber o que acontece com a fera. As runas nas paredes estão todas iluminadas. E toda vez que a fera passa por uma delas, vai ficando um pouco menor. Um pouco mais calma. E com uma aparência bem menos raivosa. Assim, quando a criatura passa pela sexta runa, ainda está gigantesca, mas não parece ter mais o tamanho de um caminhão carregado. Além disso, de repente, tenho a impressão de ela parece querer brincar em vez de nos devorar.

— O que está acontecendo? — questiono. — O que as runas do meu pai estão fazendo com aquela coisa?

— Na verdade, são as runas do meu pai — Remy me corrige. — Ele as deu ao seu pai para que ele as desse para você e para que...

— Eu pudesse dá-las a você quando precisasse delas — termino quando consigo descobrir a verdade. É por isso que Remy sabia sobre as runas. Elas pertencem a ele, e ele sabe o que deve fazer com elas de um jeito que jamais vou saber. Não tenho nem tempo para assimilar a dor que sinto no peito por meu pai não ter realmente deixado alguma coisa para que eu soubesse da parte bruxa existente em mim, já que ele era um feiticeiro.

Remy faz que sim com a cabeça.

— Exatamente.

— Essas pessoas capazes de ver o futuro são estranhas — comenta Mekhi ao se aproximar de nós.

Remy abre um sorriso.

— Definitivamente, esta não é a primeira vez que me falam isso.

— Talvez não seja — comenta Flint quando pousa e se retransforma em humano ao nosso lado. — Mas tem uma coisa que preciso saber. Você previu que aquilo ia acontecer?

— Previ o quê? — Remy e eu nos viramos para ver o que ele está apontando e o meu coração quase para outra vez. Porque, de repente, a fera parou de perseguir Jaxon. E, mais importante, parou de correr pela arena no sentido anti-horário.

— Será que ela descobriu o que estava acontecendo? — pergunto, espantada com a possibilidade dessa ideia.

— É bem provável — responde Hudson. — Porque ela começou a correr no sentido oposto. E tenho quase certeza de que está fazendo isso de propósito.

— É, também estou com essa impressão — concordo quando a fera literalmente dá meia-volta e passa a correr na direção oposta.

E fica cada vez maior enquanto corre.

Seus dentes, que têm o tamanho de um braço, logo crescem para ter o tamanho de uma perna. Os esporões em suas costas ficam mais longos e mais afiados. E os esporões da cauda ficam mais grossos e mais encurvados, até parecerem dez vezes mais assustadores e mais perigosos do que quando chegamos aqui.

— E, então, gênio? — indaga Flint a Remy. — O que vamos fazer com aquilo?

— Correr — responde Macy quando chega até onde estamos a toda velocidade. — Vamos correr como o diabo fugindo da cruz!

Capítulo 144

SE CORRER,
O BICHO PEGA

Fazemos exatamente o que Macy sugere e corremos como se não houvesse amanhã.

Hudson acelera e atravessa a arena na direção do monstro, em busca de fazer com que o siga de volta por onde ele veio. Mas a criatura não segue o plano.

Remy trabalha no centro da arena, construindo o que parece uma jaula mágica para conter a fera. Mas nem sei se isso vai funcionar, considerando que, ao que parece, ela é imune a todos os outros tipos de magia. Até agora, as runas foram as únicas tentativas que funcionaram.

O restante de nós se espalha como besouros assustados, tentando correr para cansar a fera.

Decolo para conseguir uma visão aérea da arena, esperando haver algo que ainda não percebemos. Ou que haja alguma coisa que possamos usar como arma, considerando que nada do que trouxemos conosco é longo ou afiado o suficiente para penetrar a pele grossa da fera.

Bem, com exceção daquela runa. Mas o corte não foi fundo o bastante para atravessar os músculos e os órgãos. Em vez disso, ela simplesmente ficou fincada no couro da fera.

Observo meus amigos correndo pela arena e tento decidir quem posso ajudar primeiro. A maioria corre em círculos no sentido anti-horário, mas Hudson e Jaxon estão correndo no sentido horário agora, tentando impelir a criatura a seguir na direção oposta. Enquanto observo, conjecturo por que aqueles dois não estão ficando maiores. E por que os outros não ficam menores também? Por que a criatura é a única que aumenta ou diminui de tamanho conforme a direção em que corre?

Isso me dá uma ideia. Sei que o objetivo é fazermos com que ela volte a correr no sentido anti-horário para forçá-la a ficar menor outra vez. Mas a questão é que esse monstro é muito inteligente. E não vai repetir o erro de antes. Consigo percebê-lo, considerando que todos correm naquele sentido e a criatura não persegue ninguém.

Em vez disso, ela corre no sentido oposto, ciente de que vai conseguir dar a volta e alcançá-los do outro lado. Se isso acontecer, ela vai ficar com o dobro do seu tamanho original.

Ou talvez já esteja com o dobro do tamanho original. Ela já era tão grande quando surgiu na arena que é difícil ter certeza.

E isso me faz pensar que só há uma atitude a se tomar a essa altura. E como é algo perigoso pra caramba, não me sinto confiante para pedir a qualquer outra pessoa para que o faça. Sei que Hudson vai surtar se eu sugerir isso. Por isso... não sugiro.

Em vez disso, concentro-me em ganhar a maior velocidade possível e depois disparo diretamente sobre a besta, por trás, esperando que ela não perceba a minha presença por enquanto.

Parece funcionar, já que Dawud e Calder entraram no tumulto e se alternam, ziguezagueando de um lado para o outro pela arena a fim de cansar a fera. Claro que isso também está cansando os meus amigos, mas somos em doze e a criatura é apenas uma. Tenho certeza de que podemos ganhar numa disputa de resistência.

A fera se aproxima tanto de Dawud, já em sua forma de lobe, que consegue até mesmo se abaixar e lhe dar uma mordida no rabo. Dawud reage, saltando a um metro e meio do chão e rolando por baixo do corpanzil do monstro, roendo-lhe os calcanhares para provocar um tropeço.

Mas a fera nem percebe aquilo, agora que Dawud não está mais à sua frente. E concentra sua atenção em Calder. E também em Macy, que está em perseguição, tentando acertá-la com um feitiço após o outro.

Nenhum deles funciona, é claro. Mas minha prima não permite que isso a detenha. Ela continua a tentar, esperando que um deles cause algum efeito.

Quanto a mim... eu me preparo para fazer aquela que talvez seja a ação mais idiota de todas. Se ela continuar crescendo à medida que corre em sentido horário pela arena, não vai demorar muito até termos de enfrentar um monstro do tamanho da arena inteira se não fizermos alguma coisa.

Assim, rezando para que meu plano funcione, chego voando por trás do monstro, estendo a mão e tento segurar a runa enfiada em seu couro.

A fera fica maior ou menor, dependendo da direção em que corre. E é a única criatura que tem uma runa incrustada no corpo. Deve haver alguma conexão. Tenho certeza. Assim, aperto os dentes e tento pegar a runa outra vez.

Meus dedos se fecham ao redor das bordas da pedra. Apoio os joelhos no flanco do animal e, batendo as asas em modo reverso à procura de um ponto de apoio, tento arrancar a runa do seu corpo.

Ela grita, girando para me encarar tão depressa que nem tenho tempo de me preparar, sendo jogada para longe. No começo, tenho a impressão de que vou cair bem na boca da fera (e vai ser o meu fim quando aqueles dentes me pegarem). Mas, no último instante, consigo mudar a trajetória para me chocar contra os esporões de osso que ela tem no pescoço.

Sinto que sou empalada; o esporão atravessa a parte de cima da minha coxa, me fazendo gritar de agonia. O lado positivo disso tudo é que agora eu não preciso mais me esforçar para ficar perto do monstro. Estou de fato presa a ele.

Decidindo aproveitar a situação, e apesar da dor que castiga o meu corpo, estendo-me por sobre a lateral do corpanzil e tento alcançar a runa. Só que, mais uma vez, a minha pouca altura só atrapalha. Além disso, a fera está tão enorme agora que, mesmo com os braços esticados, não consigo alcançar a lateral da sua anca traseira, muito menos o lugar em que a runa se fincou.

Ou seja: vou ter de descobrir um jeito de me desempalar desta coisa maldita. Mas, considerando que ela galopa a uma velocidade que deve ser de uns cento e sessenta quilômetros por hora, não há nada em que eu possa me agarrar, com exceção de outro dos esporões ossudos e pontiagudos em suas costas. Tenho quase certeza de que estou fodida.

Hudson e Remy correm para cá, e grito para que eles não se aproximem. A fera já está irritada demais agora. E receio que vá transformar os dois em picadinho.

Mas antes que eles consigam chegar até aqui, Flint mergulha em sua forma de dragão e passa perto o bastante da fera para distraí-la.

A fera fica ensandecida, saltando, rosnando e se retorcendo para tentar pegá-lo. Mas Flint consegue se manter longe dela, balançando o rabo ou o pé perto o bastante para fazer com que o monstro pense que vai ter uma chance de agarrá-lo.

E isso só o irrita ainda mais.

Hudson, nesse meio-tempo, pula no lombo da criatura, segurando-se no esporão de osso logo atrás daquele no qual estou empalada, usando-o como ponto de apoio para se aproximar. É um lugar muito perigoso para se estar, considerando que há ossos que se projetam por todos os lados e a besta pula e se agita de um lado para outro, fazendo todo o possível para pegar Flint e se desvencilhar de Hudson ao mesmo tempo.

Não perco tempo pedindo a ele que saia dali antes que se machuque. Este é Hudson e ele não vai a lugar algum sem mim. Em vez disso, pergunto:

— O que posso fazer para ajudar?

E ele responde:

— Da próxima vez, tente não ficar empalada no lombo de um animal.

— O plano não chegava nem perto disso.

— Mesmo assim... Olhe só o que aconteceu. — Ele fala de um jeito bem sério, mas me abre um sorriso que diz que está só tirando sarro da minha cara. Em seguida, estende a mão e quebra o pedaço do osso que trespassou a minha perna.

O osso rasga a pele da sua mão ao mesmo tempo que enfurece imensamente a criatura; não consigo nem imaginar quanto isso machucou os dois. De repente, não me sinto mais montando em um touro bravo de rodeio, e sim como se tentasse nadar no meio de um tsunami. E isso causa uma sensação não tão boa na perna ainda empalada na parte de baixo daquele esporão de osso da criatura.

— Se não gostou disso, se aquiete de uma vez, seu monstro desgraçado — esbraveja Hudson para a fera quando ela se vira para trás e tenta mordê-lo. A fera literalmente pula de um lado para outro, gritando a plenos pulmões enquanto se retorce de um milhão de maneiras diferentes, tentando enfiar os dentes em um de nós. Não importa quanto Flint tente distraí-la, ela simplesmente não lhe dá atenção no momento. A fera quer sangue e só vai aceitar o meu e o de Hudson.

Jaxon atravessa a arena correndo, junto a Byron e Rafael, todos fazendo a maior algazarra possível com o intuito de atrair para si a atenção da fera.

Jaxon salta diante da criatura e lhe acerta um soco no focinho, bem como fiz antes. Ela urra de raiva e tenta lhe arrancar a perna, mas Jaxon é mais rápido.

Byron agarra uma das pernas dianteiras enquanto Rafael pega a outra, e os dois literalmente as puxam para derrubar o monstro. Quando ele pousa depois de um salto, esperando se apoiar nelas, acaba batendo no chão com a barriga de pedra.

A criatura vira a cabeça e tenta morder Byron, mas o vampiro já acelerou e se afastou uns cinco ou seis metros e agora está provocando o monstro, tentando fazer com que ele o persiga.

Hudson, nesse meio-tempo, praticamente não dá atenção a nenhum deles. Em vez disso, decide aproveitar a parada brusca da criatura e me avisa:

— Isso vai doer.

Capítulo 145

MORTE E MARTÍRIO

Ele tem razão: dói bastante. Porque, sem nenhum outro aviso além daquele, Hudson segura a minha perna e a arranca, com um movimento brusco, do osso no qual está empalada. Antes que o grito morra nos meus lábios, ele berra para Jaxon e me joga no ar como se eu fosse um saco de batatas.

E entendo o motivo. Não posso mudar para a minha forma de pedra. Estou com muita dor e praticamente vendo estrelas. Mas ele tinha de me tirar das costas do monstro rápido, antes que os movimentos da criatura me jogassem em uma direção que ele não poderia controlar onde eu iria pousar.

Quando os braços fortes de Jaxon me agarram, ainda em pleno ar, ele acelera para o ponto mais distante da fera que consegue encontrar antes de me deixar no chão. Consigo fazer uma transformação parcial para estancar a hemorragia, mas me sinto zonza. Analiso ao redor, à espera de que Hudson acelere para junto de mim. Mas, ao perceber que isso não ocorre, esquadrinho a arena. E o encontro ainda montado no lombo espinhento do monstro.

Ele salta, dá uma pirueta no ar e segura a runa fincada no flanco da fera. Sinto a minha respiração ficar presa no fundo da garganta enquanto vejo o meu consorte pendurado no flanco daquele monstro; em seguida, ele cai, com a runa na mão.

O monstro ruge quando encolhe imediatamente de volta ao tamanho normal. E, pela primeira vez em dez minutos, consigo respirar direito. A fera ainda tem o tamanho de uma carreta, mas pelo menos não está mais do tamanho de um prédio.

Hudson cai no chão e acelera até onde estou em um instante.

— Você pode ficar aqui mais um tempo? — ele pergunta quando chega, ofegante. — E tentar descansar um pouco? Vou manter aquela coisa longe de você.

Eu o encaro como se dissesse *está me zoando, né?*

— Eu sou capaz de manter aquilo longe de mim — asseguro a ele, pegando o meu cordão de platina e me transformando em pedra por tempo suficiente para que o ferimento se feche superficialmente.

Em seguida, volto à minha forma humana. Embora não esteja em condições de correr de um lado para outro, como estava há alguns minutos, estou mais do que pronta para voltar para a briga.

Por cima do ombro de Hudson consigo ver a Ordem acelerando pela arena, tentando fazer com que a fera se concentre neles para que o restante de nós crie um plano para destruir essa coisa de uma vez por todas.

O único problema é que não sei o que devo fazer. E ninguém mais sabe.

Magia não funciona.

Não temos nenhuma arma que funcione contra o monstro.

Nada do que fazemos parece capaz de penetrar sua pele grossa. Até mesmo a runa só conseguiu ficar fincada superficialmente.

Não faço a menor ideia de como podemos derrotar esse monstro. Não me admira que ninguém nunca tenha vencido as Provações. Mesmo que tenham conseguido sobreviver a todos os outros desafios, como é que vão conseguir sobreviver a isso?

A única razão para ainda estarmos vivos é o número de pessoas que há do nosso lado. Mas não vamos conseguir escapar para sempre. Cedo ou tarde, um dos lados vai ceder ao cansaço. E receio que vai ser o nosso.

— O que podemos fazer? — pergunto a Hudson.

— Não sei — ele responde com uma expressão séria. — Se Jaxon e eu destruirmos a arena para esmagar aquele monstro, é muito provável que possamos esmagar todo o restante de nós também.

— Eu sei. Mas temos que fazer alguma coisa.

— Sim.

De repente, Macy corre para o centro da arena, cruzando o caminho da fera.

— O que ela está fazendo? — indago, com o coração na garganta.

— Não sei — responde Hudson, e corre para junto da minha prima, colocando-se entre ela e o monstro. Eu levanto voo para fazer a mesma coisa.

Mas Macy não aceita que isso aconteça.

— Saia da frente! — ela grita para Hudson, que obedece bem quando percebo o que ela vai fazer. Ela está construindo um portal.

— Será que vai funcionar? — pondero, sem me dirigir a ninguém em particular. Mas acho que ela me ouve, porque ergue os olhos e dá de ombros.

E eu entendo. A essa altura, qualquer ideia serve. Mas para onde ela vai levá-lo? Acho que nenhum de nós consegue sair desta arena.

Mas, como descubro logo em seguida, Macy não planeja levá-la para muito longe.

Quando a fera avança sobre ela, Macy salta portal adentro; o monstro a segue. Segundos depois, ela reaparece do outro lado da arena, correndo como se sua vida dependesse disso. E, pensando bem, até que depende, sim.

— Deu certo! — ela grita, mas o monstro está praticamente em cima dela agora. Assim, mergulho e a pego nos braços, tirando-a do chão antes que aquelas mandíbulas gigantes se fechem no seu ombro.

— O que você quer fazer com os portais? — pergunto enquanto voo com ela até o outro lado da arena.

— Eu queria ver se funcionaria. Se o monstro ainda poderia ser afetado pela magia, mesmo que não direcionada contra ele. E deu certo. Ele passou pelo portal comigo.

— Sim, mas como vamos usar isso a nosso favor?

— E se eu abrir um... — Ela para de falar com um grito quando Flint passa perto demais do monstro. Ele e Éden estão voando ao redor da criatura, tentando cansá-la e encontrar uma fraqueza enquanto a Ordem faz a mesma coisa, correndo no chão.

Mas Flint calculou mal a distância, e a fera mordeu sua prótese da perna. E não quer soltá-lo. Em vez disso, está jogando a cabeça de um lado para outro, batendo a enorme forma de dragão de Flint como se ele não fosse mais do que um saco de feijões.

Flint tenta acertar um pontapé na cabeça da criatura, dobrar o corpo para socá-la no focinho, tenta até mesmo lhe enfiar um dedo no olho. Mas nada disso é o bastante para soltá-lo. Tudo que a fera faz é morder ainda com mais força a perna que tem entre aquelas mandíbulas poderosas. E a única coisa que me alivia é o fato de que não é a perna real de Flint que ela conseguiu pegar. Porque tenho certeza de que, se fosse alguma outra parte além da perna postiça, já a teria estraçalhado por completo.

Como não há nada que ela pode fazer para ferir a perna, tento me acalmar. E tento pensar em uma maneira de escapar. Não é uma emergência porque Flint não está sendo ferido, mas tenho certeza de que ele está morrendo de medo por causa da possibilidade de perder a outra perna. Deus sabe que é exatamente assim que eu me sentiria.

Precisamos libertá-lo. Como podemos fazer para que a fera o solte? Temos de dar a ela algo que queira morder (ou comer) mais do que ela quer comer Flint. Mas o que seria?

Eu pouso e deixo Macy no chão; em seguida, decolo outra vez e me aproximo enquanto formulo um plano.

Mas a fera gira de um lado para outro e faz Flint bater na parede mais próxima com tanta força que tenho certeza de que deve ter feito um belo estrago.

E Jaxon perde totalmente a cabeça. Não há outra palavra para descrever.

Ele atravessa a arena, acelerando tão rápido que é quase como se tivesse atravessado um portal. E salta nas costas do monstro. Mas, diferentemente de mim, ele tem coordenação suficiente para não se empalar em nenhum dos esporões de osso, graças a Deus. E praticamente caminha sobre as costas translúcidas do monstro.

A fera fica ensandecida, batendo Flint de um lado para outro como um tubarão com sua presa ao mesmo tempo que bate as costas contra a parede a fim de tentar se livrar de Jaxon — ou, pelo menos, para derrubá-lo.

Mas Jaxon consegue se segurar ali, de algum modo; provavelmente por pura força de vontade. Consegue até mesmo subir até a cabeça do monstro. Ao chegar ali, ele agarra as orelhas da criatura e as puxa para trás com toda a sua força vampírica, tentando impelir a criatura a largar Flint.

A fera grita. O som da sua agonia ecoa pela arena vazia, sinto aquilo dentro de mim. A fúria e a dor da criatura penetram em mim, me fazendo voltar vários meses no tempo até a noite em que Xavier morreu na caverna da Fera Imortal.

Nós fomos até lá. E o atacamos. Tentamos matá-lo, quando tudo que ele queria era ser deixado em paz. De repente, não consigo deixar de pensar que a situação é a mesma com essa criatura. Se ela simplesmente passa seus dias presa aqui, cuidando da própria vida até que a próxima pessoa chegue para tentar matá-la e conseguir o elixir.

Pensar no assunto me deixa enjoada, vendo essa coisa como eu via Alistair: acorrentado em uma caverna, sem controle sobre a própria vida. *Será que estamos fazendo tudo aquilo de novo?* É o que fico conjecturando. *Estamos cometendo os mesmos erros da última vez?*

Voo mais baixo, determinada a pedir a Jaxon que se afaste. Que dê à fera uma chance de soltar Flint e voltar ao seu canto sem ter de se preocupar com a possibilidade de que a ataquemos outra vez. Mas, antes que eu consiga falar alguma coisa a Jaxon, ele deve perceber que segurar nas orelhas da criatura não funciona, porque ele as solta. Em seguida, com uma careta, ele dá um salto e pousa no focinho da fera. Ele leva as mãos até as bordas das narinas da coisa e puxa com toda a força que tem.

A fera urra em agonia, com a bocarra se abrindo enquanto o grito de dor enche a arena. O sangue laranja escorre do seu nariz enquanto Flint voa para longe. E ela se joga no chão em uma tentativa desesperada de fazer com que Jaxon a solte.

Jaxon tenta fazer exatamente isso, mas não consegue escapar a tempo e acaba preso sob todo o peso daquele animal furioso e berrador.

Hudson parte para tentar salvar seu irmão, empurrando o lombo do animal para fazê-lo ele mover. E é aí que a Ordem se aproxima tal qual uma única criatura. Eles a provocam, golpeiam, tentam atraí-la para um combate, fazendo tudo o que podem para forçá-la a se levantar e libertar Jaxon antes que seu peso o mate esmagado.

Logo, Byron consegue acertar um pontapé bem no nariz ainda sangrando e a fera se levanta com um salto. Em seguida, com um grito tão estridente e cheio de fúria que é até difícil de escutar, ela golpeia com a cauda espinhosa como se fosse um porrete.

Hudson agarra Jaxon e salta alto o bastante para se esquivar do golpe da cauda. Mas a fera está com sede de sangue agora e vira o corpanzil para trás, tentando acertar alguém. Qualquer um.

É exatamente isso que acontece. A cauda golpeia num arco que sobe e desce, acertando o peito de Byron com toda a força. E os esporões o empalam, trespassando-lhe o coração. Rafael chega correndo até ele, mas a fera se vira para trás e o apanha, fechando as mandíbulas ao redor da sua cabeça enquanto joga o seu corpo de um lado para outro.

Ouvimos um som horrível de ossos se quebrando; em seguida, ela joga Rafael a alguns metros de distância. Mas o seu crânio está esmagado. Ele já está morto antes de cair no chão.

Estou gritando. Macy está gritando. E Jaxon se debate contra Hudson, que usa toda a sua força para segurar o irmão e impedir que ele se coloque no caminho do monstro ensandecido que agora quer pegar Mekhi.

Flint e Éden voam a toda velocidade para tentar chegar até ele, enquanto Remy e Calder fazem a mesma coisa no chão. Mas já é tarde demais.

Capítulo 146

NO MEIO DE UMA TEMPESTADE, QUALQUER PORTAL SERVE

— Não! — A voz agoniada de Jaxon rasga o auditório. — Não! Não! Não!

A última palavra é pouco mais do que um lamento quando suas pernas cedem. A única coisa que o impede de desabar no chão são os braços de Hudson ao seu redor.

A fera prende Mekhi entre as suas mandíbulas poderosas e as fecha; em seguida, balança a cabeça como se tivesse mordido um limão azedo. Com um movimento rápido da cabeça, a fera arremessa o corpo de Mekhi longe. Ele bate no chão e rola algumas vezes até parar, inerte, a uns cinco ou seis metros de onde estamos.

Hudson tenta segurar Jaxon, mas é difícil quando o irmão começa a se debater para chegar até os cadáveres dos seus três melhores amigos. Ele está cego pela dor, gritando, arranhando e lutando contra Hudson com as últimas forças que lhe restam.

— Me solte! — Jaxon ordena com a voz cheia de horror. — Me solte, caralho!

Ele está tentando se livrar e chegar até Mekhi agora, fazendo tudo que pode para alcançar a Ordem.

Ou, pelo menos, o que resta deles.

Mas, ainda assim, Hudson não o solta. Ele o segura com ainda mais força enquanto responde com a voz bem triste:

— Desculpe, não posso fazer isso. Não vou perder você outra vez.

Quando percebe que Hudson não vai soltá-lo, Jaxon dá um grito longo e grave. Ele grita sem parar, até que os gritos se transformam em soluços entrecortados. Até que suas pernas cedem completamente e ele cai no chão, com os punhos nos olhos enquanto balança o corpo para a frente e para trás, gemendo como se sua alma se despedaçasse outra vez. Hudson está ali com ele, abraçando-o como se jamais quisesse soltar seu irmão de novo.

Enxugo as lágrimas que descem pelo meu rosto, mirando rapidamente os corpos inertes de Byron, Rafael e Mekhi. Olhando para qualquer coisa, exceto para Jaxon.

De repente, não sei mais se posso seguir em frente. Não sei se vou conseguir continuar. A dor de perder os meus amigos é quase insuportável. E ainda tenho mais amigos que vou perder hoje. Como é possível alguém continuar lutando diante da possibilidade de uma morte certa? Como pode se esperar que a agonia se prolongue tanto?

Cada minuto em que continuo viva é um minuto a mais para lamentar a perda de todo mundo que amo.

Meu olhar procura Byron, Rafael e Mekhi outra vez. Várias e várias vezes. Não consigo desviar o olhar. Mal consigo enxergá-los, agora. Minha visão está borrada pelas lágrimas, mas não consigo parar de olhar para aqueles corpos disformes e ensanguentados. Eram pessoas boas. Incríveis. Os melhores. E não mereciam morrer desse jeito. Meu Deus... É demais. Byron. Rafael. Mekhi...

Mas, à medida que meu olhar perpassa o corpo surrado de Mekhi, alguma coisa ali chama a minha atenção. O braço. O braço dele se mexeu? Engulo os meus soluços e enxugo freneticamente os olhos, tentando conseguir um ângulo melhor para examinar. Prendo a respiração e observo, atenta. E vejo de novo. O braço dele se mexeu.

Saio correndo a toda velocidade e deslizo quando chego mais perto, me esforçando com o peso dele enquanto tento virar seu corpo. Suas pálpebras se abrem, trêmulas, e solto um gemido. Jaxon e Hudson surgem ao seu lado em um piscar de olhos; Jaxon o puxa para seus braços.

Mekhi resmunga.

— Ei, vá com calma. Algum palhaço me mordeu.

Jaxon ri, mas é uma risada que surge como um soluço. E ele não afrouxa o abraço.

Estendo a mão para Mekhi, fitando os olhos de Jaxon e esperando por um sinal. E toco Jaxon com a outra mão. Fecho os olhos e busco dentro de Jaxon, pegando tanto poder quanto posso e canalizando-o para Mekhi. Tomo cuidado para não tirar muito, mas deixo a minha tatuagem se encher completamente e depois me afasto de Jaxon, porém ainda canalizando a energia de cura para Mekhi.

Ao longe, ouço Remy e Calder gritando alguma coisa do outro lado da arena, trabalhando com Flint e Éden para manter a fera distraída. Em seguida, alguém grita e ouço um *bonk* forte, mas não dou atenção para mais nada. Não posso fazê-lo. Mekhi merece minha atenção completa.

Depois de um minuto, seus músculos tensos se relaxam. Sua perna, que estava flexionada em um ângulo impossível, endireita-se e os cortes medonhos em seus braços se fecham. Depois de fazer tudo o que posso no momento, suspiro enquanto Jaxon o ajuda a se levantar com cuidado.

Levo a mão até a barra da camisa de Mekhi, pedindo permissão com os olhos. Ele faz um sinal afirmativo e, quando ergo o tecido até a altura do seu peito, solto um gemido exasperado.

Não por causa das marcas de perfuração dos dentes da criatura. Canalizei energia suficiente para fechar aqueles cortes e fazer o sangramento parar. Embora os ferimentos ainda não estejam totalmente curados, eles não são mais mortíferos. Não. O que faz o pânico se remoer no meu estômago é uma marca de mordida bem menor do que aquela que a fera deixou. Mais ou menos do tamanho de um besouro. E, espalhando-se a partir dela, há uma teia de aranha de filamentos escuros logo abaixo da superfície da pele.

Não é estranho que a fera o tenha cuspido depois de dar uma mordida. De algum modo, Mekhi estava infectado por um dos insetos de uma das Provações anteriores.

Estendo a mão para tentar curar aquilo diretamente, mas a magia que envio para a mordida não parece causar nenhum efeito. Meu olhar cruza com o de Jaxon e ele simplesmente diz:

— Vamos cuidar disso mais tarde.

Ele está certo. Ainda temos uma criatura que só sabe que estamos com ela nesta jaula e quer nos ver longe daqui.

Como se percebesse meus pensamentos, o monstro ergue o rosto ensanguentado e arrasta as garras pelo chão, com a atenção concentrada em Remy e Calder, que está a alguns metros de distância dele. E avança sobre eles, com uma expressão sedenta por sangue em seus olhos leitosos.

— Meu Deus! — grita Macy, com lágrimas lhe escorrendo pelo rosto. — Meu Deus do céu. O que vamos fazer, Grace? O que vamos fazer?

— Não sei — respondo, quase sem conseguir pensar em meio ao horror e à devastação do que acabou de acontecer. Meu cérebro está vazio. A única coisa ali dentro é o medo de que Jaxon e Hudson atraiam a atenção da fera enquanto ajudam Mekhi a ir até algum canto da arena.

Não posso deixar que isso aconteça. Não posso perder mais ninguém. E *não* posso perder esses dois. De jeito nenhum.

Analiso a criatura. Ela está andando de um lado para o outro diante dos corpos da Ordem, com sangue escorrendo pelo nariz e os olhos vidrados pela fúria. Sei o que ela está fazendo: desafiando qualquer um que queira se aproximar dos seus prêmios. Desafiando qualquer um a pegá-los. E preciso reunir todo o meu autocontrole para não vomitar bem aqui, quando percebo que a criatura não planeja simplesmente matá-los. Ela vai se alimentar deles também.

Não consigo acreditar que pensei que ela fosse como Alistair.

Não acredito que senti empatia por ela.

É um monstro, pura e simplesmente. Foi criado para matar e adora fazer isso. Como pude me sentir mal por sua causa?

Remy, Calder, Dawud, Flint e Éden a cercam agora. Não estão perto o bastante para admitir um ataque imediato do monstro, mas também não estão longe demais para que eu consiga me sentir segura. Se a criatura avançar, os dragões são os únicos que não representam alvos fáceis.

Observo Macy. Nós duas ainda estamos chorando, mas faço o possível pra enxugar as lágrimas. Não tenho tempo para elas agora. Ninguém tem. Temos de encontrar um jeito de sair daqui antes que aquela fera nos mate.

— Qual era mesmo a sua ideia com os portais?

Capítulo 147

NÃO PODE SER VERDADE

Ela me explica, exemplificando com o torneio do Ludares, disputado meses atrás. Não sei se a ideia vai funcionar. Mas, a essa altura, um plano que talvez funcione é melhor do que nenhum plano.

Assim, chamo Remy até nós e o deixo conversando com Macy sobre como eles vão construir os portais enquanto contamos o plano para os demais (ao mesmo tempo que nos esquivamos da fera, que parece ter perdido a paciência com a gente também).

— Que ideia genial — elogia Dawud, que está nos meus braços enquanto passo voando por cima das mandíbulas da fera, bem quando Calder chega por trás para distraí-la.

Ela ruge e muda de direção, perseguindo a manticora até que Éden a acerta com um encontrão de cima para baixo e completa o golpe com um pontapé no traseiro. O monstro se vira para trás, mordendo e tentando abocanhar seu rabo, mas Éden sabe ser bem ligeira quando quer. Ela desaparece com a mesma velocidade com que surgiu. E Calder aproveita a distração para acertar uma ferroada no pé do monstro com sua cauda de escorpião, logo antes de sair correndo.

A fera ruge de dor e raiva enquanto corre atrás de Calder. Mas está mancando um pouco na pata traseira agora. E, embora eu saiba que provavelmente vai levar apenas alguns minutos para assimilar a dor e o veneno que ela injetou, pretendo aproveitar a situação pelo tempo que for possível.

Flint, seguindo o plano, dá um voo rasante e acerta um chute no nariz inchado e ensanguentado, voando para longe logo em seguida enquanto a fera grita.

É aí que Hudson chega às pressas e salta no lombo da besta como um atleta olímpico, parando apenas por tempo suficiente para agarrar uma das protuberâncias ósseas em cada mão e quebrá-las logo depois. E se afasta a toda velocidade.

A fera está quase insana pela fúria agora. Seus olhos se reviram na cabeça e ela praticamente espuma pela boca, desesperada para pegar um de nós. Mas é isso que preciso que ela faça. Que nos ataque desse jeito desvairado. Ela é inteligente, ardilosa demais e está louca para matar a todos. Se lhe dermos chance de pensar, meu plano não vai funcionar. E não vai demorar até que mais alguns de nós morram. E se isso acontecer, Cyrus vai matar todas as pessoas que amamos.

Macy chega correndo até mim e sussurra:

— Estamos prontos.

Confirmo com um aceno de cabeça. Logo depois, decolo de novo e voo ao redor da fera, me aproximando a cada vez que completo uma volta, mas ainda tomando cuidado para não chegar perto demais daquelas mandíbulas poderosas.

Ela avança contra mim, tenta me agarrar e me puxar para o chão. Mas continuo a circular. E chego mais perto, esperando que…

— Você está perto demais! — Hudson grunhe para mim quando atravessa a arena, acelerando.

— Olha quem está falando — respondo ao mergulhar e acertar um soco o mais próximo que consigo do olho da fera.

Ela rosna e tenta me abocanhar, quase prendendo o meu punho entre os dentes afiados. E agora que tenho toda aquela atenção furiosa em mim, viro de costas e corro na direção de um dos portais que Macy preparou.

A fera me segue, exatamente como era minha intenção. Atiro-me no portal, à espera de que ela esteja irritada o bastante para esquecer seu senso de autopreservação e vir atrás de mim.

Mas não funciona. Em vez disso, ela dá meia-volta e parte atrás de Hudson, com as unhas estalando no chão enquanto corre para alcançar meu consorte, que também mergulha em um portal.

Prendo a respiração durante todo o tempo em que ele fica lá dentro, mas Remy faz um ajuste com um gesto e Hudson reaparece a vinte metros de onde estamos.

Macy é a próxima a pular no portal, berrando à procura da atenção da fera; em seguida, passa a gritar por uma razão totalmente diferente quando o monstro se vira e corre atrás dela. Ela também mergulha em um portal. Mas, novamente, a fera não a segue.

Não sei se isso acontece porque ela é inteligente demais e conseguiu descobrir o nosso plano, ou se simplesmente não gostou da sensação que teve ao passar por um portal há alguns minutos. De qualquer maneira, sua atitude não nos ajuda em nada. Se não conseguirmos fazer com que a fera entre em um dos portais, o plano de Macy não vai funcionar. E preciso muito que funcione.

É praticamente a nossa última chance.

Dessa vez, Flint parte para o ataque, chutando e golpeando o monstro para fazer com que o siga.

Mas, em vez de persegui-lo, a criatura simplesmente agita a cauda e acerta o braço de Flint com um daqueles esporões perigosos.

O sangue esguicha por toda parte, mas Flint não grita. Acho que isso acontece porque é difícil se deparar com aquele rabo e não pensar no que aconteceu com Byron. O ferimento na minha perna e o que ele acabou de receber no braço parecem muito pequenos em comparação.

Flint pressiona a mão no ponto de perfuração e mergulha no portal.

Fico aguardando que a fera se vire para atacar outra pessoa. Mas há alguma coisa no rastro de sangue que Flint deixa para trás que parece fascinar a criatura. Ela o segue, lambendo cada gota — o que só faz o meu estômago sensível se embrulhar ainda mais.

Mas ela está no encalço de Flint, que está machucado. Por isso, mergulho diante da fera para atrair a sua atenção outra vez. Mas acho que, dessa vez, passo perto demais. Ela tenta me acertar com aquele rabo poderoso e quase não tenho tempo de desviar para não ser empalada. Mesmo assim, a ponta do esporão consegue me causar um corte na barriga. Retomo a forma humana e avalio a barriga, esperando ver as minhas tripas do lado externo. Mas respiro aliviada ao perceber que é somente sangue e que as tripas permanecem em seu devido lugar. Acho que consigo viver com isso.

Como sangue é exatamente aquilo de que a criatura parece gostar, decido usar isso para atraí-la com precisão para onde precisamos que vá. Encosto a mão na barriga e a tiro em seguida, encharcada de sangue. Em seguida, ergo a mão para que a fera sinta o cheiro.

A besta solta um grunhido grave e gutural e salta. E corro para fugir.

Deve funcionar, porque sinto sua respiração quente no meu pescoço enquanto me apresso rumo ao portal mais próximo. Macy grita para que eu vá mais rápido, e uma breve espiada no rosto de Hudson me informa que tem sido necessário todo o seu autocontrole para que fique parado e observe enquanto faço isso. Normalmente ele sempre me deixa fazer o que quero, mas percebo que a proximidade com um monstro de dez toneladas cheio de dentes, garras e esporões afiados nos meus calcanhares faz despertar seu instinto protetor. Sei que despertou o meu quando esse treco estava indo atrás dele.

Mas o portal está a meros passos de distância e preciso chegar lá. Preciso que essa coisa me siga lá para dentro. Assim, me esforço para encontrar um pouco mais de velocidade e acelero ao máximo.

E chego aonde quero. O portal está bem diante de mim e mergulho nele, fazendo uma prece com todas as minhas forças para que a fera me siga.

O sangue deve funcionar como isca, porque é isso que ela faz, passando pela entrada do portal a fim de me pegar.

— Vamos lá, Remy — sussurro para mim mesma. — Não me abandone agora.

Conto em voz baixa: *Um, dois, três.*

O portal tem de ser bem rápido.

Mas não é rápido o bastante. A fera se joga em cima de mim, pegando a minha asa com os dentes. E eu grito. Sinto o meu ombro pegar fogo, como se alguém tivesse despejado querosene e depois acendido um fósforo nele. E quase desmaio de dor. Em seguida, estou caindo pelo portal, caindo sem parar.

Qual foi a ideia de Macy? Aquela que ela teve depois de pensar no torneio do Ludares que disputamos há meses? Ela decidiu colocar um portal a trinta metros de altura, quase no alto da abóbada.

Começo a voar, abrindo as asas para conseguir apanhar o máximo de ar que consigo. Mas não funciona. Em vez de voar, continuo caindo sem parar, não importa o que tente fazer. E a mesma coisa acontece com o monstro, bem ao meu lado.

E é aí que me dou conta de algo. Ela não deu apenas uma mordida na minha asa na entrada do portal. Ela a arrancou por completo.

Capítulo 148

SEM TEMPO PARA MATAR

Tenho cerca de três segundos para descobrir o que posso fazer. O chão chega a toda velocidade e o único pensamento que tenho é a dor horrível no ombro e nas costas. Hudson acelera para chegar perto de mim com um olhar horrorizado no rosto.

Pelo canto do olho, consigo ver Éden fazendo a mesma coisa, vindo a toda velocidade na minha direção em sua forma de dragão. Vagamente, fico ponderando: se o monstro pousar em cima de mim, a dor no meu ombro vai finalmente desaparecer? Não me parece algo tão ruim.

Hudson é o primeiro que chega até mim — o que não me surpreende —, saltando a seis metros de altura e me puxando para junto de si.

Ambos caímos no chão com um baque suave e controlado. E observo, horrorizada, quando a fera — com o que resta da minha asa ainda preso em sua boca — se esborracha com um *plaft* agonizante bem ao nosso lado.

Meus amigos vêm correndo de todos os lados para cercá-la. Calder, Remy e Éden estão armados com os esporões que Hudson arrancou das costas da fera há alguns minutos, mas ela não se levanta.

— Ela morreu? — indago enquanto Hudson me faz virar para o outro lado a fim de examinar as minhas costas.

— Grace... — ele diz, com a voz abalada. — Grace, a sua asa...

— Eu sei. — Eu o interrompo porque não quero ouvi-lo verbalizar aquilo. Não sei por quê. Talvez porque, se ele o fizer, vai parecer muito mais real do que parece agora.

— Meu Deus, Grace. — De repente, Macy está atrás de mim, arrancando o moletom e pressionando-o nas minhas costas. — O que vamos fazer?

Não sei se está perguntando isso para mim, para Hudson ou para o universo, mas não faço a menor ideia de como devo responder. Mas sei que não temos tempo para isso. Em especial, enquanto a fera ainda está viva.

Levo a mão para trás e aperto a mão da minha prima, sussurrando:

— Estou bem. — Em seguida, faço um esforço para me levantar.

Hudson está bem ao meu lado.

— Grace, pare. Você precisa deixar esse braço descansar.

— O que preciso é acabar logo com isso — respondo. Mas dou apenas alguns passos antes de meus joelhos cederem e desabo no chão.

Droga. Fecho o punho e soco o chão, com força. A frustração toma conta de mim. Não acredito que isso está acontecendo logo agora. Não consigo acreditar. Não agora, quando tudo já ficou uma merda.

Sinto o pânico pulsar por dentro, transformando meus pulmões em fogo e o meu sangue em gelo. Tenho vontade de lutar contra ele. Preciso fazer isso, mas é difícil demais. Em particular quando a única coisa em que consigo pensar são todos os eventos ruins que se sucederam.

Sim, estamos próximos de vencer essas Provações, de conseguir o elixir e de encontrar uma maneira de derrotar Cyrus. Mas perdemos muita coisa para chegar até aqui. A Ordem está quase toda morta. Jaxon está arrasado. Todos os outros passaram por pesadelos horríveis que vão nos assombrar pelo resto das nossas vidas.

E agora perdi uma asa. Como vou poder ser a rainha das gárgulas sem uma asa? E como vou poder voar? Como vou poder lutar contra Cyrus? E mais: como posso pedir aos meus amigos que entrem em combate, que arrisquem tudo — quando eu mesma não estou em condições de lutar ao lado deles? Não do jeito que preciso estar.

Mesmo assim, não tenho escolha. Já fomos longe demais, queimamos pontes demais, sofremos perdas demais.

Precisamos seguir até o fim. Preciso descobrir um jeito de fazer isso, mesmo sendo apenas meia gárgula agora.

É um pensamento que dói demais, mas o afasto sem dó. Guardo-o naquela maldita pasta no fundo do cérebro *merdas para as quais não tenho tempo hoje*. Por enquanto, concentro-me nas coisas com que posso lidar no momento.

Não vou aguentar perder mais alguém nesta arena. E isso significa que temos de cair fora daqui. Mas, para fazer isso, precisamos terminar o que iniciamos. Aqui e agora.

— Grace. — Hudson se ajoelha ao meu lado. — Descanse. Nós podemos dar conta disso.

Sei que ele tem razão e que posso deixar meus amigos cuidarem do problema. E que vão conseguir resolvê-lo. Mas isso é simplesmente aproveitar uma saída fácil. E, quando viro a cabeça para fitar o monstro tombado no chão, sei que não vou conseguir fazer isso. Não depois de tudo o que aconteceu e de todos os que sofreram.

— Estou bem — reafirmo. Dessa vez, minha voz soa mais forte. Não é verdade. Estou longe de estar bem. Mas dou conta. Preciso concluir isso.

Vou até a fera, cujos olhos brancos e estranhos praticamente giram em sua cabeça enquanto ela continua deitada no chão, com o corpo destroçado pela queda, mas, ainda assim, bem viva. E fico enojada em pensar no que vem a seguir, naquilo que tenho de fazer. É absurdo pensar assim, considerando todo o estrago que ocorreu aqui hoje. Mas é exatamente assim que me sinto.

Acho até que é bom eu me sentir assim, inclusive. A ideia de tirar uma vida, mesmo uma tão terrível quanto esta, deve ser sempre desconfortável. Deve doer. É por isso que Hudson sempre agoniza quando tem de fazê-lo, do jeito que ele se tortura toda vez que precisa usar o seu poder. Porque a vida, não importa a quem pertença... é uma dádiva preciosa. E isso é algo que não desejo esquecer jamais.

— O que vamos fazer agora? — pergunta Macy quando se aproxima de mim, acompanhada por Hudson. O tom choroso da sua voz me faz pensar que ela compartilha o meu sentimento.

— Acho que precisamos dar um fim nisso — responde Calder. — Caso contrário, não vamos vencer esta rodada. E se não vencermos a rodada...

Ela deixa a frase no ar, mas sei o que ela vai dizer.

Se não vencermos a rodada, então tudo que fizemos não vai valer de nada.

Byron e Rafael terão morrido em vão.

E nunca vamos escapar deste lugar. A arena vai tomar nossas vidas, considerando nossa atitude como desistência.

A fera tenta se levantar, apoiando-se nas pernas trêmulas. Mas o esforço é demais para ela, que volta a cair no chão e simplesmente fica deitada, esperando que façamos com ela o mesmo que fez com duas pessoas que amamos.

Esperando que a matemos para nos livrar das Provações.

— Vamos acabar logo com isso — insiste Hudson por fim, pegando um dos esporões que se quebraram quando a fera caiu no chão.

Mas percebo que ter de matar outro ser também é penoso para ele, mesmo que não possa usar seus poderes nele.

Não posso permitir que ele o faça. É simplesmente impossível. Ele já fez muitos sacrifícios por nós e por mim. Não posso deixar que ele faça este também.

Assim, posiciono-me entre ele e a fera. E, devagar e com cuidado, tiro o esporão da mão de Hudson. Meu ombro dói por ter perdido a asa, mas ainda tenho força suficiente para fazer isso.

— Deixe comigo — anuncio-lhe enquanto Hudson me encara com olhos graves e ensombrecidos.

— Não, Grace.

— Deixe comigo — repito. Mesmo que exista a sensação de eu estar desmoronando por dentro, fico de frente para a fera.

Ela me observa agora, com um olho leitoso acompanhando cada um dos meus movimentos e lágrimas lhe escorrendo pela cara, marcada pela dor. Meu estômago se revira e tenho a sensação de que o meu coração vai se autodestruir dentro do peito.

Você precisa fazer isso, Grace, eu digo a mim mesma enquanto me debruço sobre a criatura. Se não o fizer, quantas outras pessoas vão morrer por causa de Cyrus? Se não o fizer, todos os seus amigos vão morrer bem aqui, nesta mesma arena.

Não há alternativa.

Mas, quando me curvo, com o esporão firme na mão, fico observando uma de suas lágrimas escorrer lentamente pela lateral do focinho. E aí me lembro do motivo pelo qual estamos aqui. As Lágrimas de Éleos.

Será que é isso? Essa criatura se chama Éleos? Temos que lhe causar dor para conseguir suas lágrimas? Solto um gemido surpreso. Eles querem mesmo nos forçar a causar agonia a esta criatura para podermos pegar suas lágrimas e acabar com a dor de outros?

Isso não pode estar certo. Não pode ser.

E, se for assim, não quero ser parte disso.

Outra lágrima lhe escorre pela bochecha, arregalando os olhos cheios de medo conforme me aproximo. Sua respiração sai em resfolegadas curtas e um gemido choroso borbulhando no fundo da sua garganta arranca um soluço do meu peito.

O que esta criatura fez para merecer isso? Se fosse um lobo e eu estivesse em sua toca, ele não lutaria comigo com a mesma intensidade para defender sua casa?

E, quando eu a derrubasse no chão, às portas da morte, eu ficaria contente em arrancar seu último suspiro?

Fico de joelhos ao lado da criatura e Hudson me avisa.

— Grace, cuidado. Ele ainda pode te morder.

Mas Hudson não enxerga o que vejo nos olhos do monstro: derrota.

Quando observo, eu o vejo. Eu o vejo de verdade. O monstro feio, terrível, hediondo e assassino que realmente é. E percebo que não é sua culpa.

Não é sua culpa ter essa aparência.

Não é sua culpa não saber fazer nada além de matar e ferir.

Ou mesmo passar milênios trancado nesta arena, tentando apenas sobreviver enquanto todos os que passam por aquela porta querem matá-lo. Ele não pediu que isso acontecesse.

Não tem culpa por nada disso.

Mas, se eu matar esse monstro agora, quando ele está indefeso no chão diante de mim, a culpa vai ser toda minha.

E esse não é um pecado com o qual vou conseguir viver.

Nunca é errado ter misericórdia. E se as pessoas que comandam as Provações não entendem isso, então nunca iríamos conseguir sair daqui, de qualquer maneira.

Largo o esporão no chão.

— Não podemos matá-lo — sussurro. Quando me viro para encarar os meus amigos, percebo que todos chegaram à mesma conclusão que eu.

Nem Calder, que gosta do sabor de entranhas, consegue condenar essa fera por fazer o que foi criada para fazer.

Nem mesmo Jaxon, que sofreu tantas perdas nesta arena, é capaz de tirar uma vida que não precisa ser tirada.

Um segundo se passa até que Éden e Remy largam seus esporões também.

— Ele está sofrendo — observa Calder.

— Eu sei.

Assim como sei que não posso deixá-lo assim.

— Está tudo bem — sussurro para ele enquanto aliso o seu pescoço com a mão. Ele é tão feio deste ângulo quanto de todos os outros, mas a beleza não equivale ao valor. Basta olhar para Cyrus e Delilah.

Ele estremece sob a minha mão, mas emito sons para tranquilizá-lo enquanto fecho os olhos e canalizo toda a energia de cura que consigo tirar da terra diretamente para ele.

Mas não funciona.

Assim como toda a magia que tentamos usar contra ele, não há como afetá-lo.

Tal pensamento me arrasa. Não posso deixá-lo aqui, em meio a tamanha dor. É simplesmente impossível. Nenhum animal deveria sofrer desse jeito.

— Me desculpe — peço-lhe, afastando-me para dar uma olhada melhor.

E é aí que percebo uma coisa. O arreio que a criatura veste se parece muito com aquele cinto que Tess estava usando nas duas vezes que a vimos. Pode ser uma coincidência. Ou será que...

Estendo o braço e pego um dos esporões que largamos no chão há alguns minutos.

— Grace... — diz Macy, horrorizada.

— Está tudo bem — digo à fera, que começa a tremer um pouco mais. — Vou cuidar de você.

Em seguida, me inclino para a frente e uso o esporão para cortar o arreio.

Macy solta um grito assustado; em seguida, respira fundo.

— Não era isso que achei que você fosse fazer.

Nosso tempo está quase acabando. Consigo sentir. Por isso, nem me incomodo em comentar. Em vez disso, volto a colocar a mão no pescoço da fera e tento curá-lo com a magia da terra, mas é algo que demora. Demora demais.

Ele vai morrer antes que eu consiga curá-lo. Liberto um grito, enfiando uma das mãos no chão, apertando a terra e a grama. Mas não é o bastante. Não vou poder puxar a magia com a rapidez necessária.

A tatuagem no meu braço começa a se encher e a brilhar. Mais e mais magia entra o meu corpo, e viro a cabeça para descobrir a origem desse poder.

É aí que os vejo. Os meus amigos.

Um por um, eles formaram um semicírculo e têm o braço apoiado na pessoa ao lado, um após o outro. Mekhi, Dawud, Flint, Jaxon, Éden, Calder, Remy e Macy. Minha prima segura a mão de Hudson, e a outra mão dele está sobre o meu ombro, já entorpecido pela dor agora. Todos oferecem a própria magia para salvar esta criatura.

Nunca admirei tanto as pessoas que tive a sorte de receber em minha vida. A família que encontrei.

Dessa vez, quando olho para a criatura, busco dentro de mim e canalizo toda a energia de cura que consigo para o corpo deste pobre animal.

Todo o seu corpo fica trêmulo ao passo que a energia o invade, soldando seus ossos quebrados e curando os órgãos feridos.

Quando termino, quando consigo sentir que não há mais nada ferido dentro dele, dou vários passos para trás. Meus amigos fazem o mesmo.

E esperamos para descobrir se a nossa misericórdia vai nos salvar ou se vai ser o nosso fim.

Capítulo 149

MUITAS LÁGRIMAS E MEDO

No começo, nada acontece.

As paredes não se movem, as luzes não se acendem, o monstro não se levanta.

Nada.

Não completamos a rodada. Por isso, imagino que não vamos conseguir o elixir. Ao mesmo tempo, não estamos mortos. O que será que isso significa?

Vamos ficar presos aqui para sempre?

A fera vai tentar nos matar de novo?

Alguma outra coisa vai nos matar?

O quê?

Não saber o que vem a seguir é a pior parte. Sinto os nervos agitados na minha barriga enquanto esperamos por vários segundos longos e silenciosos para saber o que vai acontecer.

— O cálice não devia reaparecer? — questiona Éden.

— Nós não terminamos — comento para ela.

— Eu sei, mas... — diz Macy. — Fizemos tudo isso por nada? Rafael e Byron morreram por nada?

Tenho vontade de responder a ela que não é assim, mas não consigo. Pelo menos até descobrirmos o que vai acontecer a seguir.

Éden também parece abalada. Caramba, tenho certeza de que todos estamos abalados... mas ela ainda se aproxima da minha prima a fim de envolvê-la com um abraço.

— Será que devemos tentar sair daqui? — indaga Flint. Ao lado de Jaxon, ele parece mais indeciso do que jamais o vi. Como se não soubesse o que fazer com o rapaz silencioso, ferido e com o olhar vazio que paira ao seu lado.

E eu entendo. Já vi Jaxon desolado antes. Já o vi em silêncio, ferido e sozinho. Mas nunca o vi desse jeito. Tão destruído, estraçalhado... perdido. Isso me faz lembrar de como me senti quando cheguei a Katmere. Não quero fazer nada além de puxar esse garoto ferido para os meus braços e lhe garantir que tudo vai ficar bem.

Contemplo Hudson e percebo que ele está sentindo o mesmo. Está do outro lado de Jaxon, com o braço ao redor dos ombros do irmão. E percebo, assim como aconteceu antes, que ele é a única razão pela qual Jaxon consegue ficar em pé no momento.

Não pela primeira vez, sou inundada por uma imensa onda de gratidão porque, apesar de tudo, eles estão conseguindo se reconciliar, mesmo que lentamente.

De repente, as paredes giram e quase perco o equilíbrio, mas consigo continuar em pé. O pedestal com o cálice se reergue, mas podemos notar que ele continua vazio. Em seguida, a arena se abre e respiro aliviada. Talvez não tenhamos conseguido o que viemos buscar aqui, mas pelo menos temos permissão para sair.

A multidão nas arquibancadas vibra demais. Ao que parece, não esperavam que qualquer um de nós fosse sair daqui vivo. Por outro lado, houve momentos em que achei que não fôssemos conseguir também.

Penso em Rafael e Byron. E que vamos ter de sair daqui carregando o corpo deles. Atrás de mim, Jaxon emite um som vindo do fundo da garganta. E sei que ele compartilha essa sensação de fracasso.

Mas, antes que eu consiga me manifestar, a porta do outro lado da passarela se abre com um movimento brusco e Tess passa correndo por ela.

E não se parece em nada com a mulher com quem conversamos na loja de caramelos. Esta Tess está um desastre. Está toda descabelada, sua maquiagem está borrada e há lágrimas lhe correndo pelo rosto. Eu me preparo para algum ataque que ela possa desferir — afinal de contas, nós acabamos com as suas Provações. Mas ela nem parece perceber a nossa presença.

Em vez disso, vai correndo até a fera e coloca os braços ao redor do seu pescoço.

— Meu bebê! Meu doce bebê!

Ela soluça com intensidade agora, pressionando o rosto contra a pele transparente da fera. E eu me sinto péssima. Alguém amava este animal e quase o matei.

Mas, enquanto Tess o abraça, a fera passa a tremer. Seu corpo inteiro treme tanto que o piso da arena treme também. E ela começa a encolher.

Suas garras se retraem para dentro das patas, que também encolhem. O focinho poderoso recua, voltando para junto do rosto. E as orelhas quase desaparecem. Sua pele transparente começa a brilhar de um jeito saudável enquanto seu corpo continua a encolher.

E encolhe ainda mais, até não haver mais um monstro ali. Há somente um menino. Não deve ter mais do que cinco ou seis anos, com cabelos negros e olhos grandes cor de violeta. E Tess cobre seu rosto de beijos.

Solto um gemido mudo, sentindo o meu estômago se retorcer com tanta força que acho que vou vomitar. Não foi um animal que nós quase matamos. Nós quase matamos uma *criança.*

— Meu Deus — sussurra Macy. Mas ela não fala isso com admiração. Sua voz está tomada pela culpa. A mesma culpa que ricocheteia pelo meu corpo agora.

Sem notar o nosso asco, Tess pega o menino nos braços e o segura junto do corpo.

— Aí está você! — diz ela enquanto o gira várias vezes. — Meu Deus, Alwin. Finalmente você está aqui!

— Mãe! — ele grita em resposta, e a abraça com a mesma força.

Tess aperta o rosto no pescoço dele e inspira seu cheiro enquanto o restante de nós fica observando. Mas, quando decido que é hora de irmos embora, ela se vira e me fita com um sorriso enorme no rosto. As lágrimas permanecem em seu rosto, mas há uma paz interior nela que não estava ali antes. Ela praticamente brilha.

— Obrigada — agradece ela, contemplando os olhos de cada um de nós. — Muito obrigada por trazerem meu filho de volta. Já faz mil e quinhentos anos que eu estava esperando.

Mil e quinhentos anos? Não sei se vou conseguir me acostumar com as expectativas de vida dos paranormais. É muito estranho ouvir alguém falar sobre viver por mais de um século.

— Obrigada, Grace — continua ela. E, então, Tess caminha até mim, com o garoto no colo, apoiado em seu quadril. — Você salvou o meu filho. E essa é uma dívida que nunca vou conseguir retribuir.

A culpa praticamente me engole quando ouço a alegria em sua voz e vejo a felicidade no rosto de Alwin. Quase matei essa criança. E jamais saberia disso. É um pensamento horrível e uma sensação mais horrível ainda.

— Está tudo bem — diz Tess. E percebo que disse aquilo em voz alta. — Você nunca ia conseguir matá-lo. Se tivesse enfiado aquele esporão no corpo dele, iria ativar a sua imortalidade e restaurado toda a saúde dele. Mas, por ter demonstrado clemência, você e seus amigos conseguiram o que ninguém nunca conseguiu antes. Vocês passaram pelas Provações e conquistaram as Lágrimas de Éleos.

Ela olha para o garoto em seus braços.

— E libertaram o meu filho da maldição sob a qual ele viveu por mais de um milênio, tudo por minha causa.

— Por sua causa? — sussurro.

— Certa vez, há muito tempo, matei o filho de uma divindade. Como não demonstrei clemência para com o filho dele, o meu filho foi condenado a viver como a fera mais terrível que já existiu. Amaldiçoado a lutar, matar e sofrer eternamente. Ele só poderia ser libertado se alguém conseguisse parar de pensar só em si mesmo, como eu nunca fiz. E conseguisse enxergar além da sua brutalidade para distinguir a dor e o medo existentes ali. Você fez isso, Grace. E agora nós dois estamos livres. Obrigada, obrigada um milhão de vezes. — Tess indica o cálice no pedestal com um aceno de cabeça. — Como prometi, ali está o seu prêmio. Use-o com sabedoria.

— Mas o quê... — Dawud começa a perguntar, mas para quando observa o interior do cálice. — Tem um líquido lilás aqui dentro.

— Mas como? — sussurra Macy.

Tess abre um sorriso gentil.

— Todas as lágrimas que Grace derramou, oferecendo clemência ao meu filho, tiraram sua imortalidade e a colocaram no cálice, permitindo que o meu garoto finalmente pudesse se livrar do monstro e voltar para mim.

— Mas eram somente lágrimas — argumento, ainda sem saber como o meu choro pode ser um elixir mágico que vai salvar o Exército.

— Você acha que lágrimas são um sinal de fraqueza, Grace — explica ela. — Mas demonstrar sentimentos por outra pessoa, em especial um inimigo, com tanta intensidade... Isso é a verdadeira força.

Ela aperta o meu braço com carinho. Em seguida, pisca o olho.

— Claro, isso não significa que você não deva ensinar uma lição bem-merecida a Cyrus.

Tess volta a olhar para o filho, que adormeceu em seus braços com a cabeça encostada em seu ombro. Eles ficam muito bem quando estão juntos. E não consigo deixar de pensar na minha própria mãe. E no que eu faria para poder abraçá-la mais uma vez.

E, como não quero mergulhar nessa dor, concentro-me em Tess e Alwin outra vez.

— O que você vai fazer agora que está livre? — indago.

Tess sorri.

— Vou aposentar meus instrumentos de fazer caramelos e levar meu filho para fazer uma viagem por todo o mundo. Ele passou tempo demais trancafiado naquela arena, muito mais do que qualquer pessoa deveria passar. E quero que ele saiba que o mundo é um lugar grande e bonito. Apostei tudo que tinha em você, Grace. E você não me decepcionou. Por isso, eu a agradeço mais uma vez.

Uma onda de choque toma conta de mim com aquelas palavras.

— Espere aí. Você apostou em mim? Mas você me disse que não tínhamos a menor chance.

— Na primeira vez que você apareceu aqui, não tinham mesmo. Mas as pessoas mudam, e você definitivamente mudou. Você cresceu muito desde o dia em que conversamos pela primeira vez, e ainda tem mais a crescer. Mas não é assim que a vida é?

Ela contempla mais uma vez o filho.

— Mais do que qualquer coisa, esse é o presente que desejo dar a Alwin. — Ela estende o braço que ainda está livre e pega a minha mão. — Adeus, Grace. Há um avião à nossa espera, mas desejo força, sabedoria e piedade a você e aos seus amigos na batalha vindoura. Que os deuses estejam com você.

O telefone dela apita com uma notificação e ela sorri.

— Minha carona chegou. Tenha uma ótima vida. E fique longe dos caramelos. Eles estragam muitas outras coisas além dos seus dentes.

Com isso, ela joga a longa cabeleira negra por sobre os ombros e sai da arena com o filho.

— Aqui está — anuncia Macy, empolgada, pegando o cálice e trazendo-o para mim. — É o Elixir. Nós conseguimos. Você pode salvar o Exército agora.

Sinto o meu estômago afundar e me viro para fitar Hudson. Ele continua amparando Jaxon, mas olha diretamente para mim. E exibe aquela expressão de *você consegue,* que é a sua marca registrada.

Não sei se ele tem razão. Não me sinto capaz de fazer qualquer coisa que seja. De jeito nenhum.

Respiro fundo e sinto a ansiedade corroer meu estômago, pesando no meu peito, umedecendo as minhas palmas e provocando tremores no meu corpo inteiro. Porque a única coisa sobre a qual não me permiti pensar nem cogitar se tivéssemos sucesso: o que eu teria de fazer na sequência.

Mas não temos tempo para eu sentir esse tipo de pânico agora. Nem de longe.

Preciso tomar esse elixir pelo qual lutamos tanto, pelo qual perdemos tanta coisa. Depois, preciso segurar aquele maldito cordão verde e fazer com que tudo funcione. Há muitas coisas que dependem de mim. E não posso falhar.

Não desta vez.

Tento acalmar meu coração acelerado, lembrando a mim mesma de que não necessariamente vou forçar meu poder de semideusa a afetar os cordões das gárgulas. É somente um elixir. Eu dou conta. Não é mesmo?

Hudson me olha como se quisesse se aproximar, mas faço um sinal negativo com a cabeça. Ele está com Jaxon agora. Eu dou conta disso.

Assim, pego a taça, mirando o líquido lilás. Espero que, quando eu bebê-lo, não me torne um monstro de pele translúcida, garras longas e instintos homicidas.

Sei que Hudson afirma que o nosso elo entre consortes é eterno, mas não tenho certeza se ele aceitaria a ameaça de ser empalado toda vez que me toca.

Mas já enrolei demais com isso. Quanto mais tempo eu ficar aqui encarando essa taça, mais motivos vou encontrar para não beber o elixir. É isso, mais do que qualquer outro pensamento, que me faz levantar o copo e tomar tudo em um único gole.

Assim que termino, baixo o cálice e espero sentir… alguma coisa. Calor, frio, eletricidade, dor… qualquer coisa.

Mas não sinto. A sensação foi a mesma de beber um copo de água, ainda que um pouco mais salgada. A mesma de respirar o ar quando não estou tendo um ataque de ansiedade.

Minha inquietação deve ficar bem visível no meu rosto, porque, de repente, Hudson questiona:

— Você está bem? — E percebo que todo mundo está me olhando fixamente. Até mesmo Jaxon. Acho que também estão tentando entender o que vai acontecer agora. Ou, talvez, só queiram se assegurar de que estou bem.

Sorrio para eles e esboço um sinal afirmativo com a cabeça, lutando contra o desejo juntar um aceno à resposta. Seria mais do que o necessário e eles iriam conseguir perceber quanto estou assustada agora.

Porque de fato estou bem assustada.

Mas me assustar não vai resolver nada. E também não vai ajudar a salvar ninguém. E temos muitas pessoas para salvar.

Além disso, sou a rainha das gárgulas e a neta da Deusa do Caos. Chegou a hora de agir como tal.

Capítulo 150

QUANDO A CURVA DE APRENDIZADO TEM FORMA DE MEIA TAÇA

Depois que Tess e Alwin se vão, não nos resta nada a fazer além de seguir seu exemplo.

— Precisamos levar Byron e Rafael — digo a Hudson em voz baixa.

Mas ele simplesmente indica Jaxon com a cabeça, que está diante dos amigos mortos.

— Dê um minuto a ele — responde Hudson.

Perder Byron e Rafael nos deixou devastados, mas ver a angústia de Jaxon pela perda dos dois amigos dói de um jeito diferente. Sinto vontade de ir até ele e lhe garantir que tudo vai ficar bem. Mas, antes que eu consiga desferir mais um passo, Flint se aproxima e coloca a mão no ombro de Jaxon.

A princípio, Jaxon se enrijece; mas em seguida parece desabar, como se todo o seu corpo despencasse sob o próprio peso. Flint passa o braço ao redor dos ombros dele e o abraça com força enquanto Jaxon desmorona.

Ele se apoia em Flint, que ampara seu peso. E embora eu não esteja perto para ouvir o que eles estão conversando, percebo que, seja o que for, ajuda a reconfortar Jaxon.

Isso me ajuda a superar as atitudes babacas que Flint vinha tendo ultimamente. E quando ele se abaixa e pega o corpo surrado de Byron nos braços como se fosse a coisa mais preciosa do mundo, é difícil nutrir ressentimentos por ele.

Hudson se junta a eles também, pegando o corpo de Rafael para que Jaxon tenha a oportunidade de deixar que seus machucados se curem um pouco mais rápido. Em seguida, os três vão até a saída da arena para Remy construir um portal que leva de volta para casa os membros caídos da Ordem.

Quando se afastam, olho para dentro de mim mesma em busca do elixir. De repente, sinto que ele parece tocar todos os cordões em meu interior. Reúno os milhares e milhares de cordões delgados e prateados.

Achei que teria de forçar o elixir a passar por eles e usar o meu poder para mandá-lo a todas as gárgulas do mundo. Mas não é isso que ocorre. O próprio elixir faz o trabalho por mim, cobrindo todos os cordões e sendo absorvido bem lentamente por eles, uma gota de cada vez.

Tento ajudar, pressionando o líquido em cada abertura microscópica que consigo encontrar nos cordões, passando as mãos por eles várias e várias vezes, até que o elixir tenha desaparecido por completo, absorvido pelos cordões de uma vez por todas.

Em seguida, deslizo os dedos pelo cordão verde outra vez, esperando que ele ajude a acelerar a cura. Só espero que, quando isso acontecer, eu possa sentir o Exército das Gárgulas voltar à vida.

Os outros discutem o que fazer em seguida à medida que Flint e Hudson depositam os corpos sobre os estrados de flores e ramos que Remy conjurou para eles. Está ficando tarde. O relógio mostra que já passa das onze horas da noite no Alasca, e o eclipse da superlua de sangue se inicia à meia-noite. Por isso, não podemos perder tempo. Mas precisamos deixar Byron e Rafael com suas famílias para que possam cuidar dos seus enterros dentro de vinte e quatro horas. E também temos de decidir o que fazer com Cyrus. Não sei se algum de nós tem uma resposta definitiva além de usar o Exército das Gárgulas para acabar com ele de vez. Mas precisamos descobrir isso sem demora.

Porque, se não fizermos nada, ninguém vai conseguir bancar Cyrus e a destruição que ele planejou tanto para humanos como para os paranormais. Precisamos agir. Perdi muitas pessoas que amava por causa desse homem; todos perdemos. E não vou mais admitir isso. Ele precisa ser detido.

Enquanto meus amigos discutem as opções, sinto um dos cordões delgados dentro de mim ganhar vida pela primeira vez. Eu me encolho para dentro e sussurro:

— Olá? Consegue me ouvir?

Sei que Chastain e Alistair conseguem conversar com todo o Exército a qualquer momento, mas nunca consegui fazer isso. Espero que isso mude, agora que elas estão livres do veneno, depois de passarem mil anos congeladas no tempo.

Outro cordão começa a emitir um brilho forte dentro de mim, seguido por outro. E mais outro. Logo, todo o grupo de cordões está brilhando. Milhares deles me iluminam por dentro, me dando a esperança de que, de algum modo, vamos conseguir fazer o que precisamos.

Vamos conseguir derrubar Cyrus.

— Olá? — chamo de novo, conjecturando por que ninguém respondeu ainda. — Vocês estão aí? Estão bem? Conseguem me ouvir?

Eles não conseguem ouvi-la. A voz de Chastain me inunda, alta e clara. Por um momento, sinto um alívio tão grande que nem consigo processar suas palavras. Quando consigo, a confusão toma conta de mim, encobrindo um pouco da alegria.

— Por que não? Achei que ser rainha significasse que eu poderia me comunicar com todas as gárgulas.

Se elas a aceitarem, diz ele. *Mas isso não vai acontecer. Estou cuidando pessoalmente para que não aconteça.*

As palavras de Chastain me atingem como flechas, dizimando cada fragmento de autoconfiança que conquistei em relação a ser a rainha das gárgulas.

— Não entendo — sussurro. Há um pedaço de mim que quer apenas enfiar o rabo entre as pernas e sair correndo, mas estou tentando não fazer mais isso. Venho tentando encarar até mesmo as circunstâncias mais horríveis com graça e honestidade para entender como posso consertá-las.

Por favor, tomara que haja um jeito de consertar isso.

— Sei que você não gosta de mim — argumento com Chastain. — Mas isso é motivo para fazer com que o meu povo se levante contra mim?

O seu povo?, diz ele com uma expressão de escárnio. De repente, ele não é mais somente uma voz. Eu o vejo bem diante de mim.

— Está falando daquelas que fazem parte da Corte? As mesmas para quem você mentiu, que usou e de quem roubou? É esse o povo?

— Não foi bem assim. Eu estava tentando ajudar...

— Roubando o anel que nos mantinha a salvo? — Ele ergue uma sobrancelha. — Ou imaginando que éramos criaturas horríveis, a ponto de deixarmos que crianças morressem para nos salvarmos? Somos protetores, Grace. É isso que somos e o que sempre fomos. E você sabe tão pouco sobre o que significa ser uma gárgula que não conseguiu nem imaginar que poderíamos querer ajudar você e aquelas crianças.

Ele faz um gesto negativo com a cabeça.

— Você é fraca e indisciplinada. Sempre procura a saída mais fácil. Você prefere mentir e roubar em vez de ser honesta e enfrentar situações difíceis, como um governante faria. É por tudo isso que não vamos seguir você. E não vou permitir que você fale com o Exército. Você estava disposta a nos sacrificar. Por isso, vamos procurar um novo caminho. Um caminho que não tenha nada a ver com uma rainha fajuta.

As palavras me atingem como pancadas, cada uma mais forte e mais dolorosa do que a anterior. Não faço ideia do que posso lhe dizer. Não sei como posso me defender ou justificar o motivo pelo qual temos de lutar contra Cyrus.

E, antes que eu consiga pensar em uma justificativa, Chastain prossegue:

— Desejo-lhe boa sorte em seu amadurecimento, Grace. Esse é um mundo cruel e precisa de todas as gárgulas protetoras que puder ter. Talvez, se conseguir descobrir uma maneira de olhar para dentro de si e enxergar quem realmente é, você possa encontrar seu caminho de volta para nós.

Com isso, ele desaparece. Sua voz e sua presença desaparecem de um momento para o próximo.

Não sei o que fazer nem o que dizer. E não sei o que posso fazer a fim de reparar a situação. Como vou conseguir consertá-la quando Chastain alega que o problema sou eu?

Eu trouxe meus amigos até aqui com a promessa de que iríamos libertar o Exército e eles lutariam ao nosso lado para derrotar Cyrus de uma vez por todas. Xavier, Luca, Byron, Rafael, Liam... Todos estão mortos. Praticamente a Ordem inteira. E acho que Mekhi foi envenenado. Flint perdeu uma perna, Nuri perdeu seu coração de dragão e eu perdi uma asa. E Hudson, o meu consorte forte e aguerrido, quase perdeu sua alma. E para quê? Por causa de uma rainha fajuta com ilusões de grandeza?

Que humilhação. E mais... isso é devastador. Porque, sem o Exército, não vamos conseguir dar um fim a isso. Perdemos em todas as vezes que tentamos enfrentar Cyrus. Isso não pode se repetir. Não posso ser responsável por ninguém que lute — e morra — em uma guerra que sei que não podemos vencer.

Minhas pernas cedem e desabo no chão. Macy dá um grito e Hudson se apressa até onde estou.

— Grace! — ele chama, com a voz aflita. — O que houve?

— Eu falhei — anuncio-lhe quando assimilo plenamente o horror do que acabou de acontecer. — O Exército não vai me seguir.

— Do que está falando? — questiona Éden. — Eles têm que seguir você. Você é a rainha das gárgulas!

— Não é assim que as coisas funcionam. Chastain disse que... — Deixo a frase morrer no ar, constrangida e magoada demais para repetir aos meus amigos o que ele me disse. O que ele pensa a meu respeito... o que todas as gárgulas pensam.

Ainda assim, preciso responder algo a eles. Devo-lhes isso depois de arrastá-los para este desastre.

— Ele acha que sou muito fraca e que não sou uma boa líder. Que não sou forte o bastante para comandar o Exército.

— Aquele desgraçado não sabe do que está falando — grunhe Hudson, e os outros demonstram que estão de acordo.

Mas é difícil acreditar neles quando essas palavras continuam a ecoar dentro de mim.

— Acho que ele tem razão — sussurro. — Pensem em todos os erros que cometi. Em todas as pessoas que morreram ou que se machucaram além de qualquer possibilidade de cura.

— Você está fazendo aquilo de novo — intervém Calder, encostada em uma pilastra. — Pensando que é responsável por tudo e por todos.

— Trouxe vocês até aqui...

— Fomos nós que nos trouxemos até aqui — retruca ela. — Você acha que é a única que quer chutar aquelas bolas velhas e murchas de Cyrus? Além disso, não a seguimos porque achamos que você é a melhor combatente do mundo. — Ela faz um som de *tsc, tsc.* — E não é mesmo.

— Embora eu não concorde com o jeito que ela fala nem com a atitude dessa manticora, preciso concordar que nós não a seguimos por causa das suas habilidades de luta, Grace — diz Flint, agachando-se ao meu lado. — Afinal de contas, todo mundo sabe que os dragões são os melhores lutadores.

Remy solta uma risada, sem acreditar no que está ouvindo, enquanto Éden diz:

— É isso aí.

— Sabe que está falando como um daqueles coaches motivacionais, não é? — pergunto, contrariada, com as lágrimas que me recuso a derramar ardendo no fundo dos olhos.

— Vou chegar lá — diz ele, balançando a cabeça. — Não a seguimos porque você é uma combatente. Seguimos você porque você nos faz acreditar que podemos fazer qualquer coisa. Você faz aflorar o que há de melhor em nós. E nos faz querer ser pessoas melhores. Isso é muito mais importante do que conseguir cortar alguém ao meio com uma espada.

— E o melhor de tudo é que isso não estraga a sua roupa — comenta Calder. — Por isso, acho que é uma situação onde só há vantagens.

— Ela tem razão — concorda Hudson. E uma luz em seus olhos indica que ele está pouco se lixando para o que Chastain diz. Ele me ama e confia em mim. E vai me seguir em batalha a qualquer momento. — Por isso, o que acha de sairmos deste lugar e ir fazer a coisa certa?

O carinho daquelas palavras (e também a sua confiança) me atingem. Mas isso não significa que posso me esquecer de tudo o que aconteceu antes.

— Vocês sabem que, se fizermos isso, posso estar guiando todos nós diretamente para a morte. — Não consigo evitar uma olhada para Byron e Rafael.

— Ou você pode salvar a todos nós — sugere Remy. — Por isso, que tal nos assegurarmos de que as mortes deles não tenham sido em vão?

— Não é culpa sua o fato de eles terem morrido — contribui Macy com a voz baixa. — Cyrus é o culpado. E ele merece pagar pelo que houve com Luca, com Byron, com Rafael, com Liam, com Flint, com Nuri, com os seus pais, com Xavier, com a minha mãe e com você. Pelo que fez com todo mundo que machucou.

Sei que minha prima tem razão. Assim como sei que temos de detê-lo antes que ele possa machucar e destruir mais alguém.

— Tudo bem — respondo, deixando que Hudson me puxe para ficar em pé enquanto Remy abre dois portais para levar os corpos de Byron e Rafael de volta para seus pais, que é o seu devido lugar. — Vou acreditar em vocês, já que dizem que é a coisa certa a se fazer.

— E vamos retribuir essa confiança — replica Macy.

Mas tem mais uma coisa que precisa ser dita.

— Mekhi... quando você vai contar aos outros que foi envenenado por um daqueles insetos nojentos nas Provações?

Há um silêncio no grupo. Em seguida, todos começam a falar ao mesmo tempo.

— Deixe eu ver — ordena Jaxon, e todos os outros ficam em silêncio.

— Estou bem. De verdade — garante Mekhi com um sorriso. Mas Jaxon apenas ergue uma das sobrancelhas até que Mekhi suspira e levanta a camisa.

Solto um gemido surpreso. A infecção se espalhou. As linhas pretas que se parecem com uma teia de aranha já cobrem quase metade do seu abdômen.

— Você precisa voltar com os corpos de Byron e Rafael — insiste Jaxon, e já está rolando a tela do seu celular. — Vou mandar os melhores curandeiros para a casa dos seus pais.

Mekhi coloca a mão sobre a de Jaxon e o impede de continuar digitando no celular.

— Vou ficar para lutar com a minha família. Estou me sentindo bem. E, se não estiver, eu te aviso.

Jaxon quer discutir a questão, mas Mekhi o interrompe.

— Tenho o direito de lutar pelos meus irmãos que caíram em batalha, assim como você.

A angústia tinge o rosto de Jaxon quando ele confessa, com a voz embargada:

— Não posso perder você também.

Mekhi encara seu melhor amigo, com um sorriso se formando lentamente no rosto.

— Então, não vamos deixar a peteca cair. Você vai precisar de todos os combatentes com que puder contar.

Depois de alguma discussão bem-humorada sobre se Mekhi é melhor como amante ou como combatente, Jaxon e Mekhi acompanham os corpos de Byron e Rafael pelo portal de Remy até a mansão dos pais de Byron. Esperamos por ele em meio a um momento sombrio de silêncio. E ambos parecem um pouco mais tristonhos no retorno.

Em seguida, Remy abre outro portal, levando desta vez para Katmere, onde tudo começou... Até Cyrus. E me dirijo até a abertura. Normalmente, eu deixaria os outros irem primeiro, mas hoje não faço ideia do que vai nos receber por lá. Seja o que for, vou ser a primeira a encarar.

— Estão prontos? — pergunta Hudson.

— Não. Mas vamos em frente mesmo assim.

— Ótimo plano — comenta Jaxon, esforçando-se para abrir um sorriso. — Ah... Grace?

— Sim?

— O que acontece quando você arruma uma treta com um dinossauro?

— Está falando sério? — pergunto, sem conseguir conter um sorriso. — É isso que você quer que eu diga agora?

— É, sim — ele responde.

— Então... não sei.

O sorriso dele cresce um pouco mais.

— Ele fica tiranossarro.

— Bem, pelo menos só temos que lutar contra um vampiro velho, não é mesmo?

— Exatamente — ele concorda.

E descubro que essa piada idiota é exatamente aquilo de que preciso para a minha cabeça voltar a funcionar do jeito que deve. Assim, respiro fundo e passo pelo portal, ciente de que, seja lá o que houver do outro lado, os meus amigos (a família que encontrei) e eu vamos enfrentar juntos.

Capítulo 151

UMA LUA DE SANGUE
SOBRE A MINHA CABEÇA

— Meu Deus do céu! — Estou tremendo quando chegamos ao outro lado do portal. E não poderia ser diferente. Estamos no alto de um pico que se ergue sobre Katmere. E me deparo com os destroços daquilo que restou da escola que aprendi a amar. É devastador encontrar aquele castelo lindo, com suas ameias ornamentadas e torres elegantes, reduzido a uma mera pilha de pedras. E é ainda pior me dar conta de que há várias outras coisas que podemos perder antes que a luta termine.

Hudson pega a minha mão e indica, com um meneio de cabeça, o vale situado do outro lado do pico.

Diabos... Cyrus e seu exército já chegaram aqui. Milhares e milhares de paranormais estão reunidos em uma clareira que nunca vi antes — e percebo que isso acontece porque ela fica no fim daquele caminho com uma árvore retorcida sobre a qual a Fera me avisou para não chegar perto, logo na minha primeira semana em Katmere. Como se fosse surpreendente o fato de que Cyrus foi direto ao lugar mais assustador de todo o campus...

— Quantos você acha estão ali? — sussurra Macy.

— Milhares — responde Remy ao mesmo tempo que Hudson diz:

— Pelo menos uns dez mil.

Gente demais, sinto vontade de dizer. Uma quantidade enorme de inimigos para combater. E para derrotar. Mas temos de vencer. Não há alternativa.

Fitando aquela multidão, não consigo evitar o pensamento de que a estimativa de Hudson (por mais terrível que seja) pode ser meio conservadora. Há um monte de paranormais naquela clareira. Tipo... um montão enorme. Acho que a maior parte é de vampiros e lobisomens, mas há uma quantidade razoável de bruxas e dragões ali também.

Os "verdadeiros fiéis" que acham que Cyrus vai lhes trazer uma vida completamente nova. Fanáticos que acreditam que ele vai tirá-los das sombras e trazê-los para a luz, para o lugar que ele alega ser seu de direito: governando os humanos.

Seria impossível montar um exército mais perigoso. Eles não lutam por medo da ira de Cyrus; lutam pelo que acreditam.

Isso os torna um milhão de vezes mais assustadores. Em particular considerando que todos estão aqui para assistir enquanto Cyrus se tornar um deus. E para testemunhá-lo levando seu exército à vitória.

Não consigo deixar de me perguntar quanto tempo eles vão demorar para entender que são apenas um meio para Cyrus atingir um fim. E que o rei dos vampiros não se importa com eles. Ele só se importa consigo mesmo.

O único desejo de um homem desse tipo, o único objetivo de alguém que passou a vida inteira tentando acumular poder é... mais poder. E ele está pouco se lixando se tiver de passar por cima, machucar ou matar alguém para conseguir.

Seus próprios filhos e filha são apenas peças em um tabuleiro para ele conseguir completar seu plano. Ele é capaz de machucar, torturar e até mesmo destruí-los se isso puder lhe dar mais poder, mais dinheiro... mais tudo. E, se ele está disposto a sacrificar a própria família no altar da sua ambição, o que diabos pode convencer todas essas pessoas de que ele não vai sacrificá-las também? Não consigo entender.

Acho que nunca vou conseguir.

— Não achei que teria tanta gente — sussurro enquanto continuamos a observar o terreno à nossa volta. Estamos entrando em um show de horrores. E, se não tivermos muito cuidado, vai ser também um massacre.

— Não sei por que estamos tão surpresos — murmura Mekhi. E só posso concordar com ele. É como se Cyrus estivesse esperando uma briga. Nos esperando?

— Delilah falou que há um altar daquele outro lado — conta ele, apontando para a trilha ao lado da árvore gigante e retorcida. — Por isso, é melhor evitar a multidão e contornar a floresta para chegar até lá.

Todos concordamos e nos esgueiramos por entre as árvores o mais rápido possível. Esforçamo-nos ao máximo para não fazer barulho demais e alertar os paranormais cuja audição é sobrenatural. Tentamos soar como um grupo de lobos ou cervos para não levantar suspeitas, mas acho que estamos mais para um grupo de rinocerontes.

Solto um suspiro enorme de alívio quando chegamos ao outro lado da montanha, onde há um vale amplo com um prado, cortado por um riacho. E no centro daquele prado há...

— Mas que porra é essa? Aquilo ali é o *Stonehenge*? — indaga Éden, e faço um sinal para indicar que tenho a mesma dúvida.

Hudson observa a estrutura, um anel de pilares e dólmens dispostos deliberadamente ao redor de doze outros pilares organizados numa forma de ferradura, diante de um enorme altar de pedra sarsen, todos sobre uma plataforma grande de pedra com três degraus que levam até o alto. E ele responde:

— É similar, mas não exatamente. Além disso, as pedras dessa formação não parecem quebradas.

Ele está certo. Tudo leva a crer que essa estrutura pode ter sido construída há cinco mil anos... ou ontem. Porra, *Stonehenge*? Será que a egomania de Cyrus não tem limites? Se eu não estivesse tão preocupada com a possibilidade mortal que paira sobre as pessoas que amo, eu iria rir do absurdo da situação.

Por falar no assunto, Cyrus está bem visível do lugar onde estamos escondidos, em meio à linha de árvores. Reviro os olhos. Ele caminha no meio do Alasca com uma armadura de metal completa, como se fosse um cavaleiro conquistador com ilusões de realeza. Está apontando para várias pedras e gritando palavras que estamos longe demais para ouvir. Mas, a cada ordem, seus soldados correm para mover enormes placas de metal e prendê-las às colunas, uma por uma. Ele definitivamente está preparando o lugar para algum evento.

Delilah está ao seu lado, sem uma armadura que protege sua magia, assim como Izzy, encostada em um pilar de pedra e limpando as unhas. Sinto um aperto no coração quando vejo a minha prima no meio de toda essa situação, ainda fazendo tudo que pode para agradar Cyrus.

Por sorte, ninguém nos avistou ainda, o que me parece inacreditável, considerando o número enorme de soldados que ele conseguiu reunir aqui. Eles enchem o campo, e uma quantidade cada vez maior chega pelo caminho ao lado da árvore.

Como vamos impedir que Cyrus se torne o deus que ele sempre quis ser, que sempre acreditou que deveria ser, sem o Exército e sem poder usar a minha Coroa? Cada um de nós é forte, e somos ainda mais fortes juntos. Mas será que somos tão fortes quanto *mais de dez mil paranormais*?

É uma parada difícil.

— Devíamos ter usado as bruxas — sussurro. Elas nos devem seu apoio. Originalmente, eu planejava pedir sua ajuda para criar portais que pudessem trazer as gárgulas para a batalha depois que estivessem curadas. Mas esse foi um favor que acabou sendo desperdiçado, porque afinal de contas... as gárgulas não virão.

Tudo porque Chastain decidiu que não sou digna de liderar meu próprio exército. Por um momento muito breve, conjecturo se ele tem razão, mesmo que meus amigos afirmem o contrário. Uma general de verdade teria analisado todos os aspectos do plano de batalha, colocado suas tropas em posição antes de enfrentar o inimigo. E se asseguraria de que há planos de contingência.

Mas não foi desse jeito que agi em momento nenhum, desde que tudo isso começou. Sempre pulei de cabeça em todas as situações, não importando o quanto fossem desesperadas. Fiz planos (quase todos ruins) no calor do momento e fiquei apenas esperando que funcionassem. E finalmente estou tendo de enfrentar as consequências.

Não tenho um exército. Deixei os meus únicos aliados espalhados pelo mundo sem fazer nada, enquanto os meus amigos (amigos que nem mereço, depois de toda essa merda pela qual os fiz passar) estão prestes a me seguir rumo a uma guerra sem reforço algum.

Sim, vamos todos morrer.

— Elas ainda podem vir, Grace — sussurra Macy, como se fosse capaz de ouvir meus pensamentos.

Faço um gesto negativo com a cabeça. Ela não escutou o asco na voz de Chastain em relação à ideia de me seguir rumo a uma batalha mal planejada.

— Elas não vão vir.

Procuro Hudson, à procura de adivinhar em que ele está pensando. Mas sua expressão está completamente vazia. E isso me garante que, seja lá o que estiver em sua mente, não é nada bom. Uma espiada para o outro lado — onde Remy e Jaxon estão — revela mais caras de jogador de pôquer. E mais provas de que isso é uma ideia muito, muito ruim.

É só a dor de tudo o que perdemos (e o medo de quantas pessoas Cyrus vai machucar ao redor do mundo) é que me faz avançar mentalmente, quando a única coisa que desejo fazer neste momento é levar meus amigos para o mais longe possível deste lugar.

O único problema é que esta não é uma luta da qual podemos fugir. Se o fizermos, então já perdemos. E o restante do mundo também. Mas, se decidirmos ficar, então Chastain tinha razão sobre uma coisa: vamos precisar de um plano.

Repito isso para os meus amigos, que passam a trocar olhares entre si. Mas ninguém se manifesta.

— Qualquer plano — insisto. E, dessa vez, fito Hudson. Ele é a pessoa mais inteligente que já conheci. Tenho certeza de que tem alguma ideia sobre o que devemos fazer aqui, mesmo que ainda a esteja elaborando.

Por um segundo, parece até que ele não vai dizer nada. Mas, em seguida, ele respira fundo, como se em preparação para revelar algo difícil. E comenta:

— Acho que só existe um plano que faz sentido.

E todos nós percebemos imediatamente do que ele está falando. Mas antes que eu possa dizer *de jeito nenhum*, Flint é quem fala.

— Não. Essa responsabilidade não é sua.

Flint encara fixamente os olhos de Hudson. E sinto o meu consorte estremecer ao meu lado.

— Sou um babaca por ter dito aquilo para você — continua Flint. — Ninguém deveria ter de sofrer como você sofre se o objetivo é salvar alguém. Todos fazemos as próprias escolhas. E Luca ficaria constrangido pelo jeito como o tratei, com a maneira como critiquei sua escolha de lutar naquele dia. E o sacrifício que ele fez. Me desculpe, cara.

Hudson não responde. Apenas faz um rápido sinal afirmativo para Flint com a cabeça, mas percebo que o pedido de desculpas surtiu efeito. Ele mira todos os lugares, exceto o dragão — que parece prestes a começar a chorar com ele, se Hudson fizer o menor dos movimentos.

E é muito bom perceber que, pelo menos dessa vez, Macy e eu não somos as únicas que gostam de afogar as mágoas com lágrimas.

— Tem alguma coisa que não percebi? — indaga Calder, enrolando uma mecha de cabelo ao redor do dedo. — Parece que Hudson está escondendo o jogo. E você sabe que não recomendo isso de jeito nenhum.

O jeito com que ela o observa sugere que Calder ficaria muito feliz em ajudá-lo a mostrar o jogo e qualquer outra coisa que possa aparecer no caminho.

Remy dá uma risadinha enquanto explica:

— Hudson pode desintegrar as pessoas com a mente. Pode fazê-las desaparecer.

Calder fica imóvel; seu rosto bonito assume uma expressão bem séria.

— Ele não pode fazer isso, Remy — pontua ela, deixando de lado aquele gesto de enrolar a mecha de cabelo e com um toque verdadeiro de alarme na voz. — Diga para ele que não se pode fazer isso.

Todos nós olhamos para Calder ao mesmo tempo.

— Por quê? — pergunto. — Todos temos nossas próprias opiniões sobre por que isso é uma má ideia. Mas por que você acha que ele não pode fazer isso?

— Porque ninguém deveria lutar a batalha de outra pessoa — replica ela, como se fosse a coisa mais óbvia do mundo. Quando fica evidente que ninguém entendeu, ela continua: — Uma alma só pode carregar o peso de uma única pessoa. Se tentar carregar mais, ela vai simplesmente se quebrar.

Ela ajeita os cabelos como se estivesse se preparando para tirar a selfie mais importante da sua vida e olha para Hudson.

— Por isso, não faça uma merda dessas, está bem?

Ela pisca o olho para Remy também. E percebo que, de certa maneira, ele não é tão diferente de Hudson. Sempre fiquei intrigada em relação a como Remy consegue carregar os destinos de todo mundo na sua cabeça sem tentar salvar cada pessoa que puder. E, com uma única frase, Calder explicou tudo.

Remy se aproxima e puxa Calder para junto do seu corpanzil em um abraço de urso.

— Caramba, como eu amo você, garota — admite ele de um jeito meio brusco, e ela aceita o abraço por um segundo ou dois. Em seguida, empurra-o para longe, reclamando que Remy vai estragar seu penteado. Mas, quando o feiticeiro se vira para falar com Hudson, Calder olha para Remy como se ele fosse o seu sol. Abro um sorriso. Acho que o melhor amigo da nossa Calder também é o seu crush.

— Bem, então concordamos que não vamos acionar nossa arma nuclear a menos que não haja absolutamente nenhuma outra possibilidade, certo? — pergunto, sustentando os olhos de cada um. Sinto meu coração crescer no peito conforme cada um faz um gesto afirmativo com a cabeça e dá um tapinha nas costas de Hudson. Por sua vez, os olhos do meu consorte vão ficando cada vez mais vidrados de um jeito estranho, e aperto sua mão com carinho. — Quais são as demais opções?

— Por mim, vamos direto até aquele cuzão e arrebentamos a cara dele — observa Jaxon. — Posso estraçalhar o coração dele com telecinese se conseguir chegar um pouco mais perto.

— Por mais que a imagem seja empolgante, você percebeu a armadura que o nosso querido papai está usando hoje? — pontua Hudson com uma risadinha.

Jaxon ergue uma sobrancelha questionadora para o irmão.

Hudson revira os olhos.

— Ela é feita do mesmo metal que as masmorras. Imagino que ele mandou o Forjador criar uma armadura que cancela a magia.

— Sem querer ofender, mas o seu pai é um covarde do caralho — resmunga Flint.

— Ofender? — repete Hudson, arrastando as palavras. — Acho que essa é a coisa mais legal que pode ser dita sobre ele.

O restante de nós murmura em concordância.

— Não daria certo. Mesmo que ele não estivesse usando armadura — comenta Remy.

— Como assim? — Macy pergunta, mas ele simplesmente indica a clareira mais abaixo com o queixo. Ele estende a mão até aquele altar de pedra esquisito de Cyrus, com a palma voltada para fora. Em seguida, traça um círculo e sua magia nos permite ver algo que não conseguíamos ver antes.

Há alguma espécie de campo de força cercando toda aquela estrutura de pedra. É feita de um milhão de cordões de luz branca que formam uma abóbada sobre toda a plataforma e os pilares. Não duvido que ela vai fritar qualquer um que chegue perto. E, conectadas àquela abóbada, a uns cem metros dali, três abóbadas bem menores estão dispostas também. Centenas de seguidores de Cyrus estão espalhados ao redor da abóbada grande, com soldados protegendo as massas em um círculo maior ao redor. Dentro das abóbadas menores há uma bruxa direcionando energia para o círculo de pedra onde Cyrus está, enquanto cinquenta bruxas a cercam com os braços abertos.

— É possível que aquelas bruxas estejam mandando energia para as abóbadas ao redor daquela bruxa central. E ela, por sua vez, manda mais energia ainda para a abóbada de Cyrus.

— Como se já não fosse suficientemente difícil — reclama Éden. — Agora aquele cuzão tem seu próprio campo de força? Que porra é essa?

Em geral, Éden é a primeira que se oferece para enfrentar qualquer obstáculo, mas a expressão de desânimo em seu rosto me faz avaliar de novo o restante do grupo, tentando perceber a disposição geral.

Percebo que não é das melhores. O queixo de Flint se agita daquele jeito que só acontece quando está bem irritado. A cicatriz de Jaxon está bem saliente em sua pele. É um sinal nítido de que ele está apertando os dentes. Até mesmo Dawud parou de admirar Calder em busca de mirar o chão, agitando os pés pelo nervosismo.

Meus amigos começam a perceber o desalento da situação, e não os culpo. Pela bilionésima vez, pondero se estamos tomando a atitude certa. Mas, em seguida, contemplo Hudson e identifico uma intensidade em seus olhos que eu reconheceria em qualquer lugar. Ele teve uma ideia, como sempre acontece. E não consigo deixar de me perguntar por que não estou usando mais dessa sua capacidade. Ele é brilhante, sempre pensando dezesseis passos à frente. Só preciso saber quais são esses dezesseis passos.

Mas ele não é o único a quem eu deveria pedir conselhos. À medida que observo cada um dos meus amigos, não consigo deixar de perceber que todos contribuímos com algo especial. E que precisamos começar a aproveitar isso de um jeito melhor. Talvez não tenhamos armaduras que cancelem magia ou um exército de dez mil pessoas, mas também não somos indefesos. Juntos, podemos realizar feitos incríveis.

Acho que nesse momento todo mundo simplesmente precisa se lembrar disso; até mesmo eu.

— Precisamos aproveitar nossos pontos fortes — declaro.

— Prossiga — responde Calder, agitando aqueles cílios ridiculamente longos. — De quais pontos fortes você está falando, além de sermos lindos?

Todos rimos, mas eu estou falando sério.

— Hudson, você é o cérebro da equipe. Ou seja: é você quem cria os planos.

As sobrancelhas de Hudson se erguem, mas seu peito se estufa um pouco pelo orgulho.

— Ei — Jaxon começa a protestar, mas não temos tempo para isso. Por isso, vou em frente.

— Jaxon e Flint, vocês são os músculos.

Isso faz com que o peito de Hudson murche um pouco. E agora é ele quem começa a protestar, mas simplesmente toco seu ombro.

— Você é o reforço dos músculos, meu bem. Mas precisamos do seu cérebro em primeiro lugar.

Eu olho para Macy e Remy.

— Vocês são o elemento de distração, com feitiços e poções que atrapalham e atrasam os inimigos.

Olhando para Éden, continuo:

— Você é a divisora. Você é rápida e o seu gelo pode criar paredes e separar grupos uns dos outros, facilitando a nossa vitória.

Virando para a esquerda, prossigo:

— Dawud, Calder e Mekhi, vocês são a equipe de limpeza. Jaxon e Flint derrubam os pinos e vocês acabam com os que sobrarem.

A seguir, eu olho para as minhas mãos.

— E eu, bem... eu sou...

Não sei o que sou. Deixei de ser capaz de voar. Não tenho tanto talento assim para o combate corpo a corpo. Minha magia de gárgula funciona melhor para curar do que para lutar. Não estou alegando que não posso ajudar em uma luta; eu simplesmente não sei se consigo fazer alguma contribuição significativa.

Hudson estende a mão e ergue o meu queixo com o dedo, até que meu olhar está fixo naquelas profundezas azuis.

— Você é o nosso coração, Grace — afirma ele. E meus olhos se enchem de lágrimas.

Tento piscar os olhos para afastá-las. Mas, conforme cada um dos meus amigos se aproxima para colocar a mão sobre as minha, mais e mais lágrimas escorrem.

Eu fungo, chorosa.

— Puta merda, galera. Viemos aqui para lutar, não para chorar.

Todo mundo ri, como eu queria, e enxugo as lágrimas dos olhos e do rosto. Não sei o que fiz na vida para merecer essas pessoas, mas agradeço ao universo todos os dias pela família mais incrível em todo o mundo.

Meu olhar procura os olhos de Hudson outra vez.

— Você tem um plano, não tem?

— Tenho — responde ele. — Mas não é dos melhores. Estamos em desvantagem numérica e quase sem tempo — explica, consultando o relógio. — Para ser sincero, todos vamos morrer, mas pelo menos podemos tentar alguma coisa.

— Meu Deus, cara — resmunga Flint. — É por isso que Grace é quem deve fazer os discursos motivacionais.

— É isso mesmo — concorda Calder. — Acho que prefiro ir fazer as unhas. Tem algum salão de beleza por aqui?

Dou uma risadinha.

— Certo, pessoal. Vamos ver que plano é esse onde todos nós morremos.

Capítulo 152

PLANO A, PLANO B E PLANO SE-TODOS-NÓS-MORRERMOS

— Precisamos acabar com o campo de força que cerca aquele altar de pedra, ou seja lá o que for — propõe Hudson, indicando o círculo de pilares de pedra no meio do campo.

— Stonehenge — fala Mace. — Vamos chamar aquilo de Stonehenge.

Hudson dá uma risadinha.

— Tudo bem, vamos chamar aquilo de Stonehenge Mirim. Tenho certeza de que aqueles anéis de pedra são uma espécie de máquina que precisa de uma Pedra Divina para serem ativados durante o eclipse lunar. Sabemos que o eclipse começa à meia-noite, daqui a uma hora.

Hudson tira o celular da sua mochila, toca e desce a tela algumas vezes, concluindo com um aceno de cabeça.

— A penumbra vai ter se concluído completamente por volta das duas da manhã. Isso dá a Cyrus pouco mais de duas horas para usar a Pedra Divina antes que o eclipse lunar termine cem por cento.

Mekhi solta um assobio longo.

— Duas horas...

Hudson faz um gesto afirmativo com a cabeça.

— Sim. Essa é a parte ruim do plano.

— Ah. Tem uma parte boa, então? — pergunta Flint, erguendo uma sobrancelha.

— Mais ou menos — diz Hudson. — Agora que o Exército das Gárgulas não está mais congelado no tempo, Cyrus se tornou mortal outra vez.

Flint e Mekhi se cumprimentam tocando os punhos fechados, mas Hudson prossegue com a explicação.

— Por outro lado, agora que o Exército está livre, isso também significa que o dom dele também foi libertado. Um dom que nunca vimos em ação, então isso é um elemento imprevisível.

— Mas que porra, viu — resmunga Flint.

— A Carniceira disse que a habilidade original de Cyrus era canalizar energia, não é? — pergunto.

Hudson faz um gesto afirmativo com a cabeça.

— Provavelmente ele é capaz de redirecionar relâmpagos, acho. O que seria um incômodo enorme para os nossos dragões. — Ele olha para Éden e Flint, procurando ter certeza de que eles entendem o que isso significa. — Eu não ficaria surpreso se ele pudesse usar esse dom para fazer outras coisas. Por isso, tomem cuidado.

Os dois concordam com acenos de cabeça e se entreolham com nervosismo. Sei no que eles estão pensando. Se um raio atingir uma das suas asas, pode ser impossível curar o ferimento. Sinto meu estômago afundar só de pensar que perdi uma asa, mas engulo em seco e empurro esses pensamentos para longe. Vamos ter bastante tempo para lamentar todas as nossas perdas mais tarde, espero.

Hudson continua.

— Os homens de Cyrus estão rebitando metal aos pilares de pedra. Por isso... estou achando que ele precisa de mais do que apenas uma Pedra Divina para ativar a máquina. Ele precisa de energia.

— Relâmpagos? — repito, e ele assente.

— É o palpite mais lógico — responde Hudson.

Adoro a possibilidade de que Cyrus seja mortal, mas, sinceramente, o restante desse plano não parece ir a nosso favor.

— E qual é o seu plano?

Hudson olha para Remy.

— Você é capaz de abrir um buraco na magia de cinquenta bruxas, não é?

Remy parece um pouco encabulado quando admite:

— Sim.

As sobrancelhas de todos os membros do grupo se erguem em surpresa.

— Cinquenta? — pergunta Macy.

Remy dá de ombros.

— Vou precisar fazer um esforço. — Ele olha para Hudson. — Mas vou ficar enfraquecido se tiver que fazer isso com os três círculos.

Hudson reflete por um minuto e diz:

— Certo. Por isso, vamos ter o elemento surpresa com a primeira abóbada das bruxas. Os dragões vão abrir caminho ao redor dela e criar uma parede de gelo para isolar o lugar. Remy vai criar um portal para irmos até lá e vai romper a barreira das bruxas. Em seguida, nós acabamos com a raça daquelas bruxas, o que não deve ser tão difícil. Elas já estão usando sua energia para projetar a própria abóbada e também a de Cyrus. Essa é a parte boa.

— Será que eu quero saber qual é a parte ruim? — pergunta Jaxon. E concordo com ele.

Hudson olha nos olhos de todo mundo.

— O elemento surpresa vai nos ajudar com a primeira abóbada. Não vamos ter isso com a segunda. Eles não vão deixar os dragões isolarem as outras. Além disso, os soldados que protegem a primeira abóbada vão recuar para proteger a segunda.

— O dobro de inimigos? — brinca Mekhi, balançando a cabeça. — Isso está começando a ficar meio impossível.

— Pois é. Não estou conseguindo ver o "cérebro" neste plano — comenta Jaxon, parecendo um pouco preocupado.

— Bem, não vamos exatamente atacar a segunda abóbada. — Hudson abre um meio sorriso. — Os dragões vão dar a impressão de que a segunda é o nosso alvo. O exército de Cyrus vai avançar para reforçar a segurança daquela abóbada. E, quando isso ocorrer, nós atacamos a terceira. Éden vai criar uma barreira para impedir que aqueles soldados retornem, mas mesmo assim... não teremos muito tempo. Vamos precisar abrir uma brecha na terceira para eliminar as bruxas antes que a tropa consiga nos cercar.

— Ah, então vamos esperar para lutar contra o exército inteiro quando tentarmos tomar a terceira abóbada? — Flint resmunga. — Parece que vamos apenas adiar o momento em que eles vão matar todos nós.

— Bem, *se* realmente atacarmos a terceira abóbada... — Hudson cruza os braços diante do peito, apoiando os pés nos calcanhares. — Mais uma vez, os dragões vão dar a impressão de que é para lá que estamos indo, mas Remy vai usar um portal para nos levar até o lado desprotegido da abóbada maior. E vai abrir um buraco nela. É bem provável que ela esteja mais fraca do que a terceira, pois o poder das bruxas vai reforçar sua própria abóbada.

— Mas as bruxas não vão reconstruir a abóbada assim que a derrubarmos? — pergunto. Não sei como essas abóbadas das bruxas funcionam. E não sabia nem mesmo que era possível criar uma coisa dessas. Mas tenho a impressão de que as bruxas não devem ter muita dificuldade para recriá-las.

Hudson sustenta um sorriso mais firme no rosto agora.

— Talvez, se déssemos importância a isso. Mas isso não vai acontecer. Porque, assim que Remy abrir uma brecha na abóbada grande, vou desintegrar a máquina. Sem aquela máquina, Cyrus não vai virar um deus.

— Realmente quero evitar que haja um deus Cyrus — concordo.

— O que acha, Remy? — pergunta Hudson. — Você consegue?

Remy pensa no caso por um minuto.

— Se você me levar para perto, consigo. Mas vou precisar tocar nela.

— Nós vamos levar você até perto dela — diz Jaxon, e todos nós concordamos.

— Então, vamos mesmo atacar Cyrus? — pergunta Éden.

— Não está parecendo que esse plano pode acabar com a prisão de Cyrus — emenda Dawud.

Hudson dá de ombros.

— Isso vai depender se conseguirmos arrancar aquela armadura dele antes que o exército ataque. Não estou gostando de ter que enfrentar dez mil soldados. Acho que o problema mais imediato a evitar é que a Pedra Divina seja usada. O que você acha, Grace?

Todos se viram para me encarar como se a decisão final fosse minha. Só para constar: contemplar a ideia de enviar seus melhores amigos a uma batalha da qual nem todos podem retornar com segurança é uma sensação horrível. Mas como podemos ficar parados e não fazer nada? Assim, eu digo a verdade.

— O plano é bom e acho que é a melhor chance que temos. As chances de sucesso não são boas, mas são bem melhores do que enfrentar uma versão divina de Cyrus.

— Não vamos vencer se encararmos esse exército de frente — diz Hudson. — Somos dez contra dez mil. Talvez mais, se eles trouxerem reforços. Em vez de lutar contra uma força incomensurável, vamos evitá-los e lutar somente contra aquele vampiro narcisista.

Remy sorri e diz:

— Ei, pessoal, fiquem calmos. Todos nós vamos morrer.

— Você ouviu essa em *Shrek*? — pergunta Flint, e Remy responde tocando o seu punho fechado no do dragão.

A conversa se torna uma discussão sobre como o segundo filme é uma obra de arte que não tem o devido reconhecimento enquanto me afasto um pouco para analisar melhor a atividade em curso lá embaixo.

Embora eu concorde que o plano de Hudson tem a melhor chance de sucesso, isso não é muito se considerarmos que essas chances não passam de dez por cento, para início de conversa.

Capítulo 153

NA MONTANHA-RUSSA DOS DESEJOS, QUEM REINA SÃO AS GÁRGULAS

Mais abaixo, a multidão entoa cânticos. E tem alguma coisa naquela adoração incondicional que faz o pânico borbulhar no meu estômago. Mas ter um ataque de pânico agora não é algo que posso deixar acontecer. É o que tento dizer a mim mesma enquanto respiro fundo várias vezes, tentando dizer o nome de dez coisas que consigo avistar. Mas tudo que consigo avistar é assustador pra caralho. Assim, talvez este não seja o melhor exercício mental para fazer no momento.

— Ei — diz Hudson, e em seguida seu rosto está ao lado do meu. Sei disso porque ele é capaz de enxergar a minha ansiedade. Mas isso só faz com que me sinta pior. É mais um sinal de que sou mais fraca do que gostaria de ser.

— Nós vamos conseguir — ele me garante.

Concordo com um aceno de cabeça. Afinal de contas, o que posso dizer numa hora como esta? *Que não vamos conseguir?*

Mesmo assim, isso aqui é uma guerra. E nem tudo acontece como queremos.

— E se alguma coisa ruim acontecer? E se eu m...?

— Você não vai fazer isso — determina ele, com os olhos azuis brilhando com força. — Mas, se alguma coisa acontecer, nós vamos conseguir. Vou me certificar de que aconteça mesmo.

Ele está afirmando que vai usar seu poder outra vez. Percebo na maneira que seu queixo se retesa e em como ele endireita os ombros.

— Você não tem a obrigação de fazer isso. Você não pode...

— Deixe comigo — ele repete. E percebo que ele fala sério. Aconteça o que acontecer, ele não está hesitando.

Sabê-lo afrouxa os nós no meu estômago e facilita a respiração em um milhão de vezes. E a aceitação do que acontecer a seguir.

De repente, todos estão à nossa volta, tirando sarro de Cyrus e planejando a celebração da nossa vitória. Eu sei, tanto quanto eles, que isso é pura bobagem. Que podemos não ter vontade de celebrar quando isso chegar ao fim — isso se restar um número suficiente de pessoas em nosso grupo para uma comemoração. Mas é algo bom de se dizer. É quase como se, ao verbalizar essas coisas, o universo nos dê uma chance de transformá-las em realidade.

Preciso dessa chance. Todos precisamos. Sem isso, nunca conseguiríamos fazer o que tem de ser feito. Em especial com todo o medo que sinto de que esta possa ser a última vez que Hudson me toca.

— Ei… — ele sussurra quando pega a minha mão.

— Ei, garoto — respondo.

Ele esfrega o dedo no nosso anel de promessa e pergunta:

— Já conseguiu descobrir?

Reviro os olhos, mesmo enquanto um sorriso carinhoso se abre no meu rosto. Porque sei que ele está simplesmente tentando me acalmar.

— Já, sim — digo a ele com toda a convicção, apenas para ver seus olhos se arregalarem com a surpresa. — Você prometeu ir comigo em todas as montanhas-russas da Disneylândia. Até mesmo nas mais assustadoras.

— Hudson? Em uma montanha-russa? — intervém Jaxon, tirando sarro. — Acho que eu repensaria essa ideia. Ele é do tipo que grita muito alto, afinal de contas.

— Acho que Hudson é a montanha-russa — diz Calder, passando a língua faminta nos lábios.

— Ah, e já que tocamos no assunto, talvez seja melhor colocar o pé na estrada — sugere Remy, agitando as sobrancelhas.

Em seguida, ele olha para mim. Todo mundo olha para mim, o que é bem desconcertante.

— Ah… Tem mais alguma coisa?

— Acho que este é o seu momento — diz Dawud, depois de limpar a garganta.

— Meu momento? — Agora estou ainda mais confusa.

— Não sei o que os outros acham, mas eu adoraria ouvir um dos seus discursos motivacionais agora — diz Flint.

— Talvez até mesmo dois — concorda Éden, ironizando.

E… merda. Odeio quando isso acontece. Considerando que concordo com Hudson sobre aquela ideia de que *nós vamos todos morrer* na situação atual, não tenho um discurso motivacional na ponta da língua.

Mas eles ainda estão olhando para mim; até mesmo Calder e Remy, como se esperassem que palavras de sabedoria simplesmente caíssem dos meus lábios. Eu suspiro, revirando o cérebro em busca de alguma coisa para dizer. Qualquer coisa.

Finalmente, o lampejo de uma ideia surge. E decido: qual é a pior coisa que pode acontecer? Todos eles vão sair correndo na direção oposta? E percebo que isso não me incomoda. Seria ótimo ter uma boa noite de sono e cuidar dos pés.

Olho para Hudson e ele faz um gesto encorajador com a cabeça. Assim, limpo a garganta. Respiro fundo e limpo a garganta de novo. E começo.

— Sei que já fizemos isso várias vezes, galera. E sei que as coisas são difíceis. Mas ainda temos mais uma luta para enfrentar. Por mim, tomara que essa luta venha com toda a força disponível. Vamos chegar com tudo que temos bem na porta de Cyrus. E vamos forçá-lo a engolir tudo. Desse jeito, mesmo se morrermos, sabemos que demos tudo o que tínhamos. Pelo menos morremos lutando por algo em que acreditamos.

— Quando as coisas estiverem bem... — continuo, percebendo que todos fazem sinais afirmativos com a cabeça para o que estou dizendo. — Quando as coisas estiverem bem, podemos voltar a usar nossos poderes para fazer voos à meia-noite sob a aurora boreal e chutar uns rabos no campo do Ludares. Mas agora... agora é hora de agirmos como tigres.

Jaxon ergue uma sobrancelha como se quisesse dizer *Fala sério... tigres?* E até mesmo Dawud não parece ter gostado muito da comparação com um felino de grande porte. Por isso, tento usar algo mais assustador. Mas é difícil encontrar algo que se encaixe no contexto quando estou cercada pelos maiores e mais poderosos monstros do planeta. Mesmo assim, preciso de alguma coisa. Por isso, escolho outro termo.

— Não... não como tigres. Como *velocirraptores.*

— Opa, aí, sim — diz Flint, e ele está com o corpo apoiado na ponta dos pés, empolgado com o meu discurso.

— É isso aí, porra — concorda Mekhi. — Quase me borrei com aquele filme.

— É isso aí. — Dawud ergue o punho fechado para tocar no de Mekhi.

— Sim, vamos ser como aqueles dinossauros *Indominus rex...*

— Que dinossauro é esse? — sussurra Macy.

— O que aparece no último filme — responde Dawud.

— Ah, não vi esse ainda — ela pontua. — Talvez possamos assistir todos juntos quando sairmos daqui.

Levanto a voz para concentrar a atenção deles de volta em mim.

— Vamos mostrar nossa força e nossa fúria a Cyrus. Nossos olhos vão brilhar com a sede de sangue. E nossas testas vão se projetar como penhascos sobre o mar bravo e revolto.

Macy parece um pouco traumatizada, levando a mão à testa para ter certeza de que suas sobrancelhas estão alinhadas. Mas Éden está totalmente empolgada. Com punhos fechados e queixo retesado, ela parece pronta para arrancar a cabeça de qualquer vampiro que chegue muito perto.

— Agora, firmem os queixos e respirem fundo. Busquem a selvageria mais ardente que existe em vocês e deixem-na fluir por todas as suas células, ativando todas as suas forças.

Calder rosna, e, em seguida, parece assimilar as minhas palavras. Segundos depois, ela assumiu sua forma de manticora, flexionando perigosamente a sua cauda de escorpião.

— Somos descendentes da grandeza — continuo, mas acrescento um adendo: — Bem... com exceção de Jaxon e Hudson.

E isso faz com que todos concordem em silêncio. Inclusive eles dois.

— Nossos pais estiveram nesta luta antes de nós. E não vamos desonrá-los, vamos continuar o que começaram. Vamos provar que somos dignos dos poderes que temos e das famílias das quais viemos. Não há ninguém entre vocês que não tenha a magia de várias eras. Esta noite, neste campo, neste momento, vamos libertar essa magia. E nós vamos vencer.

— É isso aí! — grunhe Flint, socando o ar. — Vamos arrebentar.

— É isso aí, cacete! — grita Jaxon.

Todos estão superempolgados e, conforme trocam tapinhas nas costas e vão até a beirada do penhasco, Hudson olha para mim com uma sobrancelha erguida e sussurra:

— *Henrique IV*?

Dou de ombros, mas abro um sorriso discreto porque tinha certeza de que o meu consorte iria entender a referência.

— Eu estava sem ideias. Além disso, quem poderia dizer isso melhor do que Shakespeare?

Ele simplesmente faz um gesto negativo com a cabeça e ri.

— Vamos entrar em ação! — diz Éden antes de se transformar em dragão. Ela se afasta alguns passos antes de olhar para Jaxon e para Flint, como se dissesse: *Pronto, apoio aéreo?*

Flint concorda com um aceno de cabeça e todos olham para Jaxon, que parece muito pequeno ao lado da forma de dragão de Éden.

— Acha que consegue acompanhar o voo deles com a sua telecinese? — pergunta Hudson. — Os dragões são rápidos.

— São mesmo — concorda Flint, o que faz com que as sobrancelhas de Jaxon se estreitem.

— Ah, acho que consigo — garante ele. E, em seguida, sem qualquer aviso, ele se transforma em meio a várias luzes coloridas, assumindo bem diante de nossos olhos a forma de um lindo dragão cor de âmbar.

Capítulo 154

IMAGINE DRAGONS

— Puta que pariu! — Os olhos de Hudson se arregalam quando ele se vira para Flint. — Você sabia que ele podia fazer isso?

— Se eu sabia que agora ele é uma espécie híbrida e esquisita de dragão e vampiro? — Ele encara Hudson com um olhar que significa *você está falando sério?* — É claro que eu sabia. Afinal, como não saber?

Jaxon, que continua trevoso e melancólico mesmo nessa forma de dragão, fica simplesmente encarando Flint. Mas, quando dá aquela rosnada que é sua marca registrada (ou o mais perto disso que consegue quando está na forma de dragão), ele arrota um pequeno disparo de fogo que quase chamusca as sobrancelhas de Flint.

— Mas que porra é essa? — grita Flint, recuando com um salto enorme.

Agora Jaxon abre um sorriso discreto. E, quando ele faz isso, é difícil deixar de notar que, mesmo nessa forma de dragão, seus incisivos são muito mais longos do que os de Flint ou de Éden.

Um híbrido de dragão e vampiro bem esquisito mesmo.

— Não acha que você provavelmente devia ter dito isso antes? — pergunta Flint, passando a mão pelas sobrancelhas, desconfiado.

Dessa vez, Jaxon nem se incomoda em rosnar. Simplesmente o observa de um jeito que parece dizer *por que você não perguntou*. É uma pergunta para a qual Flint não tem resposta, porque gagueja enquanto Macy simplesmente sorri como louca, olhando ora para um, ora para outro.

Hudson me encara com uma expressão que quase diz *puta merda*, mas está sorrindo também. E ele é absolutamente adorável.

— Eu amo você — digo a ele em voz baixa. Afinal, se estou prestes a morrer, é disso que quero que ele se lembre. Que não importa o que aconteça, não importa toda a merda pela qual tivemos de passar, o amor que sinto por ele é algo que fiz do jeito certo.

O céu está tingido com um azul-marinho bem escuro que parece brilhar um pouco mais a cada minuto. E isso significa que a hora do eclipse está chegando, algo que percebo que Hudson também sabe pela maneira que fica olhando para o horizonte.

— Amo você também — ele sussurra para mim. — E vou amar por toda a eternidade. É por isso que temos que fazer isso, Grace. Temos quarenta minutos antes do eclipse e quero ter a chance de amar você para sempre.

— Isso é o que eu quero também — sussurro, enquanto me afasto. — Agora, vamos chutar o rabo de Cyrus e transformar esse futuro em realidade.

— Estou dentro — diz Remy, e obviamente já carregou sua bateria de magia, porque está praticamente reluzindo. Ele parece totalmente carregado de poder. Pela primeira vez, começo a acreditar que este plano pode funcionar.

— Certo, pessoal. — Dou um passo para trás para recapitular o plano. — Chegou a hora. O primeiro que abrir um buraco na primeira bruxa ganha. Agora, vamos...

— O que nós vamos ganhar? — pergunta Calder depois de voltar à sua forma humana. — Espero que seja um cupcake. Com granuladinhos!

É exatamente o que precisávamos para quebrar a tensão, e solto uma gargalhada.

— Se você conseguir colocar Remy diante daquela bruxa, vou lhe comprar uma dúzia de cupcakes. E cada um deles vai ter granulados diferentes — eu digo.

Ela sorri.

— Adorei a ideia. — Ela sai correndo, transformando-se enquanto dispara pelo meio do mato. Suas poderosas pernas de leão devoram a distância que separa o nosso grupo do campo de batalha.

É o sinal pelo qual todo mundo parece estar esperando, porque Jaxon se lança ao ar segundos depois.

Sinto uma onda de medo tomar conta de mim, e percebo que isso acontece com quase todo mundo também. Eu me lembro do tempo que demorei para conseguir me sentir confortável com as asas de gárgula. Tentar voar como um dragão deve ser, no mínimo, tão difícil quanto. Tentar fazer isso enquanto estamos cercados por dez mil soldados que nos querem mortos parece ser uma ideia muito ruim.

Mas... ou Jaxon tem um talento muito maior do que o meu para aprender a voar (o que é muito provável), ou então ele está usando a sua telecinese para ajudar. De qualquer maneira, ele ficou muito bonito.

Eu acho que Flint deve ter a mesma opinião, porque ele fica simplesmente olhando para o céu, completamente encantado. Pelo menos até que Jaxon comece a voar em um círculo ao redor do campo. Só tenho um momento para me perguntar o que ele está fazendo antes que ele comece a cuspir fogo para o chão.

— Mas que porra é essa? — Flint exclama outra vez, logo antes de se transformar em seu dragão verde.

Tudo acontece em um piscar de olhos, e bem mais rápido do que a transformação de Jaxon. Em seguida, ele levanta voo e vai na mesma direção. A princípio tenho a impressão de que Flint vai interceptá-lo, mas ele vira e muda de direção até que os dois estejam posicionados em lados opostos da primeira bruxa, cuspindo fogo nos paranormais que estão do lado de fora do campo de força.

— Esse é o jeito típico de agir de Jaxon — murmura Hudson, mas está sorrindo. — O garoto adora fazer uma entrada bombástica.

— Como se ele fosse o único — rebato, piscando o olho.

Mas Hudson já desapareceu, acelerando rumo ao campo de batalha com Mekhi.

Éden se junta a Jaxon e Flint, colocando-se diante dos dois para poder soprar gelo sobre o campo, construindo uma gigantesca muralha gelada na área que Flint e Jaxon estão limpando com suas baforadas de fogo.

Eles recuam um pouco quando a garota-dragão começa a construir a muralha, cuidando para que o fogo não chegue muito perto para derreter o gelo de Éden — que o sopra com uma velocidade impressionante.

Observando o campo, realmente espero que Hudson esteja errado sobre a primeira abóbada ser a mais fácil, porque parece que o lugar já se transformou em um inferno ao redor deles. Dragões decolaram para lutar contra Flint, Jaxon e Éden enquanto mais vampiros e lobisomens chegam correndo, tentando tomar o lugar daqueles que estão sendo queimados.

Alguns vampiros e lobos conseguiram escalar a parede enquanto Éden ainda a está construindo, mas Hudson, Mekhi e Calder já estão lá, arrebentando sem qualquer preocupação todos os que aparecem. Eles correm pelo interior da muralha, cuidando de qualquer um que consiga invadir o espaço entre o gelo e o campo de força das bruxas.

De repente, um jato de gelo dispara em uma direção totalmente diferente. Ergo os olhos e percebo que Éden está sob ataque. Há vários dragões no ar — quase uns cem, eu diria. E estão determinados a derrubar Flint, Jaxon e Éden.

Começo a me transformar em gárgula para poder lutar ao lado dos meus amigos, mas me dou conta mais uma vez que não tenho uma asa e que não vou conseguir voar para lugar algum.

Sem saber o que mais posso fazer, começo a descer a montanha, levando Macy e Dawud a reboque. Mas só consegui avançar uns cem metros quando Remy surge na minha frente e diz:

— Quer uma carona?

Antes que eu consiga responder, um portal se abre e ele leva Macy, Dawud e a mim pela abertura. Segundos depois, nós estamos no meio do campo de batalha — bem diante do primeiro campo de força.

Estamos também a poucos metros de Hudson, que gira na nossa direção com uma expressão violenta no rosto — que se desfaz quando ele percebe que somos nós que estamos chegando.

— Já era hora — ele brinca. Mas, antes que eu possa responder, ele salta e dá um pontapé com força em algum lugar acima de mim.

Eu fico olhando enquanto seu pé acerta a cara de outro vampiro. Ele sai voando com o golpe, e Hudson pousa ao meu lado outra vez. Dá um selinho rápido como um raio nos meus lábios antes de girar outra vez e capturar um lobo que conseguiu passar pela muralha. Ele pega o lobo pelo rabo e o faz girar várias vezes antes de jogá-lo de volta por cima da muralha.

— O que você precisa que eu faça? — pergunto a Remy quando Dawud e Macy partem para ajudar os outros.

— Fique de olho e não deixe ninguém se aproximar — ele responde enquanto ergue as mãos, mantendo-as afastadas.

— O que você vai... — Deixo a frase morrer no ar quando o espaço entre as mãos dele começa a brilhar.

Remy move as mãos em círculos agora. E, ao fazer isso, a luz vai ficando mais brilhante e mais quente. Logo depois, começa a pulsar.

Eu me aproximo, fascinada pelo que está acontecendo. Mas, antes que eu consiga ver o que vai acontecer depois, uma lobanil pula por cima da muralha e aparece bem diante de Remy, com as presas arreganhadas.

Eu me transformo e saio de trás dele com um salto, pegando a loba pelas orelhas e puxando-a para trás.

A loba rosna violentamente, atacando com os dentes e as garras, mas eu termino de me transformar em pedra quando sua boca se fecha ao redor da minha mão.

Sinto quando seus dentes batem na minha mão, com força. Depois, a loba começa a gritar. Ela recua, com os olhos atarantados e o sangue esguichando pela boca. E eu me animo o suficiente para erguer o pé e lhe acertar aquele chute giratório que Artelya me ensinou quando estávamos treinando na Corte das Gárgulas.

O choque que sinto ao atingir a queixada da loba reverbera pelo meu pé esquerdo — mas deve funcionar, porque os olhos da loba ficam vidrados e ela cai no chão, inconsciente.

— Me lembre de nunca deixá-la irritada — comenta Remy com um sorriso no rosto.

Quando olho para ele, a bola de luz que ele estava formando se dissipou. A luz agora cobre seus dedos, as mãos e os braços até a altura dos cotovelos, e ele está brilhando intensamente.

Logo depois, diante dos meus olhos fascinados, ele recua com o punho direito fechado e golpeia com toda a sua força na rede de luz que forma o campo de força ao redor das bruxas.

Capítulo 155

UM DIA É A FORÇA NO CAMPO, OUTRO DIA É O CAMPO DE FORÇA

O campo de força se dissipa em um instante; a magia das bruxas não é páreo para o poder de Remy.

E quando ele se desfaz, o campo de força maior sobre Stonehenge Mirim estremece, mas continua firme. Isso é uma pena. Acho que um pedaço de mim esperava que ele se dissipasse também, caso uma das três outras abóbadas que o alimentavam caísse.

Mas, como não é o caso, precisamos chegar até o segundo campo de força. E rápido. Mas primeiro temos de lidar com cinquenta bruxas poderosas e irritadas vindo para cima de Remy e de mim. E todas parecem querer ver sangue — de uma maneira totalmente não vampírica, é claro.

— O que vamos fazer agora? — sussurro enquanto Hudson e os outros se concentram do outro lado dessas bruxas.

Remy me olha com um sorriso atrevido e diz:

— Se eu fosse você, preparava aquele chute giratório de novo. Mas primeiro, abaixe-se!

Ele me empurra para baixo bem quando um feitiço passa voando, bem no lugar onde a minha cabeça estaria. E explode na muralha de gelo logo atrás de mim, fazendo um *crec* sinistro.

Seguem-se outros vinte feitiços, que não estão nem sendo apontados para nós. Agora que as bruxas descobriram que a muralha de gelo é vulnerável, estão usando toda a sua magia para derrubá-la. Mas isso significa que o exército do outro lado da muralha vai ter acesso a nós ao mesmo tempo.

E como não gosto da ideia de ter de lutar com milhares de paranormais simultaneamente, imagino que vamos precisar encontrar uma solução antes que essa muralha caia.

Remy deve pensar a mesma coisa, porque estende a mão e cria um vento tão poderoso que saio voando e bato na muralha. Ele me firma com a outra mão enquanto continua aumentando a força do vento ao redor das bruxas. Elas trombam umas contra as outras; o vento as castiga, vindo de todas as direções enquanto as faz recuar até estarem todas juntas.

— O que você vai fazer? — pergunto conforme as correntes de vento os apertam.

— Acho que este espaço vai ficar bem melhor com cinquenta bruxas a menos. Concorda, *cher*?

— Com toda a certeza.

Ele me olha mais uma vez com aquela expressão malandra e, com um estalar de dedos, providencia para que o vórtice de ar que está criando levante voo. Quando percebo, o redemoinho está literalmente voando por cima do topo da montanha. E, de lambuja, Remy usa o túnel de vento que criou para aspirar dezenas de dragões que estavam atacando Flint, Jaxon e Éden sobre a nossa cabeça.

Quando desaparecem sobre a montanha, Remy bate as mãos uma na outra, como se tivesse terminado de fazer um trabalho. E comenta:

— Espero que elas tenham trazido as vassouras.

Sei que estamos no meio de uma batalha e que as coisas vão piorar. Mas não consigo deixar de rir. Só Remy falaria uma coisa tão ridícula e tão absolutamente correta.

— Belo trabalho — elogia Hudson ao acelerar atrás de nós. Pela primeira vez, percebo a rapidez com que Remy cuidou da nossa infestação de bruxas. Mais rápido do que Hudson é capaz de acelerar ao redor do círculo para chegar até mim. Conheço algumas bruxas muito poderosas; inclusive, Macy é uma delas. Mas Remy consegue levar as contingências a um patamar completamente novo.

— E não é que foi mesmo? — concorda Mekhi quando chega acelerando e para ao lado de Hudson. — Nunca vi nada assim.

— Ah, é claro. Mas ele ainda está só no aquecimento — diz Calder, piscando rapidamente os olhos. — Espere até ele decidir sujar as mãos de verdade.

Considerando que Remy acabou de jogar setenta e tantos paranormais por cima da encosta de uma montanha, fico um pouco preocupada com o que pode acontecer se ele *sujar as mãos.* Mas temos uma longa noite pela frente e alguma coisa me diz que vou acabar descobrindo.

Há uma sombra familiar sobre nós e olho para cima bem a tempo de avistar dois dragões separarem Éden de Jaxon e Hudson; em seguida, enfiam as garras nas costas e nos ombros dela. Um terceiro dragão ganha altura e dá uma dentada em sua barriga.

Ela grita mais uma vez e começa a girar em piruetas rápidas enquanto tenta se desvencilhar. Grito para que Jaxon e Flint a ajudem, mas há jatos de fogo voando de um lado para outro enquanto eles combatem seus respectivos atacantes.

— Ah, eles que se fodam — grunhe Hudson. Em seguida, ele dá um salto de mais de seis metros arrancando dali o dragão que tentava devorar as tripas de Éden. Ele segura o rabo daquele dragão enquanto os dois vão caindo até o chão; em seguida, gira-o em círculos como se fosse um arremessador de disco olímpico e o manda pelos ares.

O dragão tromba com vários outros dragões inimigos e todos eles despencam no chão.

— Você tem uma pontaria bem melhor do que eu imaginava — Remy fala para ele.

Hudson revira os olhos.

— Me lembre de ficar ofendido com isso mais tarde.

— Bem mais tarde, considerando que temos outros problemas — interrompe Dawud.

Penso em perguntar o que foi, mas descubro no instante que me viro para trás.

Algumas das outras bruxas espalhadas pelo campo perceberam que é possível derrubar a muralha de gelo com feitiços. Ela começa a desmoronar. E isso significa que estamos prestes a receber bastante atenção… de um tipo bem desagradável.

— Acho que esse é o nosso sinal para cair fora daqui — sugere Remy, fazendo um gesto para abrir outro portal.

— E os dragões? — pergunta Macy. — Não podemos simplesmente deixá-los para trás.

Ela tem razão. Mais dragões chegaram e Flint, Jaxon e Éden estão sob fogo cerrado, figurativa e também literalmente. Se não conseguirmos tirá-los dessa situação (e rápido), não sei quanto tempo eles vão conseguir aguentar.

— Jaxon! — grito, tentando atrair a atenção do meu melhor amigo.

Ele não me ouve, mas Flint ouve. Enquanto gira como um parafuso para se desvencilhar de dois dragões que o atacam, ele cospe um jato de fogo na minha direção, que tenho quase certeza que é a sua maneira de dizer que entendeu o que eu disse.

Nesse meio-tempo, Macy lança um feitiço contra vários daqueles dragões. Eles não estão prestando atenção em nada além de Flint. Por isso, não conseguem se esquivar quando ela ataca todos ao mesmo tempo. Segundos depois, as asas deles estão presas com firmeza em várias camadas de plástico-bolha, e todos começam a despencar rumo ao chão.

Mas vários outros tomam o lugar daqueles que caíram, e Flint parece ainda mais aguerrido.

— Faça aquele feitiço de novo! — digo a Macy, mas ela simplesmente nega com a cabeça.

— Não consigo lançar esse feitiço mais de uma vez.

— Por que não? Acabou com o seu estoque de plástico-bolha? — pergunta Calder. — Da próxima vez, escolha aquele modelo rosa com flores brancas. É bonito e adoro flores.

— Vou me lembrar disso — responde Macy, e Calder sorri. Mas, quando um dos dragões acima dela grita, Calder é a primeira a se transformar imediatamente e saltar, usando suas garras de leão para arranhar os pescoços de dois deles. Os dragões urram de raiva a mergulham para pegá-la, mas ela já está caindo de volta no chão e voltando à forma humana, gritando:

— Vamos, vamos, vamos!

Flint a segue o mais rápido que consegue, determinado a evitar a próxima revoada de dragões no seu encalço.

Ao mesmo tempo, Dawud se transforma enquanto corre; em seguida, salta e morde o rabo de uma dragão que está voando mais baixo. Ela grita e tenta se livrar de Dawud, que continua a mordê-la por tempo suficiente para dar uma chance a Éden de se desvencilhar de outro dragão antes de ir para o portal.

— Rápido! — pede Remy enquanto traz Mekhi e Calder para junto do portal.

Hudson, enquanto isso, dá outro salto, tentando alcançar os dragões ao redor de Jaxon. Mas Jaxon está voando mais rápido do que Éden e Flint estavam, e Hudson não consegue alcançá-lo.

Estou mais frustrada do que nunca, louca para voar a fim de poder ajudar Jaxon. Mas voar não é o meu único poder, lembro a mim mesma enquanto penso no tempo que passei na Corte das Gárgulas.

Penso em usar a água que vi na fonte quando chegamos aqui, mas o riacho está do outro lado da clareira e longe demais para chegar aqui rapidamente. Mas há outras coisas que sei canalizar. Assim, busco ar antes que Jaxon se debata contra o dragão que abocanhou seu pescoço, com os dentes lhe apertando a jugular.

Hudson pula outra vez, mas não consegue chegar até Jaxon. E sei o que preciso fazer.

Estendendo os braços para frente, sinto o vento na palma das mãos e o ar morno do verão desliza na minha pele. Em seguida, fecho os dedos e dou um soco para a frente com toda a força que consigo reunir, empurrando o ar que está à minha frente.

Faço isso com tanta força que isso até agrava o ferimento na minha asa, e meu ombro dói com uma pontada intensa. Mas arremessar o vento deve funcionar, porque, um segundo depois, o dragão que está mordendo Jaxon solta um grasnado irritado e larga o pescoço dele.

Tentei concentrar o poder somente naquele dragão, mas não deve ter funcionado porque Jaxon é deslocado vários metros para trás também. Ele também cai alguns metros; por sorte, é mais do que o bastante para que Hudson o agarre em sua segunda tentativa.

Mas os outros dragões que estavam atacando caem com ele. Começo a socar o ar para acertá-los também, mas Mekhi é quem leva a melhor.

Ele corre e pula, caindo sobre o lombo de um dos dragões e envolvendo os braços ao redor do seu pescoço. Em seguida, começa a puxar para trás com toda a força.

A dragoa entra em pânico quando Mekhi comprime sua traqueia e se agita para escapar. Mekhi volta a cair no chão e Calder vai atrás do terceiro dragão com um salto rápido e uma ferroada da sua cauda de escorpião bem no nariz do adversário.

O dragão grita e se afasta, voando; o dragão de Jaxon (que parece meio surrado, mas ainda assim está inteiro) nos encara com um olhar agradecido enquanto parte rumo ao portal de Remy.

O restante de nós vai logo atrás, e Remy fecha o portal quando o último de nós passa por ele.

Capítulo 156

O DOBRO DE TRABALHO E O DOBRO DE PROBLEMAS

Atravessamos o portal (e, mais uma vez, Remy sabe fazer os melhores portais do mundo) e chegamos perto do segundo grupo de bruxas. Os dragões pousam ao nosso lado e retomam a forma humana.

— O plano continua valendo? — indaga Éden, enxugando o sangue em seu peito.

— Desde que você concorde — digo a ela. Sei que não é a resposta mais generalícia de todas, mas não vou mandar meus melhores amigos rumo a uma batalha com uma probabilidade alta de morte se já estiverem gravemente feridos.

Ela faz um som de *tsc, tsc*.

— Esse arranhão aqui? Não preciso nem de primeiros socorros para isso.

Flint revira os olhos.

— Deus nos proteja se Éden demonstrar fraqueza algum dia.

— Ah, só porque você está pronto para desistir? — pergunta ela, contrariada.

Deveria ser uma questão válida, considerando que ele tem marcas de garra sobre a jugular e várias escamas chamuscadas. Mas todos sabemos que Flint não se rende sem lutar. E ele responde:

— Ainda nem comecei a me aquecer.

— Bem, mesmo assim, deixe que eu lhe cure um pouco — digo. Em seguida, me aproximo e coloco uma mão em cada um deles para canalizar um pouco de magia da terra e fechar suas feridas. Não chega nem perto de quanto eles precisam, mas pelo menos ninguém aqui vai sangrar até morrer.

— Desculpem por cortar o barato de vocês, mas precisamos ir andando — avisa Remy, com a voz arrastada.

— Deixe comigo — responde Jaxon. Mas, antes que ele consiga se retransformar, estendo a mão para tocá-lo.

— Você se importa? — pergunto. Ele olha nos meus olhos e faz um sinal afirmativo com a cabeça. Assim, coloco a mão em seu ombro e fecho suas feridas também.

Com um meio sorriso no rosto quando me afasto, ele reassume sua forma de dragão. Os outros dois dragões fazem o mesmo e decolam, agindo do jeito mais óbvio que conseguem.

O campo de batalha inteiro se vira na nossa direção, correndo e gritando, parecendo em busca de sangue. E é claro que estão.

— Boa sorte! — digo para os três dragões, mas eles já estão longe.

Remy foi na frente e construiu outro portal, bem menor e menos óbvio do que o último. Enquanto todo mundo se concentra nos dragões, que estão fazendo uma exibição bem exagerada (obrigada, Flint), o restante de nós vai discretamente rumo ao nosso alvo verdadeiro, o terceiro campo de força.

Usamos o elemento surpresa no primeiro e funcionou muito bem. Não podemos surpreendê-los de novo; eles já sabem que estamos aqui. Mas é possível tentar equilibrar o jogo. As coisas vão ficar feias hoje. Não tenho a menor dúvida disso. Mas vou aproveitar cada oportunidade que tiver para atrasar isso.

É por isso que, quando saímos do portal de Remy diante do terceiro campo de força, não encontramos quase nenhuma resistência. Todos passaram os últimos minutos correndo na direção do campo de força mais perto de onde os dragões estão, deixando este quase sem defesa.

Não vai ficar assim para sempre, mas Éden e Flint já cortam o ar para construir uma muralha de gelo que possa nos separar de todos os outros. Ela nos isola do restante do campo e nos fornece o espaço de que precisamos antes de ser necessário enfrentar uma batalha contra dez mil paranormais.

Poucos segundos depois de sair do portal, Remy faz aquela coisa com a energia outra vez. Construindo a bola de luz, deixando-a se espalhar sobre suas mãos e braços antes de arrebentar o campo de força com o punho.

Mas ele está mais cansado agora do que na primeira vez. Ele avisou que derrubar esses campos de força esgotaria até mesmo os seus poderes formidáveis, mas mesmo assim ainda fico aflita quando a muralha não cai.

— O que podemos fazer para ajudar? — pergunto, mas ele só faz um gesto negativo com a cabeça. Em seguida, soca a barreira com o outro punho também.

Dessa vez, ela cai. Mas Remy está exausto. Percebo-o em seu rosto e na maneira súbita como seus ombros murcham. E isso significa que o restante de nós vai ter de lidar com as cinquenta bruxas ali dentro — e elas avançam sobre nós com tudo o que têm.

Feitiços voam de um lado para outro e todo mundo, exceto eu, não tem escolha a não ser se agachar — pelo menos durante a primeira rodada.

Eu simplesmente me transformo e os feitiços não têm nenhum efeito contra a minha gárgula. E não pela primeira vez, tenho a impressão de que as habilidades das gárgulas são maneiras.

Conforme as bruxas chegam e nos cercam por todos os lados, nós nos preparamos para abrir caminho por entre elas — ou para morrer tentando, a depender do desenrolar dos eventos. Espero mesmo que seja a primeira opção, mas receio que a nossa sorte tenha acabado.

Em particular quando uma das bruxas na linha de frente dispara um feitiço que acerta Mekhi bem no meio do peito. Por um segundo, ele parece chocado. Mas, em seguida, cai no chão, tremendo e se debatendo como se milhares de volts de eletricidade rasgassem o seu corpo.

Dawud cai em seguida, com um feitiço que lhe causa uma coceira incessante. E, como está na forma de lobo, sua aparência é de dar dó — como se estivesse com uma forte infestação de pulgas.

A terceira maldição atinge Macy e faz com que as bolhas mais feias e de aparência mais dolorosa comecem a brotar por toda a sua pele.

— Puta que pariu, você só pode estar me zoando — reclama ela por entre os dentes. — Você usou um feitiço de perebas?

Hudson dá um passo à frente e começa a sussurrar para as bruxas mais próximas de nós, dizendo que elas querem nos ajudar. Que querem deter as outras bruxas. As outras percebem rapidamente o que está acontecendo e lançam algum tipo de feitiço para bloquear sua voz, porque não são afetadas.

Mas as primeiras bruxas que o ouviram já se viraram contra o grupo.

As bruxas do nosso lado atacam algumas das outras, mas a quantidade de adversários é enorme. E elas são derrotadas em pouco tempo. As bruxas remanescentes se preparam para concentrar seus ataques em nós outra vez.

Mas elas não são nosso único problema. A muralha de gelo de Éden segura boa parte da horda, mas centenas conseguiram escalá-la. Outro tanto finalmente chegou até a extremidade e dá a volta pelas laterais. É só uma questão de tempo antes que tenhamos de lidar com eles também.

Mas é difícil formular um plano para isso quando a próxima maldição atinge Remy e o faz gritar de agonia, caindo de joelhos.

E... droga. Droga, droga. Tenho muita fé em Hudson, Calder e em mim mesma, mas nossas chances não são das melhores. Não quero que Hudson tenha que começar a desintegrar pessoas. Mas sei que, se as coisas começarem a ficar difíceis demais, é o que vai acontecer.

Ao passo que as bruxas disparam outra saraivada de feitiços contra nós, vejo nos olhos de Hudson que ele também sabe que isso é iminente. E que ele decidiu não prolongar o inevitável. Ele ergue a mão diante de si. Mas, antes de conseguir fechá-la, nós sete estamos subitamente voando pelos ares.

Capítulo 157

PARA O ALTO E DESCONCERTANTE

— Mas que porra é essa? Você está fazendo isso? — Calder pergunta a Hudson.

— Sim, porque eu estava escondendo meu terceiro poder de todos vocês. Descobri que pensar bastante em coisas maravilhosas faz com que qualquer um seja capaz de voar. — Ele revira os olhos.

— O que está acontecendo? — questiona Macy. — Remy, você...?

— Não foi Remy — eu digo, quando finalmente me dou conta da verdade. Eu viro o corpo enquanto estamos voando e vejo que Jaxon nos observa em sua forma de dragão.

Ele está sob ataque; dragões vêm para cima dele por todos os lados, mas mesmo assim ele conseguiu nos tirar daquele cerco.

Retribuo-lhe um olhar cheio de gratidão e espanto. Em seguida, me viro novamente para os outros bem quando ele nos deixa a uns quinze metros da plataforma com Cyrus e os pilares. Há soldados cercando a estrutura, mas, se conseguirmos passar por eles, vamos estar perto o bastante do campo de força para poder derrubá-lo.

Olho para trás a fim de verificar se as bruxas nos seguem e percebo que Jaxon matou dois coelhos com uma cajadada só: ele não apenas nos tirou de lá, mas o fez de um jeito tão abrupto que as bruxas acidentalmente atingiram umas às outras com seus feitiços de maldição.

Quando estamos em terra firme, Macy faz alguns volteios e lança seus próprios feitiços. Em pouco menos de um minuto, todos voltamos ao normal. Ou quase. Mekhi parece mais esgotado do que jamais esteve.

Mas esse minuto é o único tempo que temos para respirar. Porque uma alcateia gigante de lobisomens atravessa a clareira e vem diretamente contra nós, com vários vampiros a reboque.

— Ah, merda — resmunga Hudson enquanto se posiciona diante do nosso grupo para dar aos outros uma chance de se recuperar dos feitiços.

Eu me aproximo e fico ao lado dele. Sei que ele quer me proteger, mas também quero protegê-lo. Além disso, parceiros ficam juntos contra qualquer coisa que venha contra eles. E é isso que somos. Parceiros em tudo.

— Remy está ficando mais fraco. Precisamos passar por aquela muralha de soldados para que ele consiga derrubar a abóbada grande antes que sua energia se esgote — aviso-lhe.

— Ah, sim. Deixe comigo, gata. — Ele abre um sorriso rápido e, logo depois, volta a concentrar sua atenção nos lobos que estão chegando.

Pouco antes que nos alcancem, Hudson usa seu poder para abrir o chão bem diante de nós. Ele simplesmente abre uma enorme voçoroca com mais de dez metros de largura entre eles e nós.

Os lobos uivam, frustrados, mas isso não os atrasa por muito tempo. Em vez disso, eles saltam de um lado para outro da fenda da maneira que conseguem e correm pelo restante do caminho.

Hudson enfrenta os dois primeiros que saem do buraco. Ele pega um pelo pescoço e o quebra, jogando-o para o lado. E pega o segundo com a outra mão e o joga de volta para o outro lado da fenda.

Mas há mais deles sobre nós agora. Pego a adaga que trago na cintura e dou meia-volta, enfiando-a no peito do lobo que está vindo contra mim com as presas à mostra. O impulso o faz se projetar para a frente; ele tenta me morder mesmo conforme a faca o rasga até a altura da barriga.

O sangue jorra do ferimento, encharca a minha mão e eu sufoco um grito quando puxo a adaga e afasto o lobo. Lágrimas enchem os meus olhos. Essa é a primeira vez que mato uma pessoa e a sensação é horrível. Não é tão horrível quanto a possibilidade de que eu mesma fosse morrer, se o ataque do lobo tivesse sucesso. Mesmo assim, não é nada bom.

Mas não há tempo para ficar remoendo o que aconteceu, porque os outros lobos já estão sobre nós. E é uma luta pela sobrevivência — para todos nós.

O maior lobo do grupo está em forma humana, mas há garras bem afiadas na ponta das suas mãos — e ele golpeia Calder com selvageria. Ela se esquiva da melhor maneira que consegue, considerando que as próprias garras estão enfiadas em um vampiro que conseguiu atravessar a vala e tentava rasgar sua jugular.

O lobo grita de dor, mas também não desiste. Seus dedos estão ao redor do bíceps de Calder, torcendo e apertando o braço com toda a força de lobo enquanto tenta trazê-la mais para perto dos dentes arreganhados.

O rosto de Calder se contorce pela dor, mas ela também não desiste. Sua cauda de escorpião também golpeia violentamente de um lado para outro, tentando picá-lo enquanto ela se esforça para se afastar. Mas Calder não vai poder continuar agindo assim, especialmente porque há outro lobo ao seu lado, esperando apenas por uma brecha em meio aos ataques com a cauda de escorpião para avançar sobre ela. Se ninguém entrar no meio dessa briga para ajudá-la, Calder não vai ter chance.

Outro lobo avança sobre mim, mas me transformo em pedra e o acerto no focinho com toda a força. O lobo cai gritando e eu giro para trás, acertando um pontapé na barriga de um vampiro que se aproximava. Ele rosna e salta sobre mim, mas Hudson se posiciona entre nós.

Confiando que meu consorte vai conseguir cuidar daquele vampiro por mim, corro para junto de Calder. Chegando lá, toco a terra e puxo três raízes sob a superfície. Em seguida, baixo a mão em um golpe rápido que faz a raiz acertar a nuca do vampiro.

Ele cai imediatamente e Calder no mesmo instante se vira para atacar o vampiro com suas garras de leão. O lobo reage com um grunhido e, dessa vez, quando golpeia, ele a acerta, abrindo um corte no belo rosto da manticora.

Ela solta um gemido escandalizado e se joga em cima do lobo com um rosnado feroz. Mas ele está pronto para o ataque, abrindo um corte no peito de Calder quando ela agita a cauda para lhe aplicar uma ferroada. O lobo é enorme. Assim, uso as duas mãos para mandar as raízes contra ele.

Mas Remy se vira e rasga o lobo em dois usando apenas as mãos. Está sangrando e, obviamente, seus poderes estão bem menores do que o normal, mas conseguiu enfrentar dois vampiros. Quando o lobo avança, Remy lança-lhe um feitiço que o transforma em um camundongo.

Segundos depois, outro lobo vira camundongo. Remy deixa o lobo comer seu petisco antes de cuidar dele também, transportando-o para o topo da árvore mais próxima.

Sigo correndo até Calder, determinada a analisar a gravidade dos seus ferimentos, mas outro lobo chega até ela antes. E se joga nas pernas dela, no encontrão mais desajeitado de todos os tempos. Mesmo assim, a tática funciona e ela é derrubada. Ele a atinge com um gancho que parece bem doloroso, fazendo-a cambalear para trás.

A raiva cresce dentro de mim e parto para cima dele de verdade agora, saltando no ar como aprendi a fazer no treinamento e dando o pontapé mais forte que consigo. Eu o acerto bem no queixo. E, como não está esperando o golpe, ele cambaleia para trás. Neste momento, eu me transformo totalmente em pedra e o chuto na cara outra vez. Desta vez, ele cai e não se levanta.

Calder está no chão e voltou à sua forma humana. Sua mão paira no rosto machucado enquanto tenta se levantar, mas está com dificuldade. Não consegue se firmar sobre as pernas. Confiando que Hudson, Remy, Dawud, Mekhi e Macy vão manter os lobos longe de nós por uns minutos, eu me abaixo ao lado dela, pegando um punhado de terra. A velha Grace nem sonharia em esfregar terra em um corte aberto, mas a velha Grace não tinha os poderes de cura originários da terra, então tudo é relativo.

Afastando sua mão trêmula, fito os belos olhos castanhos de Calder e encosto a terra na sua ferida. Em seguida, cubro-a com a mão e canalizo uma quantidade enorme de energia do chão para dentro dela.

Comparado a tentar curar a perna de Flint e o coração de Jaxon (sem conseguir) durante a nossa última batalha, isso aqui é moleza. Leva somente um minuto até que a pele de Calder se feche novamente, e mais um minuto até as cicatrizes se transformarem somente em três linhas rosadas que vão desaparecer sozinhas em pouco tempo.

Mas essa não é sua única ferida, e passo mais uns minutos consertando as costelas quebradas e tendões rompidos no ombro. Há outros estragos, mas menores. E agora que ela não está mais tão machucada, nós duas estamos ávidas para voltar ao combate.

E isso é uma coisa boa, considerando que acabei de me afastar de Calder quando Jaxon chega deslizando pela grama aos nossos pés, pousando em uma pilha de sangue e escamas de dragão. Eu me viro para trás, quase sem compreender o que acabou de acontecer antes que o chão comece a tremer.

Capítulo 158

VOLTE PARA A SUA CAIXA (TORÁCICA)

— Jaxon! — grito, avançando aos pulos e quase voando por cima de dois ou três vampiros bem irritados para conseguir chegar junto dele o mais rápido possível.

O dragão dele está deitado de lado, com o corpo inteiro trêmulo. Não sei se é porque ele foi ferido seriamente ou só porque o combate o deixou sem fôlego. Assim, coloco a mão no seu ombro que estremece para tentar entender.

— Jaxon? — eu o chamo, agachando-me ao lado dele. — Você está bem? Onde está doendo?

Ele não responde. Não abre nem mesmo um olho ou balança a cabeça para que eu saiba que ele me ouviu.

Não sei o que se faz para checar a pulsação de um dragão, mas percebo que ele está respirando. Ou, pelo menos, acho que sim. É meio difícil me concentrar enquanto Flint arrebenta todo paranormal que se coloca em seu caminho, esforçando-se para chegar junto de Jaxon.

Concentrando-me para não ouvir os gritos de Flint e sua luta desesperada para chegar aqui, passo a mão pela lateral do corpo de Jaxon, do pescoço até o quadril. Ele estremece outra vez quando toco suas costelas. Assim, volto e exploro um pouco mais o local dolorido.

Dessa vez, ele quase entra em convulsão, agitando-se e se encolhendo para tentar evitar a dor.

— Está tudo bem — falo para apaziguá-lo, sentindo o alívio tomar conta de mim. Achei que ele estivesse muito ferido, assim como aconteceu na ilha da Fera Imortal. Mas ele está bem. Ferido, mas está bem. Deposito a mão espalmada na lateral do seu corpo, logo abaixo da perna dianteira direita do dragão.

— Vou cuidar de você, Jaxon. Prometo.

Ele faz um sinal afirmativo com a cabeça de dragão, o primeiro sinal que fez na minha presença além dos tremores de dor.

— Esta costela está ferida — detecto, passando pela área em questão. — Mas e as outras? — Levo a mão mais para baixo, pressionando-a sobre a segunda costela para, em seguida, deslizá-la pelo longo osso do dragão.

Ele se enrijece, com um ganido miúdo de dragão lhe escapando quando pressiono a segunda costela. A terceira e a quarta não causam nenhuma reação. Mas não sei o que está acontecendo do outro lado do seu corpo. E, no momento, não quero movê-lo e piorar as circunstâncias.

Elevo o rosto e vejo que Hudson se colocou entre Jaxon e os inimigos que se aproximam de um lado, e que Remy fez a mesma coisa do outro lado. Eles enfrentam qualquer membro do exército de Cyrus que tente vir para cá enquanto Éden, Calder, Mekhi, Dawud e Macy distraem os mais distantes.

Flint, por outro lado, derrubou sozinho dez membros da Guarda Vampírica e queimou todos que estavam em seu caminho sem a menor piedade para conseguir chegar até Jaxon.

Ele pousa ao meu lado na sua forma humana, segundos depois.

— O que posso fazer? O que aconteceu com ele, Grace?

Jaxon se enrijece no instante que ouve a voz de Flint; em seguida, retoma sua forma humana em meio a uma chuva de faíscas da cor do arco-íris.

— Onde dói? — questiono no instante que ele virou humano outra vez. Tratar um dragão não é impossível, mas prefiro muito mais tentar curar alguém que possa falar comigo.

— As costelas — responde ele com esforço, enquanto ergue o corpo até ficar sentado com bastante dificuldade.

— Mas que porra é essa? — Flint grunhe quando conseguimos olhar para o outro lado do seu corpo pela primeira vez. — Por que você não...

— Nem comece, caralho — rebate Jaxon. Em seguida, ele respira fundo, mudando de posição para que eu consiga ver melhor o corte feio que lhe atravessa as costelas. Ele sempre foi um paciente terrível.

— Parece uma perfuração — anuncio-lhe enquanto toco a terra e canalizo a magia de cura para estancar o ferimento que sangra e escorre. Mas leva mais tempo do que o de Calder porque essa ferida é bem mais profunda. Ela chega até o osso.

— Você vai precisar da maior vacina antitetânica do mundo quando sairmos daqui — aviso para distraí-lo enquanto busco mais profundamente e tento unir os tecidos rompidos de dentro para fora.

— Vampiros não pegam tétano — ele me informa, com uma risada dolorida.

— Tenho a impressão de que os vampiros têm muita sorte — eu digo, tentando usar o que resta da sua camisa para absorver o sangue. Há muito sangue.

Não creio que o ferimento de Jaxon o coloque em risco de vida, mas nunca vi Jaxon disposto a ficar deitado e permitir que alguém cuide dele. Para ser sincera, isso me assusta pra caralho. Despejo mais energia curativa nele, à procura de outras partes que possam estar danificadas além das suas costelas.

Flint, em silêncio desde que Jaxon lhe deu aquela resposta ríspida, tira a camisa e a estende para mim.

— Use isto aqui.

Jaxon se enrijece.

— Estou bem...

— Você não está bem — retruco, encostando a camisa na sua ferida com toda a delicadeza possível, considerando que estou quase gritando com ele. — Agora pare de querer bancar o machão e me deixe fazer o meu trabalho.

— É isso aí — apoia Flint com um sorriso torto que, ao mesmo tempo, é arrogante e também meigo. — Pare de tentar dar uma de machão.

Por um segundo, tenho a impressão de que Jaxon vai meter a mão na cara de Flint. Mas ele simplesmente respira fundo e solta o ar, voltando a se deitar no chão para mim.

Formo com os lábios a palavra *obrigada* para Flint, que dá de ombros com certo desconforto. Mas consigo perceber o sorriso discreto que aparece nos cantos da sua boca e não consigo deixar de balançar a cabeça enquanto busco dentro de mim a energia que vai me ajudar a curar Jaxon.

E cheguei a pensar que as coisas entre mim e Jaxon eram complicadas, certa vez. Comparadas a isto, era algo tão fácil e instintivo quanto respirar.

Jaxon geme quando começo a curar o lado de fora do ferimento de perfuração, mas não diz uma palavra. Em vez disso, aperta os dentes e desvia o olhar, tentando fingir que nada está acontecendo. Mas o suor que escorre pelo seu rosto revela o contrário, assim como seus punhos cerrados.

— Como é que um vampiro inicia uma carta? — pergunto, e Jaxon me fita com uma expressão de dor.

Ele estremece enquanto respira fundo e pergunta:

— Vou querer saber?

— É com muita sangria que venho por meio desta — replico e sorrio.

Definitivamente, não é a melhor piada no meu repertório, e tanto ele quanto Flint soltam um gemido enfastiado (e alto) com o final. Mas também não é das piores. Por isso, mostro a língua para os dois antes de voltar a me concentrar nas feridas de Jaxon.

Tento remover o máximo da dor que consigo, usando o que resta da minha magia para curar o machucado. É um equilíbrio bem delicado. Se me dedicar demais para ajudá-lo a suportar a dor, não vou ter magia suficiente para curá-lo adequadamente. E é um ferimento profundo que afetou órgãos internos também.

Quando a ferida está fechada e, pelo menos, parcialmente curada por dentro, concentro a minha atenção em reparar as fraturas das duas costelas do outro lado. Ele geme mais uma vez quando pressiono o ponto onde estão quebradas, e chega até a bufar um pouco.

— Vai dar tudo certo — Flint o incentiva em voz baixa, inclinando-se para a frente a fim de colocar a mão no meu ombro. Já estou usando a energia da terra, então começo automaticamente a extrair energia de Flint também. E a tatuagem ao redor do meu antebraço, que armazena magia, ilumina-se.

Jaxon se enrijece outra vez e, no começo, tenho a impressão de que ele vai reclamar por Flint dar um pouco da sua energia para curá-lo. Mas percebo também que Flint coloca a mão sobre o punho fechado de Jaxon e o aperta com delicadeza.

Um pedaço de mim acha que Jaxon vai ignorar o gesto, em especial considerando o rosnado em seu rosto quando ele encara o melhor amigo. Mas, no fim, ele deixa que a mão de Flint permaneça onde está e até mesmo relaxa um pouco junto dele, de modo que seus braços se tocam.

Não é uma concessão tão grande, em particular porque Flint vinha explicitamente ignorando Jaxon quando não esbravejava com ele durante toda essa última semana. Mas já é alguma coisa. E percebo, pela maneira como os ombros de Flint relaxam, que ele reconhece a mesma coisa.

Fechando os olhos agora e confiando que Hudson, Remy e Éden vão nos manter a salvo, busco dentro de mim para descobrir onde os dois pedaços das costelas devem se unir de novo.

Jaxon dá um gemido surpreso quando as ajusto ligeiramente; ele deve ter recebido um golpe muito poderoso para causar um estrago tão grande. Sinto Flint se agitar ao meu lado. Meus olhos estão fechados, então não consigo ver o que se passa. Mas, segundos depois, Jaxon relaxa um pouco mais em meio à dor e ao processo de cura.

Faço o melhor que posso em um ou dois minutos (não há como esquecer que estamos em um campo de batalha, afinal de contas). Em seguida, me afasto e abro os olhos.

A boca de Jaxon ainda está retorcida de dor, mas a palidez cinzenta da sua pele desapareceu.

— Como está se sentindo? — pergunto.

Ele se contorce um pouco, faz uma careta e depois abre aquele que parece ser seu primeiro sorriso depois de uma eternidade.

— Uns oitenta e cinco por cento melhor — ele diz. — Obrigado.

Quase desabo, aliviada.

— Evite ser trespassado outra vez, por garras ou por uma espada — aconselho Jaxon enquanto pego a mão de Flint e deixo que ele me puxe para ficar de pé.

— Como se isso fosse uma escolha — resmunga Jaxon, ignorando propositalmente a mão que Flint estende para ajudá-lo a se levantar. Pelo menos até que Flint se aproxima e pega sua mão assim mesmo, puxando-o para que fique em pé com um movimento elegante.

Já estou me afastando para lhes fornecer um pouco de privacidade no meio deste campo de batalha abarrotado, mas, antes que eu consiga fazer qualquer movimento, um dos guardas pessoais de Cyrus chega por trás de Hudson, que ainda está com as mãos cheias lutando contra vários lobos ao mesmo tempo.

O guarda ergue a espada e se prepara para fincá-la nas costas de Hudson. Eu grito e saio correndo na direção dele, mesmo sabendo que não vou chegar a tempo.

Capítulo 159

A LEALDADE SEMPRE FOI A MINHA COR PREFERIDA

Mekhi se vira para ver por que estou gritando e acelera diretamente para junto de Hudson. Faço uma prece para que ele chegue a tempo, mas, quando a espada começa a descer, tenho a impressão de que nem mesmo um vampiro é capaz de cobrir essa distância.

Mas, naquele instante, uma faca atravessa as costas do guarda e, a julgar por sua localização e o jeito que ele cai no chão, morto... também lhe atravessou o coração.

Hudson, que nem percebeu a experiência de quase-morte, joga vários metros para longe o lobisomem que o ataca. Quando ele o faz, olho para trás, tentando descobrir de onde a faca que o salvou poderia ter vindo. E meus olhos encontram os de Izzy.

Ela ainda está dentro do campo de força, mas bem na beirada, olhando diretamente para nós. E percebo que ela é tão boa com facas que conseguiu jogá-la por entre a trama estreita que forma o campo para salvar a vida do irmão, tudo em um piscar de olhos.

Antes que eu consiga refletir sobre o que tudo isso significa, um feiticeiro com um manto roxo e elegante e uma insígnia na lapela se apressa na direção de Remy, com o rosto contorcido pela fúria. Ele dispara sua energia contra Dawud. E percebo imediatamente que seus feitiços são bem mais poderosos do que qualquer outra coisa que vimos no campo de batalha hoje. O feiticeiro quase arranca a cabeça de Dawud, que fica ofegante. Remy estende a mão na direção de Dawud, impedindo que o feitiço cause seu efeito completo. Mas sua mão está trêmula.

O feiticeiro lança outra maldição (ou qualquer que seja o nome desse feitiço) sobre Dawud, mas Remy a bloqueia com um encanto que joga o feiticeiro vários metros para trás. Mas isso lhe é custoso. Remy está ficando pálido; seus ombros estão murchando e o feiticeiro já está quase em cima dele outra vez. Estou longe demais para conseguir alcançá-lo a tempo, mas começo a correr mesmo assim, esperando que Remy aguente só um pouco mais.

Os olhos do feiticeiro se estreitam quando encara Remy.

— Chegou a sua hora.

Remy empalidece, esforçando-se para manter o feitiço que permite que Dawud continue respirando. Mas, assim como acontece com o restante de nós, há um limite para o poder que ele é capaz de usar. E consigo sentir isso.

Ele está sem tempo.

Olho para Macy, mas ela está virada para o outro lado e não vê que Remy está em perigo. Aperto o passo, determinada a chegar até ele a tempo.

O feiticeiro puxa as mãos para trás e, logo depois, joga-as para a frente com um movimento brusco, enviando uma onda de choque mágica diretamente contra Remy. Eu grito o nome dele e enfio as mãos no chão, invocando a magia que sei que não vai chegar ali a tempo.

Os olhos de Hudson se arregalam. Ele acelera até Remy e o empurra com toda a força que tem, mas sei que é tarde demais. Não vamos conseguir salvá-lo…

Calder usa suas poderosas pernas de leão para cobrir mais de sete metros com um salto e bloqueia Remy no último instante, recebendo todo o golpe.

Ela paira no ar por um segundo ou dois enquanto a onda de choque a atinge e, em seguida, cai no chão… sem vida.

Capítulo 160

A DESPEDIDA É UMA DOCE TRISTEZA

— Não! — A negação explode no peito de Remy quando ele desaba no chão ao lado de Calder, ao mesmo tempo que consegue manter a outra mão estendida na direção de Dawud.

Macy deve ter ouvido meu grito, pois chega ao lado de Remy em segundos, assumindo a tarefa de dissipar o feitiço que prensa Dawud no chão.

— Não, não, não, por favor... não — Remy implora ao universo que parece determinado a tirar de nós todas as pessoas que amamos. Suas mãos passam freneticamente pelos cabelos de Calder, sem tocá-la de verdade, como se estivesse tentando manter aquelas mechas ainda bonitas no lugar. Seu corpo inteiro está tremendo de maneira incontrolável agora.

Remy enxuga as lágrimas que umedecem seu rosto, abaixando-se para puxá-la para o colo.

— Acorde, Calder. Preciso que você acorde agora, neném. Você ainda nem nadou com os golfinhos. Eu me lembro de quanto você ama golfinhos. E Paris, hein? Ainda não viajamos a Paris para comer macarons em uma daquelas cafeterias ao ar livre. — Seus olhos estão frenéticos enquanto ele nos encara. — Ela estava louca para enfeitar a perna de Flint. E ela está com toda a última temporada de *This is us* gravada, porque não queria assistir só os episódios tristes.

Macy engole um soluço. Ao seu lado, Éden e Mekhi se abraçam, horrorizados. Quando Jaxon e Flint vêm correndo atrás de Remy, a pouca força de que ainda disponho desmorona.

— Ela tem uma irmã mais nova, Grace — conta Remy, me encarando com aqueles olhos enormes. — Que diabos vou dizer para a irmã dela?

Meus olhos se enchem de lágrimas no mesmo instante. A única coisa que eu quero é me jogar no chão ao seu lado e abraçá-lo enquanto todo o seu mundo desaba, do mesmo jeito que Heather fez comigo quando o meu mundo desabou. Mas agora há centenas de lobos e vampiros se aproximando de nós. Tantos que nem sei como podemos evitar o mesmo destino de Calder. Estamos em menor quantidade e destroçados pela perda.

É então que Remy liberta um grito tão doloroso e angustiado que o meu coração se despedaça por completo.

Com lágrimas escorrendo pelo rosto, ele abre os dois braços com um movimento brusco e dá outro grito, mandando uma onda após a outra de energia em todas as direções, derrubando todos os inimigos num raio de cem metros. Todos ficam se contorcendo em agonia. Remy só baixa os braços quando seu grito é encoberto pelos dos inimigos, permitindo que desabem no chão. Sem vida.

Ele recolhe Calder nos braços outra vez, embalando-a junto ao peito.

Remy conseguiu nos ajudar a ganhar tempo, mas há milhares de outros soldados correndo para cá. E, obviamente, ele está fraco demais para conseguir abrir um buraco na última barreira.

Cyrus venceu.

Capítulo 161

PUFF, AÍ ESTÁ!

Não sei o que fazer. Não sei mais o que posso fazer para nos tirar dessa situação. Calder está morta. Jaxon está ferido. Remy está no chão, destroçado pelo sacrifício de Calder. E a turba maligna de Cyrus está nos cercando por todos os lados.

Formamos um círculo, assim como fizemos tantas outras vezes. Com as costas voltadas para o centro, para podermos nos proteger e encarar qualquer coisa que nos ataque.

Mas, neste momento, é demais. Não importa com quantas pessoas lutemos e quantos paranormais matemos, sempre há mais deles logo atrás. Muitos mais.

Não temos a menor chance.

Mesmo assim, não queremos ceder. Não queremos que Cyrus vença. Não quando ele provou tantas e tantas vezes quanto é cruel. E não depois que já perdemos tantas pessoas. Não podemos deixar que as mortes deles tenham sido em vão.

Mas, quando outro ninho de vampiros avança sobre nós, com as presas à mostra e os dedos curvados em garras, não sei o que podemos fazer para derrotá-los. Nem como vamos conseguir sair dessa situação. Em especial quando há um clã de bruxas logo atrás deles.

Preparo-me para o pior e começo a me transformar em pedra, mesmo aterrorizada com o que pode acontecer com Macy, Dawud e todos os outros. Há muitos vampiros neste grupo, pelo menos uns cento e cinquenta ou cento e sessenta. Não há maneira de lutarmos contra todos eles.

Os vampiros atacam em um movimento único, avançando sobre nós, e eu prendo a respiração, esperando que seus dentes encostem em mim.

Mas aqueles dentes nunca chegam a se aproximar. E nenhum golpe consegue acertar o alvo. Porque Hudson estende a mão e, entre um instante e outro, dá um fim a todos eles.

— Você não precisava fazer isso — começo a dizer, mas ele nem está escutando.

Está concentrado no clã de bruxas prestes a nos atingir e na alcateia de lobisomens que vem logo depois. E na revoada gigantesca de dragões que agora paira sobre a nossa cabeça.

Há um pedaço de mim que espera que ele faça exatamente isso agora. Que desintegre todos antes que tenham uma chance… ou uma escolha. Mas, em vez disso, ele espera até que todos estejam próximos. Até que as bruxas estejam fitando nossos olhos enquanto seus feitiços voam ao nosso redor antes de se enfiar entre elas. Então, quando estão tão próximas que quase consigo sentir seu hálito no meu rosto, ele fecha o punho. E as destrói da maneira mais íntima e invasiva possível. Por Calder.

Ele vacila, apoiando-se em um dos joelhos enquanto o suor surge em sua testa e a respiração fica entrecortada.

— Não — sussurro. — Você não pode fazer isso.

Mas sei que o que eu disser não vai ter importância. Este é o fim do jogo e estamos perdendo. A opção nuclear é a única que nos resta.

São as nossas vidas ou a alma de Hudson. E ele já fez a escolha impossível por nós.

Capítulo 162

PERDENDO TUDO, EXCETO O RACIOCÍNIO

Observo toda a carnificina à nossa volta e não consigo deixar de pensar que estamos completamente fodidos. Mas somos teimosos demais para admitir que fomos derrotados.

Ah, podemos continuar a luta por mais algum tempo. Mas, se o fizermos, uma entre duas coisas vai acontecer: ou vamos morrer um a um, ou Hudson vai acabar matando todo mundo neste campo e, ao fazê-lo, vai perder sua alma para sempre.

Nenhum desses resultados é aceitável para mim.

Estes são meus amigos, minha família. As pessoas que me seguiram rumo à batalha. Não posso ser tão fraca a ponto de não poder defendê-las. Nem tão teimosa para não salvar suas vidas.

Outro grupo de lobos se atira sobre nós e me preparo, esperando o ataque — ou que Hudson os desintegre. Seja lá o que aconteça, não posso impedir. Não do lugar onde estou, de costas para os meus amigos enquanto esperamos para ver o que vai acontecer a seguir.

Estamos tão perto do campo de força de Cyrus (apenas uns quinze ou vinte metros de distância), que parte de mim simplesmente deseja partir para o tudo ou nada. Um pedaço de mim quer mandar tudo para o inferno e só atacar aquela coisa, fazê-lo pagar por tudo que fez.

É uma bela fantasia, mas é só isso. Porque, mesmo que eu conseguisse cobrir aqueles vinte metros, nada mudaria.

Com Remy totalmente esgotado, não há a mínima chance de conseguirmos invadir a abóbada de Cyrus. E, se não conseguirmos invadi-la, não teremos chance alguma de impedir seu plano. Vamos apenas ficar neste campo matando pessoas — ou morrendo — para sempre. Estamos de fato fodidos até o talo.

O próximo grupo de bruxas avança sobre nós, com feitiços rasgando o ar. Hudson as desintegra sem pensar duas vezes, mas dessa vez percebo como ele treme quando desaba de joelhos. Assim como percebo quanto suas ações lhe pesam. Isso o puxa para baixo e o diminui; faz com que sofra de um jeito que jamais pensei ser possível.

É esse pensamento que toma a decisão por mim, que me motiva a abaixar os braços e andar na direção de Cyrus. De um jeito ou de outro, isso tem de parar.

E vou dar um fim a isso.

— Grace! — Hudson chama. Consigo identificar a confusão e a preocupação na sua voz. Mas não posso voltar atrás. Não posso lhe afirmar que tudo está bem. Se eu o fizer, Cyrus vai desconfiar que há algo errado. E é a última coisa que eu quero agora.

Assim, mantenho o passo e a fé firmes enquanto atravesso a distância que me separa do círculo de pedra em poucos segundos. Ao fazer isso, percebo que o céu clareia, que a superlua de sangue se expande sobre mim.

Parece uma premonição, uma promessa. Mas ignoro o tremor dos nervos que sinto na coluna.

A enorme clareira se espalha ao meu redor, tomada por milhares e milhares de paranormais. A maior das abóbadas está bem na minha frente.

Conforme me aproximo de Cyrus e do altar que ele criou no meio daquela sua pequena fantasia de pedra, ela me empurra de volta, me debatendo e esperneando, à minha primeira semana em Katmere, quando Lia me prendeu a um altar e tentou me usar em um sacrifício humano para trazer de volta o seu amor perdido, Hudson. Sei que Cyrus não tem planos para invocar Hudson esta noite, mas estaria mentindo se dissesse que não receio que ele decida que uma dose de sacrifício humano seja exatamente o que ele precisa para colocar seu plano em ação.

Mas isso, definitivamente, não vai acontecer. De jeito nenhum. Já passei por isso antes e não preciso de uma camiseta de lembrança ou de um repeteco.

Estou na beirada da abóbada agora. E uma quantidade cada vez maior de pessoas no campo percebeu que tem algo importante em curso. Tento ignorar os olhares o máximo possível, mas, quanto mais perto chego da estrutura de pedra, mais pessoas (e mais olhares) percebo. E Cyrus está bem diante de mim.

— Ora, ora, ora. Veja quem está aqui — provoca ele, sua voz se projetando de um jeito bem macabro por todo o campo, enchendo o céu vermelho-sangue sobre a nossa cabeça. — Grace Foster. Veio me ajudar a celebrar a minha grande noite?

— Vim para me render. — Aquelas palavras quase grudam na minha garganta, mas têm de ser proferidas. Essa de fato é a melhor opção.

— Não! — grita Hudson. E eu já devia saber que sua audição vampírica seria capaz de captar minha frase, mesmo a esta distância. — Grace, não faça isso!

Nem olho para ele. E também não olho para nenhum dos meus amigos. Não posso fazer isso se quiser manter as forças. Preciso me manter forte.

— Lamento, Grace — responde Cyrus, com uma expressão de zombaria e a voz ecoando por toda a clareira. — Acho que não ouvi direito. Pode repetir? Acho que você disse que vai se render.

Tenho uma última e desesperada ideia que, talvez, se tivermos sorte, vá funcionar. Não vai nos dar a vitória pela qual lutamos tanto, mas pode salvar a vida dos meus amigos. Para isso, basta Cyrus ser quem é: um narcisista mentiroso e traidor. Isso... e preciso saber mentir bem. É a segunda condição que faz minha voz vacilar um pouco.

— Eu disse, sim. Mas, antes disso, quero fazer um acordo.

Sustento bem os olhar dele e deixo que Cyrus veja quanto me sinto arrasada.

— Um acordo? — Ele levanta uma das sobrancelhas. — Acha mesmo que está em posição de fazer um acordo? Não resta muito espírito de luta nos seus amigos. E você parece não ter mais nenhum. Assim, por que eu faria um acordo quando você logo vai estar morta ou ser minha prisioneira de novo?

Ouvir Cyrus expressar os meus piores temores faz com que eles ganhem vida dentro de mim, retorcendo-se no estômago como serpentes alucinadas. Ignoro a sensação e até mesmo engulo a bile que sobe queimando pela minha garganta. E respondo:

— Tenho informações que você quer.

Aquelas palavras causam uma reação em Cyrus. Eu o surpreendi. Talvez tenha até atiçado sua curiosidade. Quando ele inclina a cabeça para o lado e me observa, percebo sua tentativa de decidir que informação eu posso ter... e se vai querer entrar em um acordo comigo ou não.

Após determinado tempo, a curiosidade vence.

— Que informação você poderia ter para mim? — ele pergunta com o mesmo tom de antes. Mas seus olhos estão bem mais cuidadosos conforme sua voz ressoa pelo vale. — Estou a ponto de me tornar um deus.

Quando ele profere essa última frase, a turba de seguidores que cerca a abóbada vai à loucura. Gritos extasiados enchem a clareira, braços socam o ar e há tanta vibração e assobios que quase nem consigo ouvir meus próprios pensamentos. Como se a situação já não fosse suficientemente temerária.

Leva mais ou menos um minuto antes que as coisas se acalmem o bastante para que eu consiga falar de novo. Mas, quando isso ocorre, miro bem nos olhos dele e minto:

— Acabei de voltar da visita que fiz à Estriga. E a única coisa que posso aconselhar é: eu tomaria muito cuidado se fosse você.

Minha fala deixa Cyrus paralisado por um momento. Seus olhos se apertam e seu corpo inteiro fica tão imóvel que não sei nem mesmo se ele está respirando. Mas parece que Cyrus consegue voltar a si, fazendo um gesto com a cabeça para dois guardas presentes no círculo com ele. Eles trajam a mesma armadura capaz de cancelar magia que Cyrus usa. E correm para me agarrar pelos cotovelos.

Quando me pegam, e com o meu pescoço frágil nas mãos de um dos soldados de elite da Guarda Vampírica, o restante dos meus amigos se rende também. Vários soldados correm para aprisioná-los. Remy cria o seu próprio campo de força ao redor do corpo de Calder e se rende também.

Depois que se assegura de que estamos neutralizados, Cyrus fita as bruxas no último campo de força e lhes faz um sinal com a cabeça. Segundos depois, a abóbada elétrica ao redor de Cyrus se desfaz. Graças a Deus.

Estamos um passo mais perto de dar um fim a essa situação. Agora, isso é tudo que importa para mim.

Lutando para manter uma expressão neutra e talvez até um pouco amedrontada (o que não é muito difícil no momento), permito-me ser levada até Cyrus como uma criminosa enquanto seus lacaios no campo gritam de alegria.

Entretanto, à medida que me aproximo, percebo uma desconfiança bem real em seus olhos, e meu estômago afunda até os joelhos. Todo esse plano depende de Cyrus acreditar nas mentiras que estou lhe contando. Imagino que um homem que tenha traído e enganado todo mundo com quem já trabalhou não consegue deixar de presumir que todos os outros estão à espera de uma oportunidade de lhe fazer o mesmo.

Preciso agir com cuidado. Cyrus precisa vir até mim e perguntar o que eu sei. Se eu tiver de lhe dar algo que ele não pediu, ele vai saber que não é verdade.

Mais preocupada do que gostaria de admitir, eu olho para o estranho altar que ele ergueu no meio das terras ermas do Alasca. Izzy está ao lado de uma das maiores pedras.

— Você voltou até lá para conversar com a minha mãe? — ela pergunta. Há uma dose suficiente de interesse em sua voz para motivar Cyrus a se virar e encará-la, surpreso.

— Fui, sim — respondo a ela. E é aí que a minha voz vacila. Porque, agora, a mentira piorou um milhão de vezes. Uma coisa é afirmar que a Estriga ficou com o coração partido pela perda da sua filha. Mas afirmar isso à filha dela é outra questão.

Izzy disse com todas as letras que não se importava com a mãe e não queria nada com ela. Mesmo assim, é difícil usar a mãe de alguém como arma, mesmo que não seja contra essa pessoa.

— Ora, então diga de uma vez, minha cara. — O sotaque britânico de Cyrus está bem evidente. — O que as minhas sobras lhe disseram? Aparentemente, Isadora adoraria saber.

— Acho que você precisa saber disso mais do que ela — respondo. — A Estriga mentiu para você.

— Ah, é mesmo? — Sua voz demonstra que ele está se divertindo com a situação mais do que nunca, mas alguma coisa se move em seus olhos e me indica que ele está prestando atenção. E mais: está repassando tudo que a Estriga já lhe disse algum dia. Não que me surpreenda. É claro que Cyrus está disposto a acreditar que a Estriga o traiu. Não é nada que ele não faria, ou que já não tenha feito, um milhão de vezes.

— Então, sobre o que exatamente aquela bruxa velha mentiu? Porque a última coisa que a vi fazer foi me implorar para ficar com ela.

A multidão ri, até mesmo as mulheres. E o meu estômago se revira de asco. Como é que as pessoas não conseguem perceber o que está acontecendo? E mais: como podem achar graça dessa crueldade? Não há nada de engraçado em difamar outra pessoa, em especial se essa pessoa não está por perto para se defender.

A Estriga está longe de ser minha pessoa favorita, mas, ao passo que Cyrus continua a imitá-la enquanto entretém a multidão, não consigo deixar de desejar que ela apareça e o castigue. Ninguém deveria falar assim sobre a mãe da sua filha. Especialmente diante da filha em questão.

— Acho que você sabe de tudo que precisa. Mas acho que preciso avisá-lo de que algumas mulheres não aceitam de bom grado que suas filhas lhes sejam roubadas. — Eu o encaro com o sorriso mais frio e calculista que consigo formar; o que não é tão difícil, porque aprendi com ele. E digo: — Por isso, acho que já vou indo.

Viro-me de costas, dando de ombros para me desvencilhar dos guardas. Mas não cheguei nem a dar dois passos antes que Izzy diga:

— Não sei, papai. Grace é tão boazinha que não acredito que ela seja capaz de mentir.

— Está bem — concede Cyrus, tentando passar uma impressão bem despojada. Mas percebo que ele fisgou a minha isca. Agora só preciso puxar a linha. Ele olha para mim. — Diga o que você veio me contar.

— Eu adoraria, mas primeiro precisamos conversar sobre aquele acordo que mencionei.

— Dinheiro? — sugere ele em tom de escárnio, e em seguida olha para a multidão como se estivesse bastante frustrado. — Por que elas sempre querem dinheiro?

A multidão vaia e assobia, e reviro a cabeça tentando encontrar a resposta perfeita para aquilo.

— O que eu quero, na verdade, é proteção para os meus amigos e para mim. Prometa que o seu exército não vai nos fazer mal ou nos matar, jamais.

E vou lhe contar tudo o que a Estriga me disse sobre esse altar e essa situação que você criou aqui.

— Vai mesmo desperdiçar esta oportunidade com os meus filhos inúteis e um punhado de vira-latas?

— Vou — afirmo, simplesmente. — É exatamente isso. — Porque, se eu disser mais, ele vai perceber como fico irritada por ter falado dos meus amigos desse jeito. Quem ele acha que é para falar assim dos meus amigos?

— Se é isso que você quer — diz ele, aproximando-se com passos lentos e calculados. — Vamos fazer um acordo.

Ele estende a mão para apertar a minha. E, no instante em que as nossas palmas se tocam, uma nova tatuagem ganha vida: dessa vez, na forma de uma lua de sangue.

Quando isso acontece, não consigo deixar de perceber quantas tatuagens tenho agora. Cada uma delas, exceto a de Remy, representa um acordo com um demônio diferente. Espero, de todo coração, que esta seja a última vez que tenho de fazer isso.

— E, então? — Cyrus pergunta, impaciente. — O que aquela velha rabugenta disse sobre a Pedra Divina?

— Nada — respondo, me deliciando demais com a expressão de fúria ardente em seus olhos, agora que sabe que levei a melhor. — Ela não me disse absolutamente nada.

— Ora, sua... — Cyrus salta sobre mim e sei que vou pagar caro pelo que fiz.

Capítulo 163

ENFRENTANDO A FÚRIA DOS DEUSES

Cyrus pousa diante de mim tão rápido, com a expressão retorcida e a mão cheia de garras prontas para cortar a minha garganta, que não tenho nem tempo de gritar.

Mas parece que ele consegue se conter e balança a cabeça. E sua mão se afasta. Provavelmente é o contrato mágico que acabamos de tatuar fazendo efeito. Dou um suspiro aliviado. Observo conforme os meus amigos, um após o outro, são arrastados até a plataforma.

Quando um dos guardas me agarra e me segura com força, percebo que todos os guardas de Cyrus que estão no círculo com ele, e não apenas a Guarda Vampírica, vestem a mesma armadura que bloqueia a magia. Duvido que Hudson ou Jaxon fariam alguma coisa agora que estou com o pescoço nas mãos de um vampiro, especialmente porque ele sacou uma faca e a está pressionando contra a minha jugular.

Por um instante, penso em me transformar em pedra para que Hudson tenha tempo para desintegrar a máquina, mas, quando olho ao redor dos pilares, também envoltos na mesma blindagem que bloqueia a magia, conjecturo se o nosso plano para destruir a máquina chegaria a funcionar. Fiz um acordo com Cyrus para poupar nossa vida. Isso pode ser o melhor resultado que vamos conseguir a essa altura.

Olho para Izzy, encostada em um pilar perto de Delilah, observando a tudo com uma expressão de tédio — mas seus punhos estão fechados. A rainha dos vampiros, por sua vez, parece prestes a conseguir tudo que sempre quis. E uma desconfiança faz com que os pelos da minha nuca se ericem.

— Não era preciso terminar tudo aqui, sabia? — digo, olhando para Cyrus. — Você falou sobre seus planos para Delilah, não foi?

— É claro. — Ele me olha como se eu fosse burra. — Você está aqui porque eu quis que estivesse. Tudo que fiz aconteceu para que este fosse o desfecho.

Você foi simplesmente ignorante demais para entender. Se há uma palavra que a descreve bem, Grace, é "previsível". E a agradeço por isso. Deixou as coisas bem mais fáceis para mim.

Tais palavras arrancam o ar dos meus pulmões quando ele confirma as minhas suspeitas.

Nós caímos em mais uma armadilha.

E pior, fui eu que causei isso. Durante todo esse tempo, achei que enfim estava pensando três passos à frente. Que, pelo menos dessa vez, tínhamos uma vantagem contra Cyrus. Não consigo deixar de me perguntar há quanto tempo ele vem planejando sua vingança.

A Carniceira disse que ele soube quem eu realmente era quando me mordeu no campo do Ludares. Será que ele está planejando tudo isso desde aquele momento? Ele conseguiu me entender completamente em uma questão de segundos? Eu sou imprudente. Entro de cabeça em tudo que faço. Reajo quando deveria raciocinar.

E quando ficou evidente que íamos perder, eu me rendi impulsivamente — e caí diretamente nas mãos de Cyrus. Achei que, desde que ele não matasse os meus amigos, tudo ficaria bem. Mas, quando os guardas levam cada um deles e os posicionam ao redor do círculo interior, não consigo deixar de pensar que desrespeitei a escolha que todos eles fizeram de morrer lutando.

Entreguei-lhe meus amigos. E pior, dei o que ele precisava para se transformar em um deus. Em nenhum momento considerei que, se simplesmente tivéssemos ficado longe daqui, Cyrus fracassaria sozinho.

— Você veio do mesmo jeito que sempre vem, Grace. Você não consegue evitar. Tudo que tive de fazer foi plantar uma semente com Marise, dizendo que estava drenando a magia dos alunos de Katmere. E você ficou louquinha para bancar a vingadora e resgatá-los, não foi? Tudo isso enquanto me dava exatamente o que eu queria: você. Que foi quem me entregou a Pedra Divina. Por isso, é claro que eu tinha noção de que, se você soubesse dos meus planos para hoje, tentaria me deter a qualquer custo. Toda vez que acha que alguém está em perigo, você vem correndo. Não é mesmo, Grace?

Ele tem razão. Sim. Nem hesitei. Mesmo ciente de que seríamos só dez contra um exército de dez mil. Mesmo ciente de que o Exército das Gárgulas não estaria com a gente. Mesmo assim, eu vim. E trouxe meus amigos.

Meu olhar aponta para Jaxon, Éden, Mekhi, Dawud, Macy, Flint, Remy e Hudson. E, a cada vez que olho para um deles, fico mais altiva. Porque o que vejo brilhar em seus olhos não é raiva, remorso ou a sensação de terem sido traídos. É orgulho. Um orgulho inabalável.

Sim, eu vim e trouxe meus amigos comigo. Porque sou o coração deste grupo. A pedra do coração da minha gárgula não conhece outra maneira de agir. E eles me amam e me seguem por causa disso. O que Cyrus vê como minha maior fraqueza é a razão pela qual tenho amigos que sempre estarão ao meu lado. Isso é algo que alguém como Cyrus, que governa pelo medo e com objetivos egoístas, nunca vai entender.

— Vim, sim — concordo. O rei dos vampiros está diante de mim agora. E quando sustento seu olhar, quando o encaro da cabeça aos pés, nem tento disfarçar a sensação de que o acho desprezível. Sentindo-me fortalecida pelo nosso contrato, respiro fundo e digo a Cyrus exatamente por que somos tão diferentes.

— Tem razão. Eu sempre venho. — Endireito os ombros e ergo o queixo. — Mas não tenho vergonha do que sou. Não sou alguém que se acovarda. Não vou desviar o olhar. Toda vez que tentar tirar algo de alguém menos poderoso do que você... *eu vou estar lá*. Porque sou a *rainha das gárgulas*, e proteger os indefesos contra a sua crueldade é uma questão de honra para mim. Eu sempre defendo o que acredito. Porque é assim que sou. E isso está no meu sangue. Você é um monstro. Um rei que não sabe nada sobre seus súditos nem sobre si mesmo. Um homem que quer todo o poder para si, mas que nunca vai saber o que realmente significa ter poder. E eu sou uma gárgula, defensora dos inocentes e protetora dos indefesos. E, enquanto eu viver, nunca vou deixar você em paz.

Vários segundos se passam enquanto ele me encara como se não acreditasse que está ouvindo direito. Ou, mais precisamente, como se não conseguisse acreditar que tenho a audácia de me dirigir assim a ele.

Talvez a velha Grace, aquela que apareceu na Academia Katmere há meses, perdida e sozinha, nunca fosse capaz de falar essas coisas para ele. Mas já faz sete longos meses que não sou mais aquela garota — e nunca voltarei a ser.

Ele balança a cabeça e parece entristecido de verdade quando olha para o campo.

— Se você realmente é a rainha das gárgulas, onde está o seu exército? — provoca Cyrus, abrindo os braços. — Ou eles sabem o que já sei: que você é fraca? Que estava disposta a sacrificar cada uma delas para salvar seus preciosos amigos?

Estremeço e me lembro do dia em que disse a Chastain que, se tivesse de escolher entre o meu consorte e o Exército, sempre escolheria Hudson. Parece que isso aconteceu há muito tempo.

Meus olhos buscam Hudson, que enfim foi prensado por um guarda contra um dos pilares do outro lado do círculo.

Um sorriso toca os meus lábios quando vejo aquele rosto familiar, com tanto amor e aceitação brilhando em seus olhos. Ele me disse, há pouco tempo, que algum dia eu precisaria escolher o meu povo em vez dele. Naquela ocasião, ele entendia o que eu finalmente percebo agora. Toco o nosso elo entre consortes e volto a encarar Cyrus.

— Eu sacrificaria o Exército por qualquer um dos meus amigos. Você tem razão, Cyrus. Mas o que você não sabe é que é exatamente isso que o meu povo iria querer que eu fizesse. É assim que somos. Nós somos protetores. E é uma honra morrer protegendo aqueles que precisam. Em contrapartida, meus amigos sacrificariam suas vidas pelo Exército, se necessário. Isso é honra. É isso que o amor é. Sacrificar-se por aqueles que mais precisam de nós. — Analiso o campo abarrotado de paranormais e prossigo: — E o Exército das Gárgulas sacrificaria suas vidas por qualquer um aqui. Qualquer um que precisasse. Há outra maneira de viver que não envolve seguir Cyrus. O Exército vai ser a sua voz também. Vamos encontrar uma maneira de fazer com que humanos e paranormais consigam viver lado a lado. Eu lhes dou a minha palavra.

Mas, quando meu olhar volta a cruzar com o de Cyrus, percebo que exagerei na minha jogada.

Cyrus estava disposto a arriscar um enfrentamento com o Exército antes, porque creio que ele realmente acreditou que elas jamais seguiriam uma "garotinha". Mas percebo em seu olhar que ele não vai mais admitir esse risco.

— Basta! — grita Cyrus. E a fúria que ele sempre evitou demonstrar para outros paranormais emana dele em ondas agora. — Prendam-nos à máquina!

Meus olhos se arregalam e solto um gemido de surpresa.

— Mas... mas... — Não consigo nem organizar meus pensamentos. Não sei o que significa nos prender à máquina, mas sei que não deve ser nada bom. — Nós fizemos um acordo! Você não pode fazer mal a nenhum de nós!

O sorriso que se forma no rosto dele como uma serpente causa calafrios na minha coluna.

— Grace, minha cara. A única coisa que preciso é do seu poder para ativar a Pedra Divina. Ninguém vai fazer mal a você. Você simplesmente vai se tornar humana depois que eu drenar todo o seu poder.

Capítulo 164

O QUE CYRUS NÃO MATA SE TORNA MAIS FORTE

— Não precisa lutar, Grace — aconselha Cyrus. — Era assim que as coisas iam acabar. Eu sabia que vocês viriam. E deixei que se cansassem com os meus soldados. Você achou mesmo que não podíamos acabar com vocês de imediato? Mas tudo fica muito mais fácil quando lidamos com adversários exaustos.

Observo, horrorizada, quando meus amigos são presos a um dos pilares cobertos com placas de metal. Há uma correia de couro ao redor dos ombros deles, outra ao redor da cintura e uma terceira ao redor das pernas. Assisto enquanto Hudson tenta desintegrá-las — sem conseguir —, e me dou conta de uma coisa horrível.

O metal ao qual estamos amarrados, e provavelmente toda esta máquina, devem ter sido feitos pelo Forjador. E, assim como os grilhões que prendiam a Fera Imortal — Alistair —, ele não pode ser destruído por magia. Apenas uma ferramenta feita pelo próprio Forjador é capaz de abri-las.

Mas isso não impede meus amigos de tentarem. Pode ser que ainda não tenham deduzido o que está sucedendo. Ou, assim como a Fera Imortal, estão determinados a vencer a magia.

Macy lança um feitiço após o outro, sem o menor sucesso. Jaxon faz o chão à nossa volta tremer a fim de tentar derrubar os pilares, sem efeito. Flint tenta arrebentar as correias como se pudesse usar a força bruta para se libertar. E Remy está completamente imóvel, o que acredito significar que ele está concentrado internamente em fazer alguma coisa para destruir os pilares.

Mekhi e Dawud estão se debatendo, mas também não fazem progresso.

Ao passo que os observo, minha mente funciona desesperadamente acelerada, pensando em como posso contribuir. Tento usar a minha magia de terra, pegar as raízes sob o chão e puxá-las para a superfície. Mas, no instante que a primeira raiz rompe a superfície e sobe pela plataforma, a faca na minha garganta corta mais profundamente quando o guarda que me segura avisa:

— Pare.

A faca está perigosamente próxima da minha jugular e, por um segundo, penso em continuar lutando mesmo assim. Não é que eu queira morrer. Longe disso. Mas há três outros pilares nessa máquina e não duvido que Cyrus planeja que eu esteja em um deles. Se ele não tiver a mim, se não conseguir me usar para acionar essa geringonça, então talvez haja outra chance de detê-lo.

Como eu já imaginava, o guarda começa a me empurrar para um dos pilares. Eu começo a me debater. Mas, quando o faço, Hudson grita o meu nome. E quando olho para ele, seus olhos estão cheios de uma súplica que não consigo ignorar. *Não faça isso*, eles me dizem. *Vamos encontrar outra maneira, não importa o quanto seja difícil.*

Não posso abandonar Hudson. Não de novo. E, assim, não luto mais. Mesmo quando me prendem a um dos pilares. Em vez disso, me concentro em tentar pensar em algum plano para tirar a todos nós desse desastre.

Enquanto isso, Cyrus faz aquela que talvez seja a coisa mais típica da sua personalidade. Ele se vira para Delilah e Izzy e grita para que os guardas as peguem também.

Delilah grita e esperneia; é preciso três guardas para controlá-la. Mas Izzy apenas fita Cyrus com olhos firmes, sem piscar, enquanto os guardas a levam.

O pai apenas balança a cabeça.

— Eu não queria colocar você nessa cerca, filha. Mas a manticora deixou uma vaga. E talvez eu tivesse escolhido outra pessoa se você não tivesse usado suas habilidades com facas para me trair. Sabe o que penso sobre traições.

Cyrus olha para o relógio e seus olhos se iluminam com alegria. Sei que o nosso tempo acabou. A lua está atrás de nós, de frente para Cyrus, mas percebo pela sua empolgação que o eclipse lunar deve estar prestes a se iniciar. O rei dos vampiros está no altar, despejando areia preta de uma pequena bolsa em um círculo sobre a superfície de pedra. Em seguida, leva a mão até o bolso da camisa, pega a Pedra Divina e a coloca no centro do círculo. Como se estivesse suspensa por um cordão, a Pedra Divina se ergue e paira a pouco menos de meio metro do altar.

Fico observando, atônita e amedrontada, quando a terra finalmente chega à posição e a lua brilha em um feixe perfeito de luz, vermelho como sangue, que atravessa o altar. Como os ponteiros de um relógio, a luz se move lentamente até alcançar a Pedra Divina.

No instante que o luar toca a Pedra, ela ganha vida. Sua superfície brilha com uma luz alaranjada e vermelha. E ela começa a girar cada vez mais rápido, até que todo o altar esteja banhado naquele brilho sinistro.

Como um déspota que recebe a adoração plena do universo, Cyrus ergue o rosto para a lua e deixa que seus raios o iluminem. Em seguida, levanta as mãos para o céu e ouço um chiado úmido no ar antes de um relâmpago acertar um dos pilares de pedra. Flint grita e noto que o raio acertou a placa de metal, fazendo-a brilhar em um branco incandescente.

Meu Deus. Como ele é capaz de fazer isso? Nós temos um contrato!

Mas, enquanto observo Flint se contorcer de dor, o horror toma conta do meu estômago. O relâmpago não está afetando Flint a ponto de lhe causar dor. Sua pele não está chamuscada. Não há hematomas ou outros sinais de que o relâmpago esteja causando algum estrago. Mas aquilo *realmente* o tortura, queimando a magia que corre em suas veias e trazendo-a para a placa de metal brilhante.

Outro relâmpago atinge a placa de metal de Macy e ela também grita.

Quando os gritos dela se transformam em soluços e um choro entrecortado, o meu corpo inteiro treme. Tanto pelo o que está acontecendo com a minha prima e com os meus amigos quanto pela antecipação do que vai se passar comigo.

Sem parar, Cyrus invoca os relâmpagos que atingem um pilar depois do outro. Quando atinge o meu, é quase um alívio bem-vindo depois de me concentrar no terror dos meus amigos. A dor é quase insuportável — como se cada célula do meu corpo estivesse em chamas. Grito até que a minha voz esteja rouca e rasgada. Ainda assim, Cyrus continua invocando mais relâmpagos contra nós.

De repente, os pilares do anel externo do círculo de pedra se erguem e giram à nossa volta. A luz da Pedra Divina os acompanha rumo ao céu, dando a impressão de que aquelas pedras estão envoltas em chamas — a luz flamejante brilha diretamente sobre Cyrus, banhando-o em um brilho vermelho e mágico.

E todos os indivíduos presentes conseguem observar (alguns em júbilo, outros em horror) quando um monstro se transforma em um deus.

Capítulo 165

DEUSES FAJUTOS E MONSTROS MUITO REAIS

À medida que mais e mais relâmpagos acertam o metal atrás de mim, perco a noção da dor. Lamentos chorosos mal chegam a alcançar minhas orelhas enquanto meu corpo murcha contra as correias que me prendem. Conforme a vontade de lutar lentamente deixa o meu corpo, o mesmo acontece com a minha magia.

Sinto-a ser sugada máquina adentro, atraída para os pilares de pedra que giram sobre nós. E a Pedra Divina entrega tudo a Cyrus. Sei que tenho de lutar contra isso. Não posso simplesmente ceder e deixar que pegue o que quer. Mas não é assim que agem as pessoas que querem roubar o poder das outras?

Elas simplesmente atacam até que acreditemos nelas. Até que suas mentiras façam mais sentido do que qualquer verdade. Até que abalem seus oponentes a tal ponto que eles lhe permitem pegar tudo o que quiser, porque não têm mais a energia ou a vontade de se apegar a elas. De continuar lutando quando nada mais parece fazer sentido.

Cyrus é mestre nisso. Vi o que ele fez com Izzy, Delilah e o que ele tentou fazer com Hudson. Tudo para que Cyrus pudesse ter sempre mais.

Agora, um poder cada vez maior enche Cyrus, até que ele comece a gritar como se sua pele queimasse. A cena me traz calafrios. Ele grita sem parar. Por mais que eu deteste esse homem, começo a sentir pena dele. Por sorte, os gritos duram apenas um minuto. E o fogo que chamusca seu corpo endurece em cinzas negras e quebradiças, cobrindo-o por inteiro.

Há um murmúrio pelo campo enquanto contemplamos o local onde Cyrus estava. O luar passa lentamente pela Pedra Divina e, ao fazer isso, os pilares param de queimar e voltam aos seus lugares iniciais, no chão. Após certo tempo, resta somente a lua cheia e normal que lança seu brilho benigno sobre a plataforma e as cinzas que envolvem o corpo de Cyrus como se ele fosse uma estátua.

Não há tempo para celebrar a possibilidade de que a Pedra Divina não tenha funcionado de acordo com a expectativa de Cyrus, porque sua silhueta começa a tremer e pequenas rachaduras se abrem, deixando uma lava brilhante e alaranjada escorrer pelas laterais do corpo.

Em seguida, com um *vuuush*, a casca dura explode. E Cyrus está ali outra vez. Vivo, respirando e agora provavelmente um deus.

No começo, nada parece diferente ou estranho. Ele nem está com uma faixa grisalha no cabelo, como eu esperava. Acho que estou vendo filmes de super-herói demais.

Meus ombros murcham. Talvez nada tenha acontecido. Talvez tudo vá ficar bem.

Mas é então que ele passa a crescer. Cada vez mais, sem parar.

À nossa volta, as pessoas vibram e aplaudem nos campos. Celebrando o fato de que seu rei ascendeu, celebrando a crença equivocada de que isso significa, de alguma maneira esquisita, que a mesma coisa aconteceu com eles também.

Enquanto observo, não consigo deixar de pensar no dia em que conquistei o direito de me sentar no Círculo como a rainha das gárgulas. Eu cresci naquele dia, exatamente como ele cresce agora. Sempre pensei que isso ocorreu porque eu havia combinado o poder de Hudson com o meu. Mas agora sei que, provavelmente, isso era a semideusa dentro de mim despertando com o poder de Hudson.

É engraçado pensar em como eu era ingênua na época. Como não fazia a menor ideia do que estava reservado para mim neste mundo. Achei que perder Jaxon e, em seguida, entrar sozinha naquele campo do Ludares foi a pior coisa que poderia me acontecer.

E agora... parece apenas uma brincadeira de criança.

Olho para todos os meus amigos — Hudson, Jaxon, Macy, Mekhi, Flint, Dawud, Éden e Remy — e solto um gemido mudo. Todos estão largados e entorpecidos. Suas amarras são as únicas coisas que os mantêm em pé. Ensanguentados, arrasados e estraçalhados de todas as maneiras que uma pessoa pode ficar.

Não consigo conter o soluço que me escapa pela garganta. Meus amigos, minha família, meu tudo. E eles me seguiram durante tudo o que aconteceu.

Quase chega a ser demais pensar em tudo isso. E um zumbido nas minhas orelhas encobre todos os sons à minha volta. Um som constante e irritante, como o sangue que circula entre o meu coração e as orelhas.

Martelando sem parar na minha cabeça que nós perdemos. Perdemos.

A verdadeira essência de quase todo mundo que amo foi arrancada apenas para que outra pessoa obtivesse aquilo que deseja.

E não posso fazer nada para impedir ou mudar a realidade. Trabalhei muito e me esforcei demais. Fiz tudo o que sabia fazer. Mesmo assim, não foi o suficiente.

Talvez nunca fosse. Talvez essa seja a lição que preciso aprender com o desenrolar dos eventos. Às vezes vencemos, outras vezes perdemos.

Mas nunca pensei que a derrota seria tão grande.

Capítulo 166

SALVE, RAINHA

Fecho os olhos, sem conseguir observar Cyrus se gabar por mais um momento enquanto se vira para a multidão de seguidores e seu exército, erguendo as mãos gigantescas para ser louvado.

Não consigo testemunhar isso.

Ele tirou tudo que eu tinha.

Já consigo perceber. O meu cordão da gárgula está desbotado. Meu elo entre consortes perdeu a força.

Não resta magia em mim.

Por mais que isso doa — e, meu Deus do céu, não fazia ideia do quanto iria doer —, o ato de imaginar meus amigos, que me seguiram nesta batalha, sentindo a mesma coisa faz meu peito apertar os pulmões até acabar com o meu fôlego. Não consigo nem mesmo encará-los de novo. Não vou conseguir absorver essa dor agora. Ainda não. Talvez nunca consiga.

Assim, simplesmente fico ali, deixando que as correias me segurem no lugar, com as bordas cortando a minha carne. Obrigando-a me lembrar de que sou apenas humana.

Eu daria qualquer coisa para poder romper essas amarras, para rastejar para longe com os meus amigos e curar nossas feridas.

Mas, se eu estiver certa, se estas correias foram feitas pelo Forjador, não importa se eu tiver a chave ou não. Assim como no Aethereum, não adianta revidar. O lugar vai tirar tudo que quiser da alma das suas vítimas e não há nada que se pode fazer para prevenir.

A questão é que aquele lugar não tirou tudo de mim.

Nunca fui puxada para os sonhos de tortura como aconteceu com Hudson, Flint e Calder.

Havia algo diferente em mim.

O cordão de semideusa.

Aquele pequeno pedaço de mim que veio da minha mãe. E da mãe dela. Passado de geração em geração. Um poder antigo incapaz de ser contido pela magia do Forjador.

Agito-me em meio às amarras.

Acho que ainda posso ter uma chance.

Olho dentro de mim, quase temendo o que vou encontrar, e ali está ele. Ainda reluzindo em um verde-brilhante. Aguardando que eu tenha a coragem para pegá-lo e libertá-lo.

Posso continuar aqui e permitir que Cyrus tire tudo de mim e de todas as pessoas que amo. Ou posso segurar o cordão verde e pegar de volta tudo o que ele roubou.

É uma decisão mais fácil do que eu jamais havia imaginado. Porque não vou mais admitir que ele machuque a minha família. Não vou admitir que me machuque. Não mais.

É esse pensamento que me dá a coragem de buscar nas profundezas de mim mesma e segurar o cordão verde.

A eletricidade corre pela minha mão e deixa as terminações nervosas do meu braço em brasa. Minha mão começa a tremer. O poder do cordão é uma coisa selvagem e viva sob o meu punho, mas não o solto. Não posso fazer isso. Ele se espalha pelo meu sangue, queimando o oxigênio nas minhas veias. E as minhas pernas cedem.

Lembro que a tia Rowena me disse que esta parte de mim, a minha magia antiga, se irritaria por ter ficado aprisionada por tanto tempo. E quando o cordão se agita e chicoteia na minha mão, eu diria que "irritar" é uma maneira suave demais para descrever a situação.

Nas duas vezes que realmente agarrei meu cordão antes, no farol e na caverna da Carniceira, eu tinha um propósito. Estava tentando usar o poder. Para expulsar o veneno através dos meus cordões das gárgulas, para o controlar.

Mas já estou farta de tentar manter aprisionado esse pedaço de mim. Estou cansada de ter medo de quem realmente sou. Sei quem sou. E não importa quanto poder eu venha a ter ou quanto alguém possa temer esse poder... não vou agir assim. Isso faz parte de mim e sou incrível. Por inteiro.

Assim, seguro o meu cordão com ainda mais força. Não em busca de o controlar, mas para que ele saiba que estou aqui, pronta para abraçar esse lado de mim mesma. Quando o aperto, posso jurar que o sinto crescer.

Alguma coisa começa a se desenrolar na minha barriga e me sinto um zonza, como se espiasse pela borda de um penhasco para o fundo do abismo. A sensação quase faz com que eu solte o cordão. Mas é aí que me lembro do sorriso torto na cara de Cyrus quando percebeu que havia me vencido.

E aperto o cordão com ainda mais firmeza.

Permito me envolver pela sensação de cair. Deixo que ela me leve aonde quiser. Quando me entrego assim, o cordão se enrola ao redor da minha cintura e me coloca gentilmente no chão. Bem ao lado de uma semente verde e reluzente, com o elixir lilás das Lágrimas de Éleos escorrendo pelas laterais da sua casca dura. No centro, brota o menor dos ramos cor de violeta, uma folhinha que se desenrola enquanto a observo buscar a luz da lua.

É tão bonita que, empolgada, aperto o cordão verde em reflexo. E o ramo violeta cresce cada vez mais, com outras duas folhas brotando em seu caule estreito.

É uma sensação muito estranha, mas agora sei que é a isso que a Carniceira se referia. Essa é a minha magia de semideusa, a minha herança do caos. E é bonita. É feroz e poderosa.

Com a respiração profunda e firme, rendo-me à promessa de tudo o que ela devia ter se tornado. De tudo que eu devia ter me tornado, se essa parte de mim não tivesse sido escondida.

Conforme a eletricidade percorre a minha pele, abro bem os braços, deixando o poder livre para tomar conta de mim por inteiro.

É aí que a folha se transforma em um graveto.

Que, por sua vez, se transforma em um galho.

E o galho se transforma... em tudo.

A vida explode dentro de mim, seguindo as curvas e as linhas, os músculos e as veias do meu corpo.

Gravetos e galhos que se arrastam por baixo da minha pele.

Folhas e flores, múltiplas e gloriosas, fazendo cócegas nas beiradas das minhas artérias ao passo que tudo dentro de mim floresce.

E se torna aquilo que sempre devia ter sido.

Embaixo de mim, sinto a terra pulsar com energia, histórias e vida. Deixo tudo isso fluir e me envolver. Trazendo para mim, absorvendo em cada poro e inalando toda vez que respiro.

E enviando um poder enorme e inimaginável de volta à terra. Devolvendo o que ela compartilha generosamente comigo enquanto continuo a florescer.

A primeira coisa que faço conforme o poder cresce é pegar o cordão azul desbotado e enviar uma descarga de eletricidade por ele até o meu consorte. A magia havia desaparecido, mas a conexão é tão forte que é capaz de suportar qualquer coisa. Assim, imbuo o nosso elo com magia outra vez.

Estou tão conectada com Hudson, com a terra e o mundo inteiro ao meu redor que consigo sentir quando a energia chega a ele. Sinto seu corpo se arquear e estremecer. Sinto o poder se espalhar por todas as partes do seu corpo.

Espero até que ele o absorva, que suas células murchas e agonizantes revivam. E faço isso de novo, energizando-o ainda mais. Usando tudo o que tenho para salvar o homem que me salvou tantas vezes.

Meu consorte.

O meu Hudson.

O amor explode em mim quando penso no assunto e se espalha por tudo que há à minha volta.

O amor por Hudson, o consorte mais forte, mais gentil e (por que não?) mais sarcástico que eu poderia desejar.

E o amor pelos meus amigos, ainda lutando para encontrar um jeito de sair desse pesadelo no qual nos encontramos. Jaxon, Macy, Éden, Remy, Flint, Dawud e Mekhi. Todas essas pessoas que passaram a ser tudo para mim em tão pouco tempo.

Mando energia para todos eles, segurando seus respectivos cordões e lhes enviando pulsos de eletricidade.

Não é algo que me esgote ou me enfraqueça. Na verdade, quanto mais energia compartilho, mais forte e mais poderosa me torno.

Eu estava com o corpo frouxo em meio às correias que me prendem, mas deixo que essa energia e o poder me ergam outra vez. Seja um deus ou o rei dos vampiros, não vou me ajoelhar diante de um monstro, um louco, nem por mais um momento. Não quando quem sou e quem sempre estive destinada a ser finalmente se mesclam em uma só pessoa.

Sou a semideusa do Caos.

A filha da Mãe Terra.

A rainha das gárgulas.

A portadora da Coroa.

A consorte de um vampiro.

E, além de tudo isso... Grace. Sempre Grace.

Assim, levanto-me mais uma vez para encarar o homem que tiraria tudo de mim se eu o deixasse.

Levanto-me pela minha mãe, que nunca conheceu o próprio poder e que morreu para que eu pudesse conhecer o meu.

Pela minha avó, que nunca soube quem era ou o que tinha dentro de si.

Pela minha bisavó, tataravó e dez gerações de mulheres antes de mim, cujo poder foi silenciado. Que esconderam sua própria existência para sobreviver. Que aprisionaram seu poder para aplacar outra pessoa que temia o que elas tinham dentro de si.

Eu não tenho medo.

E não vou mais me esconder.

Capítulo 167

AS GAVINHAS DA IRA

Abro os olhos, pronta para enfrentar Cyrus.

Ao meu redor, as pessoas me fitam em choque. Cyrus, seus guardas, meus amigos... até mesmo a multidão que vibrava ficou calada enquanto também observa o que criei. Meu olhar perpassa os pilares de pedra e sorrio.

Para todo lugar que olho, trepadeiras e gavinhas cobrem e envolvem as pedras sarsen. Elas crescem por entre as trancas de metal e se enrolam até conseguir libertar meus amigos. Mesmo assim, as trepadeiras continuam a crescer, torcendo-se ao redor das placas de metal nas pedras até que desapareça cada evidência dos eventos recentes. Nas pontas dos caules verdes, milhares e milhares de flores violeta desabrocham.

Hudson é o único que não parece surpreso. Quando nossos olhares se cruzam, é como se ele dissesse *já estava na hora*. Como se soubesse que tudo isso estava dentro de mim, mesmo quando eu não conseguia compreender. Ou quando eu não estava disposta a aceitar.

— Muito... — A voz de Cyrus vacila. Ele limpa a garganta e tenta outra vez: — Muito bom, Grace. Talvez essa pequena demonstração de poder seria mais eficiente se você não estivesse presa a essa máquina.

— Que máquina? — pergunto quando levo a mão às minhas correias e as solto como se não fossem mais do que brinquedos. — Esta aqui?

O chão está vivo com trepadeiras, grama, musgo e montes de outras plantas conforme árvores brotam e crescem à nossa volta. Flores em tons de amarelo, vermelho, roxo e até mesmo rosa-choque desabrocham diante de mim.

É uma imagem bonita e consigo sentir a vida e o poder de tudo isso clamando por mim enquanto me aproximo daquele deus vampiro fajuto. Não paro até estar bem diante dele.

— Você acha que um monte de flores a tornam poderosa? — resmunga ele pelo canto da boca enquanto esmaga um bulbo amarelo perfeito sob o calcanhar. — Isto é brincadeira de criança. Nada mais do que um passeio no parque. Não é nada comparado ao que posso fazer.

Elevo uma sobrancelha.

— É mesmo? E o que você pode fazer, exatamente?

Ante essas palavras, ele ataca, acertando a mão no meu peito enquanto busco meu cordão de platina e me empurrando para as pedras com tanta força que tenho a impressão de que ele quebrou uma das minhas costelas.

Seu rosto fica vermelho e ele avança, até ficar paralisado. É óbvio que ele esperava que eu recuasse e abrisse o espaço ao qual ele não tem direito, mas do qual quer tomar posse assim mesmo. O único problema disso? Não me movo nem um milímetro. Para ele, não. E nunca mais vou fazer isso.

Ele pode ser um deus, mas tenho bastante poder também. E não vou ceder. Não quando ele está tentando conquistar o mundo inteiro como seu espólio de guerra.

Assim, em vez de recuar, caminho para a frente, adentrando o espaço dele. Não o empurro para que saia do meu caminho. Em parte, porque eu não faria uma coisa dessas, mas também porque ele espera qualquer ato agressivo da minha parte para que a sua panela de pressão exploda.

Mas não vou recuar e não vou sair daqui. Ele vai ter de viver com a minha existência e com aquilo que suas maquinações criaram.

— Eu sou um deus — afirma ele, com um ar de superioridade. — Sou capaz de fazer coisas que você não consegue nem imaginar.

— Você é um deus fajuto — retruco, buscando o meu cordão verde outra vez. Mas ele não está mais lá. Pelo menos, não do jeito que sempre esteve. Em vez disso, ele está junto do meu cordão de gárgula. Os dois estão entremeados em uma trança tão apertada que jamais será possível separá-los. — Qualquer coisa que você seja capaz de fazer, foi apenas porque roubou do universo. E garanto que ele não vai aceitar calado esse roubo.

Os olhos dele estremecem e percebo que consegui afetá-lo. Mas a postura vil logo retorna. Ele ergue o nariz e me mede de cima a baixo, dizendo:

— E quem é você para falar em nome do universo? Especialmente com referência a mim?

— Eu nasci para ser a semideusa do caos, seu cuzão. E não sou a única semideusa aqui.

Procuro Izzy, que ainda está na plataforma com os outros, e pergunto:

— Quer me ajudar com isso?

Ela ergue uma sobrancelha enquanto sustenta o olhar de seu pai.

— Isso significa que a gente vai poder acabar com a raça desse filho da puta?

Dou uma risada.

— Amiga, nós vamos acabar com toda esta merda.

Capítulo 168

ÀS VEZES UM RAIO CAI DUAS VEZES NO MESMO LUGAR

— Gostei disso — comenta Izzy, afastando-se do pilar e vindo até onde estou.

— Eu também — respondo para ela. Fico até um pouco surpresa, porque é verdade. Deve haver mais caos em mim do que eu pensava.

Cyrus encara a filha com uma expressão de irritação agora, mas Izzy não desvia o olhar, como normalmente acontece. E também não recua. Ao contrário disso, ela devolve o olhar irritado para o pai, o que só serve para irritá-lo ainda mais.

Não é só por nos recusarmos a baixar a cabeça e seguir suas ordens, embora eu saiba que isso o enerva. O problema é que estamos fazendo isso bem diante de todas as pessoas que estão no campo. Não temos medo dele. E não vamos fingir que temos. E mais: estamos mostrando a essas pessoas que elas também não precisam ter medo dele.

Cyrus deve estar farto da nossa demonstração de rebeldia, porque mais uma vez ele levanta a mão para o céu como se quisesse controlar os relâmpagos de novo.

Como se isso fosse acontecer.

— Você pode ter se tornado um deus falso — anuncio ao segurar o meu cordão novo e trançado. — E talvez consiga até controlar alguns relâmpagos menores. Mas eu te disse que *eu* sou a semideusa do caos. E eu sou o relâmpago.

Eu me aproximo de Izzy a fim de pegar sua mão, e estendo a outra mão para o céu também. Com cada grama de poder que tenho dentro de mim, tento agarrar os relâmpagos.

E o céu inteiro explode.

Mil relâmpagos iluminam o vermelho mortiço do céu e caem na terra, atingindo o campo de batalha à nossa volta.

As pessoas gritam e correm em todas as direções conforme os raios acertam o chão, abrindo mais espaço entre Cyrus, seus seguidores e o exército.

Todavia, estou só começando. Invoco outros relâmpagos e, mais uma vez, a eletricidade rasga o céu. Só que, em vez de dispersá-la pela clareira, puxo toda a energia para dentro de mim.

Ela me atinge como uma reverberação do Big Bang, explodindo por todas as minhas células e me fazendo vibrar com o poder do universo. Um poder que Cyrus nunca vai conseguir imaginar, mas que corre pelas veias de Izzy e pelas minhas como metal líquido.

Quando estou com tudo aquilo dentro de mim, quando usei meu próprio poder para guiar cada gota de toda aquela energia, estendo a mão para Cyrus. Devagar, cuidadosa e inexoravelmente, começo a arrancar todo o poder divino dele.

Ele grita, com o rosto retorcido de raiva enquanto grita para que suas tropas nos peguem. Mas, pelo menos dessa vez, a Guarda Vampírica não tem absolutamente o menor interesse de seguir as ordens do seu rei. Estão ocupados e boquiabertos demais me encarando.

Ótimo. No momento, tenho tarefas mais importantes para cumprir.

Liberto a mão de Izzy e me viro para trás, ficando de frente para os meus amigos. Em seguida, com uma das mãos ainda apontada para Cyrus e a outra para o meu grupo, eu lhes devolvo cada grama do poder roubado.

Separo cada um dos cordões para poder devolver o que foi tirado de cada um.

Mas são tão diferentes que isso é muito mais fácil do que eu esperava.

Encontro a magia formidável de Hudson primeiro, calcada em sua força e inteligência.

A de Jaxon é a próxima, carregada com o seu poder e seu instinto de proteção.

A de Macy é fácil de identificar, toda envolvida em otimismo e emoção.

Mekhi vem em quarto lugar. É impossível não reconhecer sua gentileza e comprometimento com os amigos.

A nitidez e a confiança de Dawud tornam sua magia fácil de reconhecer também. E quando envio seus poderes de volta, percebo que talvez escondam o coração de um lobo alfa.

A garra e a atitude indomável de Éden encobrem habilidades incríveis. Sinto como se as pontas dos meus dedos fervessem um pouco quando as envio de volta.

A alegria e a determinação de Flint envolvem seu poder fortuito, fazendo com que um pouco de alegria floresça dentro de mim quando o devolvo a ele.

O poder de Remy é praticamente infindável e quase impossível de conter, mesmo abrigado na sua sabedoria e senso de diversão.

E Izzy... O poder de Izzy parece quase ilimitado quando queima dentro de mim.

Devolvo tudo. Cada gota do que lhes foi tirado. Por fim, mesmo a contragosto, devolvo o que sobrou para Delilah. Ela pode ser uma pessoa horrível, mas ninguém merece ter sua magia roubada contra a própria vontade. Ninguém.

Quando a magia de todo mundo está restaurada ao que era antes de Cyrus dar uma de cientista maluco com seu experimento, respiro fundo e busco dentro de mim. Porque o poder dos relâmpagos ainda zune dentro do meu corpo e preciso acalmá-lo um pouco para fazer o que ainda precisa ser feito.

Esperando absorvê-lo nas profundezas do meu ser, agarro meu cordão verde-platinado mais uma vez e direciono o poder para ele. Ao fazê-lo, sinto um calor arder nos músculos feridos das minhas costas.

Dou um gemido surpreso e agito os ombros para tentar entender o que está acontecendo. Mas, em poucos segundos, aquele calor morno fica poderoso e abrasador; tão poderoso que chego até a pensar que vai me queimar antes que se dissipe.

— Meu Deus, Grace — exclama Izzy, surpresa e com os olhos arregalados enquanto observa alguma coisa logo atrás de mim.

Eu me viro para olhar e é a minha vez de soltar um gemido mudo de surpresa.

— Como é possível? — sussurro, sentindo o sangue correr pelas minhas orelhas.

— Sua semideusa e a sua gárgula se fundiram — conclui Izzy.

Sei que ela tem razão. Percebo isso no meu cordão e sinto bem no fundo do meu ser. As duas partes diferentes de mim finalmente estão se unindo.

Mas nunca, nem mesmo nos meus sonhos mais loucos me ocorreu que, ao se unirem, meus belos cordões trançados encontrariam uma maneira de me devolver algo que significa tanto para mim. Mas, de algum modo, foi o que houve. Porque, no meu ombro esquerdo, há uma asa verde, linda, perfeita e luminosa.

Capítulo 169

À MODA DA CASA

Por um momento, não consigo fazer nada além de contemplar minha nova asa, chocada. Mas, logo depois, eu me transformo, virando totalmente uma gárgula só para ver o que acontece. Só para confirmar se a asa é real.

E é real, sim. Pelo menos, ela continua comigo. Mas não se parece nem a sinto como acontece com a outra asa. Esta não é uma asa substituta, algo criado para assumir o lugar do que perdi. É uma coisa completamente diferente. E, seja o que for, vou usá-la.

Para provar a mim mesma que não estou sonhando no meio deste campo de batalha digno de pesadelos, eu me jogo no ar. Parte de mim espera se esborrachar no chão logo depois. Prendo a respiração, esperando para ver o que acontece. Deve haver um pedaço de Hudson que sente a mesma coisa, porque ele acelera e chega bem abaixo do ponto onde estou para me agarrar se eu cair. Mas eu não caio. Eu voo. E nunca senti nada tão bom.

Faço um rápido giro pelo ar. De fato, não sinto essa asa do mesmo jeito que sinto a outra; ela também não funciona exatamente do mesmo jeito. Mas não estou mais restrita ao chão, e isso é mais do que suficiente para mim.

Mergulho outra vez para o chão e dou uma pirueta no último instante, pousando ao lado de Hudson, que ostenta um sorriso enorme na cara. Não consigo evitar. E retribuo o sorriso.

Cyrus, por sua vez, não parece muito empolgado com os últimos eventos. Ele surta e grita para que seus soldados ataquem. Claro, agora que está sem sua magia divina, ele encolheu de volta ao tamanho normal. Mas faço questão de lembrar a mim mesma de que ele era um inimigo formidável antes de se tornar um deus. E agora está furioso.

Não sei como ele quer forçar seu exército a atacar, considerando que todos os meus amigos estão ao meu lado — e bem perto dele. O exército também parece confuso.

Mas quando Cyrus acelera até Hudson e tenta mordê-lo, decido que já chega. Estendo o braço e uso uma boa quantidade do meu poder para reinvocar os relâmpagos. Mas, dessa vez, não são apenas relâmpagos. Trago também o caos de uma tempestade. Nuvens carregadas se formam entre Cyrus e o meu consorte, junto a uma muralha gigantesca de vento.

Cyrus se choca com o vento forte e ele o arremessa metros para trás. Ele tenta outra vez, usando toda a sua força vampírica. Mas não é o bastante para vencer uma semideusa irritada. Nem de longe.

Para garantir que eu não tenha de me preocupar com ele por certo tempo, giro a mão no ar e o vento se transforma em um ciclone, movimentando-se rápido o bastante ao redor de Cyrus para que ele não consiga escapar. Depois, com um estalo de dedos, guio o vento para o interior da sua armadura. Estendo a mão e a armadura se solta do corpo dele, caindo fora do vórtice de vento.

Sem sua proteção contra o poder do meu consorte, ou contra os poderes indomáveis dos meus amigos, faço com que a tempestade se dissipe por completo.

— Se você se mover, vou transformar seus ossos em geleia outra vez — rosna Hudson. — Foi bem divertido quando fiz isso, não foi, seu cuzão?

Cyrus não se move, mas isso não o impede de gritar para seus soldados:

— Peguem-nos! — Pela primeira vez nesses últimos instantes, eles parecem prontos para cumprir suas ordens.

A Guarda Vampírica avança sobre mim, Hudson e Izzy. Mas antes que consigam chegar até nós, meus outros amigos se juntam ao grupo. De repente, nós dez estamos diante de todos eles. Pela primeira vez nesta noite, gosto da chance que temos. Pelo menos até lembrar que os meus amigos acabaram de passar por um perrengue enorme. E, a julgar pela maneira com que Mekhi cambaleia, ainda não se recuperaram por completo.

Busco o belo cordão amarelo de Mekhi dentro de mim e lhe envio energia curativa. Percebo que ele sente o que faço quando se vira para abrir um meio sorriso. Mas, no instante que paro de lhe mandar energia, ele começa a vacilar outra vez.

Nada do que fiz até agora parece ter funcionado para curar a picada de inseto que ele recebeu. E agora que abracei por completo a minha semidivindade... bem, se meu poder não está funcionando, vamos ter de levá-lo para algum curandeiro bem rápido. Eu olho para Remy e estou prestes a pedir que abra um portal para Mekhi. Mas Mekhi deve sentir o que vou pedir, porque faz um sinal negativo com a cabeça.

Um sorriso lento ergue um canto da sua boca e ele diz:

— Acho que todos merecemos o direito de ver você dar uma surra em Cyrus, Grace. Não nos decepcione. — Todo mundo começa a trocar toques de punho e ele complementa: — Não me incomodo em lutar contra alguns milhares de soldados para ver a sua vitória final.

Todos passam a dizer frases de efeito do mesmo tipo, como se tivéssemos o dia inteiro enquanto o exército de Cyrus investe contra nós. Meu olhar cruza com o de Mekhi e assinto rapidamente. Ele tem razão. Se quer ficar até o final, tem todo o direito de fazer essa escolha. Se parecesse que ele ia tombar neste momento, eu interviria. Mas, desde que ele consiga ficar em pé, tenho de respeitar seu desejo.

Além disso, sendo supersincera, não precisamos realmente dele. Temos apenas dez mil soldados treinados prestes a nos alcançar. E não sei se é por ainda não estar acostumada a usar o poder de semideusa, mas a minha cabeça está latejando.

Tem um *tump-tump-tump* latejando nas minhas têmporas que está ficando cada vez mais alto. Está quase tão alto agora que não consigo pensar em meio a todo o ruído.

Está enchendo as minhas orelhas, pulsando no meu peito e no meu sangue.

E pior: conforme o som fica mais rápido, a mesma coisa acontece com a sensação dentro de mim. Não é só uma batida de tambor agora; é a vibração intensa das asas de um beija-flor. Meu corpo inteiro responde àquilo. Minhas asas, o coração e a alma vibram na mesma frequência.

Quando não consigo mais aguentar, grito para que Hudson consiga me ouvir em meio a tamanho barulho.

— Você está ouvindo isso?

— Ouvindo o quê? — ele pergunta, procurando ao redor, confuso.

E isso me assusta ainda mais... Até que as vejo.

Asas enormes surgem por trás da montanha além do campo. Milhares e milhares de gárgulas com espadas e escudos enormes junto do corpo enquanto vêm em nossa direção. Por todo o campo, portais se abrem a cada poucos metros, no chão e no céu. Tantos portais que quase não consigo mais distinguir as árvores ou o céu. Um depois do outro, rasgando o céu conforme milhares e milhares de gárgulas passam por eles.

Sinto um nó do tamanho da Academia Katmere na garganta, um aperto impossível no peito. E procuro a mão de Hudson. Seus dedos mornos se fecham ao redor dos meus e ele dá um aperto carinhoso antes de me soltar e fazer um gesto para que eu dê um passo à frente.

Em seguida, ele se aproxima e sussurra na minha orelha:

— Seu Exército chegou, minha rainha.

Capítulo 170

QUEM MANDA
É A GAROTA

Por um segundo, estou atônita demais para me mover ou fazer qualquer coisa além de observar, boquiaberta, gárgulas de todas as formas e tamanhos correndo pelo campo de batalha.

Elas vieram. Elas vieram mesmo.

Meus joelhos fraquejam e sinto lágrimas brotarem nos meus olhos, mas as forço para que voltem. Não é hora para sentimentalismo ou alívio. Agora é hora de ação.

Como poderia ser diferente quando o ar sobre o campo de batalha está abarrotado de gárgulas que voam em formação? Conforme se aproximam, eu me afasto para conseguir ver as primeiras fileiras com mais nitidez, enquanto procuro... Ali está ele! Chastain em pessoa, liderando o Exército pelo ar e vindo diretamente até onde estou.

Elas voam depressa, mais rápido do que vi no treinamento. E se espalham pelo campo de batalha como uma verdadeira força que deve ser respeitada.

É estonteante e aterrador ao mesmo tempo. Nunca vi nada parecido, nem em filmes.

Elas não param até chegarem à beirada do campo de batalha, logo antes de onde estamos agora, diante do círculo de pedra. É somente então que Chastain se afasta do Exército e vem na minha direção.

Fico esperando que as outras gárgulas pousem. Mas, em vez disso, elas continuam exatamente no mesmo lugar, pairando sobre o campo de batalha como aeronaves em uma missão para buscar e destruir. Embora nenhuma delas avance sobre os soldados de Cyrus, é impossível não perceber a ameaça. E o fato de que não importa quanto a Guarda Vampírica seja competente; esse Exército seria capaz de comê-los vivos. Sem brincadeira.

Chastain aterrissa diante de mim e se abaixa, apoiando o corpo em um dos joelhos e com a cabeça curvada em uma posição tradicional de reverência.

Sinto uma onda de choque passar por mim. Já estou espantada pelo fato de o Exército estar aqui, mas ver Chastain se portar desse jeito na minha frente? Começo a ter a sensação de que caí em algum universo alternativo.

— Minha rainha — cumprimenta ele, estendendo a mão para o meu anel e beijando-o.

— General. — Inclino a cabeça para ele em resposta.

Há um milhão de perguntas que desejo lhe fazer, e a primeira é por que ele está aqui depois de me dizer, hoje pela manhã, que jamais me serviria. Mas agora não é hora para questionamentos. Não enquanto Cyrus está gritando para que seus soldados ataquem o meu exército.

E eles são o meu exército. Cada guerreiro é minha responsabilidade.

— Preciso das minhas ordens — avisa Chastain.

— Sua primeira ordem é ficar em pé — eu digo a ele. Em seguida, olho por sobre seu ombro para onde os dragões de Cyrus começaram a se lançar ao ar, vindo rapidamente na direção das gárgulas.

E percebo que estava certa desde o começo. Meus amigos e eu acabamos de mostrar a todos que Cyrus é uma fraude. Mesmo assim, ainda estão dispostos a segui-lo e a lutar por ele. E mais, ainda estão dispostos a morrer por um homem que não se importa com nada além do próprio poder.

Bem, que seja como quiserem. O reinado de Cyrus precisa acabar hoje à noite. E nós somos o exército que vai dar um fim a isso.

— Sua ordem é enfrentar aquele exército. Esta luta está acabada, assim como o líder deles. Chegou a hora fazer com que entendam isso.

Mas as minhas palavras parecem apenas irritar Cyrus, que passa a gritar ainda mais alto para que seus soldados "matem cada gárgula que estiver no campo".

— Vou dispersar os soldados — responde Chastain, olhando para Cyrus sem se impressionar. — Mas vou deixar um contingente aqui para protegê-la.

— Não é necessário — eu digo a ele.

— Proteger a nossa rainha é nossa obrigação. Sempre foi.

— Sim, mas sua rainha é capaz de proteger a si mesma. E não quero que ninguém do meu povo se machuque me protegendo. Nunca vou pedir a vocês que lutem uma batalha em que eu mesma posso lutar.

— Como quiser, minha senhora. — Chastain se curva mais uma vez e retorna para o Exército.

Temos nossas ordens, anuncia ele ao decolar. Hoje à noite, vamos arrasar o inimigo.

Capítulo 171

MUITO SANGUE, POUCA GLÓRIA

Aprendi, durante o treinamento, que não há nada que o Exército das Gárgulas leve tão a sério quanto suas obrigações. Hoje, neste campo de batalha, eu me dou conta exatamente do que isso significa.

Porque este exército — o meu exército — é brutal quando entra em combate.

Chastain pega alguns dos seus melhores atiradores e abre um corte bem no meio do campo de batalha, dividindo imediatamente o inimigo em dois grupos menores. Nesse meio-tempo, Rodrigo leva um regimento de mil soldados até a esquerda da clareira, enquanto Artelya leva outro regimento para o lado direito.

Assim que vejo aquilo acontecer, entendo o que eles estão fazendo. É um movimento bem conhecido de pinça, onde Rodrigo cerca o grupo por um lado e Artelya faz o mesmo pelo outro. Chastain, com seus atacantes aéreos e atiradores, vai avançar pelo meio de modo que não haja nenhum lugar para onde os adversários possam escapar.

A única escapatória é a rendição.

Ainda assim, Cyrus manda seus soldados entrarem em combate. Ainda assim ele grita:

— Ataquem, ataquem!

É de dar nojo, por outro lado, pois toda essa batalha vem sendo horrível desde o começo.

Meus amigos e eu voltamos até a plataforma elevada, forçando Cyrus a vir conosco para não ficarmos no caminho do Exército. Há também um pedaço de mim que espera que, se as tropas de Cyrus não conseguirem ouvir as ordens que ele grita, talvez finalmente desistam. Hudson está à minha esquerda e Jaxon, à minha direita, enquanto observamos o Exército das Gárgulas agir.

É uma das cenas mais brutais que já vi.

Sei que a guerra é brutal. Já lutei em uma quantidade suficiente de batalhas e vi pessoas que eu amava morrerem para saber disso. Mas aqui há algo completamente diferente. Esta é uma máquina de guerra muito bem calibrada entrando em ação, aprimorada por dois mil anos de batalhas e treinamento ininterruptos.

Mais de dois mil soldados no chão, armados com espadas e arrasando tudo que encontram pela frente. Asas estão sendo arrancadas, cabeças estão rolando, membros e pernas caem pelo ar em todas as direções.

Mil soldados no ar com flechas que empalam qualquer um que atraia sua atenção. Olhos arrancados de crânios, peitos rasgados e abertos, entranhas que se espalham pelo chão.

Três mil soldados focados em aniquilar o inimigo de qualquer maneira. Uma dedicação total à destruição absoluta, sem deixar que nada sobreviva.

Para enfatizar, uma névoa avermelhada enche o ar. Por um momento, o eclipse solar de antes parece até mesmo ter sido profético. Como se o vermelho do céu e da lua fosse apenas uma prévia das próximas atrações. Deste momento em que o sangue chove dos céus e o campo de batalha é tomado pela carnificina.

É matança, pura e simples. E não consigo mais ficar olhando para isso.

Sei que o exército de Cyrus ainda está lutando e que vão segui-lo até a morte. Mas essa destruição obsessiva é impiedosa. E errada. E mais: não é o tipo de líder que eu quero ser.

— Tenho que dar um fim a isso — sussurro para mim mesma e para o meu consorte.

Mas Hudson me ouve, é claro. E responde:

— Temos, sim. — Ele parece tão desconcertado quanto eu.

Começo a chamar o exército para que recue, mas isso os deixa vulneráveis. Se recuarem, se tentarem sair dali, alguns deles podem se machucar. E não posso aceitar isso também. Em particular quando estão fazendo somente aquilo para o qual foram treinados.

Assim, analiso dentro de mim. Não sei exatamente o que procuro, mas tenho certeza de que vou saber o que é quando encontrar.

Passo os dedos pelos cordões brilhantes que geralmente atraem a minha atenção: o cordão do elo entre consortes, os cordões dos meus amigos e dos meus pais e até os cordões diáfanos do Exército das Gárgulas. Todos são importantes e bonitos, mas sei que há muitos outros dentro de mim. E sei que o que quero está por ali.

Assim, continuo buscando, indo cada vez mais fundo até finalmente conseguir encontrar uma cortina de fios delicados de várias cores diferentes. Um carretel infinito de vida. E sei imediatamente o que são. São os cordões de cada pessoa que está no campo de batalha esta noite.

A guerra muda as pessoas.

E todos que pisaram neste campo de batalha hoje criaram uma conexão com todos os outros. Os fios das nossas vidas se entremearam e nós mudamos as vidas de todos que estão aqui. Amizades forjadas em fogo e mortes marcadas em nossas almas. Inveja, raiva, apoio, dor e sofrimento. Está tudo ali, cintilando em milhares de cordões multicoloridos.

Estendo a mão e trago cada cordão para junto do meu peito. E quando acho que estou com todos os cordões, toco o meu cordão verde e paraliso de imediato tanto Cyrus como também todos os membros de seu exército.

Capítulo 172

É MELHOR COLOCAR UMA COROA AÍ

Deparar-se com isso é a coisa mais estranha do mundo; um exército inteiro paralisado em meio ao ato de golpear, de lançar um feitiço ou de alguma outra coisa destrutiva. Estão simplesmente imóveis, como se um vulcão tivesse entrado em erupção e coberto todos com cinzas. E, mil anos depois, nós os descobrimos.

— Ei, o que aconteceu? — indaga Macy, fitando com espanto o campo de batalha.

Hudson solta um assobio longo.

— Preciso admitir, gata. Não era isso que eu esperava acontecer. Mas foi uma bela manobra.

— Foi ótima — concorda Éden. — Mas estou curiosa para saber o que vai acontecer quando você remover a paralisia deles.

— Nada — respondo, dando de ombros. — Porque já vamos ter ido embora daqui.

— É uma solução muito boa — reitera Éden enquanto o Exército das Gárgulas anda em círculos pelo campo de batalha.

Eles parecem confusos, como se não fizessem a menor ideia do que pode ter acontecido, apesar de terem passado mil anos congelados no tempo. O mais engraçado é que eles nem mesmo baixam as armas, como se esperassem que todos voltem à vida a qualquer instante.

Vou andando em direção a Chastain, pois ele tem o direito de saber o que fiz. Mas, antes que eu consiga dar mais do que alguns passos, Jikan aparece.

E está irritado. Bem irritado, pela expressão que em sua cara.

— Pelo menos ele não estava de férias dessa vez — comenta Flint.

— Não sei se isso é melhor ou pior — diz Jaxon a ele.

Sou obrigada a concordar com Jaxon. Porque tenho certeza de que a única coisa pior do que interromper as férias de um deus é interromper o sono dele. E Jikan, definitivamente, estava dormindo. Pelo menos se eu levar em consideração a maneira como se veste.

Ele traja um pijama azul-claro com estampa de patinhos amarelos, pantufas em forma de pato com chapéus em forma de guarda-chuvas e uma máscara para dormir de cetim que foi puxada para cima e agora lhe cobre a testa. Além disso, seu cabelo está todo desalinhado e despenteado. Ou seja... acho que de fato o acordei.

Oops.

— O que você fez? — grita Jikan em vez de me cumprimentar enquanto marcha até mim. Sendo bem sincera, depois de hoje, estou pouco me lixando para isso.

— Veja lá como fala comigo — aviso, como se desse uma bronca em uma criança.

As sobrancelhas dele se erguem com tanta rapidez que a máscara de dormir cai no chão. E o seu rosto fica rígido de fúria.

— O que você acabou de dizer para mim?

— Eu disse para você tomar cuidado como fala comigo — respondo, revirando os olhos. — Hoje não é um bom dia para gritar comigo por causa de coisas que não sou capaz de controlar.

A essa altura, Jikan aperta os molares com tanta força que é um milagre ainda não ter quebrado algum deles. Por falar no assunto, não creio que seja errado desejar que seus dentes aguentem a pressão. Se ele está furioso desse jeito, não consigo nem imaginar como ele ficaria se estivesse com dor de dente. Em especial se considerasse que a culpa é minha.

Mas, dando-lhe o devido crédito, ele respira fundo e expira o ar devagar. E sua voz está bem mais contida quando pergunta, como se genuinamente quisesse saber a resposta:

— O que preciso fazer para você parar de interferir com o tempo?

Tenho certeza de que é puro fingimento, mas decido lhe dar uma resposta sincera mesmo assim.

— Não tem nada que você possa fazer.

Ele pisca os olhos uma vez.

— Como é que é? Nada? Eu poderia mandá-la para o Caribe por vinte anos para lhe ensinar uma lição. Acha que vai gostar disso?

— Cara... isso não seria um castigo — diz Flint.

O olhar gelado de Jikan aponta para o dragão agora.

— Eu pedi a sua opinião? — pergunta ele.

Flint não responde, mas se abaixa atrás de Jaxon para se proteger. Que covarde.

— Eu poderia escolher outro lugar. — Jikan ergue uma sobrancelha. — Que tal a Antártica?

— Não está entre os meus lugares preferidos — replico. — Mas é o seu direito quando quebro alguma lei universal ou faço alguma coisa errada. Mas não fiz nada disso, então...

— Estou aqui, não estou? — Ele balança a cabeça com os braços abertos no gesto universal que significa *mas que caralho está acontecendo aqui?* — Basicamente, significa que você fez alguma coisa errada. Não tenho o hábito de aparecer sem motivo.

— Ah, é mesmo? — pergunto, já que este é um jogo que duas pessoas podem disputar. — O que foi que fiz, exatamente?

— Você... você.. — ele gagueja. Mas não continua. Porque não tem uma resposta.

— O que fiz foi apenas paralisar todos os que estavam lutando contra nós nesta clareira. — Faço um gesto indicando o campo, como se fosse preciso mostrar-lhe isso. — Mas, por outro lado, controlo a flecha do tempo. Essa é a minha prerrogativa, não é? Mas, quando eu atrapalhar a linha do tempo, vou começar a procurar aquela ilha no Caribe.

Jikan gagueja outra vez, praticamente tropeçando na própria língua enquanto busca uma resposta.

Tenho certeza de que esse velhote quer me dizer que não sei qual é o meu lugar ou algo do tipo, mas aí é que está o X da questão. Eu sei qual é o meu lugar agora. E estou cansada de me preocupar com o que as outras pessoas pensam a meu respeito ou deixar que me digam quais deveriam ser meus limites.

Passei a vida inteira vivendo de acordo com as regras. Chegou a hora de criar as minhas próprias regras. E vou começar a fazer isso aqui e agora.

— Eu sou a semideusa do caos, Jikan. Sei exatamente o que posso e o que não posso fazer. E, neste momento, preciso ensinar uma lição para aquele desgraçado que vai colocá-lo em seu devido lugar — explico, apontando para o corpo paralisado de Cyrus. — Se quiser, você pode ficar e observar o que faço quando alguém me emputece. Caso contrário, já perdi pessoas muito queridas para mim esta semana e estou de saco cheio de ficar ouvindo as pessoas dizerem como devo viver. Mesmo assim, se quiser mesmo ficar para assistir ao que acontece, acho que aquele é um bom lugar — continuo, apontando para um lugar à minha esquerda onde há apenas uma dúzia de vampiros paralisados. Sem esperar sua resposta, ou mesmo se vai ficar aqui ou não, viro as costas e olho para Cyrus (e para os meus amigos, que estão me olhando boquiabertos). — O que foi, agora? — pergunto, mas eles só fazem sinais negativos com a cabeça.

Nesse meio-tempo, Chastain enfim deduziu o que está acontecendo. Ele e Artelya conduzem o Exército até nós. Chastain está pressionando o lado esquerdo do peito e receio que ele tenha levado um golpe sério no último combate.

— Vejo que herdou os poderes da sua avó — comenta Chastain, mas não consigo saber se ele está impressionado ou apenas descrevendo um fato. — Imagino que você tenha um plano, Grace.

— Um "plano" seria um exagero — respondo-lhe, revirando os olhos. Mas estou só brincando e tenho certeza de que ele sabe disso. — Preciso que coloque o Exército em formação.

Chastain fita os meus olhos por vários segundos, como se ponderasse se deve seguir minhas ordens ou não. E isso me irrita mais uma vez.

— Posso cancelar a paralisia dele e deixá-lo fazer tudo o que tiver vontade por uns dez segundos, se você preferir — ofereço, erguendo uma sobrancelha.

— Meu silêncio não significava que eu a estava julgando, minha rainha — responde Chastain, curvando-se. — Eu estava apenas pensando qual lugar me daria a melhor oportunidade de ver a cara de Cyrus quando ele perceber o que está acontecendo.

— É uma ótima pergunta. — Abro um meio sorriso e indico o lugar à esquerda, onde disse que Jikan deveria ficar. Ele aceitou a minha sugestão e conjurou uma poltrona em pleno ar, e está com um balde de pipoca nas mãos, comendo-as aos punhados e assistindo ao show como se fosse a cena mais interessante que já viu na vida. — Entretanto, que tal dar essa honra a Artelya enquanto faz companhia ao nosso convidado?

Não estou tentando tirar isso dele. Mas, se está tão machucado assim, participar do que vai suceder agora é a última coisa de que Chastain precisa. Ele também deve perceber que estou lhe dando uma oportunidade de se afastar por causa do ferimento. Depois de um segundo de surpresa, ele confirma com um gesto de cabeça. E diz:

— Artelya, está pronta para comandar o Exército hoje?

Artelya assente, curvando-se para seu general antes de mirar o exército e comandar, com a voz mais imperiosa que já ouvi vindo dela ou de qualquer outra pessoa:

— Voadores, formação em círculo.

Os voadores de elite, incluindo Artelya e Rodrigo, avançam e formam um círculo ao redor de Cyrus, meus amigos e eu. Nesse meio-tempo, todas as outras gárgulas formam um círculo duplo maior ao nosso redor, cercando toda a Stonehenge Mirim e mais além.

Quando o fazem, elas se alinham perfeitamente, de modo que apenas as pontas de suas asas se tocam. Quando a última gárgula fecha a formação e quando as últimas pontas de asas se tocam, uma descarga poderosa de eletricidade se espalha pelos círculos.

Sinto-a atingir cada gárgula presente no campo. E toda aquela energia é incrível, esmagadora. Ela forma um arco sobre o círculo interno e chega diretamente até mim.

Quando as asas do Exército se tocam, a Coroa na minha mão, que já estava ardendo há horas, subitamente parece estar pegando fogo. E, com isso, sei o que preciso fazer.

Quando meu Exército está em posição, examino os cordões que abracei. Há um que é muito maior do que os outros, escorrendo em ouro. *Cyrus.* Solto o cordão dele.

E é aí que ele percebe que foi engrupido.

E está furioso.

Capítulo 173

XEQUE-MATE

Vou andando na direção de Cyrus, que se vira de um lado para o outro, em uma tentativa desesperada de encontrar uma saída do círculo de gárgulas. Mas a verdade é que não há saída alguma. Tudo o que aconteceu, tudo o que ele fez e tudo o que eu fiz — que *nós* fizemos — nos trouxe até aqui, a este momento.

Estou calma diante do pânico de Cyrus e estoica diante da sua fúria.

— Acha que pode me vencer? — rosna ele, mesmo enquanto recua. — Não existe um mundo em que uma garotinha insignificante possa me vencer.

— Esse sempre foi o seu problema — afirmo ao me aproximar, diminuindo o espaço entre nós e também o espaço para que ele consiga fugir. — Você vê as coisas da maneira que acha que deveriam ser, não como realmente são.

Paro por um momento a fim de olhar para os círculos, para todas as gárgulas que atenderam ao chamado e vieram ajudar. Em seguida, contemplo os meus amigos, feridos e maltratados. Nunca senti tanto orgulho na minha vida como agora. De todos nós.

— Porque a verdade é que nós já vencemos. Nós o derrotamos. O fato de que você ainda não se deu conta disso só o deixa ainda mais patético. — Em seguida, estendo a mão e a coloco sobre a mão de Cyrus.

Ele tenta se desvencilhar, mas no instante que a minha palma o toca, ele não consegue se mover nem respirar. Não consegue fazer nada além de se manter parado enquanto o julgo.

— Cyrus Vega, você buscou a guerra quando devia ter lutado pela paz. Você feriu aqueles que devia ter mantido em segurança. E destruiu vidas que podia ter estimulado. Por todos os seus muitos crimes, você vai renunciar ao seu poder. — Minha voz é firme.

Respiro fundo e retiro todo o seu poder.

E observo, junto a todos os outros, conforme ele encolhe diante dos nossos olhos, mais em altivez do que em altura. Há um momento no meio do processo em que começo a me afastar. Já drenei tudo que a Descensão lhe deu. Já tirei sua mordida eterna também. Posso me afastar e deixar que o Exército avance sobre ele. Cyrus não duraria cinco minutos nas mãos das gárgulas.

Mas uma morte rápida não é a verdadeira justiça para ele. E o ato de matar nunca pode ser justificado. Uma morte rápida não traria justiça a Calder, aos mil anos nos quais o meu Exército viveu congelado no tempo ou às milhares de gárgulas que morreram na Corte congelada.

Nem para os anos de tormento que Hudson, Jaxon e Izzy tiveram de suportar.

Nem para todas as inúmeras mortes que ele causou.

Também não traria justiça para a mãe de Macy e o tio Finn.

E jamais compensaria tudo o que ele fez e toda a dor que causou para nos trazer até este momento, bem aqui.

Mas eu sei o que traria uma justiça equivalente à dor que Cyrus causou.

Assim, não ergo a mão até que todo o poder dentro dele tenha desaparecido e ele não seja nada além daquilo que passou séculos incitando seus seguidores a odiar de maneira quase irracional.

Totalmente humano. E continuará sendo assim por mil anos.

Porque o único poder que lhe deixei foi a sua imortalidade.

Capítulo 174

A RAINHA DO BAILE

Terminou. Está tudo terminado.

É só nisso que consigo pensar quando o alívio toma conta de mim. O peso do mundo inteiro parece se afastar por um momento abençoado enquanto caminho pelo campo de batalha, observando os cuidados prestados aos mortos e feridos. Sei que há mais coisas a fazer, mas o pior finalmente passou. E nunca me senti tão pronta para alguma coisa em toda a minha vida.

Respiro fundo, conto até cinco e exalo o ar devagar enquanto meu estômago se revira com uma combinação efervescente de emoções. A alegria não está entre elas. Talvez nunca esteja. É difícil permanecer aqui, cercada por este campo de batalha com os mortos e sentir qualquer coisa parecida com alegria.

Consolação e gratidão, com certeza. Mas alegria, não. Não quando a tristeza é quase insuportável. Tristeza por todas as perdas, por todos os ferimentos incuráveis, não importa o que tenha acontecido aqui.

Artelya dá um passo à frente, quebrando a formação para ficar a meu lado.

Ela me observa do alto de sua estatura formidável e diz:

— Sua escolha foi sábia. — O respeito em sua voz é evidente pela maneira com que lidei com Cyrus e também com a batalha. Mas não quero ser respeitada pela carnificina visível diante de mim.

Fito o campo e murmuro:

— Não consigo parar de pensar que, no instante que entramos no campo de batalha, já havíamos perdido. Independentemente de termos saído vitoriosos ou não, Artelya.

A guerreira não diz nada, a princípio. Mas, em seguida, ela olha para mim e faz uma reverência.

— Será uma grande honra servi-la, minha rainha.

Assim como Chastain fez há pouco, o fato de que ela me chamou de "rainha" pela primeira vez não passa despercebido.

Mais uma gárgula para a conta. Contudo, a triste verdade é que não sei quantas gárgulas restam nem quantas perdemos hoje. Tal pensamento me atinge como um soco no peito e faz meu coração doer de novo.

— Quantos nós perdemos? — pergunto, e sinto que estou tremendo por dentro enquanto espero a resposta, mesmo me esforçando para manter a voz firme. Não entendo muito sobre ser rainha, mas estou ciente de que não posso me esquivar das perguntas difíceis. Não importa quanto sejam difíceis.

— Perdemos vinte e sete. E há mais feridos.

Vinte e sete. Preciso me esforçar para não deixar que meus ombros murchem. Especialmente considerando que fui eu que as mandei para aquela batalha. Fui eu que coloquei suas vidas em risco. E sou a principal responsável pelo fato de que aquelas vidas deixaram de existir agora. O peso de tudo isso é enorme.

— Eu… — Paro de falar antes que consiga perguntar se conhecia alguma delas. — Sou a rainha dessas pessoas. Cada uma das gárgulas é minha responsabilidade. E cada uma delas é importante. Pode fazer uma lista com os nomes das famílias? — peço, depois de limpar a garganta. — Quero dar meus pêsames aos familiares.

— É claro — responde Artelya.

— Precisamos limpar o campo de batalha — declaro, depois de um segundo. — Não só os nossos mortos, mas qualquer um que tenha lutado ao nosso lado.

— É claro. — Artelya assente com a expressão solene. — Estamos cuidando dos feridos, mas vamos começar a recolher os mortos também.

— Obrigada. — Analiso o campo e percebo que, depois que Cyrus foi derrotado, não há ninguém para recolher os mortos deles. Especialmente considerando que todos que estavam vivos fugiram ou foram aprisionados. E isso é outra coisa com a qual vou ter de lidar.

Mas, por sorte, Artelya já está três passos adiante.

— Vamos fazer com que as bruxas e os lobos cuidem dos seus mortos, dos dois lados. E vou falar com o seu consorte em relação aos outros.

— Ótima ideia — concordo. Eu não havia nem considerado que, já que Cyrus e Delilah não são mais o rei e a rainha dos vampiros, Hudson é o próximo na linha de sucessão. Claro, Izzy tecnicamente é a primogênita, mesmo sendo uma filha bastarda. Mais tarde, vou precisar perguntar a Hudson qual é o protocolo a ser seguido aqui.

Artelya afirma que precisa supervisionar a limpeza do campo. Em seguida, vira-se e vai embora. Observo-a por alguns segundos à medida que me preparo para encarar tudo que ainda tenho a fazer. Em seguida, respiro fundo e analiso a tatuagem que apareceu no meu braço depois que a situação com Cyrus foi resolvida. E sei que ainda há uma última coisa que preciso fazer.

A Carniceira.

Capítulo 175

O "FIM" DO JOGO

— Está falando sério? — questiona Flint ao sair do portal de Remy e percebe onde estamos. — Achei que não teríamos mais motivo para vir até aqui.

— Em breve, não teremos mais. Só preciso fazer mais uma coisa. — Eu olho para Jaxon e Hudson. — Vocês conseguem desfazer as proteções para nós?

Jaxon ri.

— Acho que consigo, mas... — Ele mira o seu pai e Delilah, os quais Chastain acorrentou e colocou sob uma escolta de três guardas. — Ainda não sei por que você decidiu trazê-los para cá.

— Porque tenho um plano — digo a ele. — Por isso, vocês vão ter que confiar em mim.

— Eu confio em você — sussurra Hudson na minha orelha.

Reviro os olhos.

— Você só está tentando ganhar pontos comigo.

— Estou sempre tentando ganhar pontos com você. — Ele passa o braço ao redor da minha cintura e me puxa para junto de si. Por um segundo, eu permito isso a ele. Inclusive, me encosto nele, saboreando a sensação de tê-lo junto de mim agora que ambos saímos vivos da pior batalha de nossas vidas.

— Onde estamos? — pergunta Chastain quando começamos a descer pela trilha de gelo que leva até a caverna da Carniceira.

— Achei que você gostaria de visitar um velho amigo — respondo. Pelo menos, espero que ele esteja aqui. Não consigo imaginar um mundo no qual esses dois não tenham se reencontrado, sinceramente.

Vamos nos embrenhando cada vez mais nas profundezas da caverna e me preparo para encarar o lugar de que menos gosto. Porém, quando chegamos até o lugar onde a Carniceira em geral deixa seus petiscos pendurados, a área inteira está vazia. Até mesmo os ganchos e os baldes para recolher o sangue sumiram.

— Ei, o que aconteceu aqui? — pergunta Flint, e Éden toca o punho fechado com ele. — Tipo... não que eu esteja reclamando.

— Você vai ver — respondo. E, como eu já esperava, assim que contornamos a última curva, percebo que a minha intuição estava correta.

A carniceira não está mais sozinha em sua prisão gelada. Na verdade, ela realmente não está mais sozinha. Ah, não mesmo.

— Ah, meu Deus... Meus olhos! — Jaxon exclama por entre os dentes, recuando assim que entramos na sala de estar dela, que, dessa vez, está decorada em um tom bonito de verde.

Não que eu ou qualquer outra pessoa estejamos prestando atenção à decoração. Como poderíamos fazer isso, agora que a Carniceira está se alimentando do pescoço de Alistair em seu belo sofá com estampa floral?

Ela recua com um sobressalto, e esta definitivamente é a primeira vez que não sabia que estávamos aqui antes de mostrarmos as nossas caras. Por outro lado, ela estava meio ocupada.

— O que vocês estão fazendo aqui? — ela pergunta com a voz irritada. Mas a irritação não está direcionada a nós, e sim a Cyrus, que está se encolhendo e tentando se afastar dela o máximo que seus guardiões gárgulas permitem. O que não é muito.

— Eu lhe trouxe um presente — digo a ela enquanto eu e Hudson vamos andando em sua direção.

— Ele? — a Carniceira pergunta, ainda fuzilando Cyrus com uma expressão maligna. — Porque esse é um presente que eu adoraria receber.

— Não exatamente — respondo. — Mas acho que você vai gostar deste presente quase o mesmo tanto. Seu consorte pediu que eu o entregasse a você.

Em seguida, estendo o braço e toco a mão dela, passando a Coroa da minha palma para a da Carniceira.

Ela solta um gemido mudo quando a Coroa se fixa em sua pele. Em seguida, olha para Alistair e depois para mim, com lágrimas escorrendo por suas bochechas.

Para ser sincera, é um pouco desconcertante ver a Carniceira chorar. Ela é uma vampira tão poderosa que eu nem sabia que isso era possível. Mas acho que a liberdade e ter seu consorte de volta depois de mil anos podem causar esse efeito em uma garota.

Penso em como seria se eu tivesse de passar mil anos sem ver Hudson. Em seguida, sufoco o pensamento assim que ele surge. É algo horrível demais para considerar, mesmo por um único segundo.

Ele deve achar o mesmo, porque sua mão segura a minha e ele sussurra:

— Não vou a lugar algum.

— Ótimo, porque agora tenho um exército para ir atrás de você.

— Com licença — pede a Carniceira, pegando a mão do seu consorte. — Acho que temos que ir.

— Para onde? — pergunta Macy, curiosa.

— Qualquer lugar que não seja este aqui? — ela responde, olhando para o que logo vai ser sua antiga caverna de gelo com um toque de asco.

— Passar mil anos enfurnada faz isso com uma pessoa — concorda Flint.

— Mil anos fazem muitas coisas com uma pessoa — ironiza Hudson. — E poucas coisas são boas.

— Ainda posso castigar vocês — comenta a Carniceira, mas percebo que não é uma ameaça de verdade. Ao que parece, a liberdade serviu para a amolecer... ou talvez isso seja consequência de ter sido reunida com seu consorte. De qualquer maneira, ela parece mais feliz do que jamais esteve antes, e isso é ótimo para Hudson e para o restante de nós.

— Sem querer atrapalhar essa sua reuniãozinha — interrompe Delilah, agitando os dedos do jeito mais condescendente possível. — Não sei o que essa pequena viagem pela trilha das lembranças tem a ver com o favor que você me deve, Grace.

— Ah, não sabe? — pergunto. — Achei que a simetria fosse óbvia.

— E é — interrompe Jaxon. E parece impressionado com quanto o meu plano é diabólico. — É perfeita.

— O que é perfeita? — pergunta Flint, que ainda parece confuso.

Penso em responder, mas, antes que consiga fazê-lo, Jaxon enlaça a sua cintura e sussurra a resposta em sua orelha. E isso faz com que troquemos olhares interessados, em especial porque Flint se encosta nele em vez de se esquivar.

Sem dúvida, há uma história ali e planejo saber de tudo — assim que terminar esta última e desagradável tarefa.

Viro-me para a Carniceira.

— Desconfio que sei por que Alistair me fez prometer que eu lhe daria a Coroa. Quer nos contar?

A Carniceira desliza os dedos pelos contornos da tatuagem como se não conseguisse acreditar que finalmente está na sua mão.

— Quando congelei o Exército das Gárgulas no tempo e escondi a Pedra Divina com eles, eu sabia que, se Cyrus conseguisse me capturar, cedo ou tarde ele iria me dobrar e libertar as gárgulas. — Lágrimas começam a se acumular em seus olhos quando ela mira os olhos de Alistair. — Eu não podia deixar o Exército cair enquanto o meu consorte estava desaparecido. Seria desonroso para ele. Eu não sabia onde Cyrus o havia escondido e tive que tomar uma decisão rápida. Assim, criei esta prisão com o meu poder. Sua força são os limites da minha alma. Portanto, eu jamais poderia sair, a menos que subitamente tivesse mais poder do que aquele que a minha alma tem. Há somente uns poucos objetos capazes de fazer com que o poder de uma alma cresça. E esta Coroa é um deles — explica ela, estudando a tatuagem que desenhava sua mão.

— Você se aprisionou para proteger o Exército? — pergunta Flint, sem saber se ouviu direito. Porque já imaginávamos que seria algo assim, mas não sabíamos dos detalhes.

— Eu faria qualquer coisa pelo meu consorte — declara ela com a voz suave. E o meu olhar procura o de Hudson.

— Claro, aprisionar a minha irmã também para que ela parasse de prejudicar a nossa espécie foi um benefício extra — conclui a Carniceira.

— Que bom para você. — Delilah não parece impressionada quando olha para mim. — Mas como isso se encaixa na sua promessa de deixar que eu o faça sofrer?

— Porque você vai ficar presa com ele, é claro — digo. — A justiça exige que vocês dois paguem pelos crimes que cometeram. — *E não acredito que a alma de nenhum de vocês dois vai ser tão poderosa quanto a da minha vovó.* — Mesmo assim... — prossigo enquanto ela parece pronta para começar a reclamar. — Há uma vantagem em passar mil anos aprisionada com ele.

— E que benefício é esse? — pergunta ela, desconfiada.

— Ele ainda estava ligado ao Exército das Gárgulas quando tomei o elixir e curei o envenenamento. Isso significa que ele é imortal. E não tirei sua imortalidade. Mas ele é apenas humano agora. E isso significa que...

— Sei o que isso significa — termina Delilah, com os olhos brilhando e cheios de avareza.

Ela atravessa a sala em menos de um segundo, enfiando as presas no pescoço de Cyrus antes que seus guardas consigam libertá-lo de suas amarras.

— E, com isso, acho que nosso trabalho aqui está concluído — anuncia Hudson.

— Pode dizer isso de novo — comenta Macy enquanto observa, com uma fascinação horrorizada, a avidez com que Delilah se alimenta.

A carniceira estala os dedos e, segundos depois, estamos do lado de fora da caverna sob a luz do alvorecer. Ou melhor... todos nós, exceto a própria Carniceira, que insistiu em sair da caverna com os próprios pés.

Segundos depois, ela, Alistair e Chastain saem da caverna de gelo juntos. Alistair me avista e sorri antes de se virar para o melhor amigo.

— Acho que esta é a nossa deixa para dar um passeio — declara ele.

— Você não precisa... — começo a dizer.

— Está tudo bem, minha neta — intervém Alistair, piscando o olho. — Passei mil anos sentindo falta da luz do sol. Acho que é hora de recuperar o tempo perdido.

— Você agiu bem — elogia a Carniceira depois que Alistair decola pelos campos verdejantes que floresceram onde geralmente só existe neve.

— Cometi muitos erros.

— É verdade — ela concorda, inclinando a cabeça com um toque de remorso. — Mas faz parte da vida. Ser uma semideusa não significa que você é perfeita. Significa apenas que, quando comete um erro, as consequências costumam ser enormes.

— Bem, isso não parece tão legal — resmungo.

— É uma questão de equilíbrio, Grace. Sempre foi assim.

— O bem com o mal? — pergunto.

Ela sorri.

— Mais ou menos por aí.

— Foi por esse motivo que você fez tudo isso?

— Fiz o quê?

— Sei que foi você que planejou todo esse jogo de xadrez. Que colocou tudo em movimento.

— Eu? — Ela faz um gesto negativo com a cabeça, mas seus olhos brilham com uma alegria que nunca notei nela antes. — Sou só uma velha, Grace. Além disso, como posso ser a mente por trás de tudo quando foi você que se tornou a rainha?

Ela estende o braço, rápida como um relâmpago, e desliza a palma na minha mão. Segundos depois, sinto a Coroa surgir mais uma vez na minha pele. Por sorte, essa é uma das tatuagens das quais não sinto tanta vontade de me livrar.

— Antes que você vá embora... eu e Izzy também estamos ligadas, assim como você e a Estriga? Tipo... se uma de nós morrer, a outra também morre?

— Não. Não do mesmo jeito. Na verdade, com a Coroa, vocês não estão mais ligadas. — A Carniceira sorri e não consigo deixar de retribuir o sorriso. Quem sabe? Talvez ser neta da Deusa do Caos não seja tão assustador quanto parece.

Ela pisca o olho. Em seguida, recua um passo, estala os dedos e desaparece.

— E agora? — indaga Éden. Estou começando a aceitar que terminou. Finalmente.

— Podemos fazer o que quisermos — responde Macy, girando ao redor de si mesma com os braços abertos.

Depois de tudo que culminou neste momento, é um pensamento chocante. Mas também é muito bem-vindo.

— Caso alguém se interesse, somos proprietários de um farol de frente para o mar — digo, com um olhar relutante para Hudson. — Parece ser o lugar perfeito para relaxar e pensar no que fazer agora.

Hudson olha para mim com uma expressão que significa *que ideia é essa?*, mas simplesmente dou de ombros, um pouco encabulada. Não parece ser hora de nos separarmos. Não depois de tudo o que passamos juntos.

— Eu me interesso bastante — comenta Flint, olhando para Jaxon.

— Eu também — concorda Jaxon.

— Estou dentro — manifesta-se Éden com um sorriso. — Vou mandar uma mensagem de texto convidando Dawud e avisando para trazer Amir.

— Eu também! — Macy começa a criar um portal. — E Remy? Vamos mandar uma mensagem para ele? E Mekhi?

— Vou conversar com ele, mas Remy está com a família de Calder agora — respondo, discretamente. — E Mekhi está fazendo exames com os curandeiros da Corte Vampírica.

— Você vem também, não é? — Hudson pergunta a Izzy. E é difícil saber qual deles parece se sentir mais desconfortável com o convite.

— Acho que não... — replica ela. Percebo que é a primeira frase que ela disse desde que saímos do campo de batalha. Mesmo assim, não vou aceitar um "não" como resposta. Hudson e Jaxon passaram a vida inteira sem ter contato entre si ou com a irmã. Isso vai acabar agora.

— Você vem, sim — declaro a ela. — Não precisa ficar lá o tempo inteiro. Mas você vai vir com a gente. Quem mais vai me ajudar a ficar de olho em Hudson e Jaxon?

No início, tenho a impressão de que ela vai querer bater boca. Mas, no fim, ela simplesmente enfia as mãos nos bolsos e dá de ombros. Não é a resposta mais amistosa do mundo, mas já é alguma coisa.

Ao que parece, os demais também ficam satisfeitos com isso, porque Flint abre um sorriso malandro para Izzy e diz, logo antes de correr para o portal:

— Duvido que você chegue no mar antes de mim.

Izzy dá um gritinho e parte atrás dele a toda velocidade, seguida por Jaxon e Éden.

Hudson me observa da cabeça aos pés com um enorme sorriso e estende a mão. Eu a pego, é claro. E nós passamos pelo portal. Juntos.

Epílogo

— Hudson —

Golpe de misericórdia — Três meses depois

O que ela faz comigo é ridículo.

Neste momento, está sentada embaixo de uma árvore com um biscoito de cereja em uma mão e uma garrafa de água na outra. E eu me sinto como se fosse a porra de uma debutante. Não consigo nem respirar direito.

Ela não está fazendo nada de especial. Não está vestida de nenhum jeito especial. Somente com seu short branco e uma blusinha turquesa e o seu livro de biologia marinha aberto sobre o colo. Mas isso não importa, porque ela é perfeita pra caralho. Pelo menos, é perfeita para mim.

Faz um ano que a conheci. Cinco meses desde que foi coroada como rainha. Três meses desde que nos mudamos para San Diego para que ela pudesse cursar faculdade de relações internacionais e administração pública para entender como pode ser a melhor governante possível.

Uma brisa suave sopra, agitando aqueles cachos gloriosos em seu rosto, e ela dá uma risadinha quando os afasta. Quando o faz, ergue o rosto e nossos olhos se encontram através do pátio.

Ela sorri, um sorriso grande e brilhante que faz minha respiração ficar presa no peito logo antes de fazer um sinal para que eu me aproxime.

Minha consorte, penso ao cruzar o gramado para chegar até ela. Grace Foster é minha consorte. E isso significa que ela vai tirar o meu fôlego todos os dias, pelo resto da minha vida.

Caralho, mal posso esperar.

— Como foi a sua aula? — ela pergunta, aproximando-se para um beijo rápido quando me acomodo ao seu lado, no chão.

— Houve um bate-boca enorme sobre as diferenças entre as teorias sobre a linguagem de Chomsky, Chalmers e Brandom.

— Teve pancadaria? — ela pergunta, com as sobrancelhas erguidas.

Dou uma risada.

— Dessa vez, não.

— Então, até que não foi nada muito fora do normal para uma aula de filosofia em nível de doutorado.

Ela abre um sorriso malandro que faz com que eu me aproxime de novo para beijá-la. E não é um beijo rápido.

— Um dia bem tranquilo — concordo quando finalmente paramos para tomar ar. Meu coração está batendo muito rápido. Faço o possível para ignorar a voz no fundo da minha cabeça que diz para levá-la de volta à nossa casa. E, mais especificamente, para o nosso quarto tão rápido quanto possível.

— O que está fazendo? — pergunto, analisando o livro ainda em seu colo.

Ela fecha o livro e o guarda na mochila rosa-choque que só usa porque Macy lhe deu como um presente para comemorar seu ingresso na faculdade.

— Preciso entregar um trabalho de biologia na semana que vem. Estou tentando encontrar um tema interessante.

— Biologia, hein? — Eu me aproximo para outro beijo. — Acho que posso ajudar com isso.

— É biologia marinha, não anatomia humana — ela responde revirando os olhos, embora se aproxime de mim e me beije outra vez.

Mas o seu celular apita segundos depois e ela se afasta para ver o que é.

— Uau! — ela dá um gritinho depois de ver suas mensagens. — O arquiteto quer marcar uma reunião! Ele já traçou as plantas preliminares para a nossa nova Corte das Gárgulas. Não é incrível?

— É maravilhoso mesmo — concordo. Mas a decisão de Grace de transferir a Corte para San Diego me incomoda um pouco, porque ela sabia que eu queria cursar faculdade aqui. Deixei o assunto passar, esperando por um momento melhor. Mas, se as plantas estão prontas, tenho quase certeza de não há mais tempo.

É isso que me impele a me afastar.

— Tem certeza de que você quer mesmo fazer isso?

— Ser a rainha das gárgulas? — ela pergunta, um pouco confusa. — Acho que é tarde demais para mudar de ideia. Especialmente considerando que você abdicou do trono dos vampiros para se juntar a mim como rei. — Ela para de falar, arregalando os olhos. — Por quê? Está arrependido?

— Por você ser rainha? Não. Mas a parte de trazer a corte para San Diego... talvez. Quero ter certeza de que você não está fazendo isso só por minha causa.

— Está me zoando, né? Você é a única pessoa que sei que ficaria preocupado se alguém quisesse se mudar permanentemente para San Diego. — Ela abre os braços, indicando o dia perfeito e a temperatura de vinte e cinco graus.

— Sabe que a maioria das pessoas considera essa cidade um paraíso, não é?

— Tenho plena noção disso — respondo, e agora é a minha vez de revirar os olhos. — Mas ainda quero me assegurar de que isso é o que você quer. Você é a rainha, afinal de contas. E a sua Corte deve estar onde você quer que esteja.

Ela suspira, inclinando-se para a frente de modo que todos aqueles cachos gloriosos lhe caiam sobre o rosto. Levo a mão à frente, afastando-os em busca de fitar os olhos dela. Isso é importante e preciso ver o que ela está pensando.

— Bem, futuro *doutor* Vega, tenho quase certeza de que nós dois sabemos que você não vai largar a faculdade tão cedo. E como você se interessa tanto pela UCSD quanto pela UCLA, San Diego vai nos servir muito bem.

É exatamente disso que tenho medo: que ela esteja fazendo isso por mim, não por si mesma.

— Sim, mas não quero que...

Ela ergue a mão para me silenciar.

— Além disso, caso você não tenha percebido, eu amo San Diego. É a cidade onde nasci, afinal de contas. E, também, depois de passar meses no Alasca, nunca mais vou ignorar a delícia que é o clima daqui. Além disso, uma das melhores partes de ter asas é que as gárgulas podem voar para qualquer lugar que queiram. Por isso, o fato de a Corte estar aqui não limita nenhum de nós. Especialmente depois que Remy lhe deu aquele anel que lhe permite andar durante o dia.

Ela fica um pouco corada quando menciona o fato.

Minhas presas ficam aparentes com o que ela deixa implícito, e meus olhos se fixam nas duas marcas que deixei em seu pescoço na manhã de hoje. Porque estou fazendo bom uso do anel que Remy me deu há alguns meses. Um ótimo uso.

Ela percebe para onde estou olhando e cora ainda mais, enquanto seus olhos ficam um pouco mais ensombrecidos, um sinal evidente de que ela está pensando nas mesmas coisas que eu. Devo ser um cara de sorte.

— Quer ir para casa? — pergunto da maneira mais casual possível, considerando os pensamentos que percorrem minha cabeça no momento. Pensamentos que envolvem tocar, beijar, sentir o *sabor* de Grace.

— Para casa? — Ela parece confusa, mas o brilho em seus olhos revela o contrário.

— Ou podemos pegar o barco e ir até Coronado para passar a tarde.

Assim que verbalizo essas palavras, gosto do jeito como elas soam. Grace passa muito tempo cuidando de outras pessoas, mas sou eu que cuido dela. E, depois da reunião tensa que ela teve com o Círculo na noite passada, quando estavam finalizando a delegação secreta para a Organização das

Nações Unidas (Grace está cumprindo sua promessa de trazer os paranormais para conhecimento público), uma tarde navegando pela baía seguida por um passeio pelas lojas que ela tanto ama parece uma ideia excelente.

E o fato de que, por acaso, nosso barco tem um dormitório muito bom — e que, por acaso, tem uma cama bem confortável — deixa a ideia ainda mais atraente.

— Coronado? — Ela fica animada quando menciono um de seus lugares favoritos em toda a San Diego. — Será que posso comprar um cupcake na...

— Naquela confeitaria que você adora? — pergunto ao me levantar e a puxar para ficar em pé. — Eu estava pensando em uma dúzia de cupcakes, todos com cobertura de granulados.

Ela ri.

— É por isso que amo você.

Meu corpo inteiro se acende quando ela profere aquelas palavras. Grace me ama. Ela me ama de verdade, mesmo depois de tudo que fiz. Depois de tudo que eu a fiz passar. Parece um milagre. Um milagre que nunca vou subestimar.

Não dou uma resposta imediata porque não consigo. Há muitas emoções (todas elas muito boas) congestionando a minha garganta, dificultando a respiração. Ou mesmo a fala. Eu me sinto um idiota, mas não dou a mínima para isso porque estou com Grace. E ela me ama. Não importa quanto eu aja desse jeito cafona.

Isso não a impede de revirar os olhos com as demonstrações de cafonice, mesmo enquanto pega a minha mão.

— Você é ridículo. Sabe disso, não é?

— Você me faz agir de um jeito ridículo — digo, esfregando o polegar no anel de promessa que ela usa para dar boa sorte. — Desde o primeiro momento em que eu pus os olhos em você.

— Isso é você que está dizendo — ela retruca. — Mas você ainda não me contou o que significa o meu anel.

— O que isso tem a ver com o fato de que sou louco por você? — pergunto quando começamos a andar na direção do centro acadêmico. Grace fez planos para o almoço e sei que ela detesta se atrasar.

— Só estou falando que, se você realmente fosse louco por mim, me revelaria o que prometeu. — Ela pisca de um jeito escandaloso, mas eu simplesmente rio. E me pergunto como ela vai reagir quando eu lhe disser a verdade.

Sei que lhe devo uma explicação, pois já faz meses que coloquei aquele anel em seu dedo. No entanto, não consigo deixar de pensar em como ela vai se sentir quando souber. Há um pedaço de mim que tem medo que ela entre em pânico quando descobrir o que prometi antes de saber se o meu amor era correspondido. E essa é a última coisa que eu quero que aconteça, agora que as coisas estão bem. Não apenas entre nós, mas a vida em geral. Isso nunca aconteceu comigo antes. Nunca tive ninguém que me amasse do jeito que Grace me ama. E se ela me deixar... se ela me deixar, não sei que porra vou fazer.

Mas esconder isso dela por mais tempo também não vai funcionar. A menos que eu queira me sentir como um covarde.

— Se você quer mesmo saber... — começo a dizer, mas, antes que consiga terminar, alguém puxa a mochila de Grace por trás.

Nós dois ficamos tensos quando as lembranças dos eventos do último ano passam por nós. Puta que pariu. É só eu baixar a guarda por uns minutos que...

— Cheguei cedo! Dá para acreditar? — exclama Heather, a melhor amiga de Grace quando entra no meio de nós.

Mando que o meu coração furioso se acalme e percebo que Grace faz a mesma coisa.

— É mesmo impressionante — concorda Grace, sem mudar de expressão.

Mas Heather apenas faz um gesto negativo com a cabeça. Em seguida ela me diz:

— Adorei suas presas. — E, virando-se para a minha consorte, continua: — Minha aula de cálculo acabou cedo, graças a Deus. Juro por tudo que é mais sagrado, quantos problemas de matemática eles esperam que uma única mulher resolva?

— É uma pergunta para a posteridade — respondo.

— Cara, que plateia mais séria. — Ela esbarra com o ombro em Grace e depois em mim. — Acho que vou voltar a me atrasar.

— Talvez Hudson deva pagar o seu almoço. Um pouco de reforço positivo nunca é demais — Grace lhe diz enquanto seguro a porta aberta para que elas passem.

— Vou pegar uma mesa — aviso a elas, entregando o meu cartão de crédito a Grace quando ela e Heather vão até o balcão.

— Eu estava brincando — pontua Grace, mas faço um sinal negativo com a cabeça.

— Reforço positivo é algo que funciona — digo a ela. — Além disso, acordo é acordo.

Não que eu precise fazer um acordo para pagar o almoço da minha consorte e da sua amiga. Não há nada que eu gostaria mais de fazer se Grace me deixasse cuidar desse tipo de coisa. Ela é tão forte e tão segura de si que, na maior parte dos dias, não me deixa fazer muita coisa para ajudá-la. Não que isso seja um problema. Adoro essa força, o poder que ela continua a desenvolver.

Mas isso é algo que posso fazer, e que tenho toda a intenção de fazer.

Grace revira os olhos, mas não discute comigo.

Em vez disso, ela enlaça o braço com Heather e a puxa para longe. A última coisa que consigo ouvi-la dizer enquanto a cacofonia do centro acadêmico cresce e as engole é que as duas deveriam comprar os maiores milkshakes que vendem nesse lugar, na minha conta.

Espero que façam isso mesmo. Adoro fazer Grace sorrir. E sempre serei grato a Heather por registrar a matrícula de Grace na UCSD em novembro passado, quando ela ainda estava afetada pelo luto e não conseguia pensar com nitidez. Se isso não tivesse acontecido, não estaríamos aqui agora. E este é um lugar muito bom para se estar.

Sem mencionar o fato de que ela lidou com toda a questão envolvendo vampiros e gárgulas como se fosse profissional. Ela merece todo o crédito por isso.

Escolho uma mesa perto das janelas e fico rolando a tela do celular enquanto espero que elas voltem. Uma mensagem de texto de Éden aparece na tela, querendo saber onde estamos.

Eu: Por quê? Precisa fazer um tour por San Diego?

Éden: Talvez. Mas, antes disso, tenho novidades.

Eu: Espere aí. Você está aqui?

Éden: Está esperto, hein, vampirinho?

Éden: Por que outro motivo eu iria querer saber onde vocês estão?

Eu: Tem razão.

Eu: Estamos no centro acadêmico.

Éden: Tô ligada.

Tenho uns dois minutos para tentar descobrir o que se passa, já que ela não teve um único dia de folga desde que iniciou seus estudos na academia. E logo ela passa pelas portas usando o seu uniforme de cadete da Guarda Dracônica.

Ela chega até a mesa mais ou menos ao mesmo tempo que Grace e Heather voltam. E... Puta merda. O jeito com que ela olha para Heather logo antes de dar um abraço de urso em Grace é tão abrasador que poderia tocar fogo no prédio inteiro.

Em especial, porque Heather retribui o olhar com o mesmo interesse quando se apresenta.

Éden concorda com um aceno de cabeça, abrindo um sorriso interessado. Mas o sorriso desaparece no instante que ela volta a olhar para Grace e para mim.

— Descobrimos como podemos falar com a rainha das sombras. E como trazê-la para curar Mekhi.

— O quê? Está falando sério? — Grace segura seu braço. — Nos conte tudo.

É exatamente o que ela faz. E a coisa parece tão bizarra que talvez acabe funcionando. Começo a fazer planos para me livrar das aulas que terei pelo restante da semana antes que Éden prossiga:

— Vá aprontar as malas. Precisamos passar em Galveston e arrancar Remy e Izzy daquela faculdade de merda. Vamos precisar deles.

— Duvido que Remy e Izzy queiram ficar perto um do outro. Não sei como aquela escola ainda está em pé, sinceramente — diz Grace. — E os outros?

— Já estão a postos, esperando por você. — Ela olha para mim. — Por falar nisso, Jaxon mandou um recado. Ele disse que nenhum vampiro que tenha respeito por si mesmo escolheria morar em uma das cidades mais ensolaradas do país. E que você é um cuzão por não ter nos chamado para dar uma volta naquele seu iate.

Ergo uma sobrancelha.

— É mesmo?

— Está bem, admito que essa última parte fui eu acrescentei ao recado. — Ela sorri. — E, então, o que acham? Nós buscamos a cura e tiramos Mekhi daquela Descensão do caralho que está impedindo a Maldição das Sombras de matá-lo. Ainda não consigo acreditar que a Carniceira fez isso com ele. E depois celebramos com um cruzeiro pelo México?

— Só se eu puder ir junto — intervém Heather, enrolando uma mecha do cabelo ao redor do dedo enquanto pisca para Éden.

— Estou contando com isso — responde Éden.

— Está bem, então. — Grace se levanta e pega a sua mochila. — Hudson e eu vamos para casa a fim de fazer as malas. Heather, por que não toma aquele milkshake com Éden enquanto esperam?

— Sabe que é uma boa ideia? — responde Heather.

Grace e eu não esperamos para ver o que acontece. Mas alguma coisa me diz que vamos ver Éden com muito mais frequência.

Agora que sabemos a localização da rainha das sombras, tudo parece bem mais urgente. Por isso, em vez da nossa caminhada habitual, acelero com Grace de volta para a nossa casa. Mas, enquanto começamos a preparar nossas mochilas (uma atividade que já é familiar demais), Grace olha para mim com um sorriso que, de algum modo, parte o meu coração e o reconstrói de novo ao mesmo tempo.

Com isso, percebo que não existe um momento perfeito para falar com ela sobre o anel. Há somente este momento. Pelo menos uma vez, permito-me acreditar que é o bastante. Que eu sou o bastante.

Pegando sua mão, eu a trago para junto de mim. Em seguida, ergo sua mão até os meus lábios. Beijo a palma primeiro. Em seguida, viro sua mão e beijo o anel que lhe dei há alguns meses, no meio de uma floresta de sequoias.

Seus olhos se arregalam, seu lábios estremecem e sua respiração fica presa na garganta. Mesmo assim, ela não pergunta. Não diz absolutamente nada. Fica apenas esperando conforme a eternidade se estende entre nós.

— Há muitos anos, li um poema obscuro de Bayard Taylor chamado *Canção de Amor Beduína.* Embora eu tenha esquecido a maior parte do poema, os últimos versos ficaram marcados na minha cabeça por quase um século. Foram esses versos que brotaram na minha mente na primeira vez que eu a vi, e também em todas as vezes que você sorri para mim — digo. — Porque, mesmo naquela época, meu coração parecia saber que, não importava o que acontecesse, se você me amasse ou não, se me escolhesse ou não… — Paro por um momento, respiro fundo e beijo o anel de promessa, repetindo o que prometi a ela meses atrás. — Vou amar você, Grace, até que o sol esfrie e as estrelas envelheçam — eu murmuro junto da sua pele.

Grace solta um gemido assustado enquanto me encara com olhos que subitamente se enchem de lágrimas, e o choque tinge as suas feições.

Por um segundo, sinto meu estômago afundar. Eu tinha razão. Foi algo forte demais, cedo demais. Mas ela ergue as mãos trêmulas para tocar meu rosto. E sussurra:

— Eu me lembro. Ai, meu Deus, Hudson. Eu estou me lembrando de *tudo.*

Mas espere... Tem mais!
Continue lendo para conhecer dois capítulos deste livro a partir do ponto de vista de Hudson.
O fim é só o começo...

TUDO QUE O SEU CORAÇÃO QUISER

— Hudson —

— Achei que você estaria dormindo. — A voz de Jaxon soa por trás de mim.

— Sabe que eu poderia dizer o mesmo a seu respeito, não é? — Não é a resposta mais convidativa, mas estou com um mau humor horrível agora. É por isso que não estou no quarto que divido com Grace. Ela tem que dormir um pouco. E não vai conseguir fazer isso se eu estiver me virando de um lado para o outro ao seu lado.

E como a última coisa que eu quero é que ela fique se preocupando comigo, resolvi dormir na sala de estar do farol. Seria melhor estar lá fora, mas como o sol ainda está brilhando, isso acabou com meus planos. Bem, o sol e também a minha incapacidade de afastar as presas de várias partes do corpo de Grace.

Não me arrependo nem um pouco dessa última parte. Como eu poderia quando parece que tudo em Grace foi feito sob medida para mim, incluindo o seu sangue?

— Você está bem? — pergunta Jaxon. E aquelas palavras soam meio esquisitas quando saem da sua boca. Por outro lado, quando foi a última vez em que as coisas não foram esquisitas entre nós? A situação entre nós está bem melhor do que costumava ser, mas, quando a vida fica estressante, é comum voltarmos aos velhos hábitos.

Ou talvez seja só o fato de que nenhum de nós está acostumado a expor suas vulnerabilidades — seja um para o outro ou para qualquer outra pessoa.

— Não sou eu que deveria perguntar isso para você? — Eu me viro apenas o bastante para olhar de um jeito bem incisivo para o peito dele.

— Está tudo bem — ele responde, com um sorriso torto e arrogante na cara. Mas há um lampejo em seus olhos, algo que me faz pensar que, seja lá o que estiver acontecendo com ele, as coisas não estão tão bem quanto ele quer que eu acredite. Ou pior, que talvez ele não esteja tão bem assim.

Embora haja um milhão de coisas acontecendo dentro de mim, um redemoinho de milhares de pensamentos que giram na minha cabeça enquanto tento descobrir como ajudar Grace sem me perder na escuridão, não posso deixá-lo sozinho nessa situação.

Jaxon pode ser um babaca. E quando eu digo "pode ser", estou querendo dizer que ele é um babaca mesmo. Mas, ainda assim, ele é meu irmão e não posso ignorar essa fachada. Especialmente depois de ter sofrido tantas perdas nestes últimos dias, incluindo uma das únicas pessoas em que ele confiou ou de quem gostava na vida.

Além disso, o fato de que eu me sinto culpado pra caralho por Grace ter me escolhido não ajuda a melhorar a situação também.

Não que eu esteja disposto a mudar a sucessão dos eventos. De jeito nenhum. Grace é minha. Minha consorte, meu coração, minha própria alma. E ela sempre será. Nunca vou me arrepender por ela ter me escolhido. Nunca. De jeito nenhum.

Mas isso não significa que não posso me sentir mal pelo que houve com Jaxon. Sei exatamente como é ter o amor de Grace e ser forçado a tentar viver sem ele. Nunca iria conseguir esquecê-la se a perdesse. Por isso, se ele precisa de tempo para assimilar o que aconteceu, entendo perfeitamente.

É por isso que pergunto:

— Tem certeza de que está tudo bem mesmo?

Ter a porra de um papo reto é a última coisa que eu quero fazer agora, quando o rosto e a alma de todos aqueles lobos que destruí em Katmere ainda me assombram como predadores. Mas, por Jaxon, é algo que estou disposto a fazer. Devo isso a ele.

— Sim. Estou bem. — Mas ele larga o corpo no sofá, girando uma garrafa de água entre as mãos e arrancando pedaços do rótulo.

— Você está sofrendo? — indago.

O olhar dele cruza com o meu em um instante. Novamente, há um lampejo de dor ali antes que o diabo do garoto o disfarce.

— Meu coração está bem.

Não sei se ele se refere ao fato de que faz um dia desde que o nosso pai quase lhe arrancou o coração do peito — e recebeu um coração de dragão para substituí-lo —, ou se está falando da parte mais metafísica do seu coração. A parte que se quebrou quando o seu elo entre consortes com Grace se rompeu e quase levou sua alma consigo.

Em vez de pressioná-lo para conseguir uma resposta que não seja direta, decido perguntar outra coisa.

— Qual é a sensação?

— De quase morrer? — Ele ergue uma sobrancelha.

Não preciso que ele me diga isso. Nosso querido pai garantiu que eu entendesse esse sentimento antes que eu completasse cinco anos.

— De ter um coração de dragão.

Ouço um som longo de algo se rasgando e outro pedaço do rótulo da garrafa se vai. Talvez esse desgraçadinho não esteja tão bem quanto diz, afinal de contas. Não me surpreendo nem um pouco.

— É tranquilo. — Agora ele está fazendo a garrafa rolar entre as palmas. — Estou vivo, pelo menos. É o que importa, não?

— Se você está querendo que eu confirme...

— Ah, vá tomar no cu — ele rosna.

Ele fala com um sotaque tão britânico nesse momento que consegue arrancar uma risada de mim. E isso só serve para deixá-lo mais arredio.

— Está rindo porque estou vivo? Ou porque quase morri?

Mal consigo resistir ao impulso de revirar os olhos, assim como Grace faz. Com esse garoto, o drama sempre existe. Sempre.

— O que você acha?

— Acho que estou todo fodido, é isso que eu acho. — Assim que ele verbaliza essas palavras, parece querer engoli-las de volta.

Mas não vou deixar que isso aconteça. Não quando essa é a primeira coisa real que ele me disse hoje.

— Acho que nenhum de nós está bem no momento. Esses últimos dias foram horríveis.

Deliberadamente, me recuso a pensar no momento que os lobos atacaram Grace em Katmere e dei um fim neles em um piscar de olhos. Não vou pensar em quem eram, se tinham famílias, sonhos ou algum consorte à espera de seu retorno.

Jaxon bufa, soltando o ar pela boca.

— Esses últimos meses foram horríveis.

— Não vou negar isso.

Faço uma pausa.

— Ser assassinado é uma coisa horrível.

— Está falando sério? — Ele endireita o corpo no sofá, e a irritação entra no lugar da melancolia que havia me causado tanto desconforto mais cedo. — Ainda guarda rancor por isso?

— Rancor por você ter tentado me matar?

— Não seria melhor dizer que eu consegui matá-lo? — Ele ergue uma sobrancelha.

— Hummm, não. Não foi isso que eu quis dizer. Deixei você achar que tinha me matado. Mas a única coisa que fez foi me colocar naquela cripta maldita do caralho por um ano. O que foi bem ruim, seu moleque imprudente.

— Está falando sério? — Jaxon examina o meu rosto. — Foi isso o que aconteceu?

— Bem, você não me matou, com toda a certeza — respondo com um sorriso torto. — Por mais que tenha se esforçado.

— Não me esforcei tanto assim — ele responde. — E, se você não estivesse agindo feito um psicopata, eu não teria motivos para tentar matá-lo, para início de conversa.

Essa já é uma discussão antiga que tivemos várias vezes. Mas ela me atinge de um jeito diferente hoje, depois dos lobos. Por outro lado, tudo está acontecendo de um jeito diferente depois dos lobos. Assim como a acusação de Flint de que deixei Luca morrer.

Tento esconder os meus pensamentos, mas acho que não consigo fazer isso muito bem porque o sorriso irônico da cara do meu irmão se desfaz.

— Não foi isso que eu quis dizer.

— Eu sei. — Forço um sorriso que estou muito longe de sentir.

— Eu teria feito a mesma coisa, você sabe. Se pudesse.

— Não faria, não. E isso é bom porque...

— Ah, pare de falar besteira! — explode Jaxon. — Eu estava me preparando para fazer todo aquele lugar desabar sobre as nossas cabeças...

— Você fez aquele lugar desabar sobre a nossa cabeça — eu o lembro, seco.

— Você ajudou — rebate ele. — Mas também não é disso que estou falando e você sabe muito bem.

Eu sei, mas cutucar Jaxon por pouca coisa é divertido demais para deixar passar. Especialmente porque isso impede que ele fale sobre mim e o que estou sentindo agora.

— Estou falando sério, Hudson. Se eu pudesse...

— Sei o que está dizendo — eu o interrompo, porque o meu irmão está sendo teimoso. Além disso, ignorar a questão não vai resolver o problema. Por isso, aceitar o que houve talvez o deixe um pouco mais sossegado.

— Sabe mesmo? — ele pergunta. — Porque, se eu pudesse fazer o que você faz, daria um fim em qualquer um que avançasse contra Grace ou F... — Ele para de falar abruptamente, e sinto meu corpo inteiro entrar em alerta vermelho. Porque essa é uma informação nova, e é interessante pra caralho.

— Ou quem? — pergunto, erguendo as sobrancelhas. — Flint?

Mas Jaxon simplesmente balança a cabeça, passando a mão pela parte de trás dos cabelos.

— Não sei.

— Não sabe? — indago. — Ou não quer saber?

— A mãe dele me deu a porra do coração dela. Pediu que eu usasse para protegê-lo e é isso que vou fazer, não importa o que aconteça.

Ele está tão frustrado que até fico um pouco surpreso por ele não ter derrubado todo o maldito farol sobre as nossas cabeças. Claro, é só eu pensar nisso que o chão começa a tremer um pouco. Mas ele se controla rapidamente e finjo não perceber.

Mas tomo cuidado para não exagerar quando pergunto:

— Entendo a questão do dever. E de fazer uma coisa porque você acha que é sua obrigação. Mas o que você disse antes, quando estava conversando sobre Grace e Flint... não pareceu uma obrigação. Fiquei com a impressão de que havia algo mais.

Jaxon solta um som gutural de irritação e, em seguida, apoia a cabeça no sofá, mirando o teto.

— O namorado dele acabou de morrer. O namorado que também era um dos melhores amigos que já tive.

Há muita informação implícita nessa sentença. Coisa pra caralho. Mas sou um cara persistente. Por isso, continuo:

— Nada disso me informa como você está se sentindo...

— Ele era o meu melhor amigo, está bem? O meu melhor amigo, caralho. E eu destruí a vida dele. O meu irmão matou o irmão dele. Mesmo com todo o meu poder, não consegui salvar o namorado dele nem sua perna. E depois tirei o coração da mãe dele também.

— Ela lhe deu o seu coração — eu o lembro.

Ele dá de ombros.

— É a mesma coisa.

— Não é — repito. — Nem de longe.

— Pode ser, mas a sensação que tenho é a de que é a mesma coisa. Eu me sinto culpado por tudo que aconteceu.

Ele fecha os olhos e engole em seco.

Entendo o que ele está dizendo. Porque tenho a sensação de que tudo que aconteceu foi por culpa minha, também. Não matei o exército de Cyrus naquela ilha e isso causou um monte de problemas. Matei os lobos em Katmere e coisas ainda piores aconteceram. Como posso não ser culpado por isso? Especialmente quando consigo sentir os pedaços quebrados me arranhando por dentro, abrindo caminho por entre as minhas defesas e afetando a minha própria alma.

— Sabe, todo mundo acha que seria incrível ter todo o poder que nós temos — diz Jaxon. E, com a guarda baixa, ele parece tão destruído quanto eu. — Mas às vezes é uma merda, cara.

Para mim não existe essa coisa de "às vezes". É sempre uma droga ter esses poderes. E é por isso que vivo pensando no que posso fazer para me livrar deles para sempre.

Uma batida súbita à porta faz com que nos endireitemos em nossos assentos.

— Quem está aí? — pergunta Jaxon, levantando-se rapidamente. Sinto o espírito de luta nele, sinto quando se prepara para fazer tudo que precisa ser feito.

Mas, com uma rápida espiada pela janela, vejo um entregador voltando para o seu carro. Por isso, faço um gesto para que Jaxon volte a se sentar.

— É só o café da manhã para Grace e os outros. Pedi que deixassem na varanda para que eu possa ir buscar.

Jaxon me encara com um olhar de cumplicidade quando passa pela porta para pegar o café e os salgados que pedi que fossem entregues na varanda coberta. Depois de pegá-los, ele coloca um copo de café e uma sacola de comida na mesa de canto ao meu lado antes de deixar o restante no balcão da cozinha.

— Vou mandar uma mensagem para os outros virem aqui buscar o café.

— Obrigado.

Ele faz um sinal afirmativo com a cabeça quando pego a comida de Grace e começo a subir a escada. Mas, antes que eu consiga subir mais do que dois degraus, ele pergunta:

— Já pensou em desistir de tudo?

Ele não precisa dizer mais nada para que eu saiba que está falando do nosso poder.

— Penso nisso todos os dias — respondo antes de continuar a subir. — Todos os dias.

ENTRANDO NA ZONA DE PERIGO

— Hudson —

— São esqueletos? — sussurra Macy, com a voz cheia de horror.

Não parecem esqueletos. Parecem algo muito pior. Simplesmente não sei o que são, ainda.

Grace deve pensar o mesmo, porque estremece ao meu lado. Passo o braço ao redor dela e a puxo para perto de mim quando essas coisas infernais começam a escalar as paredes.

Nunca vi nada como essas coisas antes, todas deformadas, com ossos desalinhados, crânios rachados e corpos quebrados. E, se as coisas acontecerem do jeito que eu quero, nunca mais vou ver de novo.

Parece que elas já foram humanas algum dia, mas somente se olharmos de perto e ignorarmos todos os ângulos estranhos e as partes que faltam. Além do fato de que são completamente irracionais. Seu único desejo é invadir o castelo e destruir qualquer um que fique em seu caminho.

Elas estão subindo pelas muralhas agora. Seus ossos emitem um som que nunca ouvi antes. É um som estranho de estalos que invade quem ouve, causando calafrios na coluna como unhas arranhando uma lousa. Só que é bem pior.

Elas estão chegando mais perto e analiso ao redor, tentando ver o que as gárgulas estão fazendo. Tenho certeza de que Chastain não vai permitir que essas coisas, sejam o que forem, ataquem a Corte em massa. Então, por que caralhos ninguém as está enfrentando? Sim, há alguns arqueiros disparando flechas flamejantes, mas por que diabos as gárgulas passam o dia inteiro treinando com espadas se não as usam para se defender? É tudo muito confuso.

Especialmente porque nenhuma daquelas flechas em chamas que passaram por nós parecem acertar essas coisas malditas. Como pode ser tão difícil? Há milhares delas e estão todas agrupadas em um aglomerado gigante que sobe pela parede desse maldito castelo. A própria sorte deveria fazer com que os arqueiros acertassem alguma coisa.

Em vez disso, parece levar horas até que uma flecha finalmente acerte o alvo e uma criatura de ossos solte um dos guinchados mais aterrorizantes que já ouvi.

O grito se estende tanto que a minha impressão é a de que vai se transformar em uma parte permanente do meu cérebro. E a minha mente demora um segundo para entender o que está acontecendo quando o som finalmente desaparece. Mas o silêncio não dura muito. Segundos depois, outra flecha atinge um esqueleto diferente, que solta um som estranhamente parecido.

Os gritos são seguidos pelo som de ossos sendo triturados, seguidos por mais gritos. É um círculo vicioso que se repete sem parar conforme elas avançam cada vez mais rumo ao topo da muralha.

Há mais gárgulas no ar agora e acho que elas podem fazer a diferença. Mas Grace fica tensa atrás de mim, com um som de terror que a rasga ao meio.

Sigo seu olhar e vejo uma das gárgulas — Moira; acho que esse é o seu nome — ser atacada por uma criatura de osso. Ela está ensandecida, gritando para que alguém a ajude a se livrar do ataque. Mas ninguém se aproxima para ajudá-la.

Eu começo a fazer isso. Se as gárgulas decidem não proteger os seus, então vou fazer isso por eles. Mas é então que eu vejo algo que faz meu sangue gelar — e a reticência das outras gárgulas começa a fazer muito mais sentido.

A criatura de osso enfiou os dentes no punho dela, e seu braço inteiro começou a se dissolver. Sua carne está se transformando em poeira bem diante dos meus olhos, se dissipando ao vento como se não fosse nada. Quanto mais tempo a criatura a segura, mais carne ela perde.

É a cena mais perturbadora que já vi — uma gárgula forte e saudável apodrecendo, pedaço por pedaço. Dedos, antebraço, bíceps, ombro... essas criaturas levam a monstruosidade a outro patamar.

— Temos que ajudá-la! — berra Grace, afastando-se de mim. Em seguida, ela começa a correr pelas ameias para chegar junto de Moira. E o que resta do meu coração estremece no peito.

— Não faça isso! — grito, estendendo a mão e puxando-a de volta para junto de mim para que aquelas coisas não a peguem.

— Temos que ajudá-la! — ela grita outra vez. Ela está me arranhando agora, lutando para se desvencilhar. Mas não a solto.

— Não podemos fazer isso — sussurro, e ela me olha como se eu fosse um covarde. É algo que me corta profundamente, assim como a falta de fé em mim. Mesmo assim, seguro-a com firmeza.

— Ainda há tempo! — ela implora, com a voz esganiçada e frenética. — Podemos salvá-la!

— Não podemos. — Eu me debruço por uma das ameias, puxando-a comigo para que seus olhos humanos consigam ver o que já percebi há algum tempo.

— Ah, meu Deus — sussurra Grace. — Aquilo a está matando. Aquilo a está matando!

Suas palavras, nítidas, aterrorizadas e dolorosas (em todos os aspectos) enchem o ar à nossa volta. Mesmo antes de olhar para mim, com os ombros caídos, o rosto umedecido pelas lágrimas e os olhos desesperados por um milagre, sei o que ela quer que eu faça.

E mais: sei o que ela precisa que eu faça.

Não posso recusar. Especialmente, quando ela está sofrendo, amedrontada e desesperada.

Ela é a minha consorte e tenho a obrigação de cuidar dela. E isso significa que, quando sei que Grace precisa de alguma coisa, ela não deveria nem ter que pedir.

Os olhos dela encontram os meus e eu lhe mostro a resposta antes que ela consiga formular a pergunta.

Ela está chorando demais agora, e vê-la sofrer me deixa destruído. Viro o rosto para começar a fazer o que tem que ser feito. Mas ela sussurra:

— Me perdoe. — E o meu coração se parte mais uma vez.

Seguro o rosto dela e enxugo suas lágrimas com os polegares.

— Eu já lhe disse, Grace. Nunca peça desculpas por querer salvar seu povo.

Ela solta um som desvairado e aterrorizado enquanto balança a cabeça e estende a mão para mim.

Mas isso já está indo longe demais. Preciso dar um fim a isso antes que essas pessoas — que a minha consorte — sofram ainda mais.

Espero um segundo para fitar as monstruosidades mais abaixo, com seus ossos quebrados e retorcidos, sua devoção demente à destruição que podem causar. *Monstros*, eu digo a mim mesmo. *São somente monstros.*

Mas até mesmo monstros têm coração. Sei disso melhor do que ninguém.

Assim, fecho os olhos e estendo a mão por cima das ameias. Depois, abro a mente e liberto o meu poder. Devagar e com todo o cuidado, separo a energia de cada esqueleto de tudo e de todos que estão aqui.

Há milhares deles. Cada esqueleto está vivo, de alguma maneira demente e distorcida. Perceber isso é um soco no estômago, mesmo que um pedaço de mim já esperasse algo assim.

Cada um deles tem uma mente e uma alma. E entro em cada um deles.

Sinto a dor dos ossos dilacerados, a névoa da sede por sangue, o desejo incontrolável de serem reais outra vez. De serem inteiros outra vez.

Dói mais do que eu seria capaz de imaginar. Mais de trinta mil garras e ossos me arranhando, estraçalhando cada parte do meu ser. Tento ignorar aquilo e me concentrar no que precisa ser feito, mas é impossível. Eles são muitos e todos querem uma parte de mim. Um pedaço minúsculo da minha alma que nunca vou conseguir recuperar.

Mas estou fazendo isso por Grace. Pelo seu povo.

Quando estou dentro de todas as 3.127, quando consigo sentir seus corações, corpos, mentes e almas, sinto que quase sou destruído quando percebo o que está por vir.

Mas Grace precisa que eu faça isso. E é a única coisa que importa. Assim, faço o que tem de ser feito.

Fecho o punho e morro.

3.127 vezes.

Saiba mais informações
da Série Crave no site
seriecrave.com.br.

Primeira edição (novembro/2022)
Papel de miolo Pólen natural 70g
Tipografias Lucida Bright e Goudy Oldstyle
Gráfica LIS